西部小说系列

雪漠

我不想当时髦作家，

也不想编造离奇故事，

我只想平平静静地告诉人们：

我的西部农民父老就这样活着

活得很艰辛，

但他们就这样活着

——作者题记

大漠祭

雪漠 著

中国大百科全书出版社

图书在版编目（CIP）数据

大漠祭 / 雪漠著 .—北京：中国大百科全书出版社 . 2017.1

ISBN 978-7-5000-9992-5

Ⅰ . ①大… Ⅱ . ①雪… Ⅲ . ①长篇小说 – 中国 – 当代
Ⅳ . ① I247.5

中国版本图书馆 CIP 数据核字（2016）第 280306 号

出 版 人　刘国辉
责任编辑　李默耘
责任印制　魏婷
装帧设计　U-BOOK
封面题字　雪漠
插　　图　张笑颜
出版发行　中国大百科全书出版社
地　　址　北京阜成门北大街 17 号
邮　　编　100037
网　　址　http://www.ecph.com.cn
电　　话　010-88390603
印　　刷　三河市华东印刷有限公司
开　　本　880 毫米 × 1230 毫米　1/32
字　　数　400 千字
印　　张　17.375
版　　次　2017 年 3 月第 1 版
印　　次　2021 年 5 月第 3 次印刷
定　　价　78.00 元

爱与理想的喷涌（“大漠三部曲”新版总序）

●雪漠

我的诗总是没有结尾，
很像我的生命和觉悟，
也如我心中鲜活的你。
风中的蝉翼渐渐远了，
一如那亘古的叹息。
我总是在别人病里，
疼痛我自己。

一

中秋了，西部的大漠也该忙碌了。一切，都还是那种调子，缓慢，沉稳，内敛，有点像我的小说。所有的人，还在各自的轨道上，继续着各自的生活，一年又一年，周而复始。不管外面的声音怎样呼啸，也难吹醒大漠的梦。我不知，这梦还要睡多久？大漠的沉寂，已经千年了，都成深入顽空定的老僧了，顽空太久，总难激起智慧的涟漪。偶尔，喘息几声，很快，就被岁月的飓风卷走了。

卷走的，除了喘息外，还有那份疼痛。是的，疼痛。但是，有疼痛，总比麻木要好。在这个巨大的虚幻里，能感受到疼痛的，定然是清醒的人。虽然，我的小说里写了诸多的“疼痛”，但细心的读者，总能从那疼痛中，读出一股大力。要想冲破黎明前的黑暗，必然会有疼痛。没有大疼，便没有大安。我一直寻找那妙方。

从《大漠祭》起，疼痛就开始了，你能看出来，那是一种无奈的疼痛。到了《猎原》,疼痛中有了忏悔,有了觉醒,有了决裂和希望。而在《白虎关》里，这种疼痛，一直发酵，一直发酵，到了生命的极限，疼痛的灵魂便一泄而出了，发出的呼喊,有点撕心裂肺。所有的一切,都在叩问,那解除疼痛的良药在哪?谁能抚平一个个灵魂的伤痛?谁能给予回答和指引?

就这样，三部书里，写尽了红尘中的这杯苦酒。

那么，人类为什么会有疼痛?我告诉你，因为有死亡，因为有变化，因为一切都不能永恒。这是生命的真相。不管你是否明白，该来的终究会来，该去的终究留不住。关键是，该如何面对这一宿命?后面，我写的“灵魂三部曲”(《西夏咒》、《西夏的苍狼》、《无死的金刚心》),还有“故乡三部曲”(《野狐岭》、《一个人的西部》、《深夜的蚕豆声》)，也许，很多人从中能找到治愈的妙方。但同时，要想真正治愈，你还要去感受另一种更大的疼痛，那是打破后的幻灭和升华。

在我的小说世界里，塑造了上百个人物，他们都活着，都行走着，都在展示自己的灵魂。从他们的故事中，你可以读出我所要表达的思想和智慧。他们很实，也很虚，在虚实之间，都在演绎着自己的命运。所有的故事，生了，灭了；灭了，又生了，生生灭灭，已演了千年。偶然间，我写出了他们，定格了他们，其用意只有两个字：明白。

为了这明白，我总在破呀，立呀，总在实呀，虚呀中行走，寻觅。寻觅是我永恒的功课。明白之前的寻觅，是为了自己的明白；而明白之后的寻觅，是为了让更多人的明白。于是，我的作品总是源源不断，绵绵流长，总如火山般喷涌。

破也萧萧,立也萧萧,一切的一切,都在诉说那个古老的故事。曾有人说，雪漠不会编故事。是的，雪漠不会编故事，但他知道，真正的人生有无数的精彩故事，是无须刻意编的，它一直存在于天地间。你、我、他，都是故事中人，我们的生命，都在诉说自己的故事。

从1989年开始创作，到2000年《大漠祭》初版，再到2008年《白虎关》初版，我写了二十年的“大漠三部曲”。2009年，我一边感叹沧桑，一边告别关房，走入一个新的世界。我从凉州，客居岭南。再从岭南，定居沂山。我不想老死在“大漠”里，我想出来，看看世界，兜兜风。我知道，宿命里，还有更远的路要走。

有人说，我的身上，蕴涵着两种东西，是他人少有的。什么东西？爱和希望。我是理想主义者，我相信希望的永恒。我有点像地球，表面看起来平静，深处的岩浆却在涌动，那便是希望和爱。那种活力，时时会喷出，成为一座壮美的火山。

当然，我的一生，也在朝圣。我一直像拜月的狐儿。从《大漠祭》，到《猎原》，到《白虎关》，再到最近的《野狐岭》，都是我朝圣时留下的足记。虽然遭遇艰难，但还是一路走了来。

所以，我的读书、写作、禅修、演讲、访学、交流等，都是我朝圣的方式，其所有的目的，就是为了战胜自己，消去兽性，趋向神性，让自己成为一个真正的人。

二

“大漠三部曲”中，还写了我眼中的西部文化。

这文化，有两个特征：一是当下关怀，二是终极超越。

对于前者，体现在《大漠祭》《猎原》《白虎关》里，而后者，则体现在《西夏咒》《西夏的苍狼》《无死的金刚心》《一个人的西部》《野狐岭》《深夜的蚕豆声》里。它们构成了一个整体，以文学的形式展现给世界。此外，我的“光明大手印”书系，则是以文化的形式，展示了什么是终极超越。

当然，我还想定格一个时代。写“大漠三部曲”时，我定了戒律：不迎合，不跟风，不跟潮流，不追求时尚。我要求每部作品，都是一个世界，绝不雷同。我的创新，不是形式上的模仿，而是精神上的超越。精神上的超越，能直指人心。

有一次，一个记者说，雪漠，你的《大漠祭》中，有些凉州方言不对。我说，不管对不对，以后就以我为准了。因为这茬人死后，没人再知道对不对了。

作家的作品，是作家心灵的产物，世界怎么样，并不重要。就如《无死的金刚心》里的琼波浪觉，本身怎么样，并不重要。不同的作家，诠释了对世界不同的理解；而不同的理解，又构成了不同的价值；那不同的价值，又决定了作家不同的话语权。有的不朽，有的是过眼云烟。只有作品成为文化时，那作家写的东西，才能影响世界。

三

我常说，我的写作是因为爱。

爱是人类永恒的话题，道不尽，说不完。“大漠三部曲”里，我写了人世间最美的世俗之爱，灵官与莹儿，猛子与月儿，都用他们的爱，感动了读者。这是小爱，虽然很美，也令人向往，但它很快会消逝，条件一变，那天长地久，就成曾经拥有。而在“灵魂三部曲”里，我写了一种大爱，这是信仰之爱，超越了肉体本身。琼与雪羽儿、黑歌手与紫晓、琼波浪觉与司卡史德……他们的爱，有种出尘之美。大爱是智慧与慈悲的合一。小爱转瞬即逝，大爱相对永恒；小爱是个人的觉受，大爱是心灵的滋养。我一生所向往的，就是这种大爱。

因为有大爱，那出走后的灵官，就能成为琼、黑歌手、琼波浪觉、马在波，因为他实现了超越。“大漠三部曲”就源于大爱。我将心中的爱，都化为文字，化为行为，化为思想。面对世界时，我总有浓浓的爱，这样，便有了写作的理由。

爱是一种光。我总想分享那光，照亮有缘者。光小时，我就当萤火虫，光大时，我就当火把。只要有光，就有希望。等我成火把时，就会点燃另一个火把，或点燃一堆篝火，那便是我的一本本书，或是一个个跟我做事的朋友。我们的人生，都是在茫茫长夜里漫游，都不知生从何来，死往何去，但只要看到火光，就能感到温馨和希望。

“大漠三部曲”，便是我的一种光。

——2016年9月10日写于沂山雪漠书院

土地与梦想（第五版代序）

●雪漠

一恍惚，十多年又过去了。《大漠祭》自2000年出版以来，已是第五版。它已换了四次“婆家”。

这一次，中国大百科全书出版社即将成立雪漠图书中心，应中心邀请，我再写一点儿感想吧。

时代在变，我在变，我的作品也在变。当然，这里的作品，包括已出版的和未出版的，还有那些未出世的。即使是未出世的，其实也是一种存在，只等从我的笔下流淌出来。既然无力留住时光，那么我就用自己的笔，定格那飞快消逝的存在吧。

在小说里，我已定格我父母那一代的西部农民，定格了一个已经消逝的时代，定格了一种已经过去的生存，也创造了一个比现实更真实的世界。

《大漠祭》和《猎原》《白虎关》一起，构成了我的“大漠三部曲”，它们整整用去了我二十年的时间，写作它们的过程中，我完成了自己。当然，“灵魂三部曲”(《西夏咒》《西夏的苍狼》《无死的金刚心》)是我另一种意义上的完成。但愿在我以后的生命里，能写出我期待的里程碑式的作品。

在我的创作生涯中，《大漠祭》如同一粒种子，深深扎根在西部土地上，是西部文化原生态的展现。这里没有雕琢，没有修饰，没有技法，没有渲染，只有对西部农民琐碎生活的记录。就是从这些日常的记录中，让我们看到了个体命运的一种走向。其中，灵官的出走一直是学界争论不休的话题。他的何去何从，一直没有明确的结论。但是，他出走前的那句话“重要的，是如何活着”，为我以后的创作做了铺垫，是一切可能的源头，后面的“灵魂三部曲”，以及《野狐岭》《深夜的蚕豆声》等，都是从这里开始出发的，这是一部大书，永远也写不完，生命不息，就会有无穷的可能性。

当一个人开始思考如何活着的时候，他就有了灵魂，有了追问。灵魂一旦苏醒，随之而来的可能就是寻觅。寻觅的灵魂，才是真正的灵魂。在寻觅的过程中，人生会愈加精彩，愈加壮观。也正因为有了寻觅，生命才有了成长的可能。在我的小说里，总能看到一个个寻觅者，如孟八爷、兰兰、莹儿，如琼、黑歌手、琼波浪觉、马在波等。他们的寻觅，有生存层面的，也有超越层面的。他们的故事，演绎了我的思想和追问。从中，你会看到，伴随他们的寻觅，总是不期而遇的种种考验。能否经得住考验，决定因素还在于一个人的心。所以，文化也罢，信仰也罢，其目的，就是为了让灵魂变得强大自主。

回想起来，为梦想跋涉的那段日子，真像是梦了。虽然当时觉得苦，但现在想起来，总是觉得很甜。因为，要是没有经历那段日子，我就不会有今天的饱满。饱满，意味着生命的历炼；历炼，意味着经历无数次的苦难和挫折，经历无休止的跌倒和爬起，经历无数次欲望对心灵的干扰，仍然能义无反顾地前行。

在心还没有完全属于我之前，我写不出《大漠祭》，进入不了小说人物的内心。为了能真正写出《大漠祭》，我前后经历了十二年时间。在《一个人的西部》里，你可以看到我曾经走过的路。当然，小说中一些人物的生活原型，他们的往日与今时，在这部书里也有所展示。有的人在，有的人不在了。在的人，也仍然活在各自的世界里，外面的风，无论多么大，也难吹醒他们的梦。灵魂醒不来，他们就会永远定格在《大漠祭》里，永远活在他们的悲欢离合中。曾经，我陪着他们或歌或舞，或喜或悲，而现在，一切都非常遥远了。与他们的相遇，也是我生命中的一段邂逅，还好，我用文字记录了下来。

当我的心属于自己时，就实现了一种超越。再回顾那片孕育我成长的土地时，如望着自己那渐渐老去的父母，那种沧桑和无奈，难以言表，而内心的爱，也更浓了。虽然我希望灵官回来，但我知道，灵官的回来是需要资格的，这个资格便是灵魂的重铸。当他完成了灵魂的历炼，窥破了世界的真相之后，他才能放下小我，融入大我，融入西部，融入世界。他才能真正敞开自己的灵魂，去感悟，去体会那片土地的疼痛与厚重。这时，他才会感动那片土地，他的智慧才能为世界带来光亮，他的生命才会焕发出异样的光彩。所以，我也罢，灵官也罢，都需要有一种文化的担当和梦想，虽然这种梦想的实现有点艰难，但我们无怨无悔。

在《大漠祭》里，你可以看到凉州文化对我灵魂的滋养，那来自家庭、土地的诸多养料，如基因一般植入我的灵魂，让我的作品有了一种独特的气息。这是我难以割舍的一条根，是我灵魂的依怙。有了这条根，立足于社会时，我就有了个性，就不会被时代同化。所以，一直以来，我都追求"独一个"，能有一种无可替代的色彩。

当然，只有心灵的独特，才会创造出独特的价值。自从有了挽救文化的梦想，我的成长，似乎也变成了文化的成长。从"大漠三部曲"到"灵魂三部曲"，再到"故乡三部曲"(《野狐岭》《一个人的西部》《深夜的蚕豆声》)，你可以看到我成长的轨迹，当然，这也是西部文化中当下关怀向终极超越的过渡和升华。我对西部文化的挖掘和研究，包括后来的弘扬与传播，都用了大力。这个过程，我享受的，是成长的快乐，也是成长本身，我不需要用成长换取什么，这让我有了成长的自由。所以，我也有了"成为雪漠"到"享受雪漠"的快乐。

《大漠祭》刚出版的时候，新华社发过一篇新闻：《〈大漠祭〉为谁而"祭"？》有人说，是祭奠即将消逝的农耕文明；也有人说，是定格一代人如何活着；更有人说，是与历史文化的阴影告别。那么，十多年过去了，到了今天，时代发生了匪夷所思的变化，那我们又该如何理解这个"祭"呢？我想，除了祭奠，除了定格，我们应该还有下文，还应该赋予它崭新的含义。

毕竟，时代变了，一切都变了，西部也应该变变了。你说呢？

那就让我们拭目以待吧！

——2016年7月1日写于沂山雪漠书院

从“成为雪漠”到“享受雪漠”(第四版代序)

●雪漠

从《大漠祭》初版至今，已过去十二年了。世界发生了很多变化，时尚文学过了一茬又一茬，许多畅销书的寿命也越来越短,《大漠祭》们却越来越热了。各大网上书店也常常断货，常有人托朋友找书。虽然有了多种版本，仍常常供不应求。虽没人热炒过它们，它们还是靠作品本身的力量赢得了时代和市场。当然，日后还会有个有力的助缘，让更多的人发现它们。那时，它们的价值将会被重估。那时节，会有许多人惊叹：嘿，这可真是个宝藏啊。

我是1988年开始动笔的，2000年《大漠祭》在上海初版，2003年《猎原》在北京初版，2008年《白虎关》在上海初版，我终于完成了“大漠三部曲”的写作。出版历时八年，写作时间则超过了二十年。从二十五岁开始写初稿，到四十六岁完成初版，历时真有些长了。写初稿时，我刚刚踏上文坛——只发表过中篇小说《长烟落日处》——到《白虎关》出版时，我已成了“著名作家”，按《小说评论》原主编李星先生的说法，我完成了从小学教师到著名作家的“神话”。

这一过程，我用了二十多年。下笔时，还风华正茂；收笔时，已须发斑白。

二十多年时间写三本书，用时委实有些长了。

不过，我说过，这二十多年，其实也是我人格修炼的二十多年。我从一个凉州农民的儿子，欲望多，烦恼盛，毛病不少，经过二十多年的努力，成了别人眼中的“证悟者”“成就者”——对这类词语，我其实并不随喜，因为我实无所证，亦无所得，更无所求，但有人需要，就那样叫叫也没啥，就像我老将自己说成是一头见到光明的驴子一样。

某次，一有名寺院的住持僧问我，雪漠，你闭关二十年修光明大手印，太浪费时间了，我只诵《大悲咒》，一个月就有感觉，你得到了啥？我说，我啥也没有得到，只得到了一颗啥都不想得到却啥都不缺的心。

所以，那“成就者”、“证悟者”之类的说法，是别人认为的雪漠。我自己，其实就是个平常人、有颗真正的平常心而已。我最想做的，就是当好一个作家，静静地写自己想写的书。我理解的幸福，就是静静地待在属于自己的房子里，没有人来打搅，能静静地禅修，静静地读书，静静地写作，在生命消失之前，做完自己该做的事，仅此而已。幸好，到目前为止，那被强制拆迁之类的破事还没有骚扰到我。虽然树欲静而风不止，老有些不愿遭遇的事，但总算还在可控的范围内，生命就有了一份属于自己的色彩。

我的所有修行，仅仅是为了让心属于我自己，活出自己想活的那份从容和宁静。所以，对于我写的那些关于佛教的书，你觉得有意思了，就读读，没意思了，就扔了。那只是过来人的一点儿心得，权当分享而已。倒是对我的小说，我一向聊以自慰，因为我创造了一个世界，正因为有了它们，我才有了一种独行天地间的人间之乐。自从我成了想成为的自己后，许多别人眼中的享受，就不再是享受了，只有写作和读书，还能让我享受到一种平常人的喜悦。它成了我享受生命的重要方式。

说真的，我从来没想拯救世界，我只想拯救自己。无论我的创作，还是修行，都是为了实现对自己灵魂的救赎。文学让我有了另一个世界，大手印则让我实现了对那个世界的升华和超越，很难说哪个更重要。只是到了后来，因为发现这类文化太珍贵了，它已成了风中的残烛，我不想叫岁月的飓风吹熄它，才花费了生命和稿费去研究，去传播，去抢救。一人之力不够，才有了广州市香巴文化研究院，才有了人们眼中的那些利众之行。我当然没想到，大手印文化反倒回报了我的文学。我的小说后来的热销，除了它真的很好，那些老读者仍在口碑式地传播外，还因为很多人认可了我承载的文化，有些人真的离苦得乐了，就想再读读我的小说，这才发现了我那独有的文学世界，进而又开始了口碑式的传播。在这一点上，也应了老祖宗说的“善有善报”。

其实，文学和文化是雪漠的两个翅膀，是一幅织锦的两个侧面，是太极图中的阴阳鱼，不要将它们分开。要知道，自从我超越了二元对立后，创作和修行达成一味了，创作是我的修行，修行也是我的创作。熟悉我写作习惯的朋友知道，我的写，才是一种真正的修。写作“大漠三部曲”的过程，也是我从张牙舞爪，到回归平常心的过程。虽然费时太长，我因此失去了别人眼中的精彩人生——连我爹都说我一辈子没“耍人”。“耍人”是凉州人对“精彩人生”的一种怪味描述——也有过《西夏的苍狼》中的黑歌手的那种无奈，但一向无怨无悔。要是上帝再让我重新选择一次，我还会这样活。

这不，此前我这样活，今后我还会这样活。过去我闭关二十多年，后来出来了几年，发现我独处时，非常充实，一到人群中时，却十分孤独，总不想充当别人期望的那种角色，只好再进关房了。像我的新书《光明大手印：参透生死》的封面那样，虽刚到五十岁，却常常把“死亡”二字顶到头上，当成一把悬着的剑，老想着它随时会落下来。因为，凉州人老说：“人上五十，夜夜防死”，就想在死神追到自己之前，写完该写的书，做完该做的事，不要留下遗憾。于是，除了吃午饭时见见家人，其他时间，我都在享受着明白后的雪漠。这一来，真成诗中写的那样了：

挥挥手，
还是到山上去吧。
山高，
高到太阳里了，
太阳里有个亥母洞，
洞是我命中的乐曲。

念珠握在手里，
木鱼在心头敲响，

黑夜是今生的袈裟，
高屋是前世的岩窟。

于是，我又成了《西夏咒》中的那个苦修的琼，除了送饭者，我又一次将红尘拒在了门外。

书倒仍在流行着，它成了我跟世界的主要联系方式。从《光明大手印：实修心髓》《光明大手印：实修顿入》开始，每年都会有这个系列的新作问世，如《参透生死》，如《文学朝圣》，如《智慧盛宴》，如《当代妙用》，等等。这次，“大漠三部曲”也换了面孔，初版以来，这是第三次换“婆家”了。

从2000年至今，这三本书，有多种版本，多不统一，原因很多。比如，读者出版集团版的《大漠祭》就将《白虎关》中的一部分选入了，因为《大漠祭》要入选“农家书屋”，有人想让农民们多了解一下莹儿的命运，我同意了。本想以附录的形式，将《莹儿的轮回》选入，但正式出版时，却变成了最后一章。这样，版本就显得乱了。有位教授就问我：莹儿咋死了两次？

还有很多内容，是被删节了的。如《猎原》中的《母狼灰儿》那一章，非常精彩，也非常感人，原稿中有，但出版时被编辑删了，删得当然有道理，但我总感觉有些可惜，因为那是我很喜欢的章节。这次，又恢复了。

《大漠祭》更是这样，有许多内容，在当时出版时，编辑有些顾虑，或是为了评奖，就忍痛割爱了不少。很多内容非常精彩，对农民的命运和心态有十分传神的描写，这次也恢复了。此外，还保留了村野和民间文化的内容。在初版中，许多民间文化是被删了的，如二舅帮老顺家祭神的详细经过，如牌位的内容，如齐神婆给憨头燎病禳解的详细经过，如憨头的丧仪经过和老道念的《指路经》，等等。我想，多年之后，再找这类东西，也只能在我的作品中找了，就留下了。我想，就让我的作品有点毛病吧，保留一个真实的雪漠。

《白虎关》亦然，在原稿中，莹儿的死活一直很模糊，我没有确定她的归宿。因为这是个悖论，死不忍心，活不可能——除非她不再是莹儿。但《收获》某编辑约稿时，希望将她写死，就那样写了。后来，此情节一直不为人随喜，在复旦大学开研讨会时，雷达老师等专家都认为她不该死，这次，我就恢复了原稿的一些文字。还有那“引子”，是为了推销的需要，是机心的产物，虽然也精彩，但因为损伤了整部作品，这次也删了。

这样一来，本次出版的版本，也算是修订版吧。至此，距我动笔写《大漠祭》时，已过去了二十五年。其间，虽然也写了称为“灵魂三部曲”的《西夏咒》《西夏的苍狼》《无死的金刚心》，但学界认为最能代表雪漠的，还是“大漠三部曲”。

当然，我自己不这样认为。要是没有“灵魂三部曲”，雪漠也不全面。当然，“灵魂三部曲”也同样面临了上面我谈到的那些问题。下次有机会，我也会将它们重新修订一下。因为初版时，为了出版方便，它们也被删改得面目全非了。像初版的《西夏咒》，跟我的原作，甚至有些黑白颠倒了，把张三做的事，安给了李四，我希望能还原原作面目。《西夏的苍狼》亦然，我甚至想重写它。重写要看因缘，修订则是定然会做的事了。

随着年岁的渐大，我越来越散淡了，越加喜欢离群索居，不想见人（送好书者例外），不想多事，不想浪费一丁点的生命，就索性常住在关房里了。那关房在岭南的森林旁，远离世俗喧嚣，触目皆是生机。我或禅修，或读书，或写作，看看星星，望望月亮，沐浴清风，聆听雨意，耳闻鸟鸣，眼观翠色，就显得逍遥了。

当然，静处观物动，闲里看人忙，这本身，也是一道风景呢。

心静到了极致，一切就哗哗地远去了，除了疯长的头发和指甲外，我几乎感受不到时间了。只觉得，世界、生命、万物，都往那看不见的远方逃了去。真没个啥执著的了。吃穿够了，除了“享受雪漠”外，再也没个啥值得追求的了。就将过去的书再修订一下，权当留一个存世的版本吧。

——2013年1月6日于樟木头“雪漠禅坛”

生存的诗意与新乡土小说（第二版代序）

●雷达

从报上看到，有的读者对难得见到描写当代农村生活的优秀小说表示不满。这当然有一定的道理，少的确是少。然而，优异之作并非完全没有，长篇小说《大漠祭》便是一部出类拔萃的描写当代农村生活的作品。

尽管原出版者在封面上赫然标出“粗犷自然，大气磅礴，情节曲折，语言鲜活，朴素睿智，引人入胜，是真正意义上的西部小说和不可多得的艺术珍品”这般惊人语；尽管上海一些先期看过校样的批评家们给它很高的评价，但也许是信息过剩到真假难辨，也许是言过其实已成通病。《大漠祭》出版之初，像许多被预告为“杰作”的出版物一样，并没有引起多大反响。最终，还是读者的发现和选择起了决定性的作用：此书自2000年10月出版以来，悄然间已是第三次印刷。对于一部出自西部一个无名业余作家之手的纯文学作品，这是十分不容易的。

真正进入了小说的文本，人们便会强烈感到，编者称它是“不可多得的艺术珍品”，并非妄语或商家的广告辞令。这是凝结了作者多年心血的一次生命书写。从贯注全书的深刻体验来看，不用作者自述也能看出，它的人物情事多有原型，或竟是作者的亲人和最熟悉的村人，那种从内向外涌动的鲜活与饱满，即使最有才气的“行走文学”者似也很难达到。作者自言：“此书几易其稿，草字百万，拉拉杂杂，写了十二年，动笔时我才二十五岁，完稿时已近四旬，但我终于舒了一口气，觉得总算偿还了一笔宿债，今生，即使不再写啥，也死能瞑目了”，又说，“我的创作意图就是想平平静静告诉人们（包括现在活着的和将来出生的），在某个历史时期，有一群西部农民曾这样活着，曾这样很艰辛、很无奈、很坦然地活着”。读此书，我们眼前确乎活现出沙漠边缘一群农民艰苦、顽强、诚实、豁达而又苍凉地活着的情形，一如“大漠”那样浑厚的、酷厉的意象——“那是一种沉寂，是被人们称为死亡之海的大漠的固有的沉寂，但那是没有声音却能感到涌动的生命力的沉寂”。

我理解，《大漠祭》的题旨主要是写生存。写大西北农村的当代生存，这自有其广涵性，包含着物质的生存、精神的生存、自然的生存、文化的生存。所幸作者没把题旨搞得过纯、过狭。它没有中心大事件，也没有揪人的悬念，却能像胶一样黏住读者，究竟为什么？表面看来，是它那逼真的、灵动的、奇异的生活化描写达到了笔酣墨饱的境界，硬是靠人物和语言抓住了读者，但从深层次看，是它在原生态外貌下对于典型化的追求所致。换句话说，它得力于对中国农民精神品性的深刻发掘。

《大漠祭》承继我国现实主义优良传统，饱蕴着强烈的忧患意识和正视现实人生的勇气。它不回避什么，包括不回避农民负担过重和大西北贫困的现状。它的审美根基是写出生存的真实，甚至严峻的真实，这样才能起到激人奋进的作用。它尤重心灵的真实。从内容看，作品写的是腾格里沙漠边缘上一家农民和一个村庄一年间的生活：驯鹰、猎狐、打井、捋黄毛柴、吃山芋、喧谎儿、缴公粮、收地税、计划生育以及吵架、偷情、祭神、发丧等等情事。照作者说的，不过是生之艰辛、爱之甜蜜、病之痛苦、死之无奈而已。然而，对人的灵魂冲突的理解和描写，对农民品性复杂性的揭示，是它最撼动人心的部分。对一部大型叙事文学而言，人物的刻画毕竟是最根本的。比如，老顺这个驯鹰老手，为贫困和为儿子娶亲的重负所累，一次次地走向了大沙漠深处，去掠夺沙窝子，好像沙窝子最不会拒绝。其实，环境恶化了，老顺们恰又是恶化环境的承受者。“上粮”一节写尽了老顺的矛盾。他揭发了别人，因为他有股说不清的气，他以维护公家利益为自己辩护，待到他的好粮被压低为三等，他涨红了脸，“嘴唇、胡子、手指都抖动着，眼里也蓄满了泪。半晌，才叫了一声，心里悔恨交加"。老顺是刚强的，且不乏霸悍之气，但他久经传统文化熏陶，认为二儿子猛子的行为给他致命的打击："老顺木了脸，梦游似的往村里走，衣裤突然显得过分宽大。风一吹，老顺的身子一鼓一荡的，像要被风带了去。"坚韧与无奈达于极致。老顺的大儿子憨头，苦吃勤作，供弟弟上完中学，自己大字不识几个，他弥留之际的最大心愿竟是让弟弟用架子车拉上逛一趟武威的文庙。这情节给人悲凉而悠长的思索。人物中，男性以老顺、孟八爷、灵官写得好；女性中，老顺老伴、双福女人、莹儿、兰兰写得也都好。作品的生存环境是阔大而单调的，人文维系不无封闭和愚昧的色彩。然而，它的人物自有其生存哲学，他们有自己在艰难环境中维系精神的强大纽带。切莫认为作者在一味地写苦难，其实，正是老顺及其儿女、村人们的坚韧与豁达、勤劳与奉献，支撑着我们明朗的天空与广袤的大地。

审美上素有"使情成体"之说，《大漠祭》以雄浑的自然生态为背景，以人情美、人性美为结构内核。老顺有三个儿子，老大憨头因救人而阳痿，家里换亲把妹妹兰兰换了出去，给他换来了莹儿做媳妇；老二猛子，蛮勇任性，与某大款备受冷落的妻子有染；老三灵官，带有作者的影子，他有文化，灵心善感，在特殊境遇里，与嫂子莹儿发生了恋情。这么说，只是勾勒了最简略的人物关系。事实上，作品的动人力量，全在于超越了这个故事层面，指向了精神的高度。在灵官与莹儿的关系中，可供寻味的东西更多，在乡村，真正伟大的多是女性，她们含辛茹苦，忍辱负重，给生活注入了欢欣，又承担起巨大苦痛，从容面对一切。

《大漠祭》的语言鲜活、有质感，既形象又幽默，常有对西部方言改造后的新词妙句。随手可拎出这样的句子："风最猛的时候，太阳就瘦，小，惨白，在风中瑟缩。满天黄沙，沙粒都疯了，成一支支箭，射到肌肤上，死疼。空中弥漫着很稠的土，呼吸一阵，肺便如浆了似的难受"——没有切肤体验和观察是写不出的。这是状景，写人的妙语就更多了。长期以来，不少自以为是乡土小说的作家，过不了乡土语言关，因为语言的滞后，他们有意无意地遮蔽了乡土生活中许多有生命力、启示力的东西，包括某些生存哲学和禅意。这不禁使我想起，《大漠祭》在审美上与新疆散文作家刘亮程颇有异曲同工之妙。有人说，刘“在一头牛、一只鸟、一阵风、一片落叶、一个小蚂蚁、一把铁锨中，倾注了自己和所有的生命。”雪漠何尝不是如此。

当代文学太需要精神钙片了，《大漠祭》正是一部充满钙质的作品。我以为，经济的欠发达，并不必然意味着文化的欠发达，而文化的欠发达，又不必然地意味着艺术感觉的欠发达。西部的生存诗意，可以滋润我们这个浮躁时代的地方太多了，只是我们还没有认识到。不管高科技发展到何等地步，人类永远有解不开的乡土情结，永远需要乡土情感的抚慰。《大漠祭》告诉我们，乡土文学不会完结，新的乡土文学正在涌现。如果说，过去的“农村题材”的提法有某种观念化、狭窄化倾向，把不少本真的、美的、善的和诗意的东西遮蔽了，那么，“感受土地的神力”（王安忆），在乡土生活中寻觅精神的资源，甚至源头，已成为当今许多作家的共识。《大漠祭》崭新的审美风貌是区别于以往同类创作的——这或许是我想要在另一篇文章中着重论述的问题。

（本文原发于《光明日报》2001年8月16日，编者略有改动）

从“名人”谈起……（原序）

●雪漠

1

《大漠祭》一完稿，朋友就劝我找个名人作序。我当然拒绝了。一来，对时下所谓“名人”，我多视为异类。他们赖以成名的资本，我一向“随喜”的少；二来，人生无常，岁月无情，眼下的不少名人，可能比我的作品更快地速朽。历史会因一首有价值的小诗而记住一个名字，也会毫不犹豫地将一些写出成吨垃圾的“名人”扫得不知去向。谁借谁的光终以名世还难说得很，所以只有自序了。好在岁月悠悠，大浪淘沙，或许笔者不久便也成莫名其妙的“名人”了。喜乎？悲乎？

我不知道自己算不算作家。因为我从不把自己划入时下的“作家”行列。有时，想想一些所谓“作家”，真是造孽：浪费人民钱财，虚掷大好生命，委屈老婆孩子，却写出数以百万计的文字垃圾。图财害命，好没意思！

时下不少“作家”的作品，多是无病呻吟的玩意儿，或卖弄一些技巧，或写些莫名其妙的文字，而老百姓的生活和疾苦，却少见触及。这样的“作家”，真叫人羞于为伍了。所以，我最喜欢的身份是“老百姓”。能和天下那么多朴实良善的老百姓为伍，并且清醒、健康地活着，是我最大的满足。我弟弟就没这种福分：初中一毕业，他就牛一样卖起了苦力，刚二十七岁，便患病去世。糊糊涂涂来，糊糊涂涂走。来时不知谁是他，去时不知他是谁。还有许多和我一样的农民子弟甚至连初中都没法读完，就不得不子承父业了。而我，则幸运地活到了今天，幸运地生在一个贫穷的农民家庭，幸运地没被铜臭和庸碌熏瞎脑袋，并幸运地由大字不识的父母勒紧腰带供了书，明白了如何做人，还能写点儿值得叫人一读的文章。还有什么不知足呢？还有什么理由不趁着明白和健康多写写像我的父母那样善良、像我弟弟那样不幸的农民呢？

我仿佛从来不曾为当“作家”而写作。我只是在生活，渴而饮，饥而食。写作亦然。日日读，夜夜写，发表与否关系不大，成不成功很少考虑。需要钱时，就经商弄两个。既没打算凭写作谋金钱，也不指望借文学图高位。我只是想说话，只想说自己想说和该说的话，只想做也许是命定的也许是穷忙的事。成功呀失败呀那是上帝或命运的权力范围，我从来不想自讨没趣地去越权干预。既没为获奖啥的狂喜，也不因退稿之类沮丧。相较于创作，我更热衷于做一些“放生”之类的傻事。更因那些生灵由于我的“愚蠢”而延长了生存时间，或改善了生存质量而窃喜不已并乐此不疲。

创作欲望，倒因之淡了。文学上，我很有自知自明。我不长于编故事。当然，也可以理解为不会，或是不屑。但在描写日常生活、写人以及生活底蕴等方面，我一向着意追求并足以自慰。因此，想从《大漠祭》中找出张牙舞爪的所谓思想和惊心动魄的离奇故事，无疑是徒劳的。但是，你要是想看呼之欲出的人物、鲜活的生活场景、扑面的生活气息、丰厚的生活底蕴……那么，你自可以翻开它。

当然，为了丰富百姓生活，这个时代非常需要一些人生产轻松的文艺消费品。但同时，也需要有人写些实在的，甚至沉重的、直面人生的作品。

就像安徒生童话所揭示的那样：这世界，只要有穿新装的人，就需要一群“聪明”的看客。但同时，也更需要那个说真话的孩子。

生活之多样，必然决定文学之多样。

2

我心仪的作家要有孤独的自信和清醒的寂寞。他必须有真正的平常心和责任感。写作是他的生活方式，而不是借以谋利的手段。他只为灵魂活着，从不委屈良心去捉笔。他只说自己想说的话。他之所言，或为完善自我，或为充实人生，或为记录生活。当他能真正成为时代代言人的时候，他就可能被称为大作家和文化巨人，如托尔斯泰、曹雪芹、司汤达、鲁迅、卡夫卡等人——他们甚至不一定能活着看到自己的作品出版。

当然，就像太阳也会被乌云掩蔽一样，这类作家偶尔也会为卑下的情操所屈服。但他终究会凭借自己伟大的人格力量超越鄙俗，完善自我。

时下，有一些借文学满足自己私欲的“名人”常常拿巴尔扎克的卖文偿债为自己寻找光鲜些的借口。诚然。世界艺术史上不乏卖文和卖画的大师，但最本质的区别是大师的“卖”是为活着，一若杨志之卖刀。而那些“名人”的活着却是为“卖”。卖刀时的杨志不失其好汉本色，而酒足饭饱后品头论足的牛二也不过是牛二。前者可能有鄙陋之行，但他的骨子里仍足以傲世。

区别的是心灵。

鹰会鸡一样啄食。狗也狮子般捕猎。区别的，也是心灵。

傲昂白首于世界文学顶端的是那位最不像作家的托尔斯泰。在他一生中的很长一段岁月里，他最热衷的是教育，是编识字课本和改善农民生活……他把自己最辉煌的时光用于忏悔，终生为自己的贵族身份而羞耻。他甚至把他的三大巨著也归于“坏艺术”一类，仅仅是因为老百姓没有那么多闲时间去读它们。但这一切，反倒点缀了他的伟大。

十多年前，我幸运地迷上了托尔斯泰。此前，无论咋啃也读不下去。后来才明白，爱托尔斯泰也需要资格。当自身“修炼”达不到一种境界时，你绝不会了解他，更不会爱上他。他的作品是一座巍峨的城堡，真正攻入，需要实力。他不饶舌，不卖弄，不矫情，甚至不修饰。他忠实地记下了人类历史上的一个时代。只要人类存在，他的作品就消亡不了。

他写得那样从容而自信。在这个巨人面前，一切“名人”都显得十分寒碜，包括精通任何技巧且已得到公认的“天才”们。

他可以痛苦，可以一次次陷入精神危机，但决不浮躁。他的痛苦是大彻大悟前的迷惘，他的精神危机是时代的困惑。他绝不会为争点儿名或图点儿利而让自己伟大的心灵卑琐。

不仅仅托尔斯泰，几乎所有的俄罗斯大作家都这样。我常常为俄罗斯文学吃惊：是什么使这个民族诞生了那么多的文化巨人？这无异是一种文化奇观。无论是专制的尼古拉一世时代，还是残暴的斯大林时代，这个民族都为人类贡献了一批又一批的伟大作家。封建专制的屠刀扼杀不了文学。贫困、富贵、厄运……一切外部势力都动摇不了俄罗斯的文学大厦。

而中国文人，血液中“学而优则仕”的杂质太浓了，多将个人悲喜甚至命运维系在强权上。次一等的，也追求书中的“颜如玉”和“黄金屋”，而将文学的真正内涵异化了。

中国文人中具有真正独立人格者并不多。

俄罗斯作家则不然。沙皇尼古拉一世自可以专制，书刊检查制度自可以残酷。可以有流放，可以有灾难，可以有贫穷，可以有寂寞，甚至可以有贵族的富贵(这才是最可怕的)……但一切“外现”都摇撼不了他们的灵魂标杆。他们不会因苦难和专制而垂头丧气、一蹶不振，也不会被席卷而来的时代狂潮惊得大呼小叫方寸大乱，更不会在富贵的毒蛊下忘了自己的姓氏。他们的人生坐标永远直立，足以令他们挺直脊梁。

这虽然得益于俄罗斯的文化土壤和文学传统，但起主导作用的还是作家的心灵。他们不是被西部农民称为“浅碟子”的浮躁文人。他们的创作不是卖水——从生活之海中舀来一瓢后就吆喝个不停，唯恐别人不知道他兜售的货色。他们最在乎的不是别人的评价，而是自己灵魂的安详。

他们自然有孤独的自信和清醒的寂寞。举世誉之，不忘乎所以；举世毁之，不垂头丧气。他们的内心，是一个世界，是一个与外部世界并存的独立世界。内外两个世界可以平等对话，但谁也别想粗暴地侵略谁。他们可以傲然地朝对方说：“请尊重我的主权。”

这样的作家，才是我所心仪的真正作家。

当代中国，也确实需要或说应该诞生一批这样的作家。

真正的作家，甚至大可不必借助于所谓机遇。有时，所谓的机遇，可能恰恰是灾难。试想，如果汉武帝刘彻垂青司马迁并委以宰相重任，《史记》的命运又将如何？无疑，政界站起一个新贵的同时，文坛必然倒下一位大师。

文章憎命达。

历史绝不会因为郭沫若的所谓好机遇，就把他的位置排在苏东坡和曹雪芹之前。问题的实质是：你有没有好东西？

有好东西的，你活埋不了，如沈从文。没好东西的，你推不上去。乌鸦群中的评论家如何鼓噪，也无法把鸦王吹成凤凰。

文学上最终说话的，是作品。

还是那句话：历史会因一首有价值的小诗而记住一个名字，也会毫不犹豫地将写了成吨垃圾的“作家”扫得不知去向。

因此，我很欣赏海明威。他永远和死去的作家比，因为活着的许多终将真正地死去。他的目标总是一个个虽不在人世但在文学上永远活着的作家。他也像托尔斯泰一样，用质朴的笔写出了那个时代的那群人如何活着。

中国的老百姓太需要真正的作家了。

我劝天公多抖擞几次。

3

真正的历史画卷是生活，是平平常常的生活。是一滴滴生活之水，汇成了历史潮流。作家应该描绘的，就是这些平常的、然而又是最真实的生活。作品的价值也就在于真实地记录这段生活，真实地记录一个历史时期的老百姓如何活着。《战争与和平》《安娜·卡列尼娜》《红楼梦》等一些伟大作品就是这样。它们之所以伟大，并不在于其博大得张牙舞爪和精深得莫名其妙，而恰恰在于其真实、质朴，甚至琐屑。传神地写出了琐屑，也就写活了一个个生活画面。正是这些活的琐屑构成了作品的伟大。有时，我们看这些作品时，甚至看不到作者。看到的也不仅仅是引人入胜的故事，更多的是扑面而来的生活和呼之欲出的人物。

当代作品中，一些人为的张牙舞爪的表面的“伟大”恰恰损坏了作品本身。作家们把情绪化的语言和胡编乱造的情节生硬地塞进作品，从而破坏了其应有的朴素。遗憾的是，那些作家自己竟也产生了错觉，以为自己真的很伟大，就像背对快要落山的太阳看到自己颀长无比的影子一样。

真的伟大，应该是质朴。

走进佛殿，龇牙咧嘴的，可能是鬼、夜叉，至多是罗汉。而佛和菩萨，则永远是安详的。一个猴子，即使它有翻天覆地的神通，也不过是个难为众仙心仪的“弼马瘟”，哪怕它自封为“齐天大圣”也改变不了其本质。只有当它经过无数次的自我超越，消去火气，降伏无明，证得智慧，从绚烂归于平淡，从舞枪弄棒到安详微笑的时候，它才可能成“斗战胜佛”。这也便是为什么绝大多数的名著风格十分朴素的原因。

当然，我的《大漠祭》距我所希望达到的目标尚有距离，但我一直是朝这个方向努力的。在小说还没动笔之前，“作者题记”就先从我心中涌出了：

> “我不想当时髦作家，也不想编造离奇故事，我只想平平静静地告诉人们：我的西部农民父老就这样活着。活得很艰辛，但他们就这样活着。”

我想写的，就是一家西部农民一年（一年何尝又不是百年？）的生活，其构件不过就是驯兔鹰、捉野兔、吃山药、喧谎儿、打狐子、劳作、偷情、吵架、捉鬼、祭神、发丧……换言之，我写的不过是生之艰辛、爱之甜蜜、病之痛苦、死之无奈而已。这无疑是些小事，但正是这些小事，构成了整个人生。我的无数农民父老就是这样活的，活得很艰辛，很无奈，也很坦然。

我的创作意图就是想平平静静告诉人们（包括现在活着的和将来出生的），在某个历史时期，有一群西部农民曾这样活着，曾这样很艰辛、很无奈、很坦然地活着。仅此而已。

《大漠祭》中没有中心事件，没有重大题材，没有伟大人物，没有崇高思想，只有一群艰辛生活着的农民。他们老实，愚蠢，狡猾，憨实，可爱又可怜。我对他们有许多情绪，但唯独没有的就是“恨”。对他们，我只“哀其不幸”，而从不“怒其不争”。因为他们也争，却是毫无策略地争；他们也怒，却是个性化情绪化的怒，可怜又可笑。

这就是我的西部农民父老。

不了解这些，便不了解《大漠祭》。

是为序。

目　　录

目　　录

第 一 章

1

兔鹰来的时候，是白露前后。漠黄了，草长了，兔儿正肥。焦躁了一夏的兔鹰便飞下祁连山，飞向这个叫腾格里的大沙漠。

老顺就在大沙河里支好了他的网。

网用细绳绾成，三面，插成鼎立的三足，拴一个做诱饵的鸽子。因兔儿日渐狡猾而饥肠辘辘的兔鹰便一头扎进了网。

兔鹰长着千里眼，看不见眼前三尺网。

早晨，照例拨鹰。

老顺很早就醒了。他梦见千万只兔子张着血红大口向他扑来，铺天盖地的，就醒了。他相信报应，认为那是死在他手里的兔子来索命。这种梦老做。第一次做这梦的时候，他就不想再放鹰了。孟八爷说："屁！不放，兔子糟害庄稼，不饿死人才怪呢。"老顺就想，放鹰也算是行善积德呢，就仍放。当然，主要还是舍不得兔肉味，白露一过，嘴里没几块兔肉拌哒，心里就干焦干焦的；但总抹不掉杀生害命的阴影，老做那梦。做一次，出一身冷汗。做归做，放归放。谁叫野兔糟害庄稼呢？有了这把"刷子"，老顺轻易地就将那阴影刷到阴山背后了。

灯一亮，那个叫“黄翚子”的黄鹰便不安分地扇翅膀。显然，它也在做梦，梦见自己在天上飞呢。一定是的。老顺想，人梦见自己吃肉时总要拌几下嘴。鹰梦见自己飞时，不扇翅膀才怪呢。老顺笑了。他发现“黄翚子”已睁圆了眼。他很喜欢这圆溜溜转的霸气十足的眼睛。这是真正的鹰眼。鹰的所有气息都是从这个窗户里透出来的。

“黄翚子”是个叫人咬牙的鹰，性子暴，难务息。但也正说明它是个好鹰。就像千里马多是烈马、忠臣大多刚直一样，性子越暴的鹰越可能是好鹰。一旦驯服，抓兔子是一把好手，还不反。不像“青寡妇”这种次货，一落网，就乖，就吃食，就叫人摸。面里驯服得很，可一丢手，它就逃之夭夭了。抓兔子？哼，闻兔屁去吧。

老顺喜欢刚烈的鹰。

地上横躺着一个拇指粗的羊毛轴。那是昨夜老顺硬塞进“黄翚子”嗉里的。早晨，鹰脖子一抡，毛轴就出来了。老顺捡起，就灯下看，轴儿上已干净了。这就是说“黄翚子”的“痰”拉清了，能往兔子上“放”了。这是第七个毛轴。前六个，夜里喂，早晨吐。羊毛上尽是黏糊糊的黄油。这黄油祖先叫它“痰”，老顺也叫“痰”，灵官却叫“脂肪”。叫啥也罢，一样。反正那黄油是叫鹰性子野的东西。不扯清，手一松，鹰就飞了。嗖——，直上天空。等俯冲下来，就不知溜到啥地方了。扯清“痰”，它一飞高，头就晕，就饿得慌。见了兔子，不扑，才怪呢。

老顺决定今天把“黄翚子”往兔子上“放”。这是个火候。放早了，鹰还野，有去无回；放迟了，鹰就“背”了，忘了自己会抓兔子。万事俱备，只欠东风。挼鹰至此，只剩一“放”。老顺有种临战前的兴奋。

推开门，一股清新扑面而来。老顺心里一爽。他最喜欢这味儿。乡下的清晨，空气凉水似的，吸几口，便把脏腑洗透亮了。天还有些黑，几颗星像村里老光棍毛旦的贼眼，一眨一眨地捉弄人。

一声牛吼传来，曳长，沉闷，雄浑。一听，就能听出是魏没手子的“西门大”在叫。那真是头好牛，长，大，一身腱子肉。一跑，肉骨碌碌抖。跳起来，压上去，个头小些的乳牛都支不住。老顺笑了，为自己这时却想到了这个场面。

他很响地清清嗓门，敲敲儿子的门，说："起呀，爹爹们，尻蛋子把太阳都烤红了。白头子养活黑头子几十年了，该自觉些了。"他听到灵官嘟囔道："行了，行了。少说两句又胀不死你。"老顺笑了。对付儿子，他知道说话的分寸：轻了，冷水上敲了一棒，你说你的，他睡他的；重了，他们又恼了，免不了顶撞你几句。大清早的，红个脖子黑个脸，一天都不利顺。"白头子养活黑头子"，不轻不重，正合适。再说，这也是事实呀。这几个爹爹，哪个不是他老两口起早摸黑抓养大又供了书的？猛子念到初三，兰兰初一，灵官高中。就亏了憨头，只念个小学。可这能怪他吗？一大家子六张嘴，只靠老两口四股子筋动弹。眼下，憨头到井上值夜，还没回来呢。

老顺背了草筐，进了牲口圈。一股熟悉的混合着牲口汗味和粪便的气息使他心里的温水荡了。这是他清晨必做的功课，也是他最愿意做的功课。这黑骡是魏没手子的那头青叫驴下的种，长起个头快，一岁，就俨然是个大牲口了。瘸五爷最眼热他的，就是这黑骡，老缠，要让给他。不成哟，别的，都能商量，唯有这牲口，最是老顺贴心贴肉的东西。舍不得哟！……瞧，这坯子，多好。腿长长的，灵丝丝的，像电视上的长腿模特儿，高贵着呢。这小东西恋人，一见老顺，总要用它那柔柔的白唇吻他的手。那滋味，嘿，啥都比不上哟。这不，它又来了。老顺拍拍黑骡的脖子，嗔道："你个饿死鬼。"黑骡低唤声声，向他撒娇。老顺笑了。温水一样的东西又荡了。

添了草，出门。棚下的骆驼又叫了，满嗓门噎个声音，直梗梗的，远没有骡的低唤温柔。但老顺更喜欢的还是它。这是村里最大最壮的骆驼。那毛片齐刷，澄黄，油晃晃的。峰子高高耸立，像两个山峰。不像白狗家的那个乏骆驼，峰子早成老女人的奶头，软沓沓吊着。毛片更糟，新毛不长，旧毛不褪，丝丝络络，沾满柴草，跟邋遢女人没啥两样。寒碜。哪像这公驼，能吃，能干，能长膘。套个铧犁，像驴上担个柴皮一样，轰轰隆隆，一会儿就把一亩地翻个精光。那犁沟，尺子一样直。当然，老顺喜欢它，还因为它每年剪几十斤驼毛，总能卖个千儿八百。这是家里的一项固定收入呢。

2

老顺带了皮手套，托了“青寡妇”，出门。天空不很亮，飘一层似云似烟的东西。远的树和近的房屋因之虚了，朦胧得像洇了水的水墨画。

风，清冷。与其说是风，不如说是气。那是从大漠深处鼓荡而来的独有的气。“早穿皮袄午穿纱”的原因，就是因了这液体似的清冷也液体似的鼓荡的气。这气带了清晨特有的湿漉和大漠独有的严厉，刺透衣衫，刺透肌肤，一直凉到心里了。

村子醒了。牛的哞声悠长深沉，驴的嘶鸣激情澎湃。那羊叫，则绵绵的，柔柔的，像清风里游曳的蚕丝。

人们出门了，三三两两的，或拉牲口，或挑水桶，或干别的。一切都透着活力。昨日的疲惫和劳累已被睡眠洗尽，今天的一切正在开始。沙湾人不恋过去，不管将来，只重现在，每个早晨都是个美好的开端。

老顺最爱早晨。早晨的老顺最快乐。一切烦人的东西还没来得及钻进心里呢。

老顺把“青寡妇”放到门前的空地上，解了绳子，从塑料袋中取出泡尽了血水的牛肉。走开几步，嘿一声。“青寡妇”箭一样飞来，立在老顺拳上，脖子一伸，肉条便消失了。

“青寡妇”是挼好的鹰。

精通挼鹰全过程的老顺自然明白先人们为啥叫“挼”鹰而不叫“驯”鹰。真是挼。就像把一张光亮挺括的纸挼得皱皱巴巴一样，猎人们把一个有血气有个性英雄气十足的鹰挼成了一个驯服的毛虫。

这是个惨烈的过程。

其程序是，先强行往鹰嗉里塞一个羊毛轴。吐出时，轴上已沾满了能维持它鹰性的叫“痰”的脂肪。一次次喂轴，一次次扯“痰”，直到鹰再也没有

老顺带了皮手套 托了"青寡妇"出门.

强悍的物质基础。同时，专人熬鹰，嘿声不断，没日没夜，连续惊吓，使它无片刻安宁，直到饥饿疲惫至极的它不得不啄食泡尽了血水激不起野性的肉，不得不在早晚半醒半睡时受人的戏弄抚摸，终而乖乖蹲在那只戴了皮手套的拳上，成为一种工具。

老顺手上的“青寡妇”很乖，它少了野性，多了萎靡。无论咋抚摸，它都不会振翅，不会尖叫，不会像真正的鹰那样反抗。人说“好飞禽不叫人挼翎毛”。那么，这驯服的不搏击长空而只是蹲在拳上乞食的毛虫还能叫“鹰”吗？老顺笑了。

老顺捉过两只刚烈的鹰。一只刚入网，他还没来得及把竹筒套到利爪上，它就气绝而死。老顺忘不了它死前的那阵激烈挣扎。直插在大沙河里的网轰然倒地。鹰的眼睛血红血红，放出可怕的光。那是真正的鹰眼。

另一只是被捉的第十天死的。可以说它已进入了程序。爪上套了竹筒，腿上缚了绳子，但它不让人挼它。老顺的每一次抚摸，都招来它暴风骤雨般的反抗。它拍打着翅膀，凄厉地尖叫。其叫声明显异于别的同类。那是愤怒至极的拼命厮打。每次，都厮打得筋疲力尽，在鹰架上荡来荡去，像遭下作之徒欺辱后上吊自杀的烈女。

这只鹰是绝食而死的。在它饿成一把干毛、仿佛能被风卷飞时，它依然不望眼前的肉。它那样高贵，衬得老顺倒成了猥琐的小人。一天早晨，它死在架上，假寐一样，没倒下。老顺掰折爪子，才取下了它。“它是真正的鹰。”他说。

老顺懒得去做二儿子猛子常做的“背锤”把戏：把鹰放了，自己躲在鹰视线难及的地方，嘿一声，鹰会循声而来，落在拳上。这种鹰令他索然无味，他宁愿欣赏“黄罩子”桀骜不驯、雄视万物的那双真正的鹰眼。但对方的尖喙也每每令他不寒而栗。

他草草喂几条牛肉，绾了皮绳，托了鹰，沿村里那条布满坦土的小道走去。

天已大亮。太阳滚到了东方沙丘上，不亮，黄澄澄抹几缕血丝，如小母鸡下的处女蛋。这蛋疯魔似的滚，滚去了黄，滚去了红，滚成一个小而亮的乒乓球，浮在了沙海浪尖上空。

3

不觉间，到了大沙河。空中那层乌澄澄的东西也散了。草滩上有几匹牲口。一群人围成一堆叽喳。见老顺过来，白狗喊："快来，网住个鹰。"老顺问："谁的网？"孟八爷说："你的。"

北柱捂着手龇牙咧嘴叫："老子可不管谁的网，非弄死这毛虫不可。筋都快抓断了。"说着，从白狗手里夺过鞭子，抡过去。鹰尖叫起来。老顺喝道："北柱，你个驴撵的。鹰是你胡摸的吗？你以为那是你嫂子的奶头呀，想咋摸，就咋摸？那是鹰。好飞禽不叫挼翎毛。乱摸人家，不抓你才怪呢。"白狗说："谁乱摸？是看吊得可怜，想取下来。"老顺笑了："卖啥嘴？你们是一路鬼，狗肚子里的酥油谁不知道。是看老子务息的鹰能抓来兔子，眼红了，想偷个自己挼，对不对……羞你的先人去吧。鹰是胡挼的吗？"

孟八爷说："就是。老汉我一辈子打猎，都没挼好个鹰。我天生是玩枪的，挼鹰不成。不是挼死，就是放飞，再就是不往兔子上落。你们舔过几天干屎渣子……嘿嘿，抓一下，活该。我看还轻了，应当把你那两个驴卵脬子抠下来，才知道鹰的厉害。"北柱哭丧着脸说："别望笑声了好不好？见死不救，死了没肉。顺爷，你说鹰抓了不要紧吧，会不会感染？"老顺说："这倒不会，三四天就好了。"又回头对花球说，"去，叫灵官把竹筒和膏药拿来。"花球应声而去。

白狗取笑孟八爷："你不是能行得很吗？你取就是了。鹰见了你，不变成个雀娃儿才怪呢。"孟八爷笑道："想叫我也挨一下？嘿，玩枪，当然没说的。飞禽走兽，一枪一个。可这取鹰，是个技术活。不会取的，挨疼不说，最后干脆乱麻缠了鸡脖子，越取越乱了。"白狗说："噢哟，你也有干不来的事吗？我还以为你有日天的本事，啥都会呢！"孟八爷干笑两声："当然，我的本事比你们多几般。你们除了会搞个嫂子外，还会干个啥呢？嘿嘿……噢，差点忘了，还会给嫂子肚里的娃子做腿呀。北柱，你做了侄儿的腿，那你娃儿的腿是不是白狗做的？白狗，你也对凤香说，哎呀，嫂子，侄女的腿还没做上呢，生下怕是个残废。把你的本事使出来，做上他一腿。”众人大笑。孟八爷又笑道：“白狗，放心干。屋里漏雨照点点儿行。你正是好时候，十七十八火钻钻，二十一二钻出火啊。”北柱笑骂：“老不正经。你用不着眼热，用不着淌涎水。你想啃个嫩葫芦，也成哩。拔了萝卜窝窝在哩。成哩……瞎仙说啥来着，一树梨花压海棠呀……就怕你老骚胡把头磕烂呀。”

“哟，北柱倒是怪大方。”孟八爷捋着胡须，笑道，“不成了，老了。人老三不才，放屁屎就来，话碎赛虮虱，撒尿淋湿鞋。不成了。若年轻几岁，或许还能学个赵子龙大战长坂坡，杀他个七出六进的。现在，老了。”

正谈笑间，花球喊来了灵官。猛子也跟在后面。兄弟俩边走边斗嘴。猛子说：“你看咋的？我说今天肯定能捉一个，你还不信。”灵官说：“你前天昨天都说肯定能捉一个，又不单单是今天。”猛子急了：“可我昨晚上重复了三遍。”“前天你重复了七遍呢。”“可我说今天捉不住，就输你一个猪蹄子。”“昨天你也输了一个，可谁又见了你一根猪毛？”

老顺回过头去，对灵官说：“你跟他磨牙干啥？他除了说白话放白屁，还能吐出个啥象牙？”

孟八爷哈哈大笑，山羊胡须一翘一翘：“哎呀，你们爷父们，也真是。清早起来就踢仗。一个槽上拴不住三个叫驴啊……我说，老顺，给我务息个鹰，成不？”老顺说：“劁猫儿的不骟猪。玩你的枪就行了，玩啥鹰呢？”孟八爷说：“枪也玩，鹰也玩。枪打狐子，鹰抓兔子。碰上啥，就收拾啥。嘿，撵狐子时，一见一个兔子，一见一个兔子，干望没个鹰。嘿。”老顺边从口袋里掏竹筒，边说：“你的枪打不下兔子？”“嘿。打是能打。可哪有玩鹰那么过瘾，嗖——，飞上去，你来我往，斗个不亦乐乎。电视上打的，哪有鹰好看……老了，说不上啥时候，一口气接不上，腿一伸，手一攥，就到阴司里去了。嘿，到那时……想玩个鹰？玩屁去。”

“成啊。”老顺上前，仔细观察网住的鹰，“这是个红鹰，性子烈，不好务息呀……成啊，我给你务息个鹰，你教灵官们打枪。成不？”

“哎哟，好个老贼。……我说抱住尻子亲嘴能吸（细）出屁来的小气鬼啬皮今日个咋大方了……原来打这个鬼主意。我说老顺，你总叫娃儿们扒个好前程，玩啥枪？枪是那么好玩的？有时，在沙窝里撵一天，连口热饭也吃不上……再说，玩枪也不是个好事，杀生害命的……灵官，明年补习不？”

灵官说：“算了。天生是个刨土吃的命，就刨土算了。”孟八爷说：“就是。浑身的武艺遮不了寒，满腹的文章充不了饥。考上考不上，都得活。等娶了媳妇，养个儿，引个孙，一辈子也就打发了。”花球说：“还是再补习一年吧。念到这个份儿上，扔了，可惜呢。”孟八爷说：“可惜啥哩？我一辈子没进过学门，不也逍逍遥遥活了一辈子。我不信当官的有钱的比我自在，比我舒坦。不说自在，光说舒坦吧——我说的是心里，也就是你们说的幸福吧……他们能比上我？我打个狐子，吃个兔子，就感到幸那……个……福。他们……嘿！吃上山珍海味，还愁眉苦脸呢。”

花球皱眉道：“你尽说这些，把人的信心都说没了。”孟八爷说：“这可是好话呀。啥有个够的？有了吃，想穿；有了穿，想富；有了钱，想嫖……哪有个尽头？‘霸争’了天‘霸争’地，临完了，谁都‘霸争’个四块棺板。”白狗说：“你不‘霸争’，打狐子干啥？”孟八爷说：“打狐子？用呀。需要钱了，打几个。要是打一个，想两个。卖了钱，都往银行里存。屁打胡子。这才不对。沙窝里生狐子，就是叫我们活不下去的时候贴补一下，可贪就不对了。啥东西，一贪，心就乱了，就烦了，就活得不自在，不舒坦了。……要说，老顺也是个正主意，叫娃子学个打枪。饥荒年饿不死手艺人。”

“就是。”老顺走到网前，轻轻抖抖网。红鹰愤怒地尖叫挣扎。“总得生活呀。前程是啥？就是养儿引孙。你不看两个爹爹又大了。总不能叫他们打光棍吧？天老爷，娶个媳妇，身子不脱几层皮咋成？单靠那把地，驴年马月，才能存几个眼睛珠子……”八爷叹一声，“那狐子，你以为那么好撵？掉不上十几斤肉，见不上一根狐子毛。再说，也没见哪个靠打狐子发了的。命里没四两洪福，咋挣也白搭，江上来的水上去。”

“说是那么说，总能松一下腰。”老顺小心地取缠住鹰腿的线。鹰叫声越加尖锐。那双鹰眼充血外突，像要暴出眼眶。鹰眼里有愤怒，有惊恐，但更多的是受辱后的气急败坏，仿佛在说："你是什么东西，敢摸老子。”

在鹰的尖叫声中，老顺取出了它的双爪，找个细线扎了鹰腿。灵官已用打火机烤化了小竹筒里的膏药，帮父亲套在鹰爪上。“你厉害，我比你更厉害。”老顺笑道。

北柱上前，把那只伤手伸给鹰："嘿，你抓呀，再抓呀。”鹰不理北柱，发出骤雨般的尖叫和拍打，表达着一只搏击天空的猛禽在落网后又被人收缴了武器后的所有愤怒。

老顺的手法细腻利落。缠在鹰翅上乱麻似的绳子在他眼里程序化了。手指一到，那纠结成团的棉线就自愿让了道。这是他多年练就的功夫。一个新手，可以按程序挼鹰，但他很难迅速解开网上百线纠缠的鹰翅。在鹰的剧烈挣扎之中，每一缕线都成了牵制鹰的绳索。经纬交织，极似乱麻。要求是，既要迅速理出头绪取鹰出网，但又不能弄坏鹰的羽毛。鹰的威风全凭羽毛，损一根，就损一分威风。

“瞧见没？”孟八爷对看得目瞪口呆的北柱们说，“人家是咋取的？没有金刚钻，别揽瓷器活。你以为鹰那么好挼？”

老顺取鹰出网，洋洋得意。冷不防，鹰在他手背上狠狠啄了几下。老顺疼得大叫："憨头，带上手套，快来。”

孟八爷呵呵大笑："啊，我以为打枪不是好活。玩鹰也好不到哪里啊。”

老顺把鹰递给憨头，口里唏唏哩哩抽着气，说："那当然，你想吃兔子，不挨些疼，能成？”

4

早饭照例是山芋米拌面。这是凉州人吃了千百年却一直没有吃腻的最寻常的饭食。做起来很简单，白水里下把米，切几个山芋，滚一阵，拌点面水，就成。这显然谈不上多少营养。但就是这简单的没多少营养的食物，养活了世世代代的凉州百姓。在过去许多年里，山芋米拌面是主食。这是令一些营养学家难以置信的事。山芋米拌面养育了凉州。

现在，山芋米拌面从主食的位置上降了下来，陪馒头充当早餐。但那种独特的口感和渗在凉州人血液里的那份亲切，却是任何食物取代不了的。

正吃着，孟八爷又进了庄门。老顺吩咐莹儿端饭。孟八爷说："也好，端来呼噜一碗。真是穷命，三天不吃山芋米拌面，心里就干焦干焦烧唤得很。"莹儿端来一碗，孟八爷接了，像鹰吞肉条一样，三口两口就呼噜个精光。

孟八爷朝又要舀饭的莹儿摆摆手，把碗在墙上一刮，几星墙土落到碗底，表示自己真不吃了。他抹抹嘴，说："你真想叫儿子跟我打枪？若真想，就叫拾掇拾掇。霜一掠，狐子的毛片也可以了。虽不如三九天的，可也能卖个价。我准备早些进沙窝。馍馍便当的话，今明个也成。"

"当然是真的。"老顺笑道，"可你叫我挼个鹰抵当啊？还没顾上挼呢。'黄犟子'的痰倒扯清了，今日个上兔子。"

孟八爷哈哈笑了："你以为我真要呀？明知道你是个放屁也怕带出米颗的货色，谁还挖你的护心油呢？再说，务息那毛虫也破烦得很。"

"也成。"老顺笑道，"隔三间五，提个兔子去。挼鹰这活，真不是人干的……你想叫谁去呢？"

"谁也成。一个也成，三个也成。反正沙窝里不掏店钱。要说，现在也是个节儿。秋禾差不多收了。挖个山芋啥的，一两个人就成……瞎仙那杆枪要卖了。这孙蛋，崩瞎了眼珠子，还不死心，一天摸好几遍，谁买也不给。听说爱上了一个大鼓弦子，没钱，只能舍枪了。枪……倒是杆好枪，一百二，不贵，一张皮子钱……要取就夜里去，别叫人接了下家。"

老顺哼了一声。

吃过早饭，老顺取过"青寡妇"，叫灵官砸个兔子头来，嘿一声。那毛虫喝米汤似的吞了铁盒中的骨肉。

按老顺的说法，他天生是个授鹰的命。一见鹰顾盼雄视的神姿，便觉得有种新的东西注入身心，心中的阴影便渐渐消失了。许多人用酒浇愁，而老顺则是用鹰将愁挤出心去。鹰的力量是伟大的。他们是真正的朋友，他们会用心灵交谈。有时，老顺在生活的重压下濒临绝望的时候，鹰就会用它独有的语言劝他：怕啥？头掉不过碗大个疤。

喂了鹰，老顺带上“黄罩子”、水壶、馒头和一个兔子头，和灵官一起进了沙窝。

大漠和村子相接处是个窄长的戈壁，上面长着梭梭、臭蓬、骆驼刺和一些别的植物。这些植物的特点是叶小，上面布满沙状的颗粒。植物能在这常年干旱的戈壁上生存，不能不说是个奇迹。

老顺父子走过这片戈壁时，太阳已到半空。距中午还有一段距离，白太阳就把暴虐施了出来。没有了风，没有了从沙漠腹地荡来的那股清凉如水的气。环戈壁而旋的沙岭挡住了流动的气流。万物开始进入了蒸笼。

沙娃娃出现了。

沙娃娃形似壁虎，但不是壁虎。沙湾人把壁虎叫蛇鼠子。沙娃娃不是蛇鼠子。它是地道的沙的孩子——沙里生，沙里长，且在沙里游泳的生物。头像蟾蜍，身似鳄鱼，只是小，皮灰而花，与沙一色。不留神的话，看不出这块戈壁上会有那么多的沙娃娃。

沙娃娃喜欢暴烈的太阳。老天爷越热，越闷，沙娃娃越多，越欢势。盛夏的正午，天空没有一丝云，但你会看到沙滩上有游动的云，那便是一群游曳嬉戏的沙娃娃。

沙娃娃腿软，撑不起身子，可溜得快。村里娃常到滩上捉来沙娃娃夹在草里骗牲口吃。孟八爷说牲口吃了会长膘，可也没见几匹能油光水亮。沙娃娃只会溜，只会钻，给人抓住只会自残躯体摆断尾巴也不敢咬人一口。好在过不了多久，伤口便可自愈，断尾还能重生，倒也活得逍逍遥遥的。

在沙地上行走了大半辈子的老顺很像沙娃娃。他两条干瘦的双腿挪动得极快，步子碎而小。这是沙漠里的最佳“走手”，碎小的步子能减小后陷幅度。

同时，他尽量避免在沙丘和坑凹处直上直下。他总是沿着地势，均匀而行，面不改色，气不粗喘；而昂首阔步的灵官，行走半米，后陷一尺，很快便气喘吁吁了。

老顺在一个兔子常出没的所在停下脚步。这种地形有如下特点：一是地形复杂，多坑凹，多洞穴；二是柴棵多；三是天空有盘旋的野鹰。

老顺叫灵官跟在后面，由他一个人去惊兔子。他知道兔子可能在哪类柴棵下栖身。他需要贴得很近。因为"黄犟子"今日一击至关重要，一击不成，信心大减，会因之损了五成威风。老顺取过灵官肩上的布包，吩咐道："你腿快，一见鹰逮住兔子，就使劲撵，连撵带喊，叫兔子顾不上蹬鹰。挼一只鹰不容易，叫兔子蹬一下就糟蹋了。撵上，先踏折兔子的腰，再叫鹰慢慢收拾去。"灵官蹲下身，紧紧鞋带，却想：这是多么不公平的较量啊！用尖喙利爪的空中霸王对付弱小的兔子，还要加上人。他有些同情兔子。帮助强大的鹰踏折弱小兔子的腰，他担心自己做不出来。

老顺小心地接近一棵棵柴棵。"黄犟子"蹲在拳上，如临大敌。显然，熟悉的环境唤醒了它久远的记忆。它已知道此刻的使命。久违了，搏击天空的机会和攫击天敌的刺激。它羽毛收束，蓄势待发，眼里发出可怕的光。

老顺也很紧张。无论多么有信心的放鹰者都会这样。不往兔子上"放"，谁也不知鹰的优劣。有时，看起来很乖的鹰，撒手之后，却野性突发，逃之夭夭；或看起来很凶猛的鹰，见了兔子，却魂飞魄丧，缩成一团。那一个个毛轴扯出的，不仅是"痰"，还有鹰的"英雄气"。挼好的鹰的第一搏，无异于被人挼尽的英雄气的再生。

为了这关键一击，有人甚至用家兔做第一个猎物。这自然更不公平。野兔虽弱，尚有强劲的腿和搏击的心，更有祖上遗传的对付天敌的本能。而家兔几乎等于死兔，从包中抖出，它还想不起逃，就已毙命于鹰的爪下。

老顺自然不屑使用家兔。这是他自认比别人优秀的重要依据。但他不能省略使兔鹰的英雄气再生的这一关。他所能做的，就是尽量接近野兔。野兔受惊，刚一逃出，他已将手中的鹰送到兔子身上。

这一“送”是老顺引以为豪的功夫。它需要一个猎手的综合素质：眼力，敏捷，力度，判断力——即使兔鹰是个孬种，在那一送之下，也是身不由己。

老顺站住了，向后绕绕手。灵官知道父亲已发现猎物。他脚尖着地，跑了过去。老顺说：“注意，我一放鹰，你就撵。”灵官顺父亲指尖望去，见一只兔子蹲在黄毛柴下。那是一只硕大的野兔，土黄色，凝固似的。两只长耳朵像雷达天线，搜寻着来自身外的每一个声息。那骨碌转动的眼珠表明，它已经发现了他们。

兔子是沙漠里最聪明的动物之一。它有许多叫人惊讶的习性，比如：它极少涉足陌生的地方，平时走的，一定是它前次去过已被证明了无危险的路线；兔子最冷静，人快要踩到它身上时，它才逃跑，绝不是一见人影，就逃之夭夭；兔子最善于利用地形，沙米棵和黄毛柴是它天然的保护林，最凶猛的鹰也不敢钻进柴棵去抓猎物，相反，有经验的野兔反倒诱敌深入，常常利用柴棵去惩罚收身不住的鹰。若没有人的帮助，再能干的鹰也逮不住狡猾的野兔。

野兔显然发现了他们。而且，它知道对方也发现了自己。它凝着的脑袋开始东张西望。随着老顺步步逼近，野兔似乎在权衡利弊：逃出，尖利的鹰爪在等它；不逃，猎人已逼来。但它只犹豫片刻，便逃出了柴棵。

灵官这时才明白什么是“动若脱兔”，仿佛闪电划了一下，野兔已在柴棵下消失了。他丝毫没看出野兔的清晰踪迹，只有一句老掉牙的套话也许能形容：“说时迟，那时快。”

老顺已送出了鹰。

顺着离弦的箭似的鹰的走向，灵官才发现了沙丘上跳跃的黄丸。那黄丸此隐彼现，快逾流星。“黄犟子”更快，翅膀猛扇几下，已近野兔，把利爪插进野兔尾部。

“撵呀。”老顺吼道。灵官便甩开双腿，但他没用全力。这一追，全然不似在追兔，倒像在欣赏鹰兔相搏的场面。“撵呀！”老顺气急败坏地吼。“嘿——呔！嘿——呔！”他的叫声满沙洼荡。

老顺 送出了鹰.
灵官这才发现沙丘上跳跃的黄九

野兔因臀部被鹰爪攫住，逃速慢多了，但它的后腿依然迅捷有力，蹬起一股股黄沙。在它的拖带下，“黄犟子”反倒很狼狈，鹰翅落地。沙滩上响起刷刷的羽毛划沙声。

“倒把呀，这个蠢货。”老顺吼叫。他这是在骂鹰。

“黄犟子”显然属于鹰中“拳势”较好的一种。虽说它被狂奔的野兔拖得狼狈不堪，但它绝不松爪。血从兔臀上流下，印入沙滩。

野兔上坡下洼，但摆脱不了天敌，也摆脱不了身后一串紧似一串的人的吼声。尤其是后者，使它无暇用强劲的后腿，给这讨厌的天敌以致命一击。

“黄犟子”扑扇着翅膀，努力使自己离开沙地。鹰一次次腾起，一次次被拖落……终于，它借野兔跃下沟坎之机，翅膀猛扇，跃上兔背。

“好了。”老顺喘吁吁道：“能倒上把了。”

“黄犟子”在兔子背上稍事调息，开始倒把：左爪前挪，插进兔腰。兔子惨叫一声，后腿无力地捞在地上，但前腿仍在飞快地挪动。沙地上多了两道浅浅的沟。

“黄犟子”又开始倒把的第二步：身体前移，腾出右爪，自野兔面门，插进脑袋。

野兔迸然倒地。那原本迅捷有力的后腿无力地抽动，抽出一声声惨叫。叫声很大，“咯哇咯哇”，满沙洼响，极像遭烫的婴儿在厉叫。

灵官的心一阵发抖，周身的毛孔都收缩了。这是多么残酷的场面。一个活蹦乱跳的生命就这样完结了，仅仅是因为人想吃肉。

太阳搅天叫着，发出闷热天里知了的那种噪鸣。这声音伙同兔子垂死前无力的呻吟汇聚成一股旋卷的波，在灵官头里荡。他有种小便要失禁的感觉。

野兔死了。鹰爪刺入它的大脑，攫去了生命。它大瞪着眼，显然不甘心。“黄犟子”一下下啄兔尸，啄一下，左顾右盼望一阵，一副踌躇满志的样子。

老顺喘吁吁赶来，边擦汗边说：“好险，好险。”他瞪了灵官一眼，显然在埋怨他方才的追赶不力，“知道不，倒不上把，捞在地上。只要兔子蹬一腿，鹰就完了。有蹬疯的，有蹬死的，最轻的也给蹬破了胆，从此不敢往兔子上落。

幸好它顾不上。嘿。”

灵官怔怔站着。他望着父亲注视野兔的那种专注和投入，觉得自己离他很远。“仅仅为了吃肉……”他想。

“这是只老兔子。”老顺话音里有掩饰不住的得意，“很狡猾。你看，它蹿出时毫不犹豫，很干脆，没左顾右盼。被抓住后也不慌张，把‘黄犟子’弄得很狼狈。要不是人撵，鹰非吃亏不可……不过，‘黄犟子’是个好鹰，要是……那些贼们授的，抓兔子？哼，闻兔子屁去吧。”

“黄犟子”也很得意，东张西望一阵，狠狠啄击几下。一撮撮兔毛随风飘去。但很快，饿了一夜又半天的“黄犟子”不再向主人表功了，也许它发现主人已不再惊奇它的成绩，便索然无味地甩甩脑袋，真正对爪下的猎物感兴趣了。它一下下撕扯，撕下一团团带毛带血的肉。“快取开，不要叫它吃。鹰饱了不捉兔。”老顺说。

灵官从塑料袋里取出血糊糊的兔子头。鹰的注意力被它面前的兔头吸引过去。它的眼里泛着血红的光，架势极凶，抡头甩耳。一团团肉被它喝米汤似的吞了进去。渐渐，它松了爪下的兔子。

“行了。叫少吃几嘴。”老顺说。

5

喝点水，嚼点馍，已近正午。沙窝里的风早被下泄的日光挤跑了，闷热。那日头，仿佛在向地面喷火。天空很蓝，没有一丝儿云，显得高高的空。但那蓝并不给人些许清凉，倒像喷着蓝色火焰的魔绸。沙海在日光下越加像海。怒涛般卷向天边的沙浪泛着水汽似的亮光，哗哗哗闪。

“黄犟子”又抓了几只兔子。前三只抓得很顺，不等老顺帮忙，鹰已把利爪插进兔头，插出了满沙洼的惨叫。只有抓第四只时费了点事。野兔正和鹰摔跤，老顺赶上，用手折断了野兔的脊梁。

灵官已经习惯了这残忍。人类承受残忍同承受药物一样，经得多了，神经就迟钝了。但灵官还是接受不了老顺的做法。“不公平。”他嘀咕道。

“屁。”老顺骂道，“啥叫公平？一个鹰捉许多兔子，人不帮，能成？你念书念愚了。你知道啥是公平？啊？人种麦子，容易不？兔子糟害庄稼，公平不？啊？这世上啥公平？有人坐小车，有人甩条腿。公平不？有人山珍海味，你山芋米拌面。公平不？”

既然兔子糟害庄稼，灵官心中的歉疚便淡了。

此后，父子二人所做的工作就是趟趟柴棵，捣捣坑洼，将隐匿的野兔惊出而已。“黄犟子”的技艺渐渐纯熟，没再出现被野兔拽落在地的尴尬局面。在空中，它就选好了落爪部位。它不再抓屁股大腿，而用左爪直插脊梁，倒把——右爪前移，直刺面门，干脆利落，不给野兔丝毫的反击机会。

乐得老顺合不拢嘴。

“哈哈，狗宝那孙蛋。听个风风儿，录个音音儿。弄了个鹰，都不来，还介绍经验，说四五十天如何如何。我说你个愣头，你连个兔屁也闻不上，还介绍啥？他还哼哼咛咛不高兴。我说你要是逮住兔子，老子揪下脑袋给你当尿脬。结果咋样？揉一个，不捉兔子；揉一个，不捉兔子。肉喂个贼死，连个兔毛也没见。”

“啥原因呢？”灵官问。

“啥原因？没啥原因。问人，谁都说揉四五十天。其实，四五十天，嘿嘿，鹰都‘背’了，能捉个屌。狗宝那孙蛋，一揉四五十天，苦死个贼，鹰早‘背’了，吃惯了你的食，忘了它会抓兔。这孙蛋，还介绍经验呢。嘿。”

“早些放不就成了？”

“太早也不成。性子还野，一放就飞，肉包子打狗了。”

“多长时间合适呢？”

“不一定，看情况。一般二十来天。鹰的野性没了，还知道捉兔的时候。……灵官，可不许说给狗宝。那家伙倒会揉，就是不会放。一说，就会了。”

“你不是说野兔糟害庄稼吗？多几只鹰，不更好？”

老顺耸耸鼻头：“就因为会揉得少，这行当才金贵。谁都会揉，哪有那么多兔子叫你抓……瞧，野鹰。”

一棵巨大的柴棵旁，有一只青鹰，猴塑塑蹲在沙丘上。听到人声，朝这边望望，又扭过头去，不理不睬。空中还有几只，展着翅，挪来挪去。柴棵旁，是一大摊白色的东西。老顺说："那是野鹰的粪。"

老顺说："别看野鹰凶，可轻易捉不住兔子。兔子待在柴棵下，鹰就没治。三天两天的挨饿是常事。偶尔捉一个，一次吃不了，咋办？就守着吃。吃饱，消化，拉粪；再吃，再消化，再拉，就一大摊了……嘿，野鹰看下两只兔子。"

果然，那棵大黄毛柴下有两只野兔，一只土黄色，很大，显然是久经沙场的老将，知道野鹰的无奈，便索性卧在那里，闭了眼，睡着似的。忽而，动动耳朵。另一只灰兔却圆睁了眼，不安地转动脑袋，望望身边，望望天空，如临大敌。

老顺笑了："瞧，这不。兔儿不跑，鹰没治。看也白看，到晚上，鹰的眼不顶事，兔儿就跑了。"

那只土黄色大兔忽然站起，焦灼地叫几声。它显然明白渐渐走近的人意味着什么。

灰兔后缩着，一直缩到柴棵根部的小洼里。也许，对它来说，渐渐逼近的威胁比死亡更可怕。死亡只是瞬间的痛苦。进逼的威胁却像钝锯条一样锯着它脆弱的神经。它的眼里充满恐怖，极像被歹徒围困的弱小女子。

野鹰低低盘旋，开始了进攻前的热身。

土黄色大兔却渐渐安详了。它甚至不望逼近的人。除了耳朵忽前忽后地探听外，它成了一尊泥雕。

"嘿！"老顺叫一声。

灰兔惊恐地腾起身子，望望渐近的人，又望望伙伴。伙伴却是一副听天由命半死不活的模样。灰兔叫了几声，声音短而厉。它的精神似乎到了崩溃边缘。

"嘿！"老顺又吼一声。

灰兔蹿出柴棵，蹿下沙洼。野鹰箭一样射下。"黄犟子"也扇着翅膀飞出，老顺一抖绳子，“黄犟子”便又上了拳头。它盯着那只大兔。

黄光一闪，大兔飞出柴棵。灵官听到耳旁刷刷的鹰翅掠空声。“黄犟子”已射出。

“嘿——”父子二人边追边吼。

仅仅一眨眼，黄兔已到几十米外的沙丘上。“黄犟子”不愧是只好鹰，翅膀扇得满沙洼风声。灵官跑得飞快，像在空气中游泳一样划动着手臂。“嘿——，快点！”老顺还嫌慢，气急败坏地吼。因为他发现，那黄兔不好对付，弄不好鹰要吃亏。

“黄犟子”接近黄兔了。速度之快，只能用光来形容，这时的“黄犟子”确实成了射向猎物的光。近了，近了，它的双爪已近黄兔屁股。

黄兔忽地收足。“黄犟子”一下射出老远，等它回转过来，黄兔已拐进一条沙沟，消失在茅草之中了。

“抓住没？”老顺上了沙丘，喘吁吁问。

“没有。”灵官风箱一样呼哧着，“跑了。嘿，没见过这号兔子。”

“黄犟子”丧气地落在沙丘上，神情已不像鹰，像是被对手重拳击得晕头转向的卫冕拳王。

“调虎离山。”灵官喘吁吁道，“这家伙用的是调虎离山。叫灰兔引开野鹰，它反倒逃了……嘿，这才是狡兔。”奇怪的是，他的心里异常轻松。他佩服这个作为弱者却战胜了鹰的兔子。“那家伙不怕人。‘黄犟子’没经验。不然，逃不掉……不过，难说，也说不准叫它蹬一下……嘿，这号兔子……那只灰兔，肯定捉住了。”

“早叼跑了，叫野鹰。”灵官说。

老顺说：“屁话。一个鹰一两斤，兔子五六斤，咋叼？肯定在吃呢。快去。”

沙洼里的野鹰们吃得正凶。灵官扔出手中的包。野鹰们飞到空中，嘎嘎嘎叫着盘旋。兔子已给撕得七零八落血肉模糊了。灵官皱皱眉头，捞过，扔出老远。

老顺说：“拾上，回去喂鹰。”

6

老顺一进家门，就见老伴正陪着嫁到邻村的女儿兰兰抹眼泪。一问，才知道女婿白福参与赌博，被派出所逮去了，要交上五百元罚款才放人。婆婆打发兰兰寻钱来了。

老顺火了："不交！你叫那个倒财子爹爹多受些罪，鼻子里多钻些烟，才知道悔个心的。再说我也没钱，要钱没一分，搬肋巴十二根！……再说，就是有钱，也不往那个冰眼里丢！"老伴说："没钱，连个好话也没有吗？又不是丫头叫他去赌的，你喝神断鬼啥哩？"兰兰抹泪道："其实，我也是来尽尽心的。婆婆打发，不来说不过去。我倒赞同爹的话，叫那个挨刀货鼻子里钻些烟。为这事，惹了不知多少闲气了。打打闹闹的，也不是个事情。"

莹儿也说："就是，爹妈管不住，总有能管住他的地方。叫公家管管，也不是啥坏事。"

老顺吁了口气，说："也不是我发脾气。一来，我确实没钱。二来，那玩意儿一染上，就有了瘾，见个场面，心就痒得突突跳。今儿个罚，明儿个输，你们还过不过日子了？不硬手地管一管，根本改不了。"兰兰说："就是。叫他受受罪也好。"说完，不顾妈的挽留，执意要回去，说是婆家正乌烟瘴气的，她放不下心。

妈就给她包了两只兔子，打发猛子去送她。

老顺口气虽硬，但女婿被抓，总不是好事。兰兰一出门，他就觉得心里毛哈哈地不舒服，索性连晚饭也不吃了，去了井上。

打井，说来简单：请来打井队，支个井架，用机器吊个沉重的钻头在地上一下下撞，咣——，咣——，撞开一个深达百十米的洞，再按上水泥圈，便成所谓的"井"了。

打井有二怕，一怕没水，花个上万元，添个干窟窿；二怕塌方，折腾好多天，“轰隆”一声，“井”不见了，连打井队的钻头也不见了，劳民伤财，最是晦气。

每天，瞎仙就在井上唱曲儿，唱出满屋笑声，图个吉利。

老顺爱听曲儿，更爱那种味道：一屋人，一屋烟，一屋说笑。茯茶喝来很过瘾，说笑声便格外有劲。谈谈古，论论今，都成前知五百年后知五百年的诸葛亮了。距井房还有一段路，老顺便有了醺醺的醉意。

三弦子响了。这浑厚的熟悉的弦音哟，能渗入血液，渗入骨髓，像山芋米拌面一样，舒坦地熨老顺的心。一听到它，所有的不快和阴沉便像拉远的镜头一样模糊了，成为一星昏黄的暗晕。

掀开门帘，一股呛鼻的烟味扑面而来。屋里尽是男人。因为打井最忌讳女人。北乡好几个村的井打到半截塌了，据说就是女人们上了井的缘故。女人们身子脏，尤其在身上来红的时节，会“冲”了保佑井平安的善神，比如土地爷等。为了求神灵保佑小民扎紧喉咙挤出的票老爷打的井平安，村里宰了三头猪、三只羊、三只大白公鸡，请三位师父祭了神。虽说三牲全进了人的肚子，变成粪便屙到圈里，但神喜了是肯定的。神喜的标志是人喜。祭神那日，男人们都喝得醺醺大醉。没有谁惹出不快。只有瘸五爷喝了点酒红了眼睛。那不知趣的尿水还没掉出，就经孟八爷提醒化为带泪的笑了。而后，队长孙大头扯着嗓门叫男人们都管好自己的“妈妈”，一个都不准到井上来。他强调了一句：“谁出了事谁负责。”

因为没女人，屋里没有大的喧哗和叽咕。男人们坐在铺了麦草的地上，边抽烟，边喝水，边听瞎仙毛乎乎的口里吼出的裹带着烟味的左嗓子声。

瞎仙是半路出家的。他本是个猎手，据他自己说能枪打飞蝇。打下的狐子能拉一汽车。这话很值得怀疑。因为一提起他的枪法，孟八爷总爱耸鼻头。十年前，瞎仙装枪时，不知怎么引发了膛里的火药，把他两只贼亮贼亮的眼珠给毙了。好在他识字，瞎前看的闲书多，一入道，就比寻常瞎仙高一个品位，因此自视甚高，一提别人，便耸鼻头，久而久之，鼻头上竟耸出了一个肉桩。

瞎仙唱的是一个叫《红灯记》的贤孝。讲的是一个叫孙吉高的穷书生与

一个叫赵兰英的女子的爱情故事。此时正唱到赵兰英的后妈把孙吉高骗到楼上，用刺条打，黑醋喷。瞎仙唱得充满深情，龇牙咧嘴像在挨刺条。

瘸五爷见老顺进来，招呼一下。瞎仙也把那双干枯枯的眼睛转向他，脸上露出打招呼的表情；手却不停，继续把那甘霖似的弦音洒在老顺的心头。

瞎仙唱了一阵，放下弦子。打井师傅递过一支烟。孟八爷接了，放到瞎仙手中。瞎仙闻闻，夹在耳朵上，仍掏出自己的黑鹰膀子烟锅儿，用手捋几下，吧嗒起来。咂一口，许久才吐出，手蒙在烟锅上，吹出烟蛋，捻碎。

因沉浸到贤孝的氛围中，老顺模糊了孟八爷们的一番高谈阔论，含糊地应几声后，才听到瘸五爷的声音："就是，一万哩。乖乖，想都不敢想。以前，一斗麦子就能换个婆姨。"

"没治。一锤打个肚儿里疼，多少也得娶。"北柱爹说。

老顺端起孟八爷的茶杯，让入口茶水在唇齿间弄出一阵惬意的唏溜声后，说："嘿，人真是活愚了。没儿子盼儿子，有了儿子愁媳妇。啥意思？还是计划生育好。省得老子的头发往白里愁。"

"月婆娘放了个米汤屁。"孟八爷鬼似的笑了，"没一点味道。也没见谁一尻子压死个娃子。填狗肚子的，还不都是丫头片子？""就是。昨夜里，不知谁在乡政府院里放了个月娃娃……当然是丫头……死命哭，可谁也不去抱……听说民政干部想抱，乡长说不能惯那个毛病，你一抱，以后生下丫头都往乡上送，还了得。就没抱。嘿……听说冻成个紫蛋。你说，这世道。"

"就是，这世道。"男人们齐齐叹气。

北柱爹说："人心都是肉长的，人家乡长也有难处……听说为上粮，就叫上头骂了个驴死鞍子烂。嘿，不硬手不成哟。"

孟八爷说："也难为了他们，吃啥饭，就得干啥事。……他们也得吃饭呀。"

"就那几颗猴食，一上，喉咙扎住算了。"瘸五爷捋几根黄须，叹口气。

北柱爹笑道："哟？你抱个尻子亲嘴能吸（细）出屁来。连个馍馍都不吃，顿顿山芋米拌面。省不下，谁信呢？"

"就是。"孟八爷接口道，"听说瘸五爷放个屁，还要朝后望，看喷出米颗来没。省不下，谁信呢？”屋里人笑了。

“省下个屁。这儿省下，那儿又出去了。打井啦，电费了，这个费，那个税的。上了几千斤粮，领了个屁打胡子钱。都扣了。我还愁明年的化肥呢——五子的媳妇还顾不上提。省都这样。不省，怕是连裤子都穿不上了。”

老顺说：“省是省不下的。纵然全不吃，能有几个钱？土里咋刨，也不过刨几个麻钱子，能刨出金元宝？能挡得住你刮一碗，我挖一勺的？”

“反正这日子越过越难了。”瘸五爷说。

“听风水匠说，”瞎仙说，“凉州城广场上的那个铜马不好，那么高，那么大，头朝西，大张着口，把西营水库里的水喝干了，收成当然不好。”

“咋说呢？”孟八爷笑道，“永昌人却说那铜马大张着口，吃永昌的草，粪却屙在武威。说是把永昌吃穷了，把武威屙富了。就想了个法儿，塑个金牛，头朝武威，想把马牴回去。”

打井师傅哈哈笑了：“就是。我见过那牛，拧个脑袋。那阵候，真像牴人。”

“闲的，闲的。”瞎仙晃着脑袋，“永昌是啥？草湖滩。武威是啥？金华之地。当初牛鉴当大清皇上的老师时，问武威咋样，牛鉴说是金华之地。皇上就说，好，金华之地，就多征粮。又问胡阁老，永昌咋样？胡阁老怕百姓太苦，就说是草湖滩，百姓苦焦得很。皇上就少征粮。结果，嘿，武威百姓苦是苦了些，可是皇上封的金华之地。永昌可真成了草湖滩，到处是芨芨墩。”

孟八爷说：“啥金华之地？死要面子。那些官，都拔了屌毛栽胡子，只顾自己威风，不顾百姓疼痛。”

瞎仙说：“还不是老百姓惯的。嘿，凉州人干正事没溜子，巴结起人来可一套一套的。”

“怪就是怪。”打井师傅说，“说穷吧，外地人挣凉州的钱和扫树叶一样容易。不说高技术啥的，就说粗活：好木匠，外地人；好裁缝，外地人；好理发的，也是外地人……就连卖老鼠药的，也是外地人。凉州人死了？说有钱吧，可都叫穷；说没钱吧，叫外地人扫树叶一样往怀里扫。怪事。”

“就是。”“就是。”

瞎仙说："风水不好。听说凉州城原来要在四十里堡修。一天，来了一个外路道人，一看大惊，说，老天爷，城修到这里，哪有外路人的活路，就偷偷把城桩移到现在的地方。地方官以为是神挪的，就修到这儿。这下，嘿，成外路人的天下了。凉州人，屁打胡子，卖苦力去吧。出西口，上新疆，还多少能挣几个。想挖南方人的钱？门也没有。"

瞎仙的话引来一屋子叹气声，仿佛他们本是百万富翁，叫那贼道人一鼓捣，一下子成穷光蛋了。

7

又听了一阵贤孝，老顺才回家。老伴把野兔肉同山芋片炒了一锅端了上来。其外形很不雅：山芋太烂了，山芋汁糊在兔肉上。野兔肉一经炒，都变成了黑色，但味道却异常鲜美，有种其他肉没有的香味。灵官们一边吭哧吭哧啃兔肉，一边有一句没一句地谈论野兔肉为何鲜美。这种时候，老顺轻易不发火，兄弟们就能安闲斗一阵嘴。大儿子憨头认为野兔肉香，是因为兔子吃百草，百草吸的天地精华全到兔肉上了。二儿子猛子却认为在于野兔偷吃粮食。他的理由很充分，家兔也吃百草，为啥肉没野兔香？原因是没人给家兔喂粮食。小儿子灵官却认为与它的生存状态有关：一是多动，因奔跑消尽脂肪，只剩精肉，所以鲜嫩；二是多处在惊恐之中，时时提心吊胆，心理影响了生理也未可知。兄弟三人啃一下说一句喋喋不休。憨头慢悠悠似喝米汤。猛子火爆爆如炒豆子。灵官则聪明外露伶牙俐齿，全以斗嘴为乐。老顺听得不耐烦了，骂，驴撵的，大块兔肉也塞不住你们的窟窿，谁都狗屁不通。于是，灵官悄声问他：你说啥原因？老顺扔下骨头，做出发表权威演说的架势，但吭哧半天，也说不出个子丑寅卯，怔了几怔，忽而开悟，说野兔肉香的原因，一是吃百草，二是吃粮食，三是多动，四是受惊吓，全是儿子们"狗屁不通"的观点。于是，父子相顾大笑，差点将肚里的兔肉喷出。莹儿更是笑得肋部发疼，边揉边笑边哎哟。

灵官妈笑骂："龙生龙，凤生凤，老鼠的儿子会打洞。老不正经养了一窝小不正经。"

吃过兔肉，憨头说："队上又收钱哩。队长说井打了一半，停不得。一停就报废了。"老顺说："不是算好一口人五十吗？""大头说，算时够了，可现在啥都又涨价了。"老顺狠狠地说："涨，涨，我看你涨到天上……又收多少？""三十。""咋又是三十？""顺便把买电机潜水泵的钱也收上。反正迟早得交。"

老顺皱眉不语。

"还有呢，"憨头说，"村上说要修学校，一人集资五十，年底交清，明年春上修。大头说这可是大事，管千秋万代呢。再不修，进不了人了……听说梁都折了，墙也开了缝。"

"行了，行了。"老顺狠嘟嘟说，"说这些也不分个时节，刚吃了肉，你想叫老子得癌不成？"

憨头嗫嚅半晌，说："这是会上说的。我开了会，总得给你说呀。"

"也不分个场合。"老顺鼻孔里长出一口气，出得憨头惊慌失措。憨头望猛子，望灵官，仿佛自己做错了事，叫他们也来承担些似的。

灵官妈"哟"了一声，说："动不动癌不癌的，放啥咒？有命的不得无命的病。不信老天瞎了眼，病也叫穷汉得尽。"

"也就瞎眼了，这天爷。你不看好人命不长，恶人活千年。"老顺说。

灵官妈最怕听这些话。她不求官不求财只求个平安。老顺一提癌呀啥的，她就有种说不出的恐惧。方才自己的那番话，除了安慰自己，更为了消除老顺的臭嘴带来的晦气。

她最相信齐神婆的那一套。齐神婆老说，凶事吉事，全凭接气。人嘴里有毒哩。少说那些死呀病呀的话。说了咋办？好办，再说一番吉利话冲一下。哪想，她的话音没落，却引出了老顺更大的一摊浑话。她的心顿时暗了。但老顺说的是实情，她不好再反驳，只好装做不在乎。她怕自己的在乎也会"接上气"，只好转个话头，问憨头："明天干啥？"

“大头叫我进城。买棕皮，井上用。”憨头边说边望老顺，生怕自己的这话也引出什么“癌”来。

妈说：“正好。你检查一下。灵官也去。医院里有同学，好办事。”

“检查啥呀？”老顺皱起眉头，“别没病找病了。好好的，花那个冤枉钱干啥？”正说着，老伴踩一下他的脚，忽见莹儿红了脸，心里一动，遂说：“也好。去就去。你一个人头三不知脑四的，找医院不要进了女厕所。灵官也去。”

妈又对莹儿说：“你也去。”

“不去了，不去了。”莹儿慌乱地说，“我去干啥呀？没意思。省两个钱。”

灵官妈说：“想去就去。现在消闲些，有时间。过些日子，想去也顾不上。”

莹儿望一眼婆婆：“没意思。我没意思去。真的，我不去了。他去就去。”

灵官妈叹口气：“不去就算了。”

8

喧完正事，憨头去队长大头家取钱，莹儿去了小屋。灵官扭开电视，正在播晚间新闻。老顺冷哼一声，上前，关了，说：“有啥看的？等会，看包公。”灵官说：“爹，你不懂。新闻上尽是国家大事。”老顺说：“啥是国家大事？是吃，是穿，是叫老百姓活好。叫老子们过上好日子，是最大的事。今天这个会了，明天那个节了，啥意思？白费电。”灵官说：“爹的这几句话还是有水平的。真是的，新闻不是这个会，便是那个节。”

“当然。”老顺说，“你们过了几个八月十五？老子经得多。老子不看他说的比唱的好。老子只看实的。你想，民国年成，我们方圆一大片才上几十石粮。现在，乖乖，堆成山了，还这个费那个税的，硬咂着老子们的屌要牛奶。”灵官说：“报上老说减负担呢。都是下头的歪嘴和尚把经念错了。”老顺冷笑一声：“你以为喊几声就真减了？我们庄稼人可不管他喊个贼响。我们只知道自己的肩上松没松。”越说，老顺脸越黑。

忽地，老顺一拍脑袋，指着灵官：“你挡嘴喳舌的，再没个说的？老子吃了肉，惹老子生气，想叫我得癌不成——老婆子，快拿几盅酒来。你们咋又提这个话头？”灵官说：“是你自己要说的。谁又掰你的嘴来？”老顺瞪一眼灵官：“是你提猴猴拔蒜蒜引起的话头。”灵官妈笑道：“哟，风刮倒了赖天爷哩。是你提起箩儿斗动弹，骂这个，骂那个，成个气葫芦。怪儿子干啥？”老顺皱眉一阵，忽地笑了。

灵官妈取过酒，放在茶几上，说：“你倒是越来越无义了。吃着肉，喝着酒，还骂政府。没有共产党，你连猫尿也喝不着。……别不知足呀。人心不足蛇吞象。那些年，你连个囫囵裤子都穿不上。现在，皮褂子啦，皮鞋啦，啥没有？还吱哇乱喊啥哩？”

灵官说：“妈，咋能光和过去比呢？报上不是说了，外国的农民半年种庄稼半年旅游。想走哪里，飞机一坐，嗖——就到了。种庄稼也不苦，电钮一按，嗞——种上了；电钮一按，唰——草薅了；电钮一按，轰隆隆，麦子进仓了。哪像我们，驴一样苦，才混个肚儿圆。”灵官妈被儿子逗笑了，嗔道：“你一天报上报上的。除了报上，你还知道个啥呢？人家是人家，你是你。人家命好，眼热啥哩？行了，娃子。青草也罢，谷糠也罢，能填饱肚囊就成了。嚷啥哩？没老没少的。”

老顺抿口酒，笑道：“哎，老婆子。你骂谁就骂谁，可别拉上我。我可没说外国。……怪就是怪，以前清汤灌老子，可高兴得唱秦腔。现在，想拌面就拌面，想饧面就饧面，隔三间五还能见个荤腥儿，为啥反倒躁性性的想嚷仗？”灵官说：“以前糊涂，现在醒了。就这样。”猛子说：“就是，以前谁知道外国怎样？”老顺呸道：“你们别老外国外国的好不好？外国人肚里盛的也是屎。”猛子一缩脖子，不再吱声。

灵官望一眼猛子。猛子吐吐舌头。老顺却噗嗤一声笑了：“外国的别的我也不想，就是不知道外国酒是啥味道。”灵官妈嗔道：“哟，六月天的老狗想吃冻大粪。”猛子说：“我知道外国酒，人头马。”灵官接口道：“还有威士忌。”

“听，听。”灵官妈笑了，“喂死鸡。老狗又变成死鸡了。”老顺笑了：“不喝了，不喝了。这外国酒能喂死鸡，还不把老子喝到阴司里。”屋里人全笑了。

灵官说："还有格瓦斯呢，能叫鸽娃死。"

灵官笑着开了电视。包公正审陈世美。老顺便怨灵官不该开时开，该开时不开，耽搁了老大截子。装包公的演员很合老顺的脾胃，声音也硬怪怪的，真像个清官。灵官妈喊："莹儿，包公开了。"莹儿在隔壁哎了一声，说她头有些疼，不想看。灵官妈望一眼老伴。老顺正张着被烟熏黑牙齿的毛乎乎的大口望着屏幕，魂儿早被包黑子勾跑了。灵官妈便出去了。不一会又进来了。灵官听到她轻轻叹了口气。

一集很快完了。老顺才合拢了下意识张大的嘴，觉出了不知不觉溜出嘴角的涎液，赶紧用袖头抹一下，望一眼儿子们，见他们并没发现自己的失态，遂松口气。猛子说："陈世美不该铡。公主那么漂亮，有钱有势，哪一点不比秦香莲强？若是我，也爱公主。"老顺说："你天生长个吃青草扒驴粪的心，当然啥事都干得出来……不铡？饶了那孙蛋，还有没个王法？你想，秦香莲容易吗？供他念书，养活子女，临完了，却盼了个屁打胡子。还派人杀她，没天理了。"灵官说："那也是秦香莲自己寻的。两口儿待在家里，男耕女织，恩恩爱爱的，多好。偏要叫男人上京科考去。活该，自找的。"老顺说："跟上秀才当娘子，跟上屠夫翻肠子。谁不想巴望着过好日子呢。"猛子说："结果给了个苍蝇撵屁，一场空。"老顺将手中的酒盅用力往桌上一顿："你们这两个驴撵的，心叫狗掏了。人家都到那种地步了，你们还说风凉话。"

灵官妈笑了："去呀，去呀，你上去救呀。秦香莲又年轻又漂亮，陈世美不要，你顺便拾上个掉果儿。"老顺瞪着老伴，鼻腔里"哼"一声，却又笑了："老不正经。"

猛子说："我看这秦香莲，真够毒的。人家不爱你，你缠他个贼死，抱腿也行。总不能缠不上就叫包黑子往死里铡吧？毒，毒，真是毒。书上说啥来着？"灵官接口道："青竹蛇儿口，黄蜂尾上针，二者尚犹可，最毒妇人心。"灵官妈说："灵官你说话干净些。老娘咋毒了？老娘没给你吃？没给你穿？"灵官忙道："谁又说你来着。"灵官妈笑道："早知道养下这么几个无义种，不如一屁股压死喂了狗。"

正说着，又一集开了。大家遂屏声静气望荧光屏。憨头轻轻推开门，朝灵官绕绕手。灵官过来。憨头问："医院花钱多不？""不一定。有的多，有的少。""多了，我可没钱。只有三十块，一坐车，只剩二十了。还不能吃饭。""问爹要些。""我不敢。""那等会我要。"

好容易等到电视结束，灵官提到钱的事。老顺唉哟一声："你们这么几个喝血贼，都朝我伸手。我的骨头能榨几两油？"憨头垂了头，半晌，说："那就算了。下次，再说。"灵官妈说："不行。今日推明个，明日推后个，推到啥时候呀？就明天。我身上有十块，是那几辫蒜卖的。"

憨头听了妈的话，慌乱地抬起头，望望爹，望望妈，复又垂下头，耳根子都红了。老顺说："不够的话，再捉几只鸡，卖掉。反正，老子是穷得尻子里拉二胡咧……噢，记起来了，有五毛。行呀，斤里不添两里添。"猛子说："我有一块二……卖啥鸡呀？兔子，剥两个。城里人喜欢野味。卖起来，比啥都利顺。"老顺一拍大腿："着。城里人鸡呀鱼呀吃腻了，见了野味，比瘦狗见了肥骨头还馋，涎水能吊一尺长。"憨头吭哧半天："我不敢卖。一进城，头三不知道脑四的。"灵官说："你不卖，我卖。又不偷人抢人。怕啥？"老顺白一眼憨头："就是。城里人再厉害，能把你的屌把搬掉？皮捋掉？"

9

看完电视，猛子灵官到北书房去睡了。憨头也走了。灵官妈怔了半晌，泥塑似的。老顺说："瞧你，老大不小了。又不是娃儿，看个戏，还替古人担忧？"老伴不语，许久，叹口气："谁又替古人担忧呢？那娃子，怕有点不对劲呢。""为啥？""你不见一说检查，就脸红，媳妇也是。结婚几年了，还常洗身子常见红，没开过怀。""生儿育女可难说。有的早，有的迟，你不也是结婚第三年才生下憨头吗？""不一样。你不看，叫莹儿进城，她不去。想来……那娃子有毛病。而且是明的毛病，若是暗的，她也去呀。她又不是诸葛亮。""这……咋办呢？""等他回来再说吧。看查个啥结果。你假装啥也不知道。那娃子脸皮薄，害臊呢。”

老顺拧眉，手中把玩那黑鹰膀子烟锅子，又不抽，只一下下捋，仿佛要将上面的啥东西捋走似的，许久，长吁道：“这日子，没过头了。尽是不顺心的事……说不定又得花多少钱呢。这几两骨头，再也榨不出油了。”老伴说：“你也真是的。人一说，就唉哟呻唤的。有了几岁了，咋背不住个烫面条儿？”老顺装了烟，咂一口，唏唏哩哩好一阵，说：“就我这个老鬼，尽力子背，又能背出个啥名堂？两个爹爹又大了，该给拴个母的了。手里又没半个光阴。不愁，还能呵呵笑？”“愁，又能愁出个啥？谁家娶媳妇不是挖两屁股四肋巴债，哪有票子存成疙瘩再找媒婆的？”

老顺不语，用力一吹，红红的烟蛋飞出，划个弧，滚到地当中，再装烟点火，深吸气，许久不吐一点烟。忽而，一口呛出，吭吭哧哧，咳得脸紫红，缓一缓，说：“说得轻巧，借？你是爷爷？这年头，有钱的，没良心，拔根毛都像要他的命。有良心的，穷得叮咣。朝谁借？朝灶爷？借两手锅煤子把脸抹黑吧。”

老伴轻叹一口气，许久，再叹一口，仿佛怕叹气声吓坏老顺，轻得像在偷气。末了，嘿一声，有种破罐子破摔的味道：“愁啥？车到山前必有路。愁死有啥用？先前，我最愁憨头。那娃子憨实，不敢和女娃打个情骂个俏的，长得又不亮活。没有兰丫头，真怕没个着落。灵官他们，不愁。灵丝丝个人，哪里拴不上个母的？没钱，拆锅头卖炕，也得生发。不信还成个老光棍了……唉，就苦了兰丫头。”

“还说呢。”老顺说，“猛子一说，就来气。”

“有啥法子。”老伴说，“这类事多着呢……只是委屈了丫头。嫁个不学好的，心里苦得很。”

“也不见得。上回来时，丫头还笑呢。”

“那是装的。怕我们难受。那白福，动不动就枪杆矛子的，又好耍赌……丫头心里苦。上回来时，在被窝里偷偷哭。”说着，灵官妈眼圈红了，取过放在墙角纳了一半的鞋底，哧——哧——地捞，仿佛要捞出心里的不快。

老顺眯了眼，蹲在炕沿上，捻了旱烟末，装进烟锅。许久，却忘了点火，叹道：“要说，花球那娃子不错的，人伶俐，可就是岁数小了些。再说，憨……头，嘿，总不能打光棍。二十七八的人了，再不生个法儿，难说。丫头是委屈了些——这丫头，自小要强——可不委屈她，就得委屈娃子。”灵官妈不语，眼里滚出了泪。老顺嘿一声，说：“算了，不喧了。命该如此。命里就是刨土块翻草根的，给个龙椅，她也坐不住。”

老伴抹把泪，叹口气，望着兰兰绣在被子上的那个图案出神。老顺说睡吧，不喧了。啥事不提还好，稀里糊涂也就过去了。一提，总叫人心里不好受。唉，没意思，真没意思。

第　二　章

1

早晨，呼噜了两碗山芋米拌面，灵官和憨头准备进城。妈递给灵官两个袋子，一个装当午饭的馒头，一个装四只剥了皮的兔子，并悄悄吩咐灵官："留个心，听医生说些啥——别叫他知道。"灵官感到奇怪，问原因。妈说："以后就知道了。"

正说间，队长孙大头到了。

大头真是大头。大头高，大头胖，大头的脑袋比肥猪的还大，一说话，满嗓门噎个声，像吵架："憨头，你留个心。那棕皮，一焐，就用不成了。"

灵官笑道："不放心？你去呀？"

"忙死了，忙死了。一个弹弓下支一个雀儿子，挪不开呀。"大头很响地咳嗽几声，"这屌队长，真没当头。啥事都操心，少活几年哩。"

"算了吧，你。"老顺说，"这话，你说八百遍了，耳朵都有茧了。谁又见你真辞来呢。不当就不当，你以为沙湾就你一个吊把儿的？"

"就是。"灵官接口笑道，"你不当我当。怪事。血叫你喝了，话也叫你说了。你照照镜子，身上那一嘟囔一嘟囔的肉，哪块不是老百姓喂的呀？"

"屁，屁。"大头笑道，"老子喝凉水也胖。有啥法子？谁像你爹，生就一个干头瘦耳尖嘴猴腮的坯子。吃三个兔子，倒有四个变成了粪。浪费呀。

不过，也说得过去。有这么好的儿媳妇，不瘦，能成？是不是？老顺。”

“你再有没个放的屁？大头烧山芋。”老顺笑了，“我哪像你爷爷那个老牲口……”大头忙摇手：“行了行了，老贼。你真是个老叫驴，嘴一张，就是直杠杠的声音……憨头，一定要上好的。”说完，风风火火地走了。

2

大头一走，灵官和憨头就拾掇停当坐车进了城。

太阳老高了。城里的太阳不像太阳，仿佛是灰尘和噪音的喷射口，喷出满世界满脑子的灰土和吱哇。大车小车像失惊的驴，乱。骑车的男女也疯了，一个咬紧一个的屁股，穷撵。走的是一群疯蚂蚁，乱嚷嚷的，你碰我的奶头，我撞你的屁股，头点屁脊晃的，晃得憨头的脑袋直发晕。过马路时，憨头能在原地踏步好长时间。灵官戏道：“小心，别把眼珠子掉下去摔碎了。”憨头红了脸，说：“你在城里念几年书，当然不怕了……他们跑这么快干啥呀？”“上班。”“嘿嘿，又不是救火，就不能骑慢点？”“迟了要扣工资。”“就不能早走点？”“城里人哪有老子们逍遥，想睡到日头晒屁股，就睡。他们呀，要送娃儿上学，还要上班，有的连早饭都吃不上。”“城里人够可怜的。”灵官笑了：“他们还觉得你可怜呢。”

灵官问：“先买棕皮还是先上医院？”憨头拧眉想一阵，却反问：“你说呢？”灵官说：“现在医院人少，等会，可能挤不进去。”“那就现在去吧。”二人便朝市医院走去。憨头走得慢，显然是怕进医院，又不得不进。那样子，极像拉向屠宰场的老牛。灵官由他，不去催。

进了医院，灵官去找同学史文。二人见面，寒暄几句，拍打一阵。史文喧一阵近况，发几句牢骚，仍一副怨天尤人的样子，把医院领导说了个狗屁不值，才问灵官有啥事。灵官说了原因，史文问哪科。找憨头，已不见人。再找，见他在一个角落的长凳上，低了头，发怔。问查啥，憨头红了脸，半天不语。灵官急了：“那你检查个啥哩？”憨头吭哧半天，吭哧出一鼻尖的水星，许久，才指指右肋，说疼。史文说：“那就看内科。”

内科里是个年轻大夫，戴个眼镜，拧个眉头，正摸一个漂亮女人的手腕。女人望大夫，嘴不停，说些和她的漂亮面孔极不相称的话，叽叽喳喳的。大夫却不接话茬，只是拧眉，拧半天，没拧出一句话，倒拧出一种深长悠远的架势。女人忽地住口，仿佛医生拧出了她体内的绝症。

憨头悚然，望大夫的眼神像望暴怒的父亲。口微张，露出早上吃饭时贼溜溜进了牙缝的一粒米。直到那大夫丢了女人手，憨头才合口。史文捞一把椅子，叫憨头坐了。

憨头望望灵官，望望史文，忽又吭哧，半晌，红了脸，叫灵官去买个馒头，说肚里饿得慌。灵官想起妈的话，知道他在支使他，就出去了。

买了馒头，才到门口，忽听到史文的声音：“你放心说嘛。这病，得的人多，又不是你一个人。”另一个声音问：“几年了？”憨头轻声说：“不知道。”“小时候这样吗？”“不。”“结婚没？”“结了。”“一次也没成过？”憨头嗯了一声。

灵官忽然明白了妈的话，心跳得很凶。老天，是这病。他怕憨头看到自己难堪，后退几步，坐到走廊里的长椅上。

十几分钟后，憨头和史文出了内科。憨头脸通红，像喝醉了酒，步儿也不稳了。史文把处方递给憨头，指指一个窗户。憨头过去了，逃似的。

史文搂了灵官的腰进了办公室，笑道：“你那个哥真好笑，说是检查肝功，方子开好了，又说不查了，查另一个毛病……脸那个红哟，汗珠子吧嗒吧嗒直掉……又不脱裤子，真笑死人。”“究竟是啥病？”“没啥。哈，你那个嫂子漂亮不？”“啥意思？”“啥意思？哈，你哥是阳痿。他说一次也没成过。你那结了婚的嫂子还是个处女——如果她没有外遇的话。”

灵官的心又跳起来。眼前出现莹儿清秀的带点儿凄惋色彩的脸。莹儿望他的眼神里老有种令他慌张的东西，游丝一样，飘忽不定。现在他明白了。“你的任务很艰巨呀。”史文拍拍他的肩头。灵官无心说笑，急问：“能治好不？”“难说。有治好的，有治不好的。”话音没落，憨头在走廊里喊：“灵官——灵官——”

灵官出去，见憨头正慌慌张张朝一个门里探头，遂问：“干啥？”憨头扬扬手中的方子，说：“价划了。哪儿交钱？”史文探出头，说：“旁边那个窗口。”憨头便将处方和钞票塞给灵官，叫他去交，自己借故喝水，进了史文的办公室。

付款后，憨头也出了门。他从灵官手里接过处方去取药。史文跟在身后，见灵官，指指憨头脊背，将食指竖到嘴上，笑了。灵官点点头，握手，告别。

取药后，兄弟俩出了医院。路过一个果皮箱时，憨头将几张纸片扔了进去。灵官知道，定是他从药瓶上撕下的。

3

忽然，灵官拍拍脑袋：“差点忘了，兔子。”憨头说：“我倒没忘。可戳不出去，张不开嘴。”灵官说：“有啥张不开嘴的？又没偷，又没抢，卖个兔子。怕啥？我也试试经商是个啥滋味。”憨头笑了：“啥滋味？臊哄哄的滋味。你尝，我可不尝。”“你甭管，不信人会拔我的牙。”

灵官便从提包里取出盛兔子的塑料袋，见血糊糊的极不雅，心里打退堂鼓了，但因钢口下得太硬，不好松口。便想，不管咋说，先叫几声，没人买，就顺坡下驴，免得叫憨头捉住话把，遂叫一声：“卖野兔了——”

人很多。凉州缺山缺水，不缺闲人。游的，逛的，笑的，说的，茶摊一个接一个。人都成海了。一个瞎仙正抱个三弦子，闭了眼，哼哼吁吁唱贤孝。几个老奶奶抹眼泪。旁边的麻将桌上的干头汉子却叫：“和啦——”“哈，这驴撵的手气真好。”“当然好啦。哪像你，手老往弟媳的裤裆里伸。不臭，还香死个你？”“哈哈哈……”“嘻嘻嘻……”三弦声、叫骂声、麻将哗啦声、人声、车声、录音机的吱哇声，把大街填了个热闹非凡。

灵官的叫卖声是片鹅毛，落下去，连个响声儿也没有。

憨头说：“我以为你胆儿挺大，咋像蚊子叫呀？算了，你也不是那块料。走吧。”灵官一咬牙，索性到街当中，扬着手中的兔子，吵架一样大叫：“卖野兔子啦——”

一个女人上前，问："啥？"灵官扬扬兔子："野兔。地道的野味。""多少钱？"女人问。灵官怔住了，多少钱？他倒没想过这个问题。憨头却发话了："十块。"女人说："贵倒是不贵。一斤猪肉都五六块呢。怕有四斤。我买，可血糊糊的，不好拿。"

一个小胡子说："我看咋像引产的娃娃？"另一个接口道："难说。现在的姑娘养娃娃的多得很。一进医院，冷不防拣一个。嘿，十块就到手了。"围观者都笑了。憨头满面通红："真是兔子。嘿，真是兔子。"竟似要掏出心来。灵官却笑了："就是娃娃也没啥。现在啥没有？人吃人是常事。"围观者说就是就是。

忽然，一个长头发挤进人圈，问谁的兔子，灵官说我的。"卖不？""当然卖啦。""好啊，你有没手续？""啥手续？""执照。""没有。""先罚款十元。""为啥？""为啥？！你无照经营，还不在指定摊位，到处乱跑，扰乱市场。十块是轻的。"憨头急了："天的爷爷，还没卖……"长头发睁圆眼睛："老子没工夫磨牙。"上前，一把夺过兔子。

灵官的脑袋嗡嗡响，腿有些发软。这是自小就有的毛病。平时见人打架，也这样。但还是强打精神，说："等我卖了成不成？身上连一分钱也没有。"长头发说："不交？兔子没收。""成哩，成哩。"憨头急急地说。

望着憨头战兢兢的样子，灵官心里忽然多了一种东西。妈妈称之为"横"气。灵官和猛子都有横气。猛子横起来不顾死活，灵官则相对理智些。"凭啥？我倒要看看他是不是上税的？"他说。

长头发掏出一叠票据，抖一抖，在灵官脸上闪电似的舔一下。灵官腿上的软感顿时消失了，一股血冲向头顶："你凭啥打人？""凭啥？凭这个。"长头发抖抖那叠纸："你再犟嘴！老子扇你。"

憨头急了，像护小鸡的老母鸡那样展开双臂："算了，算了。你大人不见小人过。"说着掏出十块钱，塞给长头发。"兔子也不要了。成不？我给你下跪。"

长头发端着架子，环顾四周，骂骂咧咧走了。

灵官很想抡起兔子朝长头发脑袋砸下去。但灵官明白对方带着“法”，惹不起。

“这税务，常打人。”一个女人说。

小胡子却怨憨头不该给钱：“你不给，他能把你的屌咬掉？”憨头小声说：“你不看，他要打人呢。”小胡子说：“他有手，你没手？你一动手，我也帮你。驴日的。农民也不是好欺负的——走，撵上，我帮你揍他。”灵官笑笑，摇摇头。

憨头说：“算啦，叫他拿上吃药去。”

方才要买兔子的妇人说：“行了，今儿个还轻着呢。……来，我买一个。”递来十块钱。憨头给了她一只，问：“谁还要？”没人应声。灵官出口横气，一把抢过兔子，狠命一扔。一个红红的抛物线划向街面。几辆车驶过，兔子成了肉酱。

走了一段路，憨头怨灵官不该扔兔子：“说不准还能卖十块钱。”灵官气狠狠地说：“钱！钱！你眼里只有钱。”“没钱能成？这年头，没钱，能活？”“要是连个人都不是了，要钱干啥？”说着，他长出一口气。

二人无语。进了农副商场，买了棕皮，坐车，出城。

4

从公路通往村子的河滩，是一个典型的乱葬岗子。坟堆密密麻麻，里面埋着灵官认识和不认识的许多曾活过的人。看到这些人共同的归宿，灵官的气消了。是的，无论强的、弱的、打人的、挨打的，最终的结局仅仅是一堆骨头。无谓的争斗，有啥意义呢？

憨头并不知道灵官此刻的心态，劝他：“算了，就当给了孙子，就当叫小偷偷了。生啥气呢？”灵官笑了：“还想那事呀？我都忘了。”憨头说：“忘了就好。不就十块钱吗？叫那驴撵的吃药去。”说完，叹口气，想说啥，但四下里望望，咽口唾沫，慢腾腾前走，若有所思。

乱葬岗已不是完整的河滩了，东一个坑，西一个洼，千疮百孔的。这是村里人种辣子时取沙所致。按说，沙湾并不缺沙，不用费恁大的劲。沙海环绕，舀一瓢就够用一年。可村里人却宁愿掏河坝。因为草木的尸体融入沙中，沙自然肥沃许多。只是委屈了这滩。风一起，沙腾空，天地便混沌一团了。

在经过一个塌洼的沙洼时，憨头又驻足了。

灵官知道憨头有话说。而且，他也猜出内容与他的病有关。但灵官不想先开口。憨头是内向而敏感的，稍不小心，就会伤害他。憨头四下里望望，欲言又止。灵官说："有啥话？放心说。没人拔你的牙。"憨头咬咬牙，一骨碌肉突现脸上，问："你知道我得的啥病？""不知道。"灵官说，但马上又补充一句，"噢，你不是肋窝里疼吗？"

憨头认真地望他一眼："真的？你的同学没说啥？""说啦。"憨头睁大眼睛："说啥啦？""说他的女朋友要三金啦，就是金戒指、金项链、金耳环。可他没钱，恼苦得很。""还说了啥？""还说他们两个月没发工资。""再呢？""没了。""真没了？"憨头长出一口气，眯了眼，望远处，嘴唇不自觉地动着，像没牙老奶奶嚼大豆。灵官知道那是他的思考习惯。许久，憨头说："其实，也没啥。大夫叫我做个肝功化验。我想，算了，开两副药。花那么多冤枉钱干吗？再说，才稍微有些不舒服。"

灵官忽然觉得憨头很可怜。在未婚的他看来，这病没啥大不了。可怜的憨头，想处心积虑地瞒一件瞒不住的事。瞒得了一世吗？当然，灵官能理解憨头。他想起了小曲儿《王婆骂鸡》中的那句话："姑娘偷吃了老娘鸡，嫁个男人没屎事。"这是《王婆骂鸡》中的毒咒，前几句是："文官偷吃了老娘鸡，八抬大轿压死你。武官偷吃了老娘鸡，两军阵上折了你……"这样看来，姑娘嫁个没屎事的男人便等同于死亡了。他想安慰憨头，但对方既在躲闪，便只好说："不舒服也该检查。查出病因，才好下药。"

憨头不答，眯了眼，瞅瞅远处来的一个黑点，说了一句叫灵官莫名其妙的话："妈妈想孙子咧。见了人家的娃娃，抱住就不丢手。她嘴里不说，可我心里知道。"

灵官说："她又不是没孙子。不是有引弟吗？"

“那是外孙女。咋说也是个外的。她想的是家孙。”

“那也不是个难事呀？”

“当然不是个难事。”憨头望一眼灵官，叹口气。

憨头眼里闪出异常的东西，令灵官捉摸不透。但很快，憨头把视线移向远处，狠嘟嘟地说了句：“人，真没个活头。”

这种话，村里人老说。寻常，听惯了，只当句牢骚。而此刻灵官听来，却不寻常。憨头不似猛子。猛子说话像旱雷，轰隆隆一过，啥事都没有了。而憨头，话少，牢骚少。他的每一句话，总像夯了十遍的庄墙，很瓷实。所以，此刻的牢骚，联想到他的病，不能不令灵官担忧。“胡想啥哩？”他只能这样劝他。而且，他马上发现自己的语气已透出知道他病情的意味。憨头却迟钝地望远处，目光里尽是茫然。

那个黑点近了，是北柱骑辆破车，捎了凤香，丁零咣啷，呼啸而来。

“去哪儿？”灵官问。

北柱踢凤香一脚，两人下了车。北柱一改平日的嬉皮笑脸，气呼呼说：“去哪儿？能去哪儿？他个奶奶，要照环。你说，嘿，欺人不？不照，要扣地，要罚款，要拆房子。奶奶的。你说，我的女人，咋能叫他们乱摸。奶奶的。”

“嫌吃亏你也摸别人的去。”凤香笑道。

灵官说：“你也两个娃儿了，扎了算了。”

“屁。”北柱把脑袋晃成拨浪鼓，“你想叫老子断后？两个好丫头，顶不上一个瞎娃子。照就照，保住地再说。听说这次真扣。三沟那面，扣了个二郎担山……棕皮买了吧？”

憨头抖抖纤维袋。北柱说：“快去，井上等着用呢。大头打发人到你家催了几次呢。”

凤香推一把北柱：“行了，舌头上缠了裹脚，少说两句。”

北柱说：“瞧，这婆娘，急着叫人摸呢。也不害臊。”

“臊啥呀？”凤香笑道，“大不了，再叉开腿放进个东西进去。”说完，咯咯笑着，跳上车子。

望望丁零咣啷远去的夫妇俩，憨头摇摇头："真是破锣有个破对头。"

灵官笑道："这婆娘……真是……这两口子也真是，家具都叫乡上抬个精光。只剩下破毡破被，还乐呵呵的。"

憨头说："为了生儿子嘛……啥舍不得呀？"说着，他特别认真地望了灵官一眼。

5

憨头径自去井上送棕皮。灵官进了家门。妈一见，忙颠颠过来，问："究竟是啥病？""没啥大病。只说是肋部不舒服，开了几副药。""没别的？"妈疑惑地望灵官，目光似钩子，仿佛要从他嘴里钩出些啥。

灵官笑了："有啥别的呀？人家叫我去买馒头了。"

妈失望地埋怨："安顿个事，一点也不留心。"说着，递过杯凉开水。灵官接了，一仰脖，喉结乱动，不留神，水入气管，呛出一串咳嗽。

妈嗔道："慢些，又不是在戈壁滩上……想吃啥？""汤面条。"妈又说："乏的话，缓一缓。不乏的话，帮你嫂子出猪圈去。"说完，去了厨房。

灵官嗯一声，躺在塑料沙发上。闭眼许久，却无困意，再躺也觉无聊，就换衣换鞋，捞个铁锹，进了后院。

后院很大。一地玉米秆。门一开，惊出一院的鸡叫声。老猪哼哼着跑来，像撒娇。

莹儿见了灵官，住了锹，望几眼，却没问"来了吗"之类套话。灵官因知道了哥的病，觉得嫂子与往常不大一样了。她眼里有种令他慌乱的东西，便问："粪硬吗？"马上便又觉出这是句废话，脸上有了火烤一般的感觉。

莹儿不语不笑，仍那样望他，许久，才问："查了吗？"灵官说："查了。"又补充道，"没啥。只是肋部有些不舒服，开了药。"莹儿便将视线转向别处。那只芦花大公鸡正追一只母鸡，尘灰飞扬的。莹儿叹口气，用铁锹狠狠挖粪，仿佛要挖走什么。不一会，便娇喘吁吁了。

灵官渐渐平静了。他恨自己的慌乱。他想他一定脸红了。一定。这是个讨厌的毛病。村里粗糙的男人女人多，脸红已显得很稀罕了。正因稀罕，他老被女人们捉弄，几次了。莹儿却不捉弄他。两人说话不多。有时，见两人一块去干活，娃儿们就喊："哟，哟——小叔子搞嫂子，世上好少的。"莹儿就脸红了，撇了他，急急地走了，像阵风。

莹儿住了锹，不再望他，一脸漠然，淡淡地说："你真的不知道？"灵官知道她问啥，便道："啥呀？他指使我买馒头去了。我能知道啥呀？"莹儿望一眼灵官。灵官很怕她这一望，觉得她望到自己心里了。莹儿说："这么一说，你肯定是知道的了。别骗我。"灵官遂道："其实，没啥。大夫说能治好的。"莹儿说："你以为他没治？药也吃了。每次进城都买药。啥偏方也吃了，不顶事的。"语气仍显得很淡。

灵官惊奇了。从妈的话语中，他发现妈还不了解憨头的确实病情，自己更是才知道。没想到，憨头竟能把这事隐瞒得如此严实。

"那他叫我领他检查啥呢？"他问。

莹儿说："我不知道。"却忽地红了脸。

灵官觉出了什么，脸又烧了，嗓门里冒烟似的难受。为掩饰自己的慌乱，他将锹使得飞快。

莹儿笑了："你慢些干。你是个白肋巴，没常劲，干不了几下，就成个乏骆驼了……他路上说啥来没？"

"没说啥。"灵官舒口气，"只是问我和同学说了些啥。""没别的？""没。"莹儿扭头，望望他，用锹轻轻铲几下他挖酥的土，说："再想。"

灵官想起了憨头说的"妈想抱孙子"，想说，怕她难受，就说："其实，能治好的。"

莹儿不理他的安慰，有一下没一下地拨弄铁锹，若有所思。好一阵，取过头巾一角，擦擦汗，说："其实，女人命最苦，对不？你说兰兰，多好的姑娘，也得嫁我哥那个二愣子，可有啥法？爹妈叫她换亲，她不换能成？谁叫她是女人呢，对不？"

小叔子搞嫂子，
世上好少的！

灵官自然听出了莹儿话里的话。对换亲这事，他不好说啥。不换亲，憨头难说不打光棍。一想憨头，他的心就软。因为最反对这事的是憨头。常听他酒后牛吼一样哭，说他对不起兰兰。对这事，灵官还能说啥呢？便说："也许，这就是命吧。"

"命，命。"莹儿一咬牙，"说起来轻巧，可一辈子呀。要说兰兰比我好，毕竟生了引弟。……妈的心我知道，她虽不说啥，可我知道。她从来不骂那只不生蛋的母鸡，怕伤我呢。"说着说着，她的话音变了，脸上泪光闪闪。

灵官慌了神。嫂子在小叔子面前哭哭啼啼，叫人看见，真有点说不清楚。但又不知道如何劝她，更怕劝出她更厉害的哭。有些女人，人越劝，哭得越凶。

灵官只是狠狠干活，尽量弄出噪音。他想用噪音把莹儿引出诱使她哭泣的氛围。

果然，莹儿用头巾擦擦眼泪，低头干起活来。半晌，才说："男人，都一样，心眼里能进去个骆驼。别看你灵丝丝的，其实，也是个榆木疙瘩。"

灵官的心晃悠起来。他总感到莹儿的话里隐藏着什么，但他又不能确切地捕捉住那个蚕丝一样在风中游来荡去的东西。平日，他喜欢听莹儿的声音。那声音水一样柔，也水一样静，能化了他心里的许多疙瘩。现下，那水一样的声音，却令他感到压抑和慌乱。

"你说对不？"莹儿望他一眼，抿嘴一笑。显然，她也发觉了他内心的慌乱。"你听那梁山伯的曲儿来没？那句词儿，松木杆子柳木桶，千提万提提不醒。我看正是说你的。"

莹儿话里隐含的意味似乎清晰了。灵官感到胸口很憋，出气随之粗了。他强抑自己，以便使自己的呼吸尽量匀一些，但反倒弄得愈加不畅。

"他还肯定说了啥？你想。"莹儿说。

灵官大脑晕乎乎的。脸在燃烧。莹儿成了太阳，把他身上的水汽全烤干了。奇异的渴再次袭来。就说："忘了，等想起来，再告诉你。"逃似的离开后院。

"人不大，忘性不小。"莹儿笑。

笑声刚落，她吟唱的花儿已追出来了——

白杨的木头杏木的心，
扯坏了两连锯子。
阿哥没有维我的心，
枉费了尕妹的意思……

6

妈见了灵官，吃了一惊，问：“你咋了？脸这么红。”灵官支吾道：“谁知道呢……也许感冒了，头疼得凶。”妈说：“桌上有去痛片。”灵官哼一声，取了杯子，沏了水。

妈又说：“蒙头睡上一觉。”灵官说：“我又不是小孩子……你忙你的去。”妈就出去了。

喝杯水，灵官平静了。他索性躺在沙发上，品起莹儿的话来。结果发现，每一句话都有深意，每一句话都又没意思。看你咋理解呢。村里女人老说很露的话，只有自作多情的人才会认为在勾引你。莹儿话不露，而且不多，悄声没气像在私语。今天确实有些反常，但灵官不想想下去了。他想到了憨头。可怜的憨头。

先前，灵官最大的梦就是以考学的方式跳出这个沙窝，但这个梦破灭了。痛苦也罢，失落也罢，不提它了。他已经像父亲说的那样“尽了自己的心”。尽了心之后就不该有懊悔。他已经补习了几年，“花光了一个媳妇钱”，也就不懊悔了。他没有像城里娃那样搂姑娘逛大街。他已尽了全力。这就够了。

在回家务农的这段日子，焦躁是免不了的。望着那塌陷的沙洼和干涸的河床，想到自己将要在这个沙旮旯里了却一生，心便蒙了层灰纱。望着这个孤零零蜷缩在沙龙皱折处的村子，他感到悲哀。这是他的家乡吗？这是他在城里读书时一想到就感到心头漫过一股暖流的家乡吗？“家乡”这个词儿，只有在远离它的时候才感到亲切。而真实的它，贫穷，闭塞，更多的时候是一种死寂。纵是在人叫马鸣的时候，灵官感到的仍是一种逼人的死寂。

寂寞少不了。就在他和花球们调笑时，他仍觉得自己浸泡在寂寞里。他常想到那四句诗皆打一个“门”字的字谜：“倚栏杆东君去也，望花间红日西沉，闪多娇情人不见，闷沉沉笑语无心。”他没有栏杆可倚，只好倚门口那棵歪脖儿沙枣树；没有花间可望，就望那些傍村的沙丘；没有情人，就想那个到遥远的深圳去打工的女同学；剩下的，便是闷沉沉笑语无心了。

笑语无心的他还得笑。为爹，为妈，都得笑。爹妈也在笑。活得很苦，很累，但他们都在笑。憨头、猛子、兰兰都在笑。灵官也只好笑。

莹儿于是成了一个清凉的梦。

兰兰走了，莹儿就来了。兰兰开朗活泼，爱笑。念书不多的她仿佛很知足。只有在爹要她换亲的时候，才哭了一夜。第二天，她答应了爹，为二十七岁的憨头换来了莹儿。

据说，莹儿是娘家有名的“花儿仙子”，和她“漫少年”赛歌，没有不输的。灵官很爱这西部独有的民歌，它是天籁。它源自心中，朴素自然，不事修饰，浑若天成，所谓“花儿本是心上的话，不唱时由不得自家。钢刀拿来头割下，不死就这么个唱法”。上学时，灵官发表过一篇研究花儿的短文。

但过门后的莹儿很少唱歌。在灵官的印象中，莹儿说话不多，很轻，很柔，像一阵清风。

发一阵呆，灵官出了门。太阳已经悬在西面的那道沙岭上空，白惨惨显得很可怜，极像蹲在沙堆上悬着清涕的光棍汉毛旦。沙窝里的牧人开始归来，骆驼、羊群、骡马迈着各自的步子走进灵官眼中的风景。驼叫声深沉而悠长，即使在空行时也发出那种不堪重负的叫唤。驴马则潇洒多了，想跑就跑他个一路烟尘，想叫就撕裂天空般宣泄一气。一头激情勃发的大叫驴正在追逐一头美丽的草驴。草驴矫情而造作地跑着。要是它前蹄上绑个红纱巾，就和电影上常见的女跑男追的镜头差不多了。灵官笑了。

灵官最爱听咩咩的羊叫。那是无嗔无怒无怨无争的天籁，春风似的，总在心上拂，给人以奇异的安详。在灵官的眼里，羊是最令他捉摸不透的动物，永远那么柔顺沉默。很少见它们发怒，即使在挨刀时，也是一副听天由命或是乐天知命的样子，从不挣扎，从不叫唤，只用善良到极点的眼睛望屠夫，仿佛在安慰他：“放心宰吧，我不会怪你的。”灵官最怕见羊的眼睛。

老顺和瘸五爷赶着羊过来了。灵官忽然发现父亲竟那么苍老。他佝偻着身子，捞着几根干沙枣树条。快要落山的太阳把他的身子印到沙地上，扭成一棵蠕动的老树。父亲老矣。灵官有种莫名其妙的伤感。他想起了三年前的某个清晨父亲背一袋面和他去搭一辆便车的情景。他永远忘不了父亲喘吁吁放下面袋后的那句话：“娃子，好好念，不要叫娘老子失望。”两年后，他落榜的时候，父亲却什么也没说。在已经淡忘了落榜痛苦的今天，灵官忽然感到异常强烈的内疚和遗憾。他想，要是自己考上，父亲该多高兴啊。

老顺看到了他，叫一声：“它吃食了没？”

灵官莫名其妙：“谁？”

“那个红鹰啊。”

灵官这才记起昨天捉的那只红鹰——他已经忘了它，遂说：“不知道。”

“嘿呀。”老顺扭头对瘸五爷说，“那可真是个好鹰啊，性子烈，喂它，嘿，它理也不理，拍着膀子，飞上跳下的……可能还得几天，等它气出了才吃食呢。好飞禽不叫人挼翎毛，现在，还是个气葫芦呢……你想，你捉它，能不气吗？哈哈……噢，啥病？憨头。”

灵官见父亲先问鹰后问人，觉得他把鹰看得比儿子重，有些不快，但他知道父亲一向心大，听妈说他小时候发烧成个火葫芦也烧不断他的呼噜声，遂不在意，说：“没啥。”

“咋？谁病了？”瘸五爷问。

灵官说：“没啥的，谁也没病。”

老顺高兴了：“没啥？没啥就好。这年头，就盼个没病没灾的——得不起病呀……你妈那个老妖，见风就是雨，见屁就是屎，老把个针尖大的事说成天大。嘿，没事就好，没事就好。”

瘸五爷不答言，只鼻孔里长出口气。

到了家门口，老顺和瘸五爷都吆喝："羔——羔！羔——羔！"这是叫羊分群的口令。羊群便分成两股，一股进了老顺院子。瘸五爷赶着另一股走了。

圈了羊，老顺从立柜下的铁盒里取出已泡了几天泡尽了血水的兔肉，用小刀切成几条，拿到红鹰面前，抖几下，嘿一声。红鹰愤怒地尖叫几声，拍几下翅膀，血红的眼珠骨碌碌转，透出凶光，竟似要吞了老顺。倒是一旁的"青寡妇"和"黄犟子"闻声扑来，被拴在腿上的绳子一拽，便吊在鹰架上，扇出一阵刷刷声。

老顺连嘿几声，见红鹰并无啄食的迹象，便放弃努力，笑道："这毛虫，脾气还挺大的。夜里，喂你块萝卜，看你凶个毛。"又和灵官戴了皮手套，解了"黄犟子"和"青寡妇"，用塑料袋盛点肉，进了后院。

莹儿仍在出猪圈，只望了一眼灵官，便低下头去。灵官感到心又不自在了，便一下下捋"青寡妇"的羽毛，捋了几下，才将自己的心捋平顺。

老顺把"黄犟子"放到地上，自己走到十米开外，拣条肉，嘿一声。"黄犟子"箭一样射向老顺左拳，脖子一伸，老顺右手中的肉条便消失了。如是三次后，"黄犟子"仍睁着圆溜溜的眼睛望主人。老顺笑了，捋捋"黄犟子"，说："成了，你这贪心鬼，食稍大些，就不上兔子。"

灵官照父亲样，给"青寡妇"喂了两条肉。老顺说："成了，成了。'青寡妇'也该扯痰了，黑里先喂个毛轴儿。"

7

吃黑饭前，憨头说："打井队提意见了，说吃的跟猪食一样。队长说一口人得收半斤鸡儿。我们交兔子也成，不过一口人一斤。"猛子啐了一口，道："操，这世道反了。挣老子们的钱，还要吃老子们的鸡儿。上回收那么多，喂狼也够了。"憨头说："也不能全怪打井的。村上乡上的干部也隔三间五来，吃肉喝酒。打井队几个人，能吃多少？再说村里的那些没头鬼也不自觉，你进去撕一块，我进去撕一块……狼多肉少的。"猛子说："那我也吃。别人能吃，为啥我不能？”老顺呸一声：“吃得嘴大了拉稀屎哩。你又不是没见过肉，丢人现眼的。人家吃是人家的事，你少给老子丢底典脸。”猛子说：“我不过说说，谁又真吃呢。”老顺说：“嘴痒了到墙上蹭去。挡嘴喳舌的，说那么多话干啥。少说话，威信高；多说话，惹人骂。”猛子嘀咕几声，却听不清嘀咕了什么。

莹儿端了一锅煮山芋进了书房。猛子皱起眉头：“再不能做个别的？煮山芋，煮山芋，一见头皮都麻了。”

“煮山芋怎么了？”灵官妈拿着盐碟和咸菜进来了，“老娘天生是个草花子命，就爱吃个煮山芋。不想吃就吃馍馍去，才蒸的。我蒸馍馍，你嫂子出猪圈，哪像你消停。迁就一顿吧。”猛子仍阴个脸，天门脸上像趴了个癞蛤蟆。

老顺白一眼猛子：“你想吃啥哩？啊？！你草花子的身子，长了个状元肚子？能吃上这个就不错了。那年头，只有地主老财才吃这个。人到南滩上陈掌柜家借粮，先给你招待个煮山芋，看你咋办？你剥了皮吃，人家就说你有粮哩，不给你借。人家掌柜也不剥皮。人家好大的家业，都这样。你是个啥东西。等糟了年成，嘴里饿出干屎臭，你才知道山芋也是个好东西。”

猛子皱眉道：“行了，行了。你除了陈掌柜的山芋还会说个啥？动不动地主老财，你又不是地主老财。”说着狠嘟嘟起身，去厨房拿个软馍馍，就咸菜吃。

见猛子进屋，老顺又说：“地主老财咋了？一打春，陈掌柜就到村里转，见谁家的粪没运，就骂几句，借给牲口……”边说边取个山芋，剥了皮，还没入口，眉头就先皱了，嘿一声，道：“老婆子，话虽这么说，晒了一天，心里干焦干焦的，吃点汤汤水水多好。这玩意……嘿……”

灵官妈笑了：“哟，你说人时一套一套的……”猛子接口道：“对别人是马列主义，自己嘛……”没等猛子说完，老顺说：“行了，老子还怕这个山芋不成？”说完，狠咬一口，复又吐出，烫得哎哟呻唤，引来一阵笑声。

灵官边吃边装做不经意的样子留意莹儿。莹儿没望他，只是静静剥山芋皮，撒盐末，夹咸菜，不冷不热的。想想今天经历的一切，灵官像做了一场梦，很漫长的一场梦。一切，遥远而模糊，仿佛是几十年前发生过的事，奇怪。

人生真是一场梦吗？灵官晃晃脑袋，极力想使自己的思维清晰些，反倒摇得越加模糊。是不是今天的逃跑伤害了她呢？他想，他究竟怕啥呢？理智地想，仿佛也没有啥怕的东西。莹儿并没有说什么，两人之间也没有发生什么。可他又恍惚觉得她已说出了什么，他们之间也确实发生了什么。一切，显得模糊又清晰——只是他不敢正视这清晰而已。他很想认真看她一眼，但终于没看。他心虚地觉得屋里人都知道他心里的勾当，都在警惕地注视他。

吃一阵，憨头取过毛巾擦擦手，说："今天又该到井上值夜班了，我去啦。"老顺说："你不去了。这几天没休息好，那又是个操心活。猛子去。"

"我有事儿。"猛子说。

"啥事儿？"老顺火了，"一天尽是你的事儿，和那些二流子们在一起，能有个啥好事儿？啥屁事儿，明天去！"

猛子说："真有事儿。井上的活，又不苦。没事儿的话，谁怕呀？"

灵官见爹黑了脸要发作，忙说："他有事儿，叫他忙去。我去值，不就一夜嘛。"

老顺长出一口气，对猛子说："娃子，老子把丑话说到头哩。你干啥事儿老子不管，可不准耍赌。听就听，不听老子也不管你了。你成龙成龙，变虎变虎。"

猛子笑了："哎哟，天的老爷，你说我拿啥去赌？人都穷得尻子里拉二胡夹不住屁咧。印些阴国票子，人家又不要。"

"反正我丑话说到头哩。"老顺说。

8

猛子这夜办的事儿很简单：双福女人叫他给双福写封信。

双福是村里有名的"化学脑袋"，脑子活，有文化，又能吃苦。几年前，他偷了生产队里的玉米，叫孙大头领人斗了个驴死鞍子烂，在村里待不下去了，就溜到了兰州，爬街台，当小工，学技术，当大工，包小活，揽大活，造楼房……人虽苦了个贼死，却成远近闻名的企业家了。

下午，女人见了猛子，就说："吃了黑饭你来，给那个挨刀的写封信。"

猛子就来了。

进了门，猛子见女人裸了上身洗头，前胸高翘翘颤巍巍晃势晃势，就问："丫头呢？"女人说："到她奶奶家去了。"就不管猛子，使劲搓头，前胸使劲晃势，臀部也使劲晃势。猛子感到很渴。

女人洗了头，又慢慢往脸上抹油，对着镜子，一下一下。抹完油又梳头。梳完头开柜子，取了件衣服。猛子闻到一股樟脑丸味，感到很新鲜。

女人问："吃了没？"

猛子说："吃了。"

女人说："没吃我给你做去。"

猛子说："吃了。"

女人望他一眼，说："你还真来了。"

猛子不知道说什么好，只感到很渴。

女人说："缓缓吧。缓缓再写。"就坐在炕沿上望猛子。猛子也望女人。女人很丰满，穿了外衣，胸部还高翘翘的。女人的声音很好听，像鸡毛在猛子心上搔。猛子说："写吧。"

女人说："你想写就写吧。"

猛子没有动。他想：双福真是个肉头，有了这么好的女人还往外跑。听说，还和那些不正经女人勾勾搭搭。真是饱汉子不知饿汉子饥，求个啥哩？却说："我可写哩。"

女人说："你想写就写吧。"

猛子望着女人，咧咧嘴，很蠢。他有些恨自己，平时的聪明不见了，嗓里的干燥却来了，脑里的晕乎也来了。猛子说："双福太忙，一年来不了几回。"

女人说："爱来不来，谁又在乎呢。"又说，"男人都一样。吃着碗里的，望着锅里的"，又说："当然，你不懂的，有了媳妇就懂了。"

猛子不知说什么好，脑中有面钹狠劲地敲，咣——，咣——，响得嗓子

进了门，猫子见女人裸了上身洗头。

冒火了。咽一下，喉结动了，嗓子却不润，就说："写吧。"

女人皱皱眉头，取过纸笔，说："你想写，就写吧。"

猛子说："其实，写啥哩？人常去，带个口信也成。"

"还是写吧。你就说，庄稼收了，雇的人。他几时想来几时来，不来也成。钱花光了，他不寄也成。叫他想干啥就干啥，放心干，不要管老婆娃儿。蹲了监狱，有丫头送饭，不用愁。"

"真这么写？"

"就这么写。"

猛子写了，问："再有没？"

"没了。"

猛子要过旧信封，写了地址，装好信，放在床上，望一眼女人，见女人望他，心又怦怦跳了。女人笑了："我是老虎？那么害怕。"又望一阵猛子，眼里有亮亮的东西在晃。她说："他来，我就说猛子写的。"

"明天，人问我谁来了，我就说猛子来了。"她说。

"人问我，他干啥来了？我就说啥也没干。"她又说。

猛子觉得心跳声山洪一样响了。他有些喘不过气来了。

"我就说，真啥也没干。不信，你们去问猛子。"她的声音水一样柔。

猛子叫了一声，抱住女人，笨拙地鸡啄食似的吻她。

女人说："猛子，你可不像话呀。我可是叫你写信的。"

猛子喘着粗气，手伸向女人腰部，摸索着解她的裤带。女人软软地挣扎几下，说："你再胡闹，我可告诉你妈呀。"

女人的线裤很瘦，猛子吭哧老半天也扯不下。女人说："猛子，你可越来越不像话了。"说完，几下脱了线裤，脱了衣服，躺在床上，说："看你还能吃了我？"

女人很胖，很白，奶子很大，小腹山丘样鼓起，躺在床上像个大白鲸。猛子张着口，出着粗气。他似乎被女人的大胆吓住了。女人笑了："看你还能吃了我？"猛子说："吃就吃。"扑向女人。

女人推开他，说："想扎死我？你那衣服像盔甲。"猛子说："那我脱了它。"女人说："管你，爱脱不脱。"猛子就脱了。

女人说："我可不行的。我没那个心事儿。"猛子望女人。女人不望猛子，闭了眼睛。猛子说："你的奶子真……真……我想咂。"女人说："你爱咋样咋样。反正，我没那个心事。"奶头是女人的开关，猛子一咂，女人就叫起来。猛子问："疼吗？"女人不答，皱着眉头叫。猛子就不咂了。

猛子摸摸女人，说："我可真的……啦？"女人呻吟道："你越说越来了，不像话。"猛子分开女人双腿，笨拙地动作。女人显得很反感，皱了眉，无奈地导引一下，随后，她呻吟起来，叫声很大，一韵三叹。猛子问："疼不？"女人说："你慢一些。"一会儿，又叫快。女人野兽似的叫起来，脸扭曲着，一口咬住猛子的嘴。

两人终于静了。女人说："这下，你总饶了我吧？"猛子喘着粗气说："手松一下，我喘不过气了。"女人说："偏不，便宜了你，谁叫你欺负我。"就仇恨似的把猛子箍得很紧，还一下下咬他的嘴唇。咬一阵，说："你真干呀？你叫我明天咋见人？"

猛子兴趣索然了。他觉得脱裤前的女人很好看，现在不好看了，就说："我该走了。"

女人说："你想走，就走吧。这会儿路上正好有人，也不害怕。人问你哪里去来？你就说双福不在家。"

猛子愣了一下，就没有走。

9

因为值夜班，灵官理所当然睡了懒觉。起床时，太阳已经老高了。日光为院里的一切抹了层亮丽，院里显得辉煌了许多。猛子和父亲进沙窝捉兔子去了。憨头去井上顶卯。妈在院里择粮食。一群鸡叽叽咕咕围着她，啄食她偶或抛下的一个个土块。见灵官起了床，妈说："炉子上的沙罐里有面汤哩，泡点馍，吃去。”

灵官哼了一声，胡乱洗把脸，含口凉水漱漱口，吃了早饭。妈又说：“你瞧，乏了就缓缓。不乏的话，平地去。快浇冬水了，地里还疙里疙瘩的。”灵官说：“我最怕干那活。一个人丢进一大块地里，想想都怯阴阴的。”妈笑了：“这也怕，那也怕。庄稼人谁当？……去吧，能干多少干多少。你嫂子早走了，在西湖坡。”

灵官的心不由得跳了。他望望妈，妈却自顾去拣粮食中的土块，遂屏屏息，调匀呼吸，捞铁锨，出门。

转过沙嘴子，灵官就看到了西湖坡。天很晴，晴得像一幅蓝缎子，衬得西湖坡北面的沙岭很黄。在连绵起伏滚滚滔滔的沙海大背景下，穿红衣服的莹儿格外醒目。她为啥爱穿红衣呢？按说，依她的性子，应该穿蓝莹莹的衣服。不过，穿了红衣的她，依然很美，有种异样的韵致。

灵官的心又跳了。

毛旦夹个麦草过来了，见了灵官，无话找话地说：“哟，值了夜班，不睡他个二眼麻达，上啥地？”灵官说：“你不也一样吗？”毛旦长哟一声：“我哪能和你比呀？你有大树底下的荫凉，我得四股子筋动弹。不然，吃风去？”他东张西望一阵，悄声说：“这不，魏没手子的女人生了，又死了。这不……一个丫头。”他抖抖腋下的麦草。灵官发现草中果然有一个衣服包着的疙瘩。

“我估摸，灵官，这家伙干买卖时秤头上做了手脚，缺斤短两的，先报应到手上。不然，怪惊惊地，咋叫牲口咬一口？咬了就咬了，还化脓。化了就化了，还得锯掉爪子。怪不？——最后才报应到儿女上，该着他断后……”

灵官说：“别胡说。”

毛旦道：“谁都这么说。不缺德，为啥别人能养下儿子？就他，焦尾巴断后。”

因为憨头和兰兰都没儿子，灵官觉得毛旦的话太欺人，就气呼呼道：“也没见你有个啥儿子。”

毛旦显出一副无赖相，笑着说：“你别攀扯我，我，我……我不过不想娶女人……其实，这个……女人，嘿，我知道你急着搞嫂子去哩……嘿嘿。可我也往西湖坡那边的滩上烧死娃娃呢。总不能怕干扰你们，不干我的营生吧？”

灵官不理他，只管前走。

毛旦便夹着那裹着死娃娃的麦草，哼哼咛咛跟定灵官。他趿拉着鞋子。鞋底扇耳光似的打脚板，像在给他的哼咛声打拍子。看他那济公活佛似的乐呵呵无忧无虑的做派，即使有天才想象力的人也不会想到他此刻竟是去为一个幼小的生命送葬。

灵官的心里很别扭。

到了地里，灵官瞅中一个高处，一锹一锹把土抽向低处。

毛旦见了莹儿，眼珠一转，神秘兮兮地走到她身边，说："嘿，叫你看个稀罕物。"说着掀起了麦草和衣服。

灵官叫一声："毛旦，你滚——"

莹儿已看见了。她惊叫一声，但只跑开两步，就瘫软到地里。

毛旦嘻嘻笑着，显然很满意自己恶作剧的效果：莹儿的脸煞白煞白的，眼睛直了，几滴泪滚出眼角。灵官捡起一个土块，砸到毛旦屁股上。毛旦龇牙咧嘴，猴跳似的跑了。到远处，才扭过头，嘻嘻笑道："嘿，灵官真疼嫂子呀。"

灵官骂一句，拾一个土块，扔了过去。毛旦见灵官真生了气，才蹿过西湖坡，一溜风，不见了。

莹儿的脸仍那么煞白，她两手撑着铁锨把，想站起来，但努力几次，都失败了。灵官不知道自己咋办，上前扶不妥，不扶也不妥，只是不知所措地望她。

莹儿喘息着，望灵官一眼，嗔道："你在看笑话，是不是？"灵官便上前，扶起莹儿。

10

莹儿抚抚胸口，叹口气，哎哟一声，说："你明明知道我连个蛤蟆也怕，却叫他带个死娃娃来。"

灵官说："他是到那边的滩上去烧的。谁知道他又来吓你。"

"你明明知道的。你存心出我的洋相。"

灵官发现莹儿已渐渐恢复了正常，便笑道："那有啥？不过比人少了口气，怕啥？"

"你下辈子做个女人试试……那是谁家的？"

"魏没手子。"

"又是他的。唉，他婆娘可够苦的。当初，白白胖胖的。现在，唉，只剩下皮包骨头了……哎呀，还是软得厉害。怕是魄都吓掉了，迷迷瞪瞪的……哎，你会叫魄不？"

"不会。"灵官说。

"容易得很。你叫'三魂七魄上身来'就行了。"

灵官说："真那么容易？那我也成神汉神婆了……好，我叫了，三魂七魄上身来。"

莹儿笑了："你给谁叫呢？猪哩，狗哩，总有个名儿。"

灵官笑道："叫啥哩？叫嫂子，还是叫名字？"

"当然名字啦。"

灵官说："我可真叫啦。莹儿，三魂七魄上身来。"

"来了。"莹儿笑着应道，"再叫。"

"莹儿——三魂七魄上身来。"

"来了。再叫。"

"莹儿——三魂七魄上身来——"

"来了……哎呀，不好。"莹儿显出一副惊慌的样子说："咋上了你的身了？"

"真的？越说越玄了。"

"真的。地上的魄上了你的身。我身上的魂也上了你的身。哪有这样叫的？莹儿——莹儿——软绵绵甜丝丝的，叫人一听，还当你叫着说啥好听的话呢。

魂不上你的身才怪呢。”莹儿笑道。

灵官脸红了，不知道说什么好。

“原以为你是个木头，只有……这几声还有些人气的。”她笑着望一眼灵官：“就是不知道你是在叫魄呢，还是在勾魂？”

灵官的脸越加红了，是一种孩子似的通红。灵官知道自己脸红的毛病，这使他愈加尴尬。今日的莹儿令他大感意外，平素里悄声没气的她，调皮起来却一点也不逊于他上学时的那些城里女孩。不过，难堪归难堪，他还是喜欢伶牙俐齿时的莹儿。

对于灵官的窘相，莹儿显然很开心，她越加调皮地逗他：“别人的魂一上身，脸肯定发烧，心也跳。除非是没心没肺的。你觉得烧了没？心跳不？……噢，我明白了，你是个没心肺的人。”

灵官连个招架的法儿也没有了。他周身冒汗，胸腔里有面战鼓在擂。

莹儿又逼了上来：“没烧？……噢，我明白了，你真没心肺？”

灵官哭笑不得。不过，他还是喜欢莹儿的步步紧逼，知道平时在家中也压抑了她，便索性开起玩笑：“烧咋样？不烧咋样？魂儿勾了咋样？不勾咋样？我倒觉得你没了魂反倒像有魂，有魂时反倒没了魂。”

莹儿笑了：“是吗？这一说倒稀罕。你希望我没魂呢，还是有魂？”

灵官反问：“你愿意有魂呢，还是没魂？”

“你少耍滑头。”

“你也少耍。”

莹儿笑了，眯了眼，望一阵灵官，问：“那天……你哥说的话你记起没？进城那天。”

灵官说：“没。”他的心又跳起来了。

莹儿幽幽说道：“灵官，你没忘。你怕刺伤我，对不？你哥说你妈想孙子哩，对不？其实，我知道的，你哥可怜……可怜的倒不是他的病，病没啥。真的没啥。谁能保没个三灾六难的。有病，治不就对了。可他，死要面子，怕人知道。背地里唉声叹气，动不动就死呀活的。他不是在愁病。愁啥呢？

一是怕丢人，男人……一害那个病就……叫人看不起；二是怕……怕……断……了根……”说到这里，莹儿低下头。

灵官的脸上又着火似的烧。

忽然，毛旦上了西湖坡，远远地，就叫了：“呀，小叔子搞嫂子，世上好少的。”

灵官一惊，旋即镇定下来，手指毛旦，吼道：“呔，你过来。你干的好事。她可吓坏了，站都站不起来。要是有个三长两短，非法办你不可。”毛旦露出一丝慌张，但口气却很强硬：“咋哩？咋哩？我又没打她骂她，不过叫她看个稀罕。犯啥法了？”

灵官说：“犯啥法？到时候你就知道了。你就知道法大还是你的口气大。”

毛旦看出灵官在唬他，嘻嘻笑了：“哟——我是吃五谷长大的，又不是叫你唬大的。告去，告去。你一告，我就说，你和她……那个，叫我发现了，才反咬一口的。告去。你告去呀。”

莹儿扫兴地摇摇头，望望毛旦，又望望灵官，示意他支走毛旦。灵官遂道：“好了，赶紧去吧。魏没手子等着给你工钱呢。”

毛旦挤眉弄眼道：“行了，再不搅你们的好事了。你们干啥干啥，放心，我不给人说的。嘻嘻，灵官，你有本事钻进去，捞出个小灵官来，嘻嘻。”说着，他摇头晃脑，哼哼咛咛走了。那个打耳光似的鞋底仍在给他的哼咛打拍子。

灵官低声道：“还是你有法子。”

莹儿笑道：“听见没？人家激你的将呢。”

灵官忽然发现，不知不觉间，他与莹儿已有了一种默契。毛旦一来，显然侵犯了默契，二人便有了一个心思，叫他走开。毛旦一走，他觉察到这默契的暧昧，心中便有些不自在了。

“他说让你放心呢。”莹儿悄声没气地笑着，用那双很亮的眼睛望他。

“放啥心？”灵官机械地说。话一出口，他有些后悔，怕这句不适宜的话破坏了这氛围。

莹儿倒没觉出不合时宜，她依旧悄声没气地说：“问你自己呀。”她的声音本来很柔，这时更柔到了极致。她的话仿佛变成了气，直往灵官心里渗；又化成了水，荡呀荡，把灵官的心都荡化了。

“敢听花儿不？我给你唱。”莹儿柔柔地说，不等灵官回答，她已经唱起来了——

雨点儿落在石头上，
雪花儿飘在水上，
相思病害在心肺上，
血疤儿坐在嘴上。
半夜里起来月满天，
绣房儿的尕门儿半掩，
阿哥是灵宝如意丹，
阿妹是吃药的病汉。
黄河沿上的牛吃水，
鼻尖儿拉不着水里，
端起饭碗就想起了你，
面条儿拉不着嘴里。

灵官脑中有面巨钹响了，轰轰地激荡着大脑，耳膜很胀，口冒烟似的渴。那太阳也响了，搅天地响，像万千知了在嘶叫。脑子凝固了，分明听见她说了什么，却又不敢相信她说了什么。她说了吗？真说了吗？他想。

“还敢听吗？”她悄声没气地笑几声，又唱：

白牡丹掉到了河里了，
紧捞吧慢捞（着）跑了。
阳世上来了好好地闹，
紧闹吧慢闹（着）老了。

叽叽喳喳的尕鸡娃，
盆子里抢一撮米哩。
别看我人伙里不搭话，
心里头有一个你哩。
空名声担（着）个忽闪闪，
你看走哩吗不走。
上房里莫去小屋里来，
知心话说哩吗顺口。

“敢不？”莹儿悄声问。她埋怨地瞪他一眼。灵官读懂了其中的含意：你还算男人吗？这种事，女人先说出了口，你连答应都不敢吗？

那种奇异的渴再次袭来，且随心的狂跳愈来愈烈。几次费力地张口，却连一个字也吐不出来。他有些恨自己。

莹儿眼里的光熄了。她垂下眼睑，一丝羞恼浮在脸上。灵官敏感地捕捉到这一变化。“真伤害她了……老天……救救我……”

“当然……”他终于吐出了两个字。

11

太阳已到中天，两人便回家。没有一丝儿风，天闷得糊里糊涂，像充溢着稠糊糊的液体。远处的地里有层亮晃晃的东西，哗哗闪，让莹儿觉得在做梦。真像做梦呢。她想，咋能那么自然地说出那些平时想想都脸红的话呢？没有丝毫的勉强和生涩，真有些鬼使神差呢。头微微有些晕，但不是那种病态的晕，是被幸福激荡着的眩晕。脸烧得厉害。心做了贼似的跳。真做了贼呢。她想到了村里人常骂的“偷汉子”那个词。这个平日令她十分厌恶的词此刻却充满了恶意的幸福。平心而论，她是很渴望“坏”的。憨头太好了，好得成了蹲在供台上的泥神，挑不出啥毛病，可也没有丝毫的情趣。她很羡慕那些公开和丈夫打情骂俏的女人。女人都讨厌坏女人，但只要有机会，也许谁都愿意坏一次。真的，不管别人咋想，她倒真愿坏一次。虽说这次的“坏”距她内心的“坏”还有一段距离，但已经使她感受到了一种奇异的幸福、后怕、羞涩、新奇……各类情绪混和着的情感。她不知道这算不算恋爱。在她的人生词典里，恋爱是个尘封的远远躲在角落里的词。她还没来得及拂去它上面的尘灰，婚姻就蛮横地闯入了。她成了憨头的媳妇。她省略了人生最不该省略的一个章节——恋爱。

“我咋能唱出口呢？”她捂捂发烧的脸，望望灵官的背影。灵官的走路姿势很洒脱，透出念书人独有的味道。太阳没了，清风没了，沟里的流水没了，天地间只剩下向她发来幸福波晕的背影。他的步履、身姿，甚至那双沾满尘土的白球鞋，在她的眼里都显得那么和谐完美，妙不可言，仿佛在向她说着一句句能化掉她的情话。“要是……”她忽然想，“要是他，而不是‘他’，这个世界该多美。”想到“他”，她的心里掠过了一丝云条似的阴影，但她强迫自己不再往下想。她不想破坏自己如此美好的心态。

已近村庄了，收工的人多了。大路上多了喧闹。人声、尘灰，还有牧归回来的骡儿马儿羊儿们，为原来沉闷得稀里糊涂的正午添了活泼的色彩。一个骡娃儿在尽情地撒欢，抡头甩耳，撩几下蹄子，时而前蹿，直射村里；时而折回，跑到慢悠悠掉了老远的驴妈妈跟前撒娇。这是个很令莹儿动心的镜头。她装着看骡儿，有意放慢脚步，和灵官拉开了距离，并有意不去望他。但她那无形的眼仍盯着他，继续接受从他那儿发来的幸福的波晕。

灵官上了大路，和白狗走在一起。在踏上大路的那一刻，他回视了一眼莹儿。莹儿马上捕捉住了这稍现即逝的镜头。真是奇怪，她原本明里没望他呀。莹儿感到潮水似的涌来的喜悦。“他心里也有我呢。”她想。“知道不？我心里也有你哩。”她默默念叨一句，又望了他一眼。灵官正在和白狗喧着什么。相较于粗俗的白狗，灵官愈显得潇洒。这是念书人独有的潇洒，是自然的，从骨子里渗出来的，是散发出的气息，而不是生硬做出的动作。身旁的白狗，则有一种掩饰不住的粗俗，仿佛站在羚羊旁的一头猪。想到这个比喻，莹儿笑了。忽又觉得把两人拉在一起比较，有些亵渎了灵官。真是的。白狗是什么？是猪。他配吗？她努力地捕捉着随风飘来的灵官的若隐若现的话。飘来的每一个字都像小石子投向她的心海，激出一阵阵幸福的波晕。“多么奇妙……这是恋爱吗？”莹儿想。想到“恋爱”这个词，她抿嘴笑了，脸上也微微发起烧来。

“哎——莹儿，想啥哩？……哟，你的脸好红。”莹儿吃了一惊。一看，是北柱媳妇凤香，就问：“你也平地去啦？”凤香哼一声，留意地盯着她：“你咋了？是病了？发烧？是不？”

莹儿顺水推舟嗯一声，揉揉太阳穴。

“可要休息呀。感冒了，听说吃药意思不大。多喝水，多休息——北柱书上看的。”

“我哪有那么娇贵呀，又不是炒面捏的拐棍。”

凤香说：“反正我说了，听不听是你的事。”

莹儿心里偷偷在笑：“病了？真是病了……可你知道这是啥病吗？相思病，知道不？发烧？当然要发烧了。不发烧，能得那种病吗？”

莹儿望望白狗，又望望凤香，也想从他们中间发现点蹊跷。村里人老说：“小叔子搞嫂子，世上好少的。”在凉州方言里，“好少的”是“很多”的意思，先前，她觉得这话与自己没什么关系。可自打方才——在莹儿的感觉中，已是好久以前了——之后，这话就似乎很亲切了，仿佛那是对自己行为最合理的注脚。她觉得白狗和凤香之间也可能——毋宁说应该——发生些故事，像自己一样。但她又觉得自己和他们不一样。她和灵官的感情是世界上最圣洁的感情，是无与伦比的，是超越世俗的，是任何人不能比拟的。而他们，即使有所谓的故事，也是恶心的——她还想到了“罪恶”这个词，但马上，便放弃了它——想到这里，她觉出了自己心态的荒唐，笑了，弄得凤香莫名其妙。“你们也两人？”莹儿使眼色望望白狗。

凤香向来粗枝大叶风风火火，哪能觉出莹儿此刻的微妙心态，便道：“他妈先做饭去了。瞧，那个妖狼吃的还在后头呢。”凤香朝后扬扬下巴。扭过头，莹儿便看见了刚从沟沿上洗过脸的月儿。月儿朝她挥挥手。莹儿笑笑。

“哼，真是个妖货。”凤香撇撇嘴，“一天说不准洗几遍。生个猪八戒的舅母，咋洗也变不成七仙女。土里生土里长，到老还叫土吃上。不沾土咋行？想干净，嫁到城里去——可又没那个命。”

莹儿说：“姑娘嘛，都那样。”

“一样啥呀？”凤香说，“我当姑娘时也没有那样‘俏巴’过。哼，谁不是爹娘生的身子呀？洗得再干净，肚里盛的又不是洗衣粉。”

莹儿笑笑，嘴上没说啥，心里却在数落凤香：洗有啥不好？爱干净就让她爱去。谁像你，整天在垢痂窝里滚……你那还是个家吗？是个猪窝。气味难闻不说，连个落脚的地方也没有……当然，小姑子爱干净，倒显得你更脏了。难怪呢……

身后传来踢踢踏踏的脚步声。凤香知道是月儿追上来了，便努努嘴，不说了。月儿叫：“莹儿，走慢些成不成？你是怕饭叫人吃了，还是咋的？”莹儿笑盈盈站住了。凤香鼻腔里哼一声，呜呜闪电地走了。

月儿上来，亲昵地揽住莹儿的肩，在她脸上亲一口，说：“真羡慕你，咋晒也晒不黑，不像我，唉……你说，这日子有个啥过头呢？一天价黄天背个老日头。”

“不是挺好吗？活人嘛，就这样。你想咋活呢？”莹儿仿佛有些奇怪月儿的唉声叹气似的。是的，此刻，她真觉得这日子真好。天好，地好，太阳好，风儿好。尤其是今天，她的心中激荡着一泓温水。天地间啥都喜盈盈地对着她笑。女人是最容易健忘的，眼前的稍许幸福，就可以冲淡过去的所有不快。何况，莹儿正处在一个巨大的幸福旋涡里，她自然也忘了以前她也有类似的感叹。

“好个啥呀？莹儿姐，你不是也念过书吗？……哟，你还是花儿仙子呢。你真愿意这样死不死，活不活的？唉，农民有啥当头。”

莹儿笑笑：“你呀，你想咋活呢？许多人不就这么活吗？没治的。月儿，你不是学过物理吗？这就是一种惯性，力量很大的。你随上走，没事；你逆着走，会头破血流的。人都这么活，你也这么活，不就对了……其实，有时想想，当农民也挺好的，看星星，望月亮的。不好吗？”

“我才不呢。谁像你……你多好呀，咋看都像个城里人。要是生在大城市，早成红歌星了。……我要有你那么好的嗓子，早去闯世界了。你为啥……换……那个亲？”

“爹妈要我换。再说，哥岁数大了，没人给个媳妇，总不能眼睁睁……叫他打光棍……对不？”

“你没争呀嚷的？”

“争嚷啥呀。爹妈也是没治了才那样的。其实，他们心里更难受。妈老说，辱没了我。一见我，总嚎天抹泪的，还得我给下话呢……有时，人活着，也得想想别人，对不？”

“可惜呀。莹儿姐，你不想想，一辈子呀。”

“其实，很快的。一辈子，一眨眼，也就过去了。”莹儿眯了眼，不易察觉地叹口气。这个话题令她不快。这是一个她不愿触摸的痛处。她的心上有了一层乌蒙蒙的纱。但她马上想到了灵官，心随之鲜活了。“真的。很快的，一眨眼。”

月儿叹口气：“我做不到的。死也做不到的，真的。妈叫我也给白狗……换……我死也不。”

“白狗？不是还小吗？再说，他伶俐着呢，又不是娶不上。愁啥呢？”

“可哪有钱？娶大嫂就拉了一屁股债。二嫂也是。再说，白狗不学好。一提，谁都摇头——就算有人给，借都没处借钱去。一般人自己都顾不过来，哪有借人的？双福倒有，可笑笑，又不给你。”

莹儿听了这些本不该是妙龄少女口中吐出的话，心随之黯了，轻叹一口气。“谁家不是呢？”她说。

“真的。”月儿说，“二哥连超生罚款都交不上。他又闹着分家呢。爹说分也好，分了，咋罚咋罚去……不提它了，烦死了……哎，问你个事儿。”说着，她凑上前来，指指灵官背影，悄声问：“那个书呆子，真不念书了？”

莹儿哼一声。她望望月儿，很奇怪她为啥问这个问题。

“这下，叫他牛。牛啥哩？不就多念了几年书吗？哼，念的书多，生的蛆多……这下，跌下来了，我还以为他飞上天呢。”月儿似笑非笑地说。

莹儿嗔道：“你咋能这样说话？幸灾乐祸可不好。”

月儿撇撇嘴：“我也知道不好。可他，我偏要这样。眼睛长天上去了。也有今天？这下，看他牛。”

莹儿皱皱眉头：“不和你说了。”

“哟——”月儿笑了，“你急啥？又没挖你的护心油。你急啥？”

莹儿沉了脸：“我可真气啦——你再说。”

月儿见莹儿真像生了气，便吐吐舌头，住了口。莹儿想：“谁说没挖护心油呢？她……哪里……知道呀。”想到那个场面，她幸福地笑笑，又轻声地唱起来：

上地里种的糜穗儿，
下地里种的豆儿。
大路上下来一对儿，
一个是我的肉儿。
青石头崖上的鸳鸯楼，
手攀住栏杆（着）点头。
阿哥是我的护心油，
你一捞扯就难受……

12

“黄犟子”丢了。

一进家门，灵官就知道了这件事。

老顺拧个眉头黑个脸，猴塑塑在炕沿上抽闷烟。烟一股子一股子往上冒。烟蛋儿一个一个往下落。一看那阵势，灵官就知道今天准没好事。他知道爹

老顺拧个眉颠个脸，猴塑塑在
坑沿上抽闷烟

的脾气，提起簕儿斗动弹。鹰一丢，他就能把肠肠肚肚拐拐角角里的牢骚也翻腾出来，来一次大的发泄。

猛子却不识好歹，一见灵官进门，便唾沫渣子乱迸起来：“嘿，你说气人不气人。谁知道兔子又往林子里跑呢？日他妈，鹰就追，哗——，一进林子，就再也没见过那毛虫的影儿。日他妈。”

灵官担心地望望爹，见他咂一口烟，白一眼猛子，鼻头一耸一耸的，知道他快发作了。果然，猛子的最后一个“日他妈”刚一落地，老顺就吼了出来：“你个驴日的，嘴里放干净点。‘日他妈’啥哩？你日谁的妈？日兔子？还是日鹰？”

猛子嗓子里咯噔一声，卡壳似的住了口，脸上飞动的表情僵了，半晌，转转眼珠，望望老顺，望望灵官，又望望莹儿，尴尬一阵，才嘀咕道：“又不是我自个儿放的。你说放，我才放的。我本来就想，这孽畜，可别钻林子。想说，没敢说。果然。嘿，要是我，才不叫放鹰。明摆的，旁边有个林子。人家兔子又不傻，不往里钻，难道乖乖躺下挨鹰的爪子？”说到后来，猛子的唾沫渣子又迸起来了，全不顾老顺脸上已布满乌云，就要打雷了。

老顺吼道：“我把你个驴日的。你啥都是早知道。你既然知道它进林子，你放鹰干啥？放鹰干啥？好，你放了，你寻去。寻去！寻不着，老子今天饶不了你。”

猛子也带了气：“饶不了，你还吃了我？鹰又不是我的儿子，我叫它走东，它不敢走西。是我叫它跑的？你凭啥骂我？一张嘴就驴日的驴日的。我倒要问问妈，我是哪个驴日的？”

“你犟嘴，驴撵的。”老顺把烟锅一扔，跳下炕，脱下一只鞋，扑向猛子。灵官挡住猛子。莹儿撕猛子一把，示意他避一下。

“就不出去。看他吃了我。”猛子的脸憋得紫红，一脸横气，豁出去似的叫，“你不喊放，我放哩吗？啊？！啥都你有理了？你吃人哩？你有本事把我囫囵吃上扁拉下来。”

“驴日的，驴日的。”老顺圆睁了眼，一扑一张的。有了灵官的拦挡，他

就不出去.看他吃了我！
你犟嘴
驴撑的！

尽可以把自己的父亲威风演得淋漓尽致。“翎毛儿干了？翅膀儿硬了？是不是？”他吼叫着，把手中的鞋扔了出去。

鞋重重地击在门上。猛子拾了，一扬手，鞋子飞上了房。“你还吃人哩？你还吃人哩？”猛子叫着，底气却显然泄了许多。

灵官妈舞两个面手进来了：“干啥？干啥？你们爷父俩还像个人吗？老子不像老子，儿子不像儿子。一个毛虫，丢了就丢了，有啥了不起？还杀仗哩，是不是？灵官，取那个切刀来，叫他杀。杀了我们娘儿们叫他一个人活去。”

老顺骂道：“就是你这个老祸害惯的。小小儿老子一说，你就拦挡。看，这会咋了？他倒成老子了。”

灵官说：“爹，少说两句行不行？不就一个鹰吗？再驯一个不就得了？”

“屁。”老顺吼道，“这不是鹰的事。啊？！那是个小事。啊？！他欺负老子是大事。啊？！你把老子的鞋扔到房上，你还算个人吗？”

莹儿掩口一笑。灵官妈也笑了。灵官忍住不笑，说：“那有啥？我上去给你拾下来，不就对了？”

“拾下来？拾下来就行了？啊？！你以为老子的鞋那么好扔？啊？！无法无天了？啊？！你以为拾下来就行了？啊？！”

“那还要怎样？”灵官笑问。

“啊？！怎样？还得给老子穿上！”

莹儿忍俊不禁，捂了嘴，笑出声来。

猛子嘀咕道：“又不是我脱的，凭啥给你穿？”灵官捣了他一下，说：“行，行，行，给你穿上不就得了。”老顺这才又坐在炕沿上，取了烟锅，啪啪地抽。

灵官上了房，拣了鞋，下来，给父亲穿了。

老顺倒不在乎谁穿的，只板了脸，一股子一股子冒烟。冒一阵，却笑出声来：“真没见过这号驴撵的，扔老子的鞋。”

灵官这才和妈一起大笑起来。莹儿捧着肚子直哎哟。猛子晃晃脑袋，蹲在门槛上，板了几次脸，最终还是笑出声来。

吃过午饭，老顺、灵官、猛子三人到周围村子去找鹰，都说没见，也就罢了。老顺遂将心思放到“青寡妇”身上。夜里，又给它喂了个毛轴轴子扯“痰”。

13

灵官陷入了尴尬的境地。

晚饭后，憨头又去井上值夜。猛子则叫出灵官，低声要他在早五更把庄门打开。他说要去挖牌，并要他无论如何要瞒住爹妈。灵官答应了他。进书房时，莹儿出门，狠狠望他一眼，便回到自己的小屋。灵官听到一声重重的关门声，心像被一只手捏了一下。

电视完了，爹妈睡了，灵官回到了北书房。他第一次发现这个叫“书房”的房间大得邪乎，并有种异乎寻常的冷清。事实上屋里的温度还可以。深秋的夜间虽冷，但妈已经填了热炕，散于空间的热气足以给房间热乎的感觉。灵官感到的是心理上的冷清。这是空荡荡孤零零难耐的冷清。

灵官想到了憨头。“他仿佛在躲避什么。”他想，“也许不是躲避，而是……”而是什么呢？他想不出那个词儿，只觉得憨头那双抑郁的眼睛在盯着他。他的思维虽不清晰，但却分明感到了默契。他不敢正视这默契。这使他感到羞愧，感到有种被人扒光衣服的难堪。他的感情因之而冷却了。

西书房里传来爹闷雷一样的鼾声。漫长的日子里，灵官已习惯了这鼾声，此刻却觉得它那么刺耳。它仿佛在一声声提醒他：爹睡着了，妈睡着了，天睡着了，地睡着了，院里的一切都睡着了。除了他，也许，还有那个叫莹儿的女人。

“她在想什么呢？”莹儿那双哀婉清澈的眼睛又在他眼前出现了。她肯定没睡。肯定的。灵官能读懂她书房门口的那一瞥。他想到了《西厢记》中的那句唱词：“怎当她临去时秋波那一转。”他想，“秋波”这个词，真是妙极了。莹儿那双眼睛，除了“秋波”二字，真没个能替代的词呢。她在想些什么呢？她在等我吗？

想到莹儿，灵官的心又动荡起来。真不知怎样去接近她。她仿佛不是个实体，而是一团气，一团虚虚幻幻清清凌凌的气。他想到白昼间的调笑，心里顿时有热浪滚动，并渐渐荡漾全身。去吧，放心去吧。他念叨着，一下下给自己打气。他想，她也一定这样躺着，一定也听到这鼾声。她的眼睛一定也这样望着虚空的夜。她的胳膊露在被外，很白。此外，他想不出别的细节来，但莹儿那双在夜里闪烁的眼睛还是使他兴奋了。

院里的静成了一种极大的压力。灵官轻轻撩开被窝。被子的窸窣山洪般响。心跳也如打夯。这声音怕连爹妈也惊动了。他深吸一口气，屏息许久，才摸索着穿鞋。他迈出第一步，如履薄冰，但那鞋底擦地声依然泄洪一样。心跳声更大，填满了整个夜空。他胆怯了，后退一步，坐在炕沿上。他有些灰心了。

“算了。要是爹妈知道了，可丢人死了。”

但他舍不得他眼前召唤的那双眼睛和白日里响至现在的水似的笑声。他想，也许我太敏感了。他想起孟八爷一次用火柴烧午睡的爹的脚趾，快烧完一根火柴才烧醒了爹，胆子又大了些。他屏住呼吸，走了几步，开了门。开门声像撕裂绸缎一样刺耳。灵官终于经受住了这一声，到了院里。

天上有个月牙儿，虽不很亮，但足以使院里的一切显出模糊的轮廓。他望望爹妈住的西书房的窗户。窗玻璃泛着隐隐的亮光。忽然，灵官觉得妈妈的脸正贴到窗玻璃上鬼鬼祟祟地望他。他倒抽一口冷气。

妈有那种窥视别人的毛病。小时候，住伙院子时，老见妈趴在放猫儿出入的洞口偷听隔壁的喧谈。而且，妈很精醒，稍有动静就会从睡梦中醒来。她是不是听到了北书房里的动静呢？她是不是真趴在窗户上看我呢？他甚至“听”见了妈心里的嘀咕：哟，我的灵官也干这种事？书念到驴槽里了。

他的热情又冷了，轻轻退到门口，让墙壁把身子隐到不使妈发现而自己却能观察的程度。许久，也没发现啥异样。

“肯定睡了。”他想。

灵官又蹑手蹑脚向莹儿的小屋门摸去，但无论他怎样小心，鞋底擦地的声音总是山洪般充满院落。于是，他蹲下身，脱了鞋，提在手里，一步步挪向目标。

到了门口，他深吸一口气，想稳住狂乱的心跳，但毫无作用。推小屋门前，他把布鞋轻轻放到地上，脚踩上去蹭蹭，再穿上。他怕会把土脚印印到床单上。

门，果然虚掩着。

开门的吱唔声历历地撕扯夜空。灵官的精神差点崩溃了。他想，这下，真惊醒妈妈了。他像兔子一样逃出小屋，过院子，进了书房……但这仅仅是幻觉。他差点这样做了。但门已开了。没有退路了。他想。他侧身进屋，关了门，吱唔声同样惊天动地。

屋里很暗，因拉了窗帘的缘故，月光进不了屋。也倒好，若是太亮，他反倒抹不下脸。他用手抚抚自己捣杵似的狂跳的心，仔细辨认屋里的一切。他听到一声窸窣。他感觉到莹儿已坐了起来。他甚至还“看”到她“秋波”一样的眼睛。

“你来干啥？”莹儿轻声问。

这句问话完全出乎灵官的意料。他想她一定会问：“你咋才来？”这样，他便循声而去，在黑夜的掩护下搂了她，亲她的脸。他相信自己有这个胆量，尤其在这样一个夜里。他不敢想象自己在大白天将嘴唇凑向莹儿。他无法使自己越过那咫尺的天涯。但在这样一个夜里，他有这个勇气。莹儿的问话使他不知所措了。

该怎么答呢？总不能说来和你睡觉，或是也像北柱那样巧妙地说给侄儿做腿？他没想到是这样一个尴尬难堪的开头。他凝在黑夜里，不知下一步如何进行。

莹儿悄声笑了：“想喧的话，就上来吧。地上冷。”

灵官一下子轻松了。他很感激这个“喧”字。他笑了，握住那只窸窸窣窣向他伸来的汗津津的手。听说，女人一旦动了感情，手心里肯定有汗。他吐吐舌头，蹭掉鞋子，上了炕。那暖融融的舒适顿时包围了他。

莹儿用力握他的手。他甚至感到了疼，但这是舒适的快意的疼。他什么灵官蹑手蹑脚向莹儿小屋门摸去，门，果然虚掩着。

也没说。因为他不知道说啥好。莹儿轻轻叹口气，悄声说："你咋才来？"随后偎在他怀里。她穿着薄薄的内衣。灵官触到了两团软软的肉，一股火起来，瞬间燃遍全身。

"一把搂住你细腰腰，好像个老羊疼羔羔。"莹儿悄声笑了。这是首有名的花儿。

他从那只汗津津的手里抽出手，搂了她。莹儿紧紧抱住他的腰，难以遏制地呻吟起来，呻吟渐渐变成了抽泣。灵官不知如何安慰这个美丽的肉体。"叫我等得好苦，亲我。"莹儿说。

灵官捧起莹儿的头，一下下吻她，吻得很笨拙。他不知道嘴唇应该有更细腻或更疯狂的动作。他只是将自己的嘴唇贴在莹儿的嘴唇上，一下下贴，很重。他感到一种幸福的眩晕。他甚至无法抵御这眩晕了。他听到莹儿说："我真想这样死去。"接着，莹儿咬他的下唇，一下一下，很疼。

莹儿说："你的衣服瘆冰瘆冰，叫人难受。"

灵官觉得莹儿喘着气解他的纽扣，解得很慢，半晌，解一个，像是试探，又像在品味。灵官则抚摸她的头发。忽然，他想到了憨头，一把捏住她的手。"他会来吗？"他问。他觉得自己捏的那只手颤了一下。"不来，肯定的。……别提他。"莹儿叹口气。许久，那只手才又开始动作。

解开了外衣扣子，莹儿拽拽衣襟，又拽拽衬衣。灵官便脱了外衣衬衣，索性连背心也脱了。莹儿呻吟一声，伏在他的胸膛上。那没有被孩子吮吸过的极有弹性的乳房在他胸脯上跳动。而那只手，则滑向肩膀，滑向胸脯，滑向腹部，在脐部盘桓一阵，又向下游去。

"你是木头吗？"莹儿悄声问。

灵官却不知道自己该干什么。没有性经验的他，沉浸在一种巨大的惊喜和幸福中而不知所措，只感到莹儿的手已游到小腹上，似犹豫似品味许久，才向下滑去。灵官下意识呻吟一声。

莹儿笑了，以为弄疼了他。她住了手，一下下吻他的胸，时而咬一下，咬得很投入也很小心。"你是木头吗？"她呻吟着问。

灵官被卷进一个巨大的幸福旋涡里，周身轰鸣，体内充斥着拍岸的惊涛。他先是一下下抚摸她的乳房，而后，开始探险……是的，探险。他进入一个陌生的世界。他感到了莹儿皮肤的细腻和腹部的光滑。在到达那圆圆的充满生机的丘陵时，他感到难耐的奇异的焦躁。天呐，救救我。他觉得自己不由自主向下滑去，滑向一个未知的世界。

“哎呀，这么多……”他说。

莹儿呻吟着。灵官怕会惊醒父母，就用嘴唇去堵。他感到对方狂烈的迎接。

“我不会，你教我。”灵官喘着气。

“我也不会。”莹儿轻声说。

14

猛子蹑手蹑脚溜进庄门时，灵官已回到自己被窝。猛子的神态十分可疑，明显带着偷食禁果后的做贼心虚。但灵官顾不了他。他闭了眼，静静地反刍咀嚼女人给他的第一次人生洗礼。

莹儿无疑是风情万种的。想不到平素里文静可人的她却那样炽热，简直能把他烤化。他的每一下爱抚，都激起了她异常强烈的反应。她温柔地呻吟，疯狂地撕咬。相较之下，倒是他显得被动。从狂欢的峰顶跌落下来后，他简直受不了她不依不饶的狂热黏糊。

竟是这样吗？他梦想了多少次的男女情爱，竟是这样吗？记得当时，他竟然产生了淡淡的失落，直到他的激情又一次被莹儿煽动起来的时候，这失落才被渴望代替。

他忘不了进入她时她那欢快的呻吟，这使他兴奋不已。

虽说他吓了一跳，怕被父母听到，但也正因了这点，使他在日后的许多天里摆脱不了疑惑的困扰。同学告诉他，憨头患的是阳痿，而且病史在十年以上。这样，莹儿应该是个清白的女儿身。没有性经验的他，辨不出她是不是处女，但她那欢快却使他因此怀疑她的清白。听说处女的第一次会疼痛，而且多半见血。不知道她有没有血，他想看看那个部位，但被她羞涩地拒绝了。当然，当时的他不是想检验，而是想看看他朝思暮想的东西究竟啥样。她的拒绝令他失望，觉得她不可理喻。“干都干了，咋不叫看？”他说。记得莹儿笑了，悄声没气的。他多想看呀，可莹儿死活不让。他想她是不是心中有鬼？他自然没有见血。这成了灵官心中排除不去的疙瘩。她竟然没疼。她竟然能发出那样欢快的叫。记得他问：“疼吗？”她说：“不疼。”“那叫啥？”“太舒服了。”后来，他愤愤不平地想：太舒服了？第一次，竟然太舒服了？

既然憨头有那种病，那她肯定……也许有过外遇？

想到憨头木讷的脸，灵官的心阵阵收缩，觉得对不起他。这歉疚在他爬上莹儿身子的时候就有了，差点使他沸腾的心冷却。他尽量强迫自己不去想他。事后，他叹了口气，莹儿问他为啥叹气。他说对不起哥。他记得莹儿怔了许久，才说：“别提他。”

他想到自己在城里念书时憨头给他送面送馍馍的情景。一见他，哥便憨憨地笑。这笑会令任何心机无地自容。他知道哥哥是怎样的为他这样一个能在城里上高中的弟弟而自豪呀。记得有一次，他送出校门。憨头哆嗦了半天嘴唇，说：“灵官，争口气，有人等着看我们的笑话呢。”那“我们”二字，叫灵官感到很沉重。他考的是“我们”的学。后来，“我们”落榜了。他感到最无颜面对的就是憨头的笑。

灵官懊恼地晃晃脑袋。这事——和莹儿的这事——憨头知道的话，会咋想？他是真想要个儿子而默许的吗？若真是，日后咋见他？因为自己无论装得多么冠冕堂皇，在憨头面前仍然似扒光了衣服。难堪是免不了的。他可以瞒住天下所有的人，但瞒不了憨头。这简直令他无地自容。“不管咋说，我对不起他。”他想。歉疚和自责开始笼罩了他。

怎么办呢，以后？他问自己。他舍不得莹儿，不仅仅舍不得她的肉体，舍不得她的美丽、聪明、善解人意，更舍不得她那轻盈的气息。这轻盈的气息使他对她永不腻味。即令在同她结合时，她仍是个清清凉凉的梦。他甚至怀疑自己究竟是不是真得到了她。

于是，他不由自主地沉浸到一种复杂的情绪中了。一方面，他很惊喜。十八年来，他第一次认识女人，而且是莹儿这样一个清清凌凌的女人；另一方面，强烈的自责冲击着他。他觉得对不起憨头。这是一个阴影，一个永远无法摆脱的阴影。即使他面对太阳，也摆脱不了身后长长的阴影。

这是幸福吗？他想。是的,是幸福。否认这销魂的幸福是虚伪，但这幸福也是罪孽。罪孽感冲淡了欢乐。他想到了报应。这个词妈常说，但松涛寺的吴和尚真正使他明白了其含义。吴和尚说：“种瓜得瓜，种豆得豆。因果报应，分毫不爽。”灵官从吴和尚手上接过了几本结缘的佛书，也接过了一个世界。

他觉得自己生殖部位有种隐隐的疼。他想，这不会是报应吧？一想到报应，那疼痛由隐而显，波晕似的扩大了。他想要是真有所谓的报应，那造孽的这个器官定然要癌变的。想到癌，他禁不住打个寒噤，仿佛从疼痛散发之处真看到了癌。癌是什么样子？不知道，但总之是个十分可怕的东西。他明显感到那袭来的可怕。

他开始试着为自己辩解，用他能想到的所有理由，如为了给憨头生个儿子等，但一切辩解都苍白无力。因为他分明是喜欢（甚至爱）莹儿的。他上炕时并没想到传宗接代，只感到对方无法抗拒的吸引力和自己强烈的占有欲。没有理性。一切都超越了理性。用理性去解释超越理性的东西，显然是苍白的。

“只有罪孽。”他想。

他开始忏悔。向憨头，向父母，向一切他所能想到的神灵。记得一本书上讲过，念六字大明咒可以消罪。于是他开始念，心遂静了。但一想到莹儿的笑和那销魂的场面，咒又远了。一句枯燥的咒挡不住活生生逼人的诱惑。

罪孽依然存在，只要那诱惑依然是诱惑的话。

“就这一次。我发誓，就这一次。”他想。

这下，他的心清明了许多。

他想，谁没错呢？连佛陀的堂弟阿难都被外道妖女迷惑过，不是佛动用了楞严神咒才解救了他吗？何况他一个俗人。想到“俗人”二字，他笑了。他可是一向不把自己当成“俗人”的呀。不管咋样，错的也错了。他想，再不犯就是了。

“我已经念了上百遍真言了，罪孽早没了吧。”他想。果然，他觉得那痛感渐渐轻了。他听到悄声悄气进来的猛子已响起了鼾声。

不知不觉，他也睡着了。

15

灵官醒得很早。折腾到大半夜的他竟然那么早就醒了，很奇怪。更怪的是，他有种奇异的清爽。真是“清爽”。他清爽地想到昨夜的一切。该不是梦吧？他想。随后，他笑了，非常愉快地笑了。“她真好。”他努力地想她的模样。“没想到她会那样疯。”那是她吗？是那个文文静静羞羞怯怯的她吗？女人是不是没了面具时都那样？都那样疯？也许，她是个例外，谁叫她平时太压抑呢？压抑太久就会爆发。对，爆发，那可真是“爆发”呢。

厨房里响起锅碗相碰的声音。是谁？是莹儿？还是妈？他当然希望是莹儿。这样，那声音就浸了浓浓的情了。想到马上就能见到莹儿，他很兴奋，身子倏然臊热了。她会有啥反应？害羞？幸福？抑或是尴尬？说不准。但他知道，无论哪种，他都会兴奋，肯定的。那臊热浓得化不开了，他一下掀了被子。

爹每日早晨必发的清痰声又响起来，又听到他嘿嘿地给鹰喂食。他知道，爹马上又会喊他和猛子了，而且肯定会叫他们“爹爹”啥的，肯定又发“白头子养活黑头子”的牢骚。灵官感到好笑。他想，还是自觉一点好，别叫他喝神断鬼地叫了。他像护着珍宝一样护着今晨的这份温馨。他怕爹的骂声，会破坏了它。

灵官用脚蹬蹬猛子，说：“起吧，爹又骂了。”

猛子拌几下嘴，鼻子里含糊地哼几声，又响起鼾声。

灵官也不去管他，径自穿了衣服，进了西书房。爹正“嘿嘿”地叫着，拿肉逗弄红鹰。红鹰已不再惊恐愤怒，开始吃食，但仍不叫人往身上搭手。

老顺一摸它，它就惊恐地拍打翅膀，尖叫抗议。

“今天你还像个人。”见了灵官，老顺说。

灵官这才发现自己犯了个错误：他不该反常地起这么早。他应该像平日那样等着叫爹叫。爹是不是觉出了这“反常”呢？灵官的心不规则地跳了几下。但老顺却已把视线又转向红鹰，伸出右手摸去。红鹰圆溜溜的眼转了几转，冷不防啄老顺一下。老顺甩着腕子龇牙。灵官笑了。

“笑个屁。猛子起了没？喊去，早些接鹰去。”老顺道。

进了北屋，灵官掀开猛子身上的被子，学了老顺的样子，在他屁股上拍一把，老声老气地说：“起呀，爹爹，尻子把太阳烤红了。”猛子一骨碌翻起身，见是灵官，咕哝几句，又躺下了。

“好，你睡。”灵官说，“爹可发脾气了。叫接鹰去……反正我可叫了你。”

灵官戴了皮手套，用拳头托了“青寡妇”出门。天已大亮，空中一如往日地有层薄薄的雾。灵官觉得那不是雾，是弥漫于空气中的冰尘。吸口气，五脏六腑都凉透了。

这时对“青寡妇”来说已算不了接，因为它已非常驯顺。手一伸，嘿一声，它就会稳稳地飞上拳头。你可以摸它的任何部位，无论顺摸，倒摸，它都不会有一点“不快”——更不要说反抗了。灵官所做的就是例行公事，真正的“例行”而已。

灵官一边抚弄着鹰，一边想夜里的事。他仍在顽固地推测她在今日见到他后会有什么反应。他想，无论她害羞还是强装镇定，看我一眼是肯定的，眼里会露出喜悦的光……也许会笑一下。灵官想到了她的笑。那是悄声没气又柔情万状的笑。他的心因之而动荡起来。他很满意自己的想象力，使他能够像反刍的老牛一样对夜里囫囵吞枣咽下的幸福有了进一步咀嚼消化的可能。

灵官向村里走去。他听到自家的庄门又响了，估计是猛子托了鹰出来了。果然，他听到猛子很响的咳嗽。他不想叫他赶上，不想叫他喋喋不休的谈话破坏自己的心境，就拐进一个偏僻的小巷道。

想到昨夜的一些细节，灵官感到很好笑。我那个傻样，也许惹她笑了。

他想起伏在她身上半天找不到门道的事。她也许确实笑了。他仿佛听到了她悄声没气的笑。记得她当时一动不动，任他傻乎乎乱撞一气，急出满头大汗，真有些不知所措了。记得她那时笑了。她一定感到很好笑。她故意叫我出丑。她好开心。灵官想，当时要是有灯就好了，黑暗添了许多刺激，也少了许多刺激。他倒是真想看看她“疯”了时的模样和在关键时刻故意任人摆布的那双眼睛。他只能想象出后者。那一定是一双充满美丽的恶意的眼，有水，有火，有一丝狡黠和欣赏，还有品味。对，品味。她在品味我的慌乱无措。那一定很使她刺激，或是开心。这是一定的。

但灵官无论如何也想象不出她的“疯”。无论咋想，她都是清清凌凌的文静。真想不出，她咋会“疯”出许多细节来。他想到终于进入身体后她那欢快的呻吟，透出喜悦、惊喜、情不自禁……真是她吗？他真想看看这种声响是如何从那可爱的小口中发出。真不可思议。他笑了，也是那种开心、品味的笑。记得当时，他在那声音中亢奋了，倒没品味出与她平时性情的不和谐来。

当然，更不和谐的，是她疯狂的吻。那是“吻”吗？灵官不禁笑了。吻似乎是轻柔的，而她那么重。那是在咬。想到这个词，灵官又笑了。真是咬，她分明是饿急了的咬。咬他的嘴唇，咬他的脸，又咬胳膊、胸脯。灵官抿抿自己发木的嘴唇，想到当时自己躲来躲去不合时宜的窘相，笑了。哪有这样吻人的？他想。

他又想到了自己初时的吻，更感到好笑。两人走了两个极端，一个是“咬”，一个却又只是用自己紧抿的嘴唇去“挨”另一个嘴唇。不过，他很快学会了吻，那就是介于二者之间，再偶尔动用一下关键的道具——舌头。

灵官品味着，反刍着，忽而微笑，忽而摇头，竟完全沉浸到自己的情境中了。直到“青寡妇”跌下拳头，吊在空中尖叫时，才醒了过来。他没用手去扶鹰，而是像爹那样的往上抡。抡了七八次，才把鹰重新抡上拳头。

快到吃早饭的时候了，灵官回了家。一进院子，就碰见了莹儿。一切都和想象的不一样：她根本没有望他，神色很平静，仿佛他们之间根本没发生过什么事。灵官想：“她根本没把我当回事……她根本不在乎我。”仿佛受骗了似的，他心中忽然腾起一股怒火，却又想："也许，她后悔了……毕竟不是光彩事……她也许觉得对不起他。"想到"他"，他的心抽动了一下。他惊奇地发现，他已经将"他"排挤到自己和莹儿之外了。他几乎忘记了她是个有夫之妇。他已把她放到自己恋人的位置上了，多可怕呀。这是罪恶。会身败名裂的呀！他心中澎湃的激情减弱了。他不敢再想憨头那张憨憨地朝他微笑的脸，打个寒噤。他有些后悔。"她也一定后悔了。"望着莹儿进厨房的背影，他想。

16

吃过早饭，老顺吩咐猛子和灵官去寻鹰。他说鹰肯定在附近，扯清了痰的鹰飞不高，一飞高，头就疼，肯定落在树上或墙上了。日头爷一落山，它就急了，见个鸡儿，就扑下去，不松爪。怕就怕给不知情的人一棒子敲死。好在爪子上有绳子，一看就不是野鹰，说不准早给人捉了。"带上个兔子头，万一那毛虫还在树上，也好引下来。"老顺说。

猛子去村南，灵官去村北。

路过白狗家时，灵官见白狗妹子月儿在院里洗衣服，就问她见个鹰来没。见是灵官，月儿的脸一下鲜活了，说："见了。"灵官很高兴："真的？"月儿说："哪有这样问话的？贴在庄门上。你又不是讨吃。"凉州人把乞丐叫讨吃。灵官便进了院子。月儿递过小凳，灵官坐了。

"白狗他们呢？"灵官问。话一出口，便觉得不妥：他应当问鹰呀，为啥鬼使神差问起白狗来？仿佛希望他此刻不在似的。怪事。

"去地上了。"月儿住了搓揉的手，定睛望灵官，望得他脸都烧了，才说："问你个事儿……你真不念书了？"

"当然。"

"你就这样活一辈子？"

"这样不好吗？吃不愁，穿不愁的。活人嘛，你还能上天入地？"

"我可真不愿意。"月儿叹口气，"老是吃啊，穿啊，平地呀，割田呀，啥意思？像磨道里的驴，转了一圈又一圈，没个尽头……真想出去蹦跶一下。”

灵官笑了：“你当然行呀。你聪明，漂亮，干个啥不成呀？最不行也嫁个城里人，吃香的，喝辣的，穿红的，挂绿的，蹬个高跟鞋，咯噔咯噔……我哪能比呀，天生一个刨土吃的命。”

“哟。”月儿笑了，“瞧你那样子，好像真是个本分人似的。别猪鼻子里插大葱假装大象了。谁不知道你呀，一天价，啊——啊——的诗兴大发，想当诗人呀，作家呀，咋忽然又灰溜溜了？”

“你不是也一样吗？一写作文，不是‘青春’，就是‘明天啊’，结果咋样？实的只有沙窝里的沙丘。别的，都是梦。不是吗？”

月儿摇摇头，轻叹一声：“唉——，女孩子还是不念书好，真的。”她狠狠揉几下衣服，“糊里糊涂嫁个人，一辈子就过去了。一念书，知道的多，烦恼也多。”

“这倒是真的。”灵官笑道，“你看凤香，一字不识，没心没肝的，啥也不愁。养个猪，买双鞋，就满足了。哪像你，满脑子理想呀事业呀，多累。”

提到凤香，月儿冷笑道：“她呀，真没心没肝哩，良心叫狗吃了。我哥娶她的债还背着，就闹着分家哩……昨夜，又吵呀嚷的。”

灵官笑道：“行了。提起箩儿斗动弹。女人就爱捣闲话。”

月儿笑了：“不提就不提……说真的，我真想干个啥，卖个服装，或是干个别的，总不能在乡里窝一辈子……我表姐就在城里干服装生意，利大得很。你干不干？”

“我？你有个表姐，我有个谁呀？手里无刀杀不了人。我家，嘿，站在井里要马勺哩。猛子的媳妇还没影儿呢，哪有本钱。”灵官忽然阴沉了脸，显得索然无味似的。“算了，不提了。”

“哟，好心倒惹了你——就是呀，猛子呀，你呀，娶媳妇得花多少钱呀，不挣几个，能成？没本钱不要紧，问题你想不想干？”

“以后再说吧……实话说，见鹰没？”

月儿狠狠瞪灵官一眼，将手中的衣服扔进盆里：“见来。看，那天上不是鹰是啥？”

灵官恼了，瞪她一眼，几步出了庄门。月儿的声音追了出来：“气死你，灵官，你狗咬吕洞宾。”仿佛倒是她受了天大的委屈。

灵官不理，一路问去，都说没见。

17

次日上午，毛旦笑嘻嘻进了院子。一踏进门槛，就高声喊：“灵官，这下搭住你了。没两盒烟不成。”灵官正在帮老顺收拾架子车，闻言吃了一惊，以为这个愣头会说出有关他和莹儿的事情。老顺却发话了：“毛旦，你狗肚子里又焐啥蛋了？有话说到面里，有屁放到圈里。有啥货色，放出来看。值了，不要说两盒烟，要老子的老屌也给。不值，你给老子滚远些，少像个破头野鬼一样毛搔人。”一见老顺搭话，毛旦抱个膀子，缩了脖子，露出他一贯的死驴不怕狼啃的赖皮相。老顺沉了脸：“你看，不搭话，你眼飞炸毛。一搭话，倒像驴一样倒缩回去了……算了，我不信你狗嘴里能吐出牛黄。”毛旦伸伸脖子，又伸出舌头抿抿嘴唇，眼珠一转，说：“不听就算了。热屁股溻到冷炕上了。真是的，我管你丢啥丢啥的。”老顺跳了起来：“哈，鹰？这毛旦，真吐出牛黄来了。两盒就两盒，三盒也成。”毛旦缩脖一笑，只嘿嘿不语。老顺急了：“你说话呀，谁拾了？快些说，你叫老子疯了不成？”毛旦又一笑，才说：“我……拾了……嘻……”老顺喜道：“真的？”“我拾了……灵官……手巾带出的一张纸。”

老顺恼了：“嘿，毛旦，你个毛鬼神。我以为你嘴一张真能吐出牛黄呀狗宝啥的，谁知月婆娘放了个米汤屁……嘿，拾了张纸，咋呼啥？去去去，少在这里搅和。不提鹰，倒罢了。一提，心里毛哈哈的，又不对劲了。”

毛旦哧哩哧哩笑几声：“你看你，你看你，拾了鹰，我就吐出牛黄了。拾了纸，我就成毛鬼神了？就放了米汤屁？究竟是啥？”灵官笑道：“吐牛黄也罢，成毛鬼神也罢，都好不到哪里去。”毛旦夸张地叹口气，问老顺：“看来我咋也算不上个人了。对不？”老顺笑了：“当然啊，你以为人是那么好当的吗？”毛旦黄眼珠一转，问灵官：“你要不要了，怕是哥啊妹啊爱啊啥的，不要，贴热闹处，广你个告的，两盒烟，成不？”灵官说：“广去吧。把你的嘴广成八片子，看能不能换上两盒烟。”毛旦嘿嘿一笑，拍拍屁股上的土，怪声怪气地说：“哟，拍马屁拍到驴尻子上了。好心好意报个信，却连个人都不是了。走尿尿——”边说边踢踢踧踧往外走，鞋底扇得脚后跟啪啪响。临出门，鬼头鼠脑地回头说：“你们可别后悔呀，我是拾了张纸。可有人，还拾了个东西。嘿嘿。”

老顺又跳起来：“哎——毛旦毛旦，你来，你来，有啥话慢慢说，急啥哩？又不急着去抱孙子。急啥哩？来来来，坐坐，灵官，去取个板凳。”毛旦说：“不啦，我可吐不出牛黄。”“能吐出，能吐出。”老顺说。灵官笑道：“牛黄算个啥？狗宝也能吐出。你嘴里啥吐不出呀，对不对？除了狗屎。不过，毛大人轻易不吐，只要想，狗屎照样吐得出。对不对？”“嘿，这才像话。”毛旦给奉承得头三不知脑四了，眉毛像飞动的蚕。“谁拾了？”老顺小心地问，那神态仿佛怕出气大些吹坏对方似的。毛旦眉毛飞动，一脸不屑，右手食指掏掏耳朵，抠抠鼻孔。脸上的肉疯了似的，忽而朝这边攒，忽而往那边堆。但那嘴，硬是不张，倒是腮上凸出一棱一棱的肉，显然是牙咬得过紧了。灵官忍俊不禁，破口大笑。老顺又悄声说：“三盒也成。”毛旦不言，却又抠起指甲，边抠边研究起指纹来，脸上表情依然夸张地飞动，显得十分滑稽。

“你个驴撵的。给个驴毛，倒当成个千里驹了。”老顺虓了脸，在毛旦脖子里狠狠砍了一下，又揪住他左耳拧了半圈，小指抠住耳下，给他个“老爷提茶壶”，拧得毛旦杀猪似的叫：“行了，行了。我说。”“谁拾了？”毛旦指指灵官：“说好了，我可是看灵官的面子呀，两盒纸烟，一根不少。不给，就问灵官要。不信你个念书人还哄人。”老顺哎哟一声：“你说啥哩，不就两盒烟吗。”“在王秃子家。”毛旦说。

“鹰？”

“绳子。”

“又取笑老子。”

“可那绳子上还有个鹰娃儿。”

“屁。”

“不信算了，是王秃子儿子说的。天快昏昏黑的时候，那家伙，一见鸡儿，就扑下去，一个老羊拧脖子，就再也不松爪子。也就是腿上有绳子，人家才没往死里打。”

老顺长出一口气。“那东西一到黑里，见啥扑啥，嘿，你个毛旦，这回可干了人事。”说完，他进了屋，在叠好的被褥里摸索一阵，摸出几块钱，递给毛旦：“烟，你自己买去。”

“不要，不要……说好是看灵官的面子的，要啥钱呀？”灵官笑道：“拿上吧，眼睛和嘴说的不是一样的话。瞧，那眼睛珠子，怕是要迸出眼眶了。”

毛旦笑了：“眼珠是眼珠，我是我。不过，既然硬给，我也就不推辞了。不然，又骂我不识抬举哩。”就笑眯眯抓了钱。

18

王秃子家门口有一道土岭，照壁一样，把人们的视线都不客气地挡了回去。院落因之有些背。老顺很少去。

土岭这边，是一个涝坝，几十丈方圆，蓄一池水，够人呀畜呀用一两个月的。日光照久了，水就没了淋漓，入口，绵绵的，多了黏度和那种被称为日腥气的味儿。

四下里奇异地旱。青蛙之类喜水的动物便索性把家安到涝坝中了。一入夜，咯哇声此起彼伏，惊天动地——花球说这是蛙们在向恋蛙表白爱情呢——没了计划生育的管束，蛙们尽兴炫耀自己的生殖能力。涝坝水面便布满了被村里人称为“裔”的东西，黑黑的，丝一样，随水波游逦颠荡。不几日，便荡出一种叫蛤蟆蝌蚪儿的玩意，状若鲸鱼，缩小万倍，晃个长尾巴，在水中游呀游的，闹嚷嚷，黑。村里来挑水的人只好带个筛子，放在桶上，用以滤尽那睁个贼眼瞅空就要往舀水的马勺里窜的蛤蟆蝌蚪儿。

王秃子家背靠一道更大的土岭。从土坡上劈下一块，平了，当院子。院墙不高，手一撑，可蹿过。院里只盖三间房，牲口圈、草房就索性在土岭上掏个洞，安个木条纵横的门，倒也省了砌墙搭棚的许多麻烦。

王秃子因了秃，头上老捂顶帽子。话少，心上也捂了顶帽子。谁也摸不透他的心事。一见王秃子的脸，老顺的天就阴了。

上了土岭，老顺看到王秃子家门口停了辆汽车。这是少有的景象，老顺惊奇了。王秃子只差变个乌龟，把脑袋缩进壳里，或索性投生个蜗牛，居然有汽车客人了。更令老顺诧异的是，那汽车不是孤零零的，而是有许多人。庄门外和院里都有，气势汹汹的。老顺便明白了，这是来催粮的。

“催”字是文明些的说法，其真正含义不是来催，村里人称之为“叼”。“叼”本是鹰一类猛禽捕食弱小动物的专用词，如老鹰叼小鸡。此刻用了，倒也贴切。乡上出动几十个干部往农民仓子里伸手，不是“叼”又是啥？

老顺的头一下子大了。

19

王秃子的头也大了，脑中嗡嗡响。前日里大头说再不上粮，乡里要开车来。真来了。黑压压一群。这阵候，王秃子最怕。早知道这样，他就是喝西北风放白屁，也要上粮的。仓里那些，全装了，怕差不多能上清。可一上，喉咙便扎住了，大小六张口，都是等着往里填东西的炕洞门。最小的两个丫头是超生的，没地，可有嘴。老子的秃头又种不出庄稼，有啥法？总不能一棍子打死往灶火里塞，总不能再叫她们回妈妈的老地方，就得想法儿。有啥法？北柱说抗，能抗几个是几个。村里人谁都说抗，法不治众，就能抗他个驴死鞍子烂。谁知道他们真来呢？谁知道他们一来，就第一个进他家呢？早知这样，不如上了。虽说粮站给的价低，低市场几毛，可强如叫人家吆五喝六的。北柱，你个驴撵的。你可害苦老子了。丢人现眼的，祖宗羞得往供台下跳呢。

女人呜呜嚎。嚎个屁。你除了掉泪水，还能干个啥？王秃子很想瞪她一眼，很想跳起来给她个耳光。女人脸瘦，可挨个巴掌还显得很瓷实。王秃子老揍她。胳膊抡得圆圆的，啪！过瘾得很。别看王秃子话不多，别看谁都可以上他的头，可收拾女人还是绰绰有余的。老子别个本事没有，打个女人还不成？奶奶的。可此刻，他还是不想打她，主要是乡上的这些人太牛气了。别人一牛气，王秃子的牛气就连个影儿也没有了，还是夹紧尾巴吧。

“交就交吧。”王秃子咕嚅道。

女人却边哭边发牢骚。这娘们，平时悄声没气的。这会儿，胆子倒来了。女人的话很实在。王秃子听得很顺气，就由了女人去说。女人说，就那几颗猴食，上清了，咋活？喝风去？屙屁去？说一声，嗓子里咯噔一声，显得十分伤心。王秃子心也就黯了。就是，全上了，喝风去？他知道自家的底细，为了多卖几个钱，他给粮贩子粜了些。留下的，紧打慢算，只够全家人吃了。要是有个其他交用，比如娃儿上学呀，粜几个，还有跟不上趟的危险。这会儿，全交了，咋活？王秃子很希望女人的话能起点作用。他留神地支起耳朵。

“咋活？”一个干部道。王秃子认识他，好像是管征兵的，叫武什么部的。“那是你的事，反正粮得上清。”

女人的呜呜声又大了。哭几声，又说，就仓子里那些，今年苗死得凶，你们又不是不知道。再说，上不清的，又不是我们一家。

咦？王秃子惊奇了。这婆娘，聪明着哩。没说出粜粮的事，只说是苗死。而且，还攀扯上别人。就是，北柱不是说法不治众吗？村里没上粮的不是他一个人。天塌下来有高个子顶着哩。他望望女人，有些后悔自己那些胡扇的巴掌。要不是过去那样扇她脑瓜，也许还会更聪明呢。不过，女人的聪明，只能表现在对外上。要是对他也这么聪明，那可不妙了。他打定主意，叫女人闹去。

“你放心，谁也少不了的。都得上清。人家北乡早用这个法儿了。你不上，就开车到你屋里装。运费你掏。不信还反了天了。”

“不上粮？由了你了？”一个很粗的干部说，“我们连国民党的八百万军队都收拾了，还怕几个刁民？”

听了这话，王秃子感到脊背上凉飕飕的。他知道这是实话。前些年，老说消灭八百万八百万的。他不知道八百万究竟有多少。只知道很多，弄不好比仓子里的麦子还多，还不叫人家稀里哗啦收拾个精光，连掌柜的也撵到台湾去了。他王秃子何德何能，敢和政府对着干？他觉得自己的脊梁软了。按北柱的话说，就是尻子松了。而抗粮，一旦有人尻子松，那是很不妙的。好在女人还在死命地呜呜。这是最厉害的武器，把对方的火力都吸引过去了。暂时还没人直接顾及到他，便仍当他的缩头乌龟，耸肩，缩脖，蹲墙角，像条思念儿时风流韵事的老狗。

由女人唱去吧。他心里嘀咕道。他知道女人的本事。一台无论多么平常的戏，只要女人横下心来一唱，那注定有好折子看的。省得叫北柱那群孙蛋嚼舌头。那帮家伙，嚼起舌来难听得很——嘿，秃子女人还有骨头有脑髓像条汉子。秃子？嘿嘿，尻子早松了，拉了一裤裆——嘿，由她闹去，看他们还能法办了她？

那个很胖的干部——大头叫他蒋乡长——正朝大头嘀咕着。大头使劲地摆头。大头指指他。王秃子当然知道是要叫他去装粮。大头，你个孙蛋，你个汉奸走狗卖国贼。你为啥把老子往台面上推？果然，那个很粗的干部过来，用脚尖碰碰他的小腿：去，自己装。

王秃子闭了眼，一副死驴不怕狼啃的模样。这是他惯用的伎俩。几十年了，已有了老功夫。他可以这样猴塑塑蹲一天，日晒也罢，风吹也罢，雨淋雷打也罢，动都不动一下的。他深知塑塑自己这一手的厉害。“社教”、“四清”、“文化大革命”，哪一次不是这样挺过来的？那些咋咋呼呼飞上跳下的，到头来都是个屁烧灰。而王秃子，谁还拔了他的牙去？

去不去？那人吼。

吼吧。王秃子心里笑。你屄声再大些也没用。你除了撕破那个吓鸟的嗓门外，啥也得不到的。叫老子装粮？哼，下辈子吧。到了这阵候，老子难道连个女人也不如？于是，他任那粗干部用皮鞋一下下碰小腿——有两次差点算得上“踢”了——任你用吓惊老鸹的嗓门死吼，老子死猪不怕开水烫。

赖皮。

王秃子听到那人骂了一句。赖皮就赖皮。他心里笑了。我还以为你有日天的本事呢，还能把老子的皮捋掉把搬掉？不就是骂赖皮吗？赖皮就赖皮。你爹妈也赖皮呢，要不赖皮也生不下你来。他差点笑出声来，赶紧缩脖子，咽下那差点出口的嘿嘿。一切都明白了。这群人也并不像想象的那么可怕，除了用脚“碰”你，除了赖皮似的骂人，谅他们再也玩不出个啥花样。方才，乍一看，气势汹汹的，真叫人有些怯场呢。

忽听得孙大头说：“谁装谁装，反正我不装。乡里乡亲的，叫我以后咋活人？”“你是队长，你不装谁装？”蒋乡长说，显然带了情绪，像训小娃子。孙大头声音突地大了：“队长不当成哩，装是不装的。”

王秃子心里滚过一股热流。大头还是条汉子。他便原谅了他带人第一个进他家的事。也许，他身不由己；也许，是乡上点的将。谁知道呢？反正，不管咋说，因了大头方才那句话，王秃子是不会跟他计较了。

那就我们动手吧。蒋乡长说。他望望王秃子。王秃子低着头，却分明感到那射来的目光。他自然明白那意思。叫他装，听来似乎好听些，是自己装的，而不是“叼”的。他想，这时候了，老子还顾那些名分干啥？你既然能“叼”，老子就能“受”。剐也罢抢也罢，由你，遂越加低了头。

蒋乡长一摆手，两个小伙子就扑进了大开的旮旯门。女人的哭声突大，她像个护小鸡的老母鸡那样张了双臂，挡着那两人。一人伸手一拨，女人便滚一边去了。王秃子见女人弱不禁风的样子，很后悔以前亏待了她。他打定主意，以后绝不再向她伸一指头。也真是的，自家人，还打个什么呢？只有在这时，在外人向自家的仓子里伸手的时候，他才觉出了“自家人”这三个字的真正含义。

麦子是装成袋的，还有几袋苞谷。原打算喂牲口，或是在麦子跟不上趟的时候顶当几天。虽说“苞谷就是好，屎多力气少”，可总比张了嘴吞空气强。此刻，都装上了门外的汽车。来人显然是训练有素的，旋风一样，很快就装了车。王秃子心里倒有了一阵轻松。明天咋活，是明天的事。羊头上的毛迟早得燎，那就让他燎了去。你有本事把老子的一家人也燎去。只有在想到娃儿明春上学又得花钱的时候，他的心才不由得收缩了一下。

他忽然产生了拿把刀捅几下的冲动。

20

从秃子家出来，老顺的脑袋乱成一团糟。他最怕这场面。公家人在这种场合厉害得很，一惊一乍的，像抖毛发威的公鸡，不由他脑袋不大。因为自家也有些粮没上呢。他不知道这场面要是在自己家出现，自己能不能受住。几十年了，老是他看别人的热闹，不敢想象别人看自己的热闹。这后怕，把找到鹰的喜悦全冲淡了。

鹰显然受了惊吓，此刻还心神不宁东张西望呢。老顺捋捋鹰毛。鹰诉苦似的叫唤几声。它瘦多了，变了样子，还断了根尾毛。这是很要紧的一根。老顺在王秃子家棚下找了许久，才从煤块间找到了它。

王秃子是个好人。老顺想。这不仅仅因为他拾了鹰，还因为他一见他，就扬扬下巴，向他示意鹰的所在。而这时，那些人离去时溅起的尘还没有散呢，他女人还在那里失声断气地呜呜呢。他完全可以不理老顺。而老顺也觉得来的不是时候，正准备离去呢。

“我叫猛子提个兔子来。”取了鹰出门时，老顺说。王秃子不语，恢复原样，凝成块石头。

家里只有老伴，儿子们不知溜哪儿去了。老顺也懒得问，脑中乱糟糟的。鹰是寻着了，心却一点也不轻松。他当然知道原因。大头费了三架子车唾沫才劝走了乡上的那些爹爹，留给了十天时间。“十天要是上不清粮，可真要给点颜色看了。”那个很胖的官儿说。大头把脑袋点成个吃食的鸡头。大头是个好人。老顺想，别看平时咋咋呼呼的，可正事上还是个人物。对上，能嬉皮笑脸真真假假顶撞；对下嘛，也能咋咋呼呼红脸黑脸地唱。不容易。就像民国时的保甲长和电影上的维持会长，这号人，真缺不得。对付走乡上干部，大头就咋咋呼呼给没上粮的人家下了最后通牒。看来乡上要动真格的。敬酒不吃的话，终究得吃罚酒。

一想到上粮，老顺心上又压了块石头。倒不是没粮。而是他心上搁不得事。拿老伴的话说，背不住个烫面条儿，一有点小事，心就攮住了，无法舒坦。待这事了了，新的事也就来了，又得压块石头。好在老顺除了忘性大这个优点外，还有移情之法。烦闷时，就寻些事干，比如套牛呀犁地呀啥的，便把心中的疙瘩化了。

此刻，最好的移情之法莫过于拨鹰了。一见"黄犟子"的模样，老顺的心就疼。鹰变了，树条呀啥的弄乱了它的毛片，加上王秃子家没荤腥食物，鹰明显塌了膘。而且，它时时处在惊惧之中，时不时叫一声，像受了惊吓的婴儿熟睡时突发的哭声一样。所幸的是，它吃手还好，老顺砸了一个兔子头，它几下就吞没了，喝米汤似的。

老顺取来刀片，把那拾来的鹰毛削成斜面。叫来老伴，笼了鹰，在尾毛丛中找了半天，才找到半截断毛，也削成斜面，抹胶水，粘住，用麻缠了。老伴说："一根毛有啥了不起？"老顺吁口气："你懂啥。好飞禽凭的就是翎毛。少一根就撑不住气，飞不快的。"

夜里，孟八爷叫花球带话来，叫他们准备一下明后天进沙窝。父子们便商议谁跟孟八爷去猎狐。猛子说他天生是打枪的料，打个靶子，谁也不如他。这是真话。憨头说他一年四季牛一样在屋里苦，快蹲成老死蛋子了，该出去活泛活泛了。这也是实话。灵官更想到沙窝里当几天猎人。他觉得那是很有诗意的事，理由却不充分。猛子说灵官念书念成了白肋巴，该蹲到家里锻炼锻炼。老顺却说，现在正是收拾秋禾的时候，还要到井上应卯，活儿多，人忙不过来。灵官是个白肋巴，干活没溜子，不如叫他跟八爷学一手，也能了活一世。猛子张张嘴，想强辩几句，却又住了口。

夜里，老顺去瞎仙处取来了枪，说好上了粮给他钱。一家人撺掇着收拾好铺窝、锅碗、水、面、干粮等，还炒了两只兔子。第三天早上，灵官便跟孟八爷和花球进了沙窝。

第　三　章

1

沿着村间小道东行三日，便可进入浩渺的大漠腹地。每年秋收完毕，沙湾汉子便拾掇停当牵着骆驼去沙窝续自己还没做醒的梦。沙窝里到处是残梦一样的枯黄色，到处是数十丈高的沙岭。游峰回旋，垅条纵横，纷乱错落，却又脉络分明。驼行沙岭间，如小舟在海中颠簸。阳光泄在沙上，沙岭便似在滚动闪烁，怒涛般卷向天边。

正是漠黄草白的秋末。

灵官们动身时，天灰蒙蒙的。日也不亮，像个巨大的乒乓球浮在半空，把天空分成了明暗两部分。球上面乌沉沉如浓烟滚，球下面白澄澄似灰粒飞。行不多久，天便开始吹丝儿风。渐渐地，风就大起来，啸叫的沙粒不停地扑打人的面孔。驼铃和风声交织在沙一起，飘向浩浩的沙洼。身前身后的沙粒土末像雾一样把他们朦朦胧胧罩起来，但人驼融成的黑点却依旧满怀希望地滚入猎猎的风沙。

小时候，灵官就跟父亲进过沙窝。那节儿，打完沙米一入夜，篝火便升起来了。哗哗作响的火堆，点缀着大漠的夜晚，而风儿轻轻地吹，不停地吹，便吹开了汉子们的话匣子。他们就喧沙湾的过去，喧那年头驮炭的炭毛子和村里女人的风流事。喧一阵，再唱凉州小曲儿。小曲儿多，尽是荤曲儿，尽是男人和女人的那种事儿，尽是让灵官莫名其妙脸红的词儿。汉子们唱得可起劲啦，虽是个哑哑的牦牛嗓子，可溢着情，曳着风沙，渗出一种苍凉的枯黄色。但灵官最渴盼的却是沙漠上空那孤零零凉丝丝的月儿。月儿上来的时候，沙窝便恬静幽邃得像个童话世界。乳光下泄，沙岭明暗相间。风儿轻悠悠吹来，沙湾汉子便扯起嗓门吼几声，沙洼便奇妙地应几声，便能惊飞栖息在沙米棵间的鸟儿。每次听到那一声声曳长的呼唤，灵官总要颤抖一下，总要扬起喉咙叫几声，总觉得腹内有种神奇的力量驱使他打滚——渐渐地，灵官大了。沙海依旧，漠风依旧，灵官却没了那份惊喜。那份童心已融入沉寂的沙洼，融入堆满皱纹的大漠。漠风尽可以死命地吹，篝火尽可以死命地燃，而灵官却抹不去时时涌上心头的那份沉重。

三天后，灵官们到达麻岗时，太阳已没入了沙海。沙漠上空悬着瘦零零的上弦月。月儿洒下冷清清的白光。白光染白了面南的旋坡，映黑了向北的陡脊，白黑间便溢出朦胧神秘味儿。孟八爷能读懂这神秘的沙漠之夜。不多时，便拾来干花棒、枯蒿子点燃篝火。

篝火使得沉寂的大漠之夜充满了活力和诗意，啪啪作响的黄毛柴，呼呼升腾的火焰，唤醒了灵官的童心。一种神奇的力量又在他体内鼓荡开来，冲去了疲惫和麻木。深秋的大漠之夜寒凉彻骨。夜气涌动如液体，漫过蠕蠕沙浪，沁进人的肌肤。被汗水浸透的内衣铠甲似的冰凉。这时，升起的篝火带给灵官的无疑是母亲似的温馨和暖融了。他惬意地躺在火旁的沙上，闭了眼，什么也不去想，一任那暖融和温馨去腌透自己疲惫的身心。

就着火光，孟八爷和花球搭好窝铺。几根木棍，一顶帐篷，三套被褥，一些简单的灶具和用物，构成了他们的“家”。在这个荒凉的世界里，“家”是个多么温馨的字眼啊。孟八爷把自己最心爱的栽毛褥子铺到“家”里。这是用金黄的尺把长驼毛栽织而成的，是保暖隔潮的宝褥。日后的许多天里，一见到它，灵官便感到“家”的气息扑面而来。

夜，奇异地静，火焰的呼呼便奇异地响。夜仿佛成了一个巨大的黑锅，浅浅一扣，便将大漠罩其中了。星星显得很低，立体感极强，似乎伸手便可摘下。火光映照下的沙山隐隐幻幻，如浅墨勾勒。巨大的黄毛柴则索性蜷缩成一个个鬼影了。只有在火光突燃的时候，它才偶然显现一下。

孟八爷和花球的谈话声很远，似在梦境之中。一切，都很遥远。近的只有宁静的心灵。许久没这感觉了。无论上学的城市，还是苦苦地为生存而挣扎的乡村，都使灵官的心渐趋浮躁。而浮躁的心灵还算心灵吗？他觉得真正的心灵应该是一个不受外物左右的独立世界。是的，心灵和外现应当是两个不同的世界。他读过《追忆似水年华》，他认为普鲁斯特的心灵才称得上真正的心灵。

上弦月细细的，蠕虫一样，挂在天上，洒下很可怜的一点儿光。这甚至算不上光，只能算薄薄的气，一晕晕荡下，荡不了几下，便被奇异的大漠吸到地层深处。月儿羞愧地瑟缩了，颤，颤，颤。灵官觉得它快要一头扎进沙海了。

躺在窝铺里，灵官很难入睡。孟八爷和花球相继响起鼾声。八爷的鼾声似打雷，还用嘴呼呼吹气，极像灵官想象中的钱塘潮。花球则温柔许多，细细的，像低吟浅唱的二胡。灵官想了许多，想到了几年来的一切，想到了莹儿，心中充满了沧桑。真这样活一辈子吗？他有些不甘心。

2

孟八爷先教灵官辨踪。

“踪”就是狐子在觅食后留下的足印。为了生存，狐不能不觅食。一觅食，猎人便跟“踪”追击。

踪分三类：夜踪，五更踪，亮踪。

夜踪是狐子在半夜之前留的足印。五更踪是五更后留的。亮踪是天亮留的。

夜踪几乎无用，“狐颠颠，人三天。”狐狸夜里留的踪，没两三天撵，连个狐毛也见不着。有经验的猎人不追夜踪。

五更踪可追，但累，从凌晨追到日落，或能见得狐影。

亮踪最佳。狐的习性是昼伏夜出。按孟八爷的话，一见太阳，狐狸的头就疼，必须找个地方歇息。一见亮踪，不用半日，便能见到在柴棵下歇息的狐子。

寻踪易，辨踪难。狐足印似狗，五点梅花，印在蠕蠕细浪上，笔直射向远方。寻常时候，狐很少拐弯。

沙湾的猎人中，会寻踪的人多，但真正会辨踪的，只孟八爷一人。孟八爷打狐子，如探囊取物。常见八爷笑嘻嘻说："今日个到银行取些钱"，就提枪进沙窝。用多少，打多少。

"有些傻瓜，哈哈，见个踪踪子就撵。瞎驴碰草垛，撵一天，连个狐屁也闻不着。"孟八爷领灵官去觅踪，远离了看窝铺的花球，才说。他知道花球嘴松，盛不住话。一到要紧处，便避了他。"哈哈，他们只认得那是狐的踪踪子，却不知是啥时的踪踪子。有的能撵，有的不能撵。有人扛了半辈子枪，连个门道都摸不着。"

经过几天的跋涉，灵官觉得小腿部的肌肉很疼，每一挪步，便觉得有把小刀在肉里划。虽说以前也进沙窝，但那只是在沙窝边旋一下，从没长途跋涉进过沙漠腹地。许多次，孟八爷要他爬上驼背，但他不忍心叫骆驼驮了他们沉重的"家"后再驮他。因为骆驼也显得很吃力，喘着粗气喷着白沫，汗水顺着长长的驼毛流进沙里，印成一个个暗点。

那如影随形的腿疼和疲惫，迟钝了灵官的大脑。明知道孟八爷此刻说的是他秘不传人的窍诀，但懒得接口去问。当然，他也怕犯忌。有许多师傅，不愿把最关键的东西传人，怕教会徒弟，饿死师傅。该教的，他自会教，何必去催。孟八爷却意外了："哎，你为啥不问我咋辨的呀？"

灵官深知孟八爷的顽童脾气，你越想知道的他越可能不说，你越不催他，反倒将他的胃口吊起了，便说："问啥呀。你不说，当然有你的道理。"他有意平淡了语气。

孟八爷哈哈笑了："啥道理？你个书生娃，不学两手，日后咋活呀？其实咋也是活。背个枪进沙窝，你就是天，你就是爹，你想咋就咋，比那些坐小卧车的差不了多少……我倒是真想教你的……那些家伙用酒灌我，用钱迷惑我，一顿一顿的洋米汤，嘿，我偏不说。其实，说明了也简单。可这一简单，对狐子就不简单了，那是要命的咒子哩。就现在，那些傻瓜，见个印儿就撵，颠儿颠儿跑几天，时不时还打个狐子呢。要是得了窍，嘿，了得。狐子有多少，禁得起这么打，绝了种，天不罚我才怪呢……所以啊，你嘴要牢实。"

"不相信人？就别说。"

"哈，你个灵官。你以为我看不出你狗肚子里的酥油？其实，我想说。人老了，总想把绝活传个人。带进棺材，闭不上眼呀。"

孟八爷叹口气，又说："其实，很简单。啥东西说破了都很简单。真传一张纸，假传万卷书。你想，狐子吃啥？吃老鼠。老鼠最爱啥时活动？不知道？嘿，子鼠，子鼠，子时呀。它最爱半夜子时活动，一到早五更，就进洞了。明白不？还不明白？你想，要是狐子的踪印在半夜以前会怎样？你想。"

"会……会……"

"老鼠也有爪印呀。你想，嘿。"

"老鼠爪印会把狐子踪弄乱。"

"不是弄乱。而是……而是……嘿，狐踪踪子就不清楚了，模模糊糊的。这便是夜踪……你想，要是在老鼠入洞休息后，也就是说早五更后，会咋样？对！爪印会清清楚楚印在沙上，懂了没？这就是五更踪。"

灵官笑了："原来真这么简单。"

"五更踪也是好踪。但撵的话一般得撵到中午以后，甚至到天黑。为啥？狐子跑远了呀。你想，人家一蹿就是好一截子，从五更跑到日头爷出来，乖乖，不把你撵个贼死才怪呢。但只要撵下去，总能撵张皮子。就是人太累，回窝铺的路程远了些。"

灵官看出孟八爷谈兴正浓，索性不去迎合，由他自说。

"还是亮踪好。一撵就着。你想，五更踪和亮踪都没被老鼠爪印搅乱……嘿，都清晰，你咋辨啥是亮踪，啥是五更踪呢？"孟八爷几步蹿上了一个沙丘。

他强抑着自己的喘息，用一种炫耀的眼神望灵官，当看到灵官额头亮晃晃的水光，听到他拉风箱似的喘息后，便笑了："要不，你看窝铺，叫花球撵。"

灵官觉得自己确实疲惫不堪了，主要是腿疼。几日来，沙路行走的所有疲惫仿佛都集中到腿上，大腿面轰轰响着，把一晕晕痛感荡向周身。小腿肚却又抽筋似的，每一挪动，都能牵动他脸上的肌肉。他知道这是进沙窝必过的关口。过几日，这些症状就会消失。难得孟八爷兴致这么好，肯传他一些窍门，便说："我能走，放心，不会拖你的后腿的。"说着，背了枪，手足并用，爬上沙丘。一到顶，便不由自主瘫了身子，直喘粗气。

孟八爷索性也坐在了沙上。他想叫灵官多缓一缓，便不去望他，以免让他觉得自己在催。灵官喘息道："你说你的吧。"

"说啥？"孟八爷茫然问他。显然，他已忘了方才的话题了。

"亮踪和五更踪咋分辨？"

"哈，灵官，我说你是化学脑子，一抠就抠到老弦……其实，很容易分辨的。你想，天亮了，狐子会怎样？会着急。着啥急？得找个合适的地方睡觉呀。一着急会咋样？会跑得快。一快咋样？步子就大，就慌乱，就没有五更踪那么自在逍遥了。明白不？"

灵官恍然大悟。

3

这是一个黄毛柴茂密的沙湾。

黄毛柴是沙漠里常见的一种植物，木本，上结蠕蠕小籽。擀长面时，加一撮磨碎的黄毛柴籽，会擀得纸一样薄，切得线一样细，下到锅里，不断，精，口感极好。

黄毛柴多的地方蚱蚱虫多。这是一种又黑又笨的虫子，睁两只黑眼，伸两根长须，多腿，走起来慢，在沙上印一线细细的纹。

蚱蚱虫多了，就引来老鼠。老鼠吃蚱蚱虫。老鼠多了，就引来狐子，狐子吃老鼠，也吃跳跳。跳鼠是一种很像袋鼠的动物，后腿长，一跳，嗖———截，只是少了那种育儿的袋子。

沙窝也同外面的世界一样，是个血肉模糊的战场。人打狐子，狐子吃老鼠，老鼠吃蚱蚱虫，蚱蚱虫吃土，土吃人，终而完成一个生命的圆环。沙湾人眼里，人最终是叫土吃的，所谓“土里生，土里长，到老还叫土吃上”。

辨踪，必须先找到狐子觅食的地方。在其他所在，夜踪和亮踪一样清晰。有经验的猎人，一瞅地形，便知何处是狐子觅食之地。

孟八爷马上在这个黄毛柴湾里发现了踪，而且是个亮踪：足印清晰，大且慌张。这显然是个贪嘴的狐子，天一大亮，才记起该去找歇息的地方了。一线足印，笔直地射向远方的沙梁。

孟八爷指着那几道沙梁说：“我估摸狐子肯定就在那些沙洼里。你信不？为啥？一是这里容易找到食物，它舍不得远离——狐子这玩意，不像人，它没有固定的住处，哪儿有吃的，就往哪儿撵。二来嘛，它不乱睡，它专找阳洼里的阴洼。就是说，大的地势是阳洼，避风，暖和；而它卧的地方却肯定在阴洼，太阳晒不着它。太阳一晒，那家伙头就晕了——它肯定在那个沙洼里。”

顺着孟八爷的手指望去，但见黄沙茫茫，直贯天际。沙似滚浪，一浪浪激荡而去。也许是水汽映照的缘故，沙岭在阳光下哗哗哗闪。这儿和别处的沙岭没啥两样呀。灵官想。

“到跟前，动作轻些。”孟八爷安顿道，“那东西精灵得很。睡觉时像狗一样贴在地上，一听到响动，就来一个一溜风。而且，就这一种声音。”他做了个端枪姿势，用枪托擦擦衣襟。“这样一擦，就能惊动它。嘿，鬼精灵呐！”说完，他提了枪往那沙洼走去。经过片刻休息，灵官觉得腿有了些劲，喘息也平顺了许多。漠风吹着他汗津津的脊背，冰凉冰凉的爽。

孟八爷走路姿势像梅花鹿。的确，那仿佛不是在走，而是在轻捷地点地。真怪，灵官想。别人行沙上，走一步，退半尺，留下深深的印迹向来路延伸。孟八爷则是异样地轻捷……难道这也是天生的？

点点梅花果然直溜溜射向孟八爷指过的那道沙梁。孟八爷告诉灵官，这是狐子的另一个习性：行走时很少拐弯。

孟八爷绕绕手，示意灵官跟紧点。灵官吃力地跑几步。孟八爷虎了脸，低声嗔道："你是打狐子呢，还是惊狐子？轻点。"

上了那道沙梁，灵官便看到了一个黄毛柴的世界。那柴棵是罕见地大，干粗，枝条扭曲着刺向四方——简直可以算得上树了。一株一株散布着，为沙洼平添了许多奇幻。

忽然，灵官发现孟八爷变了：首先是眼睛，平时蕴在里面的笑意和狡黠全不见了，只剩下凛然——确实是凛然。那是一双鹰的眼，是一双能让人感到缕缕寒气的眼……他的全身鼓荡着一种气。"如临大敌"——灵官想到这个成语。

孟八爷指指不远处的一墩黄毛柴，手指在嘴上一竖。灵官发现那儿同别处没啥两样呀，哪有一点狐子的影儿？

孟八爷坐在沙上，枪口指向那个所在，双脚桨似的滑动。沙便水一样载了他，向下漫去。灵官仿佛听到了一阵水声。声音听来是那样的大。他的心跳声仿佛也响彻沙洼。会惊动狐子的呀。他想。

灵官终于看到了柴棵下的狐子。猛一看，那只是沙洼里的一个土旋，浅黄色，真像孟八爷说的那样，它蜷伏在阴洼里。

孟八爷影子一样飘了过去，五十步，三十步，二十步……他大喝一声，狐子悚然起身。同时，枪响了，很闷，像爆米花。

"哈，开市大吉。"孟八爷笑道。

灵官跃了起来，跑下沙洼，惯性使他几乎来不及挪脚步。

狐狸惨叫着扭动。无疑，那是致命的一击。它的叫声渐渐弱了，一会儿便无声无息，眼却大睁着怒视天空。一个活物，一眨眼就成了尸体，仅仅是因为人喜欢它的毛皮。灵官的心抽了一下，有些疙里疙瘩了。他很奇怪自己的这种心态。应该高兴的呀？他想。

"这个狐子毛片不好。"孟八爷说，"这时候打还嫌早些。等数九后，狐子的针毛一下来，毛片就火红火红了。可没治呀，生活不等人呀。”

灵官提了狐子尾巴，仔细看看，要没有那缕缕血迹的话，真看不出有啥伤口。“真看不出枪子儿打哪儿进去的。”他说。

孟八爷哈哈大笑：“这也是个窍门。太远了，打不到致命处。太近了，皮打坏了。你想，好好一个皮子，开个大窟窿，多难看噢……顺便告诉你，方才那种打法，叫抬头斩。”

“抬头……斩？”

“嗯，先用枪瞄准熟睡的狐子，嘿一声。它的前爪刚立起，就开枪，百发百中……嘿嘿，我打跑场也是百发百中……啥叫跑场？等狐子跑开再打。也有好几种打法。那些愣头，只会打死窝子，专瞄准熟睡的狐子开枪。哈，一点都不够意思。对不？人家还在睡梦中，你一下子就送它见阎王。不讲道德，不义气。”

灵官笑了。啥义气道德呀？他想，你要人家的命就义气了？道德了？而且这个抬头……啥斩的，似乎也不太光明。人家刚一醒，还没反应过来，你就打死了它。

孟八爷说：“行了，今天行了。我知道你也是蝎虎子挨鞭子了。回去，弄碗热饭吃吃。几天了，尽是水馍馍，馍馍水，心里早干焦得冒火了。”

4

孟八爷支使花球做饭。花球这儿踩踩，那儿踢踢，找了个相对瓷实些的沙地，掏个坑，一边开个入柴口，锅放在坑上，燃了拾来的黄毛柴。炊烟便升起来了。

太阳到了正西，悬在了一道高大的山梁上，红。因为无风，炊烟直上空中，不是那种笔直，而是蜿蜒如丝线袅袅腾空，仿佛空中有只无形的手轻轻抖动着，往上牵这条灰色的线。到很高的地方，灰线便消失了，化为一层层均匀的雾，撒下，四面的沙谷沙梁便罩在轻烟之中了。很红的落日，薄雾似的炊烟，明暗相间的沙岭，还有那一浪高似一浪滚滚而去的沙涛，构成了一幅奇幻的画面。

孟八爷取过扛子搭个三角架，捞了狐子，对灵官说："来呀，白肚子秀才。留点心。以后呀，少不了干这个。"说着，分开狐嘴上的皮，在上下相错的狐牙间穿了绳子，把狐子吊到三角架上。

"先剥头。"孟八爷边剥边介绍。他右手中的刀子灵巧地动着，左手撕着愈来愈大的狐皮。"最难剥的就是头和脖子的交接处。这儿骨架大，使不上劲。这儿剥了，别处就好剥了。"

灵官扶着架子，不使其晃来晃去。一股刺鼻的血腥味扑面而来，令他恶心。他不喜欢这种血腥场面。他甚至不敢看护士给病人打针。家中一有杀鸡场面，他更是逃之夭夭了。他不像猛子。猛子可以提刀一下子剁去鸡头，在鸡血纷飞中大笑。他不能。总觉得那是一条命。人和动物的形体有大小，命没有大小。命对谁来说，都只有一条。一旦失去，永不再来。

孟八爷不像灵官。他承认杀生害命不是好事，但又认为人世间的一切是有因有果的。有些动物是生来给人杀的。有些人是生来杀生害命的。这是"命"定的，谁也逃不过这个"命"去。所以，他总是心安理得地去干自己该干的事。他剥狐皮时的神情，仿佛是高明的雕塑家在完成自己的作品，动作是那样灵活娴熟，神情是那样专注投入，节奏和分寸掌握得极好，真称得上乐此不疲了，只有手上的鲜血和渐渐成形的血肉模糊的狐头才显示出弱肉强食的残忍。

"往下，就好剥了。""雕"好狐头，孟八爷的意态极像解牛后踌躇满志的疱丁。灵官笑笑。孟八爷把刀子衔到嘴里，右手捞住狐皮用力下拽，左手指一下下戳皮肉交接处。狐皮被拽离肉时，发出嗞嗞的声音。

"用力。这时候，放心用力，拽不烂的……不过，到骨头处可要小心。有时候折骨头会划破狐皮。不折倒不要紧。"孟八爷边说边拽，拽得三角架一阵摇晃。

灵官于是看到了一个没有狐皮的狐子。这还算狐子吗？没有了尖尖的耳朵，没有毛皮，没有了狡猾，只剩下狐形的骨肉。在日光的照射下，狐肉的纹理清晰可辨，黑红的淤血嵌在上面，仿佛为人的残忍做注脚。灵官不由打个哆嗦。

“尾巴这样剥。”孟八爷望了灵官一眼，露出一丝笑，“没啥，剥几次就惯了。”说着，从黄毛柴上折两个指头粗的小棍，夹住狐尾，边捏边拽，不几下，威风凛凛的狐尾就被扯下来了，狐身上只剩下愈来愈细的尾巴骨。灵官很别扭，下意识提提尾骨。

“咋？”孟八爷笑道，“心疼还是害怕？这东西，天生就是叫人用的。不用，天生它干吗？只是人太贪了。一贪，就坏了。贪是坏事的根。酒好不好？好，舒筋活血，可一贪，喝个吐天哇地红头黛脸的，反倒成病了。狐子，也一样。你缺钱，打几只，贴贴家用，可以。要是你打了一只想两只，打了两只想十只，只想叫存折上添个数儿，这就不对了。是不？我才不存钱呢。我的银行是沙窝。该用钱了，进来取两只，就成了。从不贪的。猎人天生就是干这个的……饭好了没？”

“面和好了。水开了就下。”花球说。

孟八爷把狐皮扔给灵官，叫他往里面装沙子，自己取了枪，抽出捅条，边往膛里装火药，边说：“真的。猎人天生就是索命债的。那些狐子都是前世作孽杀人才转成畜生的。欠了命债，不还咋成？哈哈。还不了命债的下一世还是畜生。还了，才可能转个人身。咋还？当然由我来讨了。也许它正好欠我的命债，哈哈。”

灵官想说：照你的说法，你一打它，又欠了人家的命债。下辈子你变畜生，人家再来打你杀你——但见孟八爷谈兴正浓，胡子在漠风中拂扬得十分威风，遂笑笑，径自往狐皮中装沙。

“真的。我说的是真的。”孟八爷的声音突地高了，像吵架，仿佛谁说了“假的”似的。“以前有个猎人，打了一辈子狼。老了，病了，躺在床上，快咽气了。半夜，有五只狼找上门来。嘿，老汉还以为是来报复的呢，就把脖子伸出去，叫狼咬。嘿，你猜，咋着？五只狼摇摇头，齐刷刷跪下了，都把头伸给他。老汉心里明白，这狼是还命债来了，还不了脱不了狼身，下辈子还是狼，转不成人身。没治，老汉就得打，挣扎着，枪一端，五只狼齐刷刷迎上去。没治呀，一枪只能打一只，再装，又没火药了。咋办？一枪打死一只。四只狼把头支到炕沿上，叫老汉打。老汉挣扎着打死三只，用枪把子，砸了个血点儿乱飞。最后一只，没力气了，实在没力气了。狼就跳上炕，叫老汉用被儿捂死了它……哈哈，你看，猎人也在行善呢。有人说我杀生，杀生？谁说杀生没功德？嘿，老天爷传下来猎人这个行当，总有它的道理，总不会无缘无故的……你说……哎，下面。"

"嘿，差点忘了。"花球跳过去，端了面盆，笑道，"我看呀，你前世定是那只狼，就是叫被子捂死的那只。上辈子叫人家捂了嘴，这辈子才生个风嘴子，补前世欠下的话哩。一张嘴，就玄天冒燎的。"边说边扯开饧好的面，一下下往锅里揪。

"你见过个啥世面，懂个啥？"孟八爷笑骂。

灵官已将狐皮填满了干沙，一个活生生的狐子趴在沙上。灵官揪揪它的耳朵，动动它的爪子，一种说不清的情绪在漫延。"两个小时前，它还是个活物呢。现在叫'皮'了"。灵官想，"它有儿女吗？有老婆吗？若有，它们该多难受。"

"去，把架子卸了，把肉埋了。"孟八爷吩咐。

"咋？"花球将手中的面扔进锅里，说："不吃吗？肉。"

"哈哈，现在谁吃呀？早些年还有人吃。没味道。腥气重得很，吃起来像木头渣子……噢，这肉能治病，你胃疼不？灵官。"

"有点儿。"

"花球，你呢？"

花球正往灶膛里添柴。添得多了，吹口气，一股浓烟扑出，呛得他眼泪直淌。

"有时，心口儿倒有点胀，尤其是吃了剩饭的时候。"

"那就是了。"孟八爷笑道，"这是你的造化。这玩意吃起来没味道，可治病。狐子肉热得很，啥寒胃啥的，一吃准灵。灵官，那就不埋了。用那个塑料袋，包了，放到荫凉地里，不然，一会儿就臭了。”

“哎呀，灵官，快来。”花球叫了，“火太旺，锅要溢了，一个人揪不及。”

孟八爷过来，往火里扔几把沙子，喧起的汤又降了下去：“这是个窍门。火太旺，扔把沙子。锅不滚，往汤里倒点醋，一来滚得快，二来面条不烂。”说着，用湿毛巾擦擦手，取了面两手一抖，便抖成长长一条线了。

5

花球跑一边去撒尿。不一会，他又蹑手蹑脚过来了，悄声说：“那棵最大的柴棵下面有只兔子。”

八爷把手里揪剩下的面条扔到锅里，问：“你惊没惊动？”

“我假装没看见。”

“嘿，那就好。”孟八爷取过枪，“今天正好祭灶神爷，开市大吉。”

“早跑了。”灵官笑道，“人家能等着叫你打？”

“跑？嘿嘿，它以为你没发现它。再说，它往哪儿跑？那么多野鹰，眼睁个贼亮，等着逮它呢。它敢？”说着，他嘴上竖根食指，嘘一声，提了枪，装做悠荡的样子过去。花球猫颠狗蹿，远远跟着。

这儿已是沙漠腹地。四面沙岭奇异地高，俨然是山了。窝铺安在沙山环绕的盆地里。盆底是绒绒沙浪，一晕晕荡到远处，就与沙山合成一体了。黄毛柴很多，很大，一株株树似的。因无人前来捋黄毛柴籽，柴棵上便似粘了一团团浓烟。

灵官看到了柴棵下的野兔，土黄色，两耳一动一动的，像探测的雷达。显然，它也发现了孟八爷，但它极力不去看孟八爷，仿佛怕它的视线会暴露行踪。孟八爷也不去注意柴棵。他忽而望远处的沙丘，忽然望天上盘旋的兔鹰，仿佛他是不经意靠近那棵柴棵的。

等兔子终于打破幻想蹿出柴棵时，八爷的枪响了。兔子蹿起老高，跌在地上，尖利地叫着。花球几步蹿上，一脚踩住它。“哈哈，这东西，你聪明，

以为人笨，是不是？” 孟八爷大笑。

花球觉得脚下的蠕动息了，挪开脚。兔子的鼻子里嘴里尽是血，红红的眼茫然地大睁着，仿佛不相信此刻的结局。花球半真半假地念叨：“不是天来，不是地来，是孟八爷来。”

孟八爷笑了：“你咕哝啥？放心，这是在超度它。你想，生个兔子身，又怕人，又怕鹰，提心吊胆的，啥意思？一枪打掉个兔儿身，说不准下世转个人哩。”

“转了人它也会给你一枪。” 灵官说。

“给就给，管他呢。下世是下世。今世我有拿枪的本事，我就打它。下世，它拿枪，没治，我死挨就是了。”

“它为啥不跑呢？” 灵官不解。

“这东西鬼。人说狐狸狡猾，其实兔子才狡猾呢……瞎仙说书上说狐狸能捣乱自己的踪踪子，屁。狐狸还没那个脑子哩。可兔子有，怪不？白露一过，兔子就上了路，去时走哪条路，来时也走哪条路，连个印儿都不错。人就在它经过的路上下夹脑，给锅里添点腥气。可这家伙也贼，有时胡乱来来回回跑几趟，把自己的踪踪子捣乱，叫人不知该把夹脑下在哪里，或是以为它早已回窝了……狐狸就没这个脑子。”

“那兔子咋这么好打？”

“好打是因为兔子太自作聪明，它以为人没它聪明。比如刚才，它就以为人没发现它，自己骗自己。其实，它早就发现人了。也许是它胆子太小，干啥总是犹犹豫豫瞻前顾后的——不是骂人胆小就说他长了兔子胆吗——也可能是它怕野鹰捉它才不敢跑。难说。要没人，它蹲在柴棵下倒是最安全的。”

饭熟了。在沙窝里吃热饭，灵官和花球都吃出一头汗来。美中不足的是，饭中有沙子，时不时硌一下牙。但灵官知道，沙窝里做饭，都这样。不过，吃时只要少搅动，沙子便沉到了碗底，最后来个清底即可。

花球皱了眉，呸呸个不停。孟八爷听不惯，嗔道：“你呸个啥？将就着吃罢。今日个还算好，你还能吃到热饭。遇到风天雨天，你吃屌去。”

“要说也怪。”花球说，“菜是家里淘好的，面和水也是干净的，又没风，咋做出饭来就碜牙呢？”

孟八爷不动面前的饭，只顾吧吧地抽烟。灵官说：“你先吃饭吧，吃了再抽，又瘾不死你。”

“你们先吃。五谷不吃也成，这六谷不吃可不成……花球，吃快些，吃了剥兔子，美美吃一顿，开个吉利灶……这鬼日的兔子。嘿，也怪，能想到捣乱自己的踪踪子，咋想不到啥时该跑，啥时不该跑呢？狐子那东西，一听见个动静，转身就来个一溜风……你说究竟谁聪明？”

灵官花球只顾吃饭，不去接孟八爷的唠叨。孟八爷也不在乎他们是不是在听，只管自言自语：“说狐子聪明吧，不会捣乱自己的踪踪子——要是它会，猎人能打个屌。说兔子聪明吧，可又瞎猫儿盯个死老鼠，蹲在柴棵下把人当成傻瓜，你说谁聪明？噢，对了，兔子聪明，可惜它认为人没它聪明。狐子不聪明，可知道人比它聪明。就这样。一定是这样。要是兔子认定人比它聪明，听见个啥动静就跑，人连个兔屁也吃不上……”孟八爷一边吧嗒出一股股浓烟，一边旁若无人地自言自语。

花球笑了：“你吃你的饭吧。管他谁聪明谁笨。”

孟八爷一本正经地说：“这是在研究……啥的……科学。你狗咬火车，不懂科学。只知道吃，吃……的，不成猪了吗？”说着，自己先笑了，把烟袋绕到烟杆上，装进衣袋，端起饭碗。

花球喝米汤似的把三碗面片子吸进肚里，往碗里倒点水正要洗碗。孟八爷却跳了起来：“你干啥？你干啥？哪有你这样糟蹋水的。你这是在糟蹋命。”花球咕哝道：“碗就不洗了？”孟八爷放了饭碗：“谁说不洗了？拿来，我洗给你看。”接过花球的碗，把水倒进盆里，舀了半碗沙子，手抓沙，七转八转的，就把碗洗净了。他把碗扔到花球面前，说：“看，不是净了吗？水能洗这么净？”花球嘀咕道：“这就算净了？”“啥？”孟八爷说，“沙子比啥水都干净，太阳那么毒，把啥虫子都杀死了……你要是心里阴疑，吃饭前再倒一口水涮涮。”

6

太阳到了沙山顶上，沙洼里凉了许多。漠风吹来，一涌一涌地荡，不带些许暴戾，也吹不起沙粒，反倒像柔柔地暗涌而来的液体。大漠失去了烈日当空时的焦黄，黄里透出灰来。黄毛柴、桦秧子、沙米棵……都拖起了长长的影子进入黄昏。那个暴戾了大半个白天的日头显得精力不济透出惨白的颜色。沙洼里自由觅食的骆驼满足了食欲，正在斜晖里引颈张望。逆光望去，骆驼失却它本来的颜色，成一幅黑色剪影了。轮廓边缘与虚空相接之处有道奇异的金边。它的身影映在沙丘上，长长的，像横陈在地上长了怪模怪样疙瘩的老树。

西天着火似的布满了红云，一朵一朵，疯了似的，张牙舞爪成千姿百态，衬得大漠灰暗了许多。最令灵官激动的却是红云下滚滚滔滔卷向天边的沙浪。浪头是那样的高，快接着天了，磅礴出大漠独有的气势，雄浑，博大，阳刚，阴柔——是的，还有阴柔。狂涛之间，是那蠕蠕细浪似的小沙丘，线条是那么柔和。那波纹一晕一晕的，仿佛还在荡呢。沙上有小虫子爬过的痕迹，一丝丝在沙上游荡而去。那纤细的若有若无的印迹可以看出小虫爬行时是多么的小心翼翼。你是怕惊乱这沙纹吗？你是怕搅醒这看似沸腾却分明沉睡的沙海吗？那么，此刻的你在何处栖息？还有跳鼠呢？沙鼠呢？还有狐子野兔呢……你们在哪儿呢？可曾留意过大漠此刻的宁静祥和？是否还在做躲避天敌的梦……灵官想到了今日枪下丧命的两个牺牲品，感到很别扭。是的，杀戮相对于此刻的大漠，分明是遥远的不和谐的音符了。此刻的大漠，是宁静，是安详，是包容，是宽厚。灵官分明感到这宁静和安详已注入他的身心，使他也变成了宽厚的大漠。

太阳悬在了沙海浪尖上,嗖嗖地下降着，幅度是那么明显，仿佛去会自己心爱的姑娘，已不在乎什么风度了。逼人的光消失了，灼人的热消失了，剩下的是凉丝丝孤零零的冰盘，显得格外圆，格外大，自然也格外美丽，格外恬静。这是从绚烂归于平静的美丽，是觉者涅槃前的安详微笑。此时的太阳，让人感受到的，是真正滋润万物——而不是曝晒——的慧光。

沙岭突地高大了许多，仿佛它突然跳起，咬了太阳一口，并抖动着身子，想把那盘儿吞下去。太阳惊迸出万道白光，射向虚空。沙岭因之暗了，还原成黑黝黝的波形的浪，仿佛它改变了战术，用轻柔的蠕动代替疯狂的撕咬，用缓慢的淹没取代生硬的吞食。于是它涨潮了。灵官分明听到了那柔和有蛊惑力却又暗藏无穷杀机的水声。

太阳迷醉似的沉没了。显然，它很不甘心，在沉入沙海的瞬间，它不甘心地跳了几下，但终于没能挣脱那貌似温柔的呼唤。于是，它心甘情愿地沉沦了，叹息几声，挣扎着发几道光，除了增添对手的辉煌外，并不能使它得到丝毫的解脱。于是，它闭了眼睛。

阴影水一样漫淹过来，淹了天，淹了地，淹了三人一驼和整个大漠。

7

篝火燃起来了。

吃过爆炒的兔肉，孟八爷边饮酒边讲些神神道道的故事。灵官剁好了那据说能治胃寒的狐子肉，放到锅里，加上萝卜和水。花球却不用挖好的灶坑，卖弄地拾来一种沙土相凝而成的叫沙驴棒子的棒状物，插在篝火旁的沙中，成鼎立的三足，架了锅，又从篝火中捡出燃着的几根干柴，放到锅下，火便从沙驴棒子间喷出。很快，锅里响起嗞嗞的声音。

“叫它煮去。多煮一会，才能去掉腥气。嘿，萝卜真是好东西，只有它才能去掉狐子的腥气。别的，都不成。要没萝卜，嘿，那个腥法，别说吃，闻一下，都能把人的肠子熏断。”孟八爷也许是喝多了酒，也许是嘴里有兔肉的缘故，舌头显得有些大，说出话来不似平常。望着孟八爷被火光映得很红的脸，一种异样的感情从灵官心底腾起。这是位可敬的老人，他总是那么乐观、豪爽、诙谐，仿佛他的生活字典里没有“悲观”二字。还是在很小的时候，灵官就对孟八爷产生过崇拜。那是真正的崇拜。他眼里的孟八爷无所不能，捉兔子，掏麻雀，打狐子，用马莲编各种各样的小动物，狗呀、马呀，都跟活的一样。十多年过去了，孟八爷虽说不再是他的偶像，但心中的敬意却有增无减。他的一生像他那把在风中洋洋洒洒飘动的胡须，飘逸出一段潇洒。

锅里的水响得更大了，像里面有人在吹口哨。灵官往火中丢几根黄毛柴。

“我估摸着，”孟八爷说，“这狐子可能很热，我说的不是肉，而是它自己的感觉……要不它为啥只睡阴洼，不睡阳洼……只有阴洼里它才舒服，肯定是……”

“狐子能活多长时间？”花球问。

“说不上。一般就是十来年。成了精就不一定了。这东西和人一样，一修行寿数就长——不是听说还有长生不老的人吗？”孟八爷说。

“狐子也会修行？谁信呢。”花球故意逗孟八爷。

“嘿，这娃子。啥都会修行，像《白蛇传》上的蛇……狗也会。前几年我养的那条狗，一到十五日夜里就给月亮作揖。狐子当然更会了，一修行就有了灵气——也许是有了灵气才修行。反正不管哪种动物，一修行寿命就长。听说千年狐子毛色就白了，万年狐子毛就黑了。千年白，万年黑嘛……不过那仅仅是一种说法……”

“你见过白狐子吗？”

“见是见过，可没有打。那东西不能打，谁打谁着祸。六〇年，我在大沙河下了个夹脑。第二天早上，一开庄门，嘿，一只白狐子候在门外，腿上带个夹脑。我取了夹子，包些纱布，就放了。那东西打不成，打了不吉利。白福那个傻蛋，听说也打过只白狐子……那是他不懂事……也该着那狐子有那么一劫，不然他连个狐屁都闻不上。那白狐子有灵气，一般抓不住。抓那东西得用白骟狗。千年的狐子怕的是白骟狗。一物降一物。白狐子会变化，会隐身术，可一见白骟狗，哈，屁打胡子，啥法术都不灵了。”

“越说越玄了。”

火很旺。沸水一下下掀着锅盖。灵官找根筷子，揭开锅盖，担在锅上，再盖上锅盖。孟八爷说：“取掉，盖那玩意儿干啥？出腥气，就让它出。火加大。”灵官就掀了锅盖，往火里添了几根柴。

篝火呼呼地燃着。水沸声也很响，使灵官感到一种暖融融的氛围。直到他到沙洼里解手时，才发现自己正置身于巨大的死寂里。也许是刚离开篝火的缘故，天显得格外黑。那是凝固的黑，仿佛一伸手就能抓来一把。灵官觉得自己快给黑腌透了。远远听来，孟八爷的声音很微弱，反显得大漠越加孤寂。篝火也很微弱，叫黑夜挤压成嵌在夜中的可怜的亮团。火焰不甘心，一下下燎着逼近的夜。但那一下下舔向夜空的火舌，更衬出夜的顽固和不可战胜。篝火是那么弱小。人在这个巨大的死寂里，一如篝火。

灵官忍受不了黑夜的挤压和死寂的窒息，匆匆提了裤子，回到篝火旁。一听到火苗呼呼的啸叫声，他就感到大漠又喧嚣了。死寂消失了，那种凝固的黑也退到老远。他忽然明白了人们为啥总爱在夜里燃起篝火——绝不仅仅是取暖，更主要的，也许是为了烧去黑暗死寂的挤压，烧出生命的喧嚣。没有篝火，沙漠真像死亡之海。

“行了，把水清掉吧。”孟八爷吩咐道。

花球端下锅，盖上锅盖，把水清到沙上。

“你尝尝，啥味道？”孟八爷说。

灵官撕下一块狐肉，一嚼。他感觉不到是在嚼肉，而像在嚼木头渣子。尤为难吃的是肉中有股异乎寻常的腥味。“呀，好难吃。”灵官吐出了狐肉，皱眉叫道。

“腥气去了许多呢。要不是和萝卜煮，你试试，那股腥气能叫你闭气。”孟八爷望着灵官的哭相，笑了，“那是药，知道不？药哪有好吃的？良药苦口利于病。你忍着些，嘿，这玩意难吃是难吃，可真是个好东西，热。多寒的胃也是一吃就好……要不，再教你个法子：切碎，炒一下。油放多些。一炒，就好吃了。”

灵官遵嘱炒了一下，果然好吃多了。孟八爷和花球也吃了些。

8

次日一大早，灵官就醒了。他实在忍受不了透过被褥传递上来的那股潮湿。

他们睡的是沙漠里独有的“热炕”：刮去篝火燃败的火籽，拌匀热沙，将毡褥铺在上面。不多时，融融暖意就会透过毡达于褥中，给人一种异常惬意的享受。美中不足的是这种热炕易将沙中的潮气带进被褥。大约早五更时，灵官就被那种潮湿弄醒了。

他首先看到的是星星。沙漠里的星星仿佛异于别处，质感很强，显得很低，孤零零悬着，像吊着的一盏盏灯，仿佛搭个梯子就能摘下来。望一阵夜空，灵官便觉得被褥成了神奇的飞毯，载了他，忽忽悠悠，飞到星星之中了。他感到奇异的清爽。那是透明的清爽。没有迷瞪，没有杂念，从里到外清清澈澈。每一次呼吸，都像清凉的液体，洗涤着他的五脏六腑和每一个细胞。真好。他差点叫出声来。

不知过了多久，孟八爷喊花球起床。声音在晨风中传出老远，又回荡过来，像无数个孟八爷在叫。花球的呵欠夸张而逍遥。孟八爷的咳嗽理直气壮。这声音在晨风中嘹亮而悦耳，与大漠沙洼产生了奇妙的和谐。灵官迷醉了。他甚至怕打破这迷醉。真好。他想。大漠真好。人生真好。一切都好。“啊——”，他像许多自作多情的诗人一样叫出了声，又觉得这充满感情的叫声会招来孟八爷的讥笑，遂将“啊——”字的尾音变成了呵欠。

“啊个屁。快起。”孟八爷斥道。这斥声听来依然那么悦耳。灵官笑着翻个滚，伏在枕头上。他看到了晨雾中隐隐幻幻的黄毛柴棵。薄雾笼罩着它们，显得婆娑万千。沙丘，沙洼，远远的沙岭上那个看不清是何物的黑影儿，都透出奇幻的美。

因灵官和花球少进沙窝，没耐力，孟八爷便安排他们轮流守窝铺。今日花球跟孟八爷追踪，二人带了水和干粮，提了枪走了。走前，孟八爷吩咐道：

“晚上我们要是没来，就在沙山上点堆火。记下了吗？”

当然记下了，能不记下吗？灵官笑了。

两个身影渐渐远去了。老的轻灵，少的壮实，两个影儿上了沙梁，凝住了，仿佛在斟酌究竟走哪个方向。这一瞬，成了灵官眼中最美的风景。灰蒙中泛白的天空，黑黝黝的沙岭，两个背枪的猎人，定格出一种无与伦比的美。除了内心震颤之外，灵官死活找不出具体的词来形容看到的这幅剪影。在大自然面前，一切语言都显得苍白。

灵官又看到了骆驼。它卧在沙洼里，昂着脑袋，一动不动，仿佛也迷醉于这大漠之晨了。他觉得，骆驼是大漠里最美的图腾，那么宁静，那么安详，无嗔无怒，无怨无争。寻常时分，人们很少能感到它的存在。饿了，它静静吃几口。累了，它静静卧一阵。人们差点遗忘了它，但它一刻也不曾离开人们。

望着骆驼，灵官觉得自己的胸襟倏然博大了。

他穿了衣服，上了一个最高的沙岭。

东方开始红了。先是一抹浅红，像少女脸上的羞红那么淡，几乎让人觉察不出。渐渐地，天空像胭脂透过宣纸那样很快洇出了一晕玫瑰色，蒸气挥发似的扩散，由淡变浓，在东方浓烈出一片辉煌。

一道日边冒出了沙海。——真是“海”。灵官分明看到了涌动的波浪，分明听到了一浪强似一浪的海涛。那亮晃晃的一片，不正是反射着日光的水面吗？

那是多么耀眼的白呀。瞧，那冒出沙海的日边，竟裹带出一道道射向天际的红霞。莫非是黎明母亲诞生太阳时流出的血吗？那么艳丽，那么辉煌。

太阳上升得很快，一蹿一蹿的，不几下，便蹿出大半个脑袋。没有刺目的光，只有纯粹的白。灵官觉得自己都融入这白里了。大漠醒了，万物醒了。晨雾渐渐散了。一切沐浴在醉人的日光中。沙岭明暗相间，阳面披了金纱，阴洼仍黑黝黝的。日光唤醒了大漠。万物睁开沉睡了一夜的眼，向太阳发出灿烂的一笑。

这是大漠一日里最美的时辰。没有寒冷，没有酷暑，没有干渴，没有焦躁，

只有美，只有力，只有生命的涌动。对，生命的涌动。

那个白球跳出沙海，跳上浪尖。这是多么惊人的一跳啊。灵官差一点叫出声来。他的胸中鼓荡着激情。大漠的雄奇和博大映入眼帘。一座座沙岭扭动着，黄龙一样游向天边，喧嚣出搅天的生命力来。而足下这条巨梁则静卧着，望着一条条蜿蜒游向天际的游龙，仿佛在酝酿着感情，积蓄着力量，准备进行惊世骇俗的一蹿……灵官笑了。活了，一切都活了，谁说这里是死亡之海呢？这是力，是火，是静默的呐喊，是凝固的进取，是无声的呼啸。

又一股激情潮水似的涌来。灵官举起双臂握紧拳头，他想跳，想吼，就吼了——

“嗨——呔！——”

声音远远地传向沙漠深处，又一声声回荡过来。沙洼里响彻了“呔”、“呔”的回声。

9

随着太阳的愈来愈高，诗情消失了，画意消失了。大漠露出它本有的残酷。虽在深秋，太阳还是傻乎乎忘了节气似的，把热光尽情地泼在这种被人们戏称为晒驴湾的沙洼里。要是有风，灵官还能忍受，偏偏越需要风时，四下里却涨着气，把沙洼硬生生涨成蒸笼。而寒冷时气温下降时，却又到处是风，你找遍沙漠也找不到一个避风之地，即使一个表面看来肯定避风的面南的环形沙湾，仍是一个灌风洞，四下里的风会泼妇般扑向你，抢走你身上所有的热量。

灵官已喝了三次水。每次只喝一口。他多想趴在水拉子上牛饮一番啊。可在这沙漠腹地，惜水就是惜命。他每次只是润润喉咙。奇怪的是，越润越渴。那股凉丝丝的液体刚一入腹，喉咙马上又变成干山芋皮了。口腔更不争气，像在和泥。每一次搅拌舌头，都令他想到村里人做泥活用的铁锨。

这些，灵官都能忍受。

最难耐的是寂寞。

沙丘上，一眼能望出老远。触目皆苍黄，没有一点儿绿。所有植物都被秋霜染成了灰色。因了那个明晃晃的太阳，天不似寻常那么蓝。此刻，那个叫天的所在只是一个焦躁暴热的来源。没有一点儿能带来凉意的景色。焦黄，尽是焦黄。燥热，到处是燥热。找不到哪怕一点儿荫凉供他乘。他只有躲进窝铺。窝铺上的黑油布虽说遮挡了下泼的热光，但仅仅待了十分钟，他便逃命似的溜出。他甚至相信，再待下去，孟八爷他们夜里见到的定然是蒸熟的人肉。

钻进黄毛柴，除了搅出呛人的尘灰，觉不出丝毫的凉意。他只好坐在沙丘上，头顶白衬衣。这儿的空气相对还在流动，加上沙还没有被晒得滚烫，屁股上有些许凉意。但这感觉又在提醒他，目前还不是最酷热的时候。一两个时辰后，在滚烫的沙上，他会像火板上的鱼一样。

他经历着从没这么艰难地经历过的时光。寂寞比酷热更能折磨他。除了那峰悠哉游哉吃草的骆驼，他不见一个活物。老鼠和狐子们正在洞中睡觉。苍蝇呢？虫子呢？沙娃娃呢？平素里常见的那些乱七八糟叫不上名字的虫子呢？哪儿去了？仿佛和他捉迷藏似的，一个都不见了。他多想见到一个活物呀。那个像哲学家一样终日沉思，像修道者一样默默用功的骆驼只能给他更寂寞的感觉。他多想见到一只嗡嗡叫着的蜜蜂和扇着翅膀的蝴蝶啊。真要有，他一定会惊喜地扑上去，捉住它们，狂吻它们。甚至，吞下它们。但他知道，这些贵族化的昆虫是很少光顾这个死亡之海的。

太阳的热度在明显增加。灵官仿佛听到有个风葫芦在太阳里吹，吹出一阵强似一阵的火焰。他的身上尽是汗，黏糊糊的极不舒服。干渴更强烈地袭来。他忍住不去喝水。他发现干渴能使他暂时忘却寂寞。这真是一个以毒攻毒的良方。只是，这渴感在跳动，像心脏那样。心念越集中，反应也越强烈。跳动的渴感激起了波纹，一晕晕荡向周身，一次比一次明显，一次比一次强烈，连大脑也嗡嗡发晕了。后来，干渴布满全身。他觉得自己变成了干尸。

灵官跑下沙丘，跪在盛水桶前，喝一口带有难闻的塑料味儿的水。一股清凉顺着喉咙进了胃部，反倒勾起了他无法遏制的狂饮欲，衬得周身越加干渴。他索性不考虑节约水了，一口气灌了个肚儿圆。

他吁口气，拧上桶盖，仰脸躺在沙上，让开始发烫的沙熨自己的脊背，好舒服。躺一阵，翻身，吃些馍，索性扔了遮阳的衬衣，仰脸向天，让日光尽情炽烤自己。

满肚子的水暂时滋润了奇异的干渴。寂寞又袭向灵官。他觉得已熬了一个世纪，悬在头顶的太阳却一次次提醒他：还早呢，才到正午。如何熬过漫长的下午呢？真不敢想象。而且，此后许多天，将是许多个冷清的上午、焦躁的中午和寂寞的下午。他非常想家。此刻的“家”，是多么清凉的一个梦呀。他想到了村子，想到了门前的那几排沙枣树。沙枣已熟了，涩甜涩甜的。灵官拌拌嘴。此刻，他多想吃几颗那拇指大的带点儿黑斑的沙枣啊。那是村里最好的品种，大，甜，肉头厚，要是喷点酒焐几天，那就更好吃。灵官觉得自己流出了口水，口腔润泽了，渐渐舌头复归柔软。于是，他又想到软儿梨。它一到冬天就黑黑的冻成冰蛋，浸在凉水中又变成一包甜水。他想着自己用牙在果皮上戳个洞，轻轻一吸，哎呀，透心的凉，也透心的甜。灵官笑了，心中清凉了许多，口水也更多，便索性陶醉在遐想之中，寂寞随之淡了。

沙洼终于到了这个节气的一天中最热的时候。沙粒仿佛在啸叫。灵官坐起了身。他像入浴一样浑身湿透了。遐想很快中断。焦躁又袭上心头。他捞过衬衣，又上了沙丘。沙丘上流动的气流使他透湿的身子清凉了些。满目的焦黄却又令他烦躁不安。记得一本书上说过，黄色是最能叫人烦躁的颜色。某个赌城旅馆的墙壁就用黄色涂料，为的是叫客人无法安心待在房间里，只好去赌博。想到这，灵官越加烦躁。他懊恼地在沙岭上来回走动，像被欲火炽烤得六神无主的叫驴一样。忽然，他想到了民歌《王哥放羊》中的几句唱词，便大声吼唱——

王哥——放羊——屎——燥——气

一下弄——死了——羊——羔子——

有心——捞过来——烧着吃——

可惜了——一张——皮皮子——

“哈哈哈哈……”他大笑了。怪不得。他想，这满目的黄色，能不叫人燥气吗？真是。哈哈。忽地，他住了口，因为他发现，远处的沙尖上，有一个红点。

那是个女人。是个围红头巾的女人。

灵官的心狂跳起来。女人，这是多么美丽的词呀。多么清凉，多么甜蜜，多么……他想不出一个更好的词儿。

啥美好的词都不如一个词——女人。

10

灵官不知道这莽莽苍苍的沙海里会有这样一个戈壁。它的年岁显然很久远了，土质全是黑色，成了名副其实的黑戈壁。就像他无法理解风沙为啥吞不掉敦煌鸣沙山的月牙泉一样，他也无法理解大漠中为何竟会保留这样一个岛屿似的戈壁。也许是从生的柴棵挡住了风沙的侵袭吧，他想。

那个顶红头巾的姑娘站在一个高高的土墩上——他这才发现了在另一个沙洼里的她。他认得那叫烽燧墩，古代用来点狼烟传递警讯，状若圆锥，直插蓝天。先前村里也有，后来叫人们刨碎后垫了猪圈，据说是上好的肥料。

姑娘咯咯笑着。一个老女人振着双臂，叫她下来，样子极像扇着膀子的老母鸡。一个脸像核桃头顶吓老鸹的破草帽的老头用充满敌意的目光望灵官，显然是怕他抢生意。

“你也拾发菜？”老汉望他一阵，问。声音憨憨的，古浪口音，嘶哑。

“打狐子。”灵官答。

“打狐子？不拾发菜？”老汉浑浊的眼里迸出很亮的光，见灵官点头，他吁口气。

姑娘在母亲的一惊一乍中下了烽燧墩，用头巾一角擦脸，一下一下，很慢。灵官知道她在沾了唾沫洗脸。村里女人老这样。

“怪。”老汉说，“我就没见过狐子影儿，可人常打。”

“那东西精灵着呢。”灵官说，“一听个响动，一溜风就不见影儿。”灵官答老汉的话，眼睛却望姑娘。姑娘也望他，带着惊诧的神情，望一阵，耸一下肩头，才低头笑了。没有笑声。

老汉显然不高兴灵官这样看他的姑娘，他像驱赶骚扰在眼前的苍蝇似的挥挥手，大声对姑娘说：“等啥？快些拾。几天了，就拾这点，像啥话？想舒坦到书房炕上去。”姑娘嘟嘟嘴，拾起一个铁丝拧成的爪子，在地上刷——刷——地刮起来。刮一阵，拾起一团头发似的黑东西，择去柴草和土块，扔进背篓。

顺着姑娘的铁爪，灵官终于看到了贴在黑戈壁上的发丝，一缕一缕，比头发还细。灵官在吃席时吃过带发菜的蛋卷，也没啥特殊味道。只是听说“发菜”与“发财”谐音，南方商人为讨个吉利，爱点这个菜。听说一两值好几十，就问：“你们一天能拾多少？”

老汉不理睬他，用铁爪更有力地刮动表达对灵官的反感。老女人望望灵官，望望老汉，低头不语。姑娘则抬起头，认真地看了他一眼，答：“一两。”

老汉恶狠狠白姑娘一眼，姑娘便低下头。三人不再理灵官，自顾干活。灵官感到没趣，走也不是，站也不是，呆立片刻，便上了烽燧墩。

他于是看到了窝铺所在的沙洼，看到了徜徉在沙米棵、黄毛柴之间觅食的骆驼。沙岭沙浪上哗哗哗闪动着水光似的蒸气。这使灵官眼中的一切显得虚幻不实，仿佛他看到的是梦中的景象。

太阳转西了。气温降了。灵官眼里的大漠又开始富有诗情画意了。站在烽燧墩上，望去，大漠是另一种景象。沙峰不再那么高，看不到峰洼间的大起大落。沙丘和沙洼成流线形自然舒缓地流淌着，像微风中攒动的水面。没有拍岸的惊涛，只有暗流的鼓荡，一波一浪，荡向天边，荡向永恒。每个沙丘，每道沙岭，每个沙谷都不孤立，不突兀，不生硬，牵一发而动全身，和谐成一个生命的整体。一个个旋涡点缀其间，使整个沙海涌动得更有力度，透出雄突突阳气十足的意蕴。

“哎，可能熟了。真饿坏了。”姑娘蹦蹦跳跳到一个黑堆前，刨着几样东西，拍打几下，朝手上吹口气。“熟了。”姑娘说。灵官看清了，那是几个黑糊糊的烧山芋。

老汉和女人扔下手里的铁爪，走过去。姑娘朝灵官扬扬手中的山芋，招呼道：“哎，一块吃。”

“不了。我吃过了。”灵官说。

“这又胀不坏。”等灵官下了烽燧墩，姑娘扔过一个山芋。

灵官只好接了。老汉吹拍着手中山芋，对灵官说：“想吃就吃，做啥假哩？”灵官问：“你们还没吃饭？”“吃饭？”姑娘笑了：“这就是饭呀。”“这能当饭？”老汉硬梗梗说：“能吃上这个就不错啦。六〇年，连个山芋屁也闻不上，哼。”

“做饭花不了多少时间啊？”

“啥做？山芋和水一背，就够呛了。路这么远。”说着，姑娘咬了一口山芋，烫得她直唏哩。

“牲口驮呀？”

“牲口？”老汉拌拌嘴，“人坐汽车，牲口坐啥？你问问，人家司机叫驴上车不？”

灵官不再说话。因为老汉搭话的语气像抬杠，令他噎气；便剥了山芋皮，吃起山芋来。烧山芋很香，有种特有的味儿。吃人家的山芋，总想还点儿情，便说：“天天不吃饭也不行呀。”

“就是。”姑娘说，“也没治，出门在外。”

“出门一里，不如屋里。”老汉又硬梗梗吐出一句，“大书房炕上舒坦，可又舒坦不来钱。”

灵官说：“我们那儿啥都有，水呀，菜呀，面呀，你们想吃啥，就做一顿……正好我也没吃。”说完，却想到方才他说的已吃过的话，脸上一阵发烧，但对方倒也没显出啥反应。

“好呀。”姑娘跳起来，“喝顿拌面汤也成。天天烧山芋，急急儿了。”

老汉却虎了脸，瞪着那双红红的眼睛，朝女儿吼一声：“你啥不想吃？啊？！人家有，那是人家的。你非亲非故，没头没脑的，凭啥？啊？！”

灵官笑道：“没啥。谁在乎一斤两斤，吃的话……”

“不吃！”

老汉打断灵官的话，声音很大，仿佛对灵官充满了仇恨和厌恶。灵官很尴尬，想说，不吃就算了，生那么大气干吗？但看到老汉脖子里白花花被烈日晒起的皮，便将已到嗓里的话又咽了下去。

姑娘朝灵官苦笑一下，吐吐舌头。

老汉拾起了沙丘上那只不知何时已被屁股压扁的破草帽，狠狠拍打几下，眯了眼睛对灵官说：“你忙你的去。我们还干活呢。”

逐客令。灵官尴尬极了。长这么大，还很少有人对他这么失礼。凭他的观察，老汉似乎是怕他打姑娘的主意。他的脸越加烧了。真下不了这个台。怔了片刻，他才喘过气，干笑两声，说：“我也正想看骆驼去呢。”

11

灵官把骆驼拴到黄毛柴棵上不久，天就黑了。从晚霞满天到黑气沉沉的过程赶趟儿似的快，仿佛真有个叫夜幕的玩意儿降了下来，瞬息间便遮住了眼前的一切。灵官点着了马灯。昏黄的光照在那只熏得比夜色更黑的锅上。做好了半锅面片，他开始焦急了。昨日此刻，他和孟八爷已回到窝铺，今日怎么了？莫非迷路了？一想到迷路，灵官笑了。因为孟八爷老说对沙漠的熟悉程度超过了自己的掌纹。但他也说过，一个有经验的猎人决不追赶使自己在日头落山前还回不到窝铺的狐子。尤其在冬天。要是出发时忘了带火，那么，到不了半夜，大漠冬夜独有的酷寒便会把违背规则的生灵们变成冻肉。

灵官担心的当然不是他们会变成冻肉。这时节，即使露宿沙海，也不过受寒而已。他担心的是“有经验的猎人”没有在日落前回到窝铺的那个不明不白的原因。他怀疑问题会出在花球身上，很可能他跑不动了。花球是个没长劲的调皮骡子，出去时蹦蹦跳跳，有兴头得很。回来时，难说。他是那种多少有点疼痛就龇牙咧嘴哎哟呻唤的货。肯定跑不动了，拖累了孟八爷。肯定。灵官眼前出现了龇牙咧嘴一瘸一拐的花球，拄着枪，像电影里的国民党伤兵。哎呀，灵官的心里抖了一下，拄着枪吗？他忽然记起父亲喧过的一个猎人拄着枪上坡时弄响了枪一命呜呼的事，觉得花球也会干那种蠢事。会的。累极了的时候枪托拄地，枪口朝上，轰——，便倒下了……可没有死，在血里滚来滚去……灵官感到胸部很闷。孟八爷咋办？按理说，他会慌里慌张，跳来跳去。可灵官却想不出他咋个慌里慌张。从没见过孟八爷慌张，仿佛他生来就成竹在胸，早知五百年的事……想来想去，倒想出了他跳来跳去的样子，只是不慌张，倒老顽童似的调皮。荒唐。灵官笑了，中断了这个联想。

该来了呀？他抬头望望天。天异常地黑，仍像个巨大的黑锅扣在大漠上空。没戴表，也不知啥时候了。理智告诉他刚入夜，感觉上却过了半个世纪。一颗流星划过夜空落到烽燧墩那边去了。他马上想到那个姑娘，心暖暖地荡了。他拼命去想姑娘的脸，但大脑的荧光屏黑漆漆的，不显一点儿图案，倒是莹儿的脸出现了，跟那姑娘怪怪地合成了一人。记得他当时留意地打量过那姑娘几次，记得她很清秀，爱笑，鼻头有点翘，可他死活想不出她笑的模样和清秀，甚至想不出鼻头翘的样子。怪的是那倔老头的吊死鬼脸却摇摇晃晃进了脑子。扫兴。灵官晃晃脑袋，倔老头的脸才像水面上被风吹碎的月儿，模糊成一层亮雾了。

她在干啥呢？灵官站起来。明知道望不见啥，却依然朝那个方向望去。睡了，肯定睡了。不睡又怎样？遇了那么个榆木结疙瘩一样的爹，又能浪漫出个啥情致？那可真是个老脑筋败兴鬼呀。对，败兴。灵官笑了，真败了人的兴头。啥兴头呢？喧的兴头？没咋喧呀——可又像喧了许多。他仔细地品味着她的每一句话。她的模样不清楚，可话清楚，一字一句都清楚。尤其那独特的憨实中透出婉转柔和的古浪口音，像一粒粒水豆子敲打着灵官的心。她还给了他一个山芋呢。那么香。从来不知道山芋竟会那么香。真剜了那老败兴鬼的护心油了。他说啥来着?“想吃就吃”?当然想吃,而且……而且……嘿嘿…… “高不过蓝天美不过酒,甜不过我尕妹的舌头。”哎哟,灵官笑了,忽又觉得自己的这种情绪有些对不住莹儿。他想,我的心是不是有些花?这可不好。

突然,脑中有根蚕丝似的东西晃了一下。他想不起来,但感觉到确实还有个啥活没干。他拧着眉头,就着马灯昏暗的光亮打量着周围的一切:帐篷,在夜色下像童话中女巫住的小屋。饭,已经做好,肯定凉了,而且泡成面糊糊了。塑料水桶,提包,纤维袋子……他的目光最后落在那一堆柴上。对了,他终于记起来了。孟八爷走的时候叫他放火,到一个高高的沙丘上。

哎呀,灵官叫了起来。他懊恼地拍拍脑袋。夜这么黑,你叫人家到哪儿找窝铺?真吃猪脑子了。幸好记起来了,不然……嘿!他飞快地把柴抱到一个高沙丘上,点着。火苗儿腾起来了。他喘着粗气,提着马灯,又砍了许多黄毛柴,抱到沙丘上。他得有充足的柴。这个火熄不得。他不知道他们何时才能走到能看清火光的地方。要是他们一夜不来,他得叫火燃一夜。

天凉了下来。大漠的气候更是“早穿皮袄午穿纱,怀抱火炉吃西瓜”,昼夜温差极大。灵官胸前虽被火烤得暖烘烘的,脊背却感到冰凉。他也懒得去加件衣服。受不了的时候,他就掉过身去烤烤脊背。

夜风像寒水一样流了过来,火苗被吹得呼呼直叫。灵官换个角度,避开被夜风裹带来的呛人的烟。因为夜黑,他顾不上选柴的干湿,砍来的柴中一半是湿的。湿柴嗞嗞地叫,为单调寂寞的夜添了一些悦耳的音韵。灵官发现湿柴的好处,不容易着,但一旦着了,却耐,燃的时间长。不像干柴,呼呼呼几下就成了一堆灰烬。

不知过了多久,灵官听到了人声,隐隐约约,很远。可能来了,他想。他离火堆远了些,不使那呼呼嗞嗞声干扰自己的听觉。果然,他听到了孟八爷独有的理直气壮的咳嗽,心才稳稳地回到肚里了。他往篝火中丢几根柴,提马灯,下沙丘,把锅搁到挖好的灶坑里,点了火。锅里开始响起了咕咚咕咚的声音。不一会,孟八爷的声音传了过来。

“又吃猪脑子了，是不是？多走了至少十里路，走偏了，走过了。要不是看见火，真要走到天亮。”

灵官从孟八爷的声音里听出责备的成分少，喜悦的成分多，就断定他们收获不小。果然，两人肩上各扛一只狐子。

“没剥皮呀？”灵官问。

“顾不上。”孟八爷笑道，“打了一只，想回，可又发现一个踪踪子。就想，打上算了。撵到日头爷悬山子，总算撵上了。”

花球闷声不响，把狐子扔到地上，一屁股坐下，塌了架似的。

“真是个驴死鞍子烂了，啊？”孟八爷笑道，“一个小伙子，跑这点路，就瘦狗努屎似的。老子十七八岁时，扛个梯子，跑几十里路，到凉州城里嫖个风，赶天亮回来，还要上地干活呢。嘿，现在的年轻人。”花球一听，索性躺倒了。

灵官舀碗饭，递给孟八爷。孟八爷仍旧搁在沙上，取出烟锅，吧嗒起来。吸几口，吹一下。红星划弧，飞出老远。

灵官又给花球端过一碗，喊他，不动。他已经睡着了。

第　四　章

1

上粮，是农民一年的大事。向国家交的农业税，和乡上征收的各种费用，都用上粮的方式来交付。其程序说来简单：验粮，过秤，结账，领款。

粮站上很乱，尽是人，尽是车。加上人的嚷嚷，驴马的嘶鸣，机动车的咆哮……把个敞大的粮站撑得窄小了许多。老顺是最怕进粮站的，从心底里怕。不仅怕粮站上工作人员的吆喝，还怕粮站的那种气势。进了那个水泥砌的足有几十亩地的晒场，老顺觉得自己太渺小了，不由得产生无助的恓惶。最使他感到挤压的是粮垛和粮堆。那清一色装满粮食的麻袋足有几十丈高，看一看都眼花。还没装成的粮像山——那可真是山呀——老顺每次抬着斛踏上颤巍巍上下晃动的木板时，就会想到村里那头在西山上滚洼而死的青犏牛。

老顺因此得出个结论：粮不值钱，是因为太多。物以稀为贵。要是农民都不卖粮，粮价肯定涨。于是，他开始看不起那些像炭毛子驴那样急匆匆上粮的农民，而忘了自己一点也不比他们落后。

"哎——，顺爸，到这里来。"循声望去，是白狗北柱他们。

"有地方吗？"老顺问。

"有哩。"

老顺打量一下四周，发现驴车是过不去了，便抛下缰绳，抱起一个细些的袋子，从人缝里挤过去。憨头迟疑一下，也抱一个过去了。

白狗占的地方很好，一是离秤近，二是离粮堆近。秤起来方便，抬起来也省事。老顺放下袋子，喘着气。白狗笑了："行了，你歇着，我们来。"与北柱过去，三下五除二，把粮搬过来了。

北柱问："就这些？"

"还有一趟。"老顺说。

"哟，这么多。吃亏哩，价这么低。你不等涨价了？前天，铁门来了个起刀磨剪子的，不要钱，要粮。不是现在要，要等到粮价涨到一块的时候才要，听说不？"北柱说。

老顺说："谁都那么说。谁知道呢？唉，不长成一块也得活呀，没钱总不成呀。白狗，你爹也不粜粮给你说媳妇？"

"我还想多蹦跶几年呢。娶个婆姨上个绊，养个儿子套个罐。我才不干呢。"

憨头不声不响地赶着驴车走了。老顺腿有点困，就坐在粮袋上。这时，各种声音又钻进耳朵弄大他的脑袋。他看到两个男人为了争斛一扑一张的，像斗鸡。"无聊。"老顺想，"真无聊。早抬一斛晚抬一斛有啥关系？粮又少不了一颗，争嚷啥哩？死神催住脚后跟了？真是。"他又看到一个老汉和一个姑娘抬着满装粮食的斛上了粮山。脚下的木板颤着，他们的腿也弹簧似的。老顺真为他们捏把汗呢，心差点从嗓门里跳出……他又看到一个干部模样的人正在"操"一个小伙子的"妈"，三条大汉扑上前要打他。干部气势汹汹地问："我没骂你们，你们干啥？"大汉说："老子们是亲兄弟。你敢操他妈，我们就敢揍你……"老顺笑了。

忽然，他听到白狗压低的笑。转过头，见北柱正和白狗抬着一斛粮食过来，放在他的粮袋旁。他张嘴要问，北柱却挤挤眼，白狗正警觉地望过秤人。

老顺明白了，这帮家伙原来不学好，竟干这种勾当。听人说过，有人在粮站上捣鬼，把上过秤计过斤数的粮斛又绕个圈子抬回来，再过秤。一斛粮食能卖个十来八斛的价。他不信。粮站上的人又不是吃屎的，能叫人糊弄。可现在，不由他不信。他望望白狗。白狗的脸虽然有意绷得很紧，但掩饰不住肚里的得意。

老顺震惊了，震惊中更夹杂了许多说不清的意味。也正因为“说不清”而越令他震惊。他抬头望天，太阳正炽。脸顿时火辣辣了，却又恍然似在做梦。他索性闭了眼。他想到了自己在六〇年偷队里青苞谷的情景。那是啥感觉？是羞耻、惭愧、自责、恼怒、绝望……交织在一起的感觉。那感觉变成绳索在他脖子上扭绞了几十年——虽说是为了活命，才不得不那样干。当时他打定主意，只要有人发现——哪怕是小孩——他也不会在世上多活一天，走刀路走绳路都成……几十年了，每每想起，便想用拳头砸自己的脑袋。而今，这群小子竟然……竟然……光天化日之下，连一丝儿羞耻心也没有。

老顺叹口气，想世道变了，真变了。先前，人世间最耻辱的是啥？是男盗女娼。祖先都羞得往供台下跳呢。男的偷东西被人发现，一辈子人就活完了。女人呢？瞎仙说，不小心叫男人碰一下手，都要断臂呢。而今，这世道，贼娃子一个比一个过得好，而且明偷明抢……瞧，还笑呢，仿佛立了功封了侯似的。

最使老顺无法接受的是白狗们的不劳而获。一年庄稼两年苦啊。黄天背个老日头。眼窝里淌汗，手心里起皮。容易吗？这还是小事。最叫人头疼的是啥？是化肥。这鸟玩意，不上不成，上又买不起，价格像那种叫“钻天哨”的花炮，嗖嗖嗖往上蹿……还有电费，水费，乱七八糟的费……才收拾那么一点猴食，换几张票老爷。而他们，只抬个斛，头点屁股晃绕一圈，就是几百斤。一绕几百斤，三绕四绕就是千斤。妈的，公平不？老顺很气闷。这世道真是倒过来了，越是好人越穷。

老顺睁开眼，明晃晃的光扑进眼帘。他羞明而流泪了。因闭目冥想而塞绝的嘈杂声又进了耳孔搅浑他的大脑。他感到莫名其妙的烦。这烦使他眼前的世界成了另一个样子。一切都不顺眼：忙忙碌碌来来往往的，躺在麻袋上聊天打白铁的，为了争斛而争吵的，望着女人嬉皮笑脸的，拉着西瓜高声叫卖的……他简直无法忍受这场面了。

白狗们将那个不知绕了多少圈的斛一点点挪向板秤。过秤的“干部”仍指手画脚吆五喝六，显示权力的威风。人们大都赔笑，腰塌了，膝弯着，脖颈缩了，好使自己显得更顺眼些，以防叫老爷们把头等粮验成三等，或者多除去几十斤“渣”。白狗们反倒大大咧咧，叼香烟，说疯话，一身正气。

老顺提悬了心。他的眼睛已习惯了眼前的光亮和喧闹而将灵魂牵入这个红尘世界。他完全进入了角色，或者说他忘记了自己是谁。他的心追附着那个渐渐前移的斛而将好恶扔到脑后。斛一尺尺移向板秤，他的心一寸寸提向嗓门。他仿佛成了同伙。

白狗们将斛抬上板秤。“干部”认真验着，另一个看秤的刻度。白狗递过两根烟，大声说笑。待那个“干部”在发票上记下一个数字后，白狗们便将斛抬向粮堆。他们走得很慢，原因是后边的北柱脚有了毛病，身形趔趄，步履蹒跚，竟似一步也挪不动了。于是他理所当然地将斛横在通往粮山的道上倒鞋中的麦子，而后更理所当然地为人们让路而将斛移向一个不妨碍别人的所在。这时，别人自然也不会妨碍他了。

目睹了白狗们瞒天过海的全过程，老顺出了一身冷汗。直到那斛再次被移到“安全地带”，他才松了口气。这时，他才发现自己在为他们担忧。犯得着为这些贼子担忧吗？他很恼怒，并因恼怒而愈加憎恶他们。孽种！他骂了一句。

这时，一种情绪涌上了老顺心头。那情绪噎巴巴酸溜溜真实又汹涌，愈不敢正视反倒愈强烈。

——“见不得叫花子端定碗。”他为这情绪找到注脚了。就是。自己活得恓惶了。今天拉来的粮食，至多有十斛，一家大小扎了几年喉咙才挤下了这点啊。而白狗，一天也可能不下十斛，两天有多少？三天有多少？一月有多少？能折合多少钱？老顺有些想不下去了。

他的气因之鼓荡起来。是啥气？当然是正气。……揭发？与自己何干？人家又没有偷你的，管你屁事。闭上眼？总有些不大甘心，而且他无法用语言和思维消去他腹内那股说不清道不尽的气。心内惯有的平衡被打破了，支撑他安分生存的某个支点开始摇晃起来。

老顺看了看明晃晃的太阳，咽了一口唾沫。这个动作是下意识的，连他自己也说不清真实含义。但有一点可以肯定，他有些心虚。虚的心里又衍生了一些见不得人的东西。他模模糊糊地认识到这一点而愈加心虚。只有一种情绪分明地凸现出来，那就是必须阻止白狗们的行为。

老顺极力从肚腹的角角落落里搜寻一些叫他心安理得地去举报的闪光的东西。纵使这些闪光的东西在那微妙的心态面前像粪便上落了霜一样遮不了丑，但却使他的心坦然不少。他想，不管咋说，他们干的是坏事……而且……说不准……还得叫工作人员赔呢。后面的这一条令老顺精神大振。因为“国家”这个词儿在老顺眼里总有些虚，而工作人员却是实实在在看得见摸得着的人。尤其是那个胖乎乎笑眯眯的老王站长，老顺认为他是个好人。能叫白狗们得利而叫老王这样的好人受过吗？不能。

于是，老顺心安理得地装着上厕所的样子出了晒场，走向老王的办公室。

2

当憨头将第二车麦子拉到晒场上，又将一袋麦子倒进斛里的时候。老顺狂乱的心开始平静。那件事也向忘却的方向滑去。这是他能在这世上相对心安地生存的本能之一。他的心渐渐被斛中那一粒粒饱满的、黄灿灿的麦子胀满了。熟悉的小麦味令他心醉神迷。真有些舍不得哩。他想，这是汗，是血，是命哩。他想到了人说的麦价要涨到一元的预言。粗略算算，真那样，可要亏好几百呢。真有些舍不得。

老顺茫然地望望晒场上蚂蚁般忙碌的人，终于从自己的境界中走了出来。谁都卖哩。他想，吃亏也罢，又不是老子一人。再说，儿子总不能打光棍。等麦子长到一块，儿子也老了。说不定那时，媳妇也涨价了。六〇年一升瘪谷子就能换一个婆姨。后来几百，再后来几千，后来……嘿，到麦子成一块时，姑娘怕得几万呢。算了，卖他个驴撵的。

老顺和憨头抬着斛跟着人流向板秤移去。太阳已偏西，热得邪乎。不远处有辆电风车死命地吼，吼出一股股尘土和麦毛子，也吼出一晕晕难耐的焦躁。老顺感到惊奇的是，自己竟能抬动这么重的斛，而且并不太吃力。这使他兴奋不已。这一发现像秋风扫落叶一样把那些乱七糟八的不快卷了个干净——先前，他总觉得自己老了。认为自己老的时候马上就能想到坟墓。而坟墓总是叫人不快的东西——老顺因之心旷神怡了。眼里的天湛蓝了许多，空气仿佛也清爽了，晒场也不再那样嚣闹烦人。尤其让他得意的是憨头“惊奇”的目光——憨头本来想叫北柱帮忙的——那“惊奇”真叫老顺受用不尽了。他暗暗笑了。

随着斛慢慢接近板秤，老顺开始注意起验粮过秤的“干部”。验粮的是张没耳子，铁眼道人，脸总是冷冰冰能刮下霜来。验粮时，他一次次将手插进斛中麦子里，摇一阵，筛出一层麦尘之类，然后呵斥去过一次风车，或是摆摆手示意“开路”。老顺的心又跳了。当然，他相信自己的麦子是干净的，但土场上打下的麦子无论多干净也免不了有灰尘。他望望偏西的太阳，心想，要是让过风车的话，今日无论如何是过不了秤的。他偷偷望望四周，将手插进麦中，像张没耳子那样筛了一阵，见手掌上只是似有似无的一层尘灰，便放心了。

忽听得不远处传来噼噼啪啪的声响和叫喊。老顺循声望去，见几个粮站工作人员正殴打人。那阵候好吓人。人们哗地围了上去。那些人有的拿皮带，有的抡黑棍，声音实腾腾的，显然一下下都着了肉。又听得一人叫：“那一个跑了。”真见一人一溜烟出了晒场，一眨眼，不见了。回过头来，人们已闪开一条路。几人扭一人过来。那人眼睛青青的，脸上流血，样子惨极了。老顺好不容易才认出是北柱，脑袋嗡地响了一声。

北柱的惨状使老顺感到意外。他的心收缩了一下，开始怀疑自己的所作所为是不是属于缺德的范畴。不管咋说，北柱因他的检举而挨打——虽说咎由自取。他的心境随之暗了，产生了歉疚。总感到身边有人朝他的脊梁指指戳戳，脸因此越加火辣。他心虚地望望四周，却见人们把视线都集中到向办公室方向移去的北柱身上，并不曾注意过他。

“缺德呀，这些小偷。”一个老汉叹口气。“杀！杀上一批，看他们还偷。”另一个附和道。

对呀。老顺想，咋没想到我是在检举坏人呢？这可是为民除害哩，心里遂轻松了一些，但还有些丝丝络络不清不白的东西缠绕着，使他的心无法明净。因为他无法否认，他方才的检举是分明带有“见不得叫花子端定碗”的嫉妒情绪的。

斛又开始向前移动。老顺的步履虽也在移动，但大脑却在寻找理由来解脱自己仍被不快桎梏的心，但无论他想出什么理由，诸如公家利益、为民除害……都刺不透那丝丝络络的蛛网似的东西。浑身的精力也叫这些不清不白的东西搅了个精光。

“好日子叫这些孙蛋过了。”一个年轻人说。

“就是。一天价闲游闲逛，吃香的，喝辣的，天天有个麦儿黄。老子们，唉，活得还像人吗？”另一个应道。

“只见贼吃肉，不见贼挨打。那阵势，也够他受的。”黄胡子老汉说。

“当然，当然。”

就是。老顺心中附和道。该揍。凭啥他们不劳而获，老子们却连命死挣呢？他们捞得多，挨打也多。看来还算公平。不过，今天的事有点蹊跷：晒场上千百双眼睛，为啥单他的眼亮？怪。他向来自己勤扫门前雪，不管门外驴踢锅。为啥今日个一反常态？怪。他想，是谁叫他一反常态的？难道不怕北柱知道后弄死他的骆驼？难道不怕白狗一把火烧了他的房子？他们可是什么事都能干出的。想想真是后怕，而且是心底里的怕，胆都有些寒了。当然，方才的大胆，可以解释为“冲动”。那么是谁叫他冲动呢？为啥平时放个屁都怕砸坏脚后跟的他今日忽然冲动呢？为啥千百双眼睛中只有他发现并突然冲动呢？日怪。老顺愈想愈觉得今日的事有些奇怪。用他习惯的话说，是赶的。那么是谁赶他呢？当然是鬼神了。既然是鬼神赶他做这事，就该着北柱们挨打了。也许这就叫报应。现世报。

老顺心里丝丝络络的东西因之消失了。

斛已经挪到了板秤前，老顺便顾不上想别的了。他和无数个农民一样，把视线和心力都系到了那个验粮的“干部”身上并不自觉地屏息。“干部”插在麦中的那只手抖动着，幅度小而促。老顺的心开始跳，很疯，嗵嗵声涨满世界。没治，许多年了。每次上粮，到这节骨眼上，都这样。他真怕憨头倒进斛中的麦子正是进底时装的尘土相对多些的那几袋。这样的话，势必会影响其他的“身价”。他紧张地注视着“干部”的手，而“干部”仿佛觉出了他的紧张而偏不很快取出手来。他的嘴角挑着一缕笑，仿佛在品味着什么。这情形，真有点猫儿捉到老鼠后捉捉放放的味道了。老顺感到了一种折磨。他的额头鼻头已经渗出了汗。他听到憨头的鼻息也渐渐粗起来。老顺上粮最怕的就是这一刻。每次，他的精神都临近了崩溃的边缘。

“干部”终于抽出了手。老顺从他合拢的指缝里发现了若有若无的一点麦灰。他吁口气，不知不觉间，他已屏息许久。他又见“干部”从斛中抓一撮麦粒，用手摊开看看，再拣一粒丢入口中检验麦子的干湿程度。从他嘴里发出的干脆声中老顺断定那粒麦子并不是它干燥群体中的败类。他松了口气。

“干部”呸的一声吐出碎粒，将手中的麦子扔进斛中，口气很硬地说：“三等。”

啥？老顺懵了。三等？竟然是三等？这不是欺负人吗？他很快地算了算。这些麦子，一等和三等价差近一百呀。这可不是个小数目，能干好多事。他望着“干部”陡然冷得像经了霜的脸，不甘心地问：“能不能……”

没等老顺把下面的话说出来，“干部”就很干脆地打断了他：“不能！”他很不耐烦地摆摆手，示意他们将斛抬走。

老顺觉得腿忽然发软了，心中却有股气升腾起来。他硬着性子：“三等？为啥三等？你说出个道道来。”

这个其貌不扬的老头居然敢顶撞他，“干部”不相信似的瞟了他一眼，随即恼怒地瞪圆了眼睛：“三等就是三等！”

老顺突然暴怒：“那我看看你的一等是啥样子？你以为农民好欺负，是不是？”

“干部”指着老顺，涨红了脸。显然，这种场面他遇到的不多，就像突然遭到了驯服的绵羊的袭击一样，他因意外而手足无措了。他的指头抖动着，嘴里却说不出一句话来。

“我看看你的一等！”老顺大声说，声调很高，有种得理不饶人甚至无理取闹的味道。

“干部”这时才缓过气来，说：“三等！就是三等！看你能咋样？吃人哩，是不是？不上你拉走。拉走呀，你以为国家缺了你这三颗半猴食？”

这下轮到老顺说不出话了。他像被什么噎住似的，嘴唇抖动着，眼睛也红了。他也是用手指着对方：“你——你——”但“你”后的内容却被他的嘴唇抖掉了。

“你拉走呀。是老子请你来的，是不是？”“干部”的声音越加尖噪。

“这可是你说的……”老顺咽了口唾沫，费劲而慢慢地说：“有了猪头认不得庙门了……我不信……有的是收粮的地方。”

“哈，关我屁事。”“干部”似乎兴奋起来，他仿佛为找到了对方的要害部位又在那上面捅了一拳而忘形了。

人们围了过来。嘀咕声越来越大。一个从斛中抓一把麦子，看看，用夸张的语气说：“哎呀，这么好的粮食，才三等呀？”

老顺看不见一切，也听不见一切。体内鼓荡的气使他的嘴唇、胡子、手指都抖动着。眼里也蓄满了泪。半晌，他叫了一声，声音嘶厉得变了味：

“日你们的妈！老子不上了……能咋样……还没欺负够吗？……能咬了老子们的屌吗？”

他用灰黑的手背抹抹眼睛，扫视了一下四周，目光停在一台手扶拖拉机上。“这是谁的？用一下。我掏钱。”他大声说。

“哈，真拉呀。那我不要钱。”一个小伙子说。

老顺拨开人群，捞过袋子，递给憨头，又捞过一个大头锨，插进斛中。

当老顺坐在装满麦子的手扶拖拉机上出粮站大门的时候，他看到了两个白大褂押着北柱走出了办公室。

老顺非常后悔自己的多管闲事。

3

吃晚饭时，老顺渐渐消了气。一路上，他把自己所能想到的所有的恶毒词汇都抛给了那个“干部”。这是几年来少有的发泄。仿佛他周身的毛孔里的烦恼和不快都随着他口中喷出的一个个脏字眼溜出去了，心中丝丝络络的棉絮般的沉闷也消失了。他感到异样的轻松。

边吃晚饭，老顺边喧白狗和北柱在粮站上干的勾当。灵官妈欷歔一阵，说这两个家伙贼胆太大了。老顺没喧自己干的事。因为这时他不仅仅是后悔，更觉得自己干了一件见不得人的事。他忽然发现自己原来也很卑鄙，心里又懊恼起来。

双福的丫头娟娟进来了，说她妈想请猛子哥哥去写封信，给爹爹写。娟娟说，妈说了，要是猛子哥哥忙就算了。猛子脸上着了火似的烧，低下头往嘴里刨几下饭，鼻子里含糊地哼一声。莹儿觉出了猛子的失态，掩饰道：“好，你先去。等哥哥吃完了饭就去。”娟娟一出门，老顺就望了一眼，什么也没说。屋里一阵静默。

憨头说：“听队长说，双福那家伙又包了几个大活，挣了大钱。给学校寄了几万块钱，叫置办课桌，还设个啥奖学金呢。都说越有钱越小气，想不到双福还大气得很。”猛子冷哼一声：“那点钱在人家眼里算个啥？人家一年泡妞，说不定花多少呢。用那几个收买人心，谁稀罕。”憨头说：“话不能那么说。不管咋说，人家能想到学校，还算有良心哩。”猛子说：“谁知道那钱干净不？是不是榨的小工工钱？”憨头道：“就算人家卖香香屁也罢，是人家的。人家不给你一分，你又拔不掉人家的牙。”猛子放下碗：“反正，我看不惯他那势劲儿。听说，那孙蛋身边尽是黄花闺女。”老顺狠狠瞪猛子一眼：“有本事你也去呀。”猛子张张口，却说不出一句话。莹儿掩口笑了。老顺说：“就是。你也不是个啥好鸟，一天屌朝天睡大头觉，懒孙一个。人家势，那是人家苦的。”憨头又瓮声瓮气冒出了一句 :“就是，你眼红啥哩。人家黄花闺女又瞅不上你个穷光蛋，你说上多少个可怜可怜我猛子，人家望都不望你一眼……还当你是个疯子哩。”

老顺说 :“再说，挡嘴的饭能吃，挡嘴的话少说。人家干啥,叫人家干去。你把你的嘴夹紧。不要捣闲话捣出是非来。”猛子说 :“啥闲话？谁公开说呢……就你，放屁也怕打烂裤裆。”灵官妈说 :“吃饭就吃饭，斗啥嘴。”

猛子叹口气，躺在炕上。灵官妈说 :“人家叫你写信，咋又躺下了？”猛子哎哟一声，说 :“苦了一天，动都没心动。”妈说 :“再没心动，人家来请你，你总得去一下。人嘴难张。要不，莹儿去写。那媳妇也可怜。”莹儿朝猛子挤一下眼，说 :“人家又没请我。哪有寻着给人干事的？再说，人家不欢迎我。”猛子懒洋洋起了身，很不情愿似的出了门。莹儿笑出了声，追上一句 :“你干脆当个演员得了。”

猛子听出莹儿话里的话，晃晃脑袋，赶紧出了门。他想起了娟娟请“猛子哥哥”的那些话，有些不快。他和双福不同姓，分不出明显的辈分。“哥哥”一说，似乎是按双福和一个本家叔叔对了干亲家一事“赶”的。这就是说，猛子得叫双福媳妇“干妈”。“这骚货。”他骂了一句，忽又觉得双福媳妇有她特殊的用意 :“干妈”只是找“干儿”写封信，没别的意思。爹妈当然不知道他曾写过特殊的“信”，遂又佩服这女人的心机。

进了双福家，双福媳妇不冷不热打个招呼，打发娟娟去买烟。猛子关了门，一把撕过女人，抵到门扇上，狠命地亲。女人呻吟几声，扭动几下，推开他，说 :“我还以为你忘了我。”猛子说 :“哪能呢，都馋死了。”女人说 :“屁。你以为我信？”猛子说 :“不信算了。”又抱了她，咬几下嘴唇，去解她的裤带。

女人说 :“不成，丫头就来了。等她睡着了再说。”猛子说 :“不行，不能多待。家里知道我来这儿，哪有一封信写一夜的。”女人冷笑道 :“真那么怕？怕就别来呀？你是怕你水灵灵的嫂子吃醋还是咋的？哼，怪不得……”猛子笑道 :“哟，谁能抵得上你这身膘呀。”女人笑了。

正调笑，忽听到擂门声。二人吓一跳，开门，见是娟娟买烟回来。女人骂道：“死丫头，哪有这样敲门的？”娟娟不语，将烟扔到桌上，取了书包进了里屋。女人道：“死丫头，懂不懂礼貌？”娟娟不理。女人悄声说：“这丫头懂事了。说话留点神。”遂大声说，“你说双福这死鬼，烧包了，平白无故给学校寄钱。听说明日乡上要送匾，还敲锣呀，打鼓呀。是不是呀？娟娟。”

娟娟气狠狠地说：“你少说些行不行？我还做作业呢。”女人说：“哟，这丫头，吃了火药了……我倒是要写信问问他，还要不要我们娘儿俩？若要，咋个要法？不要，给指条路。刀路？绳路？还是啥路？总不能这样不死不活的。”猛子笑道：“咋？又咋了？人家常给你汇票老爷，你还要咋的？”“咋的？谁稀罕那几个呀。”“那你稀罕啥？”女人笑道：“我也不知道我稀罕啥。”

里屋传来咚咚的擂桌声。女人知道女儿在发泄对自己调笑的不满，就朝猛子眨眨眼，悄声说：“丫头都这么大了，想想也太不该的。”猛子说：“就是呀，以后还是收敛些吧。找一百个麻钱儿，晚上睡不着了，吹了灯，把麻钱撒在地上，一个个摸起来，保证你啥念头也没了。”女人说：“哟，你当我是寡妇呀。听老人说过去守寡的就这样……唉，谁说我不是守寡呀？”猛子笑道：“你算啥守寡？你是贞节烈女的王宝钏，胡萝卜背了几背筐。”女人伸手在猛子脸上揪了一下，笑了。

猛子问：“你叫啥名字？”女人嗔道：“哟，真是的，啥都啥了，连名字也不知道？”猛子说：“只知道你是双福婆姨，谁知你叫啥呢。村里女人我多数不知道名字。”女人用她很黑很亮的眼睛望猛子一阵，才说：“想叫，就叫秀秀吧。”猛子笑道：“哟，真可惜了这个名字。”女人也笑道：“谁说不是。哪有这样胖的秀秀呢？”又叹道，“唉，老了，一晃就老了。没有活上个眉眼就老了。快得很，打个盹，几十年就过去了。”

里屋传来娟娟的叫声：“悄些说。我还做作业呢。”女人嗔道：“瞧，我们又没往你耳朵里硬塞话，真是的。一年级的个人，倒有大学生的派头。”娟娟说：“写信就写信，唠叨啥哩？”

女人笑了，悄声道：“写啥哩？给那个死鬼写啥哩？谁又见他一个字来？这死丫头……要不你先去，迟些来，行不？我还有些事，和你商量。行不？

十一点来，推故去玩牌。”猛子说：“这可是你叫我来的。可别再说‘哟，我可是叫你写信呀，不像话’，我可不爱听。”女人笑道：“哟，你这个样子，还能叫人说话不？”猛子便出来了。

回到家，见莹儿望他，遂道：“这婆娘心窄得很。听说双福给学校捐了钱，气不过，叫我信上骂哩。”莹儿笑道：“谁又问你来着？”猛子说：“谁又给你说呢？我在自言自语。”莹儿掩口而笑，笑得猛子很不自在。老顺虎了脸，望莹儿一眼，对猛子说：“我看那婆娘也不是个好东西。双福不在家，穿那么花哨干吗？妖妖道道的。以后注意点，免得惹一身腥气。”猛子说：“身正不怕影子歪。”莹儿说一句：“总得身正么。”又笑了。老顺狠狠咂两口烟，把烟弹儿吹出老远，半晌，说：“苍蝇不叮无缝的蛋。”猛子不解，傻乎乎望望老顺，又望望莹儿和憨头。莹儿忍不住破口而笑。猛子方悟出父亲可能是指双福婆姨叫他写信一事，心不自觉跳几下。忽然又感到一阵羞恼，想狠狠反驳父亲几句，又不知说什么好。莹儿说：“其实，也怨不得他。人家来叫，妈又叫去。写个信有啥大不了。心里没冷病，不怕吃西瓜。你说，对不？”猛子听出她为自己开脱，很感激；又听得最后那句有说不出的意味：他“怕吃西瓜”，难道“心里有冷病”不成？便一声不吭。忽然，他大声道：“你们还有个完没完？头都聒麻了。”一甩手，出了家门。猛子对自己的这一手很满意，免得等一会又得找出去的理由。既解脱了窘境，又趁势溜出了家门。可惜天时尚早，那个精灵的丫头肯定还没睡，自然不便去会那个叫秀秀的女人——想到她竟然叫秀秀，猛子感到好笑——就顺势进了北柱家。

4

凤香正坐在炕沿上纳鞋底，手一捞，哧——，一捞，哧——，她一边纳，一边骂丫头，声音像是从牙缝里挤出的，全不似平日倒豆子般痛快。猛子道：“咋了？犯啥神经了？”见是猛子，凤香笑了，招呼他坐下。丫头趁机一溜烟，去奶奶家了。猛子问，北柱呢？凤香望他一眼，说，你是真不知还是假不知？

猛子这才想起父亲喧的北柱在粮站被抓一事。他很惊奇凤香的平静，竟没有嚎天抹泪，便说："你真行，能坐住。"凤香说："坐不住又能咋样？头掉了，碗大个疤。怕啥？"猛子说："就是。"凤香说："也赖那个囊包，不做干净点，咋能叫发现？看来，打是挨定了。"猛子说："打？打算个啥？不杀鸡给猴子看才怪呢。"凤香冷笑道："该不会挨枪子吧？坐牢，叫他坐。公家还管饭呢。坐几年，我等几年。罚款，叫他罚。就这床破被儿和这几个猴娃子。看上哪样，拿去。你看，再有啥？除了命，再有啥？"猛子虽然早知道北柱的家具早因超计划生育被乡上抬光了，但还是循凤香手指看了这黑漆漆空荡荡的屋子一眼。

"没啥。真没啥。"凤香的声音突地大了，"人家能明抢我的，我为啥不能暗偷？总得叫人活，对不对？"说着，竟笑起来，却笑出了眼泪。眼泪一出，笑声也就变成了哭声。猛子感到手足无措。凤香抹把泪，把手中的鞋底扔到炕上，问："猛子，你念过书，实话告诉我，这生男生女，究竟谁决定？"猛子不语。凤香说："也倒是怪，生一个，丫头。生一个，丫头。那个挨刀货还怨我不会生娃子。我想，啥都靠种子，对不？你下个丫头种子，我就生个丫头。你下个娃子种子，我就生个娃子。女人是块地，对不？"猛子笑道："对呀，你不是懂吗？还问啥？"就把从灵官那儿听来的连自已也半懂半不懂的这个因子那个染色体的谈了一大堆。女人的脑子被搅浑了。她拍了下大腿，说："乱麻缠了鸡脖子。你越说，我越糊涂。你直说，是男人决定，还是女人决定？"猛子笑道："男人。""这不就对了。"凤香道："北柱这个烧料子，骂我没本事。其实是他没本事。下不上个好种，还怪人哩……你说这不是天大的冤枉吗？"

猛子嬉戏道："是有点冤枉。可也怪你，他的种不好，你为啥不借个好种？他能给嫂子肚里的娃儿做腿，你为啥不借小叔子的娃子种呢？"凤香冷笑一声："白狗？一见他，气就不打一处来。""为啥？""为啥？你又不是不知道。当初他妈那个老祸害欺负我时，他也合伙欺，起劲得很。不喧了。一喧，肚里就有气。"猛子说："不要紧。感情是培养的。一夜夫妻百日恩嘛。"凤香啐道："屁，那你和母狗百日恩去。"

一来二去，猛子竟浑身燥热了，方觉出二人的语气已近调情。猛子平常来她家串门时，北柱夫妻俩总要开些很荤的玩笑。有时，凤香更直露得叫猛子脸红。猛子和双福女人有一手之前的许多个夜里，他都要靠咀嚼品味凤香口里吐出的很荤很骚的话来排遣寂寞。此刻心一晃，猛子便不自在了。但他一向视北柱为朋友。能穿朋友衣，不可戏朋友妻，遂心虚地觑凤香一眼。

说笑几句，猛子便告辞出门。身上有疲惫袭来，心头也乏味了，便懒得去赴那个约会，径自回家睡了。

5

次日上午，锣鼓声响彻村子。猛子知道定是学校师生去双福家送匾。想起昨夜，一笑，心想，不知那婆娘等成个啥样。再见了面，骂少不了挨，说不准还摔打个什么东西泄气呢。心里嘀咕，却又随了看热闹的人去双福家。

双福院里的锣鼓声息了。一个长鸭脖子的人正在讲话，内容是“功在当代，益在千秋”之类的感谢双福的话。猛子认出那是乡上的干部，据说管教育，老往学校跑。这人讲话很野火，一句一句的，官味儿浓得外溢，把老百姓冲得一愣一愣。猛子见他讲几句话就瞅一下双福女人。双福女人脸上溢着光，一副很得意很满足的神态。猛子很讨厌这样子。他怀疑乡上干部和双福女人有一手，要不，他咋那么使劲吹双福。更令猛子不快的是，从那个叫秀秀的女人脸上丝毫看不出他昨夜的失约给她带来的痛苦。这分明没把他放在心上。而且，她脸上的神态又分明表现出对双福能干的肯定。猛了很生气。

两个年轻教师抬着写着“惠及桑梓”的牌子立在书房门口。牌面很红。字是金色的，为那个寻常的门户增色不少。猛子不懂桑梓是什么意思。他知道双福、双福女人和村里人也肯定不知道这个词的含义，但他相信这是个好词。双福女人也肯定知道这是个好词。瞧她，那副孬样。猛子愤愤地望一眼女人，却意外地从她脸上捕捉住了表演的痕迹。对，表演。她分明在演戏。她故意把那种得意和满足显露给人看。给谁看呢？分明不是他猛子。那么，又是谁？猛子像孟八爷捕捉猎物的讯息一样搜寻着女人的脸。忽然，他发现女人眼角的余光总是有意无意地扫视看热闹的女人们。每一扫视，她的嘴角便相应地浮起得意满足的笑。猛子明白了。她在用表层的优越来掩饰内心的恓惶。骨子里，她孤独而弱小。

乡上干部讲了一阵，队长大头又接着讲。他说：

“嗯——，双福是个很有良心的人，富了还能想起我们。不像有些无义种。有了钱了，眼睛红了，认不得人了。屌，你认不得老子们，老子们也认不得你。你是个屌，嗯，不过有几个臭钱嘛。双福可不是这种人，他首先想到的是啥？嗯，是学校，是娃娃，是这个土窝窝。俗话说，金窝银窝，不如家乡的土窝。嗯，土窝好啊，对不对？双福是个有良心的人，有良心。嗯，有良心就好……我就说这些。”

孙大头说一句，村里人笑一阵。满院子笑声。猛子看到双福女人也掩了口笑。这笑才对得起她那个名字。他的心不禁动了，有些后悔昨夜的失约。又听得村人在议论：

“双福这孙蛋，可捞好了，一出手就是五万。啧啧。”

“别看那孙蛋刁钻古怪，可大气。五万票老爷呐，想想都骇烘烘的。”

“就是。听说人家一夜换一个黄花闺女，一出手就是万儿八千的。五万算啥？人家不过少嫖几次风而已。”

“少嫖？凭啥？嘿嘿，人家凭啥少嫖呀？真是的，你以为人家扔了这几个，就成穷光蛋了？”

“也不容易呀，为挣那几个臭钱，求爷爷，告奶奶，爬街台子，不容易啊。哪像老子们自在逍遥。”

“是呀，也没啥意思。活人了世嘛，受那么多苦干啥？眼睛一闭，还不是个空的。”

猛子感到好笑，想，要是双福听了这些，会咋想？他一定以为乡亲们会为那五万感恩戴德呢。其实，说啥话的没有呢？听听，你还势个啥呢？他又望望双福女人。她也正好发现了他，目光顿了一下，便躲避似的扫了过去。

一丝苦凄和恼怒代替了她脸上的得意表情。“她还是在乎我。”猛子想。他很高兴这一发现。

该讲的话都讲完了。锣鼓声又响起来。娃儿们很卖力。宽大的院落被喧天的锣鼓撑得局促了许多。热闹的噪音卷向猛子，冲去他心头刚刚浮起的虚荣。他看到乡上干部正和双福女人说，女人一下下点头。猛子估计她可能会回过头来望他一眼，可她却没望。猛子想，哼，她需要的仅仅是个男人，公的，吊把的就成。和她说话的不正是公的吗？遂气恼地一跺脚，出门，回家。

憨头从屋里出来，见了猛子，说：“正好，你到井上去顶当一下。我肋窝里不舒服。”猛子见憨头脸色蜡黄，吃了一惊，说：“咋成这副孬相了？”憨头道：“没啥。可能上夜班劳累了。”猛子说：“赶紧吃副药。”憨头说：“又不是泥捏的。再说，药那个死贵，吃得起吗？”猛子又劝了几句，去了井上。

憨头感到很疲乏，且肋部隐隐作痛，就躺到书房的沙发上歇息。几日来，井上的差事都由他顶，倒也不显多累，只是那钻机的咚咚和机器的喧闹老在耳旁聒噪。此时静了，反倒有些不习惯。偶尔一声鸡鸣，声音厉厉地直往脑子里刺，令他感到极不和谐。此外，妈在厨房里忙活的声音也很扎耳。爹赶羊进了沙窝，莹儿去平地，猛子到井上，就他一个人长伸四腿朝天。他有些不好意思了，遂起身，喝杯水，进了厨房，对妈说：“妈，我去平地。”妈说：“算了，歇歇吧，熬了几天了。那点活，叫他们干去。”憨头笑道：“我又不是炒面拐棍，歇啥？再说，天生一个驴命，闲了倒蹲不住。”妈说：“那你去和点泥，把猪圈泥一下。”憨头应声出了门。

憨头推土担水时，觉得肋部有撕裂般的疼感，但他一声没吭，强忍着泡了泥。妈抱来麦草，丢进泥坑，帮他和好泥。妈见憨头不时手抚肋部，就问：“咋？不舒服？”没等回答，便惊叫道：“哎呀，你脸色咋这样难看，煞黄煞黄的。”憨头咧嘴笑道：“不咋的。稍微一点。”妈从他手里接过铁锹，执意要他去药铺看一下。憨头答应泥好猪圈再去。

刚泥好猪圈墙上的缺口，忽听得墙角处传来惊呼。循声望去，见一股腾起的浓烟。“着火了。”憨头惊叫一声，朝烟起处扑去。却见瘸五爷的儿子五子正望着火堆拍手大笑。燃着的是一个麦秸垛。几个女人惊乍乍发出呼声，但都不敢前来，显然是忌惮五子。憨头听说五子精神不正常了，老追女人，便估计火是五子放的。他急忙提了泡泥剩下的半桶水，倒向火堆。火上突起嗞嗞的声音。火势只是弱了些，旋即又爆燃起来。

“快去叫人。”憨头朝那几个惊呆了的女人吼一声。女人们惊呼而去。憨头不知所措地晃晃手中的桶子，知道到井里取水来不及，便将桶子扔到一旁，捞一把沾了泥的锹，往火上撒土。妈也回院里取来锹，一锹锹扬土。火势渐渐弱了，终而剩下一团浓烟。

循声而来的人们都把带来的水浇到麦秸上，腾起了冲天雾气。憨头怕其中包下火种，留下祸患，便用锹将那些湿淋淋黑黄夹杂的麦秸铺摊开来。

这时，松了口气的人们才听到五子开心的笑声。憨头望望五子，摇摇头，叹口气，什么也没说。妈说："多玄乎，要是没人，不是把房子也燃了？"

"打这驴日的。"狗宝说，"你瞧，他还笑呢。"

"打啥？"憨头说，"人家脑子不清干……五爷也不给瞧？"

"瞧了。"凤香说，"说是得上兰州，花好多钱。听五奶奶说，正凑钱，能凑够就去。"正喧谈间，不提防五子听到女人声兴奋起来，扑上来，搂住一个女人，嘴里嗷嗷乱叫。众人七手八脚拉开了他。狗宝趁机在五子脊背上擂了几拳，却像打在驴身上一样，没一点反应。

队长孙大头瞧一眼狗宝，说："去，把五子给瘸五爷送去，叫他看守着点。不然，出了事可得找他。"又对狗宝说，"你告诉瘸五爷，钱不够的话，我还有些，叫他拿上用去。得抓紧看。"狗宝应声，和几人扭走五子。

第　五　章

1

灵官不知道大漠深处竟会有牧羊人。

这是个常年为太阳烤晒故而看不出确切年岁的人，有着年轻的身影和敏捷的步履。他额头的深皱纹里满是尘土，褐色皮肤，头上象征性地戴顶草帽。帽边早烂了，遮不了多少阳光，且被雨淋风吹得发黑了。风吹来，拂着乱糟糟的胡子，拂出了几分飘逸。

羊群散落在沙沟里，吃那些被秋霜掠过的草。偶尔，传来几声咩——咩——的叫声，给沙洼添了些许苍凉。经历了残酷的猎杀，灵官觉得这个场景很美。他的心仿佛也荡漾着缕缕暖风。是的，很美。这儿有很蓝的天和很白的云。蓝天白云下有黄苍苍的大漠、白的羊群和那个苍老又年轻的牧羊人。牧羊人拄着一根棍，静静地打量他，脸上有种很怪的静。

“打狐子？”牧羊人望着灵官肩上的狐子问。

“放羊？”灵官也用同样的语气问。

谁也没答对方的话。那问话，只是一种招呼方式。

牧羊人自言自语道：“日怪，我们一年四季连个狐毛也见不着。咋打狐子的见天打呢？”

“惊动掉了。”灵官说，“狐子一听动静，早溜远了。”

孟八爷系着裤带上了沙洼。一见牧羊人，他就叫了："哟，烧白头，你还没死呀？"

牧羊人笑了："你才是个烧白头。吃了狐肉，没处放臊，不往儿媳妇身上放，往哪儿放呀……哎呀，这是你的孙子吗？"他不好意思地笑了。显然，他把灵官当成孟八爷的孙子了。当着孙子的面，说他爷爷在他妈身上放臊，似乎不成体统。

"不是的。"

"噢，那就没啥……装烟渣子没？……"牧羊人说，"八天啦，干熬着。没啥也成，可不能没这六谷。你说，这鬼地方，十天半月见不上个鬼影，没烟抽，还不憋死呀。"

"那就当个不抽烟的驴算了。"孟八爷笑着掏出烟锅。牧羊人一把抢了，装烟点火，美美吸一口。等许久后吐出时，吸入的烟已被过滤成淡淡的气了。"哎呀，香到脑子里去了。"他惬意地说。

"给那要债鬼安顿：拿上烟，拿上烟。可啥也没忘，偏偏把烟忘了。无义种。"牧羊人再咂一口，让烟在肺里旋许久，才说。

孟八爷只是笑眯眯望他，不搭话，仿佛怕搅乱他的惬意。牧羊人也不在乎他是否在听，只是抱了烟锅，吸一口，说一句，像挟一下菜吃一口饭似的。

"面倒没少拿……老子又不是驴肚子。无义种……脑子装的是糨糊还是谷糠？婆姨放个屁也能刻在心上。老子说话像凉水上敲了一棒。"

牧羊人谁也不望，边抽边自言自语。灵官感到好笑。他想，也许是他平时难得说话，这时才过瘾吧。

孟八爷哈哈笑了："你个烧白头老贼，敢当面骂不？我敢说，你一句都不敢。你叫人家挤到媳妇炕上，理短了，才进沙窝。对不对？你个烧白头。"

"屁。"放羊人笑道，"啥话？像你呀，推故抱孙子摸媳妇的手，还说，'哟，娃的手真绵。'嘿，娃的手当然绵，更绵的是娃的奶子。"说着他孩子似的咯咯笑了。

"你经过，当然知道。"孟八爷嘿嘿笑道，"也划得来。费心扒力放一年羊，攒几个钱，换着摸几下奶子，划得来。你就说：‘哟，一年了，睡着也想，醒来也想，抱住羊奶子吧咂几下，咋也比不上娃的奶子。’”

灵官笑了。这番调笑把几日的血腥味都冲没了。真怪。为啥老年人碰到一起总拿儿媳开心？是不是因为不中用了才过过所谓干瘾？也许是。忽然，一丝阴影飘上心头，他想到憨头的病。憨头该多么痛苦啊。他又想到了莹儿。一种暖暖的感觉在心中荡漾开来。他觉得对不住憨头，便提住狐子尾巴，抖抖，用狐子那双不甘心睁着的眼睛引开他不听使唤的思维。

“哎，说真的。”八爷说，“你也该缓缓了。苦了一辈子苦出个啥名堂？啊，农业社里就放羊。分了责任田又放羊。一年四季在沙窝，独鬼一个。钱啥时能挣够呀？当年铁拐李偷油，被剁掉了葫芦头，看破红尘，出家修行。他咋说？儿孙自有儿孙福，莫为儿孙做马牛。真是的。你连命死挣图个啥？我看你这把老骨头也想往沙窝里丢呀。”

“苦命呀。没治。”牧羊老汉晃晃脑袋，“家里蹲不住呀。天生一个蹲沙窝的命，不进沙窝毛烦得很。有啥法子？……再说，这年头，不了活几个，咋活？”

孟八爷叹口气：“这倒是的。”就拧了眉头咂烟锅嘴。半晌，又问：“咋你一个人？”

“黄二到猪肚井去了。还账。”

“啥账？”

“饮羊的账呀。那豁子中了，领了个婆姨，羊毛贩子领来的。花的也不多。”说着，牧羊人眯了眼望望散在沙丘上渐远的羊。

“也是该的。豁子总有四十了吧？”

“四十二了。”

孟八爷绕好烟锅，取过水壶，灌一口，朝老汉晃晃。老汉摇摇头，拍拍自家腰里的水壶。孟八爷把壶给了灵官，取了枪，解下火药袋，装起火枪。灵官喝了几口水，也往枪里装火药和铁砂。

“走吧。”孟八爷起了身。

“等等。你看，我差点忘了。”牧羊人从小黄包中取出一块馍，递给灵官。灵官不解，望孟八爷。

“拿上，娃子。”孟八爷笑道，“这是规矩，吉利得很。能打好多狐子。哈哈，索性我也忍忍，成全你个烟鬼吧。”他取下烟袋，把大半绿烟渣子倒给老汉。老汉笑了，眼睛笑成鸽粪圈儿了。

牧羊人在灵官心里留下了许多苍凉。那干扎扎的咩咩羊叫，一直在他心上划来划去。他是多么孤单啊。在这个死寂的大漠里，除了烈日，便是风沙和干涸。活的声音只有羊叫。而那软绵的、无助的、仿佛总在乞求什么的咩咩叫声，只能使沙洼显得更乏味，更单调，也更使人感到自己的无助和孤单。回过头，牧羊老汉正拄着棍子目送他们。沙漠很大，老汉很小。羊儿撒在沙沟里，馍馍渣一样星星点点。

“沙窝里放羊的多吗？”灵官说。

“多。麻岗里到处都有。”

“哪儿住呢？”

“住？掏个窑洞能藏身就成了。住啥哩？图舒坦到大书房炕上躺去。”

“待多长时间？”

“不一定。有的几个月。有的常年累月就在沙窝里。一般两个人。没吃的了，打发另一个去背。”

灵官吁口气，眯了眼望去。那莽莽苍苍的沙涛发怒似的卷向天际，一浪高过一浪。峰谷间落差极大，跌宕出雄奇的气势。大漠独有的苍黄扑面而来，腌透他的身心，令他心潮激荡，豪气顿生。这儿有残酷，有沉默，有死亡，有塌陷的沙洼和干涸的河床。同时，这儿有博大，有雄浑，有热血沸腾的壮美。置身这壮美之中，你会为自己过去的屑小羞愧，会觉得人间所有的纷争都不过是微不足道的闹剧。

“苦呀，这老汉。”孟八爷叹道，“常年累月在沙窝里，掏个窑洞，垫些柴草就是窝。风吹日晒的。不容易……也没意思，活人嘛，连命死挣啥哩？带又带不去。”

“也挺好。”灵官说。他被这种奇异的生活方式吸引了。经过一连几日的血腥追杀，他的心灵才有了这片刻的宁静。这儿远离名利，远离烦恼，远离明争暗斗。相伴的只有大漠，只有羊群，只有自己的心灵。这儿是世外桃源。一切都很遥远，有种孤独的美。

“到那个麻岗里看看，看有没有亮踪。”孟八爷吩咐道，自己却在沙丘上坐了，掏出烟锅，吧吧地抽起烟来。

灵官应一声，他知道是孟八爷有意叫他去“实习”。

他已经跟孟八爷学会了分辨亮踪和夜踪，但他分不出亮踪里的拂晓踪和日出踪，也分不清夜踪里的初夜踪、中夜踪、五更踪。理论上他明白，拂晓踪步儿大。日出踪除此之外还透出狐子的慌乱和焦急。但他只是理论上明白，他无法从星星点点的足印上看出狐子的心绪，无法从同样迈得很大的狐步中辨出二者细微的差别。夜踪亦然。灵官也知道可用狐子食老鼠这一习性来辨别夜踪的种类：初夜踪几乎全被老鼠的足印盖了；五更踪狐足印压着鼠爪印；中夜踪介于二者之间，但灵官无法在实践中具体运用。他不能像孟八爷那样把夜踪具体辨别到一更踪、二更踪、三更踪，或公母、大小、数量等等。

能正确辨踪，是一个好猎人必须具备的素质。它不但能有效地节约体力，更能有计划地把所带的食物和水合理地分配到不同的行猎阶段。他必须做到每一滴水都被身体吸收。他可以一天一夜不撒尿。回到窝铺时，肩上可能还有半壶水。

除了辨踪，孟八爷还有一个特殊本领。他能准确说出某个“马槽”的某个沙洼昨夜肯定有狐子出没。他对狐子的习性了如指掌，知道它们在某种天气某个夜晚必然会到哪个特殊的所在去会餐。到了那个所在，你果然会发现纷乱的踪。一切都会显示出这儿昨夜确实发生过残酷的捕猎，参加者有几只公狐，几只母狐，哪个怀孕。孟八爷只追公狐子。不仅仅是公狐的毛片比母狐的好看，还因为母狐能做母亲，能养育出一群群的狐仔。他说，母狐能通灵。狐仙多是女的。每年三四月份，生下小狐的母狐就会拜月，求老天爷不要下雨。一下雨，小狐就会被雨水泡死，或出麻疹而死；或者淹死老鼠，叫狐狸无食物可吃而死。总之，雨是狐的天灾。天知道，这沙漠是不是因为母狐的拜月告天才变得如此干旱？

打母狐不吉。孟八爷说。

2

“注意！”孟八爷忽然喊道。

一个狐子跑了过来。显然，它已受伤，步履踉跄，跑速不快，身子忽左忽右，已控制不住平衡了。孟八爷几步蹿过去。狐子这才发现了他，刚掉头，枪已响了。

“嘿，拾了个跌果。”孟八爷笑道。

狐子挣扎着起身，挪了几步，又倒在地上。孟八爷扑上，用枪管一下下捣狐子。狐子一口咬住枪管，咬得钢管咯吱吱响。

“嘿呀，看你的牙硬，还是我的枪硬。”孟八爷大笑着，一下下用力。狐子松了口，又惨叫起来。

一个红脸汉子喘吁吁上了沙丘。他看到了孟八爷枪管下惨叫的狐子，颓然嘿一声，坐在沙上。

灵官知道这汉子打了“草包”——没打到致命处，只伤了肚子。按规矩，谁最后打死狐子，狐子便归谁。孟八爷笑道：“打草包了，白费力了，是不是？这是最糟糕的，谁遇上也窝心。”

汉子扬扬下巴：“说啥哩？规矩在那里摆着哩，我认倒霉还不成？操，四五天撵不上个狐子，却打了草包。打了草包也罢，总有撵上的时候，可偏又……碰到你枪口上了。嘿，倒霉透了。”

孟八爷说：“咋能四五天见不上狐子？我天天见呀。”

“撵到天黑连个毛也不见。天知道它跑哪儿去了？”

孟八爷哈哈笑了，朝灵官挤挤眼，又说：“哎呀，天的老爷，你连个踪都不会辨，打啥狐子呀？背几年枪了？”

“几年？才背上。”

“天下的路不止一条。天下的饭不止一碗。干啥不好，为啥偏吃这碗饭呢？”

“没治了。有治，谁还干这杀生害命的营生呢？儿子大了，总得给说媳妇吧？光种庄稼能种出啥来？谁都吃老子们。没治了。实实没治了。儿子连命死挣苦一年，嘿，连一个子儿都没见。为啥？黑包工跑了。跑哪儿了？谁知道……你说这世道。”

孟八爷见狐子死了，便松了手。他踢踢脚下的狐子，笑着对汉子说：“你不是吃这碗饭的料。照这样瞎碰，够戗。弄不好，媳妇的毛没摸上，自己先摸上阎王老子的卵脬子了。”

汉子羞恼地瞪孟八爷一眼：“你饱汉子不知饿汉子饥。给你说了没治了。有治，谁愿受这份罪？”

“打沙米去。城里有人收，一斤八角呢。黄毛柴籽一块多。只要吃苦，总比搞副业强。”

“那多久才能收拾上个媳妇钱？还是打狐子便利，一张二三百，几十张就一个媳妇。打沙米？嘿，驴年马月，儿子都老了。”

“哈，想得美哉。几十？你以为狐子是你裤裆里的虱子，由了你抓？实话说，你黑馍馍盖天窗，连个踪踪儿都不会辨哩。你瞎猫盯个死老鼠，见踪踪儿就撵，挣断膀颈连个狐屁也闻不上。碰上个夜踪，别说撵一天，十天也不成。狐颠颠，人三天。你还没撵上，人家又走了。人家走到哪吃到哪，又不等着叫你去要他的命……咋？不服？不信？今天是你瞎驴碰上个草垛，见个病狐子……知道不？这是个病狐子。你看是沙皮，肚里有虫。它肯定卧在阳洼里，对不？告诉你，只有老弱病残身体不行的才卧阳洼。”

汉子阴了脸，一句话也不说，显得很沮丧。半晌，叹口气。

孟八爷踢踢死狐，说：“那规矩，想来你知道。你打伤了，我打死了，按规矩归我……不过，你要是听我的劝，回家，不吃这碗饭。这个送你。”

汉子抬起头，不相信地睁大眼睛。

孟八爷对灵官说：“走吧。”就提了枪，径自走去。那汉子怔了许久，叫一声，扑下沙丘，抱了狐子，含糊地发出快乐的叫声。

灵官一声不吭地跟着孟八爷。孟八爷说："算了，给他算了，够可怜的。唉，够戗……你信不信？打不上个狐子，他连家门都不好意思进的。"

灵官望一眼孟八爷，很欣赏他的做法。他感受过为了打张皮所付出的艰辛劳动，更能体会出汉子的沮丧。他本来也想劝孟八爷把狐子让给他，但又不敢开口。他想，会不会犯忌？这是不是那个牧羊人给的馍馍带来的好运气呢？把打下的狐子送人，会不会把运气也送了人呢？他没敢开口，但没想到孟八爷会那么爽快。

听到一阵喊声，灵官转身，见那汉子追了上来，提着枪，背着狐子。到跟前，他把狐子扔在沙丘上，说："我不能要，说啥也不能要。破了规矩，成啥人了？"他的脸涨得很红，汗珠在脸上滚，出气声如拉风匣，前襟上淋漓着狐血。

孟八爷生气了："啥规矩？规矩是人定的。这又不是你抢的，是我送你的。交个朋友，你回家也好有个交待，脸上也光彩些。再寻个路数。吃这碗饭，得懂窍门，瞎碰不行的。"

汉子抹抹头上的汗，喘着气。忽然，他从衣袋里掏出一叠裁好的卷烟纸，小心地翻一阵，抽出夹在里面的几张皱巴巴的票子，硬往孟八爷手里塞。"买包烟，买包烟。"孟八爷黑了脸，一把夺了，扔到狐子身上。

"真是的。爱钱，几百块钱的狐子不背，要这点钱干吗？"说着，他扭头就走。

汉子呆了，搓着手，不知该干些什么。望望远去的孟八爷，他很快掏出一个东西塞给灵官，说："这个给他，真正的黑鹰膀子。"灵官一看，是个精致的烟锅儿，想塞给他，却见汉子脸已憋得通红，快要憋出泪来了，便嗯了一声。

走了一里多路，灵官才取出那个烟锅，他以为准挨骂。那知，孟八爷眼睛一亮，一把夺过，问："哪里的？"灵官说出原委。孟八爷摇摇头，笑了。他用手捋着黑红的烟杆，说："这可是个好东西呀，活了。瞧，活了，真正的活黑鹰膀子。不是干骨头。”

孟八爷瞧瞧偏西的太阳，说：“成了。今日个成了。回吧，不要天天熬个贼黑。”

3

快到窝铺的时候，太阳还很高。孟八爷把背包给了灵官，打发灵官先去。他说去收拾个兔子，解解馋，就提了枪，朝那片黄毛柴很密的沙洼走去。

帐篷支在一个避风保暖的沙洼里。一见它，灵官就产生了十分温暖的感觉。连日来，他没能很好地休息一次。每天早晨四五点出发，回来已到夜里，两不见日。体力迅速下降，人也脱了相。脱相是正常现象，进沙窝打狐子的人没有不脱相的。孟八爷说这叫塌膘，就是把身体里多余的脂肪消去了，再适应几日，人就精干许多，跑多远的路也不乏。还没适应的灵官最渴望睡觉。今日回来得早，太阳还老高呢。他估计花球那个瞌睡包也在睡觉，不想惊动他，就不声不响钻进帐篷。

灵官听到了一阵含糊的呻吟。等回味出这声音的奇怪时，他已钻进帐篷。

花球光着下身趴在一个同样光着下身的姑娘身上。因为居高临下的缘故，灵官一眼就看到姑娘那张不知所措的脸。花球的脸煞白。显然，他没想到这时会来人。很快，他笑了笑，很蠢，嘴里咕哝了一句，连他自己也不知是啥内容。

灵官一下懵了。他愚蠢地动动嘴唇，仿佛想解释什么，但什么也没有说出来。怔了片刻，才想到应该退出帐篷。

逃出帐篷，脑子仍嗡嗡响，腿竟不争气地没了气力。他怎么能干这种事？灵官想。自己和孟八爷连命死挣地苦，他竟这样。畜生。这一埋怨很快冲淡了方才的尴尬和慌乱。他知道自己待在帐篷门口也不是个办法，就咕哝一句：“我去看看骆驼。”离开帐篷，上了沙坡。

肯定是那个拾发菜的姑娘。灵官想，一定是。灵官这才想起了姑娘那张因惊慌而扭曲的脸，心里很别扭。他想到了姑娘很水的笑。一种莫名其妙的情绪使他的心境瞬间变得很坏。管她！他想，她又不是自己女人。真不是东西，才认识几天，就干这种事，就这样顺溜溜叫花球……花球也不是东西，竟在窝铺里……窝铺里宁叫停棺，不叫成双。据说，犯了忌讳，枪管会炸裂的。

灵官心里有了气，对自己的落荒而逃很不满意。就是，又不是自己干了亏心事，慌啥？应该咋样？是不是应该叉着腰指着花球的鼻子叫他滚出去，到沙洼里干去？这是啥？这是帐篷，是猎人的帐篷。不是妓院，不是配骡马的木栏。滚！滚！灵官在幻觉中尽情向他们发泄了怒火，心里平顺了许多。

一会儿，他听到窸窣声，知道是花球来了。他觉得脸突地烧了，有些羞于见他。怪，倒像是他干了亏心事似的。

"灵官哥。"

花球叫了一声。声音很反常，称呼也很反常。他一向直呼其名，大不咧咧的，嬉皮笑脸的，尾巴叫人捏住就成"哥"了。你不是一向不认"哥"吗？你不是一向不承认出生月份比你大么，咋突然成"哥"了？灵官感到好笑，心里却很怪地被这称呼拽出一缕热感。他转过身。

花球笑着，强装出啥都不在乎的样子，而这不在乎分明又是最大的在乎。而且，他的笑很生硬，充其量只能算咧嘴，但又咧得不对称，左边过大了些，显得非常难看。灵官觉出他的难堪，便垂下眼不去看他。

"说好的，要娶她的。"花球说。他仿佛在强调自己做法的合理性似的。果然，这句话一出口，他的表情便自然多了。他留意着灵官的反应。

灵官肩头动动，心上也像卸下担子，问："她爹知道不？"

"还没告诉。那老汉倔得很。"花球叹口气，"不过，好多了。吃过几顿饭。等会还来，打发她来做饭。"

"哈，你倒好，拿我们的东西做人情换媳妇。"

"嘿，你又不是不知道。他们七八天没吃饭。苦呀。没看见吗？姑娘嘴上尽是干皮。”

灵官笑了。他哪里见啥干皮呀，连模样都没瞅清呢。这一笑，花球轻松了。

“别给爷爷说。”

望着花球的鬼样，灵官笑了：“怕啥？孙子找个媳妇，人家眼睛会笑成鸽粪圈儿呀。”

“哪儿呀，八字还没一撇呢。”

“啥？还没一撇？生米都煮成熟饭了，还要啥一撇？你是不是只是玩人家，耍人家？那可要坏良心。”

花球笑了：“哪儿呀，我是说她爹还不知道呢。同不同意，难说。家里还有个嫂子，一个侄儿。哥哥死了，双龙沟挖金子压死了……你想，谁知道那老……榆木疙瘩的肚子里究竟是啥酥油？是叫她嫁呢，还是招？嫁就成，招是不去的。那个鬼地方，狼都不拉屎。穷不说，出门就是山。”

灵官拧了眉头，不说话，盯花球好一阵，才说：“那你动人家姑娘干啥？要是老汉不叫嫁，不害了人家姑娘？”

“害啥？她说了，同意了，就嫁过来。不同意，就……就跑过来。结果一样。”

“人家爹妈养一场不容易，不能干缺德事。不同意的话，多劝劝，人心都是肉长的。”

“不说了，不说了。”花球说，“车到山前必有路，不磨牙了……她害臊，不敢做饭了，可又急。她爹妈等会来吃饭。哈，怕见你呢。”

“你明说。是不是叫我离开这儿，给你腾开地方？”

“你待在这儿就成。等饭熟了，脸也就抹下了。”花球笑嘻嘻说完，就溜下沙坡。半晌，姑娘才羞答答出了帐篷。

4

花球没想到那个姑娘会轻易地成了他的人。听灵官喧过他们的次日，他就翻过沙梁，去了那块黑戈壁。他比灵官活泛，几支烟递过去，就同老汉熟了。

次日，这个倔老头就在老伴的唠叨和女儿的乞求下打发姑娘来做汤饭。正是焦光晌午。太阳到了一天中最肆无忌惮的时分。死寂、枯燥、乏味以及雄突突的大漠引诱出的原始冲动和心灵饥渴都到了最炽烈的时候。于是，那个姑娘一进入他的领地，他就扑倒了她。

姑娘顽强地抵抗着，意外、愤怒、惊惧使她的模样很不美。但她的挣扎倒成了强烈的诱惑，刺激了花球腹内激荡的欲火。他觉得身下这个鲜活的身子简直妙不可言。她每次挣扎引起的胸腹肌肉相应的扭动都令花球狂乱不已。美中不足的是姑娘的双唇。花球吻到的不是柔软而是扎洼洼的感觉。后来他才明白这是七八天没吃饭的原因。

搏斗了多长时间，花球不知道。只觉得时间很长，他都有些筋疲力尽了。奇怪的是姑娘没有叫喊。只要她一出声，即令花球明白四周无人也一定会放了她。但她没有叫，只是挣扎。挣扎一阵，就咬着牙瞪他。那样子比刚扑倒时好看多了。花球就笑着一下下咬她的嘴唇。他不喜欢扎洼洼的感觉，但喜欢姑娘的呻吟。

咬一阵，花球就去摸姑娘的胸脯。因为平躺的缘故，她的奶子看时不明显，摸时却软软的一大把。花球很喜欢这个感觉，就一下下捏。他记得姑娘不挣扎了，只是呻吟。花球这时才觉得姑娘很美。经他的吮吸后，姑娘的嘴唇很红。那是病态的上了火的红。花球觉得这种红才是世上最美的红。

姑娘的呻吟成了鼓风机。太阳啸叫，血液轰鸣。

在最该挣扎的时候，她却没有挣扎。花球很意外。经过一阵体力宣泄，他已能控制冲动。摸裤带，仅仅是小心的更进一步的试探。姑娘一反抗，他就会住手。但姑娘没有反抗。

在亮晃晃的太阳下，花球开始了他黑暗中的摸索。他显得十分愚蠢和笨拙，成了一头在草丛中寻不到路径而陡然乱闯的蛮牛。峰回路转，长草迷径，心摇神晃，懵懵懂懂。花球非常羞愧。这时，要是被姑娘取笑一下，他一定会落荒而逃，但她只是闭了眼呻吟。

忽然，暖流包围了他。

花球大梦初醒似的起了身。姑娘赤裸的下体使他产生了罪恶感。他擦擦汗，说："穿吧。"姑娘却闭了眼，一动不动，唯一的反应是夹了夹腿。许久，花球才听到她的抽泣。她的脸上尽是泪水。

"我不活了。"她冷冷地一字一字地说。

天啊！花球觉得舌头一下子成了干皮。他跪到姑娘面前，用头一下下撞沙："我不是人，我不是人。"大脑里火星乱迸。天塌了！活不成了！他想。

花球懊恼极了。我还算人吗？畜生，真是畜生，还念了书呢。他狠狠用力，仿佛要撞出脑中的罪恶似的。真不是人。他想，咋这么下流？我完了。

想到姑娘会怀孕，花球很害怕。纸里包不住火。他干了啥勾当，村里人迟早会知道……勾引人家姑娘，会招来搅天的唾星。……而且，勾引？这算"勾引"吗？是强奸。"强奸！"花球忽然想到了法院布告上看到的那个名字下被划了红线的强奸犯，吓出了一身冷汗。

她会告吗？花球望望抹泪的姑娘。会的。她会的。强奸个姑娘，吃个铁大豆，实在划不来。"逃吧。"他想，这倒真是个法子。她又不知道他住哪儿，姓甚名谁。他只是个打狐子的。沙漠大着呐，打狐子的多着呐。谁又能知道哪个"强奸"了一个姑娘。这倒是个法儿。望望窝铺，这些东西在他心里忽然轻了。比起命来，那算啥？

他想到了爷爷和灵官。他知道，爷爷不会饶他。肯定。祖宗都羞得往供桌下跳呢。他会把他吊到中梁上用芨芨搓的草绳抽他，像当年抽爹那样。该打。门里出来这么个丢底典脸的东西，打是轻的。他想到了孟八爷昂得很高的头，心里一阵阵发紧。

"你叫我咋活人？"姑娘抽泣道。

"你说咋办？你说。"花球虽没了主意，但姑娘开了口，而且，他从姑娘话中听出她怕羞。怕羞意味着什么？意味着她不会报案。肯定的。她怕羞。好！他舒口气，感到自己跑了的命又回来了。只要不报案，剩下的好办。给钱也行，给啥也成。"你说，咋也成。"花球试探着问："两张狐皮，成不？一张二百多呢，行不？"

“我就值两张狐皮？”

“你说几张？这些，都拿去。成不？我就说丢了，叫人偷了。大不了，挨顿骂。成不？再的不值钱，面，菜，水，铺盖，帐篷啥的……不值钱。”花球焦急地扫视，仿佛后悔没带件值钱的东西。

姑娘摇摇头，说：“你只想到狐皮，是不？再没别的？再没别的值钱东西？”

“没了，真没了。不信？你搜。”

“你也一文不值？是不？”姑娘垂下头。

半晌，花球才体会到她话中的含意，心哗地开了。就是，咋没想到这点呢？娶了她，一切不都解决了？花球觉得自己方才的惊慌很可笑。他望望姑娘，忽然发现，自己心中的爱人不是这个样子。是啥样呢？像兰兰那样。虽说兰兰早成别人的媳妇了。“她”不像兰兰。兰兰的脸没这么黑，力气没这般大——他都有些“降”不住——嘴唇没这么粗糙……一切都不是他希望的样子。这时，他才发现，她远没有他扑上去时的那么美，心中便掠过一丝阴影。没有了性命之忧，他开始考虑这姑娘当老婆合不合适。

“你也一文不值吗？”姑娘重复一句。

花球含糊地哼几声。他想，她是不是早相中我呢？她是不是想跳出那个山旮旯才有意引诱？解裤带时，她没挣扎。而且，没见血。也许……不是处女。是不是个圈套呢？……他懊恼地晃晃脑袋，但马上又挤出了笑。他怕姑娘看出他的心思，会反咬一口。想到“反咬”这个不恰当的词，他笑了。一“反咬”便会说他“强奸”，那可糟糕透了。他觉得自己的命又开始像肥皂泡一样在空中晃悠了。他慌乱地看姑娘一眼，怕她看出自己心思，遂笑了一下。

姑娘也笑了。显然，她把花球两次的笑当成允诺。她这一笑，却令花球大吃一惊。她显然是属于那种静起来平常笑起来出色的女孩。这一笑，很美。而且，是一种奇异的美。她天生是该笑的。这一发现，使他改变了主意。他想：娶她当媳妇，也不错。

半个小时后，当那个倔老头和老伴来吃饭时，花球和姑娘已有说有笑了。

5

花球的事终于败露了。

那是被灵官发现的第三天。倔老头已和瘦女人吃过两顿饭。吃了孟八爷打下的野兔肉。灵官发现倔老头对花球有种隐隐的敌意，很少见他面对花球说话。即使抹不过脸说话时也是眼望别处或垂下眼帘。灵官怀疑他发现了花球的勾当，至少是发现了女儿的反常。因为他望姑娘时偶尔会露出恶狠狠的神色，使得姑娘一惊一诧，时时窥他的脸色。

花球则满不在乎地笑着，仿佛对老汉的敌意视而不见。他笑着揪面，笑着入火，笑着端饭，时不时说几句应酬话。灵官看到他有时也装做很随意的样子留意倔老头，但一看到老头阴阴的脸他就会露出嘲弄的笑。灵官能读懂其含义，那就是："你再牛气，老子也睡了你姑娘。"

灵官知道要出事。

果然，吃完野兔肉的第三天，倔老头便在关键时刻闯进帐篷。花球屁股上挨了几鞋底，提了裤子逃出帐篷。听到啪啪巴掌声后，他还不知所措地立在那里，考虑是不是该仗义地进去救姑娘。忽然，倔老头抡着切刀向他扑来。他便连滚带爬，逃向远处的沙洼。逃出老远，他才听到老汉刻毒的咒骂。

这天，孟八爷和灵官打了个很大的狐子，立起来有一人高，毛片火一样红。两人兴致很高。但在接近窝铺时，一团鸟粪掉到孟八爷的头上。

"要出事。"孟八爷说。果然，剥了狐皮，回到窝铺时，便见倔老头黑了脸候在门口。两个女人呜呜地哭。

"花球惹祸了。"灵官说。

孟八爷一眼就看出了花球惹的啥祸。他把枪给了灵官，装做啥都不知的样子对倔老头说："老哥，里面坐。"又吩咐灵官烧些开水。倔老头黑了脸，不理孟八爷，却朝哭泣的姑娘恶狠狠吼道："嚎啥？告去，告死个驴日的。不信还没个王法？……跑？你能跑上天。日他妈。"灵官从他的话中听出花球脱身跑了，松口气。

孟八爷笑道："啥事？天又没塌下来。进去说，进去说。"

老头脖子一梗："没说头。跑了也是挨枪货。老子是不饶的。老子老羊皮换他张羔子皮。"

孟八爷松了口气。他从老汉很强硬的话里听出了咋呼的成分。倒不怕他骂，怕的是他不骂。咬人的尽是不声不响的狗。人也一样。当一个人咋咋呼呼说要杀人时，肯定不杀人。也不怕他告，要告的话也不会等他们回来才叫嚷。久经世故的孟八爷发现这个老头不难对付。要是他一声不吭地闷坐，反倒叫人摸不着深浅。一嚷嚷，就没啥怕头了。于是，他索性掏了烟锅，蹲在沙上，吧嗒吧嗒吸起烟来。

灵官边往狐皮里填沙边注意哭泣的母女。老女人的嘴角有血，可能是叫老汉揍的。老头显然把许多过失都安到女人头上。这是男人惯用的伎俩。但老女人只是忽而抹抹泪，并无大的哭声发出。倒是姑娘的哭声很大。灵官知道她和花球绝不是第一次私会，哭声只是掩饰手段而已。

倔老头显然属于嗔恨心很重而心计不深的那类人。时而，他瞪一眼哭泣的姑娘，恨不得把她一眼盯死。

孟八爷抽着烟，想着对策。很明显，这老汉不会轻易罢休。他究竟是啥意图？估计是想借此机会诈些钱。问题是如何将"损失"降到最低限度。

孟八爷捞过前襟擦擦烟嘴，装了一锅烟，递给老汉："来，老哥，抽一锅。"

老头早就被孟八爷逍遥的吧嗒声激怒了。他终于找到了爆发的借口。他一把抓过烟锅，跳起来，狠狠抛出。烟锅远远落到沙坡上。烟袋则挂到就近的一个柴棵上，一下下晃。

"日你妈！"老头嗓门很大，尖利中带点哭音，"欺负老子，是不是？你们还算人吗？"

"啥？你说啥？"孟八爷突地跳起来，"你日谁的妈？啊？你到这里干啥来了？说话还是放屁？这是啥地方？这是我的窝铺，你干啥来了？我请你来的吗？你是想偷骆驼，还是想偷狐皮？啊？！"

老头给打晕似的怔了，脸色青了白，白了青。许久，才突地扬起脑袋："你们的人欺负我姑娘。"

"啥？我们的人？是我？"孟八爷指灵官，"还是他？谁？"

"还有个小伙子。"

"噢，你说那个过路的呀，不知哪里的，没吃的了，叫他吃了些。"

姑娘叫了一声，惊骇地望着孟八爷，脸色青白："他说你们是一块的。他看窝铺。"她已经顾不上害羞了。

"看窝铺？不假，一天五块钱，昨天结清了。"孟八爷说。

"骗人。"姑娘叫了一声，又哭起来。

"屁。"老头恶狠狠盯着孟八爷，"你想一推了事，是不是？没门。老子告他个强奸罪！老子叫他吃个铁大豆！老子老羊皮换他个羔子皮！"

"换去，换去。"孟八爷嘿嘿笑了，"用个刀片儿剐成百片，与我何干？告去。叫他吃啥也成，与我何干？反正不知道那是哪里来的旋风。再说，看话咋说，谁知道谁勾引谁呢？"

"屁！"老头吼一声，恶狠狠朝哭哭啼啼的姑娘吐口唾沫，"你死吧！祖宗的脸都丢尽了。"一屁股坐在沙上，抱住了头。

孟八爷朝灵官挤挤眼睛，扔过打火机，指指被那老汉扔出老远的烟锅。灵官拾了回来，又从柴棵上取了烟袋，装了一锅烟，递给老头。他以为老头又会发作，但老头只是鼻孔里长出一口气，接了烟锅，吧嗒吧嗒抽起来。

姑娘很伤心地哭着，哭声越来越大，透出绝望。灵官知道孟八爷那副"没头鬼相"是在挫倔老头的锐气，便一声没吭。

"有啥话，好好说。"孟八爷慢悠悠说，"嚷啥哩？骂啥哩？囫囵头子话谁不会说？脾气谁不会发？可有啥用？"

老汉一声不吭，只顾抽烟。忽而，鼻孔里长出一口气。

"事情出了，总得想个法儿解决。告是个办法？嚷呀闹呀是个办法？我们又不是叫人唬着长大的。有啥话，总得好好说。"孟八爷的语气缓和了许多，"你说咋办？"

“咋办？你说咋办？”老头直梗梗冒出一句，“人家一个黄花闺女，咋活人？”

孟八爷长吁一口气，不再说话，反倒捞过狐皮填干沙。他的动作很慢，一下一下的，透出几许逍遥。许久，连灵官都觉得沉默的时间太长了，才听得孟八爷慢溜溜说：“法儿嘛，也不是没有。咋说呢？咋说也得等人家回来。若真是那畜生不学好，赔，我认了。不过现钱没有，只有狐子皮。一张最少值二三百，要几张，你张嘴。然后，你走你的，他走他的，谁也不欠谁的。”

“不要！”姑娘叫一声。老头狠狠瞪她一眼：“夹住你的嘴。”姑娘抽泣了几声，低声说：“他说好要娶我的。”

孟八爷笑了：“另一个法儿嘛，丫头已经说了。嫁给我孙子——嘿嘿，话说到这个份上，我也就实话实说，那是我孙子——那娃子也不坏，配丫头还行。岁数嘛，也差不离。这娃子贪玩。别的，像他这么大的，都抱上娃儿了。可他，一说，总是抡头甩耳的，也没拴下个母的。这次，正好也是他娃子的造化。再说我们那地方好，银武威呀，不比山里差。认个亲戚算了。彩礼，只多不少。”

老汉牙疼似的抽了一阵气，没吭气。

花球很晚才摸回窝铺。老远，他就听到猜拳声。

第 六 章

1

灵官从沙窝回来的次日，村里出了一件大事：打了半截的井塌了。“塌了不消说，还把钻井队的钻头也埋了……白花了两三万哪。天的爷爷，瘸腿上拿的棍敲。老天也不长个眼。”憨头说。

他这样解释井塌的原因：“你说那个大头，当队长定制度的，是你。犯制度的，也是你。别人能管住自家女人，为啥你管不住那个猪头妈妈？听说身上还来红呢。你说倒霉不倒霉？两三万呐。你说，这大头烧山芋。”

“上井的究竟是大头妈还是大头女人？”灵官听了半天，也没听出个眉目。

“当然是女人。”

“赔。这可是说好的。”老顺硬梗梗说。

“赔？”憨头说，“大头连毛也撕不上一盘子。女人卖了，也赔不起……你说，驴不吃草，算个啥？你咋呼啥哩？找啥大头？我一见她扇个膀子吱吱哇哇跑上井，就想不好。明摆着最忌女人上井，可她偏偏……这是晌午的事。后晌，果然，轰隆一声，全完了。”

“你看见了，咋不挡？”老顺说。

“挡了。刚一到她跟前，她就一把推到我这儿……”憨头指指右肋，“疼呀，差点闭过气去……人家早猫颠狗蹿上了井。”

“还疼吗，那地方？”灵官妈慌张地问。

“哪有那么便利，除了神仙的药。”憨头说，“吃了几丸，好多了。不尖噪噪地疼，是厚楚楚，温楚楚的。好受多了。不要紧……也怪毛旦那个臭嘴，一见大头女人上井，就乱喊：‘哎呀，女人上井了。井要塌了……，瘸五爷抡起巴掌就给他一个耳光，又闭了眼祷告……可没治，井还是塌了。”

“接口气。”老顺说，“这事全靠接口气。这毛旦，要是不胡说，也许没事。一说，完了。那年三队徐四盖房子，就这样。有个老汉说：哟，你盖这么多房子，谁住哩？当时人就觉得不吉利，骂他挡嘴噎舌。嘿，几年后，人死光了。房子真没人住了。这种事，嘿，话吉利，就吉利。话不吉利，就不吉利。全靠接那口气。”

“瘸五爷也这样说。可毛旦先是死不认账，说自己没说井塌了的话，后来赖不过了，就说：‘这婆娘不上井，我念叨了多少井塌的话，为啥没塌？这婆娘一上井，为啥就塌了？你们都是驴，单朝软处戳。’白狗爹就捞过铁锨，说：‘你驴日的还成下功了，是不是？你驴日的还一天价念叨着叫井塌，是不是？’就一锨拍了毛旦个狗吃屎。”

“真是的。”灵官说，“这关毛旦啥事？他又不是神仙，说啥就应啥。不就是他穷些吗，专找软的欺。”

“打井队也说与女人无干，与毛旦也无干，是地太酥。可谁听？反正……明年……唉，又……又得出票子。”

“队长咋说？”老顺问。

“他？说啥呀？忙颠颠拉上自家的驴去兽防所了。这会儿，怕还没回来呢。”

“赔！叫他赔。自己定的制度，还有啥话说？”老顺说。

灵官妈说：“当面说去呀。背后充啥好汉？只怕见了大头，就倒缩回来了。”

“这有啥不敢的，他还能吃了老子？”

“去呀。”

“老子也就是大人不见小人过。算了。再说，又不是老子一家子的井，塌就塌了。别人出多少，我也能出多少……我惹人干啥？”说着，他掏出烟袋唏唏哩哩抽起来。

“看。”灵官妈说，“背后咋呼，不顶用。没胆子，就别逞那个头。”

灵官笑了：“凉州人都这样。都是背后的英雄，都不敢出头。怪不得养贪官。”

“咋？”老顺说，“你们的意思是叫我管？嘿，我不敢？大不了挨枪子儿。就怕你们娘儿们拧歪鼻子。”

“哟。”灵官妈耸耸鼻头，“你还以为你是个啥活宝呀？没你，照样活。怕还活得更滋润些。你以为离了狗屎不种辣子呀？”

“你个老妖……好，好，这回我逞这个头。我不信，大头烧山芋能把我吃上？头掉了，不过碗大个疤。”老顺捋捋袖子。

“给个鸡毛，就想上天呀？瞧，瞧，也不撒泡尿照照。你咋抖毛，也是个次货鸡。算了吧，谁不知你肚子里有几两酥油？还是抱上你的羊蹄甲儿抽去。在我们娘儿们面前咋呼还有人听哩。想找大头的碴儿？羞你的先人去吧。怕还没出门，尿就到裤裆里了。”灵官妈酸声酸气地说。

莹儿噗嗤一声笑出声来。灵官、猛子、憨头都笑了。

“你个老妖。”老顺涨红了脸，“你以为我不敢？”说完，一阵风出了门。“孙大头，我操你先人——，你给老子赔——”

灵官妈白了脸，推了猛子一把：“快，快，他当真了。去，去拉住，别去惹事。”

猛子笑道：“你就叫他耍一回威风嘛。”

“乖乖。”灵官妈叫道，“惹那个事干啥？惹那个人干啥？快去。灵官，你快去。”

灵官笑着出门，片刻又进门：“哪里啊。人家早躺在北书房炕上啦。你以为他真找大头呀？”

屋里人大笑。

2

吃过晚饭，灵官猛子到了井上。井上灯火通明。村里人都挤到井上，黑压压的，悼念这个葬埋了全村人血汗钱和欢乐梦的黑窟窿。孙大头蹲在井台上，垂着头，一副任人宰割的沮丧相。孟八爷则轰着娃儿们："滚！滚！这有啥好看的？掉下去，连钻头一起成个泥鬼。"因为井已塌了，就取消了禁忌。女人们都到了井上，围成一团叽咕，时不时指戳一下垂头丧气的孙大头，用眼色和低语发泄自己的不满和愤怒。一提起明年或后年又要出很多钱打井，便引出一阵长吁短叹。

男人们大多沉默，形态各异，蹲的蹲，站的站。时不时，走到井架旁望一眼，唉一声。

瘸五爷的脸色更阴沉。五子每次进城看病都要粜粮。按他的说法，那几颗猴食粜得差不多了。一想到明后年要出一笔钱，心当然要捏成个醋蛋儿。"你说，还让不让人活？你说，还让不让人活？……这老天，还长不长……眼睛？"他这样自言自语着，困兽般走来走去。

"这号事，多。"打井队的师傅说，"弄不好就塌。打这号井，我们也亏本。几千块钱的钻头，轰的一下，就完了。"

"你们是公家！"瘸五爷突然吼一声，但仿佛倒把自己吓了一跳，便赶紧垂下脑袋，哀告似的说："可我们，没治。蝎虎子挨鞭子，得死挨。挨不住，也得挨……没治的……"他的声音渐渐小了。

"有啥呢？塌了，再打，不就得了。"女人堆里发出一个声音。

"谁说的？"瘸五爷被激怒似的抬起头，一副行衅的架势。

"我。说得不对吗？"双福媳妇说，"塌了。不打总不成，骂又骂不出井来。"语气显得很平静。

"当然。你当然。"瘸五爷蔫了，重又低下头，"你是财神爷的卵子儿，福蛋蛋。可……老……我们……得扎住喉咙……"

“没啥。五子有病，我知道的。愁啥呢？你的，我出。成不？打井收多少，我出多少。行不？”她的语气依然那么平静。

“这可是你说的，红口白牙。”瘸五爷抬起头，“大头，听见没？这可是她说的。”

“当然呀。”女人说，“这么多人听着，我还能骗你？不就几十块钱吗？”

“啥几十？三口人哩，今年二百哩。”

女人笑了：“多少也成。五子有病，我知道……你也别多心，我可是真心。”

瘸五爷睁大眼睛望着女人，呆了似的。许久，忽然抱头，绽出哭声：“呜……我没用……呜呜……丢人现眼的……不要……说啥也不要。”

女人笑盈盈说：“我说了，要给的。不要也给。”说完，出了人群，径自走了。

“瞧她，神气的。”凤香说。

“人家，当然啦。财大气粗。拔根汗毛，比我们腰粗。”

“粗有啥用？还不是活守寡。”

“就是。我们再穷，男人可是我们的……嘻……听说……双福一天换一个。”

“就是，就是。其实她也怪可怜的。”

瘸五爷哭了几声，把肚里的怨气泄一阵，就不哭了。他有些后悔自己听到女人替自己交钱时的失态。“丢人不如喝凉水。”他怨自己，但想到下次的打井费终于有了着落，心里还是轻松了。“没啥。活到这个份儿上，还谈啥脸皮？”他想。

“哎哟。”北柱怪声怪气叫了一声。被派出所关了几天罚了几千，他仿佛驴打个滚。“我们咋办呢？罚的罚，抢的抢，老子穷得夹不住屁。算了，不打了。这井不打了。活一天两半日子。”

“就是。凑合算了。再打，谁知道会不会再塌？”毛旦说。

“放屁。”孟八爷吼道，“你个驴撵的。再放咒，老子不把你丢进这个泥窟窿不算人。”他指着北柱：“你以为打井是捅你女人的窟窿呀，那么容易。不打？成哩，你北柱子不打成哩。你不要浇水。天若不下雨，你能把你那几个妈妈的尻子缝住，喝风去。”

北柱伸伸舌头，不敢再说。

“是福不是祸，是祸躲不过。”孟八爷环视人群，质问似的说，“破点财，消消灾，有啥不好？塌的已经塌了。总不能一个个栽这黑窟窿里吧？不管咋说，总得活。老天叫你活，你得活。不叫你活，你也得活。没法子。塌了，再打嘛，怕啥？不就再扎一回喉咙嘛？扎就扎。吃细粮的加些粗粮，吃粗粮的掺点麸皮。少吃些稠的，多喝点清的。怕啥？六〇年吃个啥？人不如个苍蝇。大沙河里死人一层摞一层。不也过来了？怕啥？”

瘸五爷接口道：“就是。滚里爬里也得活。该着咋样就咋样……可……可……不管咋说，钱是个硬头货。”

“对呀，钱是硬头货。”毛旦嬉笑道，“人家打井队又不要阴国票子。要的话，也得买上张白纸才能印吧？老子……我连买白纸的钱也没有……真穷成白虎星了，连个毛渣渣也刮不下来。”

“谁信呢？”北柱说，“你一人吃饭，灶神爷也饱了。又没个拖累。再说，挖个棺材坑啦，烧个死娃娃了，哪回没个十几块？”

“不假。是不假。”毛旦道，“可一年半载死不上个人。想挖个坑，想烧个死娃子，也没人请。我倒是天天盼村里死人，好叫我有个来钱路数呢。”

“呸！”“呸，还是盼你自己死吧。”“怪不得没个母的给当婆姨，你这么缺德，谁给。”女人们嚷嚷着，朝毛旦吐唾沫。

毛旦越发得意，牙缝里咝咝地抽着气，笑出一种怪声：“咋啦？咋啦？我也倒盼我死呢。死了，变个鬼，咝溜——从门缝里钻进去，嗖——地上了你们的炕。嘿嘿，那时，可由不得你们了。”

“呸！”“呸——”“呸。”女人们越加起劲地吐唾沫。

“活着啥意思？”毛旦接着说，“吃？吃不上个肚儿圆。穿？穿不上个眉眼。啥意思？还叫人今日揪几个，明日掐几个。反正老子不打井了，谁打谁打去。老子地也不种了，划不来。收上三个，叫人卡掉五个。到凉州城里要饭，也比守在这里叫人在鏊子里烤强。”毛旦越说越来气，竟声嘶力竭了。

“划不来，划不来。”瘸五爷说，“真划不来。老子也不种了……可不种又有个啥法儿？”

北柱笑道：“哟，谁都想成精哩。癞蛤蟆咋叫，也还是个癞蛤蟆。不信还能叫成个雷神爷？白叫。不如捂住尻子蒙住嘴，一锤捣个肚儿里疼。死挨吧。不死挨你还成精哩。”

毛旦说：“北柱你咋呼啥哩？你癞蛤蟆接了雷的气，好像比我们能行？”

“我能行啥呀？你们是地狱十八层，我是十九层。”北柱笑道，“我还动不动叫人家罚个驴死鞍子烂的。怕啥？我不是还喊乱弹唱秦腔么？老鸹死了嘴还硬。只要有嘴，我还要唱。叫啥苦？白叫！你以为你告个艰难，谁就给你几个呀？没门。有本事了，你叼几个抢几个。没本事了，你唱几声骂几句。就这样，活人嘛——活人，活人，活着就好。”

“说这些没意思。白白生气，气死白气死。算了，回吧。”忽然，孙大头冒了一句。猛一听队长的话，许多人还真产生“算了”、“回去”的念头。但很快，一些人醒悟过来：他们到井上来是因为井塌了。而井塌的原因——按孙大头当初的声明：“谁的妈妈到井上来，出了事谁负责”——是他的女人到井上来了。话题和人们的注意力不知不觉间偏出老远。想来孙大头已忘了这个茬儿。

毛旦说：“哟，你还成了功似的，教训起我们了。”

“就是。这孙蛋。”有人骂道。

孙大头醒悟了似的又垂下头去，从“队长”身份退到了井台的被告席上。不过，很快，他又抬起头来，大声说：“毛旦，你个驴撵的，老子咋了？啊？老子连话也说不成了？啊？你个驴撵的涝坝大了鳖也大了？啊？是老子捣塌的吗？啊？老子天天喊干嗓子没功劳也有苦劳吧？啊？老子是叫你们头上拾棱儿的吗？啊？你们以为老子是土牛木马谁想骑就骑吗？啊？”

开始，人们还很有兴趣地听孙大头训斥毛旦。可听到后来，那个“你”竟然变成了“你们”，就觉出了大头话里的骂人成分。一些人互相望一望，便慢慢散去了。

队长毕竟是队长。他拿平日最没有威信任谁都可以打骂的毛旦开刀，渐渐指桑骂槐，竟将自己的尴尬消解了。自始至终，他没有认一句错，反倒抖出了队长的威风。灵官笑了。

“大头。”孟八爷发话了，“谁们欺负你了？谁们在你头上拾棱儿了？骂谁就骂谁，舌头上少带钩。”

大头笑了 :“谁说你呢。我骂毛旦。”

“我们的肩膀上扛的又不是谷糠盆子。”孟八爷气狠狠道。

“这便是结局了。”灵官对打井师傅笑道，“都想兴师问罪，倒叫大头指桑骂槐给了个狗血淋头，只好灰溜溜走了。”

打井师傅笑着摇头 :“有意思，真有意思。”

3

次日早晨，打井队撤走了，拉走了机器。井上一片狼藉。孙大头自昨夜将毛旦训斥一顿后，又恢复了队长的威风，遂将全队男劳力召到井房里，用打井队吃剩的酒肉打了一次平伙。这一来，越加将男人们的嘴捏住了，都不再提他女人上井之事。唯独毛旦不依。原因很简单 :大头喊人时把毛旦“忘”了。等懒虫毛旦睡过了头起床时，男人们肚里的酒肉都快变成粪便了。于是，他不饶不依，追到井上。那架势，简直要和大头拼命 :

“大头——，你个驴撵的。收钱时有老子，吃时就没老子了？今日你说不出个因儿，老子跟你没个完。”

孙大头作恍然大悟状 :“哎呀，你才来呀？我还以为你早来了呢……毛旦……这可怪不得我，我可都叫了，挨门挨户叫了。谁不来是谁的事。我又不能把人从家里抬来。对不对？他又不是我爷爷。对不对？就算是我爷爷我不抬他也没治。对不对？”

“放屁！”毛旦唾沫乱迸。不知是睡过了头还是气极所致，他的眼球充血。谁也没想到平时嬉皮笑脸任打任骂的毛旦发起火竟也有这等威风。于是，喝得晕晕乎乎的男人们都惊奇地围了上来，带着幸灾乐祸的神态观这场“龙虎斗”。

“你啥时喊我来？啊？”毛旦疯狗似的叫，“我知道你狗肚子里的酥油。你五脏六腑就不干净。你个嫌贫爱富的骚孔雀。你以为老子穷？告诉你个牲口，穷是老子的合该穷。老子问你要吃了？老子问你要穿了？啊？你凭啥鸡儿鸽，看人这么皮薄？”孙大头看出毛旦真恼了。他没想到这个软不溜秋的东西硬起来竟也这般“欢势”，心里有点怵。他不是怕打架。凭他的身架，两个毛旦也不是对手。他是怕叫这个赖皮缠上。他知道毛旦在要赖方面是绝对的好手，他会躺在大书房炕上，铺上被儿，大哭二喊，甚至拉屎拉尿。你打又打不得，一打，他更要拼命，或是上吊啦，碰墙啦，喝药啦，跳井啦，难缠得很，便索性不理他，只吩咐保管去将打井剩下的棕皮按户分成若干份，顺便叫男人们带回家去。

毛旦见孙大头不理他，胆子愈加大了。说心里话，他还是怕大头那钵碗似的拳头，叫那家伙擂一下，只怕连苦水都能吐出来。他只是在没有吃上一顿而气急败坏的驱使下才一反常态的。此刻一经发泄，气小多了。而且，他知道自己兴师问罪的理由不充分。按村里人的说法，这是“一嘴不到，气得胡跳”，便索性避了吃喝，只将矛头往大头的品行上戳。戳了几下，他知道戳对了地方，便越加气势汹汹。

“你以为老子稀罕那点人吃剩的下巴水子？呸！老子不稀罕。老子咽不下这口气。老子看不惯你这种嫌贫爱富的骚孔雀。你以为你是个啥东西？哟，涝坝大了，鳖也大了？饿老鹰上了葡萄架，你鬅毛郎当格势大。一个队长，毛上个虮子。你以为你是个啥？还当是林子里的老虎？欺人哩？吃人哩？要是你当个乡长，还要搬老子的肋巴？啊？”

孙大头不理不睬，见保管已把棕皮分好，就对男人们说：“一家拿一份。不准多拿。”

毛旦扑了过去，将那一束束棕皮揽到怀里：“这是老子的，老子的。老子也是花了钱的。吃的挨不着，老子拿这个顶。日他妈，老子活腻了。谁挡老子跟谁拼。老子老羊皮换他张羔子皮。”

憨头劝道："毛旦，那个你没用。我给你个兔子，成不？"

"不要，老子不稀罕。老子就要这个。没用？老子烤火。"说着，掏出火柴，嚓的一声，点燃棕皮，并望了孙大头一眼。

孙大头敏锐地从毛旦那一眼中捕捉到他的心虚。他知道毛旦气头已过。现在仅仅是装腔作势而已，遂大吼一声，猛扑过去，按倒毛旦，用拳头在毛旦大腿上擂了起来。毛旦杀猪样叫。

"日你妈，在老子头上拾棱儿，老子服个软，由你撒野。可你还上人的头哩。给点颜色你往大红里染哩。这是谁的？是大伙儿的。你凭啥烧？你欺老子，老子让你。你欺负众人，老子就斗斗你个赖皮。你活腻了，老子也活腻了。老子也羔子皮换个老羊皮。"孙大头边骂边在毛旦大腿上猛擂。

"哎哟……你个大头，哎——哟——你真打呀——腿——哎哟，折——了，老——子开个玩笑，你——哎——哟——真打呀。"毛旦惨叫一阵，又开始告饶，"饶了我——哎哟——行不行——算老子错了——哎哟——行不行——"

孙大头又在他屁股上狠揍几拳，才放开手。

"不是老子怕你污了我的手，真想放你的气。驴撵的。不过一碗烩菜嘛，叫你骂成个啥了。啊？老子忍啊，让啊，你还上老子的头哩？狗日的！"

毛旦爬起来，哎哟着揉大腿，说："你……大头……好……嫌贫爱富……还打人。"

"再说！你再说！"孙大头吼一声。

毛旦马上缩回脖子，蹦跳着后退几步。然后，一瘸一拐而去，离开井架二十多米，回头骂："孙大头，我日你妈！"

孙大头前走一步。毛旦猴似的跳着逃了。男人们大笑。

第 七 章

1

戴副金丝眼镜的双福一跳进院子就觉出一种异样的味道。

打发司机回去后，他看了看表：两点。他很满意这个时间。选择了这样一个时辰进村，有他特别的用意。

他听到一阵鼾声。

是那种闷雷一样滚动的鼾声。间或，还夹带几声小公鸡叫鸣似的哨音：呼噜噜——咝——呼噜噜——咝——尽管有心理准备，他的脑袋还是一下子大了。他知道妻子没有这种鼾声。

他低哮一声，一脚踏开门，拉亮电灯。

女人一骨碌爬起来。双福马上看到他熟悉的那个女人旁还躺着一个人。闷雷似的鼾声没有断。

天啊。女人低叫一声，直了眼，定格似的凝在那里。许久，才狠狠蹬那人一脚，蹬断鼾声。

“你个婊子。”双福扑上前，揪住女人头发，狠狠扇她的脸。

女人滚下炕,就势抱住双福的腿，促声道:“你快跑！快跑！”

猛子跃起身，跑了两步。他那赤条条的身子刺着双福的眼。他感到一阵恶心。“畜生。”他骂道。他甚至没辨认出对方是谁。他气晕了。脑子里嗡嗡响。

「跑！快跑！」女人喊道
「猛子…是你…」双福挣扎着扑过来

猛子跳到门口，却驻足了。他缓缓回过头来，一脸尴尬相，但他打消了跑的念头。“好汉做事好汉当。”他想。他觉得他逃跑叫女人受罪，真成畜生了。

“猛子……是你……我操……”双福挣扎着扑过来，却一下子摔倒了。

女人死死抱住双福的左腿，尖声叫：“你走呀……死鬼……你等啥……快。”

“我不走。”猛子说，“反正老子做了，任杀任剐，由你。”

“日你妈。”双福挣扎着，在猛子脸上扇了一下。

“不怪他。”女人哭道，“不怪他，是我不好。是杀是剐，由你。”

双福咬着牙，牙缝里挤出声音：“你个骚货，还知道疼贼汉子。婊子！骚货！”边骂边左手揪了女人头发，右手用力朝那变得铁青的扭曲着的脸上扇。

猛子说：“你打就打我。不关她事。”

双福冷笑几声：“放心，老子不会便宜你。”他一边猛拽女人头发，一边用力挣开女人的纠缠，捡起炕沿上的一个杯子，砸过去。

哗——，高低柜上的电视机屏幕开了个洞。

猛子的头皮顿时麻了。听女人说那机子五千元呢。一怔间，双福已扑了过来。猛子觉得双福的攻击像狂风暴雨一样。奇怪的是，他没有觉出多少疼。“由他了。”他想。便索性抱了脑袋，屏息，下蹲，护住裆部。他听到了女人变了味的尖声哭叫。

不知过了多久，狂风暴雨忽然息了。猛子抬起头。女人已拽开了双福。那副金丝眼镜不知跑哪儿去了。双福扭曲着脸，不像双福了。

“跑！你快跑。”女人喊道。

猛子站起身，觉得电灯光亮太耀眼，连脑袋都给刺疼了。依旧不知所措，但他开始感觉到裸体的不雅，便走过去，取过自己的衣裤。正欲穿，大腿上一阵剧痛。他身不由已地倒在炕沿上。他辨出那是双福用皮鞋踢的。

“猛子，你等啥？想出人命哩？”女人哭叫着，死死拽着双福胳膊。

双福像拖着铁链子的狗那样一扑一张，咆哮着，却时时给女人拽得东倒西歪，因而愈加气急败坏。

猛子抱了衣裤，走了出去。老远，还听见噼噼啪啪的声音。

就着上弦月微弱的光，猛子开始穿衣服。他发现裤头不见了。这时，他感到夜气凉水似的涌动而来，才仿佛从梦中醒了，才觉得自己干了件丢人事。“完了，完了。人一知道，没脸活了。”他懊恼地晃着脑袋。

“死了算了。”一个念头，忽然冒了上来。他吓了一跳，却又感到解脱似的轻松。“死，对。去死。没啥，一咬牙，啥事都解决了。”

他走向西滩上那口井。

月牙儿在天上孤零零悬着。四野黑黝黝的，静出一种死寂。走了一阵，血液拍向大脑的幅度渐渐慢了。猛子停下脚步。“凭啥？凭啥死？”他晃晃脑袋，“你驴撵的发了横财，在城里泡女人。老子给你女人解几次闷，就死？呸！”猛子觉得自己有点小题大做了。“你个贼砍头的，把人家扔家里，管也不管，叫人家活守寡。人家也是个人哩，又不是土牛木马。……哼，都旱成戈壁滩了，老子替你浇几次水，凭啥死？我偏不死。怕啥？头掉不过碗大个疤。”他开始自言自语了。

前行难，回头也难。一往回走，猛子又感到摆在他面前的是无法忍受的羞耻。他最怕妈知道。一想到妈知道他竟然干出这种丑事，他就无地自容。虽说妈不会打他，不会像爹那样暴跳如雷——他肯定会暴跳如雷的——但他宁愿挨爹的一顿棒子，也不愿叫妈知道。他也说不清这是一种什么感情。一想到妈，那个死的念头又冒了上来，不过没有方才那样强烈，还没到迷住心窍的地步。

“双福会不会告诉别人？……但愿他不会……可能不会……肯定不会……他是个面子上走的人。老婆偷人，丢人哩……不会告诉人的……”这样一想，猛子眼前露出一丝亮光，心里也轻松多了。

这时，他才又想到女人：她可受苦了。双福肯定饶不了她，咋办？回去？他摇摇头。“对，叫人，叫个人拦挡一下……他会打死她的……肯定会的。”他仿佛看到了正在地上滚动的女人。双福用他那穿皮鞋的脚狠命踢她，一下一下踢，她一下一下叫。地上都是血……血，哎呀……会打死她吗？也许不会……可说不准的……难说……一脚踢到致命处，就完了，完了……猛子打个冷战。

他跑到孟八爷门口，使劲擂门。他听到孟八爷迷迷糊糊的应和声，就喊："孟八爷，双福杀他女人哩。快去救呀。"他听到孟八爷发问了："双福来了吗？为啥？""鬼才知道。"猛子咕哝一声。他又去擂瘸五爷的门，重复了一遍方才的话。

一会儿，猛子听到孟八爷的清痰声和踢踢踧踧的脚步声趋向双福家，才放下了提悬了的心。

2

猛子不敢回家，溜进毛旦那儿。毛旦睡成个死猪样。猛子推了几把，推不醒，就索性钻进那堆棉絮已变成疙瘩的被子中。刺鼻的怪味扑面而来，但他顾不了许多。

闭了眼，回味那场面，他感到有些后怕。很难想象他要是不跑出来的话会有啥结局。挨打是免不了的。当然，逼急了，他也会出手。他知道双福根本不是他对手。可一还手，又会出现啥结局呢？他肯定饶不了我。饶不了又该咋样？他能把我咋样？想来想去他也不能把他咋样，便好笑自己的慌张了。打又打不过我。只有告了，告啥？告我睡了他女人？这也不是啥大罪呀。那婆娘总不会听男人的话，反咬一口，说成强奸吧？

一想到强奸，猛子有些慌了。他记起了第一回那女人似乎不那么顺溜，确实挣扎过，确实说过自己不愿意的话。他不知道那算不算强奸。如果那算是强奸的话——他差点认为那次"奸"真是他"强"的了——那他就完了。坐牢是肯定的。要是双福花点钱活动活动，弄不好他还要吃个铁大豆哩。一与死相比，猛子又觉得这事儿太有些不划算了。划不来，太划不来。猛子很后悔。

那婆娘会不会反咬他一口呢？难说，猛子觉得难说。女人，说不准的。要是双福以离婚相要挟叫她告的话，难说。双福可是个财神爷的卵子儿，福蛋蛋。跟上他，吃香的，喝辣的，要多风光，有多风光。他是啥？穷咣当，咣当穷。女人能为他撇了一切？笑话。猛子感到心里寒森森了。

猛子又想到了女人拽了双福胳膊叫他跑的事，心里有温水似的东西荡了一下。那时，她可是不顾死活的。想来她爱我？猛子差点肯定她爱他了。不然，咋那样不顾死活缠住双福叫他脱身？他想，也许她不会听双福的话把他往阴司里告。她那么厉害。他笑了。不亲眼见，真不敢想象呢。平素里悄声没气的她那样厉害。女人柔起来是水，烈起来是火。他想到了双福破门前几个小时的那场销魂的嬉戏。她的叫声真浪，把他的心都荡化了。谁能想到关键时刻她那样烈性。成了空心萝卜的双福被她降了个“硬”，一拽——咣，东倒过来，西倒过去。想到那个场面，猛子笑了，心里轻松了许多。

她咋那样不顾命地叫我跑呢？猛子想：是怕我挨打，还是怕别的？她一定是怕闹出大事不好收场，一定是的。她幸好提醒了，不然，他还在那儿呢。这样，结局就难说了。但有一点是肯定的，他不会老叫那混蛋在自己身上乒乓乓乓。凭啥？逼急了，他会还一个肚儿里发热。猛子想到了白狗教他的那个胃锤。咚，双福一定会抱着肚子弓下腰，成个虾米。哪像他，苍蝇弹弦子，蹦蹦上半天，搔痒似的，只有那一脚还像回事。想着想着，猛子的周身充满了力量，有些后悔自己那样狼狈地逃。那像啥呀？光个身子，像条被砸断脊梁骨的癞皮狗。

真没用。他在自己的头上砸了一拳。

猛子这才想到自己逃得不太光彩，不该把一切留给女人承担。双福会把啥都发泄到女人身上的。他会把她揍成一摊泥。弄不好，不小心，咣——把脑袋踢成个血葫芦……那可就……幸好他叫了孟八爷和瘸五爷……此刻，不知成啥样儿呢。

猛子推了毛旦几下，始终推不断毛旦的呼噜，就撩开被子，掏出火柴，点火烧毛旦的脚趾。一根火柴快烧完时，毛旦才哎哟一声，迷迷糊糊咕哝一句：“干啥？”猛子说：“杀人了，杀人了。”“谁杀人了？”毛旦一骨碌爬起身。“双福杀女人。”“双福包工呢。”“来了。”“真的？”“嘿，把女人脱个精光，正拿刀比划呢。”

“真的？”毛旦一下子跳起来，穿了衣服。

“你去看一下，马上回来，成不？一块钱。我给你一块。马上回来。”

“成哩。”毛旦幽灵似的消失了。

猛子这才感到心里实落了些，但那个他最担心的问题又浮上心头。“双福会不会告诉别人？”这是个最叫他苦恼的问题。一想爹妈会知道此事，胸腔里就灌满了痰。无论如何，不能叫他告诉别人，哪怕……忽然，他脑中一片空白。愣了半晌，终于捉住了空白之后的一根游丝。这使他舌头发麻，冷汗直冒。

——他自己已把一切捅出去了。

他只顾了女人安全，倒把“保密”二字扔到了阴山背后。孟八爷，瘸五爷，毛旦，这时至少已有三个人知道了此事——双福肯定会解释他为啥打女人。孟八爷的嘴牢实。瘸五爷说不准，不喝醉也能守口如瓶。可毛旦——毛旦是个闻屁一溜风的人，肚里存不住隔夜话……他会像辕里的老牛撒尿一样，把消息从村东撒到村西。而且，他也不是有意坏人的名声。猛子知道他的天性。他可以在一分钟前拍胸脯发毒誓，但过不了十秒就把誓言忘个一干二净而真诚地拉开嘴的闸门。

猛子懊恼地用拳头打自己的脑袋。

但猛子毕竟是猛子。懊恼归懊恼，在既成的事实面前，他还是有法子说服自己。灵丹妙药还是那句话：“屎，掉头不过碗大个疤。”就是，除死无大事。还怕啥？老子豁出去了。于是，豁出去的猛子一阵轻松。睡意乘机袭来。他便迷糊过去。

啥梦也没有。

3

猛子被毛旦照例用火柴烧醒时，天已大亮。他不明白自己为啥睡在这个猪窝似的地方，茫然地注视着嬉皮笑脸的毛旦。

“你倒好，你倒好。睡了人家老婆，还有心睡大头觉……嘿，闹翻天了，闹翻天了。”毛旦嚷道。

猛子这才记起昨晚的事，心上顿时罩了层黑油布。他啥话也没说，“唉”一声，蹲在炕沿上。

“你爹磕头哩。双福要离女人哩。你还睡大头觉哩。”

猛子心里咯噔一下：“爹咋知道的？”

“嘿，咋不知道？闹翻天了。谁不知道呀？人家嚷嚷着要杀你哩……我悄悄给孟八爷说了，你在我这里。他叫你快跑，跑远，躲几天。闹出人命，可不是玩的……啧……那孙蛋也真能行。那女人身子那个白法，他咋下得了手？青一道，紫一道的，用皮带……不要了，双福说这烂货说啥也不要了……嘿，女人的嘴还挺硬的，‘你有啥话明说，嫌老娘明说，用这种缺德的法儿干啥？谁不知道你和那个小妖精明铺暗盖的。’”毛旦拿腔拿调地学一阵女人，又嬉笑了：“嘿，老娘啥呀？一点也不老，那个白法，想想，心里都晃势。”

“还没穿衣服？”

“这会儿穿啦。孟八爷说不管咋说先叫穿上衣服。骂了半天，才叫穿了。嘿，实话说，我还没见过那么白的女人呢。啧，啧，你说这孙蛋，咋下得了手？”

“爹真磕头啦？”

“磕啦。一边磕，一边骂：‘养下这个丢脸的爹爹，羞死先人了，还有个啥活头？’就乒乒乓乓在砖头地上磕，几下头上就一个紫疙瘩。八爷和瘸五爷好容易才拉住了他。八爷说了啥，我记不太清，好像是说啥大丈夫保不了妻贤子孝，还说了好多。你爹就呜呜呜哭，声音很大，牛吼一样。”

“见妈来没？”

“没。听说在屋里嚎天抹泪的。”

猛子叹口气，用拳头一下下砸前额，砸了十多下，下了炕，蹬上鞋子，说：“汉子做事汉子当。杀头也罢，挨枪也罢，老子一人承当，咋把爹妈也牵扯了……老子偏要看看，他能把老子的把搬掉？皮捋掉？头掉了不过碗大个疤。”说完，一跺脚，就往外走。

毛旦捞住他：“你真去呀？你个草包，出人命哩。人家正在气头上，你又搅和啥哩？”

猛子说：“你放开。老子豁出去了。杀头是老子一个人的事，别叫娘老子跟上受气。”说完，一甩胳膊，把毛旦甩倒在炕沿上，噔噔噔径自走了。

“这下，有好戏看了。”毛旦爬起身，关了门，尾随而去。

猛子仗着胸中一股牛气，目不斜视地走向双福家。途中有知情者，挤眉弄眼，嘀咕几句，也尾随而去。加上跟在后面的毛旦时不时惊乍乍叫一声：“哎哟，这下可有大戏看了。”尾随者越来越多，竟成个看大戏的阵候了。

双福一见猛子，倒意外地怔住了，看着他疯牛劲儿，竟不知如何应付。屋里劝架的也怔住了。老顺眼里冒火，鼻孔喷气，嘴唇抖动着，却说不出一句话。女人蜷缩在炕角里，见猛子进来，惊愕地张开了口。猛子却不旁顾，直指着双福吼：“日你妈，老子做事老子当。你牵扯别人干啥？有本事，你杀了老子。”双福这才回过神来，但显然被猛子的气势震住了，愣然地望一眼窗外看热闹的人，才强打精神，扑向猛子。二人扭在一起。

“畜生，畜生。”老顺边骂边跳过去，朝猛子脸上狠狠扇了几下。孟八爷一把撕开老顺，说：“丢开，丢开。谁都丢开。有啥话好好说。”双福趁势放了手。猛子也放了手，却怒视对方。

“丢人啊，畜生。”老顺一下下扇自己的脸，“养下这么个爹爹，先人都羞得往供台下跳哩。你死吧，死去吧。就当老子没有养你这个畜生。”话音里又带了哭声。

猛子脖子一梗：“我的事，我担。与你们无干。”

“啥？无干？你挖了狗屎往老子的脸上抹，还无干？你个吃青草扒驴粪的畜生。”老顺越说越气，捞过炕上的一个鸡毛掸子，扑向猛子。猛子咬了牙，不躲不闪，由他抽几下，才一把夺过，拗成两截。

“羞死先人了。”老顺哭出声来。孟八爷捞过老顺。

猛子气得直跺脚，怒视父亲：“羞啥？啊？！我干我的事，羞先人啥事？

啊？！你打，你打，打死老子有啥用？有本事，你给我娶呀。打老子算啥本事？”

老顺住了哭声，怔了一会，出门，拨开人群，走了，竟似移动的木偶。

“你个浑虫。”孟八爷指着猛子大骂，“吃屎的东西，能说出这种话。”示意一旁无措地搓手的瘸五爷去追老顺。

猛子见自己几句话竟将父亲气成这样，有些后悔，便索性做出天不怕地不怕的样子，怒视双福：“老子已经做了，咋办？你划个道儿。”

双福瞪着猛子，半晌不语。孟八爷把猛子拨到一边。双福出几口横气，恶狠狠瞪几眼女人，面对着孟八爷，回答的却是猛子的发问：“我有啥说的？我还能有啥说的？出了这种事，还说啥？还能说啥？母狗不撒骚，公狗不上跳。反正，这婊子我是不要了。”

女人冷笑道：“你又是个啥货？你脑子里除了挣钱，还装了些啥？我们娘儿们的冷热你管过没？你是人，难道我不是人？为啥你能在大世界里晃荡，我就非要在这个沙旮旯里憋死不可？有啥话你明说，用不着找啥借口。我干是干了，就算丢人也罢，现眼也罢，反正我干了。你给指条路，刀死呢，还是绳死？用不着拐弯抹角的。”

“你个婊子，倒有理了？你咋呼啥哩？你愿咋死，就咋死去。谁也知道，又不是老子逼死的。你想拿死唬我，没门。反正你脸丢尽了，人也活完了。”

“你当然希望我死，好给你腾身子。成哩，你明说。用不着找借口。”

“老子不和你斗嘴。说一千道一万，老子铁心了。”

“好得很。”女人冷笑道，“你以为跟上你享福呀？屁。活寡。你吃香的，你吃去。老娘吃糠咽菜。你坐卧车，你坐去。老娘拉我的架子车。离了狗屎还不种辣子了？”

“好。”双福冷笑道，“想开就好。你说，啥时候办手续？”

“啥时也成！”

“嘿，话不能说绝，双福。”孟八爷说，“事不能做绝。谁没个一差二错？说一千道一万，还是头掺面好吃。啥都是原装的好。别以为烫头发的，穿高跟的，抹红嘴唇的，是爱你。屁打胡子，是爱钱。是看钱的面子，等你没钱了，试试看……”

“八爷，你也用不着劝。”女人说，“人家早就打好主意了。几年了，屋里不绕个影儿，信也不回，还以为他忙成个驴呢，可谁又知道他究竟干了些啥。五黄六月的，我眼窝里淌汗，手心里起皮。你倒好。一样是个人，为啥你能我不能？他想干啥叫他干，省得我们娘儿俩一天提心吊胆的……八爷，你不知道，人家早想甩我们娘儿俩了。迟一天早一天，没啥。”

“你知道就好。”双福冷笑道。

孟八爷说：“谁也别说气话。过头的饭能吃，过头的话不能说。不要动不动离呀离的。有啥话，好好说。心字头上一把刀，谁都忍着点。”

“还说啥？八爷。”双福提高了声音，“都成这个样子了，还叫我说啥？你还叫我在人面子上走不？啊？！动不动叫人指脊梁骨，说他的女人如何如何。我的脸往哪儿放？”

“你自己呢？”女人嘲弄道，“你不能光拿镜子照人呀。也该照照你自己。我有错，你就十全十美了？”

“男人生来是打天下的。知道不？”双福冷笑道。

“天下的理全归你一个人了？是不是？”

“没说的了。一个字，离！”

“离就离！”

孟八爷跺着脚道：“还有没有别的屁放？”

4

老顺猴塑塑蹲在东沙窝里的沙丘上。瘸五爷咋劝也劝不回来。

晌午时分，起风了。沙土啸叫着自天而降。老顺竟凝成个土人儿了。眼珠掉进了眼眶，深枯枯的怪吓人。

风最猛的时候，太阳就瘦，小，惨白，在风中瑟缩。满天黄沙，沙粒都疯了，成一支支箭，射到肌肤上，死疼。空中弥漫着很稠的土，呼吸一阵，肺便如浆了似的难受。

最怕人的是风中的声响，像千百头牛吼，但远比牛吼难听。有人说那是风吹沙驴的声音，或是风过塌陷的沙洼所致，但老人总说是黄龙在叫。沙子和风就是那家伙叫出来的。沙窝于是成一个大风箱了。太阳先前泄在沙上的热气早叫风带走了。而风中的太阳也自顾不暇，像三九天抱着膀子吊着清涕的光棍汉一样，还舍不得把身上的热量施舍给人们呐。不过，风尽管凛冽似箭，但沙湾人不出门它也没治。万一出门呢？好办，前襟相搭，再勒个大系腰，身子就暖和了。脸呢，顾不上了——这年头谁还顾脸呢？

从双福家出来，老顺就似在梦游，神情依旧那么痴呆。瘸五爷怕他想不通寻短见，就不即不离地跟着他。老顺一直飘向沙洼，凝在沙丘上。

“老顺，没啥。大丈夫难保妻贤子孝，没啥。”瘸五爷用瞎仙那里听来的话劝。

老顺不语。

“真没啥。这事儿多着呢。娶不上媳妇的，又不是猛子一个人。”

老顺不语。

“猛子不懂事。气头上说那话，没啥。大人不见小人过。记啥恨？和儿子见过，还不气死？”

老顺仍不语。

瘸五爷没辙了，像个磨道里的驴一样转起了圈子。转一圈，叹一声。许久，掉头，去了老顺家。

灵官和憨头闻讯赶来时，风已起，沙满天。灵官老远就看到沙丘上的黑影儿。他自然知道猛子那句话的分量。瘸五爷一转述，就明白那是把刀子。

一股风沙裹来。灵官低头，沙粒啸叫着打到脸上。脸顿时麻了，烧烘烘的，像刚听到猛子的丑事时一样……那个臊啊，仿佛被当场抓获的是他……但他没怨猛子叫他家蒙羞。他能理解猛子。他只是为他必须应付的那种尴尬难过。但很快他便知道，最尴尬的，其实是父母。

“走吧。爹，风大了。”憨头小心地拽爹的袖子。

灵官见爹的头脸上尽是沙尘。人也瘦瘪了许多，仿佛大风吹干了所有水分，把他吹成了木乃伊。

“走吧，风这么大。有啥，到屋里去。”憨头说。

老顺不语不动，瓷了似的。

“总得说话呀。”憨头说，“蹲在这里，也不是个办法。”

灵官搗了憨头一把，搀住爹左臂。憨头明白灵官用意，搀了爹右臂。二人用力，将爹提起，走下沙丘。老顺也不挣扎，时不时喉间咕噜一声。

走不多远，兄弟俩便累得接不上气了。刚一松劲，老顺便依旧爬上沙丘，在原来的地方，凝成块石头。

“像啥嘛，你说你像啥嘛，风这么大。”憨头急了。他的话一出口就被风沙带走了，有气无力地飘向远处的沙洼。

兄弟俩徒劳地又重复了一遍那过程，累得东倒西歪，直喘粗气。但老顺最终还是坐在原地。变化的是，老顺第二次返回时，憨头拽坏了他的袖子。

“饶了我，行不？”老顺终于说话了，嗓子哑哑的。

“有啥话，到屋里说。”憨头说。

“叫我一个人待待。放心，我不死。罪还没受够呢。死不了。”

灵官望望憨头，苦笑着摇摇头。憨头说：“你看着，我去叫孟八爷来。”灵官说：“拉上车子。”憨头应声去了。

灵官望望苍老了许多的父亲，一阵难过。叹口气，走过去，背风坐下。风沙使劲抽打着脊背，似拍岸的惊涛。

一切，迷蒙于黄尘之中了。

忽听到呜呜的哭声。灵官扭过头。父亲脸上已多了两道泪流。那是浑浊的泪。流过鼻洼，冲下沙尘，流进嘴角。

灵官不去管他，由他哭。他倒是希望他哭，把胸中的郁闷泄去一些。只是这哭声太瘆人，像锯齿在心上划来划去，划出一阵阵酸涩。

一阵风强劲地卷来，卷起黄沙，泼向老顺，把哭声泼息了。灵官索性蹲在父亲身旁，闭了眼。这时，他才有些恨猛子。只有在发现父亲可怜的时候，他才觉出猛子确实不该，尤其不该说那些话。

风小了些。父亲喉间的咕噜，极像受伤的兽类边舔血边发出的那种。他的脸上弥漫着一种暗灰色的死气。这使他显得很苍老，也很可怜——平时凶声凶气骂人的父亲原来也很可怜。灵官眼里倏地蒙了层水汽。

孟八爷、瘸五爷来了。老远，孟八爷就嚷道："你是女人精，是不是？哈，我还不知道你有这么一手，是跟老婆子学的，还是跟儿媳妇学的？走，走，不要叫我绑个死猪娃儿，叫女人们看见裤裆都笑破哩。"

憨头拉着架子车跟在后面，忍不住笑了。

到跟前，孟八爷从车上取下一盘麻绳，作势要捆。老顺站起身，一言不发，下了沙丘。孟八爷说："连个烫面条儿都背不住，算啥带把儿的？真是的。"

老顺木了脸，梦游似的往村里走。衣裤突然显得过分宽大。风一吹，老顺的身子一鼓一荡的，像要被风带了去。

太阳偏西了。

5

晚饭后，家里仍死气沉沉。猛子不知躲到何处去了。老顺和老伴在炕上挺尸，对放在头旁的两碗饭望也不望。憨头蹲在门槛上，手抚右肋，拧个眉头。莹儿出来进去悄声没气，似自己做了啥见不得人的事，见了谁也是脸一红，便低眉顺眼，匆匆而过。瘸五爷进来过几次，除了叹气，便是沉默。

灵官觉得心里憋得慌，就出了家门。路过北柱家，见北柱挤眉弄眼招手，便过去。北柱说："知道不？双福要离婚。嘿，那婆娘也烈得很，一点也不含糊，说离就离，一趟儿去了乡上。可没人，要不，真离了。嘿，你说，这可……听说，双福答应给她二十万。女人不要，说离了他照样活。到城里拣垃圾也成，不要他的臭钱。你说这婆娘，邪了……我估摸，她是想和猛子结婚。"

"人呢？猛子。"灵官问。

"在毛旦那儿。"

灵官便走向毛旦家。老远，就听到毛旦的破锣嗓子 :“怕啥？你说怕啥？尿，放心……”

进了门，猛子果然在，还有白狗、花球等人。毛旦一见灵官，便露出一贯的嬉皮笑脸相，吸一下清鼻涕，说 :“来呀，帮你哥参个谋，也好日后叼个奶头吃。”灵官不理他。

见灵官，猛子露出一丝尴尬，但很快他又为自己显出的尴尬而羞恼。他涨红了脸，气呼呼哼一声，想说句啥但终于没有说。

白狗说 :“怕啥？又不是你叫他离的，他有多好？嘿。”

毛旦嬉笑道 :“就是。怕啥？拔了胡萝卜，有窝窝儿在。有啥呢？可这孙蛋，怕是常在城里逛花了眼……听说那舞厅可逛不得，花球，啥？这个点子那个点子的，老子可记不清。”

花球笑道 :“左手捏的手腕子，右手摸的尻蛋子，胸膛挨的两点子，脚下踩的鼓点子，心里想的鬼点子……”毛旦接口道 :“有了钱嘛，当然要蹬乡里女人了。然后，嘿，啧，搂一个，啧，高跟鞋，烫发头，软乎乎的奶头，白汪汪的脸，红丢丢的嘴。嘿呀，美死个驴撵的。”

白狗笑道 :“眼热了，你也搂去呀。”

“搂？拿啥搂？”毛旦嬉笑道，“要肋巴倒有几根，可人家稀罕不？人家喜欢的是啥？白白净净的脸儿，花花绿绿的票子，或者掌个印把儿呀啥的。老子们，只是尿——还不是个好尿。”

“谁说不好？”白狗笑道，“一个城里女人正和当官的贼男人在外面干好事。嘿，叫一个拾粪的农民碰见了。女人怕他嚷嚷，就叫他也干。嘿，一干，女人就叫唤 :天老爷呀，还是农民好。”

花球一口茶喷了出来。猛子也忍不住笑了，但他望一眼灵官，硬生生收了笑。

毛旦拌拌嘴 :“好又顶啥用？现在女人喜欢钱。谁又在乎软硬呀长短呀，钱多就好。北柱，你有经验，说，是不是这样？”

“屁，我咋知道呀？要想知道，经过一遭。你也去试一试嘛。黑夜到城

孟八爷坐在院里的一段木头上，在夜色里凝成块石头。
那条黑狗蹲在他身旁，也凝成块石头。

里广场门口，见背个包游来游去东瞅西望的，就问卖不卖。试一试嘛。”

“也不一定。”白狗挤眉弄眼道，“女人嘛，缺钱的喜欢钱，不缺钱的还是喜欢真家伙。像双福女人，图个啥？还不是图猛子猛吗？”

毛旦说：“倒也真不知他咋个猛法，也没见识过。”

“见识一下，不就得了。”白狗煽动道。

猛子沉了脸，唬道：“你们是皮胀了，想挨揍？”

毛旦哟了一声，道：“瞧，瞧，礼行都给了你了。你多少次欺负老子，啊？老子说了个啥？老子们逗你一次，你就放恼了。不行，白狗，花球，来，我们也给他上个刑法。”

三人笑着一拥而上，掀倒猛子。灵官怕猛子难堪，出了门。屋里嬉笑声，打骂声响成一团。半晌，忽听毛旦叫道：“哎呀，电把子，怪不得……”“驴的一样……”“怪不得那婆娘……双福的我见过，平滩上一个秃桩桩，蚕儿似的……”

天空里有一牙月亮，外面并不显黑。有了这几个活宝的陪伴嬉闹，灵官便放心回家。走了几步，听到几个女人在路口上叽咕：“你说这骚货真连脸都不顾了。”“就是呀，娃娃都那么大了。”“你说双福差了啥了，钱又那么多……吃不愁穿不愁的，还巴望啥呀？”“福烧着了。”“就是，人嘛。就为那点事，嘿，啧啧……”灵官听出她们在喧双福女人，就绕过路口，他听出其中有一个被称作“公共汽车”的女人，心道：“你也配议论别人？”

忽想到家里的沉闷，便驻了足。才入夜，离上炕还有一段时间，心中又有一种搅得他坐立不安的情绪，便想找个人聊聊。想来想去，想到孟八爷。

6

孟八爷家在村子的最北头，是个没有院墙的明庄子。孟八爷不喜欢拘束，老婆子一过世，他就和花球爹分家另过了。一人吃饱，全家不饿。

孟八爷坐在院里的一段木头上，在夜色里凝成块石头。那条黑狗蹲在他身旁，也凝成块石头。

四周很静。远离了村里的喧闹和挤压，静出一种萧条冷落，也静出一份淡漠超然。一抬眼，便可望见月光下的田野。一切都显得朦胧模糊，又因之透出相应的遥远空旷来。除了隐约可闻的促织的吱吱叫声外，便剩下秋风吹动树叶的哗哗了。

静立片刻，灵官的心仿佛被水洗了似的清凉。许多喧嚣远去了，近的是奇妙的朴素的静穆。他不忍打破这静穆。

孟八爷不声不响往旁边挪挪身子，让出一段木头。灵官坐下，摸摸黑狗的头。黑狗便舔舔他的手。孟八爷自言自语地说："天凉了，一年又过去了。夜里长脖雁叫呢，今年冬天冷得苦。"

灵官没应声。孟八爷梦呓般的声音慢溜溜像喝米汤，一直流到他心里，化了许多疙瘩。他沉浸在这种氛围里，觉得话语是多余的。

孟八爷又说："你看，树叶儿一次次黄了，人一个个死了。细细想来，怪有趣呢……啥都在哗哗地变个不停，啥都是假的……黄胡子是前年的今天死的。那可是个厉害人呀，啥都干了，斗人，打人，坑人，害人，当然也救人。现在，怕是只剩下骨头了吧……还有他的婆姨，那个大脚婆娘，能干得很，啥都难不倒她，也死了，坟也平了……啥都没了。早年，大沙河里树多，水大，野狐子多。现在，嘿，树也没了，狐子跑了，水也剩下饮猫儿的了。过几年，谁知道又是咋样呢……有意思得很。细细想来，真是有意思得很。"

灵官心头涌上一股浓浓的沧桑感，想说啥，又觉得啥也说不出心头的感受，索性闭了口，叹口气。

"天也变了。早些年，雨多，雪也多。铜钱大的雨一下就是好几天，雀儿头大雪能埋了靴子。现在，少了，啥都少了。天旱了。变个啥样儿呢？你说，变来变去，能变成个啥样儿呢？"

"管他呢，变成啥变啥。"灵官说。

"对，管他呢。可看来，有意思得很。几十年了，看得多了，经的也多了，啥事儿也有趣。骗人的叫人骗了，坑人的叫人坑了，斗人的叫人斗了，厉害的也没厉害出个啥名堂，富的也没富出个啥结果。都一样，终究都一样。一个土馒头，把啥账都算了。”

灵官说：“就是。可人都看不透这个。”

“看透了就不疯了。真都疯了，你看，追钱的，追权的，追啥的，都疯了。都是假的。追来追去像狗追了个尿脬，一咬，砰的一声，空欢喜。啥都没有，都是假的。临亡了只是四块棺板……现在好多人连棺板都没有，只有个骨灰盒。你说，一群狗追个吹气的尿脬，可笑不？……还不如尿脬呢。尿脬还有一块臊皮，而人，啥都没有。眼一闭，啥都没有。”

孟八爷用手抚抚黑狗的头。黑狗喉间咕噜几声，仿佛很理解他的话。黑狗已经老了，常见它身上吊着一疙瘩一疙瘩的毛。灵官不知道它的确切岁数。记得小时候，常和这狗玩。那时，它还是年轻雄壮的公狗，常常追逐漂亮的母狗，追上就干那不要脸的事儿。灵官几次看到娃儿们把它和跟它“连了裆”的母狗打得吱哇乱叫。现在，它老了，也不可能再有“连裆”的好事了。追忆往事时，它是否也有人似的惆怅呢？

孟八爷又说：“听过猴子捞月的事吗？啥都是那个假月亮。知道了那是个假月亮，就不去捞了。可问题是猴子们都当它是真的，就去捞，费个九牛二虎之力，一捞，哗——，散了。聪明的知道那是假的，不聪明的，还以为月在水底呢，一头栽下去，完了。到死还不知道那是假的。你说，可笑不？……黄胡子，啥没干过？威风大的那阵子，皇帝老子一样，想睡谁的女人，就睡。临亡了，啥？都是假的。现在，嘿，都没了，只剩下几根骨头。再过些年，骨头也没了。都这样。你看北柱妈，年轻时，画上人一样，红处红，白处白。现在，那红呢？那白呢？啥都没了，鸡皮鹤发了。啥都一样。你还小，还看不出这些。到老，就明白了。”

灵官觉得自己头皮渐渐麻了。他感到灵魂深处有种震撼。心随之灰了。一切都变了样子。一切都像年代久远的画一样，无论画面如何清晰，总透出一种过时的霉味，心随之平静了。想到猛子的所为，便感到有些滑稽。几次，莹儿在他心头晃过，竟也晃不去心头的淡漠。

月亮缓缓地在云层里移动着。是云层移？抑或是月亮移？不知道，反正在动就是了。没有院墙的院里很静。风很清。黄叶哗啦啦响。孟八爷望着很远的地方，又像啥也没望。黑狗也痴了似的，不知是老得懒得动了，还是经得多了，已没再叫它动心的东西了。

灵官的身心都化了。

遥闻一声犬吠。

7

猛子被白狗打坏了。当晚，就被背回家里。

打架的原因很简单：白狗们强制性参观了猛子的生殖器后，还不尽性，提议给猛子个“老汉看瓜”，就是将他的头塞入裤裆扎成一团。猛子放恼了。

放恼了的猛子几下就将花球和毛旦摔倒，按倒白狗，用生殖器在他眼窝里捣，边捣边叫：“看，没见过？老子叫你看。”白狗也放恼了。两人扭成一团。

最后，白狗一酒瓶打昏了猛子。

一见猛子血迹模糊的样子，妈吓坏了。她以为是双福打的，赶紧打发憨头去请大夫。

老顺跳起来：“扔出去！扔出去！打死活该！打死活该！老子门里没这号畜生。羞先人哩。羞先人哩。死了好！死了好！”

猛子挣扎着爬起，却不由自主地呻吟起来。

“你叫啥？叫啥？还有脸叫哩？死去！死去！”老顺猴子似的跳着。

妈用热毛巾擦着猛子脸上的血，身子哆嗦着，眼泪不住地涌。

憨头请来了大夫。大夫察看一番，说不要紧，包了伤口（伤口早不流血了）。猛子直喊疼。大夫就开了点西药。

这时，毛旦才说出了猛子受伤的原委。灵官妈一听，像抖着毛护小鸡的老母鸡一样跳了起来：“我还以为是双福呢，是白狗呀。他凭啥？凭啥把人打成这个样子？老娘问他个青红皂白。”说完，就往门外扑。

毛旦捞住她：“猛子也打人家呢，鼻血也打下来了……猛子先放的恼。”

“不管咋说，总是他打坏猛子，又不是猛子打坏他。抬，抬到他家。不信天底下还没个理儿。”灵官妈吩咐憨头。憨头却不知所措地望父亲。

“你咋呼啥？咋呼啥？”老顺指着老伴鼻子喷唾沫星，“羞死先人了。养下这么个爹爹，还有脸到人家门上去呀？”

“是我的爹爹，不是你的爹爹？挨了打，还不叫人问个理？”

“他咋不打我？啊？他咋不打你？啊？为啥单打这个短命畜生？啊？他天生就是个挨打吃粪的货。我还嫌打轻了呢。一下子把脑浆捣掉多好，省得日后浪费国家的一颗子弹。”

灵官妈哮叫起来：“你恨啥哩？咒啥哩？你捂住心口想一想，你还像个老子吗？啊？憨头，你去取那个洋镐来，叫他捣。我看他捣谁的脑浆。老娘尿一把屎一把抓养大，还没动过一指头呢……把你个老贼还有理得很。”

老顺抖着胡须道：“呸！根子就在你这个老妖身上。小小儿就顶到头上。老子一句也训不成。看，看，大了啥坏事不干？啊？！你不要鼻脸，我还要呢。我知道你的脸皮有城墙厚，我知道你肠花五肚里不干净。还有脸说老子？呸！丢底典脸的老祸害！”

毛旦往门外推老顺：“算了，算了。别提起箩儿斗动弹了。谁都忍一忍。事情嘛，出的已经出了，说也没用。”

“你过开！”灵官妈撕开毛旦，“叫他说。我咋丢底典脸？我偷了？抢了？坑了？骗了？还是卖了？你说，说不明白，老娘不饶你。我也委实不想活了。要捣，你把我的脑浆也捣了。”边说边用头一下下撞老顺的胸膛。

憨头慌了手脚，前走一步，后退一步。前后几次，才决定去捞母亲，手刚拽住衣襟，便挨了她一巴掌，更显得手足无措了。倒是花球果断得多，拽住灵官妈胳膊，一下就将她拽过来了。

“花球，你丢开。”老顺叫道，“看她还吃了我？简直不是东西，成精了？啊？你的爹爹干了些啥，还说不成？啊？你个老妖好得很，咋不把你的爹爹管住？啊？咋尽往先人脸上抹黑？啊？”

“算了，算了。”毛旦劝阻道，“谁都忍一忍。忍一忍，啥事都过去了。”

“哟，是我一个人的事了？”灵官妈凶乎乎前趋一步，“你尽了老子的责任吗？养不教，父之过，你教了个啥？”

“教？”老顺大叫，“老子说两句你都要吃人，咋叫老子教？”

“就那样一个教法？啊？你除了捣脑浆，就往死里咒，还教了些啥？谁家的老子那样教儿子？啊？没好话吗？”

“好话？你的爹爹还能听进好话？他是人吗？啊？是畜生。听过老子哪句话？是老子叫他嫖风打浪？啊？”

莹儿进了门，拉住婆婆的手往外拽。灵官妈边挣扎边嚷嚷：“你也少装没事的闲人。你哪点尽到老子的责任了？丢开，你丢开！我不信他还吃了我……一辈子了，叫你欺一辈子了……儿子都这么大了，还饶不过我。有本事，你把老娘囫囵吃上！”

莹儿前边拉，花球后边推，很快将灵官妈拉出了书房。一出书房，她的骂声也息了。

猛子闭了眼，一头汗珠，不知此刻最折磨他的是心里痛苦，还是身体痛苦。

老伴一出去，老顺便泄了气，蹲到了炕头上，抽烟。抽一阵，才回味过什么似的说：“这老妖，啥意思？说老子没尽到老子的责任，啥意思？是说老子没给他娶媳妇？啊？她也说这样的话？她也能说出这样的话？啊？”说着，扔了烟袋，谁也不理，垂了头。半晌，淌下两行泪，也不擦，一任泪水流。要不是偶尔喉间有抑不住的哽咽的话，谁也不会发现他在哭。

灵官进门的时候，该平息的都平息了。母亲在莹儿的小屋里呜呜。父亲黑个脸，蹲在炕沿上，啪啪啪抽烟，时不时丢一句骂人话，像冷灰里憋出个大豆。毛旦还在指手画脚品头论足。灵官觉得一股浊气扑面而来，把孟八爷带给他的那点儿清明全冲光了。

8

受伤使猛子避开了一个难题：出了丑事后如何进家门？

猛子觉得最无脸见的是母亲。对父亲，反倒没有歉疚。父亲的怒骂和抱怨反倒帮他卸去了一半的心理负担，但无脸见母亲的阴影却笼罩着他的心。每每想起，总能叫他产生轻生的念头。这比那件尴尬事更叫他难堪。

次日清晨，头部轰轰的剧痛再次搅醒了他。他在看到了亮光的同时，也看到了母亲那张脸。母亲脸上充满了忧患。显然，对儿子身体的牵挂已使她淡漠了那件难堪事。一切都那么自然，母亲问了儿子的疼痛，儿子回答了母亲的提问。没有难堪，没有生硬，没有躲闪，仿佛什么事情也不曾发生。

猛子倏然轻松了。这轻松甚至冲淡了头部的疼痛和对白狗的怨恨。他冷静地回忆了二人纠纷的每一个细节，承认先是自己做得有些过分，但白狗的那一击也不该。那可是要命的。记得先是他放恼，几拳揍到白狗脸上，打下他的鼻血。他像发泄什么似的击了几拳，一见血才醒悟地怔住了。白狗趁机捞过酒瓶，给了他一下。

他很高兴就这样轻易地进了家门。躺在自己常睡的地方很安全，风也罢，雨也罢，闲言碎语也罢，都可以关到门外。哪个部位压得难受了，翻个身；头疼了，吃片去痛片。昏昏沉沉，似睡似醒。他甚至都有点感激白狗呢。没有他的那一击，他此刻还像丧家的狗，在东游西逛呢，说不准啥时才能厚着脸踏进庄门。

母亲端来了早饭，是两个荷包蛋。他爬了起来。一阵晕眩，头轰轰剧痛。这时，他才知道自己伤得不轻。望着母亲担忧的目光，他笑了一下——他很惊奇自己居然还能笑出——俯身趴到枕头上，吃这碗特殊的病号饭。母亲望着他的嘴，儿子每一次咀嚼，都牵动她的眉梢和嘴角。

他说："你忙去吧。我不要紧。"

母亲出去了。望着她消瘦的背影，猛子心头溢过一股异样的情绪。母亲在听到那件事后该多难受啊。他的心战栗起来。他这时才后悔自己的荒唐。"我真不是人。"他想。

吃过饭，把碗放到炕沿上，侧身而卧。等那身体活动引起的头部疼痛渐渐荡远之后，便冷静地回味两天来发生的一切。一切都恍然如梦。短短的两天浓缩了太多的东西，仿佛过了许多年。他又想到了双福女人，此刻她在干啥呢？要是真离了婚的话，她会咋样？不知道。他从没有想过要娶她。她完全不是他心目中妻子的样子。他只是在需要她的时候才想她。每次一完事，都感到索然无味。女人的亲吻和拥抱反倒叫他腻味。他甚至反感她过分的疯狂和炽烈。他不爱她。

为了一个他不爱的女人闹到身败名裂的地步，他觉得划不来。当然，他绝不会想到事情会闹到这一步。他认为天知地知，她知他知，提上裤子就是好汉子。要是知道事情会败露，他就绝不会干。如果付出同样的代价，他宁愿去和月儿睡觉。那丫头漂亮，“骚”，有味，而且是黄花闺女，值得——他想起了月儿打的媚眼——但他总怕她怀上孕而使自己的名声扫地。如今，名声却照样扫地了。他觉得亏了本。

“算了，干的已经干了。”他想。他极力强迫自己不去懊悔，但那成串的念头老鼠进洞样嗖嗖嗖往脑中钻。各色各样的图像，哗哗哗在脑子里晃。他尽力去想前年双福回家时在村头见了他盛气凌人爱理不理的样子，觉得应该报复这孙蛋。于是，猛子开心多了，所有的不快一扫而光，只剩下快意和报复后的喜悦。

双福毕竟是人面子上走的人，有文化，而且派头大，票子多。睡他的女人，不掉价。而且，等于在双福的脸上扇了几个耳光——一看到双福的脸和那眼飞爹毛的神态，猛子就想扇他几个耳光。你神气啥哩？不就是有几个臭钱吗，神气啥哩？老子要有钱，比你还神气——而且，他相信，他这一干，村里不少人都会开心的。平时，一提起双福，谁都心里噎巴巴的，嫉妒得要死呢。如今，猛子干了他女人，干得那样惊天动地，不大快人心才怪呢。……可惜，他当时逃了，而且逃得并不是那么有风度……他于是开始怨双福女人了。要不是她催，他不会逃走。说不准，他马上会反击。一反击，嘿，双福那孙蛋可就倒霉了。七拳八脚十三点，给个蒜锤儿踏干姜，狠狠一脚——小心别踏断他的脊梁骨。然后，等他一磕头求饶，就很大度地放了他。大人不见小人过。拍拍手，一捋头发，开路。

身动引起的疼痛搅碎了他的遐想。过于兴奋了，竟忘了头部的伤。猛子又回到现实。打双福的快意消失了，他马上觉出了其荒唐。他知道双福绝不会求饶，更不会磕头。这是个人精，是个有骨头有脑髓的汉子，不然也不会在比驴还多的包工头中脱颖而出。在猛子的印象中，双福无疑是个刀子进肉不皱眉的角色。

想到双福的表现，猛子疑惑了。在和双福较量的过程中，他没有感到对方在拼命。他的每一击都很有分寸，绝对没全力以赴。猛子逃跑时，他完全可以摆脱女人的纠缠穷追不舍。而且，次日清晨，猛子找上门时，他竟一反其凶狠的本性而避其锋芒。之后，也没有再纠缠猛子，而忙于和老婆离婚。这不正常。猛子的脑袋轰轰响着，痛感在脑中旋涡似的荡，但他还是捉住了那风中游丝一样荡来荡去的疑虑，那就是：双福早打定主意要离婚的，猛子帮了忙。

这一发现，使猛子心中“睡了双福老婆”的得意顿然消失，代之以受骗后的羞恼。

“叫他喂了个抓屁。”他想。小时候，北柱老骗他闻攥在手里的屁。此刻，他的心情就如那时闻到臭味后的羞恼一样。不同的是，这次他付出了名誉的代价。他因之而恼怒，头随之涨痛欲裂。他终于明白了女人对双福说的那句话：“你有啥话往明里说，搞这种名堂干啥？”女人也显然看出了双福不过是想借此机会甩了她而已。可笑他还傻乎乎得意了一阵呢。“懵呆心。”他记起了妈常骂他的这个词儿。

灵官不知何时已坐在床头，用异样的目光望他。他烦躁地转过头去，忽然羞于见任何人了，仿佛别人都明明朗朗而独独他蒙在鼓里似的。

怪不得双福要把这事闹大，而不是悄悄压服。他张扬自己羞辱的原因仅仅是叫人们知道他要抛弃的女人罪有应得。这样，他就不会被村里人吐唾沫，而且人们还会将他休妻的罪责算到猛子头上，认为他活活拆散了一个家庭。一定是这样。猛子越想越明朗，越想越懊恼。他一下下狠抓枕头，像在卡双福的脖子，直到突起的疼痛再次把他弄得筋疲力尽。

第　八　章

1

老顺一下子老了许多，也瘦了许多，颧骨高凸凸的，眼窝深枯枯的。素日穿的那套衣服显得宽大了许多。

他起床后的第一件事就是找神婆。

神婆姓齐，是沙湾的二号有钱人，五十岁了，脸上的皮尽打了褶儿，上嘴唇长，下嘴唇短，红丢丢的，说一句话就伸出舌头多情地舔舔红唇，抿着嘴笑。她走起路来也风骚得很，又是个小脚崽崽儿，真正扭成个风摆柳枝儿。听说神婆年轻时害过一场病，病了三年，怎么治也治不好。第三年的某个夜里，忽然有了神。神是每天晚上亥时来。来时，神婆总要打三个呵欠，再打个冷颤，浑身的骨节就咯吧咯吧响起来。响一阵，才口吐白沫晕过去。晕一阵，神就入了窍，就能给人算命燎病。

瞎仙说，其实，她请来的不是神，只能算个精灵鬼。真正的神轻易请不来，请来也送不走，请神容易送神难。病一燎罢，神婆就妖声妖气拖一口怪腔调说自己是陕西蓝田人氏，十八岁那年病死的，修成了鬼仙。说是仙分五等：天仙神仙地仙人仙鬼仙。鬼仙者，五行之下，阴中超脱，神象不明，三山无名，虽不入轮回，亦难入蓬岛，止于投胎就舍而已。其修持之人，始也不悟大道，而但求速成，形如槁木，色如死灰，神识内守，一志不散，定中以出阴神，乃精灵之鬼，非纯阳之仙。以其一志阴灵不散，故名鬼仙。

闲暇时，这“蓝田鬼仙”便喧陕西蓝田的风土人情，说蓝田有十大怪，说着便哼儿叽儿唱起来：“锅盔像锅盖，面条像裤带，吃饭蹲在大门外。房子一边盖，姑娘不对外，油泼辣子就当菜。有板凳不坐蹲起来……”也真是。几年前，来了一个陕西卖药的，说：“怪了怪了，这婆娘就是神。那十怪对极了。口音也是地道的蓝田腔调。神婆可从没到过陕西。于是，一入夜，远远近近的人便挤满了神婆家的大书房。几十年来，沙枣木门槛给踢折了十八次。

神婆几乎是村里所有同辈人的“亲家”。因为谁家孩子都免不了害病，害了病都免不了叫神婆“保”。这一“保”，就保成了亲家。见多识广的亲家不当神婆的时候，就当媒婆。

“丢人呀，亲家。”老顺叹了一口气，“你说，养下这么个爹爹，先人的脸丢尽了。一想，都没意思活了。”

“没啥，亲家。”神婆抿抿嘴唇，“年轻人，哪个没荒唐过？再说，这也是命呀。有些事是躲不过的。”

“躲不过？”老顺睁大了眼睛。

“孽缘，知道不？这是一段孽缘。谁都有孽缘，有的明，有的暗，躲不过的。过了就好，你也用不着太操心。娶个媳妇，生个娃娃，苦劳苦劳，他也就收心了。现在他正是儿马一样撒野的时候。”

老顺听神婆说谁都有这样一段孽缘，就想起自己年轻时糊里糊涂干的荒唐事，便信了神婆的说法。既然是孽缘难避，他心里倒也平顺了些。

神婆用竹签捅捅牙缝，说：“我知道你的来意，是想托我给猛子物色个媳妇。是不？成，你亲家的事，也就是我的事。我会放在心上的。啥时有合适的了，我言传……最近进沙窝没？”

“哪里啊，这几天把人的骨头都整酥了。鹰都没好好喂，哪有心思进沙窝。过几日吧，抓上兔子了，给你送几只来。”

“不忙。啥时能去啥时去。你想找个啥样的？说出来，我心里也有个数。”

“母的就成。好歹给生发一个。分家出去，他成龙成龙，变虎变虎，老子也不管了，省得叫老子见天跟着上气。老子嘛，是还债的，把债还了，别的由他。不然……你说出了那种事……明理的，知道人就是那种吃屎货。不明理的，还说是老子不给他说媳妇的过。老子不背这黑锅了，好好坏坏给说上一个。有你干妈哩，你看着过得去就成。太妖道了，屋里搁不下；太差了，那要债鬼要支吾。中等就成。心眼儿实诚的。”

2

告别了神婆，老顺又进了孟八爷家。一进门，就喊明叫亮要借钱。孟八爷笑了："钱倒有。还得上银行取去。”老顺明白他说的“上银行”是指进沙窝打狐子，就说："咋也成，反正要快。你给生发两千，我再别处借几个，再把那几颗猴食粜了，给要债鬼爹爹还债。”

孟八爷笑道："是时候了。猛子一过，灵官又到了。你个老驴连卸磨的时候也没有。”老顺说："活一天算一天吧。到哪山打哪柴，我估摸这把老骨头也到了该扔的时候了。老天爷该可怜可怜我，叫我歇息歇息了。”孟八爷说："早咧，早咧。便宜了你。老牛不死，稀屎不断。你还得好好苦哩。苦了媳妇苦孙子。想撒手？嘿，便宜了你。”老顺苦笑道："也就啊。一口气不断，四股子筋就得动弹。有时候，真想寻个无常……太没意思了。”孟八爷收了笑："屁。啥话？活，好好活。好死不如赖活着，天不杀无根之草，终究它得给个路数。一寻无常，就是个冤屈鬼，哪里也不收。活没活出个眉眼，死了总不能再不明不白吧？”老顺说："说是那么说。谁还忍心丢下这一摊子去享福呢。苦吧。像老牛，苦一辈子，临亡了连骨头和肉都叫人吃了……你说，活人有个啥意思？”

孟八爷笑道："忍吧，这是命。命里该吃，走到天尽头，拾了个匣匣儿，是个码码儿……闭了眼，吃就是了。胡思啥哩？乱想啥哩？越思越想越恼苦……没意思。”老顺说："话虽那么说，可做起来就不容易了。苦了苦些，心里舒坦，也成。可心里……嘿，乌烟瘴气的。”孟八爷笑了："你有啥不舒坦的？不就儿子睡了个女人吗？又没有啥掉头的大事。你胳膊没掉，腿没坏，全家大大小小平平顺顺，还求啥哩？你到城里医院看看，一天到晚都有死的，哭哭啼啼的，哼儿叽儿的，哎哟呻唤的，鼻子烂的，眼睛瞎的，肠子断的，肝花坏的……啥没有？你还求啥哩。人嘛，人心不足蛇吞象。知足了，就好。”

老顺叹道：“当然，那样一比，心里是平顺了。可又能解决啥问题？”

“啥问题？你有啥问题？你说你有啥问题？不就是一些屁事吗……细一想，啥都没有，真是屁事……甚至算不上屁事。有些事就像过年，你想也过，不想也过，想也是白想。不会因了你的想，一下从腊月二十三跳到大年初一。你不想，它也不会退到八月十五。你想也过年，不想也过年。愁死也过年，不愁也过年。白想，白愁。就这样，啥都一样，没用。到了该解决的时候，不想也能解决。不到解决的时候，愁死也白搭。像你儿子，小时候，愁着长不大，白愁。愁也那么个长法，不愁也不会缩到你女人的肚子里。不管你愁不愁，他还是大了。大了，你又愁，没个媳妇呀，怕儿子一天天老了。也是白愁，你愁他也往老里去，不如不愁。”

老顺哭丧着脸道：“你站着说话腰不疼，不愁能成？”

“咋不成？嘿，你说咋不成？你说，没钱，你能愁来钱？没媳妇，你能愁来媳妇？——就是你愁成个‘烧白头’，嘻嘻，也愁不来媳妇的一条大腿……没孙子，你能愁来孙子？嘿，你能钻到媳妇的下身捞一个出来？嘿，没用。愁他干啥？你该干啥干啥。心平气和的，借钱，提媒，这才是正事。愁啥哩？就像种个西瓜，你上你的肥，除你的草，浇你的水，不就对了，愁啥哩？功到自然成，还怕结不了瓜？……再往坏处想，你该干的，已经干了。结不了瓜，也没个愁头。你的心也尽了，力也尽了，剩下的是老天的事。对不对，老天错了，叫老天愁去。你愁啥？真是的。”

老顺笑了：“我服你这张臭嘴了。骡子都能叫你说得怀了驹。”

“这不是嘴……”孟八爷笑道。

“是啥？是水门吗？”

“这不是嘴的事。是心。知道不？主要是心。要知足，啥都不要贪。喝米汤不想兔肉，吃兔肉不嫌弃米汤。有啥了，享个啥。贪啥？贪得多了，心就坏了，就剥人，谋人，害人……也就活得没名堂了，也就没啥意思了。活人嘛，主要活个心。心里好，活得就好。心里不好，活得也窝囊。你把猛子的事当成包天大事，就是包天大事，你上吊抹脖子也挡不住；你当成屁大个事，就是屁大个事——不就是娃儿们一时糊涂，干了点荒唐事。谁没有荒唐过呢？你……嘿嘿，我不抠你的老疤了……你觉得他在你脸上抹了狗屎，那就抹了狗屎。你一天到晚脸上脏兮兮臊烘烘的，大沙河里也洗不净。你觉得没啥大不了，那就没啥大不了。哪个人净养孔夫子，没一点毛病？……就是孔夫子也有毛病。听瞎仙说，他也和一个叫南子的女人拉扯过，书上这样说的。就这样。啥事都这样，你何必颠个吊死鬼脸，'唉，祖宗羞得往供台下跳呢'。他们羞啥哩？跳啥哩？祖宗也当过人，不信他们没嫖过风……嘿嘿……所以你也用不着叫唤啥的。不把它当回事，不就得了……多想想你年轻时，嘿。"

老顺瞪孟八爷一眼，笑道："谁能比上你这张嘴？像骡子发情时一样，忽而正了，忽而反了，啥都是你有理。当初骂猛子最凶的是你，说这些话的又是你。"

"你看你。"孟八爷笑了，"这话只是我和你说的。对娃儿们，得另一个样。我们老了，该经的经了，该看的看了，到了该闲闲心的时候了。娃儿们可不，一说这些，他们就听邪了，把干坏事不当回事。或干脆啥也不干，吃了睡，睡了吃，不成猪了？这就像吃药，你该吃这副药，而猛子不该吃这副药。该你吃的药给他吃了，不但治不了病，还要命哩。"

老顺吁口气，心里平顺了许多。几日来淤的闷气叫孟八爷说没了，就笑道："我可听你的话，不愁了。可猛子的媳妇钱一半得靠你……放心，不会是刘皇爷借荆州……我可连骨头熬不了四两油，连毛撕不上一盘子，就那点家当，卖光当尽也值不了个媳妇钱。"

孟八爷笑道："你要赖不成？娶来的媳妇叫你公公，又不叫我公公。我管那么多闲事干啥？"

"叫她叫你不就成了？你想叫她叫啥，就叫她叫啥，心肝也成，宝贝也成，别说一个公公。”

“那是你的专利。我不争。到时候，在媳妇怀里抱娃娃时摸到软乎乎的东西时，别忘了我的好处就成。”

“好说，让你抱去，让你摸去，我挪开。”

老顺与孟八爷调笑一阵，一抬头，看见太阳。他很惊奇，这几日咋没见过太阳呀？

3

猛子躺在炕上度过了难熬的一个星期后，出了门。伤口好得很快，除了偶尔隐隐作痛，大的症状都消失了。他从花球嘴里得知，双福走了，婚没离成。据说是乡上文书不在，双福就“灰溜溜走了”。这是花球的原话。村里人都以为双福打坏了猛子，是花球毛旦还有白狗的极力辟谣，人们才相信了他们的添油加醋，即：猛子狠狠揍过双福一顿。七拳八脚十三点，再给个蒜锤儿踏干姜，双福就趴下了。猛子是看了女人的面子并在女人的哀求下才取开踩在双福背上的那只脚，不然，双福早成断脊梁的狗了。

“你猜，人们怎么说？”花球兴奋地说，“他们说，活该。那孙蛋，活该。不就有几个臭钱嘛，咋能把乡下老婆往脑后扔。”因了深秋暖融融的太阳，还因了花球口里乱坠的天花，猛子很惬意。连日来压在心头的郁闷和羞耻无疑消失了许多。

见猛子脸色活泛了些，花球越加唾沫星子乱迸：“哈，你猜，双福是啥时候走的？清早。大清早。天还灰蒙蒙的——老婆叫人弄了，没脸见人了——可还是叫人见了。谁？北柱。北柱说：那孙蛋见了他，脸红不朗灿的，赶紧给了他一根烟——当然是好烟，可能是外国的。北柱说他知道双福心里的鬼事，叫他不要给人说他这么早就溜走。可北柱见人就说：双福溜走了，羞不答答的，脸红不朗灿的，溜走了。那么早，没脸见人了。不管咋说，自己的女人叫人弄了。嘿。”

猛子脸上浮起了一丝笑，想到自己和凤香调情的事，心想：北柱还不知道呢，他的女人也差点叫我弄了。但花球误会了他的笑，说："就是。不管咋说，是大快人心。嘿，这孙蛋也太牛气了。不就是有几个臭钱嘛。上回他来，给谁都敬了烟，可没给我。鸡儿鸽看人太皮薄……当然，我不抽烟。可我不抽是我的事，对不对？你连望都没望老子，还以为老子是个娃娃。屌，你有多大？比我才大几岁？有志不在年高，无志枉活百岁。金银能识透，肉疙瘩识不透。说不准哪一天，老子也拾上个狗头金，发个大财，老子还抽鸦片烟呢。谁还稀罕他的纸烟。"

猛子笑了，刚一听花球口气，仿佛有吞天吐地打天下的大志似的。说了半天，他的所有理想不过是想拾个狗头金。却说："就是。瞎子的嘴里也能掉进个油馓环环儿。说不准哪天，天上掉下个乌纱帽，直溜溜落到花球头上，你就成县太爷了。"

花球破口笑了："县太爷算啥？弄好些还当回国家主席呢……你说这国家也不像话，只设一个国家主席。哼，太小气。你弄上他十个八个，叫老子也当一下——不发工资也成，老子也不在乎那几个钱。"

猛子大笑，伤口处又疼了，马上用手捂住。花球见惹笑了猛子，很得意，又说："其实，啥还不是一样的。国家主席也罢，草民百姓也罢，肚子里还是屎。该死的时候，还得死。谁稀罕它？我今日有酒今日醉，不管明日喝凉水。活一天，是两半日子。"

猛子笑道："你看你，一下要吞下日头爷，一下连蚂蚁的孙子都不是。"

花球说："谁不是这样呢？"

正说话间，老顺出了庄门。花球忙住了口。老顺却谁也没理，牵了骆驼，朝大沙河方向去了。

花球一拍脑袋："差点把正事儿忘了。"说着，从口袋里掏出一张五十元的票子，"五十，白狗的。他叫我给你的，叫你买些营养啥的，不要生气呢。"

猛子沉了脸，说："我不要他的钱。男人嘛，打了就打了。说不准哪天，我在他头上取个窟窿，也不会给他一分钱的。"

"他怕的就是这个。"花球笑道，"他知道他打不过你。不过，他心狠。

闹大了，说不定动刀子啥的。”

“别唬我。头掉了不过碗大个疤。”

“其实，这事也不能全怪他。你那几拳也不轻。”

猛子沉了脸，半晌，说：“没事了，成不？这事儿就算完了。钱我不要。”

花球说：“也成。我就对他说过你不会要的……谁不知道你是块大材料。”

4

灵官出了庄门，见猛子花球边叽咕边嬉笑，就对猛子说：“你倒好。一竿子捣进鸡窝里，就啥也不管了，弄个鸡飞狗上墙的，倒还有心思嘻嘻哈哈。”花球笑道：“你气不过了是不是？有本事你也去捣那么一竿子……谅你也没那个本事。人家能啃上双福婆姨那肥屁股蛋子也就不错了。”灵官推一把花球：“你爱啃了啃去。小心把牙崩了。”花球笑道：“迟了。叫人家先伸了一腿。”灵官在花球胳膊上捣一拳，转头对猛子说：“你龇牙咧嘴的，倒轻松。爹可气蒙了。”

猛子皱眉道：“知道，知道。你们不就是叫我装个愁眉苦脸的吊死鬼相吗？我装不出。”花球笑着劝道：“灵官也是好意，你不见你爹那个凶样，天门脸上趴个癞蛤蟆，说不准啥时候就会咯哇两声。”猛子梗着脖子大声说：“他还有个啥咯哇的？谁是他的出气筒？能活了老子就活两天，不能活了，上刀路，上绳路，路数多得很。”灵官冷笑道：“哟，威风得很。就当我啥也没说。”掉头就走。

到了地上，见憨头正蹲在埂上，捂着肋部直抽气。灵官说：“不舒服了，回家缓去。你不看菜籽也不太黄，过几天也没啥。再说，还有我们呢。”莹儿将手中的菜籽放下，捞过头巾擦把汗，说：“人家总要听嘛。我催他也有个几十遍了。”憨头说：“没啥……到哪里也是个疼……躺到炕上也一样。”灵官说：“究竟是啥病？要查就查出个名堂。乱吃药也不是个办法。”憨头说：“查了，肝功也做了。也没查出个名堂……让做B超……一次好几十呢。啥意思？”说着，他直了直猫着的腰，说：“好多了。这不，就一阵阵。你说，怪惊惊的，肋窝里又胀又疼。”灵官说：“死挨也不是个办法。再说小病会拖成个大病。”憨头说：“我想好了。等过些日子，豁出去做回B超，看看。命尽了，也就算了。”莹儿说：“瞧，他老说这些晦气话。活人嘛，自己先要打起精神。”灵官说：“就是。”

憨头问：“猛子咋样？该看着他，不要想不开干出糊涂事。”灵官笑道：“人家还和花球斗嘴呢……看起来光彩得很。”憨头望一眼灵官，说：“你少说风凉话。不要把人往绝路上逼。”灵官说：“人家刚才还骂我呢。”憨头说：“要是人家心里好受，平白无故骂你干啥？”灵官笑道：“就是。我还奇怪呢，他为啥倒满不在乎。”莹儿接口道：“越满不在乎，才越在乎呢。”

憨头不声不响地拔一阵菜籽，说：“再也没啥……可把人家女人害了。你想，晴空里起个响雷，叫人离了。咋活？”灵官说：“人家早想离了。这次，不过是个借口而已。听说要给好多钱，可女人说她不稀罕。”莹儿说：“钱多有啥用？女人嘛，活的是人。只要有个可心的人，穷些也没啥。”憨头说：“人家双福差了啥了？要钱有钱，还要咋样，才算可心？”莹儿说：“这你就不懂了。可心不可心，说是说不出来的，反正自个儿知道。双福眼里只有钱，不顾家。与其守那个活寡，还是离了好。”憨头一怔，微微变了脸色，狠狠拔几把菜籽。

灵官望一眼憨头，晓得莹儿无意间伤了他，便道：“哟，听你的口气，还是个开放派呢。生到这里，还真委屈了你。把你这么大个鳖，放到这个小涝坝里，怕是盛不下了。”莹儿擦擦汗，望一眼灵官，笑道：“说是这么说，遇上事就不一样了。双福媳妇说起来也还硬手，要是换个别人，不知道会咋样呢。”憨头大声说：“那是硬手吗？那是不要脸……”说着，再不言语，一气拔到前面。

莹儿的脸一下红了。她咬着嘴唇，望望憨头，又望望灵官。灵官吐吐舌头，大声说：“就是。男人偷东西，女人偷汉子，猪狗不如。”莹儿悄悄伸出手，在灵官胳膊上狠狠拧了一下。

第　九　章

1

吃午饭时，妈说："五子疯得不成样子了，又把狗宝家的草垛点着了，还咬破了几个女人的嘴。瘸五爷气坏了，用牛鞭排了他一顿。"灵官说："怪不得人一个黑阵势呢……我还以为开会呢。"妈说："瘸五爷也没治了。真没治了。该粜的粜了，该卖的卖了。院也住了，药吃成个草堆了……还那个样子。"老顺说："还那个样子倒好。重了，越治越重了。原来是发病时才撵女人。现在，唉……绳子打细处断。越穷的，越得这种花钱的病。"灵官接口道："就是。像双福，反倒健壮。"一提双福，又勾起了老顺的不快。他吭了一声，不再言语。

猛子却接口道："人家那是会保养。这个人参，那个鳖甲的，吃成个紫头萝卜。病一见，也吓跑了。"灵官望一眼猛子，忍俊不禁，破口而笑。猛子瞪眼道："你笑啥？我说的是实话。"灵官笑道："当然是实话。我笑的是你这个活宝。"憨头望望猛子，也笑了，想说啥，望望爹，又没说。

灵官妈望一眼老顺，把话岔开，说："瘸五爷没喧啥？"老顺顿一顿，硬梗梗说："有啥好喧的。由天断吧。拔下肋巴又当不了钱。"灵官妈不声不响喝几口汤，问憨头："你那儿疼不疼了？一提人家的病，我的心里倒哗闪哗闪的。"憨头拍拍肋部："早好了。没啥。上回买的药也不算白花钱。"灵官接口道："啥呀？上午还在埂子上龇牙咧嘴的。"莹儿道："有时疼得弓成个虾，还好啥哩？”妈白了脸：“天的爷爷。你娃娃哄乖乖，哄谁呢？病可哄不得。”憨头笑道：“我的阵势我知道。疼起来一阵阵，按一会儿就好了。吃药没意思，冷水上敲了一棒……那是止疼的，又不是治病的。没意思。”妈说：“不管咋说，药总是药，总比不吃强。”灵官道：“这是什么话。药有凉热，病也有凉热。热病吃热药，凉病吃凉药，越吃越糟糕。”

憨头说：“就是。本来人的嘴就干，越吃，越连……那个……也不利索了。”莹儿皱眉道：“吃饭就吃饭，别说脏话。”憨头说：“我又没说出拉屎二字呀？”莹儿嗔道：“行了，行了。越说越来了。”猛子笑道：“你吃你的饭，人家说人家的话，又没拉进你的嘴里，着啥急？”莹儿瞪一眼猛子，不说话。灵官说：“吃饭就吃饭，谁也不准说脏话。谁再说，拿稀屎罐子扣。”猛子笑了，一口饭喷到地上。莹儿将碗往桌上重重一放，一语不发，出去了。

妈笑着说：“哟，这还了得。听这么两句，就咽不下饭，莫非嗓门儿比芨芨棍细不成？”老顺笑着应和道：“就是。嘿，现在的年轻人……我们到城里拾粪那些年，拾完粪，手一拍，该吃啥就吃啥。哪像现在的年轻人，尖牙细嚼的……其实，也是假干净，谁的肚子里盛的是洗衣粉？”灵官妈笑道：“这不，你自已招了不？以前我骂你吃屎货，你还不服。”老顺说：“少扯闲淡。快吃！吃了干正事。”灵官妈说：“哟，啥事一碰上你就成闲淡了？换了别人你就咋咋呼呼的。”老顺嘿嘿笑了。

吃过午饭，老顺去瘸五爷家。院里有好多人。五奶奶坐在门旁的小凳上哭哭啼啼。五子坐在台沿上满足地神秘地微笑着，沉浸在自己的境界里。瘸五爷捧个烟锅子在炕上蹲着，屋里进来个谁也不抬头。孟八爷劝他：“这种事谁遇上也一样。怪不上你，你也用不着颠个吊死鬼脸。谁的心也是肉长的，只有不长心的才说三道四。”北柱说：“也没听人胡说啥，谁也知道五子有病。”其他人都附和道：“就是，就是。”北柱又说：“再说又能说出个啥，不就点了个草堆吗？点了就点了，有啥？一个草堆，狗宝他要是支吾，我的给他。”狗宝接口道：“谁支吾呀？我可是啥也没说呀。冬上填炕，东西多了，树叶子，粪末子。引火嘛，随便谁家揽一筐，有啥？”北柱说：“就是。你到我家来，想拿多少拿多少。吃也成哩。”狗宝说：“你才吃草呢。”北柱说：“再有啥呢。再不就是咬了几个婆娘的嘴吗？那有啥……嘿，哪个婆娘的嘴没叫人咬过，又不是黄花闺女。老烂了，怕啥。不就是劲大了点儿，咬得出了些血。这有啥？狗宝娶媳妇闹洞房时，猛子还把新媳妇咬成个猪八戒呢。谁又说猛子来？”许多人笑了。屋里气氛活了。狗宝揪了北柱耳朵：“你还有个完没完？你又不是疯猪，下的死口，咬住人不松口。”北柱哎哟几声，说：“再不说你，总成吧？”狗宝在他屁股上狠狠砸了一拳，才松手。

北柱说：“再说，这也不能光怪人家五子，对不？那几个婆娘也不像话。五子有病，你们总没病吧。他撵你，你又不是没长腿，对不？你一跑，能叫人家轻轻巧巧咬住嘴唇？怪事。我估摸她们是不是见五子是个童子鸡，想尝尝叫他咬的滋味？”人们又笑了。孟八爷笑骂：“你真是长了个两面嘴，正能说，反也能说。啥到你嘴里也能生下几个娃娃。”瘸五爷突然开了口，声音很大：“北柱，你要是耍嘴簧儿的话，到外面耍去。我心里够难受了。养了这么个孽种，不如碰死。我对不住乡亲多了，再不能叫人家戳脊梁骨了。”北柱张张嘴，再没说出个啥来。

孟八爷对瘸五爷说：“好了，好了。北柱啥人谁不知道？说说疯话，跟月婆娘放了个米汤屁差不多。”

“谁又当真了？”北柱缓过气来似的拍了孟八爷一掌，“话往好里说，咋是月婆娘的米汤屁。狗屁也罢，人屁也罢，猪屁也罢，咋也不能是月婆娘的米汤屁。”屋里人又哈哈笑起来。这一番“屁话”解了北柱的尴尬围。瘸五爷又蹲了下去。

老顺说：“谈点正事儿。五子这样也总不是个法子。今日点一个，明日点一个，把草都点完了，冬上还不都成冻死鬼。再说，咬人……总不能把村子咬得路断人稀吧？”孟八爷说：“我也正思谋呢。大伙儿出个点儿，想个法子。”狗宝说：“还说个啥呢？有病总得治嘛。”北柱说：“人家都站到井里要马勺呢。治？拿啥治？五爷只差拿干爪骨熬油了，你又不是不知道。”

瘸五爷抬起头，说：“行了，行了。再不磨牙了。我的心凉了。”

孟八爷说："你凉了是你的事。我是眼睁睁看着这娃儿长大的。从玩土窝窝，到长成个墙头高的汉子……今天成这样，谁的心上也不舒服。究竟咋办？谁也发个话。"

北柱说："你的意思我明白。我没钱。计划生育把我罚了个贼光……可我也要出上几个。出五十。谁也出上几个，能出多少，算多少。"老顺说："我多的没有，出一百。"在场的纷纷报了个数字。

瘸五爷说："算了，算了。你们的心我领了。没用，我觉得没用。这病，住医院，就好了。一回来，又犯了。白花钱。花了几千块，病倒越来越重了。算了，由天断吧。断成个啥程度，就是个啥程度。"

"你别管。"孟八爷说，"你该尽的心尽到了。等我们该尽的也尽到最后再说。天不杀无根之草。"

"就是。"老顺附和道，"天不杀无根之草。"

夜里，老顺和孟八爷去各家张罗，有出钱的，有出粮的，帮凑八百多块钱。瘸五爷死活不要。孟八爷说："就当你借我们的，有了再还。"瘸五爷这才接了钱。次日，领五子进了城。

2

老顺进了家门，老伴正在训憨头。原来是憨头右肋又疼了，妈要他去看病。他不愿去。其论点是：吃药没用。论据是他吃了大夫陈肉头的几副药，反倒疼得更厉害了。

妈说："你就瞎猫儿盯个死老鼠。不能到别处看看吗？到城里看看。听莹儿说你夜里疼得直呻唤呢。不看不行，你看你的嘴脸，都脱相了。"憨头道："越说越玄了。"

老顺发话了："看看也好。有病，治。没病，也好去掉娘老子的心病。"

憨头说："我说算了。"

猛子听得不耐烦了，大声说："叫你看，你看看不就得了。还得叫爹妈给你下跪不成？”

憨头遂不语。

妈把白狗又转送给她的那五十块钱给了灵官，叫他陪憨头进城。

两人坐车进城，到地区医院，挂了号。

大夫说最好做个B超。憨头一听得三十多块钱，死活不做。他说："没用。做那个没用，又不能治病，做了又得买药，又得花钱，不如直接开些药算了。"灵官觉得有道理。

大夫号了半天脉，又看看憨头的舌苔，攒眉想一阵，开了药方。憨头额头晶出了汗，眼睛死死盯住医生眯缝的眼，嘴角随着医生眼皮的张合抽动着。

"不要紧，肝胃不和。"医生说。

灵官松了口气。憨头绷紧的脸也放松了。灵官取了药，除两副中药外，还有几盒逍遥丸，共花了二十几块钱。憨头很满意自己的决定，兴致很好，话也多了起来："咋样？才二十几。光检查就三十几呢。嘿，还治不了病。"灵官笑笑。

二人吃碗牛肉面，看看天色尚早，便在街上溜达。憨头不常进城，对街上诸事都感到新奇，东瞅西瞧，兴头很高。显然，医生"不要紧"的诊断解除了他心头的负担。灵官一路为他作介绍，时不时想到与莹儿的交往，心中始终有缕愧疚的游丝在荡。

忽见十字路口有一女人，一手叉腰，一手前指，疾言厉色，声讨过往小车。内容多为谴责当官的欺压百姓，搜刮民脂民膏不得好报之类。她疯癫中充满凛然之气，骂得一辆辆小车垂头丧气，灰溜溜远去。女人哈哈大笑，得意之色溢于言表。路人也随之大笑。这女人长就两副面孔，对小车横眉冷对，对百姓却和风细雨，时不时打打招呼，寒暄几句。

憨头很新奇，驻足，望一阵，忽问："这人是不是疯子？"

灵官笑问："你看呢？"

"说疯又不像疯。说不疯吧，说话语气不像正常人。说疯吧，也好像清楚着哩。"

“对。”灵官笑道，“疯而不疯，不疯而疯。”他介绍道，“这人是凉州城里知名人物。她出名的原因就是敢在十字路口骂小车。”

“也没人管？”

“谁管呀？现在，百姓看到小车哪个心平啊？但不敢当面骂。有个敢骂的，高兴还来不及呀。你不看警察也默许了吗？”

憨头果见那女人和警察喧几句，嬉笑两声。见过来一辆小车，她又开始中断了的声讨。那形神，竟似飞扬跋扈的领导作报告，又似警察呵斥罪犯，骂得那小车又灰溜溜而去，像亡命的小甲虫。憨头不禁笑了。

“哈，这婆姨，胆子可真大。”他说。

走了一阵，憨头扯扯灵官衣服，说："走吧，妈叫买几盒柏香呢。"二人便离了人群。问了几个路边小铺，都没柏香。灵官说："这香，海藏寺肯定有，可路远。我们到雷台下看看，可能也有卖的。"

雷台是古代用于祈雨的台，土筑而成，高达数丈，上有庙宇，庄严。正是阴历十五，到处是人。有几个疯里疯气被名之为神婆的女人，扭的扭，唱的唱，声调怪里怪气。灵官对这场面见惯不惊。憨头却觉得四下里阴风飕飕，脑袋顿时大了。

有两个女人对扭着，一个自然，一个别扭。一个教，一个学，似教戏文。灵官不解，问一老者，老人答是在学神婆。灵官不禁失笑："神婆哪能学？"老汉道："就是。神一附体才能当神婆。咋能学呢？"灵官说："啥神呀？人家神咋能附在一个女人身上？""其实是鬼。"老汉说，"是精灵鬼。"

“啥鬼呀，我看是精神病。”一个穿西服的年轻人说。

“当然。”老汉说，“也有这么说的……可怪，有的人有病，吃药不应。一燎，嘿，可真好了。怪不怪？”

“那是心理作用。”西装说。

“那人家就是心理疗法。”灵官笑道，“其实有些事说不清，不能一概而论。像夜哭郎，一个月娃娃，知道啥心理呀，可贴上一张‘天皇皇，地皇皇，我家有个夜哭郎’，怪，就不哭了。”

憨头拽拽灵官胳膊，示意他少说话。

灵官有意让憨头经个世面，便买了门票。一进山门，神婆更多，哼哼咛咛声也山洪般响。憨头被那阴阳怪气的哼咛者弄得毛骨悚然。

殿前石狮子上粘满了硬币和角票，香炉里燃着成把成把的香。香烟弥漫开来，人影便恍恍惚惚了。恍恍惚惚的影儿发出阳阴怪气的声音。那阵势，连灵官也觉得游在梦中。一个神婆泪流满面，在香炉前祷告，边祷告边用前额叩击地面。另外几个在哼哼咛咛唱着焚表纸。

神像前的供台上照例堆着硬币角票和馒头水果之类。一神婆边叩头边给一个个神像献角票。灵官也掏出几角钱，扔到供台上。

穿西装的那人不知何时已到灵官身后，见状笑道："我从来不给神钱。我没有罪，也不需要神给我免。"

灵官回道："这叫舍。人生有取就有舍，有人舍财不舍命，有人舍命不舍财。"

西装变了脸色，怔在那里。

后殿旁东南角上砌了一个专门用于烧纸的所在，火光熊熊，青烟滚滚。纸灰堆成了山，下面跪有几个人。神婆们或燎病，或还愿，各施神通。最引人注目的是一个清秀小伙，哼哼咛咛，发出女声，正给一个媳妇禳解。清一色的神婆中出了个年轻小伙，自然够邪乎的，加之这小伙出口成歌，随问随答，不假思索，言辞顺达押韵，观者自然如堵。

一个老婆子正在介绍他的来历，说是他念书时害了病，咋治也治不好。后来请人给他"扶了灯"，病才好了。一扶灯，一出马，就成了神汉……"他还害臊呢，不干了……嘿，能由得了他？初一十五非得上雷台不可。不然，浑身骨节都碎了似的疼。嘿，乖乖，那罪，谁受得了。"老婆子牙缝里唏唏哩哩，仿佛正在挨疼。

灵官听出这神汉唱的曲调很熟，一想，才辨出是凉州小调《二姑娘害相思》。更发现，周围的神婆哼唱的大多是凉州小调，或《王哥放羊》，或《放风筝》，或《十里亭》……只是这旧瓶里装的却是现酿的酒。灵官感到滑稽，想，莫非附体的是凉州精灵鬼？不然，咋喜欢凉州小调呢？一笑。又见一个老神婆正给一个姑娘教走了调的凉州小调。看那姑娘，形容憔悴，面黄肌瘦，显然是在磨神。想到“磨神”这个词儿，灵官想到了熬鹰。一个“磨”字，道出许多艰辛。据说那是个异常惨苦的过程，附体精灵鬼与元神不停地较量，往往长达几年。元神取胜，疾病痊愈；外鬼取胜，便控制了元神，想何时入窍，就何时入窍。

灵官见憨头挤在一群人中间出头探脖，便也挤了进去。原来是一个神婆正给人算命。这神婆算命不靠命书，只靠自己手掌。求卜者报上自己的生辰八字后，她便掐捏一阵，随后叫人看她手上：看，你的病就在这儿着的，这是个树林，在你家的东南角上……神婆说她的手掌就是镜子，你干过的啥事都能照出来，开了眼睛的人就能看见。随后，神婆就开始下判词。这判词不像别的神婆那样唱民间小调，而是哼出了一首打油诗，倒也有些文采。

憨头捣捣灵官说：“我也想算一下。”

灵官说：“算了，没意思。算好了，还倒罢了。说坏了，叫人心里不安。”

憨头说：“没啥。就当开个玩笑。再说，她收的不多，两块钱。”等一个求卜者离开，憨头就报了自己的生辰八字。神婆眯缝着眼看他，好一阵，说：“你的魄掉了，回去叫个魄。你是不是常常感到乏？经常迷迷瞪瞪不清干？吃饭不添脂膘，好做噩梦？”憨头一一应承，十分虔诚。

而后，神婆咕哝一阵，说：“你还有难言的病。”

“哎哟。”憨头不由叫出了声，一看灵官，又垂下眼帘。

神婆说：“你今年有个铁门槛。过去万事大吉，过不去嘛……可就难说。”

灵官冷笑道：“请你给个禳解之法，我们给你钱。”他知道这是神婆惯用的一套，先唬人，后骗财。

神婆望一眼灵官：“小伙子，你也用不着这样跟我说话。我不过是实话实说。”

憨头连忙说：“我信我信。”

“算了。”神婆打个呵欠，“我也懒得说啦。”随即哼哼咛咛下了判词：“命里合该有此劫，是祸非福躲不过。天地苍茫酒一樽，身心异处终是客。”

灵官气白了脸。他认定这婆娘不是个好东西。因为他在一本命书上看到过诸如此类的评语。他想，定是她先背会了内容到这儿来唬人，故意给你留下疑病，作为对你不上钩的惩罚。他掏出两元钱，扔给神婆，拽着憨头出了人群。

“她说啥？她说啥？啥福呀祸呀的？”憨头识字少，听不懂神婆的话，一出来就连连发问。

灵官说：“她叫你以后不要喝酒。不喝是福，喝了就有祸。”

“这是对的。医生也这样说。这神婆真神。她咋知道我乏啊？她咋知道我有时迷迷瞪瞪不清干？神，真是神了。她说我今年有个啥——铁门槛。”

“就是魄掉了。不收的话，就爱害病。收了魄就好了。”

灵官小心地解释。他知道，要是憨头懂了那内容，没病也会有病。这个妖婆！他骂了一句。心底却不由得产生了忧虑。他忽然发现，自己之所以气恼，是因为神婆说中了自己内心的忧患。他一直有个预感：他家要发生一件祸事……许久了，那预感一直像悬在头上的剑。所以，家中有人身体不舒服，他马上就会想到两个字：“癌症”。直到病愈，那两个可怕的字才会从他心上消失。憨头的病亦然。直到大夫诊断出“肝胃不和”时，他才感到轻松了。但也仅仅是轻松了，心仍被一种似有似无时轻时重的东西揉捏着。而神婆——讨厌的神婆，又使那轻松沉甸甸了。

出了山门，迷茫的香烟和阴阳怪气的哼咛声淡了。太阳真正照到了他的身上。心境清明了许多，想到自己竟被神婆弄得郁郁不快，感到有些滑稽。

太阳已偏西，兄弟二人不敢逗留，买了香，坐车。

一进家门，母亲便留神兄弟二人的脸色，并没有发现她所害怕的表情，便放心了，才问：“没啥吧？”

“没啥。大夫说不要紧。肝胃不和。”灵官说，“不和就是闹了点矛盾。调调就好了。没病。”

憨头没说话，嘿嘿笑着。

莹儿从小屋出来，望灵官一眼，一脸鲜活。忽而，她问憨头："我的东西，买了没？"

"哎呀，可真忘了。早晨你再说一遍就好了。一睡觉，啥都睡没了。"憨头憨憨地笑着，掏出几包香。"倒是妈的香记了个死……不过，用洗衣粉洗头也成。那啥洗发精的，死贵，还洗不净。"

莹儿说："行了，行了。我说过，洗衣粉洗了，头皮疼，雪皮多。你可真行的。"一扭身进去了。

憨头搓着头皮笑了，悄声说："忘是没忘。一问，好几块钱呢，最贵的几十呢。"

第　十　章

1

次日清晨，天还麻乎乎的时候，老顺的破锣嗓门又响了 ：“起呀，爹爹们，还不起？天生一副猞猁相。”灵官睁开眼，觉得头有点闷。院里有哗哗的扫帚声。这单调的声音和弥漫于空中的纤尘每天伴他起床。穿衣时，裤头上的湿迹让他想起夜里的荒唐梦来。他懊恼地晃晃脑袋。

早晨照例是山芋米拌面泡馍。莹儿端碗进来时，灵官感到心不规则地跳了。她是不是也做了同样的梦呢？他留意地望她一眼，看到的却是一脸正经。……女人是天生的演员，他想。看那样子，仿佛啥都没有发生过呢。

吃过早饭，妈打发猛子和憨头去兰兰婆家，帮着收拾一下秋禾。那儿地多。兰兰的男人白福又是个游荡晃荡的坯子，农活全凭兰兰干。一到秋上，人就苦成个猴儿了，所以妈常打发猛子们去帮凑一下。当然，这次去还有一个目的，就是想叫兰兰村上的那个神婆子给憨头看一下。那神婆真神，才出马。

猛子们一出门，老顺就打发莹儿去沙窝里“旋”一下，看看哪儿的黄毛柴多些，说今年黄毛柴籽又涨价了，谁都往沙窝里钻。灵官妈便说 ：“也好。灵官也去。顺便带上单子，能打了打几斤。瞅下个好地方，我也去，住下吃劲打几天。”灵官望一眼妈，见妈也望他，脸突地红了，咕哝道 ：“也没见谁个卖发。”老顺说：“斤里不添两里添，有几个总比没几个好。这年头，不生发弄几个，喝风呀？你不想去的话，放羊去。我去打。”灵官说：“一提放羊，瞌睡就来了，咩咩咩的，叫得眼皮往一起粘。打就打去。我喊花球一起去。”老顺斥道：“你又不是撵野鸡，喊那么多人干啥？……你书没念成，毛病倒不少。”

灵官哼一声，灌满水拉子，取几个馒头，装进挎包，拿了床单桦条和镰刀，就往外走。

走一阵，回头，见莹儿也出来了。她的头巾很红，衣裳又显得太绿。灵官觉得扎眼，想，你又不是去相亲，穿那么艳干啥？

魏没手子骑着他赖以为生的叫驴过来了。蹄声嘚嘚，显示出驴子旺盛的生机。从驴子扬蹄响鼻的神态看出，魏没手子把驴子务息得很好。魏没手子望望灵官，又望望莹儿，怪声怪气地说：“啊哈，进沙窝呀？那可真是个好地方啊，又暖和又软和……带单子没？”灵官没辨出他话中的弦外之音，就扬扬床单。魏没手子哈哈笑了：“啊！带了？好，带了好啊，方便。哈，不要说人，连个鬼也没有啊。哈哈，小叔子搞嫂子，世上好少的呀。哈哈哈。”灵官还击道：“你还是管好自己吧，别眼馋叫驴。要是你给人家配出个人头驴身的玩意，人家可饶不了你呀。”魏没手子笑道：“哈，我没那本事。要是人找我的话，我请你帮忙。啊，哈哈。”灵官说：“还是你独占花魁吧。”

望望魏没手子远去的背影，又望望后面的莹儿。莹儿吐吐舌头，笑了。灵官心里一荡。

进了沙窝，见了几个打沙米的女人。她们也嘻嘻哈哈取笑他和莹儿。他和魏没手子斗嘴还行，跟女人却不成。她们的话很露。刚出校门的灵官，还没来得及被“骚”话腌透呢，只好低头红脸。莹儿反倒吃吃笑了。

近村的沙米和黄毛柴早被人打光了，只剩下一些被风扬过的叫“秸”的碎屑。这是意料之中的事。途中沙丘上柴棵虽有些没被人动过，但早被人安了“招子”。那是些绕成小疙瘩的沙米棵和黄毛柴，栽在沙丘沙谷间，就意味着这“招子”里的是“我”的了，别人动不得。这是沙湾约定俗成的规矩。

只是“招子”太多了——倒不是担心沙漠里的东西被人占光，灵官知道沙漠大着呢，腾格里可不是牛蹄窝。但耳旁却响起父亲的话：“再不打，就只剩下个屁了。”真是奇怪。

女人们一个个走向各自的“招子”。不能叫“路”的路上只剩下他和莹儿了。腿有些困。他知道离黄毛柴攒集之地还远着哪，还能望见村旁的烽燧墩呢。在软沙上行走比硬地上费劲，行一步，退半尺，总感到有劲使不上，使来使去也就没劲了。

太阳成个球似的蹭蹭蹭蹿着，不红，亦无光。灵官望望太阳，把水拉子从右手调到左手，深吸气，调调失态的呼吸。但呼吸依然失态，像使力不匀的风匣声。

忽觉得左手轻了，知道莹儿接过了水拉子，就索性将手中的布单一扔，身子一歪，坐在上面叹气。莹儿噗嗤一笑，说真成白肋巴了，腰来腿不来，跌倒起不来。走了三步路，就成软泥了，咋打黄毛柴呀？灵官不理，闭上眼，觉出腿在隐隐地轰轰。

莹儿抿抿鬓角的头发，眯缝着眼望着远处，叹了口气。

缓一阵，莹儿说：“走吧，太阳都老高了。照这样子，晌午都到不了地方。打都不用打，掉头回来，就得一天呢。到地方你缓着，我打。不然你爹骂呢。”

灵官站起来，叹口气，想到自己一辈子就得钻这个沙窝，心境黯淡了许多。念书时，想到沙漠，尽是乐趣。进了沙漠，反倒又回味起学校的清静。但一切都过去了。老顺是他的未来，想想都有些害怕。有时想，不念书倒好些，知道得少，糊里糊涂倒幸福些。像爹爹，就容易满足，从沙窝里逮个野兔一炒，就高兴得像过年。吮兔子骨头时，是他一生最幸福、最滋润、最满意的时刻，他说：“神仙也不过如此。”而灵官则不，脑中的乱七八糟冲淡了野兔的美味。即使肚里填满了兔肉，他依旧饿。

沙岭越来越高，沙谷也越来越深。行进起来自然费劲，行一步挪不了半尺。下坡时，又得注意不至于被惯性甩出老远。几次，灵官差点失去平衡——当然，失去平衡也没啥大不了，在沙坡上打几个滚，翻几个跟头。疼是不疼的，只不过嘴里、耳朵、衣服里免不了会进些沙。这些，灵官不怕。他怕的是在莹儿面前失了面子。其实，“小叔子”是不讲啥“面子”的，“面子”向来和大伯子连在一起。村里人说：“能在公公的怀里睡，不在大伯的前头过。”为啥？“小公公大大伯”呀。大伯是谁？是丈夫的哥哥呀。

莹儿走得很从容，但显得有些琐屑。她着意选择不大起大落的路，走缓坡，走“之”字路，扭来旋去，只走阴洼。灵官知道，阴洼的沙实在。阳洼里尽是风刮下的浮沙，脚一踩，能没了踝子。但灵官却有意不管那些，他仿佛故意和自己赌气似的，直上直下，大起大落，上时像蜗牛，下时如野牛。行不了多久，就吁吁如爬坡老牛了。

莹儿望他一眼，说：“还是走阴洼，绕着些，走缓坡，不要直上直下。别看绕着走的路多些，可省力。转路三十天，截路一个月。用的时间一样，走的路也一样，可人不累。不信你试试。”

灵官不搭言。他弯腰脱了鞋子。鞋里满是沙。负了沙的鞋很沉。他两鞋相磕，倒去沙子，又绾住两根鞋带，将鞋搭在肩膀上。沙上的凉气很快注入了脚心。

莹儿劝道：“还是穿上好。这会儿沙没烫，走不了多久，你的肚子就胀。再说，走不了多久，脚上的皮就给沙子蹭没了。”

灵官径自前行，仍直上直下，大起大落。他暗里使劲，想把莹儿甩出一截，以显示自己的强大。但走了许久，却发现，无论咋走，莹儿总是若即若离地跟定他。下坡他能“疯狗扬尘”地把她甩开一截，上坡时她又一步步咬了上来。

太阳已经老高了，不红，惨白惨白的，没有热度。灵官跑下一个沙坡，一直跑到另一面沙坡前，才萎倒在地。他取下了肩头搭的鞋子，搓去了沾在脚上的沙，穿了鞋。他不是怕肚子胀，而是忍受不了那砭骨的冰凉。那凉似已透进小腹，使他有了尿憋的感觉。他不好意思地望着娇喘吁吁渐渐走近的莹儿。

莹儿用头巾的一角擦额头的汗，又留意地擦擦鼻洼和嘴角。灵官挪开了视线。因为这明显带有“打扮”意味的动作，在这人迹罕至的沙窝里，显得有些暧昧。他的心跳了几跳，却听得莹儿说："算了，打吧。"

灵官这才看清了稀稀落落的黄毛柴和沙米棵。他环视四周，发现了一种死寂。人没有，鸟没有，动物也没有。只有当空的太阳在喧嚣，发出一种听不着但能感觉到的声音。静挤压而来，心随之虚了。他想起了魏没手子的话，呼吸促了，心也奇怪地晃。他咽了口唾沫。同时，他也听到了莹儿咽唾沫的声音。

灵官扔下单子和桦条，拿着镰刀，走向一墩墩黄毛柴，用镰刀割下结籽最多的稍部，轻轻放在沙上。

莹儿则一手提了张着口的袋子，一手捋黄毛柴籽，捋一把，往袋里扔一下。空气里弥漫着一股黄毛柴独有的香味。

割了一阵，柴头堆成了小丘。灵官便将单子捞过来，铺好，把割下的黄毛柴抱到上面。取过桦条，一下下抽打起来。他抽打得很凶，仿佛在发泄什么或是借以掩盖什么。一股纤尘腾起。刷刷的声响使寂静的沙洼喧闹了。

莹儿边捋黄毛柴，边望灵官。桦条的每一次扬起，都使他充满阳刚的美。莹儿抿嘴笑了。

抽打百十下后，灵官扔了桦条，将打过的柴棵轻轻提起，抖一抖，扔过一边。再放上一堆，脱了外衣，光个膀子，在手心里吐口唾沫，搓搓，拾起桦条抽打起来。

莹儿笑了。她不理解他为啥要往手心里吐唾沫，是起润滑作用，是显示威风，还是别的？她不理解，感到好笑。

日到中天，开始刺目。莹儿已感到灼热。因了缕缕风拂面的缘故，沙洼倒不显闷热。太阳也不似盛夏那么毒，毕竟是漠黄草白的深秋了。灵官手里的桦条仍很威风，但已有亮亮的东西从他的额上沁出了，鼻洼里也有了尘土。她估计自己也这样，便取下头巾擦擦脸，倒没擦出多少灰尘。系好头巾，莹儿索性住了手，看起灵官来，像村里女人那样带着看"西湖景儿"的心态看不会干活的洋学生"白肋巴"。

汗珠儿从灵官头上滚下来了，光着的膀子也湿漉漉了。纷扬在空中的灰尘和柴屑落到身上，显得很脏。透过愈来愈疯的桦条，莹儿看出他把短促的喘息抑成了深呼吸。她笑了，说："缓缓吧，秀才。挣坏了，可没人给你当媳妇。"

灵官又狠抽几下，才扔了桦条。他不再掩饰地喘着气，捞过外衣擦擦汗，躺在沙丘上，眯了眼望天上的云。不一会，他便感觉到被太阳晒得滚烫的沙子熨得身体怪舒服。那种感觉，是无法用语言形容的。

莹儿提过水拉子，叫灵官喝。灵官一动不动。他虽然有些口干，却舍不得中断腰部那奇异的舒适。尤其在闭目放松时，一切都消失了：太阳，沙漠，甚至肢体。只有和烫沙接触的那部分存在，而那存在又是超越理性的。语言很苍白，包括那两个差强人意的字——"舒坦"。

"喝呀。"莹儿说。

灵官睁开眼，翻起身，喝了几口。水在太阳下晒了好长时间，失却了本来的清凉，多了股塑料味儿。灵官懒得多喝。再说他也不太渴，仿佛早晨吃下的山芋米拌面还在滋润着他的身心。怪不得凉州人说"三天不吃山芋米拌面，心里就干焦干焦的"呢。想起这句话，灵官笑了。莹儿接过水拉子，没用手绢什么的去擦他刚对过嘴的地方，喝了几口，笑着望他。灵官脸红了。莹儿的脸也红了。

二人无话。半晌，谁都觉出了没趣。莹儿好容易想起个话头，说："饿不？吃些馍。"灵官说不饿——话头又断了。

莹儿下意识捻起一撮黄毛柴，用手搓搓，左右手倒换着一吹。壳飞了，剩下针尖大小的褐色的籽。莹儿扔进口里，嚼嚼，吐出来，说："也怪，这东西，瞧着也不咋的，为啥放一点面就能擀长？"灵官不语。

"听说陕西那儿离不开这呢。没它，面条一下锅就成糊糊。"

灵官仍不语。

"听说面包里也有它呢，要不咋那么暄。听说不？"

灵官哼了一声。

"你吃过没？六〇年，这东西也救命哩。捋上，磨上，开水拌上一碗，轻轻一吸，一碗都进了肚子。"

灵官不答话，仰脸躺在沙上，闭了眼，一动不动。若不是嘴角的柴枝在动，真像睡着了。

莹儿眯缝了眼望望天。天上云很少。一只黑鹰低低盘旋，在天上挪来挪去。

又是半天冷场。太阳光虽说强多了，但莹儿并没感觉啥热。她望望灵官，又望望天上那只忽东忽西的黑鹰，最后将视线停在沙米棵间的老鼠洞旁。许久，叹口气。想说什么，又没有说。

灵官没有睁眼，只狠劲地嚼那个柴枝。露在口外的那端动得很快。他似乎也觉出了寂静中的那份喧闹。

莹儿望一阵老鼠洞，取下头巾，绞在手里，绞拧一阵，住了手，不望灵官，说："问你个事儿……"

话一出口，她却又慌乱地抬起头，仿佛被自己吓了一跳。见灵官并没望她，又垂下眼帘。

"问你个事儿……我是个坏女人……是不？"

灵官不搭言，嘴角的柴秧疯动着。

莹儿的脸涨得通红，眼里已亮晃晃了。她看一眼灵官，又将视线转向茫然，牙咬嘴唇，半晌，说："你说呀。"

灵官嘴里的柴秧凝住了。他觉得脸像冻后又被火烤了一样。这时，眼皮成了他最后一道屏障。他不想放弃这屏障。

他突然感到了热，感到了闷，心里有很黏的液体。虫子似的东西从颊上爬下来了，怪痒。他擦了一把，费力地咽口唾沫。

莹儿垂下头，仍在绞头巾。她胸部起伏度渐大，并有抽泣声发出。等她抬起头时，脸上已泪花闪闪了。

"有啥法子？"她的声音大了，"我是女人，我认命就是了。就这一辈子，豁出来就是了。"说到后来，有点声嘶力竭了，一点也不像素日里那个温弱得像要被风吹化的她。

灵官叹口气，下意识望望天，仿佛在寻找什么。心中黏黏的极不舒服。

"其实，憨头能治好，不要紧。"灵官说。

“你……他说他丢不起人，不肯治。我才……我才……二十来岁……日子……日子……还长呢。”

“我劝劝他。”

“你一劝，人家又咋想？”

莹儿脸又红了。灵官身子忽然热了。

“你说，要是你劝他，他咋想？我把这都告诉你了，他还不想到别的？尤其这沙窝里，连个鬼也没有。”莹儿的声音小了，近似私语。音质却依然那样水，只是更柔。

灵官的心跳山洪似的响。

“他会咋想？……魏没手子说啥来着？”

很水很柔的声音在耳边嘤嘤。他大口地喘气。啥都没了，除了心跳，除了那很水很柔的声音。口很干。他摸索着去取水拉子，却触到一只火烫的手。

说不准是他捉了手还是手捉了他，反正两手相握了。两个手心都湿湿的。莹儿呻吟了一声。灵官一下扑倒了她。触到双唇时，一阵奇异的眩晕淹没了他。

莹儿的呻吟很柔，很腻，也很促。这声音是风，灵官是火。他的手探进她的上衣，捏住了那只酥软可人的乳峰。

“给我个儿子呀。”莹儿喃喃道。

太阳亮晃晃悬在头顶。灵官清醒了些。他说：“等等，我看有没有人。”站起身，用手掌拍拍闷闷的额头。上了沙丘，四下里望，都是沙山。除了喧嚣的太阳和涌动的大漠，连个鬼影子也没有。等他下来，莹儿已装了柴籽，铺好了单子。

轰——灵官觉得体内的什么东西爆了。这是他进入莹儿的第一个感觉。随后，激流淹没了他。

……

激情异常迅猛地扑上来，又卷走了。稍纵即逝的激情使灵官来不及品味那难言的快感，剩下的只是失落、空虚和索然无味。莹儿火辣辣的目光和搂得过紧的臂膀使他不舒服。他有点怕或者讨厌她的殷勤了。他躲开那双火辣辣的眼睛，躲开再一次伸过来的嘴，爬起身，提起裤子。

明晃晃的太阳使他产生了恍然如梦的感觉，沙洼的黄色又给他掺和了忧郁。他又想到了憨头的样子，心一下子灰蒙蒙了。他疲惫地脱了背心，躺在沙上，让灼热的沙粒给他以灼痛的舒适。

莹儿意犹未尽地整理好衣裤，在灵官身边躺了下来。她抚摸着他裸露的汗津津的臂，一下下吻他，又不时亲昵地咬他的胳臂。灵官不习惯这种亲昵。莹儿嗔道："刚用了人，就不管了。你们男人……"

灵官不理她，滚到一棵黄毛柴旁。莹儿小心地叹口气，取过馍馍袋，说："吃些吧？"

灵官说："不饿。"

"不管饿不饿，吃些好。等会，还要干活呢。"

灵官没说话。

沙窝到了这一天里最热的时候。莹儿把单子挂在那墩黄毛柴上。

灵官感动地笑笑。莹儿也才笑了。灵官取过馍，咬了一口，又取过水拉子，拧开盖子。莹儿说："等等，我看它热了没？"她摸摸塑料拉子，说："能喝，不冰。你可记住，干了这事不能喝冰水的，喝了害病。到时候，你媳妇可不饶你。"说着噗嗤一笑。

灵官的情绪好多了，又觉出了莹儿的善良和美丽，也不再反感她过分的亲昵。他擦擦汗，喝口水。

莹儿喝几口水，说："你慢慢吃。我再捋些籽。不然，你爹骂呢。"她学着老顺直梗梗的嗓门说，"两个猪猁，一天才打这么些。干啥去来？"她噗嗤一笑："你说，我该说干啥去来？"

"你就说睡觉。"

"你好，我就说：该剥你儿子的皮了。他干活没溜子，干坏事却老道得很。真是老鼠的儿子会打洞。"

灵官笑了。他缩在柴荫底下，静静望莹儿。

莹儿显得很正经，很专心，努力控制着不朝他这边望，但越控制倒越将强装的正经弄没了。于是，她粲然一笑。这一笑，在灵官的某个敏感的神经上播了一下。眩晕和渴盼再次涌来。

“别望我，我还干活呢。”莹儿说。

“你干你的。我又没挡你。”

“你望我，我咋干？”她娇嗔地瞪他一眼，背过身去。

灵官痴痴地望她的背影。他认为，女人最美的是背影，尤其是莹儿的屁股。那浑圆的、充满性感的部位总能叫他的心晃荡，总能叫他感到一种无法忍受的饥饿。

灵官的脸发烧了。虽然他们打破了界限，戳透了那张不容易戳透的纸，但他还是害羞，不好意思袒露自己的欲望。他怨恨自己似的撕撕头发。

莹儿望望太阳，住了手，说：“行了。再耽搁，赶黑到不了家的。来来去去真是费事，光走路就得半天工夫。住到沙窝里多好。干脆，明儿带上铺盖。敢不？”

灵官说：“咋不行？住沙窝的人多着呢。只是你没个伴儿，要是兰兰没出嫁就好了。”

“你也算是伴儿吧。敢不敢住？”

“咋不敢？你敢，我也敢。你能戳破脸，我怕啥？”

“哈，口气挺大的。就怕干起来像什么一样倒缩了。”莹儿刮刮自己的脸。

灵官红了脸，遮掩似的将单子上的柴籽抖成一堆。莹儿撑开袋口。柴籽水一样流进袋中。

收拾停当，灵官取过水拉子，拧开盖子。莹儿说：“别倒了。水还是留下的好。小心无大错。”灵官重新拧上盖子。

灵官望望天空说：“其实，太阳还早呢。急啥？缓缓再走。”莹儿说：“走吧，慢慢走。你那个肉牛样子。走快了，还不成一摊泥？”

灵官望一眼莹儿，捉了她的手。莹儿在他手背上拍拍，笑道：“还背黄毛柴籽呢。我倒没啥，就怕你累。夜里吧。他去妈妈那儿了，肯定不来。现在猴急，也没啥滋味。”

“不过，你来段花儿。”

“成哩。别说花儿，要心也给哩。你可别当甩手掌柜，边听边拾掇。”说着，她唱起来了——

月亮当中的娑罗罗树，
春风儿吹天下哩。
一思想和阿哥走下的路，
心疼（着）咋丢下哩？

“好不？”

“好。真是天籁，再唱。”

石崖头上的墩墩儿草，
骨朵儿像胡麻哩。
阳世上再没我俩儿好，
一晚夕说胡话哩。
白萝卜榨下的浆水酸，
麦麸子拌下的醋酽。
宁叫他玉皇的江山乱，
不叫咱俩的路断……

归去时，一路花儿一路笑，虽背了柴籽袋，却没有感到来时的那般艰辛。进了门，放下袋子。老顺过来，在袋上踢一脚，没嫌少，反说：“看看，咋的？遍地是黄金，就看你拾不拾。”

吃晚饭时，老顺问：“沙窝里黄毛柴多不？”莹儿说：“近处都叫人下了‘招子’。里面多。就是太远了，得走半天路。一来一去的，浪费了时间不说，人也累得慌。”老顺说：“不行就住下，吃劲打几天。明天叫你妈也去。”灵官说：

“妈走了，谁给你做饭？”老顺说：“我又不是驴肚子，能吃多少？一天不就三顿饭嘛。”

灵官见莹儿偷偷朝他眨眼睛，就故意说：“我就不去了，谁家一个大男人干那女人活？”老顺说：“不去也行。凉州城市政府大堂上有个位子等着你去坐呢。问题是你有没有那个本事。你念书除了往肚里塞了些又酸又臭的词儿，再念了个啥？你考虑，不去也行。河坝里那块地正好没顾上犁，你去尝尝翻土块的滋味。”灵官赶紧说：“你叫我进沙窝，谁又敢说个大话啊？”莹儿噗嗤笑了，朝他做了个鬼脸。

老顺猴塑塑蹲在炕沿上，吧嗒一阵烟锅儿，高声说：“老妖，猪喂了么？好好扯上几个锅盔，明个到沙窝逛去。撒活一下眼睛，顺便弄几个黄毛柴籽儿。”妈在厨房里应道：“你不是苦得急急儿了吗？正好逛去。啊？”老顺说：“你见谁家的公公和儿媳一起进沙窝呢？”妈笑道：“哟，这不正合了你的意吗？你一进沙窝，谁都不用烧热炕了。”老顺嘿嘿笑了。莹儿赶快收拾碗筷出了书房。

灵官妈提着那个袋子进了书房，说：“我还当你们打了多半袋子。谁知是枝枝子占了多数。”灵官说：“你算。走路五小时，吃腰食一小时。剩四个小时，得一把一把捋呀，又不是在堆上刨。”妈笑了：“我只是说说。能干多少，就干多少。”

老顺说：“你准备一下，把那个大拉子洗一下，装水。顺便去问问，再有没有去的人。一起去，好有个照应。……其实，你去干不干没啥，给他们做做伴，当当甩手掌拒。”

老伴笑道：“我啥时当过甩手掌柜？老乳牛养了十个牛，事事离不了老乳牛。三寸气不断，就得挣扎。”

灵官说：“你不去就算了。叫人听了，还以为我们子女压迫你似的。真是的。”

妈笑道：“好，不说不说。”遂到厨房里忙活去了。

不一会，灵官却进入了梦乡，害得莹儿空候了一夜。

2

灵官醒来时，天已大亮。父亲的叫声使他吃了一惊，因为梦中他是和莹儿睡在一起的。等他起床后，父亲已将水、面、锅、盆、行李等捆在骆驼上了。妈妈正在喂猪，唠唠唠的声音在清晨很扎耳。灵官胡乱洗把脸，又在牙刷上挤点牙膏放在嘴里捅了几下，吐出一嘴白沫。妈妈说："你要刷，就好好刷。牙膏还没蹭匀就吐了，白费钱。"灵官说："你不看爹正找个出气的地方吗？我一磨蹭，他不发威，才怪呢。"妈说："行了，吃饭去吧。吃了上路。"

莹儿端饭进了书房，瞪一眼灵官，悄声说："你倒好，害得我一夜没睡。"灵官说："跑了一天，乏了。包公都没看，也不知啥时睡着的。"莹儿说："你以后'好生'这样。"灵官说："不会的。有个再一再二，没个再三再四。"老顺进了屋，说："馍馍疙瘩也塞不住嘴？你不看啥时候了。"灵官说："我又没说啥。我说包公没看上，再又没说啥。"莹儿急了，在老顺背后瞪他，灵官知道她瞪的是"再没说啥"这句此地无银三百两的话，就说："嫂子也正怨我睡得太死呢。"莹儿睁大眼睛，指指老顺后背，一脸慌张。灵官吐吐舌头。老顺说："快吃吧，还等啥？我们那阵子进沙窝，鸡没叫，就动身，这会儿干得正欢呢。"

灵官说："你少说两句行不行？我不听吧，你说秋风过了驴耳了。听吧，耽搁吃饭，你又说我磨蹭。"老顺说："好好好，我不说。我知道你不爱听老子的话。好药总是难喝。"又转身对莹儿说："你也赶紧吃去。你妈说，北柱们也去，不要叫人家等。"

灵官狼吞虎咽，吃了一碗，就去收拾刷牙用具。老顺斥道："又不是去当干部，拿那个东西干吗？路远，少拿一点是一点。"灵官说："有骆驼呢。"老顺冷哼一声。

收拾停当，灵官拉出骆驼。听到妈妈又安顿喂猪的事："粗食要烫一下。麸子不要放得太多了……不要喂几天就把半年的细食糟蹋光。吃馋了猪嘴，我看你拿啥支应它？"老顺说："知道。"妈又说："鸡一天喂一顿水食。庄门要拾掇好……”“哎哟，老妖，有个完没完？”妈却不理他，继续说：“水食不要太清……”“哎哟，你走你的，我又不是灵官。”灵官大声说：“灵官怎么了？一张嘴就灵官长，灵官短的。我灵官啥时叫人这样安顿过？”莹儿笑了。妈也笑了。

出门，到隔壁喊了北柱和凤香。凤香又喊了月儿。北柱说：“孟八爷又进沙窝了……今年狐子肯定多。沙窝里的老鼠一群一群的。”灵官说：“没狐子了，老鼠才多。”北柱说：“老鼠多，才引来狐子。大头昨夜打了一个狐子呢。嘿，笑得合不拢嘴。”

北柱又对灵官妈说：“你真是老糊涂了。你搅和啥呢？叫他们小叔子嫂子打去就是了。你不怕他们怪你碍手碍脚？”莹儿接口道：“就是。你叫白狗和他嫂子去就是了，你搅和个啥咧？”凤香说：“哎，我可没说你呀。你说谁就说谁，少牵扯我。”莹儿笑道：“你承啥头？心里没冷病，不怕吃西瓜。白狗又不是你一个嫂子。”

凤香说：“不和你说，你是个雀儿嘴，最会喳喳呢。灵官好好听着，你嫂子正给你教见识呢。”莹儿说：“是啊。你凤香嫂子正给你教见识。北柱，心里酸不？”灵官妈笑了。谁都笑了。

进沙窝不久，又碰上花球娘儿俩。花球正在整理驼背上倾斜的水拉子。骆驼打着响嚏。水正顺着驼毛淅淅沥沥往下淌。北柱上前和花球吭哧一阵，才将水拉子扶正。两峰骆驼八个人继续上路。

太阳从沙尖上蹿了出来。那样子真像蹿，嗖嗖，就高了一大截子。梭梭、沙米棵被太阳涂了层白光，骆驼成了一种轮廓。

走了一阵，沙岭高了。灵官和花球拉着骆驼，走上驼道。

驼道并不是道，只是沙路的另一种走法，走“之”字形。一条直线距离不长的沙路，因走“之”字，就显得长了许多。

骆驼、驼铃、旭日、梭梭、柴棵，还有不远处的莹儿们，构成一幅奇妙的画。灵官觉得胸里多了种力量。他很想叫莹儿来几段花儿，却听得北柱的嗓门已响起来了：

王哥放——羊南山上——

日落——西——山——羊上圈——

手把门窗往外看——

为什么——不——见我——王哥的面——

北柱的嗓门嘶哑，起调又偏高了，显得声嘶力竭，引得女人们笑了起来。凤香骂道：“算了吧，你那个牦牛嗓子，聒得骆驼都夹不住尿了。在孔夫子门前卖孝文哩。”北柱大声说：“你们不懂。现在就流行这种唱法。唱‘妹妹你大胆地往前走’的那家伙，嗓子比我还哑呢。”凤香说：“那你干脆到北京叫去。有本事弄上个头发像鸡窝的女人。”北柱说：“你舍得？”女人道：“天下男人又没叫霜杀尽，谁稀罕你？”北柱说：“就怕你拧歪鼻子哟。”

北柱小两口一斗嘴，灵官心里的激情消失了。搭在驼背上装着刷牙缸子的帆布包随着骆驼一步步前行一下下与锅盖相撞，发出单调乏味的声音。灵官产生了空荡荡的失落情绪。这种情绪就像压在水中的皮球，一不小心，它就咕咚一声冒出来了。

“哎呀，老鼠。”花球惊叫一声，“那么大，那么多。”

骆驼停了下来。灵官听到一阵鸟叫，声音大而乱。循声望去，不见啥鸟，却见一群老鼠在追逐。在一株巨大的黄毛柴下，有一个黑洞。洞口有一鼠，大似猫，人立一样，后腿支撑身体，前肢如人，作揖一样抱拳，黑豆似的眼睛望望骆驼，望望人，倒像是欣赏动物的孩子。七八只稍小的老鼠往来穿梭嬉戏，旁若无人。吱吱的鸟叫声就是从它们口里发出的。

花球朝女人们喊：“快来看呀，大老鼠。”

月儿抢先跑了过来：“呀，成精啦。”跑动声搅了鼠们嬉戏的兴致。它们一个个人立拱手，望着这几个没见过大世面的生灵。

女人们一个个尖叫。这下鼠们才慌了，向洞口跑去。跑至洞口，仍人立一样回眸而望。虽没生出百媚，倒也把眼睛生动地印进人心里去了。然后，才钻进洞去。

那巨鼠的道行显然高多了，惊叫的女人惊不了它，仓皇皇从身边遁过的同类也诱不了它。若无那双黑亮转动的眼，倒真像入了禅定。

莹儿说："真成精了。这么大的老鼠，猫也怕降不了呢。"

灵官妈说："天大的老鼠也怕弱猫，这是天性。"

凤香说："听说老鼠偷吃了盐和清油，就成了'夜蝙蝠'。"

北柱啐道："你别狗咬火车，不懂科学。'夜蝙蝠'和老鼠根本不是同类。两码事，知道不？小蝙蝠是大蝙蝠生的。就像你吃啥也变不成母马一样。嘿……变个母驴还差不多。"

凤香说："你才能变个叫驴呢。你懂科学？懂得给嫂子肚里的娃娃做腿？"

大家都笑了。灵官也听说过早几年北柱趁大哥外出时哄着和嫂子睡觉的事。据说其理由就是肚里的娃儿还没做上腿，怕生下是个残废。

北柱搔搔头笑了。凤香白他一眼，声音更大了："要不是他嫂子表他的功，谁还知道呢？"她学着一个声音说："多亏了北柱呀，不然娃怕是个残废呀。"人们越发大笑。月儿被这荤玩笑羞红了脸，扭过头去。

大老鼠这才被笑声惊失了态。它逃向洞口，也像别的鼠那样回首而望。花球脱下一只鞋，叫："你还如此嚣张。"掷鞋过去。老鼠早溜进洞里了。

3

正午时分，才赶到了沙米和黄毛柴最多的沙洼里。天已经很热了。驼身上和人身上都是汗。北柱问："咋哩？一块儿打呢，还是各把一个沙洼，各打各的？"莹儿说："还是各打各的好，一块儿怕只顾了喧。"月儿说："还是一起好。分开打，打不了多久，就不想打了。"花球说："就是。割的割，抱的抱，打的打，干起来有劲，也不窝工。"灵官妈说："也成，谁也别偷懒。打下，按人均摊。"

于是，大家找了一个避风且质地较硬的叫"光坦旋"的地方卸下垛子。

取出被褥行李放在一起，又将锅碗瓢盆等炊具取出，由灵官妈花球妈在沙上掏好了搭锅的坑，锅边缘剔好入柴口和出烟槽，就到附近的山洼里去拾柴。灵官妈取出脸盆，用勺头子按一人一勺的量挖出面，倒水和了起来。她在“大集体”时常进沙窝打沙米，对沙窝里做饭的技艺很熟悉。不一会，就在脸盆里和好了面，又用刀切成一个个细长的条，搓上油，饧上，对已拾来了柴的花球妈说：“点火吧。”

花球妈把锅搁在坑上，点了火。“光坦旋”里升起一股炊烟。灵官看到了烟，想起了那句“大漠孤烟直”的诗来，就对花球说：“古诗里说大漠孤烟直，我却一直没见啥直的烟。烟都是一团一团一缕一缕的，哪有直上天的呢？”花球说：“诗写的是无风时。”灵官说：“无风时，烟都往地上落，哪儿也不去，整个一个乌烟瘴气，呛得人眼泪都下来了……谁又见啥直上天的烟来。”花球说：“可能多少得有点儿风吧。”灵官说：“更不对了，多少有点儿风，烟都随风跑了，又到哪里直去？”花球说：“我也说不来。你一个书呆子都不知道，我咋知道？”

月儿和莹儿从另一个沙洼里各抱一捆柴走来。月儿说：“白念书了，灵官。那烟又不是黄毛柴烧的烟，是狼粪烧的烟。狼粪一着，无风的话，烟就直直上天去了。书上不是说狼烟狼烟嘛。”灵官听了，直直看月儿几眼，说：“哟，你还行，成女博士了。”月儿笑道：“当然呀。别以为自己天下第一，见人爱理不理的。”莹儿听了，古怪地望月儿一眼，说：“快走吧，怕等柴用呢。”月儿笑着走了。

灵官问北柱：“你妹子有婆家没？”北柱说：“没。心比天高。见这个也不行，见那个也不行。妈说，还是书念坏了。女娃一念书，心就野了。”灵官说：“也是。不过，女娃找对象比考学更重要。找个好对象，啥都有了。”北柱说：“妈也这么说。可她咋都不行。”灵官问：“她想找个啥样的？”北柱说：“没明说。只说她感觉好的，拾大粪也行。你说，感觉是啥？看不见摸不着的。歌儿上还唱跟着感觉走呢，咋跟？莫名其妙。”灵官说：“你当然不懂的。其实，感觉是存在的。”北柱说：“你说说看。”灵官说：“说不出来。说出来，就不是感觉了。”

正喧着，凤香喊：“嘿，饭都熟了，柴还没拾来。要等你们的话，面就泡成糊糊了。”三人抱着柴往“光坦旋”走去。

饭其实还没熟。莹儿和月儿正在扯面，把面扯得长长的，一下下揪进锅里。莹儿很熟练，面片子连成一条白线飞进锅里。月儿却显得很笨拙，面扯得不匀，薄处薄厚处厚。而且，揪下的面片总是粘手，不往锅里飞，弄得她哭笑不得。灵官妈切好了菜后，笑道：“姑奶奶，我来吧。别出洋相了。”月儿顺势把剩下的面扔进锅里，坐到沙坡上。凤香说：“平日叫你学，你四个蹄子蹬住不动弹。以后到婆家谁侍候你？总不能叫人家供到供台上吧。”月儿笑着说：“那我就不嫁人，叫妈养活一辈子。”北柱说：“想得倒美。明儿个，我叫妈随便找一个扔出去算了。”花球妈说：“灵官，你可注意啦。他们一扔，你就接住。你上哪儿找这么水灵的媳妇呀。”人们都笑了。

莹儿抿着嘴望望灵官，见他已羞红了脸，也笑了。灵官妈说：“他哪有那个福气呀？”凤香说：“听，月儿。你婆婆可愿意了，你愿意不？”月儿望一眼灵官，说：“人家想的是高跟儿，烫发头，走路一扭一扭的，说话一嗲一嗲的。能看上我？”凤香说：“这么说，你也是愿意了。”月儿嗔道：“你还有没个完？”大家又笑了。

饭熟了，各拿出各的碗和缸子。灵官妈说：“这顿饭是开灶饭。按规矩要吃好的呢，图个吉利。谁有好吃的，都拿出来。我有兔肉。”花球妈说：“我炸了油饼子。”凤香说：“我……”北柱接过口说：“煮山芋。”凤香说：“还有……”北柱又接口道：“沙葱。再没了。”花球说：“那算啥好吃的。”北柱说：“牛吃菠菠菜，猪香狗不爱。你不觉香我觉香。”凤香说：“嘿，啬皮，野鸡肉你放下生儿子哩吗？”“——有野鸡肉。”月儿拍手道。北柱讪讪笑道：“我还以为你没炒呢。”女人说：“没炒，往臭里搁？”“我还以为你没拿呢。”“没拿，放下喂狗？”“嘿，我还以为你吃了呢。”“啥？你以为我是偷嘴子狗，啥都只想一个人吃？”众人都笑了。月儿莹儿抱着肚子连喊哎哟。

兔肉、野鸡肉、沙葱等一摆，在沙窝里就算是很丰盛了。饭也很香。美中不足的是饭中带进了沙子。北柱说："哎，谁把沙当盐调上了呢？"凤香说："你有本事，做一顿，看看有没有沙子？"北柱说："我不过说说。""站着说话腰不疼？你做上一顿就不挑挑拣拣了。"

吃了一碗碜牙的饭后，灵官就不想再吃了。他拧开水拉子就往碗中倒水。莹儿说："刚吃过饭不能喝水，会消化不良的。"

北柱笑了。花球问笑啥。北柱说："嘿，嫂子对小叔子就是不一样。"他学着莹儿的声音说："刚吃过饭不能喝水，会消化不良的。哈……"花球也笑了。莹儿对凤香说："你也不管管。看他，一想，就往那地方想，心术不正。"凤香笑道："这种事我可管不了的。皇上也管不了的。待小叔子好是应该的。我可确实没听过你对你男人说过这么体贴的话。"她问灵官妈说："婶子也没听见过，对不？"灵官妈笑而不答。莹儿红了脸，指着凤香说："真是一路货。破锣遇了个破对头，一路货。心术都不正，一想就往那方面想。"凤香笑问："哪方面想？你说我往哪方面想？没想呀。怪了，你以为我朝哪方面想呢？"莹儿的脸更红了。灵官妈笑道："算了，别耍嘴皮子了。快些吃，吃了干活呢。"

4

吃过饭，已到下午二时左右。分工如下：三个男人专门割黄毛柴头。莹儿、凤香、月儿用手捋，捎带把男人们割下的柴头往帆布上抱。灵官妈和花球妈用桦条抽打帆布上的柴头。分配已定，马上动手。沙洼里热闹起来。因男人们还没割下多少，灵官妈和花球妈也动手捋，边捋边叽叽咕咕喧谈。无非就是些东家长西家短三个和尚五只眼的事。内容琐屑，不值一提，但那喧的韵致倒很叫人羡慕。

莹儿和月儿却无话。月儿还想着刚才开的玩笑，想一想，抿嘴一笑，又偷眼望望远处割柴的灵官。莹儿心里酸溜溜的。进沙窝时，她就对月儿有种淡淡的敌意。月儿的青春，月儿的美丽，都使她极不舒服。但她又从不将这心绪表露出来。她善于掩饰自己的心态。除了偶尔至情的透露外，她很少有过失态。她的秉性里更多的是水性，但又不是水性杨花的水性，而是那种至柔至美的水性。给憨头当媳妇的这几年，生活和家务虽压抑了这一天性，但一遇适当的机会马上就会漫延开来。这时，她会宽容一切，除了年轻美丽有威胁性的同性。莹儿已意识到自己对月儿的敌意，面上反倒更亲近她了。这不仅仅是掩饰自己内心的需要，而是从心底里觉得，不该对月儿这么好的女孩抱有敌意。

“抱吧。先抱来我们打。”灵官妈说。

凤香和月儿走过去，把花球他们割下的黄毛柴头抱来，放在铺好的帆布上。灵官妈和花球妈取过桦条。“啪啪”声中，纤尘腾起。月儿躲火似的逃离帆布。

花球喊：“瞧那个干净鬼。怕沾灰沾土，把脚搁到肩膀上。”

北柱说：“干净啥呀？肚里盛的又不是洗衣粉。”

月儿说：“哥，早上没刷牙，是不？你不怕土，敢像猪那样泥窝里滚吗？”

北柱说：“你敢我就敢。”

莹儿说：“不和他说，那是个臭嘴。”

北柱笑道：“灵官的香，是不？哈，怪就是怪。我又没啃你，你咋知道我嘴臭？”

凤香笑道：“莹儿，去撕他的嘴。要不，找个骆驼粪蛋子给他塞上。”

提到骆驼，大家不约而同地抬头望望。骆驼不见了。灵官急了：“骆驼跑了。”北柱说：“骆驼又不是毛驴子。毛驴子才动不动就跑。它们吃饱自己就回来了。”

灵官觉得心里不踏实，上了一个很高的沙岭，见骆驼果然在沙洼里找吃的，只是自家的那峰走得更远些。远远望去，竟缩成个黄点了。灵官说：“骆驼走远了。我去拉回来。”灵官妈说：“你干你的活，莫管它。它吃一阵子，就回来了，丢不了。”灵官遂放下心来。

上沙坡时急了些，灵官气有些促，心也哗闪哗闪跳得慌，就坐在沙岭上歇息。远望去，沙岭一座比一座高。沙面上有水一样的气，哗哗哗闪。阴面深黑，阳面焦黄，色彩对比很强烈。灵官最感兴趣的是鹰。在无云的空中，黑的鹰是一道风景。那种展翅滑行的悠闲，使灵官感到自己活得真是窝囊。

灵官妈喊：“灵官，快下来！上面的风贼，弄不好会伤风的。”

灵官说：“不要紧，身上没汗。”

“嘿。”灵官妈对花球妈说，“你看，就这，十八好几的人了，还得叫老娘操心。”花球妈说：“一样，花球也一样。人说十八成丁哩，他们啥都不懂。”

北柱说：“快下来干活，你个白肋巴。跟你打，可吃亏了。”

灵官下了沙坡。被他带动的沙，水一样下流。

打了一阵，沙洼里新长的黄毛柴没了。老柴的柴头也给割尽了。灵官说：“换个地方吧。”北柱望了望太阳，说：“算了，挪来挪去费的时间多。明天再挪吧。我们先到那个洼里再割一阵，反正有抱的人。”就打声招呼：“我们到那个洼里再割一阵。”灵官妈说：“去就去。干就吃紧干一阵。喧归喧，手可不要停。不怕慢，只怕站。手动弹着，时间熬上了，活也就干下了。”灵官说：“知道。你一说就是这些话。重三倒四的，头都聒麻了。”灵官妈笑道：“好飞禽不叫人挼翎毛。你们也自觉点。”

北柱们进了稍东些的一个沙洼。这个沙洼里黄毛柴很多，而且大多是新生柴，好割也好打，柴籽也多。北柱很高兴。花球却皱起眉头：“啊，这么多，啥时候才能弄尽呀？”北柱说：“你看你，别人只愁少，你倒愁多了。你到沙窝是当新女婿来了？”花球说：“我也知道多些好。可一见这阵势，真给吓住了。”灵官说：“不管它，割一棵，少一棵，打一斤多一斤……你说，别看妈她们唠叨，有些话，可真有道理。不怕慢，只怕站。时间熬下了，活也干下了。啥不是这样呢？打黄毛柴，做学问，不都是这样吗？”北柱说：“知道就好。你也不用光耍嘴皮子，得干呀。”

北柱一边割，一边问灵官：“趁这时没人，你说真话，干了莹儿没？”灵官拾起一棵黄毛柴打了北柱一下：“你再没个喧的？”北柱说：“不喧这喧啥？人活一世古来稀，就为穿衣吃饭娶个妻。吃不愁，穿不愁了，再喧啥？当然喧这个了。实话说，干没干？”灵官说：“你先说你干没干？”“干了呀。嘿，不是谁都知道做腿的事吗？”“真有那事？你嫂子真傻成那样？”“屁。傻啥呀？我本是开玩笑的，谁知她当真了。女人，说不准。她嘴上是一套，心里是另一套。裤带解开了，东西放上了，手抱住你的屁股，嘴里还说‘不’‘不’。你说，这算啥？书上说是啥‘半推半就’。就这样，你说她傻，也许她啥都知道呢。反正是做腿，面子上说得过去，就做了。”灵官将手里的黄毛柴轻轻放在柴堆上，又问：“不傻？不傻，她咋又告诉别人了？还表啥功呢？”北柱说：“屁。她敢说啥呀？那是我说出去的。孙大头那孙蛋，说好不给人说的。可他是个松嘴子，一传二，二传十，谁都知道了。”灵官说：“你也真是的，那种事咋能告诉别人。你嫂子咋活人？”“谁愿意告诉别人呀？那是他们打平伙喝酒，谁都喧自己干的那事。谁都喧了，就我没喧。他们就笑我，嘴里还咻咻地叫着，说我丢人，二十好几了，还没见个天日。你想，我能忍住？再说，谁也说好不给人说的。”灵官笑了，用手中的黄毛柴在北柱屁股上抽一下，说：“孟八爷那天说你啥话来着……对，背不住个烫面条儿。”北柱说：“我也说了他的事。你猜啥事？哈，他在浇水时把魏没手子的女人按在地里弄了一顿。女人开始挣扎，骂他驴，后来咋样？嘿，抱住不丢手了，叫再来一次。”北柱前后左右望了望，压低声音说：“魏没手子的东西不行。女人一直还不知道。孙大头叫她见了天日。”“啥不行？是不是小？”花球问。

“小倒不大要紧。人不在大小，中用了就好。屌不在大小，能硬了就好。魏没手子平摊上一个秃桩，又不硬，刚能进个门。哈，是他女人告诉孙大头的。”灵官说：“这事你也说出去了？”北柱说：“东西不行的事没说，干的说了。那婆娘找上门来，把我的脸都抓烂了。魏没手子还扯了我一个嘴巴，说我再白嚼他女人，就骗了我。这孙蛋，好心得不到好报。”

花球说：“别说了，她们来了。”

莹儿三人从沙坡上下来了。莹儿问：“喧啥呢？”北柱说：“我们正喧小叔子和嫂子的事。你叫灵官以后嘴牢实些，那种事怎么给人说？叫憨头知道，看不捶扁你。”莹儿白了脸，但马上又回过神来：“是吗？我倒想听听他说了些啥。是做腿呢，还是做手呢？”“腿也做了，手也做了。”

莹儿对凤香说："嫁这样一个人也够烦的，一天嘴里没干没净的。只怕睡觉才像个人吧？"凤香笑道："睡觉更不像人。话更多，更嘲，更恶心呢。"莹儿说："哎，把嫂子这么好的人都糟蹋了。以前，好好一个姑娘，跟上北柱，也变得骚性性的了。"凤香说："我是嘴骚心不骚，你是心骚嘴不骚。白日不望小叔子，谁知道晚上还咋样哩？灵官，说，吃没吃过她的奶子？"灵官索性老了脸皮，说："吃过。还想吃你的。愿意不？""行呀。"凤香笑道："交换一下，北柱和你。不然，他心里咕咚咕咚泛酸水呢。来呀。"边说边作势解衣扣，倒把灵官闹了个大红脸。

三人嬉笑着抱着黄毛柴过了沙岭。灵官才舒口气。花球笑道："哎呀，北柱，你婆娘的嘴比你的还厉害呀。"北柱说："那当然，人家是大炮底下轰过的。嘿，女人那东西，是两个极端，说不骚，文静得像啥似的。一骚起来，浪得水咕咚咕咚冒。不过凤香话虽骚，心可不骚，谁也别想搭上手。"灵官说："谁知道呢。哪个男人都觉得自己的女人正派，都认为别人的女人是烂货，这是阿Q的心理。你不懂。"北柱说："谁不懂？还演过电影呢。不就是那个想和寡妇睡觉却挨了顿杆子的窝囊废吗？那孙蛋可真窝囊。给女人下啥跪哩？你一下跪，人家就看不起你了。你干就是了。按倒，三下两下扯掉裤子，弄进去就成了。当然，她叫是叫几声，挣是挣几下，骂是骂几句。一尝到甜头，你掰都掰不开手呢。那孙蛋，真是窝囊。"花球说："也不能说得太绝对，总得有些感情的。"北柱说："啥感情？女人长的狗心，谁弄了谁亲。"

花球不甘心地问："那为啥被强奸的还要告呢？"

"哈，屁。"北柱夸张地说，"强啥奸呀？你肯定没弄过女人，肯定。那玩意，人家支给你，你鼓捣老半天都弄不进去。人家要是挣扎你连个门都进不去。我不信啥强奸，真的。你想，那玩意，第一次咋瞄也瞄不准，还得人家给引路呢。割，听着割，不要停。"

"那就没有强奸？"

"有呀，西乡有个丫头叫人强奸了，告到公安局。警察问：你咋不跑呀？哈，你猜咋着呀？她说：哎呀，跑不成，一跑就掉出来了，哈……"

灵官笑了，花球也笑了。

北柱说："再抓紧割些。天就黑了，这时干起来凉快。"

太阳已转到西边那个高大的沙岭背后。沙洼里暗了许多。天上飘着一团团很红的云。阵阵风吹来，吹到出汗的身上，像水泼。

莹儿们又过来抱了一回柴。走时，莹儿说："我们做饭去了。妈说了，你们先割，明天再抱。妈说你们能割动的就割，割不动的缓缓也行。"说完，望一眼灵官，走了。

5

吃过仍掺有沙子的饭后，天完全黑了下来。随夜色降下的是凉气。不一时，汗就被夜气吸干了，衣服便铠甲似的冰凉。

北柱和花球拴好了骆驼后，抱来取了籽的黄毛柴，点起篝火。篝火的燃起使大漠有了生机。夜幕的降临带来的落寞和寂寥被腾起的火焰燎了个一干二净。先是月儿有了笑，接下来花球、灵官、莹儿、凤香都围到篝火旁。灵官妈和花球妈也收拾了锅碗瓢盆，蹲到火堆旁。

月儿虽进过沙窝，但从没在沙窝里过夜。夜幕下的篝火使她感到一种新奇的刺激，她孩子似的蹦跳着往火中扔柴。不一时，火焰便蹿了几米高，围坐的灵官妈花球妈便笑着后退。花球妈说："行了行了，省着些。烤火烤的火子儿。夜长，一会儿烤光了，咋办？"花球说："多着呢。沙窝里别的没有，柴管够用的。"北柱却说："你放心糟蹋。几下糟蹋完了，你拾去，我可不去。拾的时候小心蛇、老鼠呀，别钻进你的裤腿。"一听有蛇，月儿吓得叫了起来。凤香说："我进了多少回沙窝，谁见过蛇呀？老鼠倒不少。"月儿说："老鼠也怪吓人的。"

北柱说："谁说没蛇？去年我打黄毛柴时就见过一条菜花蛇，嗖嗖嗖，几下就钻进老鼠洞里去了。"凤香说："我咋没见？"北柱说："你没见就不等于没有呀。你没见过兔子，可猛子他们还不是一个一个往家里背。"凤香一听，就不吱声了。

月儿哆嗦着说："那咋办呀。"

灵官说："咋办？那有啥怕的。镰刀一抡，就成两截子。"

北柱说："你敢？蛇灵着吧，你弄断它，它要报仇的。"

莹儿说："死……死了还报啥仇呢？"

"嘿，哪能死了呢。"北柱夸张地说，"乞巧——就是喜鹊，就把蛇接住了，绾个疙瘩，就长好了。嘿，然后，然后就跟上害它的人的气味，一路寻去。啊嗯，一口，就把灵官咬死了。"

人都笑了。莹儿笑了："骗人。"

"哈，谁骗你呀。咬死他，你还不知道。早晨一看，呀，黑紫黑紫的，头像个钟盆，眼瞪着，牙龇着。啊，就把你抓去了。"

莹儿笑道："我才不怕。"

灵官妈埋怨道："北柱，嘴上要有把门的。吉利点儿。"

北柱说："我是玩笑的，莫当真。"遂揪住灵官耳朵，像村里人在娃儿面前说了不吉利的话后常做的那样，一边揪，一边说："驴耳驴耳不要听，驴耳驴耳不要听。"反倒把灵官妈惹笑了。

月儿问灵官妈："真有蛇？"

灵官妈说："有是有的。在大沙窝的深些的地方有。有也不要紧。那是好东西，专吃老鼠，不咬人的。"

月儿打个哆嗦："还咬呢，一看就吓死人。"

"那有啥怕头？"凤香说，"那东西见人就跑。其实，啥都怕人的。人最厉害。人把啥都能吃了。人也最坏。"

说着话，火渐渐小了。花球妈怨月儿："正添时不添柴，不叫你添时偏死里添。"月儿赶紧抱了一些柴。火又燃起来了。

凤香取来十多个山芋，拨过一些火籽儿，把山芋埋在里面。

莹儿问："现在啥时候了？该睡觉了吧。"

花球说："还早呢。我觉着刚刚黑呢。"

莹儿说："苦了一天，真有些瞌睡了。"

灵官妈说："谁没苦呢？年轻人反倒不如老年人了。你们那叫瞌睡吗，那叫懒。越睡越想睡，越睡越懒……你想睡的话，先铺上睡去。"

莹儿说："那就算了。我也坚持一下吧，你们老年人还坐着。我先躺下，像啥话呢？"说着不易觉察地叹口气。

6

这时，拿着手电去沙窝里方便的灵官叫了起来："北柱，快来，快来。有刺猬。"北柱跳了起来，说："快弄住，弄住。不要叫钻了洞。"灵官说："钻不了，正蜷成一团呢。带个绳子。"北柱嗯一声，跑到驮子上捣鼓了起来。

花球赶来，一下下踢刺猬。刺猬蜷紧身子，用天然的铠甲来抵御外来的侵袭。花球用衣袖护住手去拿刺猬，但刚拿起，就尖叫起来。手一抖，缩成一团的刺猬咕噜着滚下了沙洼。

"哎哟，跑了。"花球惊叫一声，溜下沙洼。

北柱赶到，夺过手电，细细寻找，一无所获。"屁烧灰。"北柱说，"两个小伙子连个刺猬也看不住。嘿，以后能看住媳妇？"

花球说："我看住了，是灵官弄丢的。"

灵官要过手电，说："要不是滚下沙洼，它往哪里飞？"

北柱说："算了吧。我都找不着，你能找着？那东西和沙子一个颜色，白天都不易看清……可能钻了老鼠洞。"

灵官说："不会的。它一滚下，我们也就下来了。"

北柱说："下是下来了。它滚向东了？西了？南了？北了？那东西长夜眼，一见个老鼠洞，嗖地进去。你寻个毛。"

灵官说："不要把刺猬当成你。它蜷成一团，头都包在里面，长个夜眼又能干啥？肯定能寻着。"

北柱说："好，好。你寻你寻。反正我不白费力气。"

“你不吃？”花球说。

“不吃，不吃。”北柱摇头晃脑走了。

灵官和花球又仔细搜寻了沙洼，不见刺猬踪影。花球说：“算了，走吧。”灵官说：“又叫北柱望笑声了。”刚上沙洼。花球却叫起来：“嘿，这不是吗？”灵官一看，见刺猬被沙坡上的一墩黄毛柴挡住了。“难怪，没滚下嘛。”花球说：“快叫北柱拿绳子来。”“不了。”灵官说，“我生个法子。那家伙一来，又吹牛说是他找到的。”花球说：“你一生法儿，刺猬又不见了。”灵官说：“不会的。”

灵官脱下衣服，将袖子和下摆捏在手里，用脚一下下将刺猬钩到衣服中，叫花球先去，就说没找到。

花球到了篝火旁，还没来得及装得垂头丧气，北柱的大话就出来了：“哈，不听老人言，吃亏在眼前。我说找不到就找不到。偏不听，找来找去找了个屁烧灰。心甘了吧？”花球说：“你是个早知道。找到是你的功……反正你说过不吃的。”

北柱嘿了一声，刚说出“当然”二字，见灵官已将刺猬抖落到火堆旁，遂改口道：“当然。……不过，你看，我说进洞了进洞了。你洞里一寻不就寻着了？”

灵官说：“不是洞里寻着的。”

“那肯定在一个小沙坑里。那玩意儿和沙一个颜色，轻易看不出来。怪不得我踩的那个沙坑软乎乎的，还以为是沙子。”

“也不是坑里寻到的。”

花球们都笑了起来。月儿笑得最凶，她用手拍着沙子，连喊带哎哟。灵官妈指着灵官想说啥，却笑得说不出话来。

北柱干笑几声：“嘿嘿。当然，就算不是洞里，不是坑里。嘿嘿，总是在沙洼里吧？总不能滚到沙坡上去吧。”说到这里，他又来了精神，左顾右盼：“你总不能说它不在沙洼里吧？我敢说，它就在那片沙洼里，若到了别处我头朝下走路。”

"啊。"灵官笑道，"正好不在沙洼里。"

花球补充道："在沙坡上。黄毛柴挡住了。"

这下，女人们笑得直不起腰了。凤香抱着肚子，笑得气都喘不过来。莹儿失去了文静的常态，抱着月儿喊哎哟。

月儿边笑边指着北柱说："哎……哟……你……走呀……头朝下走呀。"

北柱便扔下帽子，双手拄沙，倒立空中，绕着火堆走起来。

谁也想不到他会这一手。笑声渐渐住了。

绕了火堆一周后，北柱得意地问灵官和花球："你们能吗？你们能吗？来试试？"

灵官说："我们不能。"

"当然不能。"北柱断然说，"你们只会些雕虫小技，捉个刺猬呀什么的。那有啥？那是瞎子都能干的事。不就一个刺猬吗？跑又跑不快，一见人就团成一团。两个手叉在腰里都能捉。信不信？你信不信？不信？我捉给你看。"

灵官笑道："信。那你吃两手叉腰捉的刺猬，我们吃我们的。行不？"

北柱说："当然。我不吃，那玩意，土腥气。再说，刺猬吃虫子，恶心。"

灵官说："你不吃？"

"不吃不吃。"

花球用柴拨拨刺猬，问："咋烧呢？"

莹儿说："烧啥呢？好好一个活物，又没惹你，烧它干啥？"

花球说："捉它就是烧着吃的。不吃，费这么大劲干啥？"

花球妈："不要活活地烧。先弄些水来，淹死后再烧。"

"淹啥？"北柱说，"戳。用柴棍朝肚子一下便完事了。"

花球说："偏不戳，我就淹。"

花球飞快地跑到驮子那儿，鼓捣一阵，脸盆里端水过来了。他拾起刺猬，就要往水里丢。

灵官挡住说："真淹啊？算了。为了一点肉，害个性命，没意思。放了算了。"莹儿说："就是。一个活物，怪可怜的。"

花球说："你们不吃就算了。天生下这东西就是人吃的，有啥可怜的。"将刺猬丢进水盆，用柴棍一捺。水面上腾起一阵水泡。

灵官妈说："半盆水又叫你糟蹋了。"

花球说："这算啥糟蹋呀？明天早上洗脸用。反正得洗脸。"说着，从钥匙串上取出一把小刀，捞出刺猬。死刺猬摊开身子，露出没刺的肚皮。"来，谁和我剥？"

北柱说："我来。"

"一旁去。"花球笑道，"你说好不吃，想吃也不给你。"

北柱讪讪道："谁吃呢。我是帮你剥，怕你毛手毛脚，把肚肠弄破，恶心。"花球说："弄不破。放心。灵官你来。"

灵官叹口气，摇摇头，走上前，小心地将刺猬头取出，说："月儿，再加点柴。"

就着突起的火光，花球把刺猬的五脏取出，扔进火堆。火里顿时响起嗞嗞的声音。

月儿皱眉道："还有没地方扔？臭死了。"

花球笑道："你不懂，这是火葬。你吃它的肉，总得为它干点事。"说着，把手电递给他妈，叫她取些调料和五香粉来。花球妈笑道："你自己去呀。"花球笑道："我毛手毛脚的。你不怕我抖光？不怕的话，我去取。"

花球妈说："还是我去吧。"就接过手电筒走向驮子。

灵官妈道："准备还够充分的，倒像是专门来吃野味的。"

花球妈说："别听他胡嚼。五香粉是个啥，我还没见过呢。"

灵官帮花球把花椒、盐、大香等调料撒进面里，拌匀，将面装进刺猬腹里。花球说："你拿着，我取些铁丝。"就从妈那里取过手电，找来一截铁丝，将刺猬扎住，不致使面流出来；又将它放入一堆不太旺的火堆中，带着一点遗憾说："唉，可惜，没有五香粉。放点那东西，才香呢。"

花球妈扔来一个烧好的山芋。花球接了，用手拍拍，并不急着吃，却喧刺猬如何个香法："嘿，那油，慢慢化了，又慢慢渗进面里。嘿，那种香，能香到脑子里。”花球妈说：“别耍嘴皮子了，山芋塞住些吧。你吃过几个刺猬呢。”

7

吃过山芋，花球用柴棵把烧熟的刺猬从火堆里拨出，又取来一个碗，解开铁丝，将刺猬膛内的面倒进碗里。一股香味马上弥漫开来。大家都说香。北柱也说：“嘿，花球，看不出你还有这一手。”花球说：“当然。不过，你再夸我，也不会给你。”北柱说：“你以为我眼热呀。我都吃腻了。”

灵官妈尝了尝面，点头说香。花球妈、凤香吃了也说香。莹儿不尝。灵官妈说：“嘿，这是野味。以后你想尝，还尝不到呢。就算有刺猬，也做不出这种味道。”莹儿便吃了。月儿也吃了。灵官捣花球，指指北柱。花球大声说：“北柱是男子汉。他说不吃，给也不吃。”北柱说：“我不吃。方才山芋吃多了，胀得慌呢。一见吃的，反倒怕了。”凤香笑了，对花球说：“他不吃就算了。治治他的毛病。”北柱大声说：“啥毛病呀？是我不想吃的。”

接下来吃刺猬肉。刺猬肉很特别，都贴在皮上，不懂的人开剥刺猬，只见皮和肚肠，不见肉。其实，肉都附在皮上，丝路极明显，剥时如剥线团，一剥一圈，一剥一圈。花球把线丝剥下一条，递给灵官妈、花球妈。莹儿仍是不要。月儿也不要。花球说：“不要？可不要后悔。刺猬可美容呀，吃一点，肉皮很绵的。”月儿问：“真的？”花球妈说：“我也不懂美容啥的，反正刺猬能吃胖人。娃儿们吃上些，皮肤很绵，倒是真的。”月儿说：“那我吃了。”莹儿却仍是不吃。

灵官妈戳戳灵官，使个眼色，意思叫他给北柱些。灵官又捣捣花球，也使个眼色。花球说：“北柱，不管咋说，你还是尝尝的好。知道的呢，说你是男子汉大丈夫说话算话，说不吃就不吃。不知者呢，还以为我们合起来欺负你。我们知道你是个男子汉大丈夫。吃上些吧。”北柱说：“嘿，我是说话算话的，说不吃就不吃。我又不像你花球，言而无信，大言不惭，信口雌黄。”“嘿，”花球对灵官说：“看，反倒叫他占了便宜。”灵官说：“你说话的味道不对。”

花球对北柱说："北柱，真不吃？""当然。"花球尝了一条肉，咂咂嘴，夸张地说："哎哟，香死了。妈，香不？""香。""三婶，香不？""香。""嫂子呢？""香。"花球叫了一声道："香是香死了。"北柱说："真的？撕一条我闻闻。吃是不吃的，只闻闻。"花球嘿嘿笑着，撕了火柴棍粗细的一条给他。北柱放在鼻前，闻了一阵。

"哎呀。"北柱忽然大叫一声。"花球，你咋开剥的？我咋闻都有股臭粪味。"花球说："屁。""真的。不信你闻。"花球闻了闻，却只闻出香味，疑惑地望灵官。灵官知是北柱作怪，遂说："北柱是狐狸，肉是葡萄。"花球笑道："北柱你小心点，再乱说，给你墁个黑脸包公。"凤香说："他再说，墁他个驴。北柱，我可也吃了，你再恶心，看我——"

北柱却越加来劲："哎哟，好心得不到好报。你们想，花球剥过几个刺猬？又是黑灯瞎火的，稍不留意，划破肠子——哗啦——粪就淌到肉上了。能没有臭味？"灵官妈说："北柱，你不要说了行不行？"凤香说："由他说去。反正他拉啥屎，又进不了我们的嘴。"月儿显得很难受地捂了嘴。莹儿则捂了耳朵。

花球举着刺猬，望着灵官，哭笑不得。

北柱说："你想，能不臭吗？那玩意吃啥的？吃的是屎壳郎、瞎老鼠。嘿，屎壳郎是啥东西？黑不溜秋的。在牲口粪上爬过来滚过去的，望见都恶心呢。刺猬那家伙，只在晚上吃东西，刚吃了一肚子，来不及进洞，就叫你们逮住了。嘿，你想那玩意儿，嚼都没嚼碎，屎壳郎的头了，腿了，还有屎壳郎肚里的粪了，全弄到刺猬肉上了。黑灯瞎火的，看不清楚，你吃一点，我尝一点，都说香呢。我想想都恶心呢。"

"哇——"月儿吐了起来。

灵官妈和花球妈显然也不舒服了，一个皱眉头，一个抚胸口。凤香笑骂："你真是个尻子嘴。别再恶心了。我也是吃了的。"

花球望望刺猬，望望北柱，仿佛自己也怀疑它是否干净。

北柱更开心。

灵官说："别听他胡说。其实做得很干净。还怪香呢，哪有啥粪味呢？他这是吃不上故意恶心人。我还从来没吃过这么香的刺猬肉。"

"那当然。"北柱笑着接口道，"当然没有啊。平常谁能把屎壳郎啦，老鼠肉啦弄进肚子？这事，只有花球和灵官才能干出。"

月儿一下下干呕。莹儿望着月儿的痛苦样子，很庆幸自己没吃肉。若吃了肉的话，怕第一个吐的就是她。

花球大声说："北柱，别说了行不行？你吃就吃去，反正我是不吃了。"北柱说："看不？这家伙。他干下的事他知道。要不，他咋不吃呀？给我？你以为我没见过刺猬，会吃那么脏的东西？"花球把刺猬递给灵官，说："这孙蛋，弄得我一点胃口也没了。你吃就吃去。"灵官又将刺猬扔进北柱怀里，说："好了。你吃，你吃。总称心了吧？"

北柱哈哈一笑，说："我不吃，不吃。不过你们都不吃，总不能糟蹋了这东西。也许花球确实弄破肚肠，那些屎壳郎也确实流出来了。好在他又填了面，你想干面那东西，见啥吸啥，把脏东西都吸光了。所以啊……哈，现在的肉肯定干净了。"

这下，莹儿也吐了，因为她也吃了面。

凤香笑了："你们也真是娇贵。那家伙……几时不说脏话呀？我要是你们，早成皮包骨头了。"

北柱笑嘻嘻一撕一条肉，仰脖向天，张大口，将那条长长的肉丝吊进嘴里，嚼了几下，吧嗒吧嗒拌阵嘴："嘿，香倒是挺香的。你们不要说，花球这家伙真有两下子，确实香。"

花球说："注意。别把蚱蚱爷和老鼠肉吃了呀。"

北柱笑道："哪里呀？早渗到面里叫你们吃了。"

众人哭笑不得。

闹了一阵，大家都累了。月儿看看表说："十点多了，睡觉吧。"北柱殷勤地说："你们先歇会儿，我给你们弄个热炕。"就将火籽儿刮到一旁，用柴将烫沙搅开，与火堆附近的沙掺匀，再铺上毡和褥子，放一棵长柴为河界，男女分开睡，由花球和花球妈相邻，成另一界岭。不一会，暖烘烘的热能便透过了毡，传给人以无法言说的舒适温暖。

8

灵官失眠了。不久，他便沉浸到沙漠之夜的那种静谧和清凉中了。夜气轻柔地漫来，把大漠的温柔输入每一个毛孔，仿佛那不是空气，而是一种特殊的清洗剂，把人的五脏六腑都涤荡得干净了。灵官甚至听到夜气像水一样哗哗流动的声音。天奇异地黑，因而也显得奇异地高。星星倒亮出一种虚假来。星光的哗闪使灵官感觉到嘈杂的喧嚣。若是有开关，他真想灭了它，让夜索性黑成一个固体。

不看星星的时候，夜便静多了。除了夜气游动时耳旁感觉到的声响外，几乎听不到一点声音。那是一种沉寂，是被人们称为死亡之海的大漠固有的沉寂，那是没有声音却能感觉到涌动的生命力的沉寂。沉寂里有种静默的力，使灵官感到自己的渺小。虽有不少诗人吟咏月下的沙漠，并将“平沙夜月”列入凉州八景，但灵官还是深爱这夜幕笼罩下的大漠。夜幕隐去了沙漠的浩瀚，隐去了沙漠的博大，隐去了沙漠外形的一切张牙舞爪，却留下了它最真实的东西：平淡和神秘。隐去浩瀚的沙漠更浩瀚，隐去博大的沙漠更博大，因而也更美丽。

灵官索性穿了衣服，上了沙丘。他远望那什么也望不到的所在，品味着神秘的宁静和孤独。夜气的涌动渐趋明显，但却始终没有变为风。夜气只是温柔地抚摸他。接受抚摸的是他的“神”，而非肌肤。没有了思维，没有了形体，只有愉悦和清爽。那是身心俱醉的愉悦，是透明得无一丝杂质的清爽。渐渐地，愉悦消失了，清爽消失了，他自己也消失了。他进入了一种物我两忘的境界。

许久，也许是一瞬。他听到了一种声音。那声音不是出现的，而是从夜中渗出的，遂成天籁。这声音的出现使大漠之夜有了另一种韵致。大漠醒了。在稍事休憩后醒了。它的醒不是急躁的翻滚，而是安详的微笑。这是证悟后的安详，是解脱了烦恼的安详，是那种窥破了过去现在也洞然了未来的安详。大漠因此变得平淡而雄奇，质朴而神秘，坦坦荡荡，包容一切。

天籁声中，狐狸醒了，老鼠醒了，野兔醒了……万物皆俯仰自得，按自己的生存轨迹实践着自己的宿命。

灵官沉浸在这境界中，许久，许久。夜似乎很深了。当地人叫“三星”的寒星已偏西。灵官却没有睡意，神情异常清爽，心境却平静而专注。他甚至没有觉察到身后站了许久的莹儿，直到听到一声轻盈的叹息。

不用回首。他知道那是谁。那轻盈的气息唯独她有。她总是轻盈地来去，轻盈地劳作，轻盈地笑。

他轻声问：“你也睡不着？”

“不是睡不着，是不想睡。”

灵官轻叹一口气。莹儿依偎在他的怀中，似乎也感受到了那静谧和安详。她什么也没有说。灵官也没有问。此时此刻，一切语言都成了多余的赘疣。

许久，莹儿说：“书上有句话：‘一个美丽的错误’。”

灵官问：“啥？”

“我和你。”

灵官的心战栗了。为这静夜，为这静夜的大漠，为这静夜大漠里的人。他胸中鼓荡着一种东西。一种久为黄土和大漠埋葬的东西复苏了。

灵官流出了泪，说：“莹儿……我错了吗？”

“如果错得美丽，值……就把这辈子错出去。”

灵官叹口气，说：“可我……可憨头，我哥……”他没有说出下面的话，怕打破这氛围。

莹儿说：“别提那些……还是……我给你唱花儿吧。”那花儿，仿佛是从心底里抽出的丝儿——

铁匠打着个铁灯来，

碗儿匠钉了个秤来。

小阿哥拿出个真心来，
尕妹妹豁出条命来。
梯子搭给（着）天边哩，
摘上的星宿要好哩。
你死（着）陪你死去哩，
不死（着）陪你老哩。
杀我的刀子接血的盆，
尕妹我心不悔哩。
手拿铡刀取我的头，
血身子陪（着）你睡哩……

天凉了。夜气变成了风。这是大漠特有的干冷砭骨的风。两人紧紧拥抱着。

灵官说：“只想这样死去。”

莹儿说：“我也一样……告诉你个事儿，我有了……我们有孩子了……第一次后，我就没来过红。”

天呀！灵官的身子一阵颤抖。

第　十　一　章

1

打完黄毛柴籽回来不久，灵官妈又牵挂起嫁到邻村的女儿兰兰来。十指连心，哪个儿女都是她心头的肉。而兰兰，因为不在身边，更叫她扯心。她到铺子里买了两盒饼干和两个罐头，又带了两个兔子，叫猛子用自行车把她捎到亲家庄子附近，打发他回去，自个儿往亲家家走来。

亲家家景还不如自家，这是她早知道的，但一见那个破旧的庄门，她还是产生了莫名其妙的伤感。想到自己那花儿一样的姑娘生活在这样一个家里，心中不由酸溜溜难受起来。

女亲家很亲热地迎了出来："哟，亲家，屋里坐，屋里坐。哪阵风把你吹来了？"灵官妈笑道："东风南风西北风。""早就打算叫白福去请你。秋禾收了，空闲也有了，来串串门，散散心，喧喧谎儿解解闷。正要叫他去呢，你正好来了。来了好，来了好。莹儿好着哩吧？噢，我知道肯定好着哩。有你亲家，我放心得很。"女亲家伶牙俐齿地说。

灵官妈笑了。虽说她不是笨嘴笨舌的人，可一到女亲家跟前，却不由木讷起来。在对方瓦罐里倒核桃似的口才面前，她连个插话的机会都没有，索性闭了口，由她说去，只用表情迎合她。

"哟，可真想你亲家呀。我老说，前世不知积了啥德，咋对了这么好的亲戚呀？贤惠得很。我老说白福，去，看看你大妈子去。可那个崽娃子常撒懒，一说他就说，‘哟，自己的外母和娘一样，讲那么多虚套套干啥？’我一想，也对哩。不对亲戚是两家，对了亲戚是一家。你说对不对？自家人还见啥外呢？”

“就是。就是。丫头呢？”

“上地去了。就来了。攒个埂子，一点儿活。我说我去。她说她一会儿就干完了。一点儿活，可能快回来了。”

灵官妈望着亲家那两片飞动的薄薄的嘴唇，觉得有些别扭。亲家的过分亲热和殷勤使她不舒服。她一直觉着和亲家隔着一层，其主要原因就是这一点。灵官妈总能觉出其中的一分假。而假，哪怕只有一分，也总是叫人不舒服的。而且，她敢肯定，在这样一个伶牙俐齿天花乱坠的婆婆面前，兰兰定然占不到啥便宜。这使她有了一丝不快。不过，她还是说：“那丫头不懂事。有你亲家哩，可别惯着她。”

“哟，亲家，你还说啥哩？”她拉着长长的声音说，“我老说，我们老啊老了，生就的骨头长就的肉了。没啥。他们还年轻着哩。以后的日子长着哩。要是惯下啥坏毛病的话，可影响一辈子哩。你说对不对？亲家。”

“就是。”灵官妈应道。心里却在冷笑。她想，我的丫头我知道，能有啥毛病呀？你倒是该管管你那个爹爹，但嘴里却说：“就是呀，能给娃娃们个好心，不能给个好脸。哪个大人还不是为了娃儿们好呢？”

“着，对着哩。”亲家端过馍馍盘子，沏了杯水。“你先尝些馍馍，先压压饥。”

“不饿，不饿。”灵官妈推辞道。

“亲家，这就是你的不对了。做啥假哩？又不是外人。你是怕我的馍馍生着哩？怕吃坏你的肚子，还是怕我放了老鼠药呀？尝些，少尝些。”说着，亲家把馍馍掰开，硬往灵官妈手里塞。她只好接了。

“哟，亲家的好面活。”

“叫亲家笑活哩。好嘛，谈不上。但熟是熟了。哪像亲家你呀，做的馍馍和面包一样暄。你那一手传给你姑娘一半就好了。莫非你这一手绝活也是传子不传女呀？嘻嘻。”

刚听了亲家的话，灵官妈还很舒服。她自然很得意自己的面食。可仔细一想，就从亲家的话中品出了不同寻常的滋味。她是在夸我的面活好呢，还是在骂我没有调教好姑娘？兰兰的面活不如娘，可也差不到哪里。差的也仅仅是年轻人懒一点，面揉得不到功夫，并不是像她说的那样，连娘的一半也不如。灵官妈一边嚼咀，一边思索，没吃出个啥味来。于是，干笑两声，喝口水。亲家似乎觉出了对方的不快，说：“哟，你看我这人，刀子嘴豆腐心，有啥说啥，惹亲家不高兴了。其实，你的丫头也是我的丫头，用不着当面一套背后一套的。”

“就是呀。”灵官妈高兴了。她觉出了自己的小气，“就是。你放心管，该打就打，该骂就骂。”

“当然啊。莹儿在你那儿也一样。哪个当大人的心都一样，都是为了儿女过好日月，对不对？听了，大人说几句。不听了，也没法子。成龙成龙，变虎变虎，由他去。对不？亲家。”

灵官妈心里咯噔一声，说：“莫非兰兰这狼吃的有啥对不住你的地方？”

“哟，瞧你。说到哪里去了。我当大人的还没到和年轻人斗气的地步呀。对不？亲家。再说，我也没做出叫黄毛丫头戳脊梁骨的事呀，对不？我四股子筋还能动弹。要是哪天老了，苦不动了，喂狗也罢，填坑也罢，就由他儿子媳妇子了。对不对，亲家？”

灵官妈越加断定兰兰做了伤大人心的事，就把手里的馍馍放在桌上，说：“亲家，你有啥，放心说啥，不要把话往舌头下压。我知道我的丫头脾气不好，有时说话没分寸，冲撞了亲家你。你大人不见小人过，不和她计较是你的德行好。可你不该瞒我，咋说她也是我十月怀胎养下的。打她，她也得挨。骂她，她也得受。你不用瞒我。”

“哟，亲家言重了。她还没到那个份儿上哩。不过，年轻人没社会经验，有这样那样的毛病也难怪。其实，也没啥大不了的。明理的，说我是为娃儿们好。不明理的，还说我是老鼠肚子，盛不了多少东西，一天和娃娃们见过。对不对，亲家？”

“有啥话你放心说，亲家。我又不是外人。你看得起我了，我们就掏心喧一喧。看不起了，也就算了。反正我的人我知道，嗓子上没安个闸门，免不了冲撞人。”

“其实，也没啥。只不过有个小毛病，就是懒些。睡到太阳一白杨树高，还扯呼噜。你说亲家，我饭做好，总不能端到头下喂媳妇吧？我就骂了，连儿子连媳妇数落了一顿。后来嘛，好多了。”

“应该的。懒毛病就得调一下。不调还像话吗？生驴生马都能调好，不要说人。应该的，亲家。应该的。”

亲家抿嘴一笑：“哟，亲家。难得你这么明理。要是媳妇有你的一半就好了。这……这个，她说倒没说啥，不过走路的姿势就不对了，呜呜闪电的。按说我闭上眼睛也就没事了，可一家人鼻子耳朵厮磨，不能叫我一辈子当睁眼瞎子吧？你说，亲家。”

“这丫头是有这个毛病，连当娘的也叫她这样呜呜闪电过。放心，亲家，我给她说。”

“说不说也没啥。亲家，我也不在乎。我不说，外人也不知道。家丑不可外扬。可有些事，就不行了。你不说，可人家说呀，风风雨雨的……你可不要生气，亲家。”

“不生气，不生气。”

“就说串门吧。你说一个媳妇家串东家走西家，人咋说呢？明理的，说年轻人屋里蹲不住。不明理的，说三道四，说有娘养没娘教什么的，叫人听了也怪来气的。我说我的女亲家可是个本本分分的人，你们说她我可不依的。你说亲家。”

灵官妈脸上烧烘烘的。她长出一口横气，说：“有啥你说啥……不信这死丫头……”

“哟，亲家。你可不要把我当成长舌妇呀。其实，我最讨厌背后议论人，也就是你亲家和我脾气对光，我才掏出心喧给你听。”

“知道，知道。”

“你说，一个媳妇串东串西，和小伙子嘻嘻哈哈打打闹闹，我当然看不顺眼。我不是怕别人骂我，是怕人骂亲家你呢。对不对？……还哼哼咛咛一天价唱，爱呀，情呀的。你说，又不是个戏子又不是个旦，唱啥哩？叫人把牙都笑掉了。当然，这是些小事，说了叫人说去，牙笑掉是人家的事。可有些就不行了。你和人家的媳妇叽叽咕咕，人家的婆婆找上门来，你说我管不管？……对不对？亲家。不管吧，谁都知道她是我的媳妇。管吧，免不了淘气。不要叫你亲家认为我做大不正，和一个小辈见过呢。”

灵官妈说不出话，心里的气咕咚咕咚翻。这个典脸鬼，把娘家门上的脸都丢尽了。她感到这次串亲戚脸上无光，不由叹了口气。

“瞧你，亲家。生气了不？唉，谁叫你和我这样对光呢？不该说，真不该说。把亲家气成这个样子。”

灵官妈挤出一丝笑：“啥呀？真是的。自家人还有啥不能说的？真是的。”

“就是。我也这样认为。不管咋说，咱们是亲家，对不对？姑娘媳妇一个样，我眼里是一个样……不……媳妇还更重呢……所以呀，我能忍的就忍了，能装的也装了，能不看的也就闭眼了……比如她不问我花钱呀，偷着吃好吃的呀，我都忍了……可有些是不能忍的，比如她套骗人家的臭鞋底子穿。你说，我们又不是穷得穿不起鞋。想穿个啥，你言传，我粜粮食卖房子给你买。用得着套骗人吗？你说，亲家。”

“典脸鬼呀……”灵官妈流出了泪。她简直给气蒙了，无论她怎样坚持，眼泪还是流了出来。“你说，这个典脸鬼。”灵官妈哭出了声。

“哎哟，亲家。亲家。你咋……怪我……怪我呀，亲家。我……不该说呀。谁叫我一见亲家就想把心掏出呢？亲家，不要生气。”

灵官妈抹了一把泪：“亲家，咋能怪你？你不说，我还蒙在鼓里……我后悔，当初咋没一屁股压死她。喂了狗，也比这样丢底典脸强。”

2

兰兰一见母亲,高兴极了:“哟,妈妈来了。”

灵官妈不忍立马给女儿当头一棒,就挤出笑来:“干完了?”

“还得一天。”兰兰说。

妈发现兰兰瘦了,脸色惨白,颧骨凸出,腮子下陷。她很心疼,望望女亲家。女亲家却正吃掰开的那块馍馍。也许是只顾“掏心”的缘故,她忘了再劝灵官妈“压压饥”。

灵官妈指指兰兰隆起的肚子,说:“要操心,个人的阵势个人知道。”兰兰说:“不要紧。书上说,孕妇要多活动。”

仔细望一阵女儿,妈叹口气,说:“你瘦了。”

“她呀,只顾苗条,不顾身子。宁叫肚子受穷,不叫眼里受罪。”亲家接口道。

兰兰望望婆婆,想说什么,又没有说,却问妈:“屋里好吗?那天来,大哥肋里有些疼,好些没?”

“好了,好了。大夫说不要紧,也开了药。”

正喧着,男亲家领着孙女引弟进了门。男亲家虽是个有名的“大话”,但唾星多在谈“大买卖”时喷,不屑与头发长见识短的女人寒暄,招呼之后,就出去了。女亲家去做饭,叫兰兰陪陪她母亲。灵官妈拽过引弟,狠狠亲几口,恨不得把孙女儿含在口里。

“白福呢?”妈问。

“他呀……谁知道呀——爷父两个一路鬼,老的一天东跑西颠,捣啥大买卖,古董啦,钢材啦,疯疯癫癫的,也没见带来个钱毛。少的,搓麻将呀,挖牛九牌呀,摇个宝呀,尽干这些。前几天偷了屋里卖猪的钱,输了。”说着,兰兰眼里亮哗哗了。

灵官妈垂下头,叹了口气:“也怪我和你爹。真是老糊涂了,硬把你推到火坑里，唉。当初……”兰兰在眼里抹一把，忙说：“妈，没啥。他也就是这点不好，别的都好。干活牛一样。庄稼人嘛，还求啥呢？再说，毛病会改的，改了就好了。”灵官妈不再说话，只长长地叹气。

忽听院里有人大声说：“嘿，你说这驴日的，像话不像话？”兰兰说：“他来了。”话没落，进来一个壮汉：“你说这驴撵的……噢，大妈子来了……你说这驴撵的，偷牌……怪不得老子每次输……你说这驴撵的，嘿！简直不是人。”兰兰说：“那以后别玩了。和这种人有啥玩头？”白福说：“啥？便宜了这孙蛋。老子还没赢够呢……嘿，你说这驴……老子那个气呀，捞过他，啪啪，扇他三个肉饼子。这不，他偷牌不成，我就赢了……”他掏出一把脏乎乎皱巴巴的纸币。

灵官妈望望兰兰。兰兰苦笑几声，转身对白福说：“行了，行了。少说些吧。”白福哈哈一笑：“功？当然有功。你不是说我每次都是给人送钱吗，这次不赢了吗？”说着，转身出了门。厨房里又传来他的表功声。

“这种人……”灵官妈苦笑道，“早知道这种人，嘿——”

“你还没见他输了的那个德行呢。”兰兰说，“砸这个，扔那个……噢，不过，也没啥。……妈，你也别往心里去。”

“幸好莹儿那丫头好。不然，真后悔死的。他要是有憨头一半就好了。”

“人嘛，哪有十全十美的？你也用不着往心里去，我也惯了。真的，妈，惯了。惯了就啥也觉不出了……刚来那阵……真不想活呢。”兰兰的眼睛又一层泪花。

“真苦了你……可真苦了你……兰兰……妈对不住你。”

“没啥。真没啥。就是……”

男亲家进了屋，边找啥东西，边对灵官妈说：“叫你亲家见笑了，养下那么个爹爹。你看，就那样。一天不干正事，还不叫人说。一说，就闹个鸡飞狗上墙的。”

“年轻人嘛。过几年就懂事了。”

“哼，过几年？老子进了土坑，管他吃屎还是喝尿呢。”说完呼呼哼哼出了门，仍旧干他的活去了。

兰兰笑道："老两口见天嚷仗。动不动就你一枪我一矛子。公公骂不过婆婆，婆婆打不过公公，也就分不出个谁胜谁负的。"

灵官妈笑道："老啊老了，见啥过呢？嘿，真是的。"

"好像不闹个事就蹲不住似的。可能嚷仗也能上瘾，一天不嚷，嗓子里就痒得难受。"

母女俩笑了。只有在这时，她俩的心情才轻松了些。妈掏出一个手绢，拆开一层，又一层，里面有个白布包，白布包里有个红布包，红布包里有十块钱："上次头疼，你爹叫我吃药。我舍不得花。省下来，给你买个针头线脑啥的。"

兰兰说："不能孝敬妈，心里就够难受的，咋能要妈的钱？"

"拿上，装好。别叫他们看见。"

兰兰就接了钱，装进内衣口袋。

婆婆在厨房里喊："兰兰，端饭来。"兰兰便起身，进了厨房。白福正蹲在灶火门上捋脏兮兮的赌来的钱，边捋边唾沫四溅地重复已重复了多遍的话。兰兰把筷子、辣子钵和咸菜碟之类摆到书房里。

婆婆端了两碗面，一进门，就说："亲家，可真对不住得很。一来没个啥准备，二来不像你们家，要啥有啥，只有烂面条了。烂面条就烂面条，亲家往饱里吃。多吃几碗，我心里也就平顺了。"

灵官妈说："瞧你说的，谁家不是呢？这就好，这就好。"

3

吃过午饭，男亲家吩咐道："白福，后晌你和你妈下地攒埂子去。叫你媳妇和大妈子喧喧。娘儿们轻易不撞头，叫人家喧喧。"白福上午"赢"钱带来的兴致没减，一口答应。女亲家说："也好，你们娘儿们好好唠唠。我们下地，亲家。你总不见怪吧？不是我不陪你。我可是给你们娘儿们腾地方呀。有我们，你们肯定喧不畅快。”灵官妈笑道：“啥呀？我们也没啥喧的。从鞋底疙瘩大，抓成个人，每一根肋巴我都摸透了。喧啥呀？不过，你忙就忙你的去。要淤冬水了，埂子得攒好。”白福母子俩打着哈哈走了。男亲家也把引弟抱上架子车，出了门。

屋里只剩下母女俩，气氛顿时清静了。妈认真看一阵女儿。女儿却躲着妈的目光。一会儿，妈说：“兰兰，问你个事儿，可要实话实说呀。”兰兰说：“你问啥你问。我又没啥隐瞒妈的。”

“你和婆婆是不是不好？”

“也没啥不好的。婆婆嘛，就那样。谁家的婆婆也那样。”

“吵架不？”

“刚来时，顶过几句。后来摸着了她的脾性，也就不顶了。怎么，她给你说啥了吗？”

“我不过问问。以后你早晨起早点。”

“再咋早呢？我起来，做了早饭，扫了院子，喂了猪。他们才起呢。”

“早就好。你是个小辈，起早是应该的。人家苦了半辈子，应该歇歇了。还有，平时没事不要到别人家去串门。”

“谁爱串门呀？不过有时到人家看看电视。家里的那个破电视坏了。没钱修就放着。我就到人家去看，也不常看，十天半月一次。咋？听到啥闲话了？”

“闲话倒没听到。只是常往人家跑，免不了叫人指长戳短的。你当然没啥，可大人就受不了。对不？你也该替大人想想。再说，到人家，也免不了和人家说几句。明理人当然不说啥。不明理的，说你和男人嘻嘻哈哈，有这个那个的。当然，我的姑娘是个啥人，当娘的当然知道，可别人就不知道了。对不对？”

“妈。”兰兰抬起头，“有啥你明说好了。婆婆还给你说了啥？你明说。”

“也不是你婆婆不好，丫头。”妈叹口气，“你自己也该注意些。你想吃啥了，到娘家来，妈给你做。想买啥了，给妈说，妈给你买。不要动别人的东西。叫人说三道四，妈脸上拿刺条抽哩。”

“你不要说了。我知道，定是那老妖说我偷着吃了，拿她的零花钱了。”兰兰流出了泪。“那老妖在人前编排我不止一次了。我怀那个娃娃时，想吃个炒鸡蛋，吃了一个。她就说我偷着吃。你说，谁没‘害’过个口呀？有爱吃酸的，有爱吃甜的。可我偏偏爱吃个炒鸡蛋。你说，妈，才一个。老妖就指桑骂槐了半个月。娃娃流了，总该饶我哩吧？我喝了凉水，为啥不喝？气头上我还想上吊呢。还有，五奶奶上回头疼，买去痛片，没钱——就那个五保户。问我借，我哪有钱呀？正好她桌上有一块钱，我就给了五奶奶。她就在背后说我手脚不老实。你说，妈，这还算个大人吗？我再眼小，总不是只值一块钱吧？”兰兰哭出了声。

灵官妈也流出了泪，想到女亲家亲热的笑，觉得像吃了苍蝇。“还说我爱串门啦，和男人嘻嘻哈哈啦，套骗人家的臭鞋底儿穿了……在村里传了个一溜风。串门？我咋个串法？不过到秀兰家看个电视嘛。她的男人又不在家，我咋个串了？后来，你说我串门，我偏串。只许她和男人龇牙咧嘴，我连个话也不能说了？人家问话，我总不能不答吧？她就说我和这个嘻嘻，和那个哈哈。啥风都是她放，啥谣都是她造。你说她算个大人吗？秀兰给了我一双鞋，是她买的小了，穿不上。我还给了她个头巾呢。她就说我丢了她家的人了，套骗人家的臭鞋底儿穿了。我头巾换双鞋，就丢人？”

灵官妈脑子里嗡嗡直响。她啥话也不想说了。

“还教唆儿子打我呢，说是打到的婆姨揉到的面。还算人吗？白福待我稍微好些，她就气不过似的。总要生出个方儿，叫白福打我一顿，她才顺气。连公公望我一眼，也成了我的罪。呜呜，眼睛长在人家身上，他望人，与我有啥相干？我总不能把他的眼睛剜掉吧？总不能不给端饭吧？不端，她说我没教养。端吧，又说我如何如何。你说，有这样的大人吗？”

兰兰抹把泪：“这些，也没啥。最苦的是……唉，怪就是怪，为啥单单死娃子？生一个，死的。生一个，死的。就齐神婆禳解的那个活得长些，多吱哇了几天。你说，妈，莫非我命里真没福养儿子？……要没有引弟，真不想活了……可那个不长心的，动不动就骂，就打，说是我有意叫他断后……

不该说这些。妈，我怕你们担心。反正是人家的人了，爹妈知道了也只能搭些眼泪。有啥法子？你今天不提的话，我是不说的。说了也没啥意思。”

灵官妈想安慰女儿，可又想不出说些啥，只是流泪。她觉得亲家不仅糟蹋了她女儿，还欺骗羞辱了她。女儿竟生活在这样一个家中，她的心都寒了。

“兰兰，有啥话就说。啥都说出来，说出来就好受些。不说，憋在心里会憋出病的。”

兰兰却醒了似的睁大眼。她抹去泪，说 :“妈，没啥。其实也没啥。不管咋说，我在媳妇堆里还算好的。真的，能吃饱肚子，能穿上囫囵衣裳。队里有个媳妇连肚子都吃不饱呢。没啥。就是心里不太舒坦。忍一忍，也就惯了。你也不用往心里去。”

妈知道女儿是怕她扯心才安慰她，心里更加难受，泪开了闸门似的一个劲流，渐渐哭出了声。女儿一个劲劝她，劝一阵，反倒将自己劝哭了。娘儿俩索性抱头，痛痛快快哭了一场。

4

既知道了真相，灵官妈对女亲家就有了新的看法。她自然不去解释女儿的那些“缺点”。她知道那样免不了拌嘴。弄不好，感情一冲动，难免说出过分的话。女儿既已给了人家，就是人家的人。由她打由她骂吧，当娘的只能陪些眼泪。她不像有些当爹妈的，动不动就跑到姑娘婆家吵呀闹呀，解决不了啥问题，反倒闹僵了亲家关系，结果只能使女儿的处境越加恶劣。

到了快收工的时候，灵官妈担心的倒是如何见亲家的面。亲家自然不是傻瓜，不会估计不到兰兰的解释。真相大白之后，女亲家肯定会难堪。灵官妈反倒担心亲家如何摆脱难堪局面。

她的担心是多余的。女亲家一进门就一如既往地浮上了亲热的笑。那是十分自然的笑，仿佛她和兰兰之间不曾有过不快。随着笑，她热情的招呼很自然地出口了 :“哟，亲家。”那语气充满喜悦，反叫灵官妈觉出了自己的小气。

晚饭后，女亲家打发白福宰了只鸡，叫兰兰爆炒了一盘子，又炒了亲家带来的兔子，还叫白福去小卖部买了瓶白酒。三亲家和小俩口围在一起，热热火火吃起肉喝起酒来。

这一番举动冲去了灵官妈心里的阴影。兰兰也因为婆婆宰了鸡而脸色鲜亮了许多。这使灵官妈发现兰兰的处境并不像下午想象的那样坏。女亲家也不是一个很坏的人。亲家这番热情的接待，竟使她心中的郁闷消失了，剩下的只是对亲家宰鸡的过意不去。

“哎呀，亲家。这可不对了。你看，我又不是外人，破费啥呀？”她说。

“瞧，亲家，你咋这样说呀？我们是实亲。你又轻易不来。我们两亲家好好喧和一下。”女亲家笑着，一脸真诚。

这一说，下午在她脑中丑陋不堪的女亲家形象就完全从脑中消失了。“谁家没个碟儿大碗儿小的事呀？牙和舌头都闹矛盾呢。”她想。

肉端上来了，冒着热气。“吃，趁热吃。”女亲家亲热地劝，用筷子夹了一块腿肉，递给灵官妈。

灵官妈接了。想到听了女儿的解释后对女亲家的那个气法，不觉笑了。她想也许是自己没出息，见不得人的笑脸。此刻，她的心完全被眼前这暖融融亲家欢聚的气氛融化了。

“吃，吃，亲家。”女亲家亲热地劝着，并将软肉一块块挑出，堆到靠灵官妈的盘沿上。这等于在告诉在座的人：这是亲家的，别人不能动。

灵官妈过意不去，用筷子将那些肉拨散，说：“谁也吃。我又不是驴肚子马板肠，能吃了这么多？”

女亲家却又将软肉拣成一堆。灵官妈不好再拨开，索性一块块夹了，依次递给男亲家、女儿、女婿手中。神情是那样的顽强，有种不达到目的绝不罢休的执著。

女亲家说：“你吃你的。他们也长了手呢。”

兰兰显然被婆婆对母亲的那种热情感动了，也用筷子挑块鸡腿肉，递给婆婆说：“妈，你也吃。别光叫人吃，你也该带个好头。”婆婆没有推辞，接了，咬出满嘴的油。脸上是和油一样的神色，仿佛在得意地嚣张那些没有媳妇孝敬的婆婆。

灵官妈高兴地想，她们也没啥矛盾呀？想到上午婆婆的谈喧和下午女儿的辩解，便发现两人谈的，不过起床迟啊、爱串门啊之类的鸡毛蒜皮，都不是什么大不了的事呀。奇怪的是当时自己竟觉得天塌了。真是的，怪不得她爹常骂我“背不住个烫面条儿”呢。

男亲家和女婿吃得很专注。男亲家拣些鸡爪子和鸡翅膀啃，纯属陪客的架势。女婿则不然，一副馋相，几乎扫荡了除母亲挑给外母以外的全部软肉，并将骨头咬得嚓嚓响，嘴唇和那几根乱毛似的胡须上尽是油水。灵官妈又将自己面前的软肉夹了过去，白福也毫不客气地将它消灭了。

兰兰又端来了兔肉。灵官妈不再动筷子。她说：“这都是你们的。我都吃腻了，一见就头疼。”女亲家虽知道这是矫情之言，但也知道她常吃兔肉，就客气两句，不去勉强她。

“兔肉没炒好。”女亲家说，“炒黑了，我吃过兔肉，白生生的。”

灵官妈笑道：“那是家兔，肉白。野兔都这样，一炒就黑，可香。毕竟是吃百草的，比家兔肉香。”

“嗯，是香。”女亲家说。

白福仍是那副馋相，而且形状愈加不雅。野兔肉更遂了他的心，越发吃得满嘴流油。男亲家也没了陪客的斯文。这时，灵官妈才发现他们父子俩是惊人的相似，忍不住笑了。

吃完兔肉，女亲家叫白福端了酒给丈母娘敬。两亲家干了几杯。女亲家说：“亲家，你可要吃好喝好啊，不然，我心里过意不去。”

“吃好了，喝好了。”灵官妈笑道。

“我这人，”女亲家又喝了几杯，“嘴坏，可心好，免不了有冲撞亲家的时候。亲家可要大人不见小人过呀。”

“啥话呀？亲家。我最喜欢的就是直筒子，有啥说啥。最见不得拐弯抹角的人。亲家是个啥人，我知道。不然我也不对亲戚。”灵官妈说这些话时竟这样顺溜，连她自己也感到意外。细品查，竟没半点勉强。话是自然而然溜出来的，从里到外透着真诚。

“我这人也不好。心小，针尖大的事也放不开。一有点小事，心就捏成个酸杏蛋儿。有你亲家的一半，也就好了。”灵官妈说。

“哪里啊？我也不好，啥都不往心里去，心里存不住话，有啥说啥。一不留意就得罪人。知道我脾性的还倒好，说我就是这么个大肝花。不知道的，还以为我专和谁过不去。”

“好，这样好。”灵官妈迎合道，“有啥？就瓦罐里倒核桃，倒掉就好，存在心里啥都能捂馊，就容易闷坏身子。我这点不好，一有事连饭也吃不下。你看，干鬼一个。”

“各有各的好处。千金难买老来瘦呀。”

“啥呀？还是胖点好。身体好了，啥病都能扛住。像我，一着凉，就气气吭吭的。”

俩亲家在那儿唱唱和和，你吹我捧。男亲家和白福听腻了，各自喝了几盅酒，就去睡了。两亲家喧到半夜，才睡了。

躺在被窝里，灵官妈想：“女亲家也不错呀。”她对亲家有了新的看法，那就是，她虽不像她希望的那样好，但也不像女儿说的那样坏。

第 十 二 章

1

灵官妈在女儿家住了两天，回来了。女亲家极力挽留，她却牵挂屋里的猪呀、鸡呀，还牵挂憨头的病。憨头成了她的心病。因为兰兰队里的一个小伙子死了，得的是胃癌。先是感到胃痛，硬扛，扛不住了，才拉到医院，发现胃里长满了菜花状的癌，就死了。据说，早发现的话，能治，割掉部分胃就好了，可一晚就没治了。听到这事，灵官妈的头皮都酥麻了，仿佛看见憨头疼得在炕上打滚——她还不敢想那是“啥”病，仿佛一想啥病，儿子就会得啥病似的——她用了很大的力气才没把憨头和那病联系起来，但憨头扭曲的面孔却总在眼前闪。

老顺正在院里收拾架子车，见了老伴，笑道：“哟，当家婆这么快就来了？我还当你吃得走不动了，咋还那个猴相？哟，白福也来了？”灵官妈边取装着新品种黄豆的小包，边说：“只有你这种猪转生的，才一天吃吃吃的。憨头呢？”“井上去了。”“疼不疼了？”“说是吃了药舒服多了。”她才放下了提悬的心。

灵官妈喧了有关兰兰的那些琐事。老顺一听就笑了：“真是的。你们女人们，尽是些一块钱呀，一个鸡蛋呀，一双鞋呀，在这些屁事上怄气。越说头发长见识短，越来了。”

灵官妈嗔道：“你一天又想的啥大事？也不就是架子车呀，牲口缰绳呀，再想些啥？还当你是想政策呀？想天下大事呀？人就在琐事窝里滚。不想琐事，想啥呀？”

老顺笑道：“好，好，想去想去。我又没说你，我是说你那位亲家。你急躁啥哩？”

灵官妈说：“你少说风凉话。你当回婆婆试试。不管吧，事不成。一管呢，当然免不了有碟儿大碗儿小的是非。”

“不就对了嘛。”老顺道，“那你还说人家的婆婆干啥？将心比心，你又不是没当过婆婆。”

“我也没说人家的不是呀？我只是喧一下，谁又怨人家来？”

正说间，凤香和莹儿说笑着进了庄门，看样子说得正红火，可一见灵官妈，二人便住了口。莹儿招呼道：“妈，咋不多住几天？”

灵官妈断定她们在议论她，很不高兴，就不冷不热地说：“我呀，天生是受苦的命。蹲不住呀，还是回来受苦吧，免得叫人背地里说三道四的。”

凤香和莹儿对视一眼。

老顺说：“别疑神疑鬼了。谁吃饱了没事干，编排你呀。”

“难说呀。”灵官妈拉长了声音，“林子大了，啥鸟也有呀。免不了有一些搅三和四的人呀。”

凤香说：“我是来借架子车的，我可没和莹儿说啥呀。”

“承啥头呀？”灵官妈冷冷地说，“我又没说你。心里没冷病，不怕吃西瓜。”

老顺拍拍架子车栏杆，说：“刚收拾好，用就拉去，别借不借的。”凤香拉了车子，不声不响走了。

老顺对老伴说：“瞧你。有话，不能在心里搁一搁吗？说那些话，有啥意思？”莹儿说：“她真没喧啥。她只是喧和北柱妈吵架的事。”

灵官妈觉出了自己的唐突，但嘴上不饶人：“还说没喧啥？腿长招露水，嘴长惹是非。”

老顺笑道：“这话很对。可不要光拿镜子照人，也该照照自己。”

灵官妈白了老顺一眼，进了厨房。

莹儿怔了一怔，说："妈，凤香叫我帮她拉山芋呢。她身子重，怕伤了胎气。一个人不敢拉车子。"

"去就去。"灵官妈在厨房说。

莹儿转身出了庄门。本来，她还想问问家里的情况，但这阵势，似乎还没到问的时候。

2

莹儿径自去了地里。

凤香家的山芋很好。望去，地里一个白滩。山芋大，而且匀。莹儿和她挖了一个上午，也夸了一个上午。两人都是个山芋肚子，对山芋有特殊感情。见了这么好的山芋，兴致大增，说说笑笑，直到回家拉车子时被婆婆不冷不热地训了一顿。

"你可别往心里去，她就那样。"莹儿边拾山芋边劝。凤香说："我还不知道她的脾性吗？婆婆嘛，都一样。她们的肠肠肚肚，我还能不知道？说叫她们说去，谁在乎呢。"

"就是。只当没听见。"

"那算啥？我刚到北柱家那阵子，她妈可厉害呢，起得稍迟点，就摔碟子掼碗的，真正一个金头马氏母老虎。现在好多了。人嘛，都那样。哪个婆婆都差不多。除非你厉害，也当个泼妇，她没治，可能还怕你。不然，都一样，都欺弱怕硬的。"

莹儿不说话，望一眼凤香。

"你说怪不怪？为啥男人一对我好些，她就气不过呢——是真气不过。一次，我穿了件新衣裳，你猜，咋？他们娘儿俩——婆婆和小姑子硬是不望我一眼。嘿，不望也就算了，可一见我，屁股一拧，嗖嗖嗖就过去了。我说你操心，别把屁股拧成八片子。"

莹儿笑道："那是忌妒你呢。你想，人家好不容易养大的儿子，却把媳妇当成个宝贝蛋蛋，娘哪能没忌妒心呢？男人越对你好，她自然越气。”

“也许是的。”凤香笑了，“可开天辟地遗留下来的规矩是男人得娶妻呀，总不能和娘过一辈子吧？”

“注意点，就好了。在大人面前，不要过分亲热。”

“啥呀？”凤香说，“谁又显出啥亲热样子来？你又不是不知道，我家那个挨刀货是个没心肝的，平时连望都不望。男人嘛，只在那个时候才待你好些。你说是不是？”

“也许吧。”莹儿笑道，“我不是男人。我也不知道他们心里咋个想法。反正，嘿——咋说呢？”

“哟，还假正经呢。我知道，仰脸老婆低头汉。憨头别看一天蔫不叽叽的，一上炕，谁知道多蝎虎呢？谁让你长这么水灵呢？我要是个男人，不吞下你才怪呢。”

“不说了。”莹儿说，“不说这个。好不好？”

凤香认真望莹儿一眼：“还害羞哩？生米成熟饭了，姑娘成婆娘了。还害啥羞哩？那种事，说穿了，也不过……嘻嘻。”

“真不喧这个。”莹儿红了脸，“说说你咋个当媳妇呢？”

“咋个当？那叫熬。真不容易。七八年了，急急儿了。等分了家，才算松了口气。”

“你真那么难？”

“当然啊。你想，人家动不动就抖翎毛。等到后来，我也不客气了。我尊你敬你都没个好脸，还尊你干啥？后来，她骂，我也骂，平打平骂。怕啥？红下脖子黑下脸，唱一场，怕啥？不过，挨了些打。那个挨刀货死要面子，我一和他妈吵架，他就打我，没轻没重的。几天几夜起不了床，起不了就不起……我就睡，没忙没闲的，就睡，哪怕六月天麦子烂到地里。后来，才好些了……你不骂，我当然也不骂。你待我好一分，我对你好十分。你给我一刀，我当然要还你一枪。对不对？……可也真管用，除了偶尔指桑骂槐或者呜呜闪电地走路外，她再也不敢耍泼妇劲儿了。你说，人怪不怪？尊你你不受，为啥偏叫人骂才舒服呢？”

莹儿笑道：“也真是的。娘家队里有个媳妇也这样说的。”

“是我把她的毛病治了。嘻嘻，信不信？……以前我起得稍迟些，嘿，包天大祸惹下了，不骂你个鸡飞狗上墙才怪呢。每天早上都是我做饭，扫院子，收拾厨房。不喊，她还不起床呢。等分了家，嘿，你照样得四股子筋动弹。你过你的日子，我搅我的勺子。叫你像地主一样把我压了七八年，现在你再压呀？嘻嘻。”

莹儿笑道：“我还以为你是个马大哈呢，谁知你肚子里鼓点多得很。”

“啥鼓点呀？我是个直肠子，有啥说啥。不过，别看我表面侉侉势势，心里可明亮得很。有次，她买了几个西红柿一进院子，就喊：‘月儿，吃柿子。’我正在厨房门上择菜，她望了我一眼，没说啥。不就一个柿子吗？你给我，我还不稀罕呢。我出去，换了二升麦子的，给她端去一升。她才脸红不朗灿地说：‘哟，我们有哩。’嘿，有哩？谁没有呀？我说：‘我买得太多了，吃不完，喂猪太可惜’。”

莹儿笑道：“你也真够坏的，把人家比猪了。”

“多着哪。有一回，白狗买了斤腊肉，她妖声妖气说：‘哟，你买上躲到门背后偷着吃去嘛，给我干啥？’呸！我一听，那个气呀。你知道她指的是啥？是我怀娃娃那次，害口，就想吃腊肉，可又没钱，叫挨刀货买了几两。他要给他妈，我说算了，人那么多，一人还吃不上一口呢，就没给他们。可那死丫头，傻乎乎说：‘奶奶，我们可吃肉肉呀。’婆婆就记下了。所以，她那天才妖声妖气说那些话。你说，我是分了家的人，我给你端了，是我的心。不端了，你也用不着放那些屁。对不对？”

“就是。其实，闹得不和的原因尽是些鸡毛蒜皮。看开些，不就对了？何必斤斤计较呢？”

“谁说不是呢？”凤香撇撇嘴，“可她的心比针尖小呢……事情多着哪。后来，把院子挪出去，才好些了。可也好不到哪里。一见我和别人喧，她就像你婆婆那样冷言冷语的，以为我在议论她呢。真是的，我吃饱了撑的？议论你干啥？还怕磨秃了我的牙。”

莹儿笑了，心想：你现在不正和我议论她吗？

凤香仿佛看出了莹儿的心思，说：“就算我们议论你，也是你干了叫我们议论的事。对不？身正不怕影子歪。你怕啥哩？”

3

莹儿回到家，就进了厨房，帮婆婆做饭。婆婆留意地望她一眼，问：“她的山芋大不？”“大。”婆婆撇撇嘴，说：“人家是上了麻渣的，不大才怪呢。我们要是上了麻渣，一定比她的大。”莹儿笑了：“那我们明年也上些。像人家的山芋，又大又匀，很少有籽籽儿的。”婆婆说：“轻巧话谁不会说？总得有钱。猛子灵官还等着娶媳妇呢。憨头又有病，吃一副药，就得好几块。”莹儿想说买麻渣的成本从山芋里能出来好几倍，但见婆婆不冷不热的，便把话咽进肚里。

“那骚货，可不是个好货。”婆婆说，“以后少在一起搅。”

“是她一个人拉不动山芋，叫我的。爹也同意了。”

“老贼也不是个好老贼……我又没说不叫你去。干活是可以的。可……可……少喧那些东家长西家短的事。那骚货的舌头上有裹脚布。你说上个一，她能编成个十。村里人谁都知道的。我怕她把你教调坏了。”

“我也没说啥。她也……没说啥。再说，我的心我长着呢，谁能教坏我？”

“难说。跟好人学好人，跟上龙王打河神。日子久了，坏毛病就不知不觉上身了。一上身，改起来，可就难了。”

“我知道。”

“那货的毛病多……北柱妈一喧就眼泪汪汪的。一个女人家，裹脚布缠在舌头上，这个也不好，那个也不好，好像就她一个是十全十美的。其实也不见得。瞧着就叫人扎眼。再说，长个疯嘴。茄子花，萝卜花，见了谁是谁的话（花）。见人就喧张家的猫儿把李家的狗扯死，把左邻右舍都闹得臭不兮兮的。你说人家当婆婆的管不管？管吧，你是分家另过的，谁搅谁的勺子。不管吧，人家说谁谁的媳妇如何如何。骂的是她，可打的是公公婆婆的脸。”

莹儿知道凤香有串门喧谎儿的毛病，次数多了，难免叫人说三道四。但她也有心直口快有啥说啥的优点。邻里大多知道她的脾性，所以她的人缘并不差，并不像婆婆说的那样把邻舍搞得“臭不兮兮”的。

“再说，你也不能像野鸡钻柴棵，光顾头不顾身子，对不对？你看那个家呀，猪窝，真是猪窝。真正一个邋遢婆娘的架口。”

莹儿说：“现在收拾得也干净啊。”

“那是现在。”婆婆的声音突地大了，“你没见过去那个阵势，简直进不去人。破背心子，烂裤头子，臭鞋底子，臭袜子，这儿一件，那儿一件。一进去，就一股臭烘烘的味道。”

莹儿想：这是哪年哪月的事儿啊？

“不说这个。单说这个……你说，你的日子是谁给的？是人家墙头高的儿子给你的。对不？你嚣张啥哩？穿个衣裳，不见人还罢了。一见人，嘿，那个架势——操心，操心，不要把架子抖塌了。……真是个草化子，留不住个隔夜食。”

正说着，老顺进来，听出了一点眉目，阴了脸，说：“你再有没个喧的？成天不是叨念这个，就是叨念那个，好像天下就你一个好人。”

婆婆白老顺一眼：“你也用不着得意。等哪天我有闲心了，也叨念叨念你，叫媳妇知道你是个啥货色。”

“叨念去，叨念去。”老顺笑了，“谁怕谁呀。你以为我是三岁大的娃娃？”

“不怕？你真不怕？我可真说了。不说别的，只说梯子……”

“臭死了，臭死了……”老顺逃出厨房。

婆婆笑了，笑得直不起腰来。这一笑，便把方才喧凤香时溢在脸上的嗔恨相笑了个干净。莹儿想：她要常这样笑多好啊。

饭快熟的时候，猛子和灵官来了，捉了七只兔子。听到灵官的声音，莹儿一阵喜悦。

4

半夜里，忽听北柱院里传来砸门声和狗叫声。灵官妈捣醒老顺，说："听，听，怕是有贼。"老顺说："哪有贼这么敲门的？""那你说是啥？""可能是北柱打牌才回来。""谁家的狗咬自己人。"老顺皱眉一阵，忽道："哎呀不好。可能是抓计划生育的……听队长说，乡上这几天抓得紧，城里也出来好些车呢。"灵官妈拉亮灯，匆匆穿了衣裳："我去看看，凤香别叫抓去。一抓去，非挨刀不可。"

老顺说："可能。尤其像她这样生了两胎的。"灵官妈一边系纽子，一边去了。

不一会，灵官妈领着凤香跑进屋。凤香只穿个背心和线裤，沾满了土。灵官妈一边跺脚，一边东瞅西瞅转圈子："咋办？天的爷爷。哪里藏呀？"开了大立柜，瞅瞅，里面塞满了烂棉花破被窝，藏不了人。有人开始大喊大叫敲庄门。灵官妈急得直跺脚。跺一阵，便将凤香领到老两口的床前，推了一把。凤香钻进被窝。

队长大头一进门就咋呼："你们把人藏到啥地方去了？"灵官妈说："啥人？我才起床。你没名没姓，胡说啥哩？"一个年轻干部说："肯定就藏在这院里。刚才，庄门还响。"灵官妈说："是我出去了。我还以为贼偷东西呢。"一伙人进了各屋，搜寻一阵，又进了睡屋。

老顺正在床上哎哟呻唤喊头疼，边哎哟边骂："这老货，叫你给我燎一下，偏不燎。头都憋烂了……"大头笑问："老顺，把凤香藏到被窝里了吧？烧白头是啥滋味？"老顺呻吟道："这该去问你爹，我咋知道？"那伙人哄笑起来。大头说："走，走，到别处寻去。"那个年轻干部说："这被窝里像有两个人。"大头遮掩道："哪有公公媳妇睡一个被窝的？"老顺笑道："这可说不准。你得问你媳妇。"那几人又笑了。年轻干部却走到被窝前，一手揪住被角。老顺变了脸色，慌忙按住："你想干啥？我可一身汗哩。着了凉，问你。""行呀，问我就问我。”

正说呢，凤香已母狗似的扑出，嘴里发出绝望的厉叫。那几人还没有回味过来，她已经出了门。只有年轻干部手里拽下半条破背心。那几人追了出去。大头笑道：“你可行哩，能大大咧咧搂了侄儿媳妇睡觉。”老顺嘿一声，撩上被窝，盖住了赤裸的身子，又蒙了头。大头嘿嘿笑着出去了。

“这可咋办？天的爷爷，这可咋办？”灵官妈跌脚道。

老顺把头伸出被窝，恶狠狠说：“你少叫唤成不成？咋办咋办去……你说，传出去，叫我咋见人？”

“有啥不好见的？心正不怕影子斜。”

“屁。你再也没个地方藏？是不是。单叫她钻被窝……没脸见人，这下可没脸见人了……就是你这老骚货。”

“瞧，瞧，你倒怨我了。你不叫她进不就对了？咋还把被窝儿揭得高高的，也不知道收拾一下，连黑毛都 出来了……你还说啥哩？我看也是称了你的心了，是不是？平日你眼珠就贼溜溜转，还假正经啥哩？我不说你，你还猪八戒倒打一耙。鬼才知道你在被窝里咋个样子？不然，咋像一个人？”灵官妈竟是越说越气，心里也酸了。

“屁。”老顺大怒，“你个老妖。是老子拉她进来的吗？啊，你还放啥屁？啊？”说着，捡起一只鞋投过去，大立柜上的镜子哗啦啦碎了。

憨头冲进来，问：“啥事？”

灵官妈望望老顺，半晌才说：“是抓计划生育的，抓凤香。噢，你去看看，究竟咋样了？抓没抓住？”憨头应声而去。

灵官妈不敢再招惹老顺，上了炕，靠窗坐着。撩开被窝后的那个镜头又出现在眼前。“这个老贼，可称了他的心了……嘿，咋鬼迷心窍，想出这个法子？”她想。

老顺忽然笑了，边笑边说：“老妖，怪惊惊的，想这种馊点子。”

灵官妈又发作起来：“你笑啥哩？有啥高兴的？想啃回嫩葫芦？你啃去。驴头烫得净净的，毛拔掉。再挖碗面，把脸上的坑坑洼洼填掉，啃去。”

老顺嘿嘿笑了："你看你个老妖，又不是我寻着那样做的，是你硬三霸四弄的。我不怨你，你倒怨我了。真是……嘿。"他收了笑，皱眉道："不过夜，就传遍了。你说，叫我咋见人啊？"

憨头进来了，说："跑了。没抓住，给个屁烧灰。他们骑个灰驴驴儿走了。大头说，他也没法子，叫你不要把他当成那号吃里扒外的能行鬼。"

一听凤香脱了险，灵官妈松口气，说："你睡去吧，天还早呢。"憨头走了。灵官妈裹被侧身而卧，脑中哗哗地变，心里酸溜溜的。老顺从她很粗的出气声里知道她的心事，偷偷笑了。

清晨，灵官妈去北柱家。一进门就看到后墙上有个梯子，知道凤香就是在这儿溜上墙逃出的。因为夜里的折腾，北柱还在睡觉。北柱女儿大丫正在和猪食。灵官妈拍拍她的头，问："你妈呢？"大丫没搭话，望望北柱。北柱醒了，打个呵欠说："到一个人不知的地方了。嘿，悬乎乎给人家挤住……听说有个女人给硬三霸四抬去，引了产，是个娃子。一下床，女人就疯了。"灵官妈说："着，你就安顿好，可不要叫人家知道。"北柱说："谁都不知道的。"又打个呵欠。

忽听到一声驴叫。灵官妈出去一看，黑驴将头伸出厩外估计是饿了。前去看，果然，槽里空空的，连草渣儿也不剩了，就背了筐，去草房弄点草来，添进槽里。

莹儿提着桶子去喂猪，见了婆婆，望着她。婆婆知其意，说："没事。"莹儿遂放了心。

吃饭时，灵官说："真想不通，扎掉算了，叫人家撵得连日子也过不安稳。"老顺说："没个顶门立户的咋成？年轻时没啥，老了连个端汤送水的也没有。"灵官妈接口道："发丧时连个扯孝牵布的也没有。逢年过节也没人给烧纸。"猛子忍不住笑道："管那么多干啥？今朝有酒今朝醉，不管明日喝凉水。还管啥死了的事？"灵官说："就是。死了，一死百了。有啥感觉？"灵官妈说："谁说没有。魂灵子啥都知道。而且，谁的后人烧的纸归谁，别人咋抢也抢不走。"猛子笑道："越说越玄了。"

灵官妈说："真的。神婆说，烧纸时，在纸灰外画个圈，除了祖宗，别的鬼进不去，像电视上孙猴子画的圈一样。"猛子说："哟，后人们都成孙猴子了。那没后人的鬼咋活？""咋活？"妈道："都成破头野鬼了，一天胡游闲逛，见个身上煞气小些的，就问候一下，弄点烧纸花。"灵官笑道："那不更自由啊？多问候几个，不就成百万富翁了？强如活着东躲西藏，养啥儿子。"灵官妈眨眨眼，想说啥，可终于没说出来。莹儿抿嘴笑了。

老顺说："话不能那么说。不养个儿子，人家会咋说？人家会说你缺德才养不下儿子。"灵官笑道："你不是说儿子是要债来的，是前世欠了人家的债？为啥谁都盼个要债鬼呢？"老顺道："话也不能那样说。人活个啥意思？说穿了，就是为养个儿引个孙。不养儿引孙，你到人世上干啥来了？一死，不是和没来一个样吗？"灵官说："养儿引孙又有啥意思？"老顺不理灵官，继续说："没个后人，人一囔仗，就骂你焦尾巴断后，总不是个滋味。就说不管这些，说由他说去。可农田地里干个啥，丫头总不如娃子。就说浇水吧，半夜打发他出去，也用不着担心，可丫头就不成了。所以说十个好丫头，顶不上一个瞎娃子。"

莹儿说："哟，那我们这些人就没意思活了，生下后不如喂狗。"灵官妈接口道："就是。这一大家子为啥离了老娘不成？啊？！老乳牛养了十个牛，事事离不了老乳牛。你们男人能得很，那我和莹儿今后不干啥了，叫你们尝几天滋味。鼻子里钻几天烟，才不会说这些没良心的话。"

老顺笑了："话不能这样说。鸡是刨的，猪是拱的，谁有谁的本事。""着，这就对了。"灵官妈道："咋十个好丫头不如一个瞎娃子？你叫那瞎娃子生几个娃娃看。"灵官说："听妈的话很开通。那就动员兰兰结扎算了。"灵官妈道："那可不成。丫头想娃子，头都想成个蒜锤儿了。"老顺道："看，还不是娃子贵重吗？"众人笑了。

灵官妈忽儿叹道："兰兰那边不知咋个紧法呢……可把丫头愁死了。养不下个带把儿的，人前也抬不起头来。"灵官望一眼莹儿，发现莹儿也正望他，就红了脸。

第　十　三　章

1

都说凉州这地方邪，说曹操，曹操到。中午时分，白福带了女儿引弟骑了毛驴进了门，打个招呼，放下引弟，便牵驴去魏没手子家，灵官妈抱了引弟心肝宝贝叫个不停。

白福刚到魏没手子家。狗宝也来串门。狗宝好赌，和白福常在一起耍。一见白福，狗宝就问："白福，你'盖'个啥？""骡子。""你还是'盖'个驴算了。马下骡子泥里栽葱，驴下骡子沙里澄金。"白福说："管他啥葱啥金。别人能澄下，为啥我不能？"

魏没手子说："凤香逃了？"

狗宝说："玄了又玄，差点给逮住。白福，可小心。这几天抓得很紧。逮住，就往车上丢，按到手术台上就动刀子。听说市上挂了黄牌，再不动真格的，乡长的乌纱帽就保不住了……听说城里也派来了好些车呢。"

"抓住了，老子认命。抓不住，还要生。总得生个带把儿的。"

魏没手子走出门外，把儿马拉出来。儿马一见白福的那头草驴，兴奋地大叫一声。草驴闻声，也兴奋地拌嘴流口水。

魏没手子笑道："这家伙也灵着呢。前天，王秃子的那驴来，一个上午不起性。那家伙是个啥驴呀？干不棱登的，又是个毛鬼神，好容易把马的兴头引起，它又踢又叫，一连七八次都‘盖’不上。瞧，这马也知道你的驴俊呢，用不着我当媒人了。”

白福听了很得意，说："这能比吗？我的，瞧，这毛片，黑得发亮，活脱脱一个千里驹。”

儿马草驴碰着嘴唇。

魏没手子将驴尾巴系到一边。儿马长嘶一声，人立似的站起，前蹄“盖”到黑驴背上。

不一会，黑驴的尾部颤动起来。魏没手子说："成了，这下‘盖’定了，你看那架势……哟，快，你瞧，它要撒尿，掐它的腰，对，使劲掐……一尿，可就全完了。圈脸胡子吹火，全完了。”白福用力掐黑驴的腰，迫使其放弃撒尿的架势。

狗宝走过去，解开驴尾巴，拍拍驴屁股，说："看那架势挺有劲，不知中不中用。‘盖’不定，驴就不好好吃草，会塌膘。你说怪不？牲口这东西，也贪这个。这又不中吃，又不中穿，可没它不成……人比驴还贪……有人还为这个掉脑袋呢。”

魏没手子道："天造啥的时候，总有个道理。不像你妈那神婆，嘴里咕噜半天，谁知道她说些啥？”

狗宝正色道："这可不敢胡说。妈的啥也有本草，不是胡编的。她有个书，叫啥《桃花镇法》，是周朝的桃花女传下的。周公的神算不如桃花女的禳演。周公精通八卦，啥灾都能算出。可桃花女一禳演，就啥灾都没有了。有次，周公算出一个小伙子三天后必死，是土埋石砸而死，非死不可。这人是个孝子，怕娘伤心，就偷偷溜出家，想死在外面。娘知道这事后就去求桃花女。桃花女就给判了符，叫她第三天夜里把符烧了，对着灶火门叫儿子的名字。正好那天夜里下大雨，嘿呀，儿子正在砖瓦窑里避雨。忽听到妈在叫他，一声比一声紧，就出了砖瓦窑。哗啦，窑一下子塌了，才免了一死。不是桃花女的话，他可死定了。这时，周公才知道桃花女的道行比他深，道法比他大。”

白福听得眼睛都直了："我还听说神婆是精灵鬼入窍的，还真有本草呀？”

“入窍是入窍。可本草也有。那书我见过，毛套纸，黄黄的，画些怪模怪样的符，一看，心里就瘆怪怪的。”

“那……克人的煞气呀啥的，也成真的了？”

“当然呀。去年来了个城里人，是搞啥气功的，说，那玩意儿有道理。比如属羊的，你看，我们村里属羊的女人，哪个命不苦？几个还是寡妇呢。听说羊年，天上的值日的星星煞气大。那年生的人也煞气大。男人不要紧。女人就不好，身上尽是啥波。你想，常年累月，不叫她克死，才怪呢。”

白福的脸一下子灰了，半晌，才说：“上回，来个蛮婆子，就说……我那丫头煞气大，会克人，说男娃的死，多半与她有关……我还不太信……她就是属羊的。”

“你说引弟呀？我妈也这样说。”狗宝脱口而出，又觉出不妥，忙改口说，“不过，我是不大信的。”

“她怎么说？你妈怎么说？”白福追问。

“其实，信那些干啥？玄呼呼的。”

“你不说，就不是人。你能眼睁睁看着叫我断后？有啥话，你放心说。我也好生个法儿，请个人禳解一下。你说，她咋说的？”

“其实，也没说啥……也就……不过……其实……就是克人。小着克弟，大了克夫。再没说啥。真没说啥。”

白福丢了狗宝，蹲在一块土坯上，垂了头，半晌，说：“我也估摸着不对劲……哪有这等怪事？……我也估摸有问题。”说完，长长出口气。

狗宝说：“话虽那么说的。可咋说呢？不信不就对了？”

白福不语，石头似的蹲着。半晌，起来，也没理狗宝，拍拍前额，摇摇头，牵了驴，走了。

2

“放屁。”一听白福的话，老顺就变了脸：“我不信，这灵丝丝一个丫头，有啥煞气？咋个克人？你少给老子神神道道，少给老子羊尻子里放猪屁。”

白福说：“这又不是我编的。上回，齐神婆就这样说。”

“呸，她是啥？妖精。五六十岁的人了，嘴唇还红丢丢的，走路扭过来扭过去，学个啥风摆杨柳枝儿。她能放个啥好屁？”

灵官妈笑了：“你也真是的。嘴唇红是人家天生的，又没抹啥口红。走路扭来扭去与人家说话有啥相干？北柱走路不扭，可嘴里有一句实话吗？”

“我不管。反正你们少放这种屁。”老顺气狠狠地说。

引弟望望父亲，望望爷爷，问奶奶：“啥叫克？”

灵官妈拍拍她：“小孩子家不听大人喧谎。”

“问问嘛。啥叫克？奶奶，你说，你说。”引弟抓住奶奶的手使劲晃。

灵官妈支吾一阵，才说：“克嘛，就是……用刀在木头上刻人。知道不？”

引弟拍手笑道：“弟弟是我刻的，是我刻的。我再刻一个。爹，我再给你刻一个，好不好？”

白福变了脸，捞过引弟，狠狠扇她屁股：“叫你再说！叫你再说！”引弟哭叫起来。灵官妈急了，边骂边遮挡：“你个挨刀货，你个挨刀货……”

老顺沉了脸，一把推开白福，捞过引弟，怒道：“有啥威风，外头耍去。”

白福涨红了脸：“你听，她说的啥话？”

“啥话？我没听见她说啥。娃娃嘛，才几岁，懂个啥？她挖鸡溏屎，你也挖？”

灵官妈搂了引弟，“娃娃乖乖”地哄她。引弟渐渐收了哭声。她不理解爹为啥打她，便用那双水灵灵的大眼睛，偷偷望白福。

灵官妈对引弟说：“以后再不许说这话。”

引弟问奶奶：“爹爹说是我刻的弟弟。我再刻一个，有啥不对？”

“你再说？！”白福怒吼着扬起巴掌。引弟赶紧住了口，把头埋进奶奶怀里。

老顺望一眼白福，说：“有些话不该听就不听，不要见风就是雨。”

白福出口横气，瞪引弟一眼，蹲在炕沿上，捞过老顺的烟锅儿，用手抹抹烟嘴，狠狠地抽。

老顺说："迷信迷信，不可不信，也不可全信。有些事不信不成，比如黄道日了，黑道日了，祭神呀啥的，但又不能啥都拿那个圈子套。都套，还不活人了？总不能听个音音儿，就念个经经儿。"

白福不答，狠狠咂几口烟，以此来表示自己的烦躁和反感。老顺觉出其意，便住了口，说："走，引弟。跟爷爷玩去。"引弟瞅了爹一眼，怯生生走了。

灵官妈抠抠衣襟上的饭点，抠几下，望一眼女婿，终于问了："神婆真那样说？"白福吁口气："狗宝说的。"

"有没有治的法儿？"灵官妈盯着女婿的眼睛，仿佛要从里面盯出"法儿"来。

"不知道，没问。上回，就是她判的符，想的法子，生下倒是活的，可后来又死了。比第一个强些，多活了几天。"

"这我知道。有没有更有效的法儿？你去问问看。"

白福吐口唾沫，把烟袋卷到烟杆上，一扔，下了炕。怔了半晌，长叹一口气。

灵官进来了，见妈和姐夫神色有异，问："又咋了？"

白福梦中醒了似的，见是灵官，问："正好，你念的书多。书上说没说克人呀煞气呀啥的？"

"啥克人？"灵官不解。

"就是谁叫谁克死了。书上有没有这种事？"灵官妈紧张地望灵官。

"问这干啥？"灵官笑了，"书上没讲这个……不过，我听过一场气功报告。那个气功师说，有这事，说是每一个人都有啥磁场。一个人的磁场和另一个人的不一样。和谐的，就好，身上的病也就好了。不和谐的，就互相干扰，就生病。"

"这么说，真有克的说法了？"白福头上又沁出了汗珠，话音也颤了。

"管这些干啥？说是那么说，可谁知道。这东西看不见摸不着，难说。可我有时也有点怪，为啥有些人一见就舒服，而有些人一见就别扭。熟人生人都一样。我估摸，这场呀啥的，肯定是存在的了。听说有一种红外线照相机能照下人的磁场。”说着，灵官住了口。因为他发现，姐夫和母亲的脸色一下子变灰了。尤其母亲，骤然间老了几岁。

“这么说，是真的？”白福梦呓似的说。

“啥事？究竟出了啥事？”灵官问。

妈苦笑一下，说：“神婆说，引弟克人。死的几个，都是她克死的。”

灵官笑了：“我还当出了啥事呢！真是的。这话，谁信？”

“上回来的一个蛮婆子也这样说。”妈说。

“嘿！”灵官晃晃脑袋，“你们信这个干吗？人的命既然是天生的，一个小丫头咋能改变得了？笑话，你们也不想想。”

“你不是说也有啥场吗？”妈望一眼头上冒虚汗的白福，说。

“场？那是人家说的。谁知道有没有？就算有，那有啥？谁没场？咋克人？笑话。”灵官觉得自己越说越没力量。于是，他索性不去解释“场”，转个话题：“那些气功师，谁信？骗钱的多，真的少。有一个还说他把蚊子都给结扎了呢，用意念，从此天下蚊子都断子绝孙了……这个……谁信？”灵官无意间又说出“断子绝孙”四字。他发现，白福望了他一眼，脸色更阴了。他心里一慌，想好的话也忘了。

灵官妈怔一怔，咬着牙，狠狠地说：“我也不信。一个小丫头，咋能把天定的变了？”一字字竟似从牙缝里挤出。

白福却不说话，头上的汗也干了，脸色仍是灰。怔了一会，梦游似的出去了。

3

“这事嘛，咋说呢？”齐神婆打个蒜腥浪气的饱嗝，瞟一眼白福，见他张着口，像癌症患者望名医一样望她，便住了口，就像瞎仙说书时说到有一把刀正向主人公头上砍去时忽然要去撒尿一样，这越加把白福弄了个五猫抓心。齐神婆很满意这种效果。“狗宝——”她叫一声儿子，“去，拿八角钱给蔺家铺子。我拿了一包卫生纸。”而后，又用针去挑指甲里黑黑的污垢。她挑得很精心，每个指头大约用两分钟时间。等把十个指头都逐一挑完后，白福的精神都快崩溃了。

“干妈，你说，这事……”白福好容易才说出这几个字。

“这个嘛，难说。”齐神婆终于望了他一眼，“你信吧，虚虚幻幻的。看不见，抓不住。谁也没见死人身上有谁克下的伤疤。不信呢，也有一个一个叫人克死的。你不见吗？做寡妇的，不多是属羊的女人吗？”

“我是说……”

“不用说。我知道你说啥。娃儿也一样。娃儿，煞气最大呢。鬼也怕童身娃儿呢，一团火，忽喽喽的。眼睛开的人能看见。你看，要是人家一克人，那个劲候，就像旋风一样，劲大得很……不过，这话，我是不常说的。明理的，相信我的话。不明理的，还骂我骗钱害人呢。”说到这里，神婆抿抿嘴，打出一个蒜腥浪气的饱嗝。

“就说那几年挨斗。你说我骗钱啊，害人呀，可偏偏那些斗我的人最后求我。就像死了的黄胡子，欺也把我欺了，临完了不照样求我？浑身淌黄水，哎呀，那个恶心劲儿，没一处好的地方，不还得求我？我收了个魄就好了。嘿，你猜，我咋着？我把他的魄给他拨了，一脚踩进刺丛里。不淌水？浑身不淌水才怪呢，还由他哩。还斗我呢……斗完，回来，见了面他还支支吾吾。我那个气呀，就给他拨了一下。临完了，他还得求我，哈。”神婆已将吊胃口的心思全忘了，完全沉浸在对自己“当年”的回味之中。

白福多次听她谈过这些，但他还是装出第一次听的样子，脸色随叙述情节的展开或惊或喜，竟似完全给迷住了。

“我当然也不是好欺负的。对不对？不过，我轻易不欺负人。逼急了，当然少不了给个一下两下的。还有个人……名字我不说……你可别告诉别人……在农业社时，把我挤到地里，欺负我。那个气呀，我也把他的魄给拨了下来，踢到斗坝里，用乱石头砸散。他当然不知道，回去就迷迷瞪瞪不清干，不到半年，死了。查当然查不出病的……这事我可没给人喧过。你轻易不要给人说。”

白福唯唯诺诺，边点头边哼哈，心里却发笑。因为这个她“轻易不给人喧的谎儿”他也听了好多遍了，但他却不敢对她有丝毫的不敬。因为他相信她说的事是真的。村里人也相信。他们甚至知道她“不说名字”的那人是谁。那人确实死了，不明不白。死前像没了魂，到处游荡，最后冻成个紫蛋蜷曲在斗坝底下了。谁都说是神婆惩罚了他。

“魂是啥？”神婆忽然发问。白福慌了手脚，像突遇教师提问的差学生一样茫然不知所措。他确实不知道魂是啥，但神婆却不希望他回答。“魂就是魂。”她道。白福遂装出恍然大悟的样子。

“魂有三个，魄有七个。知道不？”神婆问。

“七个魄七种颜色。知道不？”神婆又问。

白福不敢说知道，也不敢说不知道。他发现神婆并不希望他回答，遂不再慌张。神婆抿抿嘴唇。白福发现“干妈”爱抿嘴唇。她的嘴唇很红，一抿就越加红得鲜嫩，红得耀眼。抿过之后，“干妈”总要不经意地望他，望得他心里哗哗地晃。

“红，橙，黄，绿，蓝，靛，紫，七种。在肩膀上。最爱掉的是红的，一惊一吓，它就掉了。掉在地上，像个人。谁的像谁。人就得病了。我收了不知多少个魄呀。救的命也像羊粪籽儿一样多了。没功劳，也有苦劳呀。”

“当然，当然。”白福口里的唾沫都干了，“可……干妈，我的那个有治没？”

神婆一下住了口，望着白福，盯得他心里发毛。许久，才吁口气：“咋不能？你说咋不能？干妈我啥不能？”

“求你给想个法儿。”白福只差磕头了，“没治了。我可真正没治了。心里都不想活了……我还蒙在鼓里——谁知道……”

“你找我是找对了。说实话，这事只有我能，别人……一旁去吧。”神婆撇撇嘴，又说，“我的法儿，灵着呢。一试准灵。要是我的法儿再不灵的话，那……就谁也不用找了，认命吧。”说着，眼望白福，似笑非笑。

白福忙掏出五十元钱，放到桌上：“干妈，你别嫌少。等成了，再重谢。”

“瞧，你把我当成啥人了？拿走，拿走。亲戚道里的，谁还好意思收你的钱。拿走，拿走。”她把钱推了过去。

白福拨开她的手，又将钱推过去：“干妈，你不收，可就不对了。我不是孝敬你，是孝敬神。”神婆才说：“你一说这话，我也就不好说啥了。也好，先替你收着，买个香呀啥的。”然后，她正色道：“就这一次。我收你的钱也这一次，我禳解这事也这一次。成了，托神的福。不成，那也是你的造化。不过，我的法儿很厉害，只要命中不该绝子绝孙的，没啥问题。这是最厉害的法儿。也就是你，别的人，我不会用的。”然后，说出法儿：“桃木七根，钉在院里中宫。用七根新针，埋在睡房门槛下。桃木弓，柳木箭，挂在门上头。在孕妇头旁放一件刀口家什。”

白福一听，眼泪一下子涌了出来。他抽泣道：“完了，完了。没治了。干妈，去年，用的就是这法儿呀。”

4

白福晕头晕脑进了门。灵官妈迎了上来，一见女婿脸色，就觉得天塌了。“完了，完了。”白福说，“还有啥意思活呢？”“她究竟咋个说法？”妈急急地问。“咋个说法？说了半天，拿出最厉害的法儿。谁知还是去年的那套。要是顶用，去年不就见效了，能等到今年？”灵官妈吁口气：“我还当啥了不起呢。天下大着呢。天外有天，人上有人。她不成，还有别的人呢。急啥？怕啥？”白福说：“她还说了些话呢。”“啥？”“你还记得那个白狐子吗？就是叫夹脑夹住的那个。”

灵官妈当然记得。那时兰兰刚过门，白福和憨头在狐子常饮水地方下了夹脑。早晨，一开庄门，一个白狐子带了夹脑，立在门旁，眼里淌着泪。它的腿折了。白福一棒子就打死了它。老顺狠狠骂了他一顿：说：“千年白，万年黑。这狐子有千年道行，知道来寻下夹脑的主人。不容易。就是吃屎的人，也不会干这事。”

“神婆说，不是她的法子不灵，是引弟克她的法，她降不住。还说她小小儿就会唱，会跳，会妖妖道道，定是狐子转世的……我估摸，她真是那个白狐子转生的，来报仇的。不然为啥一有了她，就养一个死一个？”

“把嘴夹紧。”灵官妈说，“我不信那么灵丝丝的人是狐子转生的。”

“狐子才灵呢，比人灵。你不见电视上的白娘娘，蛇精，不照样俊。你看《封神榜》上的那个狐子精，哪点不比人强？”

灵官妈瞪了白福一眼，想狠狠回敬几句，不知想到啥，神色忽然恍惚了，坐到炕沿上，半天说不出一句话。

憨头、莹儿、灵官从地里回来，灵官妈才梦醒似的进了厨房。灵官见姐夫神色不对，料想还是那个话题惹的，但假装不解的样子，问：“咋？又烧包啥呢？”

白福长叹一声，望一眼灵官，索性垂了头。憨头说：“有啥话，说出来好，憋到肚里，会闷出病的。”白福才说：“完了，齐神婆也没治。她说……我也那样估摸……引弟是那个白狐子——就是那年我一棒打死的那个白狐子转生的。”灵官正喝水，一听这话，口中的水都喷了出来，笑道：“我当又是啥事？为这没头没脑没影子的事，你发啥愁啊？”憨头也笑道：“我还当发生啥大事呢，吓我一身冷汗。原来……”

白福却板了脸，一本正经说：“啥？你们以为这是小事？你想，自生下她后，娃子没一个活的，不是怪事吗？她要是真是那白狐子转生的话，我不焦尾巴断后，才怪呢。”灵官笑道：“没影子的事。哎呀，你真是鬼迷了心窍。这往哪儿扯呀。”憨头说：“就是。那丫头自小就心眼儿好，说个天女下凡我倒还信。”白福望二人一眼，不再吭声。

这时，老顺领引弟回来，一听老伴的述说，就怒了：“他天生就是个吃屎货。该叫他动脑筋时，砸上十猛榔头也不开个窍，这号屁事上却死钻牛角尖。狐子……屁……”他想狠狠骂几句，摆点儿实事，讲一点道理，但苦于他也不知道咋反驳对方。哼几声，进了书房，蹲在炕沿上，谁也不望，说：“人是吃五谷的。吃五谷就要说人话。该说的说，不该说的，把嘴夹紧，不要把自个的心搞乱。一个狐子，不管你该打不该打，死的已死了，不要硬往别的上扯。孟八爷打死的狐子有多少？哪个投啥胎了？……也许那个狐子前世欠了你的命债，这辈子还来了。还上，它才能转个人身。”白福接口道：“就是。神婆也这样说，所以它才转成……这……人身。”老顺怒道：“行了。别磨牙了，我不爱听。”

灵官说：“最好去医院检查一下。啥事总有个原因，说不定是受了啥感染。电视上说有个医院里就常常死婴儿，一检查，说是感染了。”憨头说：“检查一下也好，不要总是疑神疑鬼的。”白福说：“检查啥？检查大人，大人好好儿的。检查娃娃，娃娃还在肚里呢。”

吃过饭，灵官妈悄悄叫过老顺，说：“白福说的，怕是真的。我可真做过梦，就在他打死白狐子的那天夜里。我梦见那个白狐子在庄门上呜呜地哭。哭一阵，就一溜风扑进兰兰怀里，不见了……后来，就生了引弟。”老顺瞪她一眼说：“不要动不动梦不梦的，嘴夹紧些，不要让那个愣头知道。”

出了门，老顺心里也嘀咕起来。脑中的引弟，就真带了那尖嘴猴腮的狐相了。放羊时，仍领着引弟去。一见孙女，却仍是活蹦乱跳的可爱模样，边笑自己荒唐，边问引弟：“沙窝里好玩不？”“好玩。”“狐子好玩不？”“好玩。”“怕不怕？”“怕啥呀？那么好的东西。我一见就喜欢。”“你见过？”“见过呀。八爷爷打下的，嘴尖尖的，毛红红的。那么好的东西。人太坏……爷爷，狐子又没惹他，为啥打死？”“它的皮值钱。”“要是没皮就不打了？”“当然，没皮打它干啥？”“要是我有皮，人也会打我？”

这最后一句话，令老顺暗吃一惊，心想：“这丫头莫非真是狐精不成？”低下头，引弟正天真地望着爷爷笑。那份天真烂漫，叫老顺为自己此刻浮起的念头惭愧了。

5

老顺把家里带来的水和馍递给瘸五爷。瘸五爷说：“我不要。我有呢。”老顺说：“那样的毛疙瘩还能吃吗？会伤胃的。”瘸五爷说：“就这个命，能吃上这些就不错了。喂牲口吧，太可惜。再说，人吃的都不够，哪有喂牲口的。”老顺说：“到我家来取一些。”“不了。迁就吧，活一天算一天。借的多了，说不定哪天一蹬腿，死了也叫人骂。”老顺说：“谁又叫你还呢？拿去吃就是了……谁家不遇事呢？”说着，夺过他手中发霉的馍馍，扔给羊。

老顺叹口气：“不知五子这次好些不？”

“我估摸老婆子也该回来了。不管好些还是没好些，都住不起了。好了，是他娃子的造化。不好，也没法。该卖的都卖了。木头、粮食、树，再就剩下砸锅头了。借也借了几千。反正心是尽到了，好不好，由天断吧。”老顺问：“不管咋样，住了这么长时间，总会好些吧。”“比以前好多了。但大夫说，要完全治好的话，还得几个疗程。可哪有钱？看起来是好一点，但得吃药。尽是西药片片，一次吃一小把。吃上，人就好些，瞌睡也来了。药性一过，又和以前差不了多少，话多得很——唉，反正麻缠得很。”

老顺望一眼在沙坡上摘酸刺果的引弟，说：“那样吃药，还不把胃吃坏？”“谁都这样说。可……中药贵，死贵……反正，由天断吧。到哪站说哪的话。”

老顺想到了憨头，心里也毛了，就说：“这老天也真没长眼睛。瘸腿上拿棍敲。像那些电视上判刑的贪官呀，坏蛋呀，反倒健康得很。”瘸五爷说：“就是。没治，总得活。老天给，就得受。除死无大事。”老顺说：“这是啥话？天不杀无路之人。忍吧，老天总得给开个缝儿。”瘸五爷说：“我也这样想。可有时，想来想去，也想不出个名堂。你说，人活着，受这个罪，有啥意思？”

引弟忽叫道：“爷爷，沙娃娃。”老顺说：“你玩就是了，叫啥？”引弟叫道：“沙娃娃吃虫子呢。”“叫它吃去，别管。”“虫子叫唤呢。喊救命呢。”老顺说：“那你救下不就是了。”

瘸五爷说：“到这个岁数还要跟上羊颠颠。跑一天，死猪似的。可不跑能成？不管咋说，一角也罢，两角也罢，总能贴补一下家里——总比没有强。”老顺说：“今年该涨涨价了，还是一只羊一个月五毛。物价都涨上天了，五毛顶个屌毛。”瘸五爷说：“算了。有五毛总比没五毛强。一多要，人家干脆宰了，连五毛也没了。”

“也罢。”老顺说，“老百姓么，谁也没钱。有钱的尽是些当官的。有钱的越有钱，愁着花不完。没钱的尻子里拉二胡，穷得夹不住屁。这世道，真邪了。”瘸五爷说：“邪就叫他邪去，你愁也白搭。活一天算一天，哪天活不下去再说。走刀路，走绳路，还是走药路，容易得很。”老顺说：“瞧，你又来了……不过，等老百姓活不下去的时候，天也塌了。”

引弟忽叫道：“爷爷，狐子。”老顺惊叫道：“哪里？”顺引弟指头望去，但见满目黄沙，并无一丝狐子迹象。老顺说：“没有呀，这丫头眼花了。”瘸五爷说：“我也看不见。”引弟叫道：“那么大个狐子，白的。那么大个圆溜溜的眼睛，正望我呢。”老顺斥道：“别胡说。”“没胡说，走了，跑了……不见了。”瘸五爷望老顺一眼，说：“这可邪了。我咋看不见？”老顺沉了脸，望引弟一阵，转头对瘸五爷说：“这丫头眼花了。”“没花，没花。真的，好大一只狐子。”引弟舞着小手辩道。

瘸五爷说：“娃娃们眼睛亮。也许真是啥狐仙。”老顺眯缝着眼望一阵远处，半晌，叹口气说：“啥狐仙呀，不过是人编的。”瘸五爷说：“不对，那可真有的。那东西精灵得很，啥都知道。初一十五还拜月呢。狗也会拜月。我家那条狗就拜过月，后来神头怪脸嚎了起来，我就把它给杀了。后来，五子就病了。哪个神婆子都说是狗的魂灵子缠着五子。可也怪，那娃子一发病，就嚎。嚎起来和那狗的嚎哭声没啥两样。这事可也邪乎。”

引弟跑过来，将手里的酸刺果递给老顺。瘸五爷笑着用手摸摸引弟的头说：“这娃，才这么大，就懂事了。”老顺说：“现在的娃儿都这样。我们这么大时，懂个啥？”引弟给爷爷嘴里喂了几颗酸刺果，问甜不甜，酸不酸。又问：“爷爷，你说狐子长那么好的皮干啥？没皮，人不就不打了吗？”瘸五爷笑道：“问得怪。可没皮它穿啥呀？”“也像人一样穿衣服呀。”“谁给它衣服呀？”“我给。我把身上的都脱给它。”引弟抖抖衣襟。

引弟又问：“狐子吃啥？”瘸五爷说：“虫子啦，老鼠呀。碰上啥吃啥。”“哟，它也欺负别的小东西，也不好。”瘸五爷笑了，“当然呀。不这样，它也就饿死了。”引弟皱着眉头，想了半天：“我有个法儿，给它馍馍，叫它不要吃老鼠呀啥的。”瘸五爷说：“不吃老鼠，老鼠不成精了？长个骡子大，比蚂蚁还多，把庄稼吃个精光。没吃的了，又会吃人。见了你这样的小丫头，一口就咬去半截。”引弟吓得惊叫一声，钻到老顺怀里。瘸五爷笑了。老顺也笑了。瘸五爷说：“你说，狐子该不该吃老鼠？”引弟点头说：“该。”

瘸五爷说：“你说这世上的事情也怪，没啥也不行。怪得很。人打狐子，狐子吃老鼠，老鼠吃虫子，虫子吃土，土最后又吃人。嘿嘿，你说，怪不怪？”老顺说：“当然啦。老天啥都定好了。就像人身上的零件一样，都有用，一缺就残废了。没治。”

瘸五爷说：“你说，究竟有没个老天爷？说没有吧，地上的一切造得这样好。说有吧，为啥世上的事这样不公平，老天爷为啥不管管？为啥得势的多是些坏人？贪财的、坑人的、拐骗的、丧了良心的，反倒一个个活得有眉有眼。好人命不长，恶人活千年。你说，是老天爷瞎了眼呢，还是干脆就没有老天爷？”

老顺说：“你管他有没有呢，管他瞎没瞎眼呢。人不过几十年个物件，想那么多干啥？反倒把自己想成个‘放了马驮子的驴’。没意思。他有也罢，没有也罢，老子们总得活。他眼睛亮也罢，眼睛瞎也罢，老子们也是这种活法。”

二人欷歔一阵，看着太阳落山，便收了羊群，回村。黄昏的太阳光很红，把沙丘、羊群、树林都照得辉煌了许多。羊儿们“咩咩咩”地叫着。瘸五爷忽然兴致大增，扯起嗓门：

日落西——山羊——上圈——

黑头子——绵——羊——叫狼吃上——

姑娘——姑娘——你边里站——

不要——把王哥——的——羊——搅乱——

引弟被瘸五爷的破锣嗓门引得大笑。老顺也晃着脑袋笑了。刚唱完这几句，瘸五爷不知想到了什么，忽然哑了口。余音像一粒石子，掉入了很深的沙谷。

6

早晨起来，白福阴个脸，嘀咕："啥意思，啥意思？真没活头了。"灵官妈问："又是啥事？"白福苦笑道："也没啥事，就是梦见……这……引弟她妈生了个胖娃子。听说，梦是反的，梦见生个娃子，谁知是不是个丫头？"灵官笑了："连梦都不会圆，胡吱哇啥哩？"白福说："你会圆？""当然。"灵官晃着脑袋："那个胖娃娃是小人。你的后头有小人捣鼓，弄不好嚷个仗呀啥的。可能有口舌。"

灵官妈怨灵官："嘴里吉利些。好梦坏梦，全凭圆梦人的口风。"莹儿笑了："哟，妈也成神婆了，说起来一套一套的。"

白福说："糟了，我的梦叫灵官的臭嘴说坏了。咋办？要是真和人吵架可不好。干脆，灵官，我和你吵架，应了这个卯算了。"灵官开玩笑说："成啊。打一架也成。反正，这年头，谁的肚子里也有气，找个机会出一出，总松活一些。"

灵官妈道："上回，你二舅说了个禳解坏梦的法儿。"白福问："啥法儿？"猛子说："你急啥呢？叫妈慢慢说。心急吃不了烫牙的糨糊。"莹儿笑弯了腰。白福在猛子背上砸了一拳。

妈说："说出来，也很简单：早晨起来，在日影刚冒时，端碗清水，走出屋外。左手中指，在地上划个十字，脚踩十字，左转三转，喷水三口；再右转三转，喷水三口，就可以逢凶化吉。"白福一听，就埋怨她没早点说。灵官妈笑道："你是个懒猪，日头爷把屁股晒红了才起来，还怪我呢。"

引弟天真地睁圆眼睛，说："我有个法儿。"

白福虎了脸："娃娃家，有个屁法。"

引弟道："你打我一顿，不就和别人吵架一样吗？"屋里人都笑了。"真的。"

引弟认真地说，“爹爹打就是了，也用不着真生气的。”

白福说：“去，去。滚一边去，一见你就生气，还说啥呢。”

老顺瞪了白福一眼，说：“少在老子面前咋呼，我就瞅着我的引弟顺眼。你们这几个无义种，连她的脚趾头也不如。哪个给老子捶过腰？啊？哪个给老子端过水？啊？别看引弟是个丫头，可懂事。”

白福的喉结动了一下。

灵官妈说：“行了，行了。清早晨起来要你的嘴簧子吗？叽叽喳喳，没完没了。力气大了挑水去。”

莹儿端了碗进来。猛子说：“吃饭，吃饭。磨呀啥哩？有精神了拉猫儿饮去。”说着端过饭，喝了一口，皱眉龇牙许久，才缓过气来：“哎呀，红肠都烫断了。做这么烫干啥？”莹儿笑道：“以后不要说话没大没小的，这是报应。”灵官说：“以后给他在凉水里搅点麸子就成，省得他嚷烫。”莹儿抿嘴一笑。

狗宝进了门，嚷嚷道：“吃饭也不分个时辰，啥时候了？”灵官妈打发莹儿去舀饭。狗宝说：“不吃，不吃。早吃了，怕这会儿都变成屎了。”莹儿皱皱眉头，放下碗，取出手绢捂了嘴。

老顺斥道：“你少恶心人成不成？”猛子说：“他再说，我们拿稀屎罐子扣。”莹儿一手抚胸，一手捂口，跑了出去。狗宝笑了。猛子挤眉弄眼，也笑了。灵官妈脸朝门外说：“你管他，他说叫他说去。你吃你的饭，管他干啥？”

狗宝收了笑，对白福挤挤眼，示意他出去。白福就出去了。

不大一会，一阵争吵声传来。老顺说：“又是谁清早晨喳喳呢？”灵官妈走到院里，侧耳听一会，说：“咋是白福的声音？快去看看，是不是抓计划生育的来了？快去，叫那个草包忍着点，别惹反了。”

老顺把烟锅扔到炕上，出去了。猛子灵官也随后。

却是狗宝和白福扭在一起，一个抓一个的头发。狗宝的声音很大：“就算老子骂你断子绝孙，你能咋样？你能把老子的把搬掉皮捋掉？”白福说：“你以为你有个儿子就了不起了？不过一个短命货，活不过十八岁。”

狗宝狠狠朝白福脸上捣了一拳。白福疯了似的边叫边抡拳头。

老顺快步到跟前，喝道："又是啥事？"

狗宝丢了手，后退一步，喘息道："你说……他说……我没给他上回输牌的钱。明明给了，他偏说没给。"老顺瞪着女婿道："不就几个钱吗？就当吃了药，亲戚道里的，打啥架？"白福喘口气，说："你……问他……他还说了些啥？"狗宝说："还说了啥？你硬说我没给。我有啥法子？只好赌咒了。"白福冷笑道："哼，赌咒？你是咒自己，还是骂我？"老顺说："又说啥了？"狗宝说："我说，我没给的话断子绝孙，焦了尾巴……他就不饶我了。"

白福咬牙道："你话里藏着钩儿。看你养上几个墙头高的爹爹，是上天哩，还是入地哩？"

狗宝对老顺说："其实，我真是无心的。"

老顺黑了脸，不理他，只恶狠狠瞪白福。半晌，对狗宝说："我的耳朵没聋。你说了啥，我听了个清。你也不是个好鸟。没儿子咋了？人家还能生。你以为你那是儿子，等长上墙头高才算儿子。"

狗宝听出了弦外之音，想发作，但见猛子灵官在一旁，便咽口唾沫，说："算了，不和你们说了。"走几步，回头道："话说清楚，钱老子给了。"

白福吼道："你滚！老子不要了。赖上，你吃药去。"

狗宝不声不响走出老远，忽然对围观者发声怪声："啊哈，说不成话了。你有劲往地方上使，朝我发啥火？听见没？你们以后可要小心哩。"

白福指着狗宝喊道："呔！到这里说来。"

"咋？吃人哩？"狗宝叫。

7

"你说，这么欺人……"到屋里许久，白福还这样念叨。"管他。"老顺说，"由他说去。"灵官妈说："我可记得，他可给你还过钱了……你是不是忘了……你想想，你到北柱家喝酒那次？"白福拧眉想了一阵，说："这是小事。还不还，没啥。可这孙蛋，说话太欺人。”猛子笑道：“啥小事？你们争呀打呀的，还不是为这‘小事’？”白福硬梗梗道：“咋能说是这事？是他尽说欺人的话。啥‘断子绝孙’？明明……”灵官笑道：“人家那是口头禅。赌个咒，发个誓，就那样。他就那么个习惯，改不过来。”

白福道：“他说，是我缺了德，才养不活儿子。”

老顺说：“他真说这话？你为啥不把他的狗牙打下来？这孙蛋，说话也不怕损阴德。”灵官妈说：“由他说去。你又不能把人家的嘴缝住。好手不动臭大粪。你打他干啥？一打，他还要死狗呢。”白福哼一声，说：“他能要个啥？我都不想活呢。我先宰了他那几个爹爹，先叫他断子绝孙……”

灵官妈瞪他一眼：“还男人呢。连个烫面条儿也背不住，说让他说去。兰兰又不是不会生，生个娃子还不跟母鸡下个蛋似的。”

白福阴着脸，不说话。半晌，长出一口气。

引弟连大气都不敢出，缩在莹儿怀里，偷望一眼白福，赶紧垂下头。莹儿悄声问：“你怕啥哩？”引弟不答，只将嘴唇贴到莹儿脸上。莹儿说：“不怕。他和别人吵呀嚷的，又不是你招惹的他，怕啥？”引弟捏捏莹儿的手。灵官妈又说：“话虽是那样说，可也得想个法儿。为啥单是娃子不利顺？总有个原因。”老顺说：“你说想个啥法儿？该想的都想了。”白福说：“我们那儿有个神婆子刚出马……莹儿，就是那个歪脖子女人。神得很。连远路来的人的啥情况都知道。”灵官妈问：“是个啥神？”“……神是神极了，你身上哪儿有个痣她也知道。”

灵官妈说：“去问一下。不问，心里总是不实在。上回我叫憨头也问一下，可……”憨头说：“问了就实在了？你尽是心上的病，心里老放鬼。”老顺说：“就是。每次你去问神婆啦，神汉啦，都说心里不实在。你问了多少？实在了没？咋也不见你如何个心安，钱倒是花了不少。”灵官妈哼一声，却没反驳。

莹儿迟疑半晌，才说：“要是真神的话，我捎妈去问一下。顺便，我也问个事儿，试试，看究竟神不神。”灵官妈笑道：“你想问啥事儿？莫非你心里有啥鬼事不成？”莹儿用指头在她的肋部点了一下：“叫你胡说。”两人笑成一团。

笑一阵，灵官妈说："也好。趁这些日子没事，我和莹儿走一趟。"老顺说："咋一说走，谁都走？谁做饭？谁喂猪？"灵官妈说："哟，离了我们，不信你们都饿死？"猛子笑道："放心。别的饭做不来，可糨糊还是会打的。"灵官说："就是。一碗下去，把肠子糊住，几天都不饿。"

老顺说："行了。你去就去。我们爷父们做饭不成，宰个羊呀啥的，还成哩。别的做不来，手抓羊肉还是会做。"

灵官妈笑道："吃去，吃去。吃啥都成。杀牛也成，宰羊也成。我又不是小孩子，唬啥哩？"

吃了午饭，妈却忽然不想去了，说是心里不踏实，总觉得家里要出个啥事，想过几日再去。莹儿估计她不去的原因是没有光鲜些的衣服，就和白福一同回了娘家。

8

莹儿从神婆处带回的信息是叫她家祭个神，说是家神不宁，灶神不安，非祭不可。灵官妈就打发猛子去找二舅。二舅很瘦，顶上头发退得厉害，硬退出一块开阔地，两侧却又异常繁茂，就孕出一股神神道道来。老顺看不起这个小舅子，嫌他鬼里鬼气。猛子却很信赖他，一遇事，就来找他。

猛子喧了来意，二舅便伸出指头掐捻一阵，说："家神不安，灶神不喜，得祭神。一般来说，一年祭一次最好。你祭了人家，人家才保你。不过，去年……去年有点怪。"猛子问："咋？"二舅说："去年祭神，没祭好……怪就是怪，祭完神把牌位忘了……第二天才烧的。我们两个祭神也不下百次，从没出过这事。你说怪不怪？"猛子问："白祭了？"二舅说："白祭了。煞没送走。再说，神灵走后，才要打醋弹撵鬼。你想，人家都没走，你就打醋弹撵人家。人家当然要生气呀。弄不好，给你点儿小小的惩罚。"

猛子拍一下大腿："嘿，妈叫你办事，就是怕别人出错，结果你还……"

二舅说："这可由不得我，该着就那样。你想，咋糊涂也忘不了送神位呀，对不？把人家请了，却忘了送，反倒一顿醋弹打了出去……这也怪不着我们，这该着就那样。"

猛子唉一声，脸上有埋怨表情，却没说出难听话来。

二舅说："不要给你爹说。一说，他又不知说些啥话哩。今年好好祭一下。日子，就定在腊月二十日。二十三日，灶爷上天。二十日一祭，他不为你说好话才怪呢。"

说着，就开了一张单子，叫他去置办东西：

白公鸡一个、羊肉三斤、猩红十克、红布三尺、黄纸三十张、五色纸各十张……

次日，灵官妈调酵头和面，准备祭神用的馒头。

看来神早该祭了。中午，那头快要生崽的老母猪就不吃不喝了。这猪个头大，坯子好，肚里的崽早叫人订了。老顺赶紧打发灵官去请兽医老黄。一个小时后，老黄才到。老顺问要紧不要紧，老黄吭哧半天，说不出个子午卯酉。老顺才记起以往他说不要紧，猪反而死了，说要紧时，猪偏活得急里冒跳，索性就不问了。老黄取出了针。老顺认得是往常用的庆大霉素，就问，究竟是啥病？咋每次都打这？老黄说，你的意思是不打了？老顺便说没那个意思。就打了。

打了几针没起作用。猪根本不望它的晚餐。那是很香的一顿晚餐，掺了二升麸子。灵官妈只差把心割下来扔给猪了。猪哼一声，她的嘴角就抽一下。她算过，它肚里若有十个孩子，一个值七十，就有七百；而它足有六百斤，随便值一两千。这是命呀，要是有个三长两短，咋活？猛子灵官的媳妇还指望从它的肚子里生呢。电费还指望这几个猪娃交呢。天爷爷，救救吧。灵官妈一声声念叨，可猪就是不吃食。它撒娇似的哼哼，一点也不看被它的哼哼扯得嘴角乱动的主人。她简直绝望了。

夜幕降临的时候，灵官妈提着桶子灰溜溜进了庄门，被放在门口的小凳子拌了一跤，额头上添了个青疙瘩。

夜里，猪忽然大叫，像有人拿刀捅它。老顺以为贼偷猪，顾不上穿裤子，披上衣服就往外跑。灵官妈更是吓慌了，叫儿子们赶紧穿衣。出去一看，却见猪正朝天干嚎，其声响遏行云，直刺人的膀胱。老顺要过手电筒，看到地上有一摊血。“要下猪娃了。”老顺想。他高兴地站起，忽听身后有女人笑声。猛子大声说：“你还是蹲下吧，展览啥哩？”老顺才记起自己没穿裤子，赶紧蹲下，喝道：“谁叫你们了？你们能上个啥台盘？”莹儿赶紧进了院子。

灵官妈骂道：“丢人呀，老贼。咋说也该把你的物件收拾一下，还打个手电照得亮亮的，生怕别人看不清楚。”老顺道：“谁叫你们出来的？我只是看有没有贼？”猛子笑道：“不要紧。谅她也看不清……就说看清了，人家也不稀罕。”灵官忍住笑，推猛子一把。

妈嗔道：“哟，哟，不像话。拿老子开玩笑！”

儿子们回去睡觉。老顺穿了衣服和老伴蹲在猪圈里守着母猪，怕它生下孩子不小心压死几个。这是常发生的事。去年，它深夜下崽，人不知道，早晨起来已被压死三只。几百块钱就完了，叫灵官妈可惜了一年多。

为了省电，老顺关了手电。老两口瑟缩在黑夜里。老顺说：“不管咋说，这回卖了猪娃，我要戴个石头眼镜。大头的那副说好了，一百二。”老伴道：“哟——你饿老鹰上了葡萄架，髭毛郎当格势大。电费，拿啥交？媳妇，拿啥娶？还要过年，啥不花钱？一个眼镜，不能吃，不能穿。有啥意思？”“啥意思？”老顺哼一声，“你说啥意思？人家都戴。就我，养了三个爹爹，小着盼大。大了，又能咋样？老子连镜子也戴不上。”“哟，人家耍派头，是有钱，人家倒牛卖马当队长，挖了多少光阴。你的阵势你不知道？”“不管咋说，明后天我先把镜子取来再说。”“你干啥干啥去，用钱时找你就行了。”

挨了好长时间，天渐渐亮了。母猪却只是哼哼，不见下崽。老顺仔细看地上的血，才发现血中有猪粪。“哟，”他叫了起来，“是拉的血。这猪拉血。”灵官妈慌得舌头都硬了，赶紧跑进院子，叫：“猛子——猛子——快去叫大夫。”

猛子跳下炕，挑开门帘子，问："又咋了？""猪拉血了。""嘿，"猛子大声说，"把人往死里吓哩，我还以为爹咋了呢。"便穿了衣服，上了兽防所。

老黄照例姗姗来迟。太阳老高了，他才腆个大肚子进村。灵官妈像见了救星，急得手直抖，口里却说不出什么事。老黄仔细看看那摊血，晃晃脑袋。灵官妈给那脑袋晃得天旋地转。老顺也是六神无主。"有治吗？"他问。"试试吧。"老黄说。

"试啥？有治就打针，没治就不打针。一打针，肉也吃不成了。"老顺说。

"吃？你一天就想到吃。"灵官妈泼妇似的叫，"不用试。打，这还有啥说头？"

老黄说："你们考虑好。打就打，不打就不打……这可说不准。好了就好了，不好也没治。"

"算了。"老顺说，"治不好的。一个感冒都治不好。这拉血，谁知道是啥大病？杀了，卖几个。"灵官猛子都同意爹的话。

"不行！"灵官妈说，"务息一个母猪，容易吗？只要有一口气，救！救上个啥程度，就是个啥程度。"说着又朝老顺龇起了牙："你少给我放不干不净的屁！"

老顺便垂了脑袋。猛子们更不敢多嘴。老黄便取出针盒，打了青霉素。灵官妈招呼老黄进屋，叫莹儿给打了两个荷包蛋。

9

老黄吃完荷包蛋正抽烟，忽听庄门外一阵叫声。其音质和猪叫差不多，但带了感情，透出绝望，就不像猪叫了。老黄正诧异，老顺已变了脸色。他听出是老伴在嚎，便很快把烟袋绕在烟杆上，跳下炕，猴子似的蹿出门。

猪死了。又拉了很大一摊血。老顺来时，猪正放最后几口气，放了几口就不动了。灵官妈扯直了声，天呀地呀地嚎，边嚎边不相信似的拨拉猪身。猪身还很软和，随着她的拨动，肉也动着。猪虱子一疙瘩一疙瘩乱滚。灵官怕虱子跑到妈身上，就把她拉起来。

妈的哭声很大，不一会就招惹了一大群人。猛子有些难堪，就劝妈别嚎了。妈却不听，仍是长一声短一声地嚎，眼泪流了一脸。猛子恼了，大声说："嚎啥哩？不就一个猪吗，丢人现眼的。"妈的哭声就小了，嗓子里咯噔咯噔乱响一气，哭声又大了。

猛子还想再说，见灵官正气哼哼瞪他，就不再吭气，由妈嚎去。妈的哭声引出了几个老婆子的泪。莹儿也哭了。因了几个女人的加入，气氛凄惨了许多。

老顺阴个脸，站在猪旁，心里堵了黏物。一种近乎绝望的情绪笼罩了他。猪一死，家里的一个财路断了。憨头也拧了个眉头。

老黄过来，踢踢死猪，说："不要紧。"老顺恶狠狠说："猪都死了，还不要紧啥呀？"他怀疑这猪是方才那几针打死的，便对老黄格外不客气。"我是说，放了血，还能吃，不要紧。"老黄大人不见小人过，笑了笑。猛子便取来刀子，朝猪的喉咙上捅了一刀。抽了刀子，却连个血丝儿也不见；又在猪肚子上踩了几脚。随着噗噗的冒气声，刀口处涌出几个血泡。

"算了！"老顺吼一声。

"真能吃。放心吃。"老黄真诚地说，"打了针也不要紧。打的又不是毒药……正好过年。"老顺皱一阵眉头，吩咐憨头去借烫猪用的大锅。

"不行！"灵官大声说，"不能吃。"

"为啥？"猛子问。

"你知道它得的啥病？啊？拉血。谁也不知道是啥病。是传染病还是啥？不知道。人重要，还是肉重要？"

"放心吃！"猛子说。忽而，他又搓搓脖子："不过，书上确实说了，病死的牲畜肉不能吃。你们考虑，吃就吃，不吃拉倒。"

"能吃，能吃……你们考虑吧，咋也行……不就几百斤肉吗？"老黄口气软了许多。

"算了。"灵官坚持自己的观点，"吃不上肉是小事，人是大事。埋了吧。"

猪死了.
灵官妈扯直了声.
天呀地呀地嚎

老顺火了："啥？你不吃，老子吃。不就是个死吗？怕啥？去，取锅，烧火。"

灵官妈的眼泪却一直流个不停。她强迫自己不出声，但呜呜声还是时不时就溜出来了。一头猪呀，一头肚子里怀满了崽的猪呀。丢只鸡都可惜得很，这是一头猪呀。她觉得天都塌了。

憨头和花球拉来了一口大锅。北柱在粪堆上挖个大坑，安了锅。

"日他妈。"老顺说，"倒霉事尽叫老子们遇上了。"

"天爷瞎眼了。"瘸五爷说。

"就是，就是。"人们都应和着。

"五子好了没？"老顺问瘸五爷。

"嘿，好啥呀。常傻笑。"瘸五爷叹口气。

"闹不？"

"倒是不闹了。只是傻坐，傻笑，眼睛直直的。"

"好好再给看一下。"

"再看不起了。"瘸五爷灰了脸，叹一口气。

莹儿提来两桶开水，倒进锅里。猛子找来绳子，扎住猪蹄，穿个杆子。北柱们抬了猪，滑进开水锅，一上一下地鼓荡。瘸五爷取过铁锨在猪身上刮一下，刮出很白一块皮来。猛子们就一起撕猪毛。

老顺眯缝了眼，望着开始变得白净的猪，叹口气，道："两个爹爹也大了，也没存下个钱毛，猪又死了。你说，这天爷，唉。"

拔了毛的猪被吊在沙枣树上，长晃晃十分硕大。这么好身坯的母猪死了，谁都说可惜。猛子拎来一壶冰水，浇在猪身上，好使细绒毛变硬些，好刮。北柱拿刀开剥肚子。身后有一群娃儿嚷着要尿脬。"滚！"北柱吼一声。娃儿们后退几步，又围了上来。

"肠肚子咋办？"北柱问老顺。

"扔了。"灵官抢着说，他盯着爹，说："肉听你的。肠肚子听我的。谁知道它得的啥病。"

“给我算了。”瘸五爷说，“反正你们也是个扔。”

“不行。”灵官说，“那猪有病，拉的尽是血。”

“我不怕，死不了的。我的罪还没受够呢。死不了。要死了倒还好了，可偏偏不死。”瘸五爷呵呵笑了。笑几声，却突地垂了头，眼角里不知何时已流出了泪。他用手悄悄抹了。

“算了，给你肉。肠肚子，算了……真说不上有啥病。”灵官说。

“肉一两也不要。你看吧。下水给了，我就拿。不给就算了。”瘸五爷声音低了。

“好，给你。”北柱开膛取出肚子，倒了粪渣，把肚子夹到沙枣树丫杈里。“给你还不成吗？”

灵官叹口气，不再坚持。

10

次日上午，祭神的二舅来时，灵官妈还在哭。她的眼睛红红的，肿了，任谁劝也不听，呜呜声直响了一夜。老顺私下里和瘸五爷比较一番后，觉得“往前瞭不如人，往后瞭人不如”，心里本来已平顺许多，但灵官妈的哭又搅起了他的懊恼，便也长吁短叹，在炕上烙了一夜饼子。

二舅一听猪死，就叫“好事”，叫得灵官们大眼张风。二舅解释道：一、今日祭神，昨日死猪，显然，这猪主动做了神的祭物，神一定喜欢。二、破财消灾。如今舍了财，人自然就安康了。人的灾都叫猪带走了，自然是好事。换句话说，这猪当了人的替身，人就再不会出事了。

老顺向来对舅佬的能为有怀疑，认为他是个半瓶子醋，这次听了他的话，心中却很平顺。灵官妈向来迷信弟弟，觉得他能顶半个神仙，但这番理论却不能使她的心稍稍轻松一下。“神喜”也罢，“带灾”也罢，“平安”也罢，都轻飘飘虚虚幻幻。而老母猪的死，却是实实在在沉甸甸的损失。灵官妈睁眼闭眼，出现的都是猪的尸体，白白的，大大的，压得心打颤。弟弟的话碰在她被悲痛腌透的心上，简直是隔靴搔痒。她的哭声不但没低，反倒因有了一个新的倾诉对象而突地高了，拧鼻涕的频率也加快了。

老顺恼了，说："你嚎啥哩？能哭活吗？能哭活，我用气管子给你打些气，叫你嚎个三天三夜；哭不活，你再少给老子掉尿水。"灵官妈抹一把泪，道："猪都死了，还不叫我嚎？"老顺说："好，使劲嚎吧，神爱听……我看这神就别祭了，叫人家嚎吧。"灵官妈一听"祭神"二字，哭声顿时小了。渐渐地，她住了声，进了厨房，去张罗祭祀等物。

猛子按二舅的吩咐到大沙河里请来了醋弹神——一个青丢丢圆溜溜肯定烧不烂的石头。不一会，常和二舅一起做伴祭神的老何到了。他写祭文，二舅写牌位。憨头借来两个斗，装满麦子，放在供桌上，再取来一把芨芨，去头掐尾，剥去粗皮，遵嘱粘好牌位，插在斗中。

左斗插八个牌位和五面彩旗：东面为"东方震宫九炁青气春土神君"，插绿旗；南面为"南方离宫三炁赤帝夏土神君"，插红旗；西面为"西方兑宫七炁白帝秋土神君"，插白旗；北面为"北方坎宫五炁黑帝冬土神君"，插黑旗。此外，斗中间插四个牌位，分别为："中央元宫十二炁黄帝土府神灵"（插黄旗）、"五方五帝土府宅龙神君"、"当方土主福德正神"、"值年太岁至德尊神"。

左斗左侧插三个牌位："门丞户尉督御将军"、"金精牛王司牧尊神"、"天驷房星马神尊神"。左斗右侧插两个牌位："东厨司命定福府君"、"中天北斗解厄延寿星君"。左斗中间插三个牌位："灵应药王普济妙花真人"、"家堂香火诸位高真之神位"、"九天开化梓文昌帝君"。

此外，特设一牌位，上书"陈氏门中，三代宗亲"、"高曾祖考妣大人神位"等字样。

插好牌位后，老顺便到自家地里去取土。二舅再三叮嘱：面朝西北，焚黄纸三张，叩头三个，再取土。取土回来，放盘中，献牌位前。土中立一只鸡蛋供土地爷。因为土地爷爱吃汾酒烧鸡蛋。

牌位前摆满供物，有馍头、面、米、水、鸡血酒、核桃、枣儿等。

祭神时，天已黑。率祭弟子老何立在神位旁，阴阳怪气地吟唱：

“肃静——肃立——执事者各执其事——主祭宾就位——率祭宾就位——”

主祭弟子二舅便领着老顺和憨头，听率祭弟子老何的命令依次上香、奠酒、烧纸钱、献血酒。猛子则负责献羊肉祭祀。上祭祀后，老何开始读祝文：

……神职司北极，光灿七星，添寿注藉，保命延生。灾祥必注乎人事，吉凶不差夫天文。今有祈安下民陈顺，数年以来，星辰不顺，长子有疾染身，六畜不能兴旺，诸事不能遂心，为此许愿，致祭焚文，祈神庇佑，大施宏恩……

老顺憨头一脸虔诚，跟着二舅奠酒叩头，焚烧牌位。灵官放了几个很响的大炮。猛子撤去羊肉祭品。

“祭喜了……”主祭弟子二舅唱。

“祭喜了……”众人和。

“灾难免除了……”

“免除了……”

老顺家里是普通祭神，只祭十五尊神。有几次两神合祭，加上三代宗亲，得十二道祭文，以上仪式便重复十二次。因每位神所司不同，祭主所求不同，祭文也不同。

祝五方五帝文祝告其“大施恩典，五瘟远遁，五煞回轩，五行不克，五运隆昌，五谷丰登，五土奠安”；祝家堂：“三生幸而家宅清吉，百祥降而病煞远方”；求药王：“三峰笔索室驱疫，万言书摄毒收瘟”；求牛王马王：“耕畜不染水草之症，六畜旺而瘟疫不侵”；求灶君：“赐福水于常给，善火祈其旺兴”；求土主太岁：“土煞消而四时顺序，病煞避而益寿延年”；求门光星君：“门迎百福其昌，户纳子孝孙贤”；求三代宗亲：“托先君而九族亲睦，保后裔而百世芬芳”。如此等等。

祭完十几位尊神，牌位逐一焚完，纸钱也变成大堆纸灰，蜡烛摇曳，黑烟迷茫，屋里混沌一团。纸灰上还有芨芨在燃烧。献给土主爷的汾酒烧鸡蛋也在燃烧，火光蓝幽幽一片，伴着噼噼剥剥的响声和一股焦臭。二舅带老顺憨头端了纸灰，拿着送神的纸张柴草，拔了五色旗，出门，到取土处，倒纸灰，点燃麦草纸张。二舅跪而祝曰：“一变十，十变百，百变千，千变万……烧的不是初一钱，烧的不是十五钱，烧的是陈顺一家的消灾还愿谢神钱……求诸位神灵保佑无病无灾，人丁兴旺，六畜安康，百事大吉。”念毕叩首。

11

祭完神，照例得打醋弹。因为祭神时“门神”、“户尉”也来受供，门户大开。在诸神和三代宗亲进出时，免不了有破头野鬼混入。平时不要紧，“门神”、“户尉”各司其职。他们认得哪是家亲，哪是外鬼；家亲放其行，外鬼挡其道。当然，要是不安分的家亲带野鬼朋友来作祟，门神也只能睁一眼闭一眼，就像门卫不挡住户带来的生人一样。

醋弹神得请。平时不知它身居何处，用时只要到河滩上找一个圆溜溜烧不烂的青石头，跪下叩请，即是醋弹神。这醋弹神据说很厉害，鬼惧神怕。它一到，家亲外鬼和个别受祭祀后赖在家中不想动身的神灵只好逃之夭夭了。

老顺负责打醋弹。他往铁勺里放些头发，倒点醋，将那烧红的圆石头放进勺里。酸溜溜的焦毛味伴随嗤啦啦腾起的雾气顿时弥漫全屋。老顺的身子变得异常敏捷。他猴子似的进屋上炕，上蹿下跳，把冒着白气怪味的铁勺探向每一个角落。而后，在门槛上倒一点醋，又风一样卷进另一个屋。

醋弹神一出，猛子马上关门，以防野鬼再次溜进。

灵官则负责放炮。一个个炮飞上夜空，炸响。一股浓浓的火药味，将驱出屋的鬼又撵到院子外面。

灵官感兴趣的不是打醋弹的过程，而是氛围。他很惊诧这种仪式独特的氛围带给人的心理效果。滚滚升腾的雾气，叫人鼻腔发痒的异味，旋风似的卷进卷出的人，以及醋弹神发出的嗤嗤声，构成了神秘的氛围，激荡着情绪，使人产生奇妙的兴奋。野鬼撵走了，厄运远去了，灾难消失了。剩下的是好运、洁净、幸福。

安祥感随之产生。

这种感觉异常明显。打醋弹前鬼气森森，打醋弹后清清朗朗。人的生理和心理都有种透明的清爽。妈和莹儿忙颠颠爆炒那只祭神时被砍了脑袋的鸡儿。送走醋弹神后，老顺上了炕，惬意地靠在被子上，大功告成似的舒了口气。

“那个铁勺叫熬仙勺。”老何说，“那个石头是鬼神的头。鬼神一看，呀，熬着头哩，还有头发，吓得赶紧溜……哈哈，老先人都这么说。”

“醋辟邪。啥邪气，都怕醋。哎呀，”二舅拍一下大腿，“醋呢？打了醋弹的醋呢？去，取来，取来。那可真是个好东西。喝一点，利顺得很。娃娃大小没毛病子。”

猛子取来醋。二舅接过，喝了一点。屋里人轮流喝了一点，都咂咂嘴，说好酸。二舅叫猛子给厨房里的人都尝一点。

“书上说醋杀菌。”灵官说，“流行感冒时要用醋熏屋，就能预防呢。打醋弹也许是这个道理。”

“书上？书上？”二舅说，“书上尽用一些所谓科学的狗屁道理来解释一些本来就无法解释的事儿。不解释倒明了，越解释越糊涂。驱鬼就是驱鬼，辟邪就是辟邪。驱了辟了，健康了，和顺了，不就结了？解释啥哩？越科学越不科学。”

“就是。”老何道，“鬼就叫鬼。说是这个生物信息，那个电磁波。叫法不同，其实是一样。你叫信息，我们叫鬼。像你叫土豆，我叫山芋一样。东西是一样的。破除迷信，破除个屌哩。”

老顺咧嘴笑了。这种场合，不管听懂听不懂，先笑的总是他。

“难说得很，有些事情。”老何说，“就说寿命吧，这科学，那营养，懂这些讲这些的反倒短命。你看我奶奶，吃个啥？一辈子山芋米拌面——半锅水，下一把米，切几个山芋——啥营养？啥维生素？人家九十了。”

“就是。啥都说不准。越讲科学，病越多，现在死的尽是年轻人，尽是懂科学的。听说北京有个啥中关村，尽死年轻科学家。这寿命，谁知道……”灵官说。

二舅笑道：“北斗主生，南斗主死。你没见牌位上的那几个字吗，‘中天北斗解厄延寿星君’，北斗能解厄，能延寿，主生。”

老何说：“有个孝子，命尽了，还在犁地。吕洞宾变个道人去点化。远远地，孝子就扔下牛鞭跑过来，笑着说，老爷爷，我身上只有这点钱，要不你等一等，我到家里去取。吕祖说，你明日午时必死，还犁啥地呢？孝子急得哭起来。吕洞宾说，今夜三更，华山上有两个老汉下棋。你带壶酒上去，不要说话，跪一旁，等他们喝干杯中的酒，你就斟上。等他们喝了你的酒后，你就求北边的老头儿，叫他给你加岁数。吃了人的嘴软，他一定加。孝子就上了山，真见两个老汉下棋，就跪下，就斟酒，就求寿。老汉骂吕洞宾多嘴，只好将孝子的岁数从一十九岁，改为九十九岁。哈，从此，人们才知道北斗主生，南斗主死。”

“说是那么说，谁见来？”老顺笑嘻嘻丢一句，打发灵官去厨房里看看鸡肉炒熟了没有。

“啥东西都是信则有，不信则无。”老何笑道。

灵官端上了炒好的鸡肉。老顺笑道：“来呀。管他谁主生，谁主死。我们吃我们的。活一天吃一天，吃饱喝足，哪天‘主’的人不叫吃了，再说。”众人笑着洗手，吃肉，喝酒。

12

次日忌门。照例忌三天。老顺在庄门上吊了个红布条儿。

一忌家亲引来外鬼作祟。庄门上本来有门神值班，死去的家亲可自由出入。当不学好的家亲引着鬼友上门做客时，门神只好放行。所以，家人被外鬼伤害的话，家亲多半是元凶。平时逢年过节祭祀先人的主要用意就是求家亲保佑自家子孙，驱走不怀好意的鬼，更别领外鬼来家中做祟。家中祭神时，必须请家亲，外鬼也会不可避免地混入。所以，仪式结束后必须打醋弹。不论好坏善恶，尽数轰出。而后在庄门上吊个辟邪的红布条，即使门神碍于面子不好意思阻挡家亲，能辟邪的红布条也能将一切鬼类拒于门外。

二忌外人，尤其是忌阴人。阴人者，女人也。女人阴气重，更有人世间最脏的能叫人倒霉的东西——月经，就更必须“忌”了。所以，吊个红布条，告诉人们：今日忌门，谢绝入内。

因为忌门，屋里显得很冷清。喜欢在“红火处卖母猪肉”的猛子早就耐不住了。他百无聊赖地翻几本武侠书，正想找个理由往外溜，却听到有人喊庄门。

猛子透过门缝一看，原来是白福和兰兰，牵着上次来“盖”骡子的那头驴。猛子就问老顺开不开门。老顺很为难，一来，说好忌三天门，不叫外人进，兰兰也是阴人，又挺个大肚子，更是“阴”得厉害；二来，白福牵了驴来，定然是上回没“盖”定，又来找魏没手子的。老顺知道祭神是大事，听说古人还要斋戒沐浴呢。正犹豫，却听得老伴说：“开门，开门。丫头女婿又不是外人。忌门哪有忌自家人的？”猛子就去开了庄门。看到兰兰顶个大肚子进门时，老顺的心顿时阴了，想，这神又白祭了；但他只是嗯一声，应了兰兰的问候，就出了庄门。走了几步，又回过头来，对白福说：“上回没‘盖’定？”听到肯定的答复后，便叫他牵了驴跟他走。

清闲了几日的儿马一出圈门，就咯叽咯叽叫起来，扬蹄，喷鼻，把它的阳刚之气显露得淋漓尽致，搅碎了魏没手子家相对的宁静。一见到白福家那头美丽的草驴，儿马便一次次直立，想把前蹄搭到对方背上。黑草驴则拌着嘴，口水嗒嗒流下。

魏没手子用力拽缰绳，以防它情不自禁，做出无用之功。

老顺道：“你这次用点劲，一下“盖”定，叫人家一趟趟跑也不是回事。”魏没手子笑道：“你那么急，干脆你给一脚‘盖’定算了。”“哪能呢？劁猫儿的不骟猪。你天生是‘盖’牲口的。”

却听得身后传来笑声。老顺一看，是五子。听瘸五爷说，自打从医院出来，五子规矩了许多，很少追女人，夜里也安稳了许多，便问 :“五子，笑啥哩？”五子不答，直了眼瞅驴。老顺觉得他眼神不对，但又说不出哪儿不对，便戏说一句 :“想媳妇了？”不再管他。

魏没手子的任务是将儿马的热情引入正道，使其单纯的泄欲变成繁殖力。这个过程既简单又复杂 : 简单的是，他只需将那个横冲直撞的物件扶正，使其到该摩擦的地方摩擦 ; 复杂的是，牲口中也有些既想当婊子又想立牌坊的货色，它们总要真真假假地跳弹一番，不让那双“脚”轻易地“盖”到自己背上。这就需要魏没手子耐心的诱导。他用各种方式撩拨，诱出其生理的本能，战胜心里的羞涩。但也有个别视贞操如命的贞驴贞马，会顽强抵抗，会用自己的铁蹄给胆敢亵渎它的儿马以狠狠的惩罚，踢掉它的欲火，踢垮它的信心。这时，魏没手子便要设法增强儿马的信心，使其重振旗鼓，同时，将“贞”牲口牵进那个能叫公方随意动作又不叫母方施展手段的特制木笼里，帮助前者“强奸”后者。只是这“强奸”表现虽恶劣，目的却高尚，是为繁衍子孙而不是单纯泄欲，魏没手子自然无一丝惭愧。

白福的草驴才三岁，没怀过驹，若没有上次的性经验，便算得上不谙世事了。也许上次儿马不会怜香惜玉的粗糙动作使它仍心有余悸。因此，当儿马那不太温柔的双“手”“盖”到它背上时，它先是吃了一惊，而后便羞恼地踢了对方几脚。

忽听五子大叫一声。

儿马犹豫不决了。但显然，因对方的不轻易就范，使它更加心痒难忍欲火中烧——看来，吊胃口不仅仅是人类的专利——虽说它已从对方下流的口水中看出了其心思，但还是不敢贸然造次了。在魏没手子“跳——跳——”的吆喝声中，它转着圈子，打着响鼻，时而咯叽——咯叽——叫几声。

终于，儿马鼓足勇气，长嘶一声，立个蜻蜓，双足落在了草驴背上。草驴却出人意料地显出听天由命不与你计较的样子，很快却又疯了似的蠕动嘴巴，成一副乐不可支的贱相了。

五子早不笑了。他痴痴地盯着工作的儿马，脸涨得通红，鼻孔大张，出气声很大，很促。眼里充血似的，泛出骇人的红。忽然，他再次大叫一声，用尽全力，不似人声，仿佛要把胸腔中激荡的某种东西吼泄出来。他扭曲的脸上显出痛苦至极或是快乐至极的表情，充血的眼里射出被激怒的野兽才有的光。

五子的目光转向了正和灵官朝这边走来的兰兰。他扑了上去。

老顺撇了缰绳，叫："五子——五子！"

兰兰还没反应过来，已被五子紧紧抱住。五子咬着兰兰的嘴。那真是咬。兰兰发出骇人的叫。五子边咬边将兰兰拥到墙上，屁股一下下拱着。

兰兰挣扎着。她的力气本来大，但这时却因意外的惊吓遍身瘫软，加上五子的力气忽然大得异乎寻常，轻易地便将那反抗消解了。

"呔！"老顺大喝一声，叉开五指，狠狠扇五子几下。五子一撩，将老顺扔到一旁。

在五子分心的瞬间，兰兰挣出了他臭烘烘的嘴。她尖叫着躲避那一次次向她凑来的扭曲的泛着红光的脸。

白福扑了上去，撕住五子头发，用力后拽。五子负痛，松开兰兰。兰兰顺势逃进庄门。

老顺、白福、魏没手子几人合力，才降住五子。被降住的五子很安静，像放光了气的皮袋。他只是笑，谁也不望地笑，痴痴地笑。笑茫然，目光也茫然。老顺说："这娃儿真毁了。"便和灵官把五子送往瘸五爷家。

瘸五爷意外地没有表现出惊奇。他只是应付差事似的骂声"畜生。"然后长长叹一口气，掏出烟袋，蹲在地上抽烟。五子却仍那样痴痴地笑。那份宁静，那份痴迷，很像一个思念情人的少女，一点也看不出他方才尚有野兽似的举动呢。

"没啥。"老顺安慰瘸五爷，"真没啥。五子脑子有病……"

瘸五爷不语，长吁了一口气。

老顺说："这由不得他。这是病……还得进医院。"

"由天断吧。"瘸五爷说。

五子大叫一声
用尽全力扑向和灵官
朝这边走的兰兰

灵官从五子痴迷的笑里看出他很幸福。他一定在品味着什么。他究竟在品味什么呢？是品味他过去实在的恋情，还是品味虚幻的想象？无论哪种，他一定是幸福的了。那种痴迷的笑，既可怕，又显出一种迷醉。

忽然，五子不笑了。他的眼里又泛出红光。他的鼻翼扇动着，扇出疯狂的粗大的呼吸。顺着他的视线，灵官看到了大头媳妇会兰子的影子。她正在门口和五子妈说啥。

五子怪叫了一声，扑过去。会兰子还没回过神来，已叫他按在地上。

五子妈叫了起来："遭罪啊。快快，死鬼。"

瘸五爷扑出，从柱子上取了皮绳，劈头盖脸向五子抽去。

五子叫一声，回望一眼。不知是因为兴奋还是因为疼痛，他的脸扭曲了。但很快，他又扭过头去，颤动着身子去啃会兰子的脸。

皮绳发出声声闷响。

五子妈像扇着膀儿护小鸡的老母鸡那样前后跳着，发出惊叫，不知是在呵斥儿子，还是在阻挡老子。

"老五。"老顺拽住皮绳，"行了，行了。"

"这个畜生。畜生！丢底典脸的畜生！"瘸五爷丢了绳子，扑上去，撕住五子的头发，扇了几个耳光。

老顺灵官上前，撕开五子。会兰子的嘴唇破了。她发着抖，脸色煞白。

五子含糊地叫着，似亢奋，又似抗议。他盯着瑟缩的会兰子，用眼里的红光和扇着的鼻翼尽情表演他的兽性。

"畜生！畜生！"瘸五爷在院里转圈子。

会兰子哭道："叫我咋见人？你说，叫我咋见人？"

五子妈捞住会兰子的手，带着哭声说："求你了，求你了。可怜可怜我老婆子，行不？行不？"

老顺对会兰子说："别哭了。五子有病，你又不是不知道。再说，你又不是第一次叫人咬嘴唇。闹洞房，叫人咬成个猪八戒，也没见你掉尿水。这会儿成个婆娘，反倒像黄花闺女似的。"

会兰子说："说得倒好。你叫他咬一下看。"

"人家咬吗？我倒想尝尝叫人咬的滋味，可人家能看上我这胡子拉碴的嘴吗？人家咬你，还不是见你的嘴好？"老顺笑道。

会兰子捂着嘴，进了屋，照照镜子，取了蒸笼，走了。

13

一进家门，老顺听老伴说兰兰被五子挤压后不舒服，怕是伤了胎气。猛子已请来大夫，号了脉，开了药方。见了老顺，大夫说："可能不要紧。"老顺急了，这口气，咋和胖兽医老黄一个味儿？"可能"？"可能"是啥？"可能"是这样，也"可能"是那样；"可能"不要紧，也"可能"要紧；便赶紧给大夫递了根烟，大夫又强调了一句："没事，没事。"老顺才放下了提悬的心。

一见写得满满的药方，老顺心里有些发毛：猪死折了财，祭神花了钱，现在丫头又得破费。真是倒霉。阴影和不快连接起来，水一样漫延开来，把心搅了个乌烟瘴气，就恶狠狠问老伴："咋个伤了胎气？神神道道的。"

"肚子咯哼咯哼疼。"老伴不满意老顺的语气，面露不快。

"贵气了她。头疼了，脑热了，肚子疼了屎憋了。你咋知道伤了胎气？小姐的身子丫环的命不成？那些年，你生娃娃，头一天还要抡大铁锨挖地，也没见伤啥的……把她贵气的。"

"也就是。这年月的人咋都贵气成这样？惯的。"老伴小心地望着老顺的眼睛，悄声没气地说："要不要请齐神婆给拨摆一下？"

"屁！"老顺突地睁大眼睛，"你有完没完？除了齐神婆，你不会放别的屁？"

"我是说，猪死得怪，今天的事也怪。你说五子，咋忽然……总觉得有些怪，再说……"

"再说啥？"老顺发怒了，"你脑子里少乱打转转，能有个啥事？"

老伴红了脸，气恼地说："好，好，我不说。有了你这句话，我不说。

有个三长两短，你给交代。”

午饭后，白福牵驴回去了，兰兰和引弟没走。老顺怕兰兰真有个啥闪失，落下白福的埋怨，但又不好撵她走，就狠狠出几口横气。

14

兰兰和莹儿到一块，就抹泪。哭一阵，兰兰才说，村上催得紧，要交五千元罚款，才不引产。婆婆打发兰兰到娘家来求救，借几千。老顺火了："啥？借我？我也剩不下四两油了。”兰兰就哭了。莹儿也哭了。

引弟慢慢走到莹儿跟前，用小手给她擦眼泪。莹儿搂住引弟，哭得更厉害了。灵官妈抹把泪，粗声大气怨老顺："没钱，连个好话也没有吗？丫头轻易不来，一来，你就咋咋呼呼。受外人的气不说，到娘家也没个安闲。”老顺一听，不言语了。

灵官妈劝兰兰："想哭的话，就放开。哭一阵，心里就好受些。憋得时间长了，会憋出病来。”兰兰反倒抹去泪，说："其实，我也知道娘家的难处。可实在也没法子了。要不然，也张不开这个嘴。”老顺长长出口气。

莹儿搂了引弟，露出一丝笑，问："还会唱我教的那些口歌儿吗？”引弟说："会。点点斑斑，草花芦芽，打发君子，出门一个。”"还有呢？”"……”"还有呢？”"姐儿嫁到远方家，来也来不下，去也去不下。眼泪滴到胸膛上，雀娃喝上冰得慌。眼泪滴到驴槽里，雀儿喝上发嘲哩。”"行了，好了。”听了引弟奶腥腥的歌谣，莹儿眼里又溢了泪。

莹儿对兰兰说："我那个哥的脾性我知道，高帽子匠，听不得半句儿不顺心的话，爹妈都跟上淘不少气了……可真委屈了你。”兰兰笑道："现在了，还说这些干啥？”她把嘴凑到莹儿耳旁，悄声说："你也不一样吗？我那个哥哥，榆木疙瘩一个，叫你满肚子的情话也不知如何说。”"去你的。”莹儿推她一把。兰兰说："不过，他的心可好。小时候，我赌气不理他，他就搓脑袋，转圈子，抓耳挠腮，恨不得把心掏出来。”莹儿哼一声，想到了什么，忽地红了脸。兰兰揪住她耳朵，说："我可不许你欺负他。不要见个油腔滑调的，油头粉面的，嬉皮笑脸的，就把哥撇了。"莹儿笑道："不说这个了。你还是把自己管好些，不要和队里的那些二杆子嘻嘻哈哈，拉拉扯扯，最后管不住自己了。"兰兰脸红了，认真瞅莹儿好一阵，才说："谁像你。"

引弟偎上来，捞了莹儿的手，奶腥腥地说："我好想你呀。"莹儿亲亲引弟脸蛋："我也想我的小丫丫。"引弟说："我有好多好多话要对你说呢。"莹儿笑道："哟，引弟有秘密了？行呀。"将耳朵伸向引弟："好，我听着呢。"引弟晃着小脑袋说："我不叫别人听。"就拉了莹儿，出门。

引弟四面望一下，悄悄说："我买了个布娃娃，给妈妈肚里的小弟弟。"莹儿笑道："哟，引弟懂事了。你哪儿的钱呀？"引弟说："上回你给的。还有猛子舅舅、灵官舅舅、奶奶给的。……布娃娃的胡子白白的，长长的，尖尖的，身子红红的。我好喜欢，可又舍不得玩，怕给玩坏了。"莹儿亲亲她脸蛋："你放心玩。玩坏了，我再给买个大的。"引弟摇摇头："不，那是给小弟弟的。我好想小弟弟呀，妈也想。妈妈问我，引弟，这回妈生个啥？我就比个小弟弟尿尿的样子，妈妈就笑。"莹儿心里一热，蹲下身，把引弟搂在怀里："还是我的小丫丫好，多懂事。"引弟说："还是小弟弟好。爹说，能顶门立户呢。丫头再好，也是人家的人，十个好丫头，顶不上个瞎娃子。你说，我要是娃子多好。"莹儿说："那是他胡说。引弟多好，灵丝丝的。养个肉头肉脑的娃子，气都把娘老子气死了。哪有引弟懂事？"引弟推开莹儿，一本正经地说："这可不敢胡说的。这一说，妈妈肚里的弟弟别变成妹妹。"莹儿笑了："好，好，不说了。"

引弟皱着眉头，歪着脑袋想一阵，说："我可真不明白啦。爹说，上回没活的小弟弟是我刻死的。我没刻呀？"莹儿沉了脸，说："屁话。谁说的？"引弟嘟着嘴："爹爹说的。开头，我还想，我要是能刻的话，再给刻一个。一说，爹爹就打我。两个大嘴巴，打得我啥都不知道了。眼里哗哗冒火，好痛啊。"莹儿拧了眉头："那他可就不像话了。像引弟这么好的丫丫，心疼还心疼不过来呢，哪里下得了手呢？真是个榆木脑壳子。引弟，告诉我，恨你爹不？”引弟摇摇头：“不，才不呢……他为啥打我？”莹儿捧住引弟的小脸，轻轻抚摸着：“不为啥。他是个糊涂鬼。引弟没错。不过，以后不准说刻啊刻的，听见不？”引弟哼一声，又说：“那我给爹说，以后我不刻小弟弟。成不成？”莹儿假装生气了，说：“不行。啥都不要说。不要说刻啊刻的，听见没？”引弟不解地望莹儿，好一阵，点点头。

莹儿亲亲引弟脸蛋，说：“好了，我的小丫丫。我可要进屋了，还有话没？”引弟四下里望望，悄声说：“莹儿姑姑，妈说姑爹有病……你要钱不？我有法子……”“啥法子？”引弟把嘴对到莹儿耳旁说：“奶奶有钱，好多好多，在枕头里……不是分钱，是票票子。我给你拿些。”莹儿说：“那不成，你爹要打死你的。”引弟说：“不怕。我长大了，挣钱还他……长大，挣上钱。我还。”莹儿鼻子一酸，搂住引弟，流泪道：“我的好丫丫，心肠真好。我不要。”引弟急了：“我拿给你。我不怕的。”莹儿说：“不要，真不要拿。真用钱的话，我向妈借。”引弟说：“不行的。奶奶不借。上回，妈妈要钱，奶奶说：‘哪有钱呀？人都穷疯了。’哼，骗人。爹说，那钱不能动，交啥款的。”莹儿说：“噢，计划生育罚款。”“对，就是这个款。”“引弟，这是买小弟弟的。你拿给我，人家抓小弟弟咋办？”引弟怔住了，歪着脑袋想了许久，想不出法儿，急出了眼泪。

莹儿搂住引弟，任泪水流了一阵。擦去泪，挤出笑，说：“好了，小丫丫，别发愁了，你姑爹的病会好的。”引弟跺着脚：“急死人了。可真急死人了。”莹儿一把抱起引弟，脸贴脸，出了庄门，眼泪又泉一样涌了。

引弟也哭了：“你说怎么办？我要是猪多好。卖了，不就有钱了？”莹儿抽泣道：“我不是急，我是……我是……我的乖乖。有你这个心，就行了。管他钱不钱的，啥都不如我娃的心。”引弟吃惊道：“啥心？能卖多少钱？”莹儿破涕笑了：“多少钱也不卖，多少钱也买不上。我要生下你这样懂事的丫头多好。”引弟说：“又胡说了，是娃子。”莹儿笑道：“是娃子，是娃子——其实十个好娃子也不如我的引弟。不如。”说着在引弟脸上不住地亲。引弟害羞了，脸红红的，像涂了胭脂。

15

夜里，兰兰睡得迷迷糊糊的时候，老顺忽然发话了。他的声音空空洞洞的，像在说梦话。他叫了几声兰兰，说：“其实，我不该发火。可说啥，粮食是粜不成了。不然，今年得缝住嘴。你也体谅爹的苦处。”兰兰说：“我也知道的。没啥，真没啥。不管咋样，得活。”老顺说：“瞧，你又说气话了。我知道，你气恼爹。这辈子，爹对不住你。可又有啥法子？事到如今……”兰兰说：“爹，又胡说了。谁怪你呀？不怪爹，真的不怪。”老顺叹口气：“怪不怪也没治了。活人嘛，想通点。眼睛一闭，一辈子就过去了。”兰兰说：“我知道。你也用不着太难受。没啥。真没啥。”老顺说：“我再也没别的法子，揪揪掐掐，也攒了几个。不多，二百来块。你先拿去用。谁也不知道这钱。原想防个啥急事，怕凑手不及。这也算急事。你先拿去，斤里不添两里添。再想想别的法子。我可真没治了。”

灵官妈忽然笑道：“哟，你个老贼还留了后手呀。起外心了是不是？”老顺没作声，半天，长叹一口气。兰兰说：“我想通了，真的想通了。不说交不起，就是能交起，也不交了。五千块，想想都骇烘烘的。反正，死猪不怕开水烫。咋也行。就算抓去，也没啥。咋也是个活。听说犯人还一星期吃几回肉哩。”说着，她笑了。

老顺思谋一阵，说：“就是，死猪不怕开水烫。他也不能把你们咋的。总得叫人活吧？”兰兰说：“就是。”静一阵，老顺说：“其实，我也没有攒下啥钱。我是给你们宽心。”灵官妈笑了：“哟，说出的话，可收不回去了。拿来。天冷了，说啥，我也该缝个棉袄。那个旧的，实在不成了。里子面子都磨酥了。再穿，就成个烫毛鸡儿了。”老顺笑道：“哟，真是后悔，一句话，就把底给露了……不过，说实话，那钱还是存下的好。这么大个家，说不准啥时遇个急事。事到头了，找谁去？”灵官妈说：“不要一天放咒了。哪有那么多事？”老顺说：“我又没说这个……那个……我是说……遇……个啥急事。”老顺越解释，灵官妈就越觉得心里不踏实，总觉得会有个啥事似的。

兰兰说："也该给妈妈穿一套了。多少年了，尽是灰楚楚黑糊糊的那套。养下几个墙头高的儿子，不说别的，为了顾儿子们的面子，也该穿囫囵些。"灵官妈笑了："说得倒轻巧。我也想阔阔穿几件，可拿啥穿？拔根肋条给人家，人家又不要。算了，半截入土的人了，能遮个羞就成。还是你们年轻人穿好些。要不，明天你拿上几块钱扯块布，叫花花丫头做一个。她做得也不错呢。不要手工钱。"兰兰说："算了，算了，我也不要。也不是没穿的。爹好不容易才攒了那点儿，谁舍得挖他的护心油啊？"说着，吃吃笑了。

老顺说："你用就用去。我说是说，可在你们儿女们的身上还不抠搜。"兰兰说："算了，算了。你的后音子里都没气哩。""也就啊。"灵官妈接口道，"谁不知道你是个啬鬼。"老顺笑道："嘿，你们都成好人了？不啬，你们咋长大的？喝风啊？农业社那阵子，一大堆娃儿们，就两个劳动力。不啬，早把你们喂狗了。"兰兰笑道："喂狗倒好了。"

灵官妈说："现在好多了，你们还算啥受苦。我们小时候，才叫苦。连个被儿也没有，只有一个大皮袄。清早晨，爹一去给地主扛长工，我们就得受冻。一天价饿得眼睛发昏。"老顺说："还用得着比那个时候吗？就说前几年，农业社里，日子也不好过。苦上一年，连个肚子都混不饱。现在好咧。不管咋说，肚子能混饱。人么，还指望啥哩？"兰兰说："你们就一天吃啊吃。人活着，就为了吃吗？"

"哟——"灵官妈说，"不为吃为啥呀？……当然，也为穿。人活一世古来稀，就为吃穿娶个妻。还想啥哩？"兰兰笑道："那不如转生个猪呀？"老顺说："人哪能和猪比呀？猪吃了喝了，就是睡，舒服得很，不愁吃不愁穿的。要不是怕挨那一刀，我还真想下辈子投他个猪。"灵官妈笑道："你还说得稀罕，想当猪哩。猪是能轻易当的吗？人家那也是修的，是上辈子修下的福分。你嘛，还是受你的苦，当你的人吧。再不安分，叫你当个牛，苦上一辈子，临亡了，还得挨上一刀。肉叫人吃了，骨头里的油也叫人熬干榨尽。"老顺说："嗬，把人说得心里瘆怪怪的。"兰兰笑了。

灵官妈说："要说，人太对不住牛了。听说老天爷给牛封下的是一棺一椁，要很排场地发丧。人听成一熬一锅，倒给煮吃了。"老顺说："屁。羊不也是一熬一锅吗？"灵官妈说："人说牛是菩萨转世的，活着为人服务，犁地啦，挤奶啦。死了，还把啥都贡献给人了。"老顺说："说是那么说，可谁知道？因果报应个啥哩？为啥现在得势的尽是恶人？挣大钱的，尽是坑人骗人算计人的。受穷的，尽是本分人。"兰兰接口道："而且，得怪病的，大多是好人。能说清吗？"老顺说："难道天也瞎眼了吗？"

灵官妈说："这可不许胡说。人又不是只活一辈子。人家上辈子积了德，这辈子受福，是应该的。这辈子作恶，会报应到下辈子。"老顺说："说是那样说，可谁知道？反正，这世道，尽是老实人吃亏。莫非，这吃亏的老实人，都是上辈子作了恶不成？"灵官妈说："我说不来。我也是听人这样说的。"

老顺翻个身，出口横气，说："不喧了，睡觉。越喧越着气。"

第十四章

1

这年的大年初三下了一场雪，气温骤然降了下来。这是入冬以来的第一场雪。

农民对于雪天，自然是喜欢的。隔窗望去，大地白茫茫一片。这时，偎在烫炕上，或睡懒觉，或谝闲传，边喝茶，边嗑瓜子……那份懒散惬意，是很难用语言来形容的。

来看外父外母的白福却没有这份闲情。大清早一睁眼，就被糟糕的情绪笼罩了。原因是他做了个梦：女人生了娃子——是娃子，他梦里还认真地摸那个宝贝尖尖呢。忽然，一个白狐蹿过来，把娃儿叼跑了。白福大喊着醒来，把兰兰都吵醒了。兰兰问："又怎么了？"白福半天说不出一句话，许久，才说："狐子……"

兰兰问："啥狐子？"

"狐子把娃子叼走了……就是你肚里的这个。"白福觉得喉头很干。

兰兰笑了："尻子没有盖严。"

白福闭了眼，回忆那个梦。忽然，他发现梦里的那只狐子竟是他几年前弄死的那只，心里一激灵，对女人说："你……记得不？那年我弄死的那只狐子？""咋？""那是只白狐子。人说千年白，万年黑。那东西成精了。你想，我弄死它，它能饶我？”兰兰一听，紧张起来：“咋？”白福叹口气：“神婆说那两个死去的娃儿是人克死的。”“谁？”兰兰睁圆眼睛。白福把眼睛对准引弟。引弟睡得正熟，脸蛋很红。“还能是谁？”白福说，“我们屋里，还能是谁？”说着，他撕着自己头发，长叹一口气。

“你是说，引弟？”半晌，兰兰试探着问。

“不是她，是谁？”白福气哼哼说，“你不想，一生下她，两个全死了。再说，你不想想，她正是我弄死狐子后生的。你没听瞎仙喧的征西吗？苏宝童一被樊梨花打死，就钻进她的肚子，转的薛刚。后来，叫他弄了个满门抄斩。薛家几百口，一下子，完了。他的仇也报了。”

“不会的。”兰兰说，“我的娃这么乖，咋是狐子转生的？不会的。”“咋不会？”白福忽然气恼起来：“难道我白嚼她不成？你不想想，她那个精灵样子，哪像你，哪像我……我们两个榆木脑壳。你不想想，那些口歌儿，她一听就会；村里那些娃儿，哪个有她脑子灵光？”

“就这呀？那你说爹脑子好不？妈脑子好不？咋灵官脑子好使？灵官又是啥转生的？……我不准你胡说！”

白福瞪一眼兰兰：“灵官的脑子好个屁！套牛犁地，学了三天，都没学出个眉眼。好个啥？好的话，咋不考个大学？白供他十几年，白吃了几十筐烙锅盔。哪像引弟？”

引弟醒了，一骨碌爬起来，问：“我咋了，我咋了？”

“睡你的！”白福吼一声。引弟吓得钻进被窝。兰兰搂住引弟，自言自语似的说：“我的引弟这么乖……”她拍拍引弟的屁股，对白福说：“我不爱听这些话，以后别说了。”

灵官妈进来，说：“大年正月的，喝神断鬼啥哩？想睡了，睡一会。不想睡了，看打牌去。”

白福黑了脸，瞪一眼兰兰，冷哼一声，就捂了头，脑中却老晃着梦中的场面。

白福断定媳妇肚里怀的是儿子。

征兆十分明显：一来女人爱吃醋，酸男辣女；二是她进门先迈左脚，男左女右；三是他在八月十五那夜拔过人家地里的一个萝卜，没有一个裂口，反倒多出个蚕儿尖尖，极像他朝思暮想的儿子才有的那个牛牛；四是十月初一他到雷台湖去，一个神婆子一见就说他今年准得贵子——只是不好活，有人克，吓得他舌头都成干山芋皮了，花了五十元钱，才买了个方子——在媳妇的枕头下放个刃口家什，像斧头或刀子，并用祭神用过的红布，做个肚兜，缠到媳妇腰上。

可他还是做了坏梦。

白福心中涨满了烟。他懊悔地想："该干的啥都干了，红布也缠了，咋还做这种梦？日怪。"他听到女人和引弟叽叽咕咕说话，说几句，还笑，声音尖噪噪直往他耳朵里钻。他一把撩开被窝，恶声恶气说："笑个屁！到门上笑去。"

兰兰说："不爱听，你出去呀。谁又挡你来？爹早就出去了。这会儿，要不是天阴，太阳都到半天了。"

白福握了拳，很想扑上去揍她一顿，但因在她娘家门上，暂且忍下这口气。再说，自己也确实不想睡了，就穿了衣服，胡乱洗把脸。

出得门来，雪光耀目。树上也结了朵朵雪花。风冷飕飕吹来，直往骨缝里刺。身子渐渐冰冷了。白福把衣襟裹紧，深一脚，浅一脚，咯吱咯吱，进了北柱家。

北柱家早已喧闹起来了。炕上坐满了人，似在挖牛九赌钱。猛子也在那里咋呼："抓！放心抓！这么好的牌，不抓，还等啥？"猛子旁边是狗宝。一见白福，狗宝的神色很古怪，像微笑，也像嘲弄。白福觉得他在嘲弄，心中有股气腾起，很想揍人，便对猛子也带了气：他竟然和狗宝在一起，哼！

因过年，抓计划生育的松了，凤香便回家了，正坐在炕沿上纳鞋底。她一下下把麻绳扯出老长，扯出一缕缕超然物外的嗤嗤声。见白福颠个脸，便用下巴点点脚下的小凳，示意他坐下，问："听说兰兰伤了胎气，不要紧吧？"

白福说："不要紧。"凤香说："那个疯子，还咬人呢。"抿嘴笑了。白福望望她嘴上的几处伤痕，也笑了。这一笑，腹里积蓄了一早晨的不快消失了。

凤香望望屋里人，压低声音说："过完年，听说又要抓。小心些，最好躲出去。听说高沟抓了九个，抓上就往手术台上按。没治。"白福哼一声。

炕上挖牌的人忽然哄笑起来。猛子大声说："嘿，咋着哩？我估摸人家有两副鱼子。你还不信，硬抓，硬抓，老沟滚大了。"北柱说："驴屁。你明明叫我抓。我本来不想抓。"猛子直了嗓门喊："这么好的牌，不抓，饶了他了。要不是他有两副鱼子，还钻了尻子了？"

凤香努努嘴，说："瞧，就这样子。头都聒麻了。"说着吼一声，"悄些成不成？再嚷，到院子里玩去。"猛子说："你烦了，到院里去。"凤香说："哟，我的家还由不了我了？你还硬三霸四的。"猛子说："你再说！再说叫五子把舌头咬下来。"凤香扬起鞋底，在猛子的背上狠狠扇了几下。猛子夸张地哎哟几声，说："打是亲，骂是爱。小心北柱吃醋。"凤香笑道："那我就多亲几下。"又结结实实扇几下。猛子滚到炕角里直哎哟。

北柱笑道："我也希望五子把那块喂猫儿的肉咬下来。一天到晚，叽叽喳喳，脑子都聒麻了。"转头问白福："你不摸几把？想摸就来。我可不中了，再输，就搭上女人了。"狗宝问凤香："听见没？再输就该你上了。你当然方便得很，裤带一松，就当钱。"凤香道："成哩，成哩，你舔也成。你能说出，老娘就能干出。"人们都笑了。

白福说："你们玩，我没那个心思。"北柱说："放心玩，今日有酒今日醉，管他明日喝凉水。有啥放不下的，不就是没个娃子吗？有娃子能咋样？能生下，生他一个。生不下，也不管他。吃照样吃，玩照样玩。"狗宝接口道："就是。活人嘛，该松活的时候，就松活一下。"说着，望了白福一眼。

这一望，自然是和解的表示，但白福心里仍不能原谅狗宝，便不理他，对北柱说："我还有些事呢。""啥事呀？"北柱道："老天爷叫老子们休息呢。"凤香劝白福："想玩的话，就上去玩去，反正也是玩意儿，又不是大赌，没啥。"白福摆摆手说："不，不，我真有事呢。"顺势出了门。

2

凉风水一样泼来，洗尽了北柱家留在心头的一点喧闹，白福感到了清爽。地上白茫茫的，很刺眼。天空灰蒙蒙的，还有零星的雪花在飘。白福很喜欢踩到雪上的感觉。只有在这时候，他才觉得自己是强有力的。其他时候，总觉得自己很猥琐。

走一阵，他又想到那个梦，浓烟又从心里腾起。真是糟透了。那话题简直成克星了，一出现，脑子便灰了。

一条黑狗从巷道里蹿出，吓了白福一跳。后面跟两条狗，一条白狗，一条花狗，像追姑娘的小伙子一样兴奋，旋风似的远去了。白福一阵怅然。他想，要是人像狗这样多好啊，无忧无虑的。他，别说撒野了，连快走几步的心情也没有。

花球走过来，见了白福，问："你干啥哩？告天爷吗？"白福笑笑。花球说："走，挖牌。"白福说："北柱家正挖呢。"他想到了自己的梦，就说："你念的书多，你说梦是咋回事？"花球说："咋回事？尻子盖不严就做梦。"白福说："别开玩笑。"花球道："听说日有所思，夜有所梦。想啥，就梦啥。"白福说："你看过梦书没？"花球笑道："啥梦书？"一指齐神婆家："她会圆梦呢，问啥也知道。我嘛，瞎编可以，算不得数的。"说着，走向北柱家。白福想：就是，咋没想到她？

齐神婆正偎在炕上嗑瓜子，旁边还坐着来串亲戚的一个老婆子。一见白福，神婆便招呼道："快来，上炕，上炕，炕热得很。"白福跺跺脚上的雪，说："干妈，你焐你的。我不冷。"齐神婆抓过一把瓜子。白福接了，却不嗑，攥在手里，听她们喧谎。不一会，就攥出汗水，把瓜子弄湿了。

白福听了一阵，才听明白她们在喧一桩保媒的事。本是件无聊小事，她们却喧得很投入，你唱我和，竟将白福冷清清撇一边了。白福只得耐住性子听，听了一阵，却听了进去。他很佩服齐神婆，一件一目了然的简单小事，却能渲染出许多色彩，而且语言很是鲜活。

“有啥事？说。”齐神婆忽然转过身来，“我知道你无事不找我老鬼。”白福本已专注于她们的喧谈了，她这一问，倒叫他一下子回不过神来。就是，啥事呢？他想了一阵，才想起那个梦，就说：“也没啥，做了个梦。”齐神婆笑了：“我当又是啥大事呢，谁不做梦呢。”“可这梦很怪……”白福说。他喧了梦的内容和那年打死白狐子的事。

“千年白，万年黑。”那个老婆子接口道，“你不该打的。人家已修成了仙家。”

齐神婆望一眼白福：“瞧，咋的？那年，我就说你惹下祸事了。”她又对老婆子道：“他的几个儿子都没养活。”

“不该打。人家是仙家，敬还敬不及呢。”老婆子重复一句。

“都这么说。可打的已经打了，咋办？骨头都化成灰了，叫我咋办？”白福灰了脸，说：“要煮要烤，也只好由它了。”

两个老婆子互相望望，没说话。白福颠着脸，拧眉一阵，吭哧半天，说出了自己的怀疑：“我估摸……引弟那丫头，是狐子转生的。”

齐神婆咧嘴笑了：“瞧他急得，啥念头都有了。”又对那老妇说，“反正，他那丫头，可精灵得很。才几岁，啥都会干，会剪花，会唱口歌，长得红处红，白处白，眼珠一转，倒真有种狐媚气。”老婆子也笑了：“那敢情就是狐子转世了。”

“你们别笑，可真是的。我咋想都觉得那丫头不对劲，她一生下来，娃子就没活过。还有，我做梦老梦见她长个狐子尾巴。”

老婆子说：“别胡思乱想了。就算真是狐子转生的，又有啥？该咋还是咋。不过，你那个梦倒真不太好，还是得生个法儿。”

“就是。”齐神婆接口道，“该生的法儿还得生。”

白福哭丧着脸道：“啥法儿？还有啥法儿？该生的法儿都生了。干妈也整治过几回，可不顶事。啥事儿也没顶。”

“那你还来干啥？”齐神婆沉了脸，“老娘是没本事，又没有寻到你门上去找你。以后少上老娘的门。”白福变了脸色，跺跺脚道：“嘿，我说的是……其实还是有效果，前一个生下就是死的，干妈燎过后，后一个活了一月呢。”老婆子道：“着，这不就是效果吗？”白福道：“可……”

齐神婆颠个脸，眯了眼，说：“实话告诉你，老娘的桃花镇法用了百次，灵九十九次，只你家一次不灵。为啥？有人克。你心里也该清楚，我的话也只好说到这个份儿上了——你也别再来找我，找也没用。”

白福傻了，双手抱拳，连连作揖，“干妈”叫了一大堆，眼泪也下来了。“真不成。”齐神婆冷冷道，“亲里亲戚的，我也不能哄你。我的道行没人家的大，就这。人家是要债的，我也只是尽尽人力，没治。我真是没治的，回去吧。”

“干妈，你不是要我的命吗？”白福抹一把眼泪，嗓子里咯噔一阵，“你不管，不是要我的命吗？”又跪在地上，乓乓乓磕几个响头。神婆却闭了眼睛，理也不理。

老婆子说：“起来，一个大男人，像啥样子？我听说，千年的狐子啥都不怕，就怕一个白骟狗。都这么说，你弄上一个试试。”

“又到哪里弄白骟狗呀？”白福哭丧着脸道。

3

“呸！”白福的话音没落，孟八爷就哈哈大笑，“屁股没盖严做个梦，也用得着这样掏心挖肺瞎折腾？啥千年白，万年黑呀？那是人瞎说的。我见过一窝黑狐子，刚生下的黑狐子。你说，它真活了一万年？屁打胡子。那是黑狐子种。活个几十年，至多。我不信能活上万年。倒是有些通灵的狐子活得长。人家也练功呢。初一十五拜月亮，练出狐丹，寿命就长了，也会变个啥俊姑娘。听说这种狐子，最怕雷殛，到一定时候，天雷要殛它。躲过这一难，就成气候了。

“当然，它怕白骟狗，就像多大的老鼠也怕猫，天生的。白骟狗煞气大，多厉害的狐子，一见它，也厉害不起来。老一辈，都这么说。当然，谁也没有见过啥千年狐子。这年头，狐子能过上个几年就不错了。人的眼睛一个比一个亮，见个踪踪子就追。它想活，也活不长。……你想，它们连自己的命都做不了主，还能报复谁呀？

“听老年人说，凉州城有个老满洲，衙里当官。他就有个白骟狗。一天，一个猎手来找他，要借白骟狗，说是自己瞅下了一只千年白狐子，咋也打不下。明明见它在一个地方，一举枪，就不见影儿了。听一个道人说，千年的狐子最怕白骟狗，就来向老满洲借。老满洲满口答应。

“夜里，一个白胡子老头来找老满洲，叫他不要给人借白骟狗。老满洲说：成，不借就不借。明日，我带上它上衙。老人就吃碗黄米面条，走了。第二天，老满洲把狗拴到后院，吩咐家人：猎户来，就说我带上衙门了。……唉，也该着那狐子遭难。猎户一来，便听到后花园里有狗叫声，就隔墙弄出狗来。一到坟滩，白骟狗直溜溜扑过去，把白狐子按住了。扒开狐肚子，黄米面条还没消化呢。原来，那个白胡子老汉是狐子变的。

“后来，白狐子报复了，老满洲全家遭了殃，人死了，家败了。谁叫他说话不算数呢。……哎，咋给你讲这些？白福，白福！你怎么了，脸煞白煞白的。……别往心里去……说是这么说的，谁又见来？屁打胡子。说这些干啥？哎——白福，你怎么了？白福——白福——”

4

引弟很高兴。因为，从来对她恶声恶气的白福忽然待她好了。引弟脆生生地笑，奶声奶气地唱那些口歌儿：“点点斑斑，草花芦芽，打发君子，出门一个。”引弟不知道“君子”是啥东西，但仍是很起劲地唱。她好高兴，差点儿把自己攒钱给妈妈肚里的小弟弟买布娃娃的事告诉爹。

爹真好。爹好起来比妈还好。妈只是搂了她，一晃一摇地教她唱口歌儿，爹却肩上扛了她，到蔺家铺子里买好吃的。爹问：“引弟，你想吃啥？”引弟不敢说话。爹又问了几遍。引弟才大着胆子说："方便面。"爹说："哟，你的口味还不低。再呢，再想吃啥？"引弟就小眼瞪大眼了。因为，她实在想不出还有啥比方便面更好吃。

爹就说："成。就吃方便面吧。美死个你。"就摸出两块钱，买了三包。

引弟吃了一包。可香呢，香到脑子里了。她还想吃一包，可再也舍不得"独吞"——妈老这样骂爹——了。为啥？留给妈妈肚子里的小弟弟呀。还有一包，引弟省给了妈。妈没吃，却望爹，说："哟，太阳从西边出来了？"爹说："你望啥？给娃吃点，心疼？"妈说："着。你也算当了回老子。"又望了爹好一阵，却叫引弟把那包方便面给了爷爷。爷爷接了，泡了，轰轰隆隆吃了个精光。引弟不明白，妈为啥不吃？方便面多好吃呀！妈真是个傻瓜。不过给爷爷也好，爷爷多瘦呀！爷爷老想做大买卖，费脑子，才那么瘦。爷爷可馋啦，老想吃肉，老嚷嚷，一嚷，奶奶就颠了脸骂："想吃了，下辈子转生个狸猫儿。"

引弟又听得妈问："赢了？"

爹哼了一声，说："给娃买点吃的，问啥？"

"怪。当了几年老子，还没疼过娃呢。这回，你总算长了个人心。"妈说。

爹还扛了她，去乡上的大商店，买了套花衣裳。蓝花花，白点点，好看得很。引弟想留给妈肚子里的小弟弟，可爹硬叫她穿。引弟只好穿了，心里念叨：弟弟，可怪不得我呀。以后，你还有更好的呢。爹肯定会给你买的。引弟还从来没穿过这么好看的衣服呢。村里娃儿都围了来，用脏手摸，引弟就东躲西藏的，可还是沾了不少土。引弟想：爹要骂呀。可还好，爹望也没望她。

只是，引弟不明白，爹为啥老阴个脸？引弟希望爹笑，可爹总不笑，引弟就只好悄声没气了。爹见了，却又逗她笑。怪的是，她一笑，爹就不笑了，就叹气。

引弟忘不了爹说过的她"刻"弟弟的话，但总是不明白她咋个"刻"法，是不是像拿了小刀刻木头那样"刻"呢？她可没拿过刀呀剪呀的。一拿，妈就一把夺过，怕伤了她。那为啥说她"刻"呢？想问爹，又不敢，就问妈，问莹儿姑姑，问奶奶，得到的回答总是："小娃娃家，胡问啥哩？"

引弟虽不知道咋"刻"，可知道"刻"肯定是叫爹爹不高兴的东西。爹的天门脸上老是有几道深深的肉槽儿。引弟想，莫非，那也是"刻"的？

引弟多想叫爹笑呀。可爹总不笑，买了衣服给她时，也只是脸上的肉动了一下，引弟明白，那便是爹的笑了。引弟想，咋能叫爹高兴呢？唱个口歌儿试试，因为她自己一听口歌儿就高兴得想跳，想笑，想来爹也是。

于是，引弟就唱了——

麻地里麻，沙地里沙。
王哥拾了个花手帕，
给我吧，不给了罢！
你骑骡子我骑马。
一骑骑到舅舅家，
舅舅门上两朵花……

引弟最爱唱这个口歌儿，这是莹儿姑姑教的。村里娃儿都爱听，她一唱，身前身后，就能围一大堆娃儿。可引弟发现，爹不爱听。她一唱，爹的脸就黑了，就怪怪地望她，虽没骂，引弟还是能看出，爹不喜欢听。

怪，这么好的口歌儿，爹咋不爱听？是不是嫌我唱得不好？也许。因为这几天，她嗓子哑，声音沙沙的。说话时，没以前脆活了。引弟就想，嗓子呀，快些好吧，好给爹脆脆地唱口歌儿，唱得他也笑。

引弟想：咋能叫爹高兴呢？

一天，奶奶问她："引弟，这回，你妈生个啥呢？"

引弟就比了个男娃儿尿尿的样儿，说："这回，生这个……这个……"奶奶笑了，对爹说："娃娃的嘴里有实话呢。"引弟看到爹笑了。引弟才知道爹喜欢听这话。为叫爹高兴，她就老做那样子，老说那话。爹却又黑了脸说："行了行了，烦死了。"引弟就不说了。

她不明白，同样的话，同样的动作，为啥爹又不高兴了？

引弟多想叫爹高兴呀，可没治。她不知爹的心是咋长的，为啥总阴个脸，会憋出病来的呀。为叫爹高兴，她就把布娃娃的事告诉了爹，可爹只是脸上的肉动了动。这回，引弟看得出，那不是笑。

咋办呢？

引弟想疼了脑袋，才记起爹只是在玩麻将时才高兴，当然是赢的时候。可妈不喜欢爹玩。爹一去玩，妈就颠个脸，爹一回来，妈就数落。一数落，爹的脸就黑了。有时，黑了脸的爹就打妈；有时，爹啥话也不说，捞过被子蒙了头，死睡。引弟怕爹的黑脸，也怕爹的死睡。爹一死睡，引弟就悄声没气了，不敢唱口歌儿了，连走路也踮了脚尖，怕惊动了爹。因为这时的爹，是吃了炸药的，见个火星儿就会爆炸。一爆炸，连亲娘老子也不认。

引弟就想，妈不好，妈不该数落爹。爹不就是爱玩个麻将吗，那有啥？只要爹高兴，叫他玩去，谁不爱玩呢？连引弟都爱玩，爱玩“藏猫猫”，爱玩“跳沙包”，爱玩“老鹰捉小鸡”，爱玩“姑妈妈过家家”，但引弟最爱玩的是：和妈妈面对面坐了，捞了妈的手，你捞过来，我推过去，一俯一仰地唱——

打锣锣，围面面，舅舅来了擀饭饭，
擀的什么饭饭？擀的红豆豆饭饭。
擀白面，舍不得；擀黑面，舅舅笑话哩；
杀母鸡，下蛋哩；杀公鸡，叫鸣哩；
杀鸭子，鸭子飞到草垛上，
孵下了一窝老和尚；
背一个，扛一个，过沟去了踒死个，
家里还有十来个……

引弟最爱玩这，一玩，妈就笑成个小姑娘了。引弟想，爹当然也有他爱玩的了。只要他高兴，玩去。不叫玩，爹会闷出病的。引弟知道妈不叫爹玩的原因是爹老输钱。输钱当然不好，一输，爹的脸还是黑了。可总有赢的时候，一赢，爹就比妈好。爹就会搂了她，举过头顶“引弟，引弟”地叫，时而，吧唧一声，亲得引弟的脸痒酥酥的。

引弟打定主意：以后，把灵官舅舅、莹儿姑姑，还有爷爷奶奶过年时给她的福钱偷偷藏下一些，再也不全部交给妈妈了。把那些分钱儿啦，角票儿啦，全偷偷留下，存在那个黑罐罐里，悄悄藏在柜底下。爹啥时闷了，没钱打麻将了，就取出一把，悄悄塞给爹，给，爹想玩的话，玩去。引弟偷偷笑了。她想，爹一定很高兴，一定会像赢了钱一样，把她举得高高的，一定会说：“哟——我的引弟，懂事了。”边说，边在她的脸蛋上吧唧。

引弟笑出了眼泪。

引弟于是劝妈。她说，妈妈，爹爱玩，叫人家玩去。人家心里闷呢，可别闷出病来呀。妈就搂了引弟叫乖乖，说：“丫头，你还小，不懂，那可不是一般的玩，那是个无底洞呀，能把我的乖乖填进去，能把爷爷奶奶填进去，把妈填进去，把房子啥的都填进去，还填不满呢。”

引弟当然不信。她说妈妈骗人，爹玩的时候，哪见个啥洞？又问，妈妈，你说的洞是不是方巾上的那个圆洞洞？妈说不是，你还小，长大后，你就知道了。

引弟虽不信妈说的吓人的话，但还是知道爹玩时要花钱。也许，她将来的钱罐罐里存下的不够爹花，就想，等我长大了，挣好多好多的钱，叫爹玩个畅快。引弟听灵官舅舅们喧过，说一个叫双福的舅舅有好多钱，有树叶子那么多。乖乖！她就问妈，双福舅舅那么多的钱也填不满吗？妈就笑了，说死丫头，你在哪个磨道里听了个驴的叫声？人家双福，当然能填满。引弟就说，那我长大，就挣双福舅舅那么多的钱，叫爹玩去，没明没黑地去玩，想玩啥，就玩啥。可……我只叫爹输。妈问为啥？引弟说，他一赢，别人的爹爹又不高兴了。妈就一把搂了引弟，哟，我的引弟，人不大，心还不小呢。

自那后，引弟就发愁了：她啥时才能长大呢？啥时才能像双福舅舅那样挣钱叫爹高兴地玩呢？

5

这天，日头爷才偏西，白福就悄悄对引弟说，走，引弟，爹领你玩去。于是，引弟就像麻雀儿一样跳了，边跳，边拍小手。她想，可能是妈把她长大后挣钱的事告诉给爹了，爹一高兴，才领她去玩。她想问妈，可妈妈给爹打发到乡上的大商店里买东西去了。引弟很羞。她想，妈真是个漏嘴子，盛不住个话。臭妈妈，以后，再也不给你说心里话了，臭妈妈。

但引弟还是很高兴跟爹去玩。

天很冷。阴洼里还有雪，白白的。引弟很喜欢雪，很喜欢脚踩在雪上咯吱咯吱的声音，还喜欢和妈妈堆个雪人，再插个胡萝卜当鼻子。那个鼻子好长呀，逗得妈妈咯咯地笑。妈就揪住引弟的鼻子，说："长——长——"妈也想把引弟的鼻子也拉那么长。一开始，引弟吓坏了，老照镜子，总怕长个怪怪的长鼻子。一夜，鼻子真长了，哎呀，老长老长，怕有大白杨树那么长了，一头儿还活了似的，一蹿一蹿不停地长。她吓坏了，就吱吱哇哇地叫。妈妈叫醒了她。哎呀，原来是个梦。第二天，给奶奶一喧，奶奶就说，别听那个妖精的话。奶奶老在背地里骂妈"妖精"，可引弟也没给妈说过。引弟想，我才不当漏嘴子呢。

引弟想，爹想和我玩啥呢？当然，最好是打雪仗了。一下雪，引弟就和村里娃儿打雪仗。团个雪球，扔过去，啪——就开花了。那时，引弟的小手就冻红了，小脸也红了。一出气，嘴里就冒烟，一股子烟，又一股子烟，可像爷爷抽烟了。有时，引弟就举个木棍儿，学爷爷抽烟，她猫了腰，咳嗽几声，啪——吹出一股子白气，再啪——吹出一股子白气，逗得爷爷哈哈笑。

阴洼里的雪很薄，堆不成雪人，看来也打不成雪仗。但引弟还是很高兴，不管咋说，总是和爹在一起。可爹，为啥总是木着脸呢。走一阵，叹口气，走一阵，又叹。引弟想，爹为啥不像妈妈那样笑呢？妈妈笑起来像引弟，有时还抱了肚子，满炕滚呢。可爹就没这样笑过。妈好开玩笑，爹就恼。一恼，妈就唱："春风不解风情，吹动少年的心。"妈老唱，老唱。后来，连引弟都会唱了。

"引弟，爹好不？"白福忽然发问。

引弟仰了小脸，望爹。爹奇怪地望她。爹从来没这样望过她。她想，爹咋这样问呢？还用得着问吗？爹当然好，哪有不好的爹呀？爹打也罢，骂也罢，总是爹。奶奶不是老说，打折骨头还连个筋丝儿呢，就说："当然好呀。"

"恨爹不？"爹又问。爹仍然那样奇怪地望她，眼窝里湿湿的，像是哭了。

引弟晃晃脑袋，想：爹为啥这样问呢？是不是妈又当漏嘴子了？上回，爹打妈，引弟就对妈说她恨爹。臭妈妈，你为啥老当漏嘴子呢？就说："恨过的。那次，你用牛鞭打妈妈。妈妈身上，尽是血口子，一道一道的。吓死我了。爹，以后，不要打妈了。妈老偷偷哭呢。你气了，打我，用巴掌扇尻蛋子，美美地打。尻蛋子上软肉多，打不坏。别处，不行。一打坏，可没人给你挣钱了。"引弟差点要说出像双福舅舅那样挣大钱的话了，好容易才忍住了。

"好，丫头。爹答应你，以后，不打你妈了。可有时，爹也忍不住，爹是生就的骨头长就的肉了，就这么个炒麦子脾气，忍不住。可爹的心好。……丫头，你信不？爹的心好。"

"爹当然心好。不好，咋能当爹爹？"引弟奶腥呵呵地说，"妈妈说，把我养这么大，可不容易哩。妈妈说，刚生下，像个精肚老鼠儿呢。怪，我咋像精肚老鼠儿呢？我不相信那个臭妈妈的话，谁叫她是个漏嘴子呢。"

白福却忽地捂了脸，蹲在一个沙丘上——不知不觉间，他们已靠近沙窝了。白福的肩头抽动着，好久。

引弟吓坏了："爹，你怎么了？怎么了？爹——爹——"

白福却忽地站起来了，眼窝湿了。他使劲擦，却越擦越多，脸上水哗哗了。

"爹——你怎么了？"引弟带哭声了。

"打了……个虫子，眼睛里。"白福说。

"哎呀，那可难受了。上回，我也打了一个。哎呀，那个涩呀，那个酸呀，眼泪一股子一股子淌。妈用舌头舔呀，舔呀，才好了。爹，舌头一舔，绵绵的，真舒服。来，爹，我给你舔。”引弟呸呸地吐了几口唾沫，“妈妈说，把嘴里不干净的吐净了，才能舔。来，爹，一舔，就不难受了。”

“不，不了。”白福说。他的身子摇摇晃晃，好容易才站住。“引弟，想不想玩了？不想玩的话，就跟爹回家。”

“玩呀。爹，咋不见虫子呀？”

“那东西，夏里才有。”

“多会儿等到夏里呢？顺爷爷说，老鼠吃虫子，狐子吃老鼠，人又打狐子。爹，人为啥要打狐子呀，狐子多好。”

“好个啥呀？那玩意儿，害人精。……想玩的话，那就来吧，爹背你。”白福的脸又黑了。

白福见引弟的小脸蛋红了，就脱下棉衣，裹住引弟身子，背起她，大步流星地走进沙窝。

6

引弟好高兴。

爹背了她，她立马就天一样高了。引弟就见到了一个很亮很白的日头爷，像冰做的盘子。还有几朵云，丝丝缕缕的，很像妈破了的那块白纱巾。引弟很爱那白纱巾，举了它，一跑，风就呼——呼——地把它吹身后去了，很好玩。可后来，爷爷把白纱巾绾了驴笼头了。引弟伤心了好几天。

一看到那几片云，引弟就想起了纱巾，心里又噎巴巴了。她就发现自己又做错了一件事：不该要方便面。方便面虽香到脑子里了，总是一阵阵。肚子一饿，方便面肯定也就没了。浪费钱。她应该叫爹给她买个纱巾，红的也行，白的也行。妈喜欢白的，引弟喜欢红的。但妈既然喜欢白的，那就买白的吧。买个白纱巾，也就像买了两个东西：妈想围了，围去；引弟想玩了，就举了它跑，叫风呼——呼——地吹。引弟很后悔，她很想问爹，啥时再给她买好东西吃呢？那她就不要方便面了，馋死也不要，香到脑子里也不要，拼命忍住，就要纱巾。妈妈早没纱巾围了，买了，妈肯定高兴，眼睛又笑成个鸽粪圈儿了。

但引弟还是没敢问，她又想起了奶奶常说的一句话：人心不足蛇吞象。就想，我可真不懂事呀。爹连个袜子都舍不得穿。可你，才吃了方便面，又想纱巾了，贪心鬼。

四下里尽是沙山。沙山多，沙山大，沙山高，高到天上去了。日头爷都给比下去好大一截子，比刚进沙窝时矮了许多。趁爹上一个沙山的当儿，引弟回头望望后面的路，呀，能看见村子了，隐隐幻幻的，房子像火柴盒那么大。

引弟还看到几个高烟洞，黑烟正一股子又一股子地往上冒呢。引弟想：那房子肯定也像爷爷，是个大烟鬼，一冒烟，就啥也不顾了。只是爷爷会吐烟圈。爷爷的烟圈吐得可好啦，有大的，有小的。吐大烟圈的时候，爷爷嘴一鼓，眼睛一瞪，嘴张得大大的，不出气，舌头哗——地一送。哎呀，一个大大的烟圈就飞上天了。吐小烟圈时更好玩，爷爷美美吸一口烟，嘴角里开个小洞，再用指头嘚嘚地敲腮帮子，一串串小烟圈就飞出来了，好玩得很。只是爷爷近来老忙“大买卖”，不忙时，也老阴个脸，引弟不敢缠他了。

那烟洞笨，肯定不会吐烟圈。瞧，那烟，直溜溜上天去了，也很好玩。引弟就想起了莹儿姑姑的一个口歌儿：“烟洞里的烟，直冒天。黄河里的水，洗红毡。红毡铺，七姑娘舞。”

忽觉得爹的身子摇晃了。引弟想，爹扛不动了，就说：“爹，放我下来，我自己走。”爹咳嗽几声，说：“你稳稳地坐好吧，丫头，你长这么大，爹还没背过你呢。爹背你，好不好玩？”

“当然好呀。”引弟觉得爹好高，高到天上去了。爹的肩膀那么宽，爹的力气那么大，比天还大呢。力气大好，人都说爹干起活来像个犏牛。胡说，犏牛哪有爹的力气大。犏牛能像爹那样拉个架子车，装得山一样高，轰轰隆隆地上那个大坡？肯定不行。哼，那些犏牛，慢慢腾腾的，死眉死眼的，能和爹比？

引弟又想，力气大有时也不好，打妈妈时，爹能像老鹰捉小鸡一样，把妈妈提过来，扔过去，一巴掌，一拳头，妈就支撑不住了。那时，引弟多希望爹没力气呀。她就不停地念叨：天爷爷，叫爹没力气吧，像小鸡娃那样没力气吧……可那天爷爷，总不听引弟的话。

在爹厚实的肩膀上，引弟晃势晃势地“走”着。她大睁着眼睛，新奇地看起伏的沙山，看蓝蓝的天，看撒在沙山沙洼间的一星星柴棵。好开心。但是一感到开心，引弟就觉得不对了：她的开心，是爹累的哩。

“下哩，爹。”她扭动着身子。

“咋？不好吗？”爹的声音闷闷的。

“好是好，可爹累。”

“不累。丫头，爹没好好地待过你。也怪不着你，谁叫你……不说了，丫头，记住爹的话，别怨爹。”

引弟不明白爹的话。爹咋说这种没头没脑的话呢？不就是打过我几巴掌吗？早不疼了，就说：“爹，你还给我买过方便面呢。你忘了？你真好……就是，以后，你不要打妈妈。成不？”

“以后？好。爹听你的话，不打了。”

7

日头爷悬在了最高的那座沙山上。几股子很红的光射来，连引弟的身子也染红了。

白福放下引弟，他的头上满是汗，眼窝里也是汗。引弟想，眼窝里咋也淌汗呢？她想起妈妈常说的“眼窝里淌汗，手心里起皮”的话，就想，背了我，爹可累坏了。

这是啥地方？引弟揉揉坐麻的屁股蛋子，歪了脑袋，四下里瞅。沙山，沙洼，沙米棵，黄毛柴……还有许多引弟叫不上名字的东西。引弟终于记起来了：她跟顺爷爷来过这种地方放过羊，叫啥来着？对了，叫沙窝。可为啥灵官舅舅叫另一个名字呢？不知道。大人的事，小孩子少问，管他们叫啥叫啥去。

毕竟打春不久，天还冷得很。引弟的小脸蛋冻红了，小脚脚冻麻了，小手手被爹捏得死疼，但引弟还是很高兴。沙窝窝里好玩，不像村里，尽是坦土，多好的衣服也弄得土眉土眼的。这儿，打个滚啥的，也不会弄脏衣服。看看爹买的新衣裳，已有些脏兮兮了，那是村里娃儿摸脏的。沙窝里好，你想叫脏，都脏不了。引弟喜欢这沙窝。

白福蹲在沙洼里，木头一样，好久，才问："引弟，天快黑了，你害怕不？……你自己说，你玩哩，还是跟爹回去？"

"玩哩，爹。你瞧，月亮牙牙。顺爷爷说，狐子就拜月亮牙牙呢，就是给月亮牙牙磕头呢，乓——，乓——，一个一个地磕头。顺爷爷说，磕几百年，就变成姑娘了，可俊呢。不知道有没有莹儿姑姑俊？"

白福于是望引弟。引弟觉得爹的眼睛很怪，怪得她都不敢望了。她想，是不是我又说错话了？这回，我可没说"刻"弟弟呀，爹为啥不高兴？但白福马上转过头去了，自言自语地说："这丫头，看来，就这么个命了……也怪不得我。"

白福很快地起了身，下了沙洼。不一会儿，就拾来了一堆怪怪的东西，长长的，像黄瓜，好像哪里见过。引弟问："爹，这是啥呀？"话一出口，却想起来了，和顺爷爷放羊时，她见过这东西，顺爷爷叫它"沙驴棒子"。顺爷爷拿了一个，乓乓地敲。棒子就折了，里面也是沙。

"金子。"白福说。

"金子是啥？"

"金子？是啥呢？"白福皱了眉头，老半天，才说，"金子就是金子，比钱还值钱。指头大一疙瘩儿，买牛大一疙瘩钱呢。"

"比双福舅舅的还多？"

"当然。"白福奇怪地望引弟，"你也知道双福？"

引弟吐吐舌头，笑了。该不该把这话告诉爹呢？长大，她要挣比双福舅舅更多的钱，叫爹玩去，赌去，只叫你输。可爹，一输就不高兴了。爹不输，别人的爹就又不高兴了。这可是个难事儿呀。咋办呢？

“死丫头。”白福不问了。

引弟高兴了。以前，爹赢了钱，就这样骂她，然后才在她脸上吧唧。这次，爹没亲她，只望那堆金子。引弟想，这，能换来多少钱呀？莫非，也不用等她长大了？但引弟又疑惑了，既然有这么多金子，爹为啥老叫穷呢？就说：“顺爷爷说，这叫沙驴棒子。”

白福吃了一惊，前后左右望了几眼，又怪怪地望引弟。

“这个……他们……那个当然是沙驴棒子……这可是金子呀。”白福拣起一个，狠狠折断，寻了许久，寻出个针尖大小的亮星，说：“瞧，这就是。带回去，用水泡了，把泥清掉，澄下的，就是这。一撮，一撮，又一撮，就一大把了，用铁勺子盛了，放火上烤，一会儿就一大块金子了。”

引弟信了。她见过一个铸铝锅的，就像爹说的那样，用铁锅盛了铝，放火上，烧呀烧，一会儿就烧成亮亮的一锅“水”了，往模子里一倒，不一会，嘿，就成个铝锅了。

引弟想，以后，妈妈就不愁钱了。爷爷奶奶也不愁钱了，莹儿姑姑……好多人就不愁了。自己也不用长大了。天天来背这有金子的沙驴棒子，背回去泡了，澄了，换了钱……引弟想痴了。忽然，她说：

“爹，你坏……”

白福吃了一惊，脸白了，又望望四周。

“你为啥……不早说呢，这么多金子，爷爷就愁不白头发了。”

白福不知说什么好，张了口，很蠢地望引弟。

“这……这……”

引弟拧了眉头，想一阵，才笑了：“我知道，人参娃娃……”

“啥人参娃娃？”

“这东西，也像人参娃娃。莹儿姑姑喧过的。人抓不住，一抓，嗖——，就不见了。只有好心的娃娃才能见到。对不对？爹。”

白福痴了，许久，才叹息道：“精灵鬼。丫头，你是个精灵鬼……你咋知道这么多，嘿，还真是的。”

“那我就是那个好心娃娃了。我抓了他们，他们会不会死？爹，你可别当那个坏人呀。”

“哪能呢？他们多孤单呀，瞧，这儿又冷……那个……带回去，洗了身上的脏东西，他们才俊呢。”说着，白福懊恼地晃晃脑袋。他望望悬山的太阳好大会子，嘴里咕咕哝哝，不知说了些什么。

“带红头绳没？”引弟问。

“干啥？”

“拴呀。那人参娃娃不拴，嗖——就不见了，红头绳一拴，他就跑不了。莹儿姑姑说的。这金子娃娃，肯定也这样。”

“……也好，丫头，我去取红头绳，你就看着他们，别叫跑了。成不？”说着，白福忽然哭了，牛吼一样。

“丫头，我不是人……可……下辈子，投个好人家吧。”

引弟吓坏了，小心地望一眼爹，说：“爹，我又没说不看的话。爹，你放心去，我……哪儿……也不去。”

8

夜幕降临了。

沙山上很红的几抹光也叫夜气淹了。空气变成了凉水，漫过来，荡过去，不一会，引弟就打哆嗦了。爹穿走了他的大棉袄。是引弟硬叫穿的，爹拧了一会儿眉，就穿了。引弟的牙齿虽然打架，可她想，爹不冷就好。爹多好，爹给我买方便面呢。那么好吃的东西，香到脑子里去了。引弟笑了。引弟觉得笑起来没平时那么顺溜，牙巴骨似乎有些硬了。

月牙儿挂在天上，像一块冰。引弟望一阵，想，月亮牙牙是不是也在等他爹，等呀等，等不到，就哭了。瞧，那泪珠儿就成星星了。引弟就想，月亮牙牙好可怜，流了那么多眼泪，变了那么多星星。可为啥莹儿姑姑说“地上有多少人，天上就有多少星星”呢？也许，莹儿姑姑是对的。莹儿姑姑没骗过引弟，引弟信姑姑的话。那么，妈妈是哪颗星星呢？灵官舅舅是哪颗呢？莹儿姑姑是哪颗呢？她肯定是最漂亮的那颗。爷爷奶奶肯定是老星星了。星星老了，一定就长胡子了。引弟想，扫帚星可能就是长胡子的星星了。奶奶老在背后骂妈扫帚星。引弟心里说，奶奶，你才是长胡子的扫帚星呢。她笑了。

引弟就一个个给星星安名儿了，这是妈妈，这是灵官舅舅，这是莹儿姑姑，这是顺爷爷……，到后来星星就哗哗哗地乱跑了。引弟的眼就花了。她想，你们跑啥呢？是不是也像人那样串门呢？对了，人一串门，他的那颗星星也就动了，你来我往的，不乱才怪呢。

望一阵，引弟又觉出了冷。脚冻木了，她就跺脚。身子也煞凉煞凉的，她就使劲地跳，边跳边安慰自己：爹就来了，你急啥哩。爹走路快，一蹿，一截子；一蹿，又一截子。她甚至“看见”了大步流星的爹呢。

9

望望脚下的一堆“金子”，引弟很高兴。不管咋说，爹总算找了这么多金子，带回去，化成泥水，怕能澄好厚一层呢。妈妈该多高兴呀。引弟想，爹带我来，一定是因为我是个好心的孩子。那个坏人抓人参娃娃时不就用那个好心娃娃吗？想到这里，引弟有些内疚，觉得自己对不起金子娃娃。他们肯定也和人参娃娃那么好。放火上烤，他们疼不疼呢？一定疼的。一次，一个火星迸到她手上，她疼了好几天呢；就又为金子难受了。她想，还是别烧了，就这样卖了，少卖几个钱也成，叫金娃娃少挨些疼。

风大起来，地叫着，卷向引弟。她连气都出不来了，她打个寒噤，使劲裹裹衣襟，可仍是冷。引弟眼泪都流出来了，她忍了又忍，才没有哭出声来。引弟抹把泪，四下里望望，想找个避风的地方，可又怕这些金娃娃跑了。他们会不会跑呢？说不上。引弟觉得自己的心已“坏”了，有“贼”心了。金娃娃早知道了，他们肯定要跑。一跑，爹又要不高兴了，爹又要蒙头睡了，爹又要打妈妈了，爹又要喝神断鬼地骂奶奶了。引弟说，金娃娃，委屈一下吧。

我不好，可……可……我们是朋友，帮帮我，成不？引弟看到金娃娃笑着点头，引弟就笑了。

“谁叫我们是好朋友呢？”她想。

爹还是不来。

臭爹。

引弟快冻僵了。引弟的脸上有针扎了。引弟的小手冻木了。引弟的身子冻成冰棍了。她把小手放到嘴上，不停地哈气，可还是冷。引弟想，怕是快成冰棍了。想到冰棍，引弟又想起了村里学校门口的那个卖冰棍的。引弟一直没吃过那白白的、或是黄黄红红的冰棍。啥味道呢？引弟想痛了脑袋，也想不出冰棍究竟是啥味儿。这下，引弟明白了，它一定是手的味道。引弟的手已冰成了冰棍，吮吮它，不是跟吃冰棍一个味儿吗？

爹，臭爹，瞧，我吃冰棍哩。你眼热不？

一种怪怪的声音传来，像是啥在叫。风一下子大了，沙子扑打在引弟脸上。她很害怕。她想到了莹儿姑姑讲过的狼外婆。引弟好怕狼外婆。姑姑说狼外婆要喝血哩，咕嘟咕嘟的，像喝山芋米拌面一样；还吃指头呢，跟吃大豆一模一样，喀嘣喀嘣的。好吓人。引弟没见过狼，可见过狐子皮。狼外婆是不是跟狐子一样呢？若是，倒也不怕它，可引弟说是不怕它，心里却总是害怕。一想那狼外婆要吃指头，引弟的头皮都麻了。又想，指头早冰成冰棍了，你吃，不崩掉牙才怪呢。一想狼外婆崩掉了牙的怪样子，引弟就想笑了。哪知，嘴一张，发出的却是哭声。那哭声，倒把引弟吓坏了。

“妈妈——”她哭叫。刚叫出口，连她自己也奇怪：她等的是爹，为啥又叫妈妈呢？

心里虽奇怪，口中却不由自主地哭叫：“妈妈——妈妈——”后来，引弟索性大哭了。

哭声满沙洼响，回过来，荡过去，就一沙洼哭声了。

不知过了多久，又一阵更大的风啸卷而来，沙子泼水似的打到引弟脸上，把哭声给打没了。引弟咧咧嘴，用小手捂了眼睛，却觉得挨到脸上的是土块，木木的。沙子打过的地方也不显疼了。引弟咬咬小手，也觉不出疼，仿佛真成冰棍了。这下，更不怕狼外婆了。引弟想，你不怕崩掉牙，就咬吧，你肯定也没吃过冰棍，肯定。来，尝尝。引弟替狼外婆吮吮手指。这下，她笑了，真正地笑了。

臭爹还是不来。

月亮牙牙已经不见了。天比奶奶灶火里的锅底还要黑。引弟想，一定是天狗吃了月亮。奶奶老说这话。天狗是啥？引弟不知道，她想，肯定和狼差不多。狼呢，奶奶说跟狗差不多。引弟最喜欢的，就是家里的海棠狗娃儿了，身子黑黑的，白花花，嘴头也花，可好玩啦。它一见引弟，就摇尾巴，就用那个红红的长长的舌头舔她的脚心，痒酥酥的，怪舒服。引弟想，说不定那个天狗就是狼外婆，害怕咬她小手手把牙崩掉，就去咬月亮牙牙了。引弟嘻嘻笑了。

引弟四下里望望，啥都望不见。没有一点儿亮了，除了风，就是沙。除了黑，就是冷。狼外婆于是远了，近了的是鬼。引弟最怕鬼。引弟不知道鬼是啥，但还是最怕鬼。引弟想，刚才叫的，一定是鬼。因为狼外婆不那样叫。狼外婆会变成奶奶的样子，笑眯眯地叫："引弟——，引弟——，开门来。"它肯定不敢大声叫的，声音一大，就露馅儿了。它也不敢转身的，一转身，尾巴就露出来了。这些，都是莹儿姑姑告诉她的。那么，刚才叫的，肯定是鬼了。引弟的头发和汗毛都奓起来了。

"呜——"那鬼，又怪叫一声。

引弟哭了。她由不得自己了。她本来不想哭，可是嘴硬哭，她不哭也不行。引弟没法，就只好由了嘴死命地哭去。哭一声，她叫一声"妈妈"。这也由不得她。她本来想叫"爹"的，可嘴硬要叫"妈妈"，引弟也没法。一哭，一喊"妈妈"，倒把心里的鬼哭没了。

月牙儿又探出个梢儿了。风小了，却冷得木了。想来那鬼也叫冻跑了，声音渐渐小了，最后悄声没气了。可臭爹仍没来。好在引弟的身子早木了。木了好，木了就不太冻了。四下里望望，尽是模糊。那月亮牙牙的光，还没到地上，就叫沙子吸干了。

“怕是臭爹睡觉了，忘了我了。”引弟知道爹的瞌睡重，妈妈老骂他“瞌睡包”。

想到爹的瞌睡，引弟也迷糊了。她努力地摇摇头。臭爹，你个瞌睡包。可别在路上睡觉呀，没被子，会冻坏的。一着凉，你就吭吭吭地咳嗽了，清鼻涕水一样淌了。你个瞌睡包臭爹。

忽然，引弟咯咯笑了。这笑，更是由不得自己了。引弟吓坏了。因为她听顺爷爷说过，冬天进沙窝，最怕笑，一笑，就要死了。引弟不知道死是啥，但知道它肯定不是好事，因为村里一死人，就有好多人哭。引弟努力地晃晃小脑袋，想说，我可不想死呀，妈妈。可嘴里发不出声，像是嘴冻硬了。她用力掐掐脸，也无一点感觉，心里却不停地念叨，我不死，妈，我不死，妈妈。嘴里仍不由自主地发出笑声。

引弟一边咯咯地笑，一边望那些“金子娃娃”，心里念叨：“你们可别乱跑呀。你们怕冷，是不是？不要紧，有我呢。”她费力地蹲下身，费力地坐下，费力解开上衣扣子，费力地把那些“金娃娃”捡了，一个一个地，揽在怀中，像她妈搂她那样，裹了衣襟，紧紧地抱了。

“这下，你们不冷了吧。”她想。

浓浓的睡意像一张大网，渐渐地罩了引弟。

那笑却不停，像惨叫的野兔一样，瘆怪怪蹿出老远。

10

第二天，同村的打沙米的人才在沙洼里发现青紫青紫的引弟。他们死活不明白，这娃儿，为啥解了扣子，贴身搂了那些沙驴棒子。

“遇鬼了。这娃儿遇鬼了。”一个说。

“就是。听说，那沙湾的王秃子，还吃过淤泥呢，边吃边咋呼：‘哎呀，亲家的好长面。’……鬼迷心窍了。”另一个说。

妈妈……妈妈……

白福家于是闹翻了天。

兰兰也像引弟那样瘆怪怪笑，边笑边望白福。

白福慌张地说："望我做啥呢？……前天，我喝酒去了。不信？你去问肉头。……我咋知道她去了哪儿。"

"肯定，鬼迷心窍了。"那个报信的说。

笑一阵，兰兰就不笑了，坐在炕上，像泥胎。好久，才撕心裂肺地叫一声："引弟——"随后是一阵嚎啕。她边尖锐地哭叫，边用头撞墙。

哭了半天，兰兰收了哭声，木然地下了炕，穿了鞋。她瘆怪怪笑着，阴阴地望白福。

白福慌乱地躲避她的目光："做啥哩？你逼命不成？"

兰兰阴阴地瞅一阵白福，又阴阴地瞅一眼地下的八仙桌，猛地，她厉叫一声，扑过去，小腹撞向桌子角。

一声惨叫。兰兰晕了过去。

当夜，她就流产了。

第 十 五 章

1

憨头摸到肋部的那个疙瘩时，并没有当回事。他只把它看成寻常的疙瘩。在一阵剧痛渐渐平息下去后，他便将它扔到脑后。第二天吃饭时，那部位却又隐隐作痛了。“怪惊惊地，这儿出什么疙瘩？”他说。“清早晨，用臭唾沫抹。”老顺说，“啥疙瘩都怕臭唾沫。”

憨头说：“又不是皮上的疙瘩，好像是肉里头的。还怪疼呢，一阵一阵的。”灵官妈心里咯噔一下，说：“越怕啥，啥越多。以前的病还没好，又生上新的了。”憨头笑笑，说：“一回事。我估摸，就是这疙瘩作怪。怪不得这么疼。你想，肚里出个疙瘩，不疼才怪呢。上回，脖子里出疥子，煨脓时，也把我疼了个二眼麻达呢。”灵官妈抽了一口气，半晌，才说：“咋？疙瘩是肚里出的？”憨头说：“我估摸是肚里。谁知道呢，反正是经常疼的那个地方，肋窝里。早知道生疙瘩，就不吃药了。生脓叫它生去，放了脓就好了。白花了好些钱，疼还得挨。”

灵官妈叫憨头脱了衣服。憨头指指右肋。妈按几下，老顺也按几下。憨头咧咧嘴，抽着冷气。“啥时候长的？”妈问。憨头说：“我也是夜黑里才摸着的。可能快熟了。听说煨脓疼。犁种那几天，可把我疼了个苦。”妈说：“没有熟。脓熟的话，就软了。好像还硬着呢。不过，脓熟了，一放，立马就松活了。”

灵官过来，按按憨头肋部，心里一晃，但强迫自己不作不吉祥的判断，只说："煨脓也罢，得叫大夫看。"憨头哟一声，说："又要白花钱。"灵官说："啥叫白花？该花，还得花。明天，我带你进城。""进城？"憨头叫起来，"不，不，坐车啦，吃饭啦，又得花不少钱。算了，乡里看一看。"

老顺发话了："乡里那些吃坏山芋的，能顶个啥？花钱就花到地方上。城里看去。"憨头不再说啥。

猛子心不在焉地吃完饭，把碗一扔，懒洋洋说："也用不着小驴娃放屁，自失惊。不就一个疙瘩吗，等脓熟了，找个针管，一抽，把脓抽掉，不就行了？还用得着这么大惊小怪？"说着，掏出几块钱："赢的。白狗那孙蛋的。"扔到桌上，讨好似的望老顺一眼。

妈说："你个没心肺的，刚吃白狗的亏，又和他闹哄上了？"猛子说："那有啥？男子汉大丈夫，不就头上开个口吗，记啥仇？"老顺哼哼两声："好，好，等他把你的脑浆倒掉，你才有个记性。"

灵官妈嗔道："你说话注意些。娘老子嘴里有毒哩。"老顺说："上回我总没咒他吧？咋？还不叫人家打成个血葫芦。怪就怪你不争气的爹爹，怪老子干啥？"灵官妈说："是我的爹爹，还不是你的爹爹？"

灵官笑道："算了，算了，提起箩儿斗动弹，扯那么远干啥？谈啥就谈啥。"猛子说："就是，不要动不动就'爹爹'、'爹爹'的，我们可没给人当啥爹爹。"

灵官妈瞪猛子一眼，说："别耍贫嘴了。去，装袋麦子，粜去。"老顺说："就那三颗猴食了，动不动就粜。总不能扎住喉咙。"灵官妈说："不粜？搬个肋巴又当不了钱。"憨头说："不粜了。吃药白吃。几百块花了，顶了个啥？"老顺说："我又没说不叫你进城的话，我是叫你妈把压箱底的存货拿出来。""存货？有。"灵官妈道，"脚后跟上的皮存了一寸厚，可人家不要。"

夜里，老顺躺在炕上长吁短叹。灵官妈也睡不着。老顺说："老婆子，我估摸娃子的病有些麻烦。"灵官妈一骨碌爬起身："你不要吓我。这几天身上的肉老跳。心里本来就毛得很，你一吓，魂都怕没了。"老顺说："皮肉上出疙瘩还好，要真是肚子里出疙瘩……弄不好……得开刀。"灵官妈长哟一声：

"那又得花多少钱呀？"老顺叹口气："多少也得花。反正，就我们两把老骨头，能榨多少油，榨多少。还有那两个爹爹的媳妇……哎，想想都叫人心里发毛。"灵官妈说："我愁的是娃子的病，心捏成个醋蛋儿了。媳妇嘛，拆房子卖地，挖窟窿借债，也得娶。谁家是攒下一疙瘩钱才娶的？先借上，慢慢还……可娃子的病，总叫人心里猫娃儿抓。"老顺说："就算抓烂有啥用？该咋的，就是咋。愁也白搭。不过说来轻巧，不愁也由不得。我的心也没安安稳稳放到肚里。嘿，穷了穷些，没啥。少害病，也还能凑合。土里滚也罢，泥里钻也罢，好歹也是一辈子。可老天偏偏不叫你穷凑合，偏偏要给你生发一些事情，叫你活不上个安稳人。"灵官妈说："就是。活五六十了，我就没觉出哪一天安稳过。娃娃们小的时候，吃上顿，愁下顿，愁了吃的，又愁穿的。等娃娃们大了，愁媳妇，还要愁孙子——兰兰的事也懊恼，一想，心里就灰溜溜的——忽而你头疼了，忽而我脑热了。你说，能叫人安稳？"老顺说："就是。活了几十年，没活出个味道。常年累月，愁这个，愁那个。想想，真没意思。"灵官妈说："要啥意思？人本来就是个混世虫。混就是了。混出名堂也混，混不出名堂也混。混上一天是两半日子，临完了混上四块棺板。"

老顺长长出口气，爬起身，蹲到炕沿上，抽了一阵烟。远远地，传来一阵狗叫。此外，也没听出啥别的声音。老顺说："不喧了，啥都不喧了。越喧越恼苦，还是稀里糊涂活好。"说着扔了烟锅，钻进被窝，再也没有说话，但却翻来覆去了半夜。

2

次日上午，灵官、猛子、莹儿去下了种的地里打土块。五子又放火了。火刚着，便被憨头发现。五子一溜烟跑了。憨头扑灭火后，仔细翻着那些燃过的麦秸，看看留没留下火种。毛旦摇晃着身子过来了，一路冒着怪声：

往前瞭——来是戈壁滩——

往后瞭来——是嘉峪关——

两边看是两架山——

抬起头——来是一绺绺天……

看到憨头，毛旦开玩笑道：“哎呀，憨头，好你个憨头。你还消闲个啥哩。你咋放心叫你媳妇和灵官在一起干活？你可小心呢。棉花见了火要着的。嘻嘻，留神人家插上一腿。”

憨头不理毛旦，只顾用铁锨拨拉那一堆堆麦秸。

“咋？不信？我可亲眼见他们亲亲热热说话呢。那个亲热法，嘻嘻，树上的鸟儿成双对哩。……哎，咋不见你媳妇和你那样呀？”

憨头黑了脸，低声道：“闭上你的臭嘴！”

“哟，我的嘴当然臭。可灵官的不臭，对不？人家可嘴唇红丢丢的，牙白汪汪的。你也不怕他们那……个那个……”毛旦见自己的话有了反应，越加有了逗引他的兴趣。

憨头抬起头，眯着眼，一字一字地说：“你再说！再说！”

“嘻嘻，你怕啥？小叔子搞嫂子，世上好少的。再说，那有啥呢？拔了胡萝卜，有窝窝儿在呢。”

“你个驴日的。”憨头低哮一声，扔了手中的锹，豹子似的扑了上去，按倒毛旦，一下下扇他的脸。“叫你说！叫你说！”扇一下，说一句。

毛旦挨刀的猪一样叫了几声，说：“我开玩笑。你当真呀？哎哟，你当真呀？哎哟，好心不得好报。哎哟。”

憨头连扇了十几下，才住了手。毛旦的脸颊红了，高高地肿了。他爬起身，捂住脸道：“好个憨头，你真打呀。你真打呀？日你妈，开个玩笑，你真打呀？”

憨头黑了脸望地面，鼻子里出着横气。

灵官们收工回来，听到毛旦嚷嚷，又见烧残的麦秸，吃了一惊。毛旦说：“你说灵官，我不过开个玩笑，他真打我，赏了我好几十个饼子。你说，这憨头。我不过是开个玩笑。”

“啥玩笑？”灵官问。

“我只说——”毛旦刚说了三个字，憨头又怒哮着扑了上去。毛旦早有防备，兔子似的跳远了。“我只说……”他又刚说了三个字，憨头拾起铁锨，向毛旦投去。毛旦朝旁边一跳，锨头竟将一棵小树铲折。毛旦唬白了脸，不敢再饶舌，走一步，跳几跳，逃得很快。刚转过墙角，又听到他那牦牛嗓子的吼叫：“往前瞭——来是戈壁滩——”

3

望一眼灵官和莹儿的背影，憨头的心绪很复杂。他长叹一声，双手抱头，仰面躺在麦秸上。他又想到了自己的病。在他的印象中，莹儿不是实体，只是个飘飘忽忽的影子。他一刻也没有抓住过她。无论想到她，看到她，还是摸到她的时候，总是这种感觉，觉得她总有一天会飞走，像上天的气球一样渐渐消失在碧蓝的空中。她很使他自卑。绝不仅仅是自己有病的缘故。她的一切都显得那么好，文静，美丽，总是那么悄声悄气地飘来飘去。她仿佛没有烦恼，没有脾气，甚至没有形体。他有过许多难堪的无地自容的时刻，她依然是那么静静地劝慰，声音也是那么悄声没气柔到极致。没有一点埋怨的意味，甚至没有叹气。他在感到温暖的同时，又感到一丝悲哀。他知道这意味着他对她没有吸引力。一定是的。他那么蠢，木讷，连走路都笨笨拙拙，显不出一点潇洒。他很羡慕灵官走路时的那份洒脱，可他做不到。他仿佛天性中就没有洒脱的基因。在无人处，他也试着走过几步，但马上就红了脸。

没治。我天生是个榆木疙瘩。他越加感到自卑。

憨头认定自己配不上莹儿，就像他也知道白福确实配不上兰兰一样。他的心上永远压着一块石头。无论想到妹妹，还是想到莹儿，他都有这感觉。对妹妹，他不配做兄长；对莹儿，他算不上个丈夫。他觉得自己简直不是个人。他后悔当初父母提出换亲时他没有强烈地反对。当时，他也觉出了不般配。但他爱那个眼睛大大的，睫毛长长的，有个玉雕一样秀气鼻子的姑娘呀。真的。

想到她，都透不过气来。结婚那天，他不停地问自己，这是真的吗？不是做梦吧？他一下下咬自己的舌尖。咬疼了，觉得是真的；不咬了，又觉得是梦。他就这样在梦梦幻幻的感觉中进入了一个难堪的境地，终而进入了痛苦。

婚后三天，他一直不敢碰裹着被子睡的莹儿。他把吃奶的劲儿都用上了，也不敢。第一夜，他听到了莹儿的叹气。他怀疑她在叹自己嫁了这么个蠢货。他想，一定是这样，难怪她叹气。这一想，便越加小心地屏息，受刑似的保持一个固定的睡姿。他怕翻身会吓了她。

第四天晚上，他之所以敢碰莹儿，是因为白天北柱他们的调笑。北柱问新媳妇叫了没？憨头不解啥叫。北柱解释说舒服得叫呀，问问她，是不是“舒服得不敢给娘家人说”？他说他女人第一天就叫“要死了，要上天了”。他因此怀疑她是个烂货。没叫？那是你功夫没到。功夫到了，她不叫，由不得她。哈，男人干的，就那个味儿。女人不叫，奸尸呀？北柱说。

那天夜里，憨头惊奇地发现，莹儿在灯光下脱了衣服。前几夜，她总是在熄灯后才窸窸窣窣。今夜，她那么自然地脱了外衣外裤衬衣，只穿着背心儿和红线裤钻进了被窝。他觉得她看了他一眼，但马上便又怀疑她是不是真看了。然后，她灭了灯，依旧长长叹了口气。

憨头觉得心用力砸着胸膛，咚咚声很大。他眼里是一片耀眼的红。那是她红线裤的颜色。奇怪的是，最叫他激动不已的是她线裤的颜色，而不是裸露的肌肤。那红色一直进了他的心，又在腹里荡了起来。血液也燃烧了。

他的手臂伸缩了多次。每一次伸缩都使他的精神趋于崩溃边缘。心似滚雷，像要破膛。耳旁分不清是洪水还是雷声。他快要窒息了。于是，他一次次退缩了，而退缩后又马上恨自己。因为那每一次前伸，都是一毫米一毫米相接而成。每一毫米又几乎耗尽他全部的生命能量。积蓄一次，消耗一次，无数次艰难行进，却一次次无功而返。这使他懊恼万分。就这样，在第四个寂静却又喧闹无比的夜里，他把心挑在指尖上，伸伸缩缩到后半夜，才触着了那个咫尺天涯的被窝。

莹儿没有动，没有迎合，甚至没有反应。但因终于捅开了那张纸。他的身子随后挪了过来，钻进了她的被窝。他惊喜地觉得她也抱住了他。

他一直闹不清楚自己的病究竟是何时得的。一触到那个滚烫的身子，他就虚脱了，仿佛体内的血已经沸腾激荡到了极点，一挨她的身子，就崩溃而出。那真是崩溃。他的激情、他的快乐，以至于他的自信都随这一次崩溃而全面崩溃了。他浑身是汗，口干似烤。听到她不堪重负的喘息后，他觉得连挪身子的气力都没有了。

天呀。他记得自己叫了一声。

他就这样彻底地崩溃了。他无法占领他应该占领的那块土地。无论有多少激情，他都无法。渐渐地，连激情都没了。

他一直在探究自己的病因，但一直不得要领。他怀疑自己是不是岁数大了，又怀疑是不是那夜太急了，但他认为最大的可能是在十年前的某个夏天，在大沙河救一个落水的丫头时得的。他记得他浑身是汗。跳进冰冷的水里时，他觉得体内钻进了许多东西。最明显的是脚心里有条冰冰的虫子一直钻到腰里。他从此感到腰疼，尿憋，发冷。这症状，好像没有彻底消失过。

一滴眼泪不知何时滚出眼角，滚下眼睑。憨头感到一阵清凉。他努力不去想那些事。天很蓝，蓝出一种旷达深邃，空荡荡的高。云在奔驰，很急，像渴极了奔向河边的羊。看一阵云，憨头心里才好受了些。

没意思了，活到这个份儿上。他想。

听到妈妈喊他吃饭的声音，他起了身。头闷闷地痛。太阳当空叫着。

4

吃午饭时，憨头喧了五子放火一事。老顺、猛子欷歔几句，都说幸好叫人发现，不然点了房子，真是麻烦。灵官则被憨头和毛旦的纠纷弄得心绪不佳。他估计毛旦肯定说了他和莹儿如如何何的话。当然，毛旦绝不是有意挑拨兄弟关系，他只是喜欢捉弄别人，“开个玩笑”。吃饭时，憨头一反常态，故作轻松，把放火的过程渲染了一番，仿佛并不把方才的纠纷放在心上，但这正好说明他心里很在乎而极力掩饰。灵官自然由此推测出了纠纷的原因，心中感到疙里疙瘩憋得慌。

午饭后，老顺打发猛子去借钱。灵官妈叫灵官和莹儿到地里打土块。灵官顶了一句："我又不是驴。"老顺说："你以为你是啥？认命吧！"灵官懒得再理会，提了榔头出门。

三月里后晌的日头爷焦炸炸地亮，喧闹似的，直在灵官脑中轰。满世界噪声。他望着远处一排排条田和黄澄澄起伏而去的沙岭，想到自己要像磨道里的驴一样在这个既定的轨道上转一辈子，一股浓浓的悲哀漫延开来。当命运把他抛到这块土地上时，他曾有过的那些所谓理想只成了记忆屏幕上嘲弄他的黄晕。他索性将榔头扔到一旁，躺在地里，闭了眼，任自己心中的郁闷随着忽然涌上的泪水流出。

"哟，睡觉到大书房炕上去，充名无实到地里来干啥？"听到莹儿水一样的声音，他很快抹了泪。

看到她盈盈的笑脸，灵官心里轻松了许多。她已经成了他孤寂中的安慰。忽然，他想到中午毛旦与憨头的纠纷，心中一沉，叹口气，说："你知道毛旦今天和憨头说啥吗？"

莹儿说："他说啥说啥去。我知道那么多干啥？"

"他肯定说我和你的事。"

"他爱说啥说啥，嚼烂舌头拌碎牙，管他。"莹儿望一眼灵官，笑了："咋？你是有啥亏心事，还是咋的？"

灵官叹口气。他总觉得愧对憨头，而且他觉得家中每一个人都发现了他们的事，都心照不宣似的。这使他很难堪。他觉得脊背上有许多双眼睛。

"其实，你不是正经得像个泥神爷吗，怕啥呀？"莹儿瞪了灵官一眼，"心里没冷病，不怕吃西瓜。你难道心里有啥冷病吗？"她认真地望着灵官。

灵官叹口气。

"说呀。一个大男人有话就说，咋成缩头乌龟了？"

灵官抱着头，蹲起。

“撒懒？瞧，活脱脱一副泼皮相。你再说一句‘给，任杀任剐由你了’，就更传神了。”

灵官哭笑不得：“饶了我，成不？”

“我咋了？缠你了？跟你了？打你了？骂你了？说呀。”

“哎哟，我的姑奶奶，平素你悄声没气的，谁能看出你长个刀子嘴呀？这下你可原形毕露了。有个电影，叫《画皮》，看了没？一个魔鬼，一穿上画的皮，就成美女了。”

“是吗？那就是我了。这么说，我也算美了？在你眼里？”

“不是算不算，本来就美的。你想，画皮，能不美吗？”

莹儿笑了，忽然拧眉不语。许久，才缓缓说：“你是真那样认为，是不是？你真以为我只有张人皮，是不是？你是说我白披了张人皮，是不是？你把我当成轻浮下贱女人了，是不是？”随着一个个“是不是”，莹儿的声音越来越软，最后一句竟接不上气了。

“怪不得——”她说。眼里汪了泪。

灵官慌了。不过，他很快明白了，她和他一样，无论表面如何，骨子里却有种犯罪感。她最怕别人把她当成轻浮的坏女人。她的心上也背着一个沉甸甸的十字架。

灵官故作轻松：“瞧你，开玩笑就开玩笑，咋当真了？一本正经了，你说我是泥神爷。开个玩笑，又当真。以后咋侍候你呀？姑奶奶。”

莹儿却不笑，只是自言自语：“以后……真有以后吗？你是不是那样看我？我真的是那样的人吗？怪不得……”

“看你，谁说你是那样的人了？你聪明，懂事，纯洁，是最完美的女人。行了不？你呀。”灵官戏谑道。

莹儿的脸又红了，说：“你又在讽刺我，嘲弄我，说反话。你是说我不善良，不聪明，不懂事，不纯洁，对不？就是，谁叫我那么贱地待你呢？男人就这样。得到的，都不是好的。”

灵官哭笑不得，不知道说什么好。

“你叫我一辈子守个木头，死人似的，就聪明了，善良了，懂事了，纯洁了。是不？”她竟哭出了声。

灵官慌了神，看看四周。远处的地上也有人。他只能困兽似的在地里转圈子。

莹儿抹去泪花，说：“你也用不着假惺惺地安慰我。我知道我在你眼里算不了啥，连个虫子都不如。我知道你是个君子。我还知道你爱月儿。当然，人家是天鹅，我是母鸡。人家是灵芝，我是臭蓬蒿。当然了，你们青梅竹马，两小无猜。我不过是旋风刮来的一根野毛。”

“你看你。”灵官苦笑着，“你说到啥地方去了？没影子的事，胡诌啥哩？”

“啥没影子的事？你以为我看不出来？怪不得……”

灵官的内心很复杂。他看得出来，莹儿爱上了他。这自然该是高兴的事……可她的身份……多么尴尬。他很怕，怕他和她陷进这个泥坑不能自拔。那将是很糟糕很尴尬很苦恼的结局。此刻，当莹儿的忌妒心理如此明白地表露出来，等于在告诉他“我爱你”之后，灵官越加慌乱。

“其实，有啥话你明说好了，根本用不着避忌。反正我也明白你心里想的是啥……你明说好了。”莹儿泪眼婆娑地瞟了他一眼。

“你让我说啥？”

“说啥？你爱说啥说啥。心是你长的。嘴是你长的。”

灵官笑道：“你有完没完？玩笑归玩笑，你咋动真了？我看你真是没治了。”

莹儿望他一眼，抹去泪，抿嘴笑了，说：“你说啥也成。画皮也罢，恶鬼也罢，我都不会在乎的。你咋看我就咋看。我又不能钻到你心里，在你心上钻个洞，把我的想法放进去。可也由不得我。我是说，我的心也由不得我。”说罢，她长叹口气，眼里又蒙上了水汽。

“好了，好了。”灵官说，“瞧你，又来了。”

莹儿说：“其实，女人都有女儿心，只是它隐得很深，轻易不露。得到了女儿心就是得到了爱。对不？你不看，电影上相爱的人总是撒个娇赌个气什么的，那可由不得自己。”

灵官望莹儿一眼，说：“女儿心就是往死里气对方，冤枉别人，喜怒无常？”

莹儿抿嘴一笑：“这可说不准。我说过，那由不得自己。要是由得了自己的话，就不是真的女儿心了。上学时总爱看《红楼梦》，一看就着迷。父母不让看，头就躲在被窝里打着手电看。你看那林妹妹爱使小性儿，就是女儿心。宝姐姐就没有女儿心。”

灵官说：“这可怪了。我一看《红楼梦》头就疼。你却读得津津有味，怪事。”

“那是你天生就没那种禀性。松木杆子柳木桶，千提万提提不醒。天生的榆木脑壳。”莹儿笑了。

灵官笑道：“还是榆木脑壳好。省事。活着够累的，还要体会你喜怒无常的这个心那个心的，多累。人不过几十年个物件，何不轻省些活。”

“正因为这样，才要好好活呢。不然，枉活几十年，白转了趟人世。”

“也倒是的。”

莹儿不再说话，眯了眼，望望远处，轻轻叹口气。灵官知道她的心事，有心劝，又不知如何去劝，索性不理她。

灵官默默打一阵土块，身上已发汗，见莹儿仍在发呆，遂道：“别没事找事了。想那么多干啥？”

莹儿说：“你当然可以不想的。你哪有心呀。”

“没心倒好了，省得烦恼。想透了，啥也没意思。爱也罢，情也罢，都是虚幻不实的东西。”

“你真那样认为？”

“当然。不过……书上这样说的，由爱而生忧，由爱而生惧。若无爱，便没有许多懊恼。”

“倒也真是。当初，糊糊涂涂，也过了那么多日子。现在明白了，反倒度日如年了。算了，不想了。到哪步，算哪步。”

“就是。多想没意思。”

“你当然没意思。得到的，当然没意思。有意思的，是可望不可即的。”

莹儿跺一下脚，使着性儿干起活来。

“瞧，又来了。啥都是你提猴猴拔蒜蒜先说的。人一接口，你又不高兴了。”

“你那个接口是真心的？”

“你难道不是真心的？你一直跟我说假话来着？”

莹儿笑了：“当然。人家是试探你。这叫引蛇出洞。”

“你才是蛇呢，美女蛇。”话一出口，灵官想起方才有关画皮引起的口舌，不觉伸伸舌头。好在莹儿兴致很好，这次倒没在乎，反倒唱起来了——

青石头峡斧头响，
脚踏（着）牡丹树上。
心儿里没想骨头里想，
相思病骨头里渗上。

墙头上蹲了个黑猫儿，
我当成守门的狗了。
爪爪儿趴在墙头上，
我当成阿哥的手了。

烂木头搭下的闪闪桥，
我当成常走的路了。
我当个金山把你靠，
你咋像雪山（着）化了？……

5

次日，灵官领憨头进城，到地区医院，带他到一个老大夫跟前。大夫摸摸憨头的肋部后摇摇头。灵官问了几次，却没问出个名堂。憨头说：“放心说，大不了是癌症。就是癌症，也没啥。八十也是死，一岁也是死。我好说歹说，也活了一场。”大夫笑了：“你倒想得开。也许没那么严重。不过难说得很，最好做个B超。”憨头问：“那得多少钱？”“不多，四十几。”“哟，又涨价了？”憨头伸伸舌头。大夫说：“你总共花了多少钱？”憨头说：“花了个蝎虎，怕好几百呢。”大夫笑了：“顶用吗？”“顶啥用？”憨头气呼呼道：“不吃药还倒好，吃来吃去倒吃出疙瘩来了。”大夫笑了：“就是呀。检查不清楚，瞎吃药咋成？要是你早做了B超，早治好了。”憨头一听，后悔自己没早些检查，不再说啥，等大夫开了单子，就去交款。

大夫问灵官：“那是你的啥人？”“哥哥。”大夫望着灵官的眼睛说：“他的病有些麻烦。”灵官头皮一下麻了：“究竟是啥病？”大夫说：“有三种可能，一是肝癌，二是肝硬化，三是肝包虫……他是不是到过草原牧区？”“没有。”“没有就麻烦了。要是肝包虫倒好，手术动好点就没事了。要是别的，可就麻烦了。他爱喝酒不？”“不喝。”大夫望望灰了脸的灵官，笑着安慰道：“也许不要紧。做个B超，拍个片子。片子出来就知道了。”

做了B超，看了片子，大夫说：“可能是肝包虫。得这病的人多。吃了米星猪肉，就得这病。”大夫又认真地摸了摸憨头的肋部，强调说：“肯定是肝包虫。要是肝癌，这疙瘩就没这么规则，没这么光滑。再说，你的岁数不大，又不爱喝酒。按说，不容易得癌的。”灵官一听，把心上的石头放下了。憨头也露出了笑：“就是，早检查多好。开点药，把那虫子打下，省得我又花钱又挨疼。”大夫和旁边的几个白衣服都笑了。大夫说：“想得太简单了，你以为吃一点打虫药就能把虫打下来？”憨头说：“那得吃啥药？”大夫一本正经地说：“得吃敌敌畏……先得把人杀死，然后虫子才能死。”憨头伸了一下舌头：“哟，杀死虫子后，再救人？”“救啥呀，埋了就是。”憨头听出他在开玩笑，就笑道：“我还当真呢。你说啥，我都信了。”大夫拍了一下憨头肩头，说：“打肝包虫的药还没制造出来呢，得动手术。”

憨头脸白了：“你可别吓我。我是个老实人，你说啥我都信的。”大夫说：“当然是真话呀。你想，那虫子生在肝子里面。不动手术，咋取出来？”憨头哆嗦半天嘴唇，问："那，又得……多少钱……"

大夫说："准备下三四千块，我估摸就够了。"

"天的爷爷。"憨头惊叫，"你尽吓人。把我卖了，能值几个钱？"大夫笑道："又不是搞买卖。我估计得这么多。也许，用不了。也许，还不够——要是输血的话。"

憨头灰了脸，望望灵官，说："走吧，走吧。这个地方蹲不成。一进来，就像在做梦。再蹲，我可要疯了。"灵官笑笑，问大夫："要不要开点药？"大夫说："不用。这种病，吃药没用。"灵官领着懵懵懂懂的憨头出了医院。

"活不成了……活不成了……"一出医院，憨头就呓语似的说。灵官说："啥呀？又不是啥大病……开始我还吓出一身冷汗呢。要真是肝癌，神仙也没法。幸好是肝包虫。"憨头说："癌倒好，要死死了。现在……你说……这么多钱……咋生发？"灵官安慰道："你想那么多干啥？又不是你故意得的。该花的，还得花。愁啥？愁也白搭，又愁不来钱。"

憨头驻足，坐在街旁的栏杆上，哭丧着脸，半晌不语。许久，才说："真想一头撞死到轿车上算了。一了百了。省得又叫爹妈操心……真不如死了。"灵官说："你咋这样没出息？你以为你死了，爹妈就省心了？养你这么大容易吗？你还没端一碗汤，供一碗水呢，还有脸说死？"憨头说："你叫我如何回家？生下我这么个废物，真倒八辈子霉了。"

灵官笑道："瞧你，尽说些没意思的话。有啥用？"憨头不语，坐在那儿好一阵，哭丧着脸。灵官又说："不管咋说，也还好。你得的是能治好的病。要是得了治不好的病，钱花了，人也救不下。人财两空，不更糟糕？再者，成个半边人，生不成，死不成，不也得活？你比一比。不管咋说，你得的是能治好的病。"

憨头叹口气："谁还管死啊活呢？我愁的是钱。三四千，乖乖，爹妈知道，不吓出一身病才怪呢。"灵官笑道："你以为人家是你，才针尖大个心？人家经得多了。六〇年，死人一堆一堆的，也过来了。还怕个啥呀？"

可是不管灵官咋劝，憨头还是灰了脸，忽而冒出"天的爷爷"，忽而"乖乖，三四千哩”，呓语个不停。

6

听了灵官的话，爹半晌不语，妈牙缝里一个劲抽气。憨头望望爹，望望妈，又垂下头，仿佛干了啥见不得人的事。灵官强调说：“一动手术就好。那又不是个大手术，不要紧。”老顺使劲抽烟，又尽量抑着口里发出啪啪声。妈解释似的说：“我们倒不在乎花钱。有人就有钱。”灵官知道极力表白不在乎正好说明了她的在乎。憨头似乎也明白这一点，头垂得更低。灵官说：“人没问题。肝包虫，一个小病。用手术刀剥了，就好了。”

老顺吹出一个烟蛋，说：“那是个糟害病……我听说过。剥不净，又要长的。”灵官妈惊叫一声：“那不要人的命吗？”灵官说：“咋会剥不净？那个东西……只要不弄破……”憨头吭哧一阵，说：“算了，我也不动了。大不了一个死，怕啥的？”灵官妈说：“先人，你少说这种话行不行？从一个血泡泡儿，把你养到这么大，容易吗？”憨头红了脸，吭哧一阵，说：“要是动不净的话……真不如死了好。”灵官大声说：“咋动不净？那又不是多大的个手术。现在连脑子里都能动手术，把你个……”憨头便又垂了头，不吱声了。

老顺说：“拆锅头砸炕也得生发。老天爷给你划的道儿，你不过也得过。由得了你？”灵官妈说：“你拆啥砸啥，能卖几个铜子儿？想想心里都骇烘烘的。”老顺说：“活人还能叫尿憋死……那几颗猴食又不做主了……世上的人总没有叫霜杀死。”灵官妈唉了一声，不再说话。但这一声“唉”却激得憨头慌乱地抬起了头。他飞快地望了一眼妈，又垂下头。屋里静极了，只有老顺吸烟的一系列声响。

猛子进了门，见状，顿时将鲜活的脸呆住。他捣捣灵官，小声问：“莫非真是癌症？”但他的这一小声，谁都听到了。妈的脸色变了，指着猛子，却说不出话。老顺朝猛子呸一声：“你还有没有放的屁？啊？”猛子一怔，却笑了：“我不过问一声，又没干别的啥。要是别人，我还懒得问呢。”灵官推他一把，笑道：“你那个臭嘴……不能有个别的问法……是肝包虫……就是肝里包了虫子。”“能不能治好？”“当然能，动手术就好。”

“那颠个啥脸呢？”猛子睁圆眼睛说：“我还以为是……啥病呢。动，不就是了？”灵官妈说：“你说得轻巧，得三四千块钱呢。”猛子说：“三四千，怕啥？有人就有钱。”老顺说：“我知道你是嘴硬屁股软。说话劲大，干事一点没溜子。你少说大话。你往实里说，你能生发着借多少？”猛子道：“你也不要激我……不过，由你说，多少也成。”老顺露出了笑：“好，听你的话，像是有点门道。我的法子是粜那几颗猴食，粜多少，算多少。不够的，你借，最少借五百成不？……放心，由老子还，多则两年，少则一年。庄稼下来，就还。成不成？”猛子满不在乎地说：“没问题。”

灵官妈忽然长长叹口气，说：“两三年……就算两三年还清……可猛子灵官媳妇又咋办？”这一说，老顺又灰了脸。猛子说：“我看得很开，大不了打一辈子光棍。把灶爷搬到腿上，走到哪，吃到哪。灵官想的话，给他娶一个得了。”灵官笑道：“我也不想。活成这个样子，娶个媳妇，有啥意思？”猛子笑道：“得了，得了。我们都不要了，你们还愁啥？”

憨头忽然绽出哭声，很大。虽说他强抑着，仍像牛吼。屋里人一下闷了。灵官妈一声比一声急：“疼得厉害，是不是？灵官，拿去痛片来。拿三片。”憨头却哭得更厉害了。

妈慌得手脚都没处放了，在屋子里转几圈，又蹲在儿子跟前，朝肋部吹着气，仿佛那个部位是烫伤。

“我真没用。”憨头哭道，“不如死了好……死了好。”

灵官妈越加慌张：“你胡说啥？胡说啥？饭能胡吃，话可不能胡说。我们又没说啥。”

灵官鼻腔酸了，叹了口气。

猛子却笑道：“我还以为你真疼得受不了呢。吓我一跳……啥死了好？一个大男人，动不动死呀死的，掉尿水，像啥？真没出息。”

老顺吼道：“一旁去。你除了卖嘴，还有没别的本事？”

猛子缩了脖子，朝灵官挤挤眼睛，悄声说：“有呀，还有借钱的本事。”

老顺望一眼憨头，说：“我们又没说啥。病又不是你故意害的。有病，治就是了。”

憨头抹了泪，不再出声，眼睛茫然望着地面。时而，喉咙里爆一声呜咽。

7

半夜里，莹儿忽然被憨头的哽咽惊醒了。在很黑的夜里，憨头的哽咽像更黑的夜色向莹儿压来。她推推憨头：“是不是疼得厉害？”这一推，反倒把哽咽惊跑了。半晌，才听憨头说：“你没睡？”

“睡了，又醒了。”莹儿问，“疼得厉害？我给你取药？”

“疼倒是不疼。”憨头叹口气，“心里毛包得很……我真没用，真恨不得死了。”莹儿说：“胡说啥？病又由不得人。”憨头说：“三四千块钱，猛子的半个媳妇。想想，真不想活了。”莹儿说：“别胡说。”憨头说：“真的……再说，要是真有个三长两短的，你把你的路走好。”莹儿嗔道：“你再有说的没有？睡觉。”憨头说：“我说的是实话。前头的路黑着哩。万一……把你的路走好。”莹儿说：“我可生气了。说这些干啥？”憨头说：“老想……总觉得对不住你。我是个榆木脑袋，不像他……们那样灵光，真辱没了你。”莹儿说：“谁又嫌你来？”

憨头叹口气，半晌，又说：“我说的是……万一……要是你……到外面去的话……把药费……几千……这个……这个……还上……当然……”莹儿恼了，一甩被子，说：“你有个完没完？”憨头说：“不说了，不说了……心里乱得很。老想说。想说。当然，本不该说的。”

莹儿说：“一个男人，心没麻雀大。害点小病，天塌似的。还活不活了？人吃五谷生百病。生由它生，受由我们受。总得受。一张嘴，就死呀死呀，没出息。”憨头说：“我愁的是钱。家里紧成这个样子。”莹儿说：“有人就有钱。人好了，我们两个大活人，变驴变马还债。”憨头不语。

吃过早饭，灵官妈便打发莹儿去她娘家，叫她去请她的父母，来商量憨头住院的事。儿子住院是大事，不和亲家通个声气儿，礼节上说不过去。当然，灵官妈心里希望亲家能帮凑一下。不管咋说，憨头是他们的女婿。女婿半个儿，也该着由他们担点责任。

一进村子，莹儿就听说了引弟的事。

她觉得天塌了。

8

莹儿刚出门，老顺便和老伴商量粜粮筹款的事。老顺的意思是，留下一年够吃的，别的都粜了，估计能粜个一千两千的。老伴的意思却是，先生发着借些，差多少，粜多少。她说："现在粮价这么低，全粜，太吃亏了。再说，天这个旱法，难见个雨星儿。"老顺心里赞同老伴的话，嘴里却唏哩道："这年月，谁给你借呀？谁都把那么几张花纸当成自己的眼睛珠子。"说着，朝猛子喝一声："你吹大话如溜四海，钻炕洞捞不出来。去，借钱去！灵官，也找找你的狐朋狗友。多也成，少也成，馍馍渣攒个锅盔。那几颗猴食，能不粜就不粜。万一明年是个饥荒年，后悔也来不及了。"

猛子灵官走后，老顺便去找孟八爷。孟八爷听后"乖乖"了一声，说："天瞎眼了，真瞎了。"老顺说："就是，绳打细处断。"孟八爷说："没多的。刚卖了两张皮子，花了些，还有四百来块，都拿去。穷汉帮穷汉。不说啥借不借的。"老顺说："等明年打下粮食……"孟八爷摆摆手，打断他的话，说："不说了，不说了。那钱也不是我的，是沙窝给的，我顺手捡了来。谁用也成。没有了，再去捡。有了那么个天大的银行，还怕啥？"老顺便不说了，心里却想着把自己的那个皮褂子给他，冬天进沙窝用得着。

老顺又进了队长孙大头家。大头不在。会兰子听了老顺的话，哟了一声，说："钱倒是有哩，可存了定期，取不出来。"老顺说算了算了，就退了出来。又走了几家，几十几十地借了些，算算总共有六百多块了，才回了家。

憨头在庄门上的麦秸垛下蹲着，头耷拉在两腿间，形容十分萎靡。老顺知道儿子心里不好受，但也不明说啥，只说："乏了，炕上睡去。"憨头闻声，用衣袖抹抹眼睛，抬起头，努出笑来。见了那比哭还难看的笑，老顺心一酸，进了庄门。

灵官从同学处借了二百元钱。猛子没借到钱。灵官一见猛子灰溜溜的样子，就知道他没借到钱，就吐吐舌头，笑了。猛子知道他笑啥，也笑了。

"二百也好。"老顺接过灵官的钱，又把手伸向猛子。他当然也看出猛子灰溜溜的原因，但他估计没借够五百，多少是借了些的。猛子伸伸舌头，说："白狗的钱输了个精光。"老顺大怒："你就知道白狗白狗的。除了白狗，你平时死拉活扯的那些爹爹呢？""北柱的钱准备交计划生育罚款。"老顺冷笑着摆摆手："吹大话放白屁比谁都厉害，正点儿上一点本事没有。"

猛子灰溜溜出门，低了头往外走。灵官赶上，叫了猛子，道："双福女人问了没？"猛子瞪大眼睛，一拍后脑勺："就是。咋没想到这娘们？"灵官笑道："平时尽是她用你。这次你用她一下，还不尽性子帮你？"猛子说："去去，我和她啥关系都没有。"灵官挤挤眼睛："既没关系，那就算了。"猛子说："没关系归没关系，张嘴归张嘴。"一溜烟去了。

不多时，猛子趾高气扬进了门，将一叠新崭崭的票子扔到老顺面前，一句话不说。老顺望一眼猛子，笑了："还真把牛吹上了。"猛子装出不冷不热的样子，说："我正点儿上一点本事没有。"老顺干笑几声，倏地沉了脸："老子说你几声，说错了？背不住个烫面条儿的货。"猛子赶忙笑了。老顺也笑了。

午饭后，队长孙大头带来一百块钱。他骂了女人几句，说定期取不出来，别的法儿总能生出来，还说："不够的话，言传。救人的事，马虎不得。"

老顺算算，总计有一千五百多元，离那个医生所说的三四千元，还有老大距离。

9

第三天早晨，莹儿爹带了二百块钱，同女儿来到亲家家。莹儿爹是个有名的谝爷，人叫“大话”。他一天到晚想干“大买卖”，但没见挣来多少钱，反倒将老婆养猪卖豆子的钱给花了个精光。莹儿妈一提起就骂。大话并不恼，只显出大人不见小人过的豁达和对女人头发长见识短的谅解，一如既往地干“大买卖”。

哭引弟哭肿了眼睛的莹儿求爹别喧引弟的事，她怕公婆受不了，说是等憨头的病好些了再告诉他们也不迟。大话答应了，大话就安慰老顺：“没啥。亲家，谁家不遇事呀？总得活。”老顺道：“我也没往心里去。病就是人害的。吃五谷生百病。可老婆子心小，一天到晚愁眉苦脸唉声叹气的。”大话说：“女人嘛，都一样，觉得是自己身上掉下的肉，心疼得了不得。其实，谁不知道疼人呢？可有啥用？要是唉声叹气能把儿子病唉掉，也成。要唉不掉，唉个啥意思？”

灵官妈笑笑：“谁说不是呢？想不唉声叹气，可由不得自己。脑里总乱糟糟的，心里老灰蒙蒙的，没亮堂过。心捏成个酸杏蛋儿。当然比不了你们。男人都是大肝花，吃了上顿，不管下顿。”大话说：“大肝花好呀。这年月，不大肝花还能活？光愁，就把人愁死了。”

说着，大话掏出钱，给了老顺，说：“亲家，别嫌少。斤里不添两里添，是我们的心意……本该多帮凑些，可最近家里也遇了个事……”灵官妈说：“瞧你亲家说哪里话。嫌啥少，谁家都是精肚子上勒草腰子……不是说顶住不交罚款了吗？”大话说：“是别的事……”听到莹儿咳嗽，他忙改了口：“……最近有笔大买卖，干成了，把个几千算啥呀。”灵官妈知道男亲家好说大话，他的话虚多实少，但还是说：“还是你亲家有本事……又是啥买卖？”大话说：“镍。有个人要三百吨镍。”老顺咂了一口烟，说：“又到哪里弄镍去？”大话说：“我有个熟人在金昌，管的就是镍。上回见他，他答应给我。这笔成了，一挣就是几十万。把个三四千，算啥？”说着，他压低声音，问老顺：“要铀不？”老顺说：“不要。我们自己也种菜籽。自己榨油。”大话笑了：“不是那种油。是铀，造原子弹用的。俄罗斯进口的。一公斤几十万。”老顺认真望亲家许久，发现他不是开玩笑，就说：“那是国家用的。个人没用。”大话说：“我估计你也没用。”

老顺用了吃奶的劲儿，才忍住要破口而出的笑。对这个亲家，他真是哭笑不得。每次见面，他总是玄天冒燎地谝。一次是钢材，三次是古董，都是大买卖。这次又是镍和原子弹了，都能挣叫人咋舌的钱。只好由他去吹，自己抱了烟杆抽烟。

大话吹了半天，才回到正经事上，说：“肝包虫不要紧，没危险。”老顺说：“危险倒是没危险，可票子是硬头货。东家借西家凑。借来凑去，还差老大截子。”大话问：“大夫说得多少？”“三四千。”“凑了多少？”“两千过一些。”大话说：“行了，行了。我知道底细，那钱又不是一次交。先交五百，用完再交。先用着，再慢慢想办法。病可拖不得。”老顺将信将疑：“当真不是一次交？”“当然啊。上回兄弟住院，啥都是我办的。”老顺松了口气：“既然这样，那就不急了。先住上，再生发。万一生发不上，还有那几颗猴食顶当。”

一个小时后，猛子请来了二舅，商量了住院的有关事宜。

第 十 六 章

1

天是越来越旱了。

太阳开始暴戾起来，放出似有影似无形的白色光柱，烤焦沙海，烤蔫禾苗，烤得人裸露的皮肤尽成黑红了。吸满了阳光的沙海更黄了，衬得蓝天成了放着蓝焰的魔绸。蓝焰一下下燃着，舔向地上的万物。

正是青苗拔节时。

天真不长眼睛。

老顺抱怨老天。但除了骂它不长眼之外，再也骂不出什么。天确实不长眼，稍稍给点雨，就能收成。虽说那点收成终究还是支了这个税那个费，但总能给人以暂时的安慰。望着满当当的仓子，谁心里不乐滋滋的？当然，要不了多久，它依旧会空荡荡的，但暂时总能乐一下吧？就像美梦，能做一个，总比没梦好。虽说梦是空的，可啥终究不是空的呢？成山的金银，天大的权力，儿女，房屋，田地……眼一闭，哪个不是空的？活着是一场长梦。活着时遇到的一切，都是短梦，比如一年的收成。有梦总比无梦好，好梦总比噩梦好。老顺常听道士念《指路经》，以上的道理他懂。

老天自然该骂。

望着毒日头下恹呆呆的麦苗，老顺心疼得直哆嗦。一屁股债还指望从土里刨出还呢。瞎眼的天，杀人哩。他抬头看看天，叹口气，对正在地里拔燕麦的北柱说："拔啥哩？都快成草了。"北柱说："明年总得种吧？这燕麦，怪得很。麦子都晒死了，它却贼溜溜的。"老顺说："当然，像人，越是不学好的糟拐子，活得反倒越旺骚……你说，天苕了，单到老子们浇水时，黄河里的水却没了。嘿，天要杀人，防不住的。"

孟八爷过来了，问老顺："憨头几时动手术？"老顺说："住是住下了。说是先观察一阵。谁知道几时动？那些拿手术刀的，不塞几个，拖不到驴年马月才怪。好在有灵官同学……算了，不说他了。"孟八爷说："又不是啥大病，叫灵官一人陪算了。"说着，也是瞅瞅天，再瞅瞅麦子："咋？北柱。前年，我说的话你忘了？我说现在人心坏了，糟蹋五谷，天会惩治的。咋样？听说黄河干了。谁听说黄河干过？"

"就是。"北柱说，"谁想到黄河会干？"

孟八爷说："就算黄河不干，有电，就该糟害五谷了？你看，嘿，一进城，下水道上面条啦，馍馍啦，肉啦，啥没有？心疼呀。上古时候，天降白面，麦结双穗，粮食多得吃不了，人就用馍馍擦屁股。老天发怒了，下的面变成雪了，穗儿也少了一个……啥孽都是人自己造的。天造孽，犹可说，人造孽，不可活。天要杀你，啥也防不住。就说有电，就说有水，天还会有其他招儿……民国年间……忘了哪一年了……庄稼好得邪乎。一天，一片黑云飞来，落到麦地里。哎呀，尽是蚂蚱，铺天盖地的。咔嚓咔嚓，一会儿，就把庄稼啃了个精光。你说，天要杀你，啥法儿不成？六〇年，啥没吃过？就差吃屎了……吃屎也没有。饭也吃不上，哪有屎？……可现在，年成一好，就糟害五谷。老天不惩治一下，才算瞎眼了。惜衣的有衣穿，惜饭的有饭吃。不惜，连屎都吃不上，还吃饭？"

"就是。"老顺说，"五八年，你说，那个糟害法，麦子都烂到地里了，谁管？六〇年，嘿，不挨饿才怪呢。"

孟八爷说："啥孽都是人自己造的。现在还好哩。过些年，你再看。现在，才是个没电，还有水哩。过几年，连水都没有哩。不信？你看机井，以前打的时候，水都要往井外头冒了。现在，你看，水头落了几十丈。过几年，谁知道是不是个干窟窿？难说。”

北柱哟一声：“八爷，少说这些。人的心都提悬了。糊里糊涂活就成了。知道得越多，越糟糕。活一天算一天。今日有酒今日醉，管他明日喝凉水。前面的路黑着哩。谁知道我啥时候死，管那些干啥？”

孟八爷冷哼一声，瞪北柱一眼：“瞭事往远里瞭。女人们才往脚面上瞭。”北柱说：“瞭远有啥用？这年头，活都成问题了，瞭远干啥？你说，现在哪个不是蝎虎子？哪个不是臭虫？榨得老子们都成干骨头了。还瞭啥？天又这个样子。你说，还有个啥活头？还瞭啥哩？不往脖子里放刀子就算大肝花了。还瞭啥哩？”说着，长叹一声。

孟八爷木了脸，也叹口气，说：“就是。活一天算一天吧。哪天活不下去了，再说。”说着，他弓了腰，捋捋麦叶。麦叶发出干燥的刷刷声。

2

忽然，传来一阵争吵声。花球妈又和王秃子的女人吵架了。老顺估计又是为埂子的事。陈年烂谷子的事了。你说我裁了，我说你削了。谁都是君子。可尺把宽的埂子成窄棱儿了，浇水都成了问题。老吵架。老顺懒得去管那些闲事。孟八爷却走过去了：“干啥哩？干啥哩？没事了，养养精神，闲拌啥嘴皮子？”

老顺掉过头，往回走。心里烦。这些天老烦。许多东西指望从土里刨呢，可老天偏不和你往一个裤腿里伸脚。当然烦。看来庄稼是没指望了。他想，再晒几天，苗都成干草了。牛倒是很喜欢的。

女人们争吵起来，像母狗。没有拴住的时候，倒不显多厉害。一拴上铁链，反倒一扑一张，抖出十足的威风。孟八爷的干预成了铁链。两个女人疯了，把脏话尽情朝对方泼。老顺皱皱眉头，想，这世界疯了。真疯了。不像过去。天疯了，人也疯了。前些年，穷是穷，可心安稳。现在，没治了。有权的，都成了饿虼疯虱子，都想喝血。没权的，是一群瓶子里的毒蜘蛛，你啃我，我咬你，为一块麸皮大小的利益争来斗去。没意思。

老顺想，是天的疯影响了人呢，还是人的疯影响了天？说不准，也许二者都有。老顺听瞎仙唱过："国有道，遇的是，风调雨顺；家有道，出的是，孝子贤孙。"想来这风雨呀啥的，都与人有关。人坏了，天才坏；人怨了，天才怒。古人说的有道理。人太坏，太坏了，离谱儿的事太多了。天自然免不了也要离一点谱儿。

出了田间，上了土道。因没了麦苗的绿色，一股焦灼味扑面而来。旱已渗到空气里去了，又往人的血液里渗。确实，老顺已经感到自己体内的那种旱味儿了。老是烦，火药味儿很浓，遇点火星，就要爆炸。

魏没手子骑着大叫驴过来了，蹄声嘚嘚。"老顺，知道不？才一亩。"他说。

"啥一亩？"老顺问。

"只浇一亩，保口粮。水库就那点儿水。至多，一家浇上一亩。轮上一轮，再轮。浇不上，也就没治了。"

"大头来了？"老顺问。

"来了，招男人们开会呢……成呀，一亩就一亩。喉咙扎不住就成。"

"一亩？还不够老子们塞牙缝。"

"你可以吃奶呀？"魏没手子笑道。

"啥奶？"

"你儿媳妇的奶呀。"他夹夹腿，大叫驴扬蹄跑了起来。

"你还是吃叫驴奶去吧。"老顺大声说。

老顺摇摇头，苦笑了。为啥人总爱拿儿媳妇开玩笑呢？真是的。老人在一块，互相调笑的，多是关于儿媳妇的，好像老了没事儿干，就爱想儿媳妇似的。不知别人是不是这样，他没有。真没有。一来，他眼里的儿媳妇和女儿差不多。二来嘛，背了。不想那事儿了。真背了。脑子里一天乱糟糟的，身子总是忙忙颠颠。心早让一些乱七八糟的事儿填满了，几乎没放那事儿的空闲地方了。老顺知道水库里的水浇不了多少地，但还是添了新的希望。不管咋说，救一亩，是一亩。吃不上馒头，能吃几颗炒麦子也成。没法子。他想，是老天这样抠搜，人是没法子的。

3

队长大头家挤满了人。乱嚷嚷的，像吵架。大头的声音很大："你有本事，你嚷去。老子没那个本事。"白狗的声音也很大："哟，以前回回浇末沟水。这回要是再末沟，老子羔子皮换他个老羊皮。那么一丝丝水，你偷一些，我偷一些，淌到地里没有尿粗，能浇个啥？""就是。"王秃子应和道，"一样一亩地掏四十块水费，为啥别的村能浇头沟，老子们不能？"

嚷嚷声沸水一样滚。

"有本事，到水管所嚷去！"大头叫："我跟前嚷啥哩？老实说，老子的这个帽子戴得急急儿了。谁当谁当去，老子不干了。""哟，才撂挑子。早干啥来？"北柱说。

"就是。这会儿，娃娃头都出了水门了，你接生的老娘婆往哪里跑？"毛旦说。

大头呸一声："说得轻巧。你以为孙子好当？老是求爷爷告奶奶，可又顶个屁用？世道变了，谁是讲理的？人家认的是啥？知道不，人家南沟隔三间五就烧香，鸡啦，羊啦，票老爷了。我们给了啥？一收点这个那个，还说老子如何如何。一群抱着尻子亲嘴吸不出屁来的小气鬼，想浇头沟水，寡妇子梦尿去吧。"

"哟。"北柱说，"老子们倒成寡妇了？不信水管站的这些驴撵的长得不是肉心，眼睁睁叫老子们的庄稼晒成干草？"

大头冷笑道："就你的是庄稼，别人的难道是草苗了？就你长着吃饭的嘴，别人难道是喝风的窟窿了？有头沟，就有末沟。你咋吱吱，人家也这么个排法。有本事，告去！"

"对。告！不信没个天理。"毛旦咋呼道。

"告个啥？"大头说，"人家犯了啥法？人家又没给老天爷打电话叫少下些雨，人家又没把水库里的水喝干。你告啥哩？”

“就是。”老顺接口道，“末沟就末沟吧。人家把水放足也成。弄不好，得罪了人家，他再给你个黑馍馍盖天窗，更倒霉。天这么旱，沟都裂了口。你知道沟里的损耗多少？就是少放个几十方，你还不是哑巴子挨？”

“法子又不是没有。”大头说，“该花的还得花。天这个旱法，又没电。眼睁睁只能靠水库的那点水救命了。你多些，我就少些。明摆着的，你不花钱，吃亏的是你。”

“又要大吃大喝呀？”王秃子叹道。

大头说：“请！不能含糊。多请一次，少请一次，早一点，晚一点，明摆着不一样。”

“就是。”老顺说，“只要人家买你的账……一口人得出几毛？”

“几毛？”大头哈哈笑了，“哟，你以为人家是你的小姨子呀？多少给几个，就扑到你怀里了。千儿八百的，还不够人家塞牙缝。”人们都哟一声，屋里响起一阵牙缝里抽气的唏哩声。

大头说：“要打点，就得打点上个事。不能钱花了，再落上个鬼日鼠。少了不成。一口人先出五块活动费。交麦子也成。不交的，不叫浇水。丑话说到头里。先小人，后君子。有啥话，当面鼓对面锣地说。不要当面好好好，背后说三道四，说我大头如如何何。老子可不背黑锅。”

4

散会后，老顺出了大头家。心很沉。路上遇了几个老顽童，也懒得说笑。溏土很多，但老顺眼里心里无它。不多时，裤腿便成白色了。空气里的焦味儿很浓。老顺闻得见，心便愈沉了，像胸腔里悬了块石头，呼吸也促多了。

一个人在凄厉嚎叫，老顺听出是五子。

五子疯得更凶了。没有桎梏的时候，他会扑向任何一个女人，扯下她的裤子，咬破她的嘴唇。

老顺进了瘸五爷家。

五子的手腕已被铁链子磨得血淋淋的了。他的身子骨仍很结实，脸上有种异样的红。这红使他产生了一种公牛的神韵。他的叫声也像公牛。

瘸五爷蹲在屋檐下的阴影里抽烟，对儿子的叫声无动于衷。见老顺来了，没言语，身子往旁边挪挪。老顺就蹲在台沿上。“又收钱哩。”老顺说。

瘸五爷不搭言，嘴对烟嘴，凝住不吸。许久，吸了一口，没一点烟，牙缝却仍是下意识唏哩。

“活不成了。”又吸了一口无烟的烟锅，瘸五爷说。

“就是。”老顺应。

一阵沉默，连唏哩声也没了。冷不防，五子嚎叫一声，仍是那两个叫人听来瘆怪怪的字。

“瞧。”瘸五爷瞥一眼五子，“没治了。”

“这种病，娶个媳妇，也许就好了。”

“谁给哩？”瘸五爷木木地说，“你说，谁敢把姑娘往这穷坑里塞？”

老顺叹口气。

瘸五爷装了一锅烟，燃了火机，手抖着。火苗儿在烟锅旁摇摆，好一阵才进了烟锅。瘸五爷很促地咂几口，喷出阵阵烟。望一眼厨房里忙活的老伴，说：“不能再这样了。”语气很低。

“走，找个僻静处喧。”瘸五爷站了起来。

二人出了庄门。门前有块地。地里有个沙丘。这是被植物降服后不再移动的死沙丘，上面长满了梭梭和黄毛柴籽。瘸五爷一屁股坐在沙上，说：“想好长时间了，总下不了手。可没法子。一家人活不出人。村子里也路断人稀的。你想，这个祸害。”

老顺不解他说的意思，说：“就是。”忽然，他觉出了什么，又问：“下啥手？”

“你想……这个……”瘸五爷不望老顺，用烟锅一下下在沙丘上划，却不再往下说。老顺一把夺过烟锅，心疼地用手捋捋。

瘸五爷木了脸。风吹着他乱糟糟的头发，头发里多是尘土麦秸之类。“这些年，可真苦了他。”老顺想。

“直说了吧。”瘸五爷的声音突地大了，过去他很少这样大声说话，“那个祸害，不能留了。再留，真……嘿——”

老顺明白了。“你想干啥？”他很吃惊。

“干啥？没治了。明摆着没治了。把人也糟害够了。你想，砸人家玻璃，点人家草垛，追女人……啥没干过？……再不整治，真无脸见人了。”

“咋整治？”

“‘做’了他。”瘸五爷眯了眼睛。

“啥？亏你是个爹，亏你是个人，亏你想出这个法子。羞先人咧。你又不是挖鸡溏屎的，咋能想起这？”

“不这样又能咋样？你说，能咋样？钱花了个路，可病，瞧……有啥法子？啥盼头也没了。只怪他投错胎了，投到这个穷坑里。”

“可……不管咋说，是你的骨肉。你就这么一个儿子，香火还靠他往下续呢。”

瘸五爷苦笑道：“还管啥香火？这个祸害，给村里人添了多少麻烦。总得干活吧？总得吃饭吧？总不能整天看管他吧？不小心，叫他跑出去，谁知道会干出啥事儿呢？病到这个份儿上，听说杀了人，也不负责。除了……那个，再有啥法儿？”

老顺皱眉想了许久，说：“不成。你不要胡想。……由天断吧。”

“天？嘿嘿。”瘸五爷嘴里发出笑声，眼里却流下两行浊泪，“天是啥？你说，天是啥？我一辈子动不动就天呀天的，可总没见它开过眼。谁知道有没个天？要有个天，为啥……为啥……受苦的尽是我们这些平头百姓？由它断，它会断个啥？”

望着瘸五爷脸上的泪，老顺的心一下下抽动。

“再说，你说，村里人苦不？够苦了。能受的受了，不能受的也受了。再叫受我这疯爹爹的罪，我还有啥良心？”顿了顿，瘸五爷又说：“‘做’了他，咋也行，蹲班房子，吃铁大豆都成。死也叫人死个安稳。现在，老叫人觉得对不起这个，对不起那个。”

老顺从瘸五爷手里要过烟锅，捻捻烟嘴，装了烟，吧嗒吧嗒抽了几口，拧眉，许久不动。

5

老顺一进家门，就闷闷地盘坐到炕沿上，回味自己和瘸五爷的谈话，觉得脊背上凉飕飕的。“人命关天哩。”他想，“虽说确实没啥法子了，可人命关天哩。”他打定主意，再见了瘸五爷还是劝他“由天断吧”，虽说他自己也开始对“天”不信任了，但还是劝他由“天”断吧。

脑中紧接着又被火烧眉毛的那些收款占满了。按队长的算法，老顺一家得多出三十元。对他来说，这不是个小数字。天知道随后而来的又是什么费。粮不能粜。天这个旱法，再不下雨，收成都成问题了。再有个啥路数？猪还小。还有那棵大树，魏没手子问过几次，可老顺总舍不得卖，他想留下自己用。人上五十，夜夜防死。总不能苦到后来连四块棺板也留不下吧？他舍不得卖。那树做棺木当然是好材料。虽说是白杨，可他觉得是好材料。他见过卖的那些棺木，薄，小，鬼头鼠脑的。他要自己做，板要厚些，大方些。抠搜吝啬一辈子了，在这个事上他不打算再抠搜。反正，树，他打定主意不卖。

忽然，耳旁响起一声呵斥。一看是老伴。这是常有的事。近来，老伴总在犯神经，动不动就学那个当阳桥上的张飞。老顺不和她一般计较。女人家头发长见识短，没啥。嗓门里又没个锁喉的节，叫几声由她叫去。但老顺不知自己又在哪件事上碰了老伴的神经。往常，她的狮吼总是有理由的，比如，脚臭，睡懒觉等等。

“染成个啥了？你瞧，这回脏了你洗。”老伴指着他的裤子上的溏土。

“噢，我还以为是啥呢？”老顺宽容地笑笑，伸手在自己的裤腿上扑打几下。一股纤尘扑向空中。

“门上去！门上去！灰落到家什上了。”老伴拧着眉头，仿佛老顺是一堆很臭的东西。

老顺又用力拍了几下。他发现老伴瞪起了眼，知道又一场风暴该爆发了，便赶紧转移话题：“队里又要钱哩。”

老伴一听，马上像鸡抖翎毛一样把方才的所有表情都抖了个干净：“啥？又是啥钱？你吓啥人哩？”

“谁吓人？给水老虎进贡呢。”

老伴的脸色马上转阴了。“咋办？还有个完没完？咋办？”她不停地念叨着。

“反正，那几颗猴食动不成。天这个样。谁知道明年的养命食还有没个着落？”

老伴皱着眉头唉了半天，也没唉出个法儿来。

后晌，猛子回来了。人还没进门，就扯了一路声音：“你说这世道，活叨活抢哩。你想，要买路钱哩。”

“谁？”

“再能是谁？还修了房子，大盖帽把守，过一回四块，乖乖，四块。四块票老爷。”

“不过就是了。”

“不过？人家把旧路挖断了，说是修。只有走武南的那个新路，说是高速公路，用了三天，就全翻浆了，车陷进去出不来……屁，啥路。你猜牌子上写的啥？‘贷款修路，收费还贷’。上回收了多少？一辆车几十块，大车还按吨位收，国家干部还扣了工资，说是集资修路。老师们更是一提就气得要命。钱呢？那些钱到哪里去了？咋又成贷款修路了？……就算贷款，咋修这么个破路？一走，就翻浆，而且到处翻浆。钱叫人贪污了，肯定。不贪污才怪呢。这伙牲口，都是蜇驴蜂。一咬一口血……唉，不对，咋是蜇驴蜂呢，我们不就是驴了吗？……应该叫咬屄虱……也不对……应该叫臭虫……对，叫臭虫。”

“行了，行了。”老顺皱着眉头晃着手，“疯都聒犯了。你少说些成不成？人家天生就是咬人的。你天生就是叫人咬的。咋呼啥哩？你把你的三寸喉咙务息好就成了，管人家干啥？……白狗给了你钱没？”

“给个屁！现在手稠，到处是三轮子，疯蚂蚁一样。收了三天，才收了几袋豆子，还花了八块钱……还没处理呢，说好一天给我十块。我估摸，也就是说个话。明摆着的，人家连柴油钱都搅不住，我咋好意思向他伸手？”

“行了，爹爹。”老顺摆摆手，脸上显出非常厌恶的表情，“老子的一句话，就引你拉了一大摊。挣不上个钱，就不要跟上鬼混了。你给老子拔燕麦去。”

“麦子都快晒成草了。拔啥？”

“啥？不拔，落到地里。明年你吃啥？喝风哩？”

猛子的脸红了，低声嘟囔：“朝我撒啥气？人家跑了一天，气都没喘匀。”

“成了功了，是不是？你跑了个啥？说！还不是滑驴的尿多。蹲在屋里怕干活，才溜出去的。你还成了功了？！”老顺越说越动气，唾沫星子乱迸。

老伴说：“少说两句成不成？爷父两个又不是斗鸡转生的，一见面就眼飞奓毛的。省下力气干活去。”老顺骂道：“你个老妖少稀泥墁光墙。你的这几个爹爹，只有吃饭的肚子，哪有想事的心？墙头高了，肩膀上还扣着个盛糠的升子，没一点脑子。人家喝你的血，你总得多少生发几个叫人家喝呀，总不能光敲老子的骨头。”说着，恶狠狠瞪猛子一眼。

猛子不服气地梗梗脖子：“咋？我咋没生发？我跟上三轮子又不是去看西湖景儿的。你再叫我咋生发？跟上黑包工头子只能混个肚儿圆，苦上一年见不上个钱渣儿，再叫我咋生发？你叫我偷哩？抢哩？”

老顺恶狠狠瞪猛子。猛子回瞪了老顺一眼。老顺心里的气激荡着胸膛。……没活头了。他想，真没活头了。“无义种。”他骂。他想捞个棒子像捶驴一样捶他一顿。但知道，棒子一抡，就会叫猛子一把夺过，踏成两截。……老了，使不动威风了。他产生了英雄暮年的悲哀，但很快被激荡在胸中的郁闷情绪淹没了。他很想用脑袋使劲撞那堵墙，撞出血，撞出脑浆。但他只是用拳头砸脑袋，一下一下，使劲地砸，砸得脑中嗡嗡嗡直冒火星。

6

从城里回家的灵官一进门，就发现气氛不同往常。父亲黑着脸。猛子也黑着脸。灵官不敢发问。一问，肯定便成导火索了，便捞捞猛子，示意他出去。

正要出门，听得老顺吼："哪里去？挖上！你给老子粜去。"

"粜啥？"灵官不解。

"除了那几颗猴食，还有啥？老子的干骨头，人家又不要！"

灵官吐吐舌头，拽猛子进了旮旯。猛子气哼哼说："我成了出气筒了。"灵官说："就叫他出几下。不在你我的身上出，还往哪儿出呢？也难怪，忽而这个事，忽而那个事，够烦人的。又收钱吗？"猛子说："收啥收啥，又不是老子叫收的。对不对？谁收，你到谁跟前撒气去。师公子不吃牛肉在鼓上出气。我是钵盂儿，由了他的性子敲？"灵官说："忍几下不就得了？骂又不疼，由他骂几句。"猛子说："打倒不怕。想打了你打几下。骂，我受不住。一个大男人，碎嘴婆一样唠叨，头都聒麻了。"灵官说："人老了，都这样。"

灵官找个袋子，猛子拿个破脸盆进了仓子，一盆盆往袋里装粮食。一股股尘土从袋中扑出，弥漫了整个屋子。灵官皱眉头，耸鼻头，把头扭向一旁。猛子则使气似的，大手大脚动作，撒出了不少麦子。

装满一袋，正装另一袋时，老顺进了屋子。一进门，他就恶狠狠叫："装那么多干啥？败家子。你想粜光呀？粜光了吃屎去？"

灵官嘟囔道："你又没说粜多少？"

"能粜个三十块就成了。剩下的还要养命哩。"他气呼呼说。忽然，他发现了撒在地上的麦子，直了眼，又气急败坏了："你们两个爹爹能这样糟害五谷？这个家败不了，你们心不甘？"

"行了，行了。"灵官说，"又没有撒到别处，还在屋里。扫堆了，喂鸡。"

"说得轻巧。"老顺狠嘟嘟说，"听你的口音，好像存下了几十石粮似的。"

"存不下几十石粮就不活了？"灵官低声说。猛子则黑了脸，跳下仓子往外走。灵官取过麻绳，扎了袋口。老顺用手拨开灵官，解了绳子，蹲下身，吭哧几声，把袋子抱上仓子。麦子又哗哗地进了仓。约摸剩下半袋时，老顺取下，掂掂，取了秤，称了称，往袋中又抓了几把粮食。等秤头高挑起时，他才扎了袋子，自语似的说道："行了，粜五十斤就成了。不掐算命不成咧。这天年，不养人哩……怪不怪，谁听过黄河干了呢？怪事。"语气平缓了许多，仿佛刚才没骂过人似的。

灵官明白父亲的这几句自语是他向儿子表示和解的信号。每次吵嘴之后，都这样。他从不认错，从不道歉。他认错的方式就是自言自语些不痛不痒的话。要是他长时间不这样，那就是他认为对方错了，或是对方伤了他的心。

灵官不声不响提了粮袋往外走，叫了猛子一声，免得他再和老子犟嘴。

猛子狠嘟嘟说："不去！丢人哩。粜那么几颗，明摆着告诉人，家里穷得连几十块也出不起了。"老顺的声音从旮旯出来了："啥？嫌丢人？你去生发呀。谁都以为我养了几个有本事的爹爹。啥本事？除了嘴劲大，还有啥本事？"灵官说："又来了。行了，你们不去，我去。我不信能丢个啥人。"猛子低声嘟哝："咋不丢人？你见谁家粜粮几升几升地粜，最少也是一袋子。"不留神老顺已到他身边："啥？少？老子还嫌多呢。你嫌少，去，装上一架子车，粜去。威风是威风，可你吃屁？总不能拔了屌毛栽胡子。只顾威风，不管疼痛。"语气却明显和缓了许多。

猛子听出了父亲语气中的和缓，拽拽正往自行车上搬粮袋的灵官，说："算了。我先去生发一下。生发不上，再粜。"就出去了。老顺笑了，说："就是，墙头高了，心上也该担点事了。"蹲在台沿上，掏出烟锅吧嗒。

好大会子，猛子才回来，一脸沮丧。灵官知道没借上钱。果然，他很生气地骂白狗不义气。老顺的脸又阴了，但啥话也没说，只是狠劲地吧嗒烟锅。灵官说："算了，人家也用钱呢。"就捎了袋子，出门。

乡上面粉厂里挤满了人。这儿的粮价比粮站高一分钱，人们便都上这儿来了。人们嘻嘻哈哈打着招呼，骂着对方，语气轻松而愉快。责任田后，人们的交往少了，难得一遇，碰上了，免不了说几句风凉话。老的，调笑些与儿媳妇的玩笑；少的，问几句“一夜几次”之类。末了，谁都齐齐看天，骂这鬼天爷不长眼。

卖了粮回家，灵官把钱递给父亲。老顺接了，忙颠颠朝队长大头家走去。猛子耸耸鼻头，说：“瞧见没？每次收钱，总要骂个鸡飞狗上墙。可交起来，积极得很。”灵官道：“凉州人哪个不这样呢？嘴硬尻子松。也难怪。天这个征候，再没水，可真晒成牛草咧。”

队长大头蹲在炕头上，呼噜呼噜喝山芋米拌面，见老顺进来，举举碗，吼一声：“端饭来！”老顺忙摆手：“不咧不咧。吃了，刚吃过。”会兰子端一碗饭进来，硬往老顺手里塞：“吃些，少吃些。过一门，吃一盆。”老顺笑道：“我又不是驴肚子马板肠。”接了碗，蹲在地上，唏里呼噜喝起来。老顺最爱吃这饭，糊糊的，软软的，口感极好。

老顺很快喝完拌汤，挡回了会兰子的手，搁了碗，抹抹嘴，说：“啥都得那几颗猴食。这日子，越过越没滋味了。”大头说：“要啥滋味？人是混世虫。混个啥样，就算啥样。”说着，他把碗朝炕上一旋。那碗旋向炕沿。大头稳了碗，叹口气。

“算了。先别交吧。”大头说：“又变了。水管站说了，供水可以，但有两不供：一是拖欠下水费的不供，哪怕村里有一个人拖欠，也不成；二嘛，水费又涨了。一亩地长十块，一口人五十。得补上，说是市上说的，一次交清。交不清，不供水。”

嗡——老顺觉得头突地大了，眼前一阵黑。一人五十，乖乖，他家得三百。天的爷爷，要命哩。真扎喉咙哩。他觉得嘴里发干，小舌子成了干皮，贴在喉里很难受。“真要命哩。”他说。

“我问了，”大头说，“真是上头定的。乡上做了决定，叫信用社给贷款。没钱的，交多少，就贷多少。只办个手续，钱直接交乡上。秋后上了粮，粮站不付款，到信用社领，顺便扣贷款。”

“趁火打劫。”老顺说，“确实趁火打劫。老子们都站到井里要马勺。他们还要这样。能叫人活吗？这世道。”他说不下去了，嘿一声，垂了头，一语不发，眉头拧成个结。

“还没顾上传达呢，向他们一说，又不知咋个闹法。这年月，这队长没啥当头，是人的跑腿娃子，催粮，计划生育……哪个不叫老子脱层皮？还得当受气筒子。上头一收费，都朝我龇牙。好像老子往自已腰里揣。妈的，我又不是吃舍饭的，凭啥受这气？明年，八抬大轿抬，老子也不当。”大头鼻腔里冷哼两声。

老顺撇撇嘴：“这话你说了不下百遍了。年年说不当，年年又当了。大小是个头啊。宁为鸡头，不做牛后。不说别的，队上一有个来人去客，哪回你不喝个红头黛脸？还不是喝老子们的血。老子想喝尿，谁给？”

“狗屁。”大头笑了，“站着说话腰不疼。你以为我吃那点喝那点心里舒服呀？陪上那些狼老鸹吃一顿，哪个不骂？心里疙里疙瘩的。我怕得噎食病呢。你以为我愿意叫人在背后指戳？舌头底下压死人哩。扔了这个狗屁帽子，喝米汤滚水，我心里舒服。”

“行了行了。吃的吃了，喝的喝了，话还叫你说了。”老顺缓和了语气，说：“不过，没你这种人，也不成。方方面面得有个人擀赶。电影上不是也有你这种人吗？给鬼子办事，也给中国人办事，叫什么来……啥……会长的。”

大头哈哈笑了，“好个老贼。你把我比成维持会长了。那政府又成啥了？啊？”

老顺也呵呵笑了，忽地又想起涨了水费的事，心顿时暗了，像压了块石头，一丝儿笑也发不出来了。“真活不成了。”他想。

大头也沉了脸，半晌，说：“我也正愁呢。一传达，谁都朝我龇牙。好像我和他们过不去似的。”

“你说，这世道。为啥天也和老百姓作对呢？啊？为啥不下几点雨。老子们不买他的水，他能涨价？现在，喉咙在人家手里捏着哩。人家摆弄你，你有啥法？”

大头看一眼老顺，冷笑道：“你还做梦哩。人家想榨你苛你，还管啥天下不下雨？这次，不过找了个水理由。就算天下雨，你以为就没理由了？狼要想吃小羊，总能找到借口的。这几年还少吗？忽而叫你买节能变压器，忽而这个费，忽而那个税的……没这个理由，就有那个理由，人家总能找出的。”

“农民真没当头。”老顺摇头叹气。

“这年月，谁都一样。城里人还不如我们呢。下岗的不说了，连个肚子都混不饱。就说那些干部，忽而叫你说修城门楼子，忽而又集资修高速公路，忽而干这个，忽而干那个，都要钱。可哪次不是喂你个抓屁呢？听说那个高速公路，才几公里，花了几千万，乖乖，房子大一疙瘩钱，修了个啥？车一走，陷下去了，咕咚咕咚往外冒泥水。钱呢？那么多钱上哪儿去了？都一样。狼可不管你是瘦羊还是肥羊，都吃。”

正说着，北柱和白狗进了门。北柱把手中的票子抖得脆响：“得，叫他们吃药去吧。”大头朝老顺挤挤眼。老顺叹口气：“羞你的先人去吧。人家还稀罕那点钱？人家一要，就是百打百的。又涨水费咧。”北柱瞪大眼睛：“多少？”“五十。一口人五十哩。”北柱声音突地大了：“大头，真的？”大头苦笑道：“当然是真的。”

北柱怔了半晌，望望白狗，望望老顺，又望大头。忽地，他将那几张票子往地上一扔：“日他妈，都成饿殍疯虱子了。完了，这世道没救了。”白狗骂道：“被窝里的猫儿，咬的被窝里的。有本事榨外国人去。欺负老百姓干啥？”

三人齐齐叹口气。北柱皱眉道：“只差卖血了。再是没治了。二三百个票老爷，刮了肉也凑不够。”大头说：“给贷款呢，上了粮再扣。”

北柱松口气，但很快又发怒了：“贷？利息那个高法。不交！要命有一条。”

大头冷笑道：“不交？队里有一个人不交，人家就不放一滴水。不管咋说，人家是石头，你是个草苗。人家总能把你压住。还由了你？”

白狗跺着脚吼一声：“反了！反了！”

大头冷笑道：“反个屌。不反，你还有三寸气在，一反，送你颗铁大豆完事。你能反过原子弹？认命吧。”

“认命……命……”老顺嗫嚅道。

第 十 七 章

1

手术前的那几日，是憨头一生中最难熬的时光。

一是他打听到一天的花费四五十元。这等于要他的命。他十分讨厌医生，因为医生总是开许多液体打吊针。他认为这都是白花钱的。既然吃药打针打不下肝子里的虫，就用不着那些无谓的花销。在他眼里，打一次吊针等于喝一次爹妈的血。

二是动手术的日期一直无法确定。医生总说观察几天。观察？这有什么好观察的？B超已做了三次，还做了胸透、肝功化验、心电图等许多憨头认为纯属骗钱的勾当。他的病在肝部——那个疙瘩在一天天长大——而不在头脑和胸部。干那些勾当有什么用？骗钱也得看对象，不该骗一个穷人。

病情基本已确认：肝包虫。同室就有一个肝包虫，肋部插一个管子，另一端插在瓶子里。瓶里有些红红的液体。这人走时老猫着腰，龇着牙，提着瓶子。据说人一沾上瓶中的液体，就会得相应的病。于是，他的出现和瘟神差不了多少。憨头想到自己也会成那个样子，很难受。但他又希望自己尽快成这个样子。多住一天，多花不少钱呢。

“嘻，以后你可注意，不要沾上瓶子里的东西。”憨头笑着对灵官说。这是他唯一能装出开心样子的话题。

“你害怕不？”灵官问。

“蝎虎子挨鞭子，怕也得挨。”憨头极力装出轻松的样子，但马上又闷闷不乐了。

病房里的气味令憨头极不习惯。输完液，他就拉灵官出去转。可一到街上，想到自己掏了钱的床位白白空着，又想回去，狠狠睡他个驴日的。

灵官却说：“多转转，散散心。闷在病房里，好人也会闷出病来。再说，现在不转，手术一动，想转也转不成。”

憨头叹口气：“等到啥时候呢？天的爷爷，一天几十块，想想都骇烘烘的。迟是一刀，早也是一刀，白白花那个钱干啥？你给你那个同学说说，能不能早一些？”

“说了百遍了，没用。这是程序，谁都要观察几天呢。再说，肝包虫呀啥的，定在星期六。这几天是没法了，等过几天，再求求。”

憨头皱眉道：“等，还等。那点儿钱，不等动刀子就花光了。纯粹是骗钱。乱查啥呀，明明是肝包虫。一拉开，剥了就没事了，弄那么复杂干啥？……听说，得送礼。不送，人家就不给你排。”

灵官笑了：“这你就别管了，该办的我都会办。”

“你是不是送了？”

“你安心养你的病，管那么多干啥？”

“养？养？这个疙瘩倒是越养越大了，像是天天在长……这倒不要紧，大不了胀死。可钱，你说，咋还？”

灵官说：“有人就有钱。等你好了，我们打狐子抓兔子，生着法儿弄钱。不信还不了那点债。”

憨头说：“债是我的，不叫你们还。等一出院，我就分家，债我背。你和猛子去挣娶媳妇的钱。我不拖累你们。”

灵官笑道：“这时候了，说这些干啥？”

“不说？心里憋得慌。几天了，老想说，老没说出来。说明了，心里才舒服些。”憨头吁了口气。

二人出了医院门，到大街上。街上人多，憨头的脑袋都给人呀车呀晃晕了。太阳也迷迷瞪瞪，不似乡下那么清亮，像在做梦。憨头想回去睡觉，可又不忍败兄弟的兴致，只懵懵懂懂跟了他去。到了广场，憨头看到那匹铜制大马，高高在空中，张着大口，扬着蹄子，就说："人说这马把西营水库的水喝干了，我们才旱。是不是真的？"

灵官说："谁知道呢？说啥的都有。说好的，说这马张嘴吃的是永昌的草，粪却屙在了武威，肥了武威的土地。听说永昌人雕了个石牛，长长的角，专门用来牴这匹马。谁知道哪个对呢？"憨头说："怪就是怪。我老觉得这马要倒下来。"灵官说："我也有这感觉。还是不倒的好。为修这马和台子，花了不少钱呢。一倒，还不是得老百姓出钱。"憨头说："那就不叫它倒了。""就是。"二人的语气仿佛真能决定啥大事似的，便都笑了。

路过大十字，憨头说要照个相。他说："我还没照过啥相呢。照一个，或许以后用得着。"灵官认真地望憨头。憨头笑笑。灵官说："照归照，可别乱想啥。"憨头说："我没乱想啥。"心里却在嘀咕：莫非他瞒着我的病？心倏地暗了，但还是挤出笑，进了照相馆。二人合了个影。憨头说："一样是照，再照一个单身，也许日后用得着。"边说边留意地望灵官，见灵官这次并没异样，才松了口气。

2

一进病房，灵官的头便大了。单那股药味儿就叫他受不了，何况还有其他乱七八糟的味儿。巴掌大个病房里有六张床。每张床一个病人，一位陪员。只这十二个人呼吸，便是个大污染源。灵官一想到自己吸入的气，是从那些人的口里呼出的，就不由得恶心了。待不了几分钟，他就溜出去了，把憨头一个人丢在病房里。

憨头恰好相反，一从街上回到病房，就似小鸟回了窝，有了安全感。乱嚷嚷的噪音没了，乱哄哄的人流没了，一切都显得那么安逸。当然，这仅仅是他瞬间的感觉。很快，他就感到不安了，他想到了一天的花销。他格外自卑，不敢和同房的病人对视。即使对方随便问他一句话，他也是受宠若惊，堆上一脸谄媚的笑。

同房的那个“肝包虫”，猫个腰，拿个瓶子。瓶里插着从肋下穿出的疏导管。这是憨头最怕看的镜头。一想自己也会变成那个样子，就有点害怕，但想起爹妈愁苦的脸，又觉得这个病人很幸运——听说他入院第四天就动了手术。

同病房还有一个是寒症。憨头不懂啥是寒症。一个老头告诉他就是“气卵子”。另一个腿折了，皇城人，做生意的。两个地方的牧民争夺一块草滩时，误伤了他。一个是阑尾炎。再一个就是告诉他“寒症就是‘气卵子’”的老头，患了怪病，肾里有了块石头。

憨头觉得自己最不幸。

3

老顺带来了两只鸡，叫灵官送给大夫。灵官提了，去见同学。同学笑了，问：“你这是算打个招呼呢，还是送礼？”灵官不解。同学笑着解释：“先打个招呼，这点也成。送礼嘛，太薄了些。”灵官说：“知道知道，就当打个招呼算了……真正送礼买些啥呢？”同学说：“啥都别买。钱最好。你知道他缺啥？买啥也不合人家的心，不如送钱。”灵官问：“送多少合适？”同学笑了：“当然是多多益善。哪有个啥合适不合适？不过，多了你没有。三五百块钱总有吧？”灵官倒抽一口冷气：“哟，这么多？”“多？”同学摇摇头：“这点多啥呀？人家早给你安排几天，啥都出来了。再说，病人家哪个都想早治好，攀比着送礼呢。”同学就带了灵官去大夫家，提了两只鸡算是认路。

老顺听了灵官的话，牙缝里唏哩好一阵，才说：“反正得花，送吧，送吧。该着咋，就咋……你该花就花，娃子的病要紧……我先回去粜那几颗猴食。”

灵官说：“也不急。花着看吧。住院费也不是一次就交几千。一次五百。

等万一不够了，再粜也来得及。上次交了两个五百。手头还有千几呢，花着看。万一不够了，再粜。”

老顺思谋一阵，说也好。沉默片刻，又说：“我还是回去借几个。那些麦子先不粜，万一措手不及时，再粜。”又再三叮嘱道，“该咋花，放心花。娃子的病要紧。”灵官答应了。

老顺回村后，看到莹儿的眼睛跌进了眼眶。猛子却还那个样子，仿佛家里没发生过啥事。老顺很满意莹儿的瘦，认为她长心，便越加反感猛子，就恶狠狠对他说：“你心上也该搁点事了，啥都不能往老子头上压。去，再生发个几百块，要给那些驴送礼呢。”猛子问：“哪些驴？”“大夫。”猛子一听瞪圆了眼：“凭啥？”老顺冷冷地说：“不凭啥。好几天了，说是观察，愣是不排个时间。不送些，怕是到驴年马月了。反正是个冤枉钱，总得花。”

猛子咬了牙瞪着眼，瞪一阵咬一阵，觉得咬瞪也起不了作用，就说：“该张嘴的都张了。不成，就粜粮食。”“粜？”老顺冷笑道，“你就知道粜。粜光了，你喝风去？天这个旱法，明溜溜要杀人哩。去吧，能生发多少，就生发多少。”猛子的喉结动了动，却也没动出一句话来。

老顺蹲在炕沿上，边抽烟，边拧眉头，盘算着能张口的人。灵官妈的眼睛盯着老顺的嘴。老顺嘴里吐一股烟，她的嘴也动一下，想问啥，终于没敢问。

莹儿悄声没气的，怯怯的，有种歉疚，不敢和公婆对视，仿佛憨头的病是她造成的。

“馍馍渣凑个锅盔。”老顺用力吐出一个烟蛋，绕了烟袋，跳下炕来，吩咐道：“见谁都张一次嘴。一块也成，几毛也成，能凑多少就是多少。凡是认得的人，都张一次。”灵官妈说：“也成，谁家不遇事呀，长心的都会帮凑几个。”

猛子说：“我不去。”老顺恶狠狠瞪他一眼：“你不去吃屎去。”猛子说：“挨门挨户我张不了那个口，反正我给生发个百儿八十的。”“也成。”老顺说。

午饭后，老顺从村东开始，灵官妈从村西开始，挨家挨户，说同样的话，求同样的事。憨头住院是件大事。村里人尽了自己的力帮。半天过去，总共借了八百五十元五角。猛子也借来八十二块钱。老顺叫猛子将各家的借款数记下。老顺向来丢三落四，记性不好，可这次哪家几毛哪家几块却记了个清。

次日，老顺打发猛子去城里送钱。猛子却说他正打算出去挣些钱。老顺忽想到猛子做事向来毛手毛脚，叫他送钱，自己心里不放心，就自己坐车进了城。

4

老顺进病房时，憨头正打吊针。那个患了肾结石的老头，正哎哟呻唤。听灵官说，这老头已动了手术，白挨了一回刀，刀口拉开后找不到石头。听说手术大夫用针在那个肾上刺了个遍，却没找到半星石头。老头子脸色发白，边哎哟边骂大夫是吃稀屎的。

“气卵子”劝道：“算了，算了，别骂了。你还算幸运，没给你把肾全割了扔掉就算不错了。知道不？有个人左腿得了骨癌，却叫大夫把右腿给锯了。”

“就是。报上说了。”皇城人应和道，“有个干部左肺得了癌，动手术时倒把右肺切了。本来还有活的希望，这下，全完了。……还有个姑娘，得了阑尾炎，却叫大夫把子宫切了。”

老顺一听，白了脸，拉了灵官出门，到走廊无人处，说：“听见了没？这世道，该花还得花。”灵官笑笑，说：“花了，该花的花了。”“多少？”老顺急急地问。“五百。都给了主治大夫。本来，还要请那些人吃一顿的，主治大夫说算了，他给他们说说。”“请就请一顿，该花的还得花。”灵官笑了：“请不起呀。吃一顿，没个几百下不来。”老顺惊得张了口，半晌呼不出一口气。

老顺将报纸包的一大包零钱给了灵官，说：“九百。……总算把那几颗猴食保住了。”灵官又给了爹，说：“带多了不好。先放在家里……最好到银行换成整的。零的，拿不出手。”“凭啥拿不出手？零的也是钱。”“不凭啥，人家怕麻烦。”老顺便将那包报纸包着的零钱装进了破纤维袋子。

等憨头输完液体，父子三人出了医院，进了饭馆。老顺说：“你们吃。我带了馍馍，刚吃过。”灵官埋怨道：“吃顿饭能花多少？你细，细了多少年，也没见细下个财把把儿。”憨头也说：“就是。这么远来了，不吃咋行……我吃不多，一点点，多了胀得难受。”老顺说：“你放心吃。人是铁，饭是钢。人全靠五谷长精神，细啥哩？”憨头说：“我是真吃不多。吃上难受。”老顺望望憨头又黄又瘦的脸，心里不由一沉。灵官要了三碗炒面。

老顺问：“那个疙瘩长了没？”“长了。”憨头说，“吹气似的。头一回做B超，才八厘米。第二回，就十五了。现在，我估摸快二十了吧。”见老顺沉了脸不再说话，灵官就说：“吃饭就吃饭，不说别的。”憨头说：“快动了。任它长多快，一刀剜了，就好了。”

灵官说：“就是。”望老顺，老顺却恍惚了眼，不闻半点声息，半天才往嘴里拨一点面条。

吃过饭，父子到街上转了转。老顺说：“你们还是回去吧。没钱，有个啥转头？”辞了儿子，去车站。一路上，心里噎噎的难受，老觉得天阴着。街上人多，但都进不了老顺的心。他心头晃的老是憨头黄瘦的脸。

路过东小什字，见一个瘦老头正给人算命，正“朱雀玄武”乱七八糟说得起劲。老顺驻足，见一人被算得头点得像吃食的公鸡一样，就也想算算。等个机会，对那老汉伸出了手。老汉摆摆手说：“我不看手相，我推八字。”老顺不知啥是八字。老汉便解释了一番。老顺慌了：“我只知道我是属牛的。正月十八生的。哪一年，我不知道。啥时辰也不知道。谁管这些呀，活得稀里糊涂，娘老子也没说过。”老汉一听，笑了：“没啥。不推八字也成。给你赶个流年。”说完伸出右手，用拇指在各指节上点了一阵，说：“你是白虎入命。今年家里不利顺。破财不说，还得担些惊恐。”老顺一听，连连点头：“就是，就是。我儿子正住院呢。”老汉说：“破财倒是小事，就怕遇个丧事呀啥的。”老顺脑中嗡了一声，忙说：“不会吧？不会吧？”老汉一本正经说：“我这是按你的流年赶的。”老顺说：“有没有禳解的法子？”老汉捻捻胡须：“这个嘛……”老顺掏出了脏兮兮的钱，多是角票，从里面挑了五张一元的，递给老汉。老汉望一眼老顺和他手中的那些钱，摇摇头，说：“算了，你是个老实人，我也不要你的钱。留几个，吃碗饭吧。”老顺却把那几张票子放到卦摊上，说："钱是小事。能保住人，给你个牛都愿意。"老汉笑笑，说："也好，也好。"说了禳解法：找七家面——找七个人各捏一撮也成——和了，捏一只白虎，送到正西，再烧七张黄钱。老顺问："啥黄钱？""就是金钱。""啥金钱？"老汉笑了笑，从一个袋子里掏出一叠黄纸，上面印着红色的怪模怪样的图案。老头数了七张，递给老顺。老顺问多少钱。老汉道："算了，送你，省得你到处找。"

老顺心里一热，有种想给这老头磕头的欲望。

见老汉又将目光转向身边另一个人，老顺便悄悄退出身子。心里已多了份信心，背债和憨头的病引起的不快就淡了些。

这时，街上的景物才进了老顺的心：忙忙碌碌的行人，茶摊上哗哗啦啦的麻将声，瞎仙嘶哑的嗓门和三弦子的嘣嘣声……老顺觉得这一切很遥远，遥远到另一个世界了。所有的人都很幸福，最不幸的是他。他盼着憨头的病快些好，这样他也许就快乐了。心上一有事，人就很难快乐。又想，憨头的病好了，灵官猛子的媳妇又该愁了，兰兰也没个娃子……他觉得许多事在他身前身后围着等着，一见他心里有个空隙，就要挤进来。于是，他知道这辈子是无法轻松快乐了。算了，他想，生就的骨头长就的肉，该着这么个苦命。苦就苦吧。

上了车，老顺仍闷闷不乐。他找了个车尾的位子坐下，这里安静些。心里的喧闹太多了，脑中像塞了把麦草似的乱。

他又记起了那个老汉教给他的方儿。记忆倒没有背叛他：七家面，七个人捏也成。面老虎，西方，金钱……想到金钱，老顺的心晃了一下，他怕自己慌乱中没拿，或是无意中丢了。找了一阵，终于在用来装钱的最里面的衣袋里找到了它。数数，不错，正是七张，只有一张缺了个角儿。老顺后悔当时没留意，应该换一张。又想，人心不足蛇吞象。人家已白给了你七张，不就缺个小角儿吗？阳世上的票子缺个小角儿都能用，神鬼的肯定也一样。老顺放了心，小心叠好那几张黄纸，包了手绢，仍放进最里面的衣袋里，按按，手感觉到了那个凸起的方块，才舒了口气。

放下了金钱，憨头的脸又进了心。他想起憨头说的那疙瘩吹气似的长，心又嗵嗵嗵跳起来。哪有肝包虫那样长的？毛旦的老子得过这种病，那个疙瘩也不见怎么长。总不是……那种坏病吧？老顺不敢想那个字。这个念头一出现，老顺觉得天塌了。白头老子送黑头儿子，世上没有比这更惨的事了。他简直不敢想。日他妈，这老天爷真瞎了眼，有病叫老子得也成，叫年轻人好好活。

不过，大夫说是肝包虫，还做了几次啥超，想来是不错的。大夫又不是吃舍饭的。还有机器，听说那机器是从外国进来的。洋鬼子能日鬼得很，造的东西能把肚里的啥都看个一清二楚。用洋鬼子的东西看病，想来是看不错的……不是那种病就好。现在，倒真希望是肝包虫呢。

车开了，发动机在嗡嗡。老顺的脑子也在嗡嗡。车走时，老顺有恶心的感觉。老毛病了。

5

当晚，灵官妈就到七个人家各要了一撮面——本来，七个人捏七撮也成，但灵官妈觉得还是七家子的面地道——捏了一个面老虎。灵官妈虽说没见过老虎，但见过猫。她“照猫画虎”，捏了许久，才捏了一个很不像老虎的老虎，送到西方百步外，烧了那七张黄钱。

做完这些，灵官妈心里松活了些。只是不踏实那只面虎捏得不很像，不知是否会影响禳解效果。问老顺，倒惹得老顺大怒：“你把它当成白虎不就得了？疑神疑鬼啥哩？”这一来，灵官妈心里越加不踏实了。夜里就做了个噩梦，梦见那白虎把憨头叼走了。奇怪的是，梦里的白虎倒似模似样，俨然是个放大了十几倍的白猫。

梦中醒来，她一身冷汗。老顺倒在轰轰隆隆扯呼。她怪丈夫是个大肝花，儿子住了院还能睡成这副孬样。当然，要是老顺整夜整夜地睡不着，她又该扯心了，怕他也会愁出病来。丈夫边打呼噜边吧嗒嘴，声音惊人地刺耳。她推了几下，推不醒，就索性揪了耳朵，三拧两拧，把他拧醒了。

“人家正啃猪蹄子呢。好香，香到脑子里去了……三更半夜，犯神经呢……你。”老顺打个哈欠，又拌了几下嘴。

“想吃了，买一个啃去。”

“死贵。一个猪蹄子，八块大钱。乖乖。”

“做了个不好的梦。”

“啥梦？”

“憨头叫白虎叼走了。”

老顺又发了脾气：“你一天再有没有想的？睡梦里刚忘掉，心里才松活了些。你的臭嘴又……”

“那白虎又像个大猫。”

“猫？”老顺松口气，“猫是送子娘娘。你忘了，怀灵官时……”

“就是。一个猫儿扑到怀里了。可送啥呀？我早结扎了。”

老顺哈哈笑了：“你人老心不老呀，还想生个……嘿……就这几个爹爹都够叫人头疼了，你还想生？”

“屁，像个白猫。可明知道是个虎。”

老顺寂了声，许久。灵官妈觉得寂静和黑夜向自己压来。忽听老顺叫了声：“好梦！”

“好梦？”

“好梦。听瞎仙说，虎是贵人。梦见虎就是遇了贵人——薛仁贵不就是白虎星吗——虎叼走了憨头，就是贵人救了憨头。谁是贵人呢？……噢，对了。肯定是那个老汉，算卦的。肯定是。你想，七张金钱哪，没要一分钱。一分都没要。不是贵人是什么？”

“你不是给过人家五块吗？”

“那是我硬给的。人家不要，我硬给的。”

“贵人就好。也该有个贵人提拔一下了。”

老顺又吧嗒几下嘴，仿佛仍在品尝梦中的猪蹄子。而后，爬起身，取过烟锅，趴在炕沿上吧嗒起来。一股很浓的旱烟味弥漫于空中，灵官妈嗔道："抽个啥意思？半夜里也不饶人，也不怕抽出病来。"

老顺长长吸一口，唏哩好一阵，等那烟渗入了每一个毛孔，才慢悠悠吐出，慢溜溜说："啥意思？你要个啥意思？这是六谷。没五谷成，少了六谷可不成。老子这辈子也只有这个爱好。抽死了算了，总比愁死强。"说着，狠狠吹一下烟锅，仿佛要吹走心头的郁闷。

灵官妈说："你倒一套一套的。你有个六谷享受，我呢？我享受啥呢？天天抹锅边子，滚哩爬哩的，就不说了？"

"你也抽嘛。"老顺戏谑道，"这东西又花不了几个钱。几斤麦子换上半驴皮袋子，抽一年哩。又不像纸烟——听说双福抽的那烟，一根要就八角大钱呢，乖乖。"

"抽？我也抽！我抽的话，就抽一根八角的烟，把这个家抽穷算了。"

"抽去，抽去。"老顺笑道，"抽穷就抽穷，啥呀？这就够穷了，还能穷个啥样儿？再穷，就连裤子都穿不上了。"

"穿不上裤子的日子有哩。"灵官妈说，"你看这世道，啥都疯了，啥都像瞎虻，都榨老百姓的血。干骨头上都要榨出油来。苦日子在后头哩。"

"就是。庄稼也老是死。你说，这好好的麦子，怪不怪，一死一片，一死一大片。"

"灵官说是肥料的原因。化肥上得多了，就那样。"

老顺又吹出一个烟蛋。一点红星划个弧线，飞出老远，说："不上也不成。庄稼也像人，嘴吃馋了。"

灵官妈叹了口气，说："苦就苦吧，又不是我们一家人。谁家都这样。"

"就是。谁家都这样。天塌下来有高个子顶。怕啥哩？天不杀无根之草，总得给条活路吧？就是没活路也好，大不了一死嘛。死有什么难，眼一闭，啥都不知道了。"

"谁说啥都不知道了？"灵官妈说，"肉身子死了，还有魂灵子呢。魂灵子也受苦呢。活着是个穷人，死了是个穷鬼。"

“不一定。穷了穷，还养了几个儿子呢，逢年过节，他们给烧张纸，也就过去了。总比那些无儿无女的孤鬼强。”

“哟，啥呀？真要是天杀人，到儿子们穷得连裤子都穿不上的节儿，哪有钱给你买纸呢？”

“就是。”老顺道，“六〇年，谁还敬先人呢？人都饿得前心贴后心，一嘴干屎臭，谁还顾得上先人呢？”

灵官妈叹了口气，说：“真没个盼头了。原指望灵官考个学，月月有个麦儿黄，叫我们尝尝好日子是啥味道，可又不争气。这几个爹爹，一天比一天大，媳妇的毛都没有存下一根，憨头又……”

“不提了，不提了。”老顺气呼呼道，“不提这些，心上都毛呵呵的，还提啥？稀里糊涂活，活到啥程度是啥程度。能活了，多活几天。不能活了，上刀路上绳路，还不是蹬一下腿的事。大不了成个破头野鬼。至于成了鬼，受穷受福，管那么多干啥？啥也成。成了哪里的和尚，念哪里的经。管那么多干啥？想那么远干啥？”

灵官妈不说话，叹口气。老顺抽烟的吧嗒声格外响，一直响到天亮。

6

吃过早饭，灵官妈又去齐神婆家，心里总是不踏实，总觉得那个梦不像个好梦，又不敢再探试老顺，怕惹出他的牢骚。憨头的病，把她弄成惊弓之鸟了，老觉得要出事。心总是空荡荡悬着，落不到实处，就想去齐神婆那儿探个口风。她知道齐神婆会圆梦。

齐神婆听了，连叫好梦，说的和老顺一模一样，是贵人在提拔憨头。灵官妈立马感到一种暖融融的轻松。

齐神婆说：“你早上来找我，好。其实，好梦坏梦，全凭圆梦人的口风。口风吉就吉，口风凶就凶。要是你对另一个人说了，他胡说一通不吉利的话，再是个好梦也给冲坏了。”

灵官妈笑着说："有你干妈哩。也幸好，有你干妈哩。"

"早些年，双城羊儿沟有个康老爷。"齐神婆抿抿红嘴唇说，"上省科考的头天夜里做了一梦。梦见两副棺材。醒来，正当夜子三更——只有三更的梦才灵验——又听见母鸡叫鸣。这都不吉利。早晨醒来就不想上省。他妈却说好梦好梦，夜梦双棺，官上加官。公鸡不鸣母鸡鸣，家中出个好举人。就上了省，真考个举人。"

"哟。"灵官妈装出一副吃惊的样子。其实，她也老讲这故事，但她装做第一次听到似的，"还是你干妈听得多，见得多。"

齐神婆又抿抿嘴唇，显然很受用灵官妈的话："同村里还有个秀才，也是夜梦双棺。喧给女人，女人说坏梦坏梦，两副棺材，你一副我一副。嘿，真还应了。在上省路上遇上了贼，给砍了脑壳。女人也上吊了。所以说，好梦坏梦，全凭圆梦人的口风。"

"就是，就是。"灵官妈应和道，"有你干妈哩。也幸好，有你干妈哩。"

灵官妈感兴趣的只是梦的吉凶，神婆说的这些，她也老在家里说。等齐神婆唾星稍稀时，便问憨头的病啥时能好。

"这我说不准。"神婆说，"得查。现在不行。等神来才行。先得看看是啥原因。是跟了不干净的？损了阴德？是庄子线口不对？是祖坟里有毛病？还是别的？得查。查出来，整治一下，才能说准。现在不行，现在我和你们一样。"

"哟，看你干妈，说哪里去了，你咋能和我们一样。你是半仙之体。我们是啥？跟个畜生差不离，不过多个说话，少条尾巴。"

齐神婆笑了，说："瞧，瞧，你把自己作践成啥了？"

灵官妈笑道："啥作践呀？要真是畜生倒好了，啥心不操，啥事不管，大不了干些活。我干的活，一点也不比驴少。像猪呀啥的，吃了睡，睡了吃，更叫人没法子比。当个人有啥好？像我，还没有活明白，就老了。先是愁娃娃们长不大。大了，大了又能干个啥？两个娃子媳妇还没着落，憨头又……你说，这病，你得在我身上也成。不管咋说，我也活了狗大的岁数了，叫人家娃娃们好好活活……唉。"说着说着，灵官妈眼圈红了。

“谁是谁的命。”齐神婆劝道，“你也别太往心里去。吉人自有天相。该花的花了，病也就好了。人嘛，活着，总有些乱七八糟的事。活人难。你看人一落地，就哭，咋没见个笑的？活人难嘛。一个血泡泡儿，一落地，就哭，就知道活人难，可还得活嘛。”

“就是。”灵官妈抹抹眼睛，说，“总得活。老天爷给个啥，人就得受个啥。它能给，我就能受。有你干妈哩，有啥不惦不到的，你瞭望一下。不管咋说，是一块土儿的。远亲不如近邻，近邻不如对门……幸好，有你干妈呢。”

“瞧你，说哪里去了，你的事就是我的事。再说，我自小就喜欢憨头那个娃子。小小儿，就很规矩，很懂事，说话就脸红，像个姑娘似的，不像那些二流子，眼飞毛奓，没大没小的……夜里你来，我给查一下，看看究竟是啥毛病。也许没啥。活人的路长着呢。谁没个头疼脑热、这里疼那里痒的？这也是他该过的一个坎儿，过去就没事了。”

辞了神婆回家，灵官妈心里松了许多。关于梦的疑惑和担忧终于消失了，搬去了压在心上的石头。见了老顺，没说话，就露出了笑。老顺却问：“大清早的，又去哪里捣八家子？”“没事，没事。”灵官妈不计较老顺的态度，说，“没事。神婆说了，是个好梦，跟你说的一样。”老顺这才知道她大清早出门的缘由。动不动就跑神婆家，这很使他反感；但听她说了梦的事，便笑了：“当然，我说好就好。”

猛子进了书房，伸个懒腰，对老顺说：“明儿个花球他们去盐池驮盐。叫我去不去。”“干啥？”“驮盐。说是带点面呀啥的，给盐池上的人，人家就给你一驮子盐。驮几个来，也好生发些钱。总不能老在债窝里打滚。”老顺露出一丝笑：“着。人大了，该操的心还是要操。不要啥都往老子身上压。”“那就是叫我去了。”猛子转身走了。

老顺叫住他，说：“你去归去，可别胡闹。毕竟是公家的盐。人家叫咋你们就咋。不要乱来。”猛子说：“谁乱来呀？要钱给点钱，不就得了。再说，花球他们认得人，上次只给了几个馍馍，就让他们驮了一驮子。这次，花球叫我带几只兔子。”老顺说：“自己抓去。现在可不好抓了。去吧，试一回。

这几日，忙了个二眼麻达，也没好好喂鹰。再不进沙窝，鹰就背了。”猛子说：“背算个啥？要没我，鹰早饿死了。”老顺说：“哟，成下功了？要没我，你又在哪里呢？”

吃过饭，猛子带了兔鹰同花球一起进了沙窝，捉了几只兔子。次日清晨，两人就牵着骆驼进了沙窝，到盐池里驮盐去了。

7

灵官抽空回了趟家，发现母亲脱了相，整个皮包骨头了。

现下是女人们最忙的时候，要薅草，拔燕麦，顶着日头流臭汗。在村里，这些活天经地义是由女人干的。男人反倒成了无事的闲人，不少人都在打白铁聊天。当然，也有一些女人软硬兼施，把男人弄到地里拔燕麦。于是，这男人便成了别家女人攀比的对象。而被攀比者则总是耸耸鼻头，表示不屑提及那个“塌头”。

看到灵官，灵官妈脸色变了，却不敢问一句话。灵官笑了，说：“没事。这个礼拜六动手术。”老顺说：“咋又拖到星期六呢？”灵官说：“传染病都在星期六动……这就不错了，总算给你排上了。”老顺问：“交了几回钱？”“两回。一回五百。昨天又催，还没交。”灵官妈吐了舌头：“手术还没动，就花了这么多。等一动，又得花多少钱呢？”灵官说：“主要就是手术前花，光B超就做了三次。一次三四十。有啥法？真正该花的，倒不多。”老顺说：“反正是冤枉钱，花吧。不花也由不得你。谁叫你害病呢？”灵官问：“嫂子呢？”“厨房里做饭哩。”灵官妈说：“瘦了。也不好好吃饭，黄缥缥的。”灵官说：“我也不想吃。吃也没味道。家里遇个事，总觉得心里堵得慌。憨头带了东西呢，给她。”就进了厨房。

莹儿正擀面，见了灵官，脸倏地红了，渐渐又白了。灵官说：“没事，星期六动。动了，就好了。”莹儿不说话，望他一眼，低了头，几滴泪滴到擀开的面上。“真没啥。小手术。”莹儿用袖子抹一把泪，一句话不说，又擀起面来，半晌，说："你今儿个去不？""去呀。""我也去。好好赖赖也夫妻了一场。"灵官说："没法住的。"莹儿说："不就一夜吗，不睡还不成？总有坐的地方。"灵官说："我不管。你问妈去。妈叫去，你就去。"他掏出一瓶油，给了莹儿，说："这是他带给你的。"莹儿接了："多少钱？"灵官说："十几块呢。"莹儿哟一声："这么贵。我不信他舍得给我买这么贵的东西。"灵官说："真是他买的。他说这些年，可真委屈了你。他说他还不知道城里姑娘都用这个。"莹儿痴了一下，眼圈红了，赶紧揭开锅盖。

灵官妈进来了。灵官说："她想去，看看憨头。"妈说："我也想去呢。才几天，觉得过了几年。"莹儿说："同意了？"灵官妈道："我有啥不同意的？我也想去，可一直舍不得花钱。"灵官道："能花多少？车费，才几块。再吃上一顿饭，也不过几块。"莹儿说："我不吃饭，带上馍馍。"灵官妈道："说归说，饭还是要吃的。不要乱买啥东西。"

莹儿说："吃馍馍也好。城里那饭，我还咽不下去，饭馆那个脏法。"说着就去切面条。

妈对灵官说："说是那么说。可该吃，还是要吃。嘴上的亏吃不得。"灵官笑道："知道知道。你以为我是你？把个钱当成命，进回城饿得眼发昏，也舍不得买个饼子。""挨刀货。"灵官妈笑骂，"那时候养活你们一群嘴，连裤子都穿不囫囵，谁舍得吃？倒叫你们当成话把了。真是无义种。"

妈扯扯灵官袖子，示意他出去。出去后，她悄声说："你要有点眼色。该叫他们两口子蹲的时候，你避着点。"灵官笑了："你呀。病房里十几个人，我避了，人家又不避。"妈瞪他一眼："人家想喧个啥，还是叫人家喧喧。你又不是榆木脑袋松木节。"

"知道，知道。"灵官忙笑了。

8

吃过午饭，莹儿收拾一下，给憨头带了几件换洗的衣服，摊了几张憨头爱吃的煎饼，同灵官一起出门。

村口，北柱花球们正在戏弄毛旦。

“屁，屁。”毛旦嬉笑着。除了说“屁”，说不出别的啥。

灵官笑了。莹儿却红了脸，前面走了。毛旦忽然说：“灵官，你笑啥哩？快去，你嫂子等不及了。”

毛旦一句话就将火力引到灵官身上。“就是，快去。”“瞧，人家走路的那个风骚劲。”

莹儿知道他们要说些难听的话了，就腾地红了脸，前面走了。毛旦说：“灵官，你愣啥哩？快去。搂定尕妹妹亲了个嘴，一个冰疙瘩化成了水。”

“就是，快去。红不溜溜的嘴唇花不棱棱的眼，紫红色的肚兜儿浑身软。”

“瞧，你嫂子等不及了。想你想得吹不灭灯，灯花花落下多半升。”

“灵官，你嫂子可是花儿仙子呀，叫她来一段：‘黄河沿上柳栽栽，多会儿长成个树哩。手压着指头数日子，多会儿肉挨肉哩。’”

几个人嘻嘻哈哈，你一言我一语，尽说花儿里的词儿，内容越来越露。

灵官知道回骂不起作用，索性逃了去。

“瞧，见了嫂子，灵官成疯狗了，噌地就追上去了。”北柱冒出怪声。

“恨不得拿个长杆子捣下日头爷。”

“捣日头爷干啥？日头底里干事，才有味儿呢。”

村子和公路之间隔着大沙河和一个沙洼。一进沙洼，莹儿便回过头来，似笑非笑，问灵官：“他们说了些啥？”灵官笑道：“没顾上听。你听他们说了些啥？”莹儿笑道：“我走得快，只听到他们叽叽喳喳，倒没听清内容。”

灵官笑了：“是吗？”认真望她。莹儿也望，脸渐渐红了。忽而，她咬咬嘴唇，眼里涌出泪水。灵官慌了：“瞧你。我又没惹你，哭啥哩？”莹儿垂下睑，用手去抹泪，哪知越抹越多，满脸水晃晃的。灵官手足无措了，心想：叫人看见了咋办，人还以为我咋了呢。四下里看了看，幸好，四下里不见一个人影。

莹儿的抽泣声渐大，竟成呜咽了。灵官跺跺脚，拉她一把，示意她快走。

谁知她趁这一拉，扑进他的怀里。灵官推她几下，推不开，已被她吻得满是泪水。他嘿了一声："天。你也不看个地方，叫人看见……"莹儿抽泣着："看见就看见，大不了一死。"灵官吻吻她，轻声说："行了，行了。"使劲推莹儿。莹儿才松了手，抹去泪，痴了似的望他，许久。

灵官心里一阵发热，四下里望望，见无人，就捧了莹儿的脸，使劲吻。莹儿呻吟着。呻吟声激荡了灵官，越加吻得她喘不过气来。"成不？"他悄声问。"这儿？"莹儿轻声说："过路子地方，人多。"

灵官喘着气，指指南面的一道沙岭，说："那面僻静些。"莹儿不语。两人翻过沙岭，滚在沙洼里。莹儿嗔道："大天白日……"灵官说："他们不是说日头底下有味儿吗？"

憨头的脸忽然闯进灵官大脑。他想：我真不是人。但他遏制不住腹内燥热的涌动。连日来，焦躁已腌透了身心。清凉的莹儿一出现，他便像渴疯的畜生一样身不由己了。

沸腾的情绪终于静了，自责才正式进入大脑。灵官狠狠撕几下头发，说："我真不是人。"莹儿马上明白他指的是什么，脸倏地白了，整理衣服的手凝在空中。"我真不是人。"灵官又说。他用拳头一下下砸额头。

莹儿坐在沙丘上，呆了半晌，才说："是我不好。不怪你。有报应我一个人受。不怪你。"灵官又砸几下额头，说："明知道……不该……可没法子……我也没法子……走吧。"

上了沙岭，见队长孙大头正摆着八字步在沙洼里走。灵官慌了，想退下沙岭，可孙大头已看见了。莹儿轻声说："就说是抓兔子。"话音没落，大头的声音已满沙洼响了："哟，灵官，领了嫂子干啥好事呀？"灵官说："嘿，一只兔子，打伤的。捞个瘸腿，三撵两撵，还是没撵上。"大头笑道："你敢是抓你嫂子的那两个兔子吧？"灵官大声说："谁像你呀。"赶紧转了话题，"车过去没？""过了，刚过去。去龙王庙了，马上就过来了。"灵官说："哟，差点误了车。"话刚出口，自己也发现是句做贼心虚的废话。

孙大头笑道："急啥呀，车多得很……慢慢多抓几下你嫂子的兔子。"灵官说："你想的话，抓去。"孙大头对莹儿说："听见没？他可同意了。成不？"莹儿索性笑道："成哩。你吃也成，只要叫一声妈。"孙大头嘿一声，张牙舞爪扑了过来。莹儿咯咯笑着跑了。

上了大路，灵官忽然一拍脑门，说："坏事了。"莹儿吃了一惊。灵官悄声解释："沙子没弄平。大头要是上去看……"莹儿吃吃笑道："心放到肚里吧，谁没事吃饱了撑的。真知道了又咋样？"灵官悄声说："为啥表面越文静的女人，浪起来越厉害？"莹儿笑道："当然了。你往水里压过皮球吗？压得越深，反弹得越厉害。"

望着莹儿鲜活的脸，灵官的心又荡了。

莹儿却又轻声唱起了花儿。她的眼里溢了泪花，望着灵官痴痴地笑，像要把他吸进眼里——

铁匠打下的鹦哥架，
架上鹰蹲着哩。
多人的伙里难搭话，
我俩心通着哩。

兰州的木塔藏里的灯，
拉卜楞寺的宝瓶。
想烂了肝花想烂了心，
哭麻了一对眼睛。

三更里梦见好睡梦，
我身子花床上睡了。
惊得（着）醒来是你没有，
清眼泪泡塌了炕了……

9

一见憨头，灵官的自责洪水似的卷来，滚滚滔滔，淹没了一切。“我不是人，真不是人。”他念叨。憨头太瘦了。灵官第一次发现他竟这样瘦，真正骨架上包了层皮，而且黄得骇人。憨头的脸上斑点多。再多的斑点，也掩盖不了那黄。灵官的心一阵阵疼，对自己的谴责也越加厉害。

憨头很高兴。媳妇能在这时来到他身边，他当然很高兴。他一点也没有掩饰自己的兴奋，张口笑着，虽说没有声音，但谁都能看出他的幸福和喜悦。这一来，他的颧骨显得更高了，眼窝更深。

莹儿显然也很意外。憨头的变化很使她吃惊。他更丑了。骤然间，她竟感到对方异常陌生，仿佛他根本不是与自己同床共枕过的那个人。但很快，善良的天性使她产生了异乎寻常的柔情，眼泪一下子涌了出来，觉得自己今天与灵官干那事极不应该。

憨头被莹儿的泪感动得不知所措。他搓搓手，求助似的望灵官。灵官垂着眼睑，尚在谴责自己。憨头急了，说：“你看，你看这……也没个好吃的。”灵官说：“我去买果子。”就出去了。

同室的病人问憨头：“这是你啥人？”憨头嘿嘿笑道：“媳妇。”“哟，这么漂亮的媳妇。”憨头嘿嘿笑道：“就是。谁都这么说呢，都说一朵鲜花插到牛粪上了。”莹儿嗔道：“谁又说来？”憨头笑了。灵官买来了果子，憨头拣了几个去洗。莹儿望望灵官，灵官自责地苦笑一下，摇摇头。莹儿也笑笑，笑里有“过去了就不提了”的意味，但灵官还是自责地摇头。

憨头捧了洗好的果子进来，放到桌上，又去拿手巾。莹儿说：“不擦了。不擦了。”憨头执意要擦。灵官说：“一擦，反而擦脏了。”憨头就住了手。莹儿拣了一个递给憨头。憨头说：“我不吃，我常吃。”莹儿说：“吃吧，吃吧。谁又不知道你的脾性。常吃空气呀？”憨头嘿嘿笑着接了，咬了一小口，嚼了好一阵子。

莹儿问："疼不？"憨头说："还那样。疼倒不很疼，就是胀得慌。那家伙还在长。"莹儿说："不要紧。动了就好了。""就是。"憨头说，"动了就好了。蹲得急急儿了。这鬼地方，真不是人蹲的，好人都能蹲出病来。"

10

猛子从盐池回来了，驮回了几口袋盐。他很得意，像踌躇满志的叫驴。一进门，他就炫耀自己的战果："瞧，妈，足有四百斤。四百斤哪！本钱多少？几个兔子。你还不高兴？好像我天生是个败家子似的。真是的。咋样？这下没说的了吧？"灵官妈笑道："行了，行了。不就是些盐吗？又没有拾上个狗头金。"猛子嘿一声："盐咋了？这是钱。盐换麦子，麦子再换钱。"灵官妈笑道："早不去晚不去，单单在你哥住院的时候去，把灵官可忙了个二郎担山。""动了没？""这个星期六动……人可瘦成皮包骨了。"

"瘦有啥？出了院，抓几个兔子，吃几顿，就缓过来了。"

"抓啥？顾不上务息鹰了，你爹要放哩。用带血的肉喂了几天，有野性了，说是夜里要放哩。"

"也好。该叫人家回山歇着了。都迟了，这几年打春就放了。"说着，猛子走到鹰架上，捋捋鹰。鹰咕咕咕低唤几声。猛子道："好了，要放你回山了。没好食喂你，瞧，毛也换不了，髭毛郎当的。好好找个媳妇，养个鹰娃儿，白露一过，带了来。你不成了，老了。挨不了冻了，一过冬，怕是连小命也做不了主了。"

莹儿笑道："你想媳妇，就说你想。托到鹰身上干啥？"

"啥呀？"猛子说，"媳妇有啥好想的？娶个媳妇套了个罐，养个娃娃上了个绊。现在多好，想溜了，就溜出去。想回来就回来，多自在。"

灵官妈说："自在是自在。没个人管教，你少给老娘生事。"

"生啥事呀？我生过啥事呀？"

莹儿笑了。猛子明白她笑的是自己与双福女人的那档子事，脸红了。灵官妈也笑道："没生过就好。谁都知道猛子是个老实疙瘩，三榔头砸不出个屁来。"

莹儿越加大笑。猛子脸红了，却笑道："你知道就好。"

灵官妈说："你别磨嘴皮子了。把事情处理一下，进城去。你们商量没？盐咋个分法？"猛子说："商量啥呀？谁驮的归谁。我怕骆驼吃不住劲，没敢多驮。""行了。"灵官妈说，"多少才够呢？人心不足蛇吞象。这些年，没驮，不也过来了吗？多少贴补一些，能松活些就成。谁又指望靠这个发财呢。"

猛子踢踢卸在屋檐下的盐驮子，说："有人换，你就换。一斤粮食两斤盐。过几天，再跑一趟。强若跟上黑包工头子搞副业。"

灵官妈说："就是。有个吃饭的肚子，也要有个想事的心。"

"知道。你一唠叨，头就麻了。"

傍晚时分，老顺和猛子美美喂了一顿鹰后，就用树条抽它们。鹰们尖叫着飞到树上。一过夜，它们的野性就完全醒了，就会飞回祁连山，去繁衍子孙。它们已成了老鹰，毛薄，力气小，过不了冬天了。日后接替它们的，是它们的孩子，叫当年鹰。

11

太阳明晃晃照着，热得越加像个太阳。老顺脑浆都给烤干了，索性不去想啥。想也没用，干脆不想。活就是了。糊糊涂涂好。今朝有酒今朝醉，管他明天喝凉水。喝凉水就喝凉水，怕啥？只要有凉水，多少再搅几颗米就能活下去。山芋米拌面就这样，一锅水，一把米，几个山芋，一把面，不也养活了祖宗几十辈吗？凉州人不就是这样延续下来的吗？没啥多求的，只求一锅水中搅上几个米颗就成。能养命就成。养不了命也成。六〇年，不是饿死了大片吗？沙洼里摆满了尸体，谁又怨过啥呢？命就是命。除了白狗那些烧包，谁又想过置个枪呀刀呀的？能有个三寸气在，当然好。三寸气断了，也没啥。做鬼不也挺好吗？

近来老顺一脑子糊涂。气多到顶点，也就没气了。人愁到顶点，也就不愁了。天底下受苦的又不是老子一个。天塌下来有高个子顶哩。我愁啥？急啥？骂啥？怨啥？土里生土里长，到老还叫土吃上的人多着呐！被人压得连屁也夹不住的人多着呐！被人榨得骨头里熬不出几星油花的人多着呐！他们能活，老顺为啥不能活？气啥？气大伤本身哩。没意思，真没意思。不管咋说，只要锅里还能搅出几个米颗子，就能活下去。气啥？等到有一天，锅里连一个米颗子也搅不起，也得活。活到哪天，算哪天。活不了时，眼一闭，腿一蹬，脱孽啦，哈哈哈。老顺笑了几声。他极力想笑得潇洒些，但没能如愿。心沉不说，嗓门嘶哑不说，那不争气的眼里竟笑出几滴不合时宜的水来。

老顺想到了去年到他家来采啥风的那个作家，那可是个好人。老顺说他是好人的理由是他没一点架子，看得起我们老百姓。也抽旱烟，也喝山芋米拌面。老说，凉州的百姓是世界上最能忍耐的人。他的理由是凉州历史上从没爆发过农民起义，即使活不下去的时候，也宁愿上吊而不揭竿而起。老顺大致听懂了他的话。他当时就想，为啥要揭啥竿起啥义呢？多了，吃饱些。少了，吃清些。能活了，活几天。活不成了，就死。造啥反呢？造反是个最叫人难以接受的字眼。那是要杀头的。被杀头的人在老顺眼里，总是有罪的。饿死了，没啥。给杀了头，祖宗羞得往供台下跳呢。何况，除了六〇年，老顺们还没到锅里搅不出米颗的地步。有一口山芋米拌面喝，谁又起过不良之心呢。成了，活一天是两半日子。好死不如赖活着。不安分的人当然也有，但那是老顺最看不起的，是“无义种”，是“倒肚子”，是“贼疙瘩”，是“驴日的，马下的，青草湖里长大的”，这不，连他的娘老子都不被当人看了。

那个作家还谈到了沙娃娃。他说那也许属蜥蜴科。老顺可不知道啥科。他只知道沙娃娃像蝎虎子，但不是蝎虎子，腿短，软，撑不起身子，可溜得快。除了溜，沙娃娃最大的本事，就是自残躯体，被人逼急了，宁可甩断尾巴，也不敢咬人一口。好在过不了多久，伤口便可自愈，断尾还能重生，倒也活得逍遥。老顺死也不明白，为啥那个作家说，凉州百姓像沙娃娃。

太阳搅天地叫。老顺感到天地间有股巨大的燥热在啸卷。沙娃娃最喜欢这样的天气。一群沙娃娃正在老顺脚下嬉戏追逐。其中一个瞪了圆溜溜的眼看老顺，目光里充满好奇。老顺却觉得它在嘲弄自己。一跺脚，沙娃娃便倏尔远逝，溜到一个小洞旁，回头朝老顺做鬼脸。

"真是胡说。"老顺又想起那个作家的话，"我们咋像沙娃娃？人家不愁吃，不愁喝的。谁也不苛它，不榨它，多逍遥。"老顺驻了脚，望那嬉戏的沙娃娃，心中充满了羡慕。在炎阳的沙地上，沙娃娃往来穿梭，一个追一个，使老顺想到了电影上常见的男人追女人的镜头。好几个沙娃娃则在望他。老顺不知道它们那眼中是好奇，是可怜，还是有啥别的意味，便也望它们。它们真好。那是圆圆的孩子气的眼，善良，单纯，不带成人那种乱七八糟的东西。

看得久了，他发觉到处都是沙娃娃，自己也消失了，觉不出身体，但仍觉得出心中那做人的沉重。"要是真能变成沙娃娃多好。"他想。

腰渐渐疼了，直直腰，擦擦汗，老顺觉出了自己的好笑。"真是的，沙娃娃有啥好？"他自责地摇摇头，"真是活愚了。"但一想到要交水费呀啥的，又觉得沙娃娃好。

"咋？想偷吃青苗呀？"一个声音传来。不用抬头，老顺知道是孟八爷。本应回敬几句玩笑话，但老顺没心绪，只抬头笑笑。

孟八爷猜出了他的心事："愁啥哩？愁水费哩是不？贷。怕啥，信用社来人咧，进了大头家。先贷上，还不了再说。不信他们能杀了你。活一天是一天。天不杀无根之草，老天总得给一条活路。"

12

吃过晚饭，队长大头的声音满庄子响了："开会了，开会了。都要男人。"老顺说："听，催命哩。"灵官妈说："人把债叫'克死'。其实，贷款才真把人'克死'呢。要利息呢，想想，都叫人心里发毛。"猛子接口道："你愁啥？又不是你一个人。别人能贷，为啥你不能贷？"老顺本来也想说这话，但这话一从猛子嘴里出来，他就只好反对了："说得轻巧。贷下，还得从老子身上刮肉。

你们这几个大头爹爹，哪个心上放了事？”灵官妈见猛子脸涨红了，估计他要顶嘴，就赶紧挤眼。但猛子的话还是直通通出来了：“啥时候刮你肉了？贷上，上粮才还。粮又不是你一个人种的。好，今年啥都你一个人苦，行不行？我们牛当了，马当了，功倒都是你一个人了？好像我们白吃饭似的。”

老顺自然知道猛子说得有道理，但面子上下不来，想狠狠说两句，却想不出啥理由，就望望老伴，说：“瞧。现在老子还能苦哩，就这样。等老子苦不动了，还吃人哩。话都说不成了？”老伴白他一眼：“该说的说，不该说的不说。粮食又不是你一个人苦的。动不动就说从你身上刮肉，脸也不红？”老顺笑道：“好，好。爹爹们都长大了。好，今后我吃了喝了晒南墙根去，啥事也不管了，由你捣腾。”猛子说：“不管就不管。你除了怨这个骂那个，又管了个啥？你只吃你的饭，穿你的衣就行了。不信离了你地球不转。”老顺望猛子一眼，似笑非笑地说：“好呀，我养了个能顶事的好爹爹，我才省心了。去吧，今个的会你开。”

“开就开。”猛子嘴一鼓，出了门。

太阳落山了，天还闷热。几个汉子赤膊蹲在门口的土堆上吃饭。娃儿们在跳皮筋，溅起许多尘土。汉子们却不顾飞扬的尘土，喝一口饭，说几句话。猛子一听，他们也在谈涨了水费的事。猛子懒得搭腔，一直走过去，进了白狗家。

白狗正和几个年轻人喝酒。猛子认得其中一个，是南庄人，好打架。另外几个，面熟，但叫不上名字。白狗也懒得介绍，红了眼，端了酒，硬递给猛子。猛子接了。猛子很喜欢那种火辣辣的味儿，一口闷了。

白狗舌头都喝大了：“妈的，不干白不干。猛子，你干不干？我可……要干了……这年头……撑死胆大的……饿死胆小的……你干不干？”他的眼睛红红的，像要往外冒血。

“干啥？”

“啥？还能干啥？”白狗咬咬牙，腮帮子鼓起棱肉，“还能干啥？没本钱的买卖，当梁山好汉。”

猛子吃了一惊。他虽是个公认的大胆子，但从没想过要干这事儿。他摆摆手，说："你醉了，白狗。饭可胡吃，事不可胡干。"

白狗斜了眼，捉住猛子的手，用力往外一扔："去你的……啥叫胡干？……谁胡干？……官老爷能胡干……为啥老子不能……你干不干？……干，一起干。吃香的，喝辣的。不干……拉倒……"

"你喝醉了，白狗。"猛子笑笑，"我不和你说。"

一个瘦子望望猛子，似笑非笑，挡开白狗的手："行了，行了。不开玩笑了。"对猛子说，"这家伙喝醉了。别信他的。"

"谁喝醉了？"白狗大声说，"放心。猛子是个人。杀头他也不出卖朋友。怕啥？世道都成这样了，还掐算命干啥？"

"行了，行了。"瘦子阴了脸，在白狗肩上拍一把，"胡说啥？胡说啥？再胡说，我们走。喝点尿水儿，就胡传横说。好像我们真要干啥的。"

"放心。他不说。猛子是条汉子。"白狗醉醺醺嚷道。

"白狗！"瘦子喝了一声。

猛子笑笑："由他胡说去。他老这样。他还老嚷嚷要杀人哩。醉里的话，梦里的屁。由他说去……"

"就是。"瘦子才笑了。

"我开会去了。"猛子抽身出来，走向大头家。身后传来白狗的嚷叫："谁是梦里的屁？老子真干哩，真干哩。头掉不过碗大个疤。"他恶狠狠吼出了一句。

猛子觉出他们真要干些啥了。他不是从白狗的吼叫上做出这判断的，白狗老那样。他是从瘦子的极力掩饰上觉出白狗的扬言不虚。他自己也真想干些啥。心里总鼓荡着一种东西，激得他想吼，想跳，甚至想抡刀子。

大头家早嚷成一团糟了。知道涨了水费的人都在"日娘操老子"。骂一阵，又叹气。新进来的再骂，再叹。大头拍一下桌子，吼一声："咋呼啥？水费又不是老子叫涨的。有本事到市政府骂去！"骂声才渐渐息了。大头指着一个穿西服的人说："这是信用社的傅主任。谁没钱，今天就贷。谁有钱，今天就交。

谁也知道庄稼晒成个啥样子了。不该说的话不说，不该放的屁不放，闲屁以后慢慢放去。”北柱冒出怪声：“啥是闲屁？水库里的水是老天爷给的。政府又没给天交钱。凭啥涨价？我们说说，倒成闲屁了？”“就是，就是。”一片应和声。

大头摆摆手：“不说这个，不说这个。闲屁也罢，不是闲屁也罢，不交水费人家不给水是真的。其实，人家市上领导也急成个叫驴了。刚才傅主任说，市委书记啦，市长啦，都到大佛爷山上去求雨了，又是烧纸，又是磕头，为的啥？还不是为了老百姓。没电，能怪人家？人家又没把电装到自家腰包里。今天主要是收钱。庄稼不等人。”听到市上领导为自己求过雨，磕过头，老百姓还能说啥？就都不说了。

傅主任笑眯眯地说：“其实，领导也急哩。给农行下了死命令。需要多少，就贷多少。无论咋样，要保住收成。”

“不涨价不就得了？”魏没手子又冒出一句。

傅主任笑道：“那不是我的事。我只管贷款收款。”他转向大头：“开始吧。”

大头说：“想贷的，快一点。不想贷的，赶紧去取钱。有一个不交钱，全村都不给水。不能一个老鼠坏了一锅汤。”

人们都静了，谁都屏声静气的。那情形，不像在贷款，倒像要往卖身契上捺手印似的。

猛子说：“我贷五百。”他打了个小算盘，贷五百，交三百水费。剩下二百,万一憨头住院不够，也好贴补一下。

大头说：“你家六口，贷三百就成了。不用多贷。……人家只贷水费，别的多一分也不贷。是不是，傅主任？”傅主任点头说：“资金紧张。交多少水费，就贷多少。”说着，递过一张纸，指点着叫猛子填了，说：“好了，你去吧。下一个。”

猛子说：“钱呢？手续办了，钱呢？”

大头冷笑道：“人家能把钱交到你手里？人家直接转水管站。到你手里，叫你花了，能把你咋样？人家政府啥都防好哩，能叫你老百姓往眼里下蛆？”

猛子怔了一怔，眨眨眼，没说出一句话。

北柱冷笑道："哟，只见当官的骗百姓，哪见百姓骗当官的？倒防开老子们了。可笑，可笑。"

大头说："没啥可笑的。一个老百姓，能有口米汤喝就不错了。下一个谁贷？"狗宝应了一声。

13

猛子出来，心里灰溜溜的，裹带着一点羞恼。灰溜溜的是想多贷二百元，却叫对方给了个"屁烧灰"。羞恼的是贷了款连款的边角也没摸到。但很快，他遗忘的天性抬头了。灰溜溜也罢，羞恼也罢，全溜到屁股后面的尘土中去了。

白孤孤的月亮挂在空中，显示着这是一个好夜。这样的好夜里，猛子是不能早睡觉的。素日，可与白狗们打牌，或与北柱们溜嘴。可今夜，北柱们还在乱哄哄的大头家贷款呢。而白狗，正喝得醺醺大醉，像水浒上那个动不动就"杀去东京夺了鸟位"的黑大汉一样，正准备将手中的板斧朝一个地方猛砍呢。那当然是个痛快的营生，但猛子干不得。猛子猛，但还没有猛到不知道头三脑四的时候。他知道今夜，再去不得白狗家了。

到哪里去呢？在这样一个空荡荡的夜里，他的心也空荡荡的。夜是最难挨的。夜很长，躺在床上烙饼的滋味不好受。

想想除了双福家，真没个更合适的去处了。要说合适，双福家也不合适。自那件事之后，猛子很少去他家。谁都知道，双福的闹离婚与猛子有关。猛子自然就真将这事当成自己的罪过了。虽说同男人们调笑的时候，他总是毫不在乎地炫耀自己的战绩，但心里也免不了内疚。不管咋说，自己上了人家的炕，是双福闹离婚的借口。也许，即使没这个借口，双福也会找到其他借口，但现下的这个借口总是猛子造成的。每当想到女人那孤零零的影子——奇怪的是，那女人在他心里为啥总是孤零零的呢？——他就觉得自己有些对不起她。

“要是当初没和她睡觉，会咋样？”答案是也许双福不闹离婚。“不闹离婚又咋样呢？”答案是她仍会活守寡。活守寡的她仍会偷人。偷人的她仍会被抓住。抓住的结局仍然是离婚。这样一想，猛子就释怀了。

“这莫非就是命。”他想。

猛子碰见过女人几次，女人总是低眉垂眼，匆匆而过。猛子不知道女人是否恨他。猛子当然不在乎她。至今，他连她的名字也不知道。记得女人告诉过他，但他忘了。她以前是“双福女人”，现在叫什么，如何叫，他忘了，也懒得记起。猛子平素里不在乎她。他只在下腹火炽上床前才在乎她。一下床，就不在乎她了。

今夜，猛子想去她家。除了心里空荡荡的原因外，还因为他确实想知道她的近况。穷极无聊的时候，便是想她的时候。他不觉得自己有啥不好，女人嘛，做饭缝衣，松裤带。就这样。

女人的屋里亮着灯。见到这灯，猛子已没有过去的那种激动。女人像被他翻过的书，无聊时，可翻一下，但新奇的刺激没了。忽然，猛子听到了男人的说话声。是花球。花球笑着，有一句没一句地说话。听不到女人的话，但能想象出她在悄声没气地笑。

猛子的头一下子大了。心里产生了很复杂的情绪，是厌恶？是羞辱？是意外？是……都是，又都不是。女人并没有许诺他什么，但他仍有被骗的感觉。

门突地开了。灯光扑向猛子。女人端着盆立在门里。见到猛子，她一怔，嘴角挑起了一缕笑。花球的笑僵在脸上。

“爹叫我来借些钱。”花球嗫嚅道。

屁。猛子想，你爹正在大头家贷款呢。但猛子不说啥，只笑笑。花球更慌乱了，嘴唇动着，说不出话来。

“怕啥？”女人瞥了花球一眼，“就说想和我睡觉。怕啥？他也一样。咋？你们怕？老娘不怕。你们要脸？老娘不要脸。脸是啥？脸不如一块抹布。不要它，扔了就是。”

花球从椅子上弹起，望望女人，又望望猛子，想说啥，却侧身出了门。女人哈哈大笑。猛子怔在当地，立不得，走不得。

她望一眼猛子，哼一声："瞧，这就是男人。"她笑了，渐渐笑出了眼泪。

猛子慌了。他最怕女人哭。这一哭，叫人看见，算啥？他尴尬地立了一阵，觉得此时的上策是走，就溜了出来。

转过墙角，就是大路。猛子松了口气。一上大路，谁也不知道他从何处来。猛子很奇怪，自己为啥还怕别人知道呢？早已是秃头上的虱子了。有时，他心一横，破罐子破摔算了，可具体做时却总是心怀鬼胎。猛子恨自己不像男人，不敢像双福女人说的那样："就说，想和我睡觉。"

几个黑影移了过来。猛子很响地咳嗽一声，就像他黑夜走坟地时总要吼几句秦腔乱弹，表示自己并不怕坟地，反倒暴露出了内心深处的恐惧一样。这声咳嗽很理直气壮，也很心虚。

"谁？"黑影问了一声。猛子听出是毛旦那曳着老痰的声音。

"我。"猛子大声地应一声。

"你是谁？"毛旦又问。

"别问了。是猛子。"

猛子听出，说这话的是瘸五爷。近了，猛子看到瘸五爷吆着驴车。他看到车上有个东西在蠕动。他闻到一股浓浓的酒气。

"没啥。"毛旦说，"去给五子看病……没啥……真是去看病……不绑着……怕他跑了……没法收拾的。"

"少说些成不成？"瘸五爷斥道。

猛子这才发现五子被绑在车上。酒味也是从他身上发出的。他说："就是，该看了。不看，会越重。"

驴很响地打个喷嚏。蹄声嘚嘚，车过去了。猛子掉头就走。行几步，听到身后有很急的脚步。"猛子。"瘸五爷低声叫。

"记住。别给人说看见过我们。"

瘸五爷的嘴凑向猛子，胡子蹭得猛子脸都痒了。他闪远了一些，嗯了一声。

瘸五爷又认真叮嘱一遍，才去追已走远的车子。

听着踢踢踏踏的脚步声，猛子觉出了啥。

14

“你胡说啥？把嘴夹严些成不成？”次日清晨，猛子喧了昨夜碰到瘸五爷的事，老顺恶狠狠臭了他一句。而后，老顺痴坐了一阵，半晌，才叹口气，又缓和了语气说：“别乱说，这事儿。”一语未完，又长出一口气。

灵官妈问：“又是啥事儿？”

老顺白她一眼：“你问啥？一个女人家。”说完，摇摇晃晃站起来。一瞬间，他仿佛苍老了许多。

老顺走到门口。太阳很白，白得不像早晨的太阳。又会是一个晒死驴的天。老顺不管天，觉得自己已到了另一个世界，懵懵懂懂，恍恍惚惚。一种凄迷的氛围笼罩着他。他当然知道猛子喧的事意味着什么。他很想去看看瘸五爷。

路上行人渐渐多了，老顺觉得他们离自己很远。魏没手子拉着大叫驴兴奋地说笑。跟喜提着绳子和木桩，牵一头比羊大不了多少的毛驴。花球妈担两桶水走过。会兰子喂猪的声音很润。羊们出圈了，咩咩叫着，透出一股掩饰不住的兴奋……一切很真实，却又显得那么虚幻。

“他在干什么呢？”老顺想。他眼前出现了瘸五爷那张木然的脸。他想不出这张木然的脸此刻会有什么变化。也许还那样。天塌了也不会再使他有啥变化了。也许，他正蹲在炕沿上抽烟，像个石头。那婆娘则不然，好哭，动不动就掉尿水儿。哑着嗓门，失声断气的。她肯定在哭，免不了。

一阵哭声传来。老顺以为是瘸五奶奶哭。循声望去，却发现那哭声来自王秃子家。一大群人围在门口，叽叽喳喳的。狗宝过来了，见了老顺，大声说：“这世道，不得了。连猪都偷，了得。”一打听，才知道王秃子家的大肥猪昨夜叫贼偷了，是开着三轮子干的。“你说，人一倒霉，放屁都砸脚后跟。那秃子，嘿，就差喝西北风了。啥都指望那猪呢。这下，全完了。那婆娘，想不通上吊了……又救回来了，你说，嘿嘿。”狗宝说。

老顺觉得狗宝最后的那两声嘿嘿很刺耳，遂皱皱眉头，想：“人家猪丢了，你嘿嘿个啥呢？”但他什么都没说，只哼了一声，就过去了。

秃子女人哭得失声断气，死了儿子似的。她趴在地上，周身是土，泪水和泥水在脸上交织成汪洋。凤香边劝边抹泪。她也是前天才回村，听说肚里的娃娃流了。北柱则唾沫星子乱迸：“你说这贼，缺德不缺德？偷啥不成，为啥要偷猪呢？人家养个猪容易吗？”“就是，就是。”几个人应和着。“这世道，怕连地里的麦捆子也有人偷哩。”“就是，就是。”“人心坏了。”“就是，就是。”

王秃子蹲在庄门口的一块土坯上，面无表情，呈麻木状。大头们也蹲在一旁，不语，似在赛呆。

孟八爷劝女人：“行了，行了。哭一下就行了，丢的已经丢了，哭又哭不回来。就当吃药了。”北柱应和道：“就是。就当给贼买棺材了。再说，破财消灾呢。”

女人不开窍，仍哭。

凤香白一眼北柱，说：“说得轻巧，养头猪容易吗？愁了粗食，愁细食。你以为容易吗？啥不指望它？穿的，娃娃们念书的花费，油盐酱醋，啥不指望它？站着说话腰不疼。”

听了凤香的话，女人的哭相愈加不雅，方才还只是嚎哭，现在又加了双手拍地的动作。尘土飞扬，弥漫开来。

北柱嘿一声，一跺脚，对凤香说：“好吧，猪丢了，活不成了。你劝她再去上吊。上一回没吊死，一回不成吊百回。”

凤香这才觉出自己那些话的不妥，又劝秃子女人：“也倒是。丢了，哭又哭不回来。哭坏身子，又得花钱，划不来，真划不来。谁偷了，叫他手烂掉，叫他全家死光，叫他……”

北柱笑了：“你不会骂，不如这样骂……”说着他哼儿咛儿唱了起来：

官儿偷了老娘猪，坐上轿车摔死你。
道士偷了老娘猪，喇叭夹到屄子哩。
和尚偷了老娘猪，秃头伸到驴槽里。
姑娘偷了老娘猪，嫁个男人没尿事。
小伙偷了老娘猪，娶了媳妇半个子鸡……

人们哄笑起来。气氛顿时松活了。北柱越发得意，又哼唱了十分不雅的内容，引来了女人们的笑骂。

王秃子还阴沉着脸。北柱发现自己的笑话不合时宜，便转了个话题："哎呀，差点把大事忘了。报案，到派出所。"

"就是。抓住贼，往死里捶。"会兰子说。

狗宝冷笑一声："啥用？一个猪，丢了，五六百块。那些老爷下来查案，吃几顿，喝几场，不把几个猪钱吃光才怪呀。花一个驴死鞍子烂。查来查去，查个屁烧灰。"

老顺接口道："就是。上回龙王庙的牛三丢了个录音机，报了案，把三个录音机钱都吃掉了，查了个啥屌毛。"

"也倒是。"北柱说，"那群吃舍饭的，欺负老百姓个个是英雄。破起案来，都是白痴。"

"再说，穷死不骂天，冤死不告官。"老顺说。

"得注意些了。现在贼娃子反了，连猪都偷了。得找几个人巡个夜了。不然，不定啥时候，就轮上自己了。"孟八爷慢悠悠地说。

老顺说："可贼又没定好啥时候来，又没说定啥地方偷。这么大个庄子，顾头顾不了脚……不过，看总比不看好。"

八爷说："能顾个啥程度，算啥程度。爷们值夜，两三个人一轮。贼总不能把猪抱走，总得有个啥响动……这事儿商量一下。可真不敢含糊呢。"

猛子却想到了白狗们那夜的合计。他想，这事儿，总不是白狗们干的吧？

要是他们干这号“没本钱的买卖”，老百姓可就更苦了。

15

正吃晚饭，毛旦慌慌张张进来了。灵官妈说：“舀饭去。”毛旦摆摆手说，“吃啥饭呢，舌头都吓干了。”“啥事？”老顺问。毛旦吞吞吐吐。猛子说：“别支吾了，是不是昨夜的事？”毛旦瞪一眼猛子。猛子说：“老子们又不是外人。”见老顺瞪他，改口道：“我们又不是外人”。毛旦才嘿了一声，抱了脑袋，蹲在地上。刚蹲下，又站起来：“这么快，你想。”“啥这么快？”老顺问。“警察呀。进村了，三个，直溜溜进了瘸五爷家。”毛旦的脸煞白，嘴唇哆嗦着。忽而，他朝猛子跪下了。

猛子蹦起来，像躲避火炭似的：“瞧，瞧，像话不？有屁就放。下跪干吗？”毛旦不起，嘿一声，说：“你说，这瘸五爷，我不去，硬拉我。我才不在乎一百块钱呢。可他说好不供我的。说好的，谁也不知道。就你见过。他不供，你不说，谁也不知道。”

“你跪啥？起来。”老顺说。

毛旦起来。灵官妈提过椅子，叫他坐下。

“咋了？说。”老顺问。

“五子死了。”毛旦扯着哭声说。

一阵沉默。猛子望老顺，老顺望老伴，谁也不说话。屋里很闷。“嘿，明说了吧。”毛旦哭丧着脸，“带了他去看病，他要撒尿。不小心，落崖了。”

又一阵沉闷，谁都不说话。毛旦牙缝里开始抽气。

老顺说——嗓子好像干了似的嘶哑：“死就死吧。无奈法了。我也知道无奈法了。”

“真自己掉下去的。我又没推。”

“谁又说你推了呢？”老顺叹口气，抹抹眼睛，“那娃儿，命苦。也罢，早死早脱孽，投生个好地方。也怪不着谁。谁叫他生在这个穷坑里呢？又得了那种病……怪不着谁。”

“就是。”毛旦的脸色和缓了些，“真怪不着谁。命就那样……又不是谁害了他。”

灵官妈抽泣起来。这一下，毛旦又慌张了。他望望老顺，望望猛子，又望望灵官妈，显出坠入陷阱的幼兽似的神情。“可是……”他说。

“可是……”他又说，“可是……”后的下文却叫他咽下肚了。

“这个老贼……”他转了话题，“本来，我不去，他求我。硬求，死缠。没奈法，才去。我又不是图那一百块钱……”

老顺突然怒了：“你是吃屎的，是不是？你少提啥钱呀钱的。掉下去就掉下去，管啥钱不钱的！”

“就是。”毛旦说，“本来，也不管啥钱不钱的。我也不是图那几个钱。再说，说是说了一百，可谁又见了一分？”

“吃屎货。”老顺摇摇头，“把你的嘴夹紧。少说啥钱不钱的。一提钱，谁知道你们干了啥名堂？”

毛旦这才明白什么似的，作恍然大悟状。但很快，他又晃脑袋了：“我不说当然成。可瘸五爷……他会不会……赖账？”

老顺大怒：“呸！你还算人吗？把你的嘴夹紧。你求老子们不要说。可你，松尻子一个。啥屁还不是从你的裤裆里往外溜。我看你是铁大豆瘾犯了。”

毛旦慌了：“我不说总成吧？就当是个哑巴，就当嘴叫长柴泥糊了，总成吧？天的爷爷，我可真不在乎那一百个票老爷。真不在乎。就当我吃药了……”

猛子说：“不在乎，还说啥呀？”

毛旦说：“说说还不成？不管咋说，也是一百个票老爷呀。想想，都叫人心里……”

老顺鼻子里冷哼一声：“嗑瓜子嗑出个虱子来，啥仁（人）都有。去！少在老子面前毛搔。真是个夹麻纸的尻子嘴，啥响声都往外溜。这时候了，还不能用石头塞住你的嘴？”

毛旦缩缩脖子，挤几下眼睛，想说啥，又舍不得一下子说出来。努了半天，终于努出来了："要是真不说，那一百个票老爷，我分五十给你们。"

老顺涨红了脸，吼一声"滚！"脱下鞋砸过去，鞋从毛旦头上飞过去，很响地拍在墙上。毛旦吓了一跳，回过神来，猴子似的蹦出屋去。

16

起风了。

这是沙漠里特有的风，灼热，疯狂，肆虐。沙土到处是。小村在战栗。太阳缩出老远，躲在半空，成一点亮晕了。

人们在风中站着。因为瘸五爷要给那辆嗽哇车带走了。

他很快就招供了。

据北柱说，警察只是来调查，因为有人认出死者是沙湾的疯子。谁知一进门，瘸五爷就承认自己"为民除害"。

"我没有罪。"他坦然地说。

但他还是要被带走了。

瘸五爷不怕风，眼眯着，把微驼的背尽量挺直。胡子和头发在风中翻飞。脸上木然出视死如归的味儿。倒是不习惯大漠风沙的警察时时抬起胳膊，似欲挡住扑面的风沙。

老顺的心很沉重。不仅因为五子的死，还因为瘸五爷与大盖帽连在了一起。

"他会不会抵命呢？"

不知道。老顺当然不知道。他不懂啥法律，但明白欠债还钱杀人偿命。问题是，杀五子这种给百姓造成了危害的人是不是也要偿命呢？不知道。他的脑子乱哄哄的，像这黄澄澄尘土翻滚的天空。

那辆很白的嗽哇车上虽然落满了尘土，但在这黄澄澄的世界里仍白得耀眼。白色是孝服的颜色，老顺觉得不吉利。"也许，这一去，他回不来了。"他想。他望一眼瘸五爷，瘸五爷仍那样木然。警察正和队长大头说着什么。老顺觉得那警察很可怕。怪，一见公家人，老顺的腿就发酥。

五奶奶嚎哭着，声音很大，边哭边诉说着什么，但听不清究竟是哭儿子的死去，还是哭老伴的被抓。几个女人搀扶着她。

“可苦了这婆娘了。”老顺想。

大头一本正经地跟胖警察说着什么。老顺知道他在为瘸五爷求情交涉。大头之所以是大头，就是因为他敢在“公家人”面前也“大头”，不至塌下腰去。胖警察听他说了几句，摆摆手，仿佛在驱赶眼前骚来扰去的苍蝇。

胖警察拨开挡道的大头，推一把瘸五爷，瘸五爷便趔趔趄趄地走向那白得耀眼也白得可怕的警车。

一阵风啸卷而来，沙粒扑面。老顺觉得那风那沙拧成了鞭子，死命抽他的脸。警察显然也给这鞭子抽疼了，举起胳膊欲挡风沙。瘸五爷仍木然地站在白车门口，在风沙中一动不动。

风头儿一过，胖警察拉开车门。瘸五爷迟疑一下，他不知道自己如何才能规范地进去。他麻木的脸上添了慌张。他打量了一下崭新的车厢，望望自己破烂的露出脚趾头的条绒布鞋，仿佛怕自己玷污了车似的，在沙地上蹭蹭脚，才伸手去扶车门。这时，老顺才发现他的手腕上各戴了一个贼亮的圈儿，一节同样贼亮的铁绳儿连接着铁圈。老顺知道这便是被村里人戏称为“罗马表”的手铐了。瘸五爷竟然与这种可怕的东西联系在一起，不能不使人对他产生发自心底的怜悯。

瘸五爷艰难地上了车，恢复了他惯有的麻木。他的上身微微前倾，半个屁股蛋搁在座上，仿佛怕压散架似的。警察利索地上了车，推推瘸五爷，将他安置到了中间。

白车嗷哇叫着远去了。人们静默着。风似乎小了。五奶奶还在嚎，声音嘶哑而悠远。不知谁叹了口气，传染似的，人们都叹气了。北柱说：“瘸五爷是个好人。”都说：“好人。”北柱说：“不该抓的。”都说：“不该抓的。”

队长大头怒了：“闲屁。放啥？刚才干啥来？！”

孟八爷站起来，一语不发，走向村外。他的身子摇晃着，步儿发飘，梦游似的。

第十八章

1

憨头是在开刀后被确诊为癌症的。这是他住院后的第二十一天。肋部的包块之所以规则光滑，是因它的外面裹了一层包皮。灵官被这消息击闷了。他觉得头皮发麻，舌头一下子干了。“什么？”他不相信地问了一句。

“肝癌。有西瓜大了。”医生注意地望着他。

“能活……多长时间？……”

“说不准……很快，胸膛里已经流血了，很可能大出血。”医生又望了他一眼。

“他知道吗？”

“不知道。麻药还没过呢。”

灵官心里嗡嗡响，一阵阵发软：“动了吗？”

“动不成。缝住了……交五块钱的标本费。”医生指指罐头瓶中沉浮在液体中的一块肉瘤。

灵官慌乱地取出钱，望着一把角票，说：“零钱行吗？”

“只要是钱就行。”

灵官的手抖得厉害，数了几遍都不敢肯定是否正确。医生接过去，利索地数数，装进衣袋。

灵官说："求求你，别对人说，尤其……爹妈……只我一人知道。行吗？"

"当然。叫家人准备好，他马上就下来了。"

灵官梦游似的退到楼道边，倚在墙上，瘫软像水一样袭来，脑中除了嗡嗡，剩下的只是一个念头：妈妈知道了咋办？想到母亲那张饱经沧桑布满皱纹的脸，他的心一阵阵抽搐。

一个念头忽然冒上心头：他希望憨头马上死去。他知道肝癌是"癌中之王"。村里有人害过这种病。那一阵阵牛吼似的叫声锯条样在村里人心头划了好几个月。与其忍受这样的疼痛，还不如马上死去。而且，灵官不敢想象憨头知道自己病情后的绝望，这比死亡更可怖。

一切都像噩梦——多希望这真是一场噩梦啊。

会不会误诊？这个念头像一剂强心针，灵官精神了些。很有可能。要真是误诊，那该多好啊。他强打精神走进大厅。等了一会，那个医生才又出来。

医生说："准备好，多叫几个人，他就要下来了。"

灵官用了很大的劲才说出话来："大夫，会不会误诊？"

"一般不会。"大夫望了他一眼，肯定地说，"再说，有标本呢。等病检单一出来就知道了。"

"要是病检后不是肝癌，能不能再动手术？"

大夫淡淡一笑说："等出来再说。"

灵官心头产生了一线希望。

下了楼梯，候在那儿的老顺迎上来，问灵官："动了没？"灵官望着父亲浑浊的眼睛，心一下子紧了，却笑道："动了。"

老顺吁口气："动了就好，动了就好。"

灵官感到口很干，嗓门像被烈日晒卷的干皮，扎扎的，想咽口唾沫，可舌头上除了麻，没有一点水汽。想到母亲，他叹了一口气。

老顺脸色大变："实话说，是不是不好的病？"

"不是。"灵官笑了。他知道自己的表演很成功，因为父亲的脸色渐渐和缓了。"不是就好，不是就好。"老顺梦呓似的自言自语，忽然又问，"人手够不？”

灵官说：“我估摸够了，还有护士哩。”

手术室门开了。

憨头裸着上身躺在车上。他已醒了，眼窝很深，脸黄得吓人，嘴唇上无一点血色。令灵官吃惊的是，一个人竟会在短短的一两个小时有这样大的变化。他心里叫着：“好哥哥，好哥哥，你知道你的病吗？”

憨头呻吟着。

老顺扑了过去。

医生摆摆手：“下去，下去。”老顺后退几步，轻声说：“憨头，忍着点，忍着点。”

“下去，下去。”医生火了。他们把载着憨头的车推进了电梯。灵官和父亲赶紧下了楼。

进了病房，憨头呻吟着说：“没打麻药，就开刀，第一刀，哎哟，那个疼法。”

“送东西没？给那个打麻药的。”同室的病人问。

“还要给他送？”灵官问。

“当然了，怪不得……怪不得……”那人摇头叹息。

灵官望望他腹部的绷带和一根插入腹部的管子，又望望那张蜡黄蜡黄的脸，心中一阵抽搐，早知道是这种病，就不叫他挨这一刀了。有人告诉他，B超是能区别肝包虫和肝癌的。就是说，是那些医生合伙骗了他们，也许是为了赚手术费。可灵官知道，即使明知道是这病，这一刀仍得挨。只有憨头挨了这一刀，家人的心才会安，才会死心。他想到他们不打麻药在腹部划开七寸长的刀口时，不由打个冷战。

“不打麻药，不怕病人告他？”灵官问。

“他又不说没打。打了，可病人反应迟钝啊。据说有科学根据，常喝酒的人，麻醉效果不好。”

灵官说：“我哥连酒味都不沾。”

“造孽啊。”老顺叹口气，望望灵官。

灵官知道父亲怨他没办好事，叫憨头多挨了疼。

2

灵官的精神似要崩溃了。

憨头的呻吟锯条一样在他的心上划。望望他黄瘦的沁出汗水的脸，心中一阵阵疼。

“他是不是知道自己的病情了？”他认真望一眼憨头，却看不出啥迹象。也许，他还不知道呢。但很快，他就会发现肚里的疙瘩并没消失。想到这，灵官一阵阵发紧。“要是……”他心中又冒起那个念头，“要是他死在手术台上多好，在不知不觉中死去。”

老顺盯着憨头。他的嘴角抽动着，仿佛在替儿子挨疼。见灵官望他，老顺露出一丝笑，仿佛在说：“终于动了。”

灵官想：“要是他知道……”他不忍想下去。

护士进来了，举着的针头上套着一个玻璃瓶。老顺等人费了很大的劲才给憨头侧了身。打完针，护士出去了。灵官追出，他说：“大夫，请千万保密，谁也不知道他的病。”

“知道。”护士说。

夜里，灵官把褥子铺在借来的行军床上，把被子放在中间。父子俩坐躺在行军床两端。病房里的气味异常难闻，但最使灵官受不了的是憨头的呻吟。每一根神经都仿佛被呻吟撕扯着。要不了多久，灵官就觉得精神要崩溃了。他只好走出病房，坐在楼道里的暖气片上，推开窗子，让冷清的夜风沐浴自己发木的脑袋。

老顺显然也受不了病房的折磨，隔一会儿，就到走廊里，抽几口旱烟。这儿严禁吸烟，但在深夜，老顺总能偷偷抽几口。老顺知道呛人的旱烟味儿会刺得人咳嗽，震动伤口，便自觉地关了病房门，开了楼道窗口，好让冷风把那呛人的味儿吹得无影无踪。

灵官发现父亲瘦了。他很少注意父亲的脸。父亲仿佛老那个样子，脸褐黄，满是皱纹，有几根构不成风度的胡须。父亲的脸很平常，平常得很难从人群中一眼认出来。他老是那么瘦，老是那么饱经沧桑。父亲脸上本有的健康肤色消失了，代之以干巴巴的黑灰色。

“穷了穷些，不要叫人害病。”抽几口烟，老顺又发出了感叹。

父亲每次欣慰“终于动了”的时候，是灵官心中的隐痛最强烈的时候。他想哭，可还得笑。一次，他笑得不太地道，老顺便警觉地问：“没事吧？”灵官忙说没事，能有啥事呢？他赶紧将自己的笑调整到能使父亲心安的程度。

明知道瞒不了多久，但能瞒多久他就打算瞒多久。这就意味着他将承担由此带来的所有痛苦和压力。如果猛子在身旁，他也许会将内情告诉他，然后，兄弟俩相对垂泪，互相安慰，商量对策。可猛子却候在家里等救命水。灵官感到孤立无助。在他的生活中，从来没经历过大事，一切由父亲顶当。父亲是棵大树，他是大树底下的荫凉。因此，劈头打来的这一灾难，一下便击晕了他。他整日昏昏沉沉如在梦中。

最希望的是误诊。

这成为他黑暗生活中唯一的光亮。他多次问大夫有没有可能是误诊，大夫很干脆地回答：“一般不会。”“一般不会，总有特殊吧？”“这次不会。”“为啥？”“已经开了膛。那个癌已经西瓜大了。等病检出来，你就知道。”“要是万一不是癌呢，能不能动？”“出来再说吧。”“他那么年轻，咋会得那种病？”“年轻与病有啥关系？那种病，越年轻，得上越恶。细胞增生快。”“才二十几岁。”“还有六岁得的呢。”

灵官很不满意大夫的回答。人家觉得天塌了，他们的语气中却有幸灾乐祸的味道。是的，幸灾乐祸。不然，为啥用那种眼神望他？仿佛在检验人的承受力。这有什么好检验的？

父亲老说：“老天爷给个啥，我就能受个啥。老天能给，老子就能受。”话虽这么说，可憨头毕竟才二十来岁，还没活明白呢。想到憨头只有几十天或几天的寿命，灵官的心拧成了一团。

他精神病似的走遍了每一个病室。多希望再能找到一个肝癌之类的病例呀。这样，他的心里也许就能保持平衡。可是没有。胃下垂啦，肝炎啦，胃出血啦，肾炎啦……这算病吗？在憨头那可怕的病前，一切病都不成病了。

老天，不是说善有善报恶有恶报吗？善良的憨头，为啥得这么恶的病？

记得在住院之前，他还认真地给憨头看过手相。憨头的那条生命线又粗又深又长，连枝丫儿也没有。“没事。”他笑着安慰憨头，“生命线长着呢。”憨头憨憨地笑着：“哪里呀，我也知道死不了。”此刻，他又想起了那次看手相。屁。他骂道，尽是屁。满纸的屁。满书的屁。手相理论在他脑中变成了屁，一文不值了。

深夜，走廊里空无一人，很静。灵官在静中坐着，思绪万千。他忽而咒骂，忽而流泪，忽而祈祷。记得一个和尚说过，只要至诚地求观音菩萨，无求不应。于是他合掌，祈祷：“求观音菩萨消去憨头腹中的癌包，保佑他健康平安。”他一遍遍祈祷，恨不得把心掏出做供养。他仿佛看到天空中祥云飘飘，佛乐阵阵。观音菩萨立在一朵莲花状的云上，手拿杨柳枝，一下下往憨头身上洒净水。祈祷完，他就进了病房。憨头却仍在呻吟，那个癌包仍一天天长大。

灵官很快地消瘦了。

3

妈和兰兰看憨头来了。见到妈的影子，灵官的眼泪一下子涌出。他背过身子，抹去泪，心中一声声地喊：“妈，苦命的妈，知道吗，他的寿命只有几十天。”转过身的时候，他又笑了。妈没笑，脸上没有老顺的那种“终于动了”的欣慰，只有挨疼的表情。她脸上的肉在抽动，牙缝里抽着气，仿佛挨了刀的不是憨头而是她。她握着憨头的手，头上很快就有了汗珠。她把所有的力气都用到了憨头身上，帮他抵御疼痛的侵袭。“不要紧。”憨头笑着安慰妈。

灵官警惕地望憨头。“他是不是知道肚里的东西还在？”还好，憨头脸上没有异样。笑是真笑，不像是装的。这就好，灵官松口气。

兰兰只是无声地流泪，不说一句话。

灵官妈揭开被子，看憨头的刀口。刀口仍被一块纱布蒙着。小小的纱布遮不住腹部隆起的巨大包块。灵官妈牙缝抽气，轻轻抚摸。忽然，她住了手，缓缓转过脸，望着灵官。灵官的心咚咚跳了。

“这儿为啥还这么高？”妈问。

灵官张张嘴，怔住了。他没想到母亲会问这。

“肿的，”憨头说，“你想，动了刀子……里头还肿呢。”母亲望着憨头，半晌，说：“不要紧吧？”憨头说：“不要紧。谁都一样。得消肿，不然，早出院了。”母亲吁口气。

灵官给母亲洗了个苹果。母亲吃苹果的镜头令灵官终生难忘。那不叫吃，叫啃，是老鼠啃铁的那种啃。只有啃的动作，而无啃的效果。母亲边望憨头黄瘦的脸，边啃苹果，缓慢地，一下一下。许久，那苹果仍没破皮。

没流泪。她知道流泪不吉利。以前，孩子不利顺时齐神婆总说“叫哭神冲了”，所以她很少当着儿子的面哭。

灵官望着母亲，心中有种钝痛，仿佛母亲啃的不是苹果，而是他的心。忽然，母亲停止了啃的动作，苹果凝在嘴边，痴呆许久。慢慢地，她把脸转向灵官，转向老顺，认真地搜寻着，仿佛要从对方脸上“搜”出真相来。

“没事吧？”她轻轻地问。

老顺嗔道：“啥事？一天没事找事。”灵官妈认真望一阵老顺，长长吁口气，又慢慢啃那个苹果，眼睛仍盯着憨头枯黄的脸。

病房里一个陪床的小媳妇说：“瞧，我们的。当初也吓坏了。一动了，几天就好了，明天就出院了。”

灵官妈露出一丝笑：“是吗？也吓坏了，是不是？”

“当然。”小媳妇说，“天塌了呢。”

“谁不是呢？”灵官妈吁了口气，“心里老雾尘尘的。心捏成个酸杏蛋儿，一天也畅快不了。这下好了。”

“就是。”“肝包虫”说，“不管咋说，还是动了。前几天出院的那个老汉，拉开口子，找不出肾里的石头。缝住了，一拍片子，又有。你说。老汉真气坏了，骂。骂也没用。反正白花了钱，再动还得花钱。我们不管咋说，拉开，还动了。动了就成，再不用动第二次了。这疼，真不是人挨的。”

灵官妈活泛了许多：“就是。不管咋说，总是动了。动了好，花钱是小事，只要人没事就好。”这时，她才真正咬了一口苹果。

灵官轻轻叹口气，转身出了病房。内科王主任和侯主任（就是为憨头动手术的那位）正在走廊里嘀咕。

胖胖的王主任说：“我打发走了。就说我们不能动。呵呵。”

“就是。”侯主任说，“一动一包脓。恶心。打发了好。”说完两人快意地大笑。灵官忽然很恶心。这就是白衣天使吗？

侯主任见灵官望他，露出一丝尴尬，很快又恢复了惯有的那种冷漠。他说：“哎，病检出来了。肝癌，原发性肝癌。”目光仍在检验病人家属的承受程度，语气却似在说：“瞧，我料事如神吧？”

灵官进了护士室。护士室里无人。灵官取过四十八号病历，看到一份病检报告单：“肝癌……细胞性肝癌……部分已坏死……有出血状。”

“部分坏死？”灵官产生了新的希望，“会不会全部坏死？”他的心一阵狂跳。

灵官轻快地进了医生办公室，大着胆子问：“我看了病历，说部分已坏死。会不会全部坏死？”医生说：“别天真了，小伙子。那玩意杀都杀不绝。坏死一个，生出百个。要不，咋算恶性肿瘤。”

灵官退了出来，倚在门上，身体发软。病房里传出“肝包虫”的媳妇安慰母亲的声音。灵官真希望憨头马上消失得无影无踪，永远不要叫母亲看到他的尸体。

主治医生过来，对灵官说：“这种病，住也没用，出院吧。”灵官铁了脸：“撵！是不是？”侯大夫说：“小伙子，话不能这么说。话不能这么说。回家，好好调养……或者，放疗，化疗。”

灵官问：“化疗放疗，究竟有没有用？”侯大夫说：“难说。这病例……

也许好一点，也许死得更快。根据我的经验，像这种病例，化疗放疗，没多大效果，白花钱……就这样，你说服病人，过几天出院吧。”

进了病房，母亲的脸色好多了，看来“肝包虫”媳妇的现身说法有了效果。灵官很感激这个朴实的农家女子。

瞅个空，妈叫出灵官，把引弟死的事告诉他，说是兰兰才告诉她的。妈的眼睛深枯枯的，木着脸，说几句，打个冷颤，却没哭。灵官黑了脸，打着寒噤，一句话也说不出来。

妈叹口气，叫他别告诉憨头，等他病好了再说。又叫他瞅个空子，开导开导兰兰：“兰丫头悬乎乎死掉，大夫说，再淌的话，血就淌光了。这丫头，命咋这样苦？连个盼头也没了。”

妈又叫他也劝一下猛子：“那个愣头青，听说了引弟的事，就提个刀子，去找白福，幸好有人报信，白福躲了出去，才没闹出事来。……唉，你说，这几个活爹爹。”

木了半晌，妈又说：“喀嚓嚓的，天塌了……”

第 十 九 章

1

晚饭后，猛子去了双福女人家。心里聚了太多的火，该泻泻了。双福女人白玉一样的身子，总能使他产生清凉的感觉。

双福女人正在铺炕，见猛子进来，不理不睬，只管干自己的。猛子道："哟，几天不见，又有相好的了。"女人不答。猛子进屋，瞅瞅，不见娃儿，知道是去玩了，就从后边搂了女人，揉她的奶子。

女人才说话了："你还长心不？憨头住院了，你还有这个心思？"猛子道："住院有啥大不了，不就是肚子上开个小洞吗？就是明天掉头，夜里我照样这样。"女人笑道："你个没心没肝的。"猛子说："要心肝干啥？没用，是福不是祸，是祸躲不过。愁也没用，白愁，不如不愁。"猛子拥女人到炕边，亲个嘴。女人说："娃来了。"猛子松了手。女人去扣了门，回来，由他折腾一番。

"哟，真想死了。上回，一进沙窝，啥都不想，就想你。"猛子喘吁吁道。

女人开了门，对着镜子梳梳头发，说："娃大了，这样下去也不是回事。他托人带了信来，说最好协议离婚，免得闹个满城风雨。他说娃由我带，先一次给二十万，再一月给娃五百块抚养费。我回话了，钱，老娘一分不要，你啥时闲了，啥时办来。这次，最好先给乡上管事儿的打个招呼，免得再白跑一趟。"

猛子说："二十万呀。乖乖，你咋不要？"

女人白他一眼："要钱不要鼻脸。你以为那是啥？那是痰唾，往你脸上吐哩。老娘活不下去，去捡垃圾，不信还捡不来一碗饭？要他的臭钱干啥？"

猛子认真望一眼女人，说："你行哩。看不出，你还有这份骨气。"

女人笑道："你啥时变高帽子匠了？……老娘先给你去个心病，上回，花球来，可是真借钱呀，叫我那样一说，倒把他闹了个大红脸。你别把老娘当成那号见人就松裤带的烂货。"

猛子笑道："知道。你是贞节烈女的王宝钏，胡萝卜背了几背筐。"

女人狠狠揪猛子几下："叫你嚼舌。你呀，叫人咋说呢？就知道顾自己。啥时替人想过？以前活守寡，现在，还是活守寡。"

"还活守寡呀？"猛子笑道，"裤带绳还没系好，就说这话。"

"你以为女人只希图这个？你真以为我是乱人尿巴子？你打开窗子说亮话，你待我是真心，还是假心？"

猛子当然听得出她话里的意味，但他从没想过要娶她。心中有股火腾起的时候，就想她；心中的火一熄，就发现她岁数有些大了，便说："可是……爹爹不同意呀。"

"啥？"女人气恼地转过身，冷笑道："你爹不同意？当初，你第一次上我的肚皮时，你爹同意了？啊？你和那个挨刀货死拉活扯要拼命的时候，你爹同意了？现在，你爹就不同意了？谁不知道猛子是个大孝子。"

猛子笑道："哟，你可是翻脸不认人呀。别忘了，你还是双福媳妇呀，说这话，是不是早了些？到时候了，爹不同意，叫他不同意去。成不？"

"没啥。其实你咋样，也没啥。我又没死皮赖脸缠你，上回，乡上文书不在，没离成。我叫他啥时想来啥时来。离婚也不是你的事。我愿意。我想通了，钱是个啥？花纸。我不能眼望他的那些花纸活守寡。你不娶也没啥。世上的男人又没叫霜杀掉。再说，哪个男人也一样。我算看透了，说穿了，男人只是个屌，不要把他当成人。只有把他当成屌时，才称职。别的，哼。"女人冷笑着。

“瞧，我说了啥？我又没说不娶你。你愿意把我当啥是你的事。娶你不就是了，这有啥？”猛子边说边望女人。他发现这婆娘忽然陌生起来。她竟然能说出这么一大套东西。这婆娘，哼。

女人叹口气，说：“其实，你也是长心的。想过没？丫头大了，懂事了，再这么不明不白地鬼混，我还算个人吗？总得有个着落吧？……其实，你心里的嘀咕我知道。你是童子鸡儿，我是二婚头。”

猛子笑了：“啥童子鸡儿呀？早踩过蛋了。”

女人笑了，狐媚了眼，望猛子。猛子说：“啥话，等你真离了，再给爹往明里挑，成不？”女人说：“不急。其实，我也不急。只是，话得挑明。不挑明，云里雾里的。我相信，你是个男人，红口白牙说过的话……不过，世上男人又没叫霜杀掉。”

丫头进来，见了猛子，嘟嘟嘴，没打招呼，就出去了。女人骂：“死丫头，书念到驴槽里了。”猛子笑道：“没啥，等当了她的后老子，还由了她？一顿牛鞭，把骨髓给她锤出来。”

“你敢……”女人笑道。

猛子又道：“不过，他给你的，该要的还是要，不要白不要。”

“呸！”女人啐道，“你咋也是这号货色？老娘给你说明白，他的钱，老娘一分不要。老娘赤条条来，赤条条走。老娘连他买的衣裳都不穿。老娘不是那号没起色的货。不信离了他，老娘活不出个人来。”

猛子讪讪道：“我是说，你没功劳，也有苦劳。那么多票老爷，又不是他一个人苦的。凭啥他一人独占？”

女人冷了脸，一语不发。

“再说，”猛子说，“不能便宜了他……”

“行了行了。”女人耸了鼻头，厌恶之极地眯了眼，仿佛猛子忽然成了一堆很臭的东西。“你肚子里的狗屎我知道，你不就是叫我当个带财寡妇吗？去吧，猛子，我错看你了。原以为你是个有骨头有脑髓的汉子。谁知，你才是这号没起色的货。去吧，你走你的阳关道，我走我的独木桥。老娘还有双手呢。就是活不下去，老娘上刀路，走绳路，路数多得很，叫老娘给他塌个架子？没门！”说完，她拿起鸡毛掸子，刷刷地扫起炕来。

“滚！老娘困了。要睡了。”

2

那股清凉的充满生命活力的水终于盼来了。

全村的男女都发动起来，护水——防人偷——人们手拿铁锨，像执枪的共和国卫士一样威风。太阳很热，越来越不像太阳，倒成五子了，疯了似的喷火，把脸上的水汽都烤没了，剩下黑红，剩下焦黄，还有那种木木的呆。这呆，只有浇水这样天大的事才冲得淡了些。

老顺戴了一顶发黑的烂草帽，蹲在闸旁的地埂上，全身心投入地咂那烟锅。哗哗的水声很清凉，老顺心里却有种莫名的烦。扎在喉咙上的线绳儿因水的到来而断了，怪的是，这等喜事，竟没能冲淡他心头的烦。

毛旦夹个铁锹过来，脸上挂着笑。这笑是毛旦惯有的，老挂着，成了蒙在脸上的一块笑布。

“知道不？瘸五爷上电视了。”说着，毛旦猴塑塑蹲下了。

老顺皱皱眉头。他当然听说了，心里的“烦”也正因了这。听说在新闻里，记者啥的采访了。瘸五爷很理直气壮，一口咬定是为民除害。电视上也没说判不判刑的。自听到这讯息，瘸五爷的影子就在他心头晃了。还有五子。这时的五子，在老顺眼里，早不可恶了。老顺常想起五子小时候的一些趣事，如像牛一样边走边撒尿，像骡马撒欢儿一样在大路上跑，或拿个木碗盛上溏土拍“馍馍光光”等等。……死了，那娃子，就那样死了。按说，也不是个啥大病，可死了。老顺心里一阵抽动。“上电视哩。”毛旦笑道。

老顺皱皱眉头，但懒得说啥，只狠狠咂那烟嘴。烟锅里早没火了。太阳火燎燎烤。清凉的水声，总进不了老顺的心。

“能上电视，嘿。”毛旦说。

老顺呼地站起，几口横气，下了地埂，摇摇晃晃回了家，打发猛子去浇水。

猛子扛了铁锨，和护水的白狗们打白铁聊天，磨蹭一阵，才到自家地里。远远地，毛旦就嚷嚷了："天的爷爷，你咋才来？水早到你地里了。"猛子吓一跳："真的？""当然是真的，老子骗你干啥？"猛子扭头就往屋里跑，叫一声爹，说挨上水了，又往外跑。

到地里，才发现毛旦骗他。但快挨上了，就索性坐在铁锨上等。狗宝老远喊："猛子，你爹那个老滑皮溜哪里去了？说好两个人看水，可连他的鬼影子也不见。"猛子说："又不是叫你到九条岭驮炭。嚷啥哩？挣又挣不死。"狗宝说："说得轻巧。这毒日头把脑袋都烤糊了。没个说话磨牙的，无聊得很。"猛子说："没事了，啃几口青草磨磨牙。"说罢大笑。狗宝说："叫你爹啃去。"

不一会儿，老顺来了，提个铁锨，见水还隔着几块地，就望猛子。猛子以为自己又要挨骂。老顺却只是叹口气。

"坝漏水了。"毛旦叫了一声。

果然，一股贼水钻了洞，汩汩汩下流。狗宝取了铁锨，用力在漏水处插几下，丢一锨干土，踩两脚。毛旦说："浇水就浇水，吃了大豆喧屁哩。"狗宝说："毛旦，你还逍遥。知道不？瘸五爷上电视了。牢是坐定了，你也躲不到哪里去。"毛旦白了脸，望望猛子："说好不说的，谁说的？"猛子说："你以为老子是松屃子呀？"毛旦于是又望老顺。老顺黑了脸，鼻子里冷哼一声。

狗宝说："还不是你自己说的。你头颠屁股晃。给这个说，给那个说，说你和瘸五爷如如何何。你小驴娃放屁自失惊。你赖谁哩？谁都知道你干了啥了。"

毛旦怔了半晌，嘿一声，说："怕啥？头掉不过碗大个疤。"狗宝笑道："不怕？你失惊啥哩？"毛旦说："我也没干啥。就算是我仰的车子，可那是瘸五爷叫我仰的。他说他担。与我，有啥关系？"狗宝笑说："谁说没关系？你不仰车子，五子能落下崖？不管咋说，是你欠了他的命债。"毛旦缩了脖子，身后瞅瞅，吐吐舌头："怪倒是怪。老觉得那死鬼跟着。伸个舌头。怪，他又不是吊死鬼，伸个舌头干吗？睁开眼，闭上眼，都是那死鬼。"狗宝说："瞧，现在，五子还跟着呢。”毛旦惊叫一声，朝前蹿去。狗宝嘿嘿笑了。

3

挨上水的时候，已近黄昏。西天上尽是红一道白一道的云。悬山的太阳发泄似的迸出一道道有形的光。村里人谓之“烧”。早烧阴，晚烧晴。明日又是一个晒死驴的天。好在能浇到水了。虽说每户先保一亩，但总比没有强。

水进地了，老顺吁口气，仿佛再不怕这水飞了似的。老顺分明听到了禾苗的咕咕喝水声和叽叽喳喳兴奋的嘀咕。渴坏了，真渴坏了。他对禾苗产生了类似对儿子的爱怜之情。不，比儿子还亲。对儿子，他可以喝神断鬼。对禾苗，从没过。老顺浑身有种清凉透明的痛快，仿佛喝水的是他。那份清凉，难得。那份轻松，也难得。他蹲在地头上，望着水口处被水冲得一摇一曳的麦苗，痴了。直到这时，瘸五爷和五子才完全被水挤出了心，心头的烦也远去了。

暮色渐渐漫来，把昼间的暑气逼到阴沟里去了。夜气浮动，水似的，清凉，柔和，在老顺裸露的肌肤上舔来舔去。浇水是个好营生，尤其在夜间。寻常大半时间，老顺的身心都在烦恼的液体中浸着，太阳啦，尘土啦，只给烦恼的老顺更添烦恼。

夜里，好些。

那份漆黑，那份宁静，会隐去使他烦心的许多东西。而那水声，清凉的水声，更荡去了心头的许多焦虑。青蛙一声声叫，虫子吱吱吱鸣。大自然总是在宁静的夜里显示它异乎寻常的美。这美，总能渗到老顺心中，令他产生透明的清爽。

老顺想起灵官说过的叫啥“平沙夜月”的玩意儿。据说那是啥“凉州八景”之一，说是月光洒在沙漠上，好看极了。屁！一些无聊文人，总拿一些无聊玩意儿做文章。老顺不信那洒在沙上的月光有啥好看，当然，他也没见过这景致。似乎许久了，不曾见过啥月亮，真没见过。老顺抬起头，天边有一个蠕虫似的钩儿，细细的。望一阵，觉得那玩意儿似乎真不错呢。淡淡的光下，是黑黝黝的许多东西。远处，猛子提的马灯悠悠晃晃，晃出一条一条的光带。老顺身心感到了一种奇妙的愉悦。他相信了灵官的话。也许，有时候，那“平沙夜月”啥的真会叫人感到好看呢。

老顺深吸一口气，一股带着青苗味儿的夜气进了胸腔。痛快，真痛快，令人迷醉的痛快。这夜气，这清爽，这叮咚的水声，和那个弯弯细细的月牙儿都好，老顺仿佛融化了似的。吸口烟，让烟在胸腔里回旋许久，让每一个令他迷醉的烟粒都融入身心，真好，憨头动了手术，水也盼到了。难得有这份好心情。远处，有几声狗叫。老顺听出一个是王秃子家那瘦得像狐狸的癞皮狗。那叫声像怯懦的小人物在大官面前说话似的，显得心虚而没有信心。另一个是孟八爷的老山狗，像个真正的男人在吼，声音虽不大，却是滚动的雷。老顺甚至感到这几声狗叫也很美。怪！此刻听来，竟比电视上女歌手的哼哼强多了。

猛子提着马灯过来了，腿绊得麦叶哗哗响。“干透了，水一过全渗了。半天，浇不了几步。”猛子说。他的声音在夜里传出老远，又荡过来，荡出回音，如石子在水面上激出的波晕。

当然。老顺乐滋滋地想。除了旱，还因为地肥，渗水当然多。这是坟地。这儿埋着许多强壮过的男人和风骚过的女人。他们的血肉和骨头都化在土里了。土质就似渗了油，黑黝黝的。握到手里，质感好，能保水。不像有些地，浇水渗得快。太阳一晒，干得也快。遇上旱天，地里只有一片干草。

这可是个聚宝盆呀。老顺想。

4

浇完水回家，见兰兰回娘家来了，正和她妈在炕沿上哭呢。老顺又烦了，一语不发，拧个眉头，抽出烟锅。他又想到了引弟。那么懂事的丫头，竟那么惨地没了。一想，日头爷都成黑疙瘩了。

真想千刀万剐了那个畜生。

兰兰也成他心上的病了。没出嫁时，指望能找个好婆家，别把女儿塞到火坑里。出嫁后，又怕她在婆家受气，心里总不实落，哪有儿子便当，只要有钱，好歹拴一个，尾巴一揭是个母的就成。好了，和他过几年；不好了，请几个人“拨拉”开，一家变两家，另起锅头另盘灶，谁过谁的，管他吃稠的喝清的穿红的挂绿的。可兰兰嫁给白福后，老顺心里就没安闲过。在那个愣头赌博贼手中，多厉害的女人也没好果子吃。

难道真是命吗？

一次，齐神婆说兰兰命不好，说是“午宫不死也伤害，苦了心伤闹一场”。当时他很生气。听说啥都讲究接口气，癞蛤蟆接了雷神的气才能成精。圆梦也是说吉则吉，说凶则凶。命谁知是不是这样？那次，齐神婆一说，老顺的头就大了。他很想臭骂神婆几句，但终于忍住了，只说：“是吗？哈哈，我是不信这个的。”但那卜辞，却成了赖在他心里赶不走的苍蝇。

他望着女儿黄缥缥的脸，想：莫非，这丫头该着这么个苦命？还是叫神婆的臭嘴冲的？难说。世上有些事，难说得很，就像兰兰的命。不管是命定的也罢，叫人臭嘴冲的也罢，生米已成了熟饭，姑娘已成了婆娘，啥话都不说了。说也没意思，就像躺在案板上的猪呀羊的，不管你叫不叫，刀子总是要进去的。

猛子气呼呼道：“那个驴撵的白福，迟早，老子一刀捅了他。”老顺白了一眼猛子。但猛子不在乎老子的白眼，只顾呼哧呼哧出气。愣头青。老顺心里骂一句。捅，当然痛快。可又能捅出个啥结果？儿子吃铁大豆，丫头成寡妇。啥意思？舌头和牙都动不动闹矛盾，何况人。夫妻同床睡，人心隔肚皮，难免有磕碰。要是动不动娘家人插手，像啥？老顺他可不像“贼骨头”家，姑娘一有个啥事，娘家人就一窝蜂扑上前去，闹个鸡飞狗上墙的。哼，丢人不如喝凉水。

“这次，心死了。不和他过了。”兰兰抽抽搭搭地说。

更是屁话。老顺心里骂。望女儿，女儿正用袖头子擦泪。以往，她说出这句试探性的话，总要看看父亲的反应。这次不。莫非，这鬼丫头真有这打算？老顺有些慌乱。丢人现眼的，由了你了？可他没说出口。因为他仍希望这是句气话。夫妻间，哪能没有气话呢？他们老两口，自结婚后第五天拌嘴离婚，离到如今，三十几年了，倒离出了一堆娃子丫头。这话，说说没啥不好。要是真做，就不妙了。那是往娘老子脸上划黑道道儿呢，人会骂："驴养的，马下的，青草湖里长大的。"

"离就离！那种猪狗不如的东西。"猛子说。

老顺望一眼猛子，又望一眼老伴。老伴却依旧呜呜，没啥别的反应。这老祸害，听了这话，竟然没反应？莫非这老妖也怂恿女儿？难说。老祸害一辈子最爱说的字就是"离婚"。刚结婚时"离"的声音不大。等有了娃儿，说时格外有劲，钢牙铁口的。当然，老顺牙巴骨上的劲也不小。为啥？有了娃娃呀。娃儿把女人也绊住了。就像放牲口时，多调皮的牲口只要把缰绳拴到它的前腿上，拴短些，叫它能吃草，但抬不起头。走一步，磕一下头。看它，还能飞上天去？娃儿就是那缰绳。你女人有本事，飞，飞，飞到哪里，绳还在你腿上拴着。老顺当然能钢牙硬口地说那三个字"离就离"，可兰兰，引弟一死——一想到引弟，老顺的心又抽了一下——绊没了，白福又那个屌样，赌起来没命，打起人也没轻没重。不像老顺，嘴不好，可心不坏，打女人时也知道鞋底只往屁股上抽……难保兰兰没那个心。可话说回来，谁没错呢？他年轻时不是也"挖牛九"，也打女人——不打女人还算男人？……上了年岁，性子自然就坦了。

"还是头餐面好吃啊，丫头。"老顺慢吞吞地说，"不要一张嘴就离呀离的。白福是有些毛病，可谁没毛病呢？谁家没个碟儿大碗儿小的事呢？再说，人家也不尽是脓包浆，人家也有人家的优点。不提别的，干起活来，牛一样。抵上他的有几个？……丫头，不要门缝里看人把人看扁了，谁没毛病呀？"

兰兰抽搭几声，说："这次，我吃了秤砣了。"

"唉。"老顺摇摇头，"不要把话说绝。"叹口气，又说："事不能做绝，话不能说绝。天上下雨地下流，两口子打架不记仇。平心说，白福有毛病，

兰兰回娘家来了，
正和她妈
在炕沿上哭呢。

动不动戳天掀地的。可年轻人不这样的有几个？上些年岁也就好了，对不对？大头年轻时，爱打女人，动不动鞭子麻绳的，还不是丫头娃子一大堆？现在，两口子不也挺好吗？心字头上一把刀，该忍还得忍。能凑合，凑合着过去吧。丫头。”

“行了，行了。爹。”兰兰抹把泪，皱眉道，“耳朵都磨出茧来了。凑合，凑合。除了这，你还能说出些啥？你知道你丫头受的啥罪？啊？老的欺了少的欺。稍不顺眼，你一枪我一炮的。那个老妖精更不是个东西，动不动指鸡骂狗，说我这个长了，那个短了。不能和人说话，一说，就说我勾引野汉子。人家问我话，我不答成不成？我又不是没嘴葫芦。可一答话，天包大祸惹下了。老的骂，少的打。你说，我能活出个啥人？这次，引弟又死得不明不白……呜呜呜……我的引弟……再凑合，你往娘家门上抬我的尸身子吧。”

老顺怔了半晌，望望女儿，望望老伴。两人一个表情，傻了似的。老顺长长地叹口气 ：“不凑合，又咋样？人嘛，几十年个物件，一眨眼，就成一堆骨头了，快得很。不凑合，能咋样？闹个天翻地覆，除了丢人现眼，还有啥好处？人活脸，树活皮哩。”

猛子突地起身，出门，去了北书房。拍门声很响。老顺觉出了猛子的反抗意味，忍了几忍，才没发作。

“活人难得很，丫头。”妈抹抹泪，发话了，“你叫我们当娘老子的说啥好呢？大人是压菜缸的石头，啥事也得压。你叫我们说啥好呢？”

这老妖。老顺差点骂出口来。听她口气，仿佛是同意姑娘离婚，只是由于“大人是压菜缸的石头”，才不好明里支持。呸，头发长见识短，瞭事不远。就算离了，你又能找个啥样的？人会咋说你？没脑子。就说 ：“这不是压不压搅不搅的事。明里说，老子不同意你离婚。路越走越宽。生牛生马都能调过来，不信他白福是个榆木脑袋。人嘛，多劝劝，也就改了。浪子回头金不换哩。”

“劝。劝。”兰兰说，“要是多少能听进一句话，也算个人了。你不说还好，一说，人家就上头上脸的。”

老伴接口道 ：“就是。你又不是不知道那愣子的脾气。碰到啥就提起啥，劈头盖脸的。犯了性子，爹妈都不认，能听进谁的话？”

老顺火了：“你个老妖，少煽风点火。想干啥干去！……动不动离婚离婚，你老妖离了一辈子，也没见离出个啥名堂来。”

老伴也红了脸：“哟，朝我使气来了？有本事外面使去！丫头是我养的，是我身上掉下的肉。你不心疼，我心疼。养上十几年，我骂了句啥？打了几下？现在，倒成了人家的出气筒了？”

“你不叫人家管，就养老丫头呀，为啥往外推？”

“养老丫头也比现在强！”

兰兰抹泪道：“行了，行了。你们别再吵了。不说吧，心里憋得慌。一说吧，你们就争呀吵的。这日子真没过头了，哪里都是吵吵吵。活着不如死了好。”

5

这回，兰兰铁心了。

夜深了，但不静。至少，兰兰觉不出静。爹的鼾声闷雷似滚。兰兰怨爹没心肝。女儿天大的事都搅不了他的瞌睡。兰兰知道爹是个大肝花。前些年，柜里没一把米面时，爹就这样。妈生娃娃疼得炕上翻滚时，也这样。按妈的说法，大肝花好，心上没事，身体就好。可爹的身体也不见得有多好，伤风感冒是常有的事。妈说，大肝花的人不得噎食病。兰兰知道，得了噎食病的人饭坑里饿死。爹只要不得那坏病，大肝花也好。但兰兰总有些伤心爹的态度。当然，要是爹真为她愁得吃不下睡不着，兰兰更难受。

妈悄声没气的。兰兰估计妈没睡。但兰兰明白妈不想叫她知道她没睡。妈的心细。她不想叫兰兰知道她为她愁得睡不着觉。妈瘦了，明显瘦了，皮包着骨头。为她，为憨头，妈的心早操碎了。兰兰心里疼，真不想把自己的心事告诉妈。但除了妈，又能告诉谁呢？世界真大，人真多，可兰兰的世界小。兰兰世界里的人也少。能在妈的怀里哭，是兰兰的享受。

窗帘开着。兰兰看到了空中那瘦零零的月牙儿。兰兰觉得自己和那月牙儿一样，悬在无着无落的黑空里，孤零零的。她叹口气，很轻地蜷了身子。她怕自己的动作惊动了母亲，但被子的窸窣仍山一样响。妈的被窝似乎也响了一下，也很轻。某个角落里有老鼠在啃着什么，咯吱咯吱的。间或，还交谈一阵。兰兰认为这是一对老鼠夫妻。不管是夫妻，还是朋友，兰兰都羡慕它们。兰兰和白福在一起的时候，除了你一枪我一炮地干仗外，谁都是没嘴的葫芦。吵架或是沉默是夫妻间最常见的功课。而且，这沉默是对对方厌恶至极时的无话可说。和白福在一起，兰兰没有谈话的欲望。那家伙是个什么货色，兰兰比谁都清楚。太清楚了，就什么都不想说了。

兰兰也曾有朋友，同村的，几个媳妇，都和兰兰谈得来。这是过门不久的事。后来，兰兰和白福一闹矛盾，婆婆就认为是那些女人教坏了兰兰。婆婆的声音难听，站在大街上耍猴似的骂。之后，朋友们就不敢做朋友了。一见兰兰，远远地就避了。

兰兰叹口气，觉得胸里闷得慌。许久了，老这感觉。心里像堵满了脓似的黏液，老像要呕，可也没呕出过啥。

许久了。

老鼠夫妻仍在亲热地交谈。父亲仍在香甜地呼噜。母亲没动过被窝，仿佛连呼吸也没了。但兰兰分明看到了母亲那双注视她的眼睛。那是两口深枯枯的井，总叫兰兰心疼得哆嗦。

好几年没盘新炕了，炕粪味弥漫于夜气里，沁入她的毛孔，更添了她心里的浊。胸腔里更是憋得慌。

生存空间与自己格格不入。总是烦，莫名其妙地烦，想撕裂胸膛的烦。一切都不顺眼，一切都不和谐。

“这样活，有啥意思？”她想。生命成了透明通道，从这头，能瞭到那头，有啥趣味？婆媳间的鸣鸣闪电，夫妻间的口舌拳脚，而唯一维系她人生乐趣的引弟又走了——那是她灵魂深处不忍触摸的所在，偶一触及，便撕心裂肺——父亲却老劝她忍，忍，凑合。说是一辈子快得很。争的人，一堆骨头；忍的人，也是堆骨头。兰兰想，“忍”和“等死”有啥两样？所谓“忍”，不就是一语不发，接受现状，等自己变成一堆骨头的结局到来吗？

兰兰不愿意。

不堪回首。不敢回味少女时候的梦。青春，梦幻，追求，理想……像过眼的烟云一样远去了，消失得那样快。分水岭仅仅是举行了一个嫁人的仪式。

兰兰的幸福就像瓦上的霜一样，轻而易举就化成了水汽。而无奈，却像卧在村口的沙山，你很难改变它，人家反倒步步逼近了你。

干脆，结束这婚姻！

第一次冒出这念头时，连自己都吓坏了。离婚，在她眼里，比裸着身子在大街上走更丢人。好马不配二鞍，好女不嫁二男。离婚的女人，大都有无法饶恕的过失和缺陷，如不生孩子，偷情等……所以，那念头一次次冒出，一次次被她强捺下去，像按浮在水中的皮球一样，按得越深，上浮的力也越大。她终于懒得去按了。由它浮吧。

她开始认真正视它。

换个角度，她幻想了离婚后的生活。沉闷的天空顿时开了一道裂缝。清新的空气和亮光透了进来。虽说，离婚是可怕的，尤其是村人的议论——她甚至能想象得出那一道道怪怪地望她的目光——但相对于一眼就能望到白骨的生命通道，离婚无疑是诱惑。而兰兰，自小就不想过乏味单调的生活。

当生命按照设计好的程序运行的时候，生活就失去了它应有的乐趣。土地、院落、锅台、厕所构成一个巨大的磨道，而她则成了磨道里的驴，一圈圈转。本以为走出老远了，一睁眼，却发现仍在既定的轨道里转圈。变化的，只是自己脸上青春的水红消失了。她不甘心就这样走向人生的尽头。

但她一直没提出“离婚”二字。原因自然是换亲。她知道，她一跳弹，婆婆一定要强迫莹儿做相应的事。为了哥哥憨头，她得忍。

爹的态度使她失望。但兰兰知道，爹是个老脑筋。而且，爹老了。爹管得她一时，却管不了一世。她的路，最终得靠她自己走。

但这次，她铁心了。她再也不能和“杀”女儿的凶手同床共枕。

6

望见婆家的墙角，兰兰产生了强烈的厌恶，真不想再踏进这院落，这儿的一切令她压抑。每次，从外面回来，她就发现这房舍有种掩饰不住的丑陋：剥落的墙皮，被炕洞出来的烟熏黑的后墙，还有那柄长长的木锨。冬天，婆婆就拿这长木锨填炕，一伸一缩，透出泼妇的强悍。一见长木锨，兰兰就想到了婆婆的银盘大脸和那双小眼睛。嚷仗时，那张脸会泛出红光，小眼睛比刀子还利，令兰兰不寒而栗。

平心而论，兰兰最怕婆婆。婆婆是那种被人称为“金头马氏”的女人。从她薄薄的嘴里，能吐出许多叫人听来都脸红的话。但她又很会应酬人，会说许多客套话。嘴是个蜜钵钵，心是个刺窝窝，见人就喧“东家长，西家短，三个和尚五只眼”，能把吕洞宾说成是狗变的。不多日子，村里人就知道了兰兰究竟是个啥货色。于是，有些婆姨就感叹了：“哟，看起来灵丝丝的一个媳妇，咋是那么个人呀？”婆婆就发话了：“金银能识透，肉疙瘩识不透。能看了人的皮皮儿，看不了人的瓤瓤儿。把她当成棵珊瑚树，谁知道是个红柳墩。早知道是这么个货，宁叫儿子打光棍，也不叫娃子受这个罪。自打这骚婆娘进了门，娃子就没过一天安生日子。”如果说前面对兰兰的评价还叫村里人将信将疑的话，那后面说的白福受罪的话就明显是大白天说夜话了。因为村里人都知道白福是个啥货色。

婆婆正在扫院子。兰兰进了门，婆婆扫她一眼，吐口唾沫，将扫帚使得格外有力。一股尘土裹向兰兰。这是婆婆惯用的表现自己内心不满的手法。平时也这样。她会装做没看见的样子将鸡屎垃圾等物狠狠扫向路过的兰兰。对此，兰兰是敢怒不敢言的。一说，婆婆就会扔下扫帚吆起来——“呦，你以为你是个啥东西？怕土，为啥不生在城里呀？为啥不当娘娘呀？为啥是个小姐身子丫环命呀？沾点土天就塌了？农民哪个不沾土？土里生，土里长，到老还叫土吃上。怕土？到城里去呀？哼，心比天高，命如纸薄。”

此外，婆婆还有一连串令兰兰大开眼界的手法。一是“抡”人。这个“抡”字有凉州独有的含意。要了解其含意还得加上凉州人常用的“呜呜闪电”。这一来，含意就明确了：“呜呜闪电地抡人”。见了你，猛转身，十分威风——“呜呜”；速度极快——“闪电”；猛给你掉个屁股——“抡”，蹬蹬蹬背你而去。这一去，也是“呜呜闪电”：腿脚格外有力，动作幅度机械夸大，每个部位每个细节都明显表示出对你的厌恶和不满。此时无声胜有声。这一招，婆婆常用，威力奇大。一则一家人，老碰面，此招时时可用；二则令你有口说不出个道道来，你总不能说婆婆不和你说话，走路快些就有罪了？兰兰于是压抑之极。

此外，婆婆还有一招：吐口水。一见兰兰影儿，她就“呸！呸！”地吐口水。在凉州人眼里，女人朝你吐口水是最晦气的事情。要碰个男人，他可以撕过她的头发揍她个半死，他还能得到舆论的支持：“活该，谁叫她啐人来着。”兰兰则不能。兰兰于是以牙还牙。她第一次的还击招来白福的拳脚。这一次揍得她好惨，躺了三天。第二次的还击招来白福的耳光。第三次白福朝她白了一眼。第四次后，吐口水终于也成了兰兰的合法权益。婆婆吐口水，她也还口水。婆婆于是威风大减。此招从此不敢轻用。

兰兰既已打定主意，便不在乎扑向自己的滚滚白尘，也不躲避，径直穿过院落，进了自己的小屋。屋里有一股浓浓的脚汗臭。白福还在大睡。农闲时，他能睡到正午。鼾声从他半张的口中喷出。他的喉部仿佛积蓄了过多的黏液，气流通过时，发出的声响令兰兰发呕。这竟是自己的丈夫。真是噩梦。想到自己将要解除这婚姻，心里一阵轻松。但一想到随着自己的摊牌相应而来的许多麻烦——最怕的是婆婆也会逼莹儿来这一手惩罚娘家——刚轻松了一下的心上又压了一块石头。

尘灰从大开的门里涌进小屋。从灰流的强度和扫帚的声响上，兰兰断定婆婆定然冲自己的小屋门猛使扫帚。兰兰一阵厌恶，狠狠拍了小屋门。扫帚声忽地息了。兰兰仿佛看到了婆婆那小而亮的眼睛在瞪自己的门。也许，她马上就会发作。素日，只要兰兰不小心把锅盖盆碗弄出声响，婆婆就会骂她“甩碟子掼碗”。她把兰兰不小心弄出的所有响动都当成对她的示威，自然免不了争吵。兰兰等待着婆婆的发难。她也希望她这样，好使她顺顺当当发表自己的离婚声明。

扫帚声却又响了。显然，婆婆今日没心思和她吵。近来，家中早如炸药库了，响一个雷管就能引出一串巨爆。奇怪的是这次没有。兰兰讪讪地捞过抹布，擦起令她扎眼的尘土来。大立柜是结婚时娘家陪的。这是婆家唯一令她感到亲切的东西。她发现衣镜中的自己眼圈发青，脸色憔悴，一丝悲哀掠过心头。最美的时光已消失了，真不甘心啊。

白福咕哝几声，翻个身，睁开眼，见了兰兰，鼻孔里哼一声。

7

兰兰说出自己的离婚打算后，并没有引出一场霹雳。家中奇异地静，仿佛他们也等着她说这话呢。静了许久，公公才抖动着胡子，哆嗦着手掏烟袋。捻烟末的手不争气地抖着，怎么也对不准烟锅。白福则冷冷望兰兰，脸上的肉狰狞地抖一阵，才说："我可是早不想活了。老子羔皮子换他几张老羊皮。"

"怕啥？娃子，离就离！天下的姑娘多得是！"婆婆的口气很硬，但眼里有股掩饰不住的疲惫之气。平素里，婆婆是打饱了气的皮球，你使多大力，她就蹦多高。今天，兰兰的话是锥子，一下子就放光了她的气。

兰兰自然知道自己的决定对这个家庭意味着什么。她敏锐地捕捉到隐在婆婆强硬后面的真实，心中掠过一缕快意。平时，她多强悍呀！如狼似虎呢。兰兰看到婆婆瞅了一眼公公，显然，她不满意丈夫的表现。但她反倒笑了："离就离！可也不能便宜你，拖你个驴死鞍子烂。"

兰兰冷笑道："拖也罢，不拖也罢，结局一样。天下又不是你白家的天下。乡上不行，有法庭哩。法庭不行，有法院哩。不信没个讲理的地方。"

"妈的，你还有理？"白福一脚将到他跟前觅食的白公鸡踢出屋外，激起一院子的咯咯。

兰兰知趣地住了口。她知道接下来会是什么节目。白福正恶狠狠瞪她。

显然，他拳头里的气早已鼓荡，只等找个借口朝兰兰出了。兰兰很想说出自己的理来。但在这个家里，理永远得让位于拳头。

婆婆瞪一眼儿子："干啥？有气往该撒的地方撒，鸡又没惹你。"

兰兰听出了婆婆言语中的挑拨成分。她很想回一句，但屋里尽是炸药，她不敢冒出一个火星。院里的鸡仍在惊魂未定地咯咯。狗也在叫。一辆拖拉机从门前经过，轰鸣声震得屋顶的掩尘报纸哗哗响。一切声响都进入兰兰脑中。兰兰觉得胸闷。

公公将十指插入乱草似的脏兮兮的头发，哭了。初在抽泣，渐渐变成牛吼。兰兰有些慌乱。她预料过自己挑明这事后的结局，如挨打等，但一点也没有想到公公会哭。对这个老头，兰兰的印象并不太坏。这是这家里唯一能容忍她的一个人。想不到他会如此失态。她的脑中嗡嗡叫了。公公虽在干嚎，但兰兰却觉得他口中发出了呓语似的咒骂。他在咒骂天，咒骂地，咒骂一切。"真没意思活了。"她听清了他咒声里的一句话。

对丈夫的失态，婆婆手足无措了。她恼怒地瞪着丈夫，恨铁不成钢。在她眼里，兰兰提出离婚已令他们大失面子。此时，最有力的回击应该是不在乎。要是不考虑其他因素，她真想像踢一只破皮鞋一样把她踢出门去，让全世界的人都知道她是被她一脚踢出去的。而后，再买来一个更俊的。问题是，手里无刀杀不了人。全部家当，不知还能不能顶够那个让人头皮发麻的数儿。而且，儿子又不争气。谁喂的猪娃子谁知道脾气。白福有个啥名声，她心里清楚。一切，都令她压抑，不能叫她畅快地为所欲为。虽说，她把不同意她离婚归于一个她能说出口的理由——"不能便宜了这贱货，偏不叫你称心"——但心里仍很憋气。要强了多半辈子，不能在这个黄毛丫头前服软。丈夫的哭声不能不叫她恼火。窝囊废。丢人不如喝凉水。她差点骂出来了。

她当然知道丈夫的哭不仅仅是因兰兰提出了离婚。几年来，啥都叫人不顺心。儿子又不争气，老是赌，手气又臭得很，挨罚款不说，要债的能踏折门槛；加上引弟，嘿……一切都叫人胀气。丈夫老说没意思活了，心里破烦得很。破烦积多了，总得流出来。丈夫的哭就是流出来的破烦。问题是，时机不对。他不该当着这个骚货哭。尤其，不该在这个骚货提出离婚时哭。于是，她恶狠狠说："行了，行了，扯啥声？丢人不如喝凉水。"

白福爹的哭声迸出得快，息得也快，干嚎了几声就停了。而后，傻呆呆蹲在那里，流泪。白福咬着牙，捏着拳。看那征候，快要找个出气的地方了。兰兰反倒静了心。她也知道公公的哭并不仅仅是怕她离婚。这几年，家里出的事多。自己一闹离婚，无疑也在他头上敲了一棒。兰兰的心一下子软了。她不怕打不怕骂，只怕笑脸软语，更怕这一哭。她差点打消了离婚的念头。

白福却跳了起来。兰兰还没反应过来，脸上就一阵烧麻。而后，是头皮钻心地疼，而后是身子，腿，全身。

白福开始了他常做的功课。

寻常，白福打兰兰时，婆婆总要拦挡。这次没有。也许以前怕损坏了这个物件。损坏了，又得花费。这次，她已有了外心，还有啥比这更值得挨揍呢？

白福使出了所有威风。兰兰一次次爬起，白福一次次将她打倒。兰兰耳内轰鸣，鼻子流血，周身剧痛。头上像扣了个盆子，重，闷，昏昏沉沉。

观者如堵。

以前，兰兰宁肯被打死，也不外逃。她怕被村里女人望笑声。今天则不然，她已死了心。面子，已不是她考虑的内容，她要叫更多的人知道白福是个什么东西。除了为法庭提供更多的证人外，她还要让人们明白一点：她是在活不下去的时候才离的婚。

第二十章

1

村里人要去集体上访了。因为庄稼晒了，都希望能少上些公粮。听说大头们串联了十几个村呢。不去不成。一家最少去俩人。老顺白一眼猛子，说："别人抗粮，那是别人的事，你少咋呼。别把自己抗到班房子里。"

喝过了那软绵绵温乎乎口感极好的山芋米拌面，老顺和猛子就往外走。村口已黑压压了。三轮车、四轮子、手扶子排成一长溜。老顺发现，人们异样兴奋，仿佛他们不是去上访，而是去看大戏。女人们都打扮了一番，穿上自己最好的衣服。大头前颠后晃，把人安置到一辆辆车上。

毛旦们拔来了被太阳晒成干草的麦苗，一捆捆往车上扔。那是真正的"麦草"，有麦头而无麦粒，还在绿色的时候就成了干草，牲口显然很喜欢。人们找些草腰子，把麦草扎成小捆，挂在一辆辆车上，像一面面示威的旗帜。年轻人高声谈笑，你拍我，我推你，虽是去集体上访，却没有应有的悲壮意态。姑娘们评点各自的衣着，捋捋衣襟，跺跺脚，偷偷留意别人对自己新衣服的反应。老汉们乐呵呵的，他们也骂贪官，也怨老天，更惋惜被毒日头晒成干草的麦苗，但这一切影响不了他们的乐呵呵。现在，不管咋说，还能混个肚儿圆。先前，饿肚子时也照样乐呵呵地闹社火呢。那时，老婆娃儿在哭饿，自己肚子也咕咕叫，自己不是仍跳着蹦子，扭着屁股把那腰鼓擂得山响吗?

脸上不是照样充满着欢笑、任汗水冲下脸上的泥土吗？饥饿算什么？现在，米汤滚水、山芋、玉米棒子啥的也能填饱肚囊。怕啥？头掉不过碗大个疤嘛。

难得有这样的集会了。责任田是个好东西。只是人与人之间没以前那么亲热了。以前，一块儿劳动，一块儿开会。虽不自由，可热闹。现在，各干各的，腰来腿不来，跌倒起不来，都懒了，从没像今天这样齐心过。

大头安顿了有关事项：一、上访是上访，可不许瞎闹，万一闹出乱子，吃不了得兜着走。二、不许乱叼乱抢。人家市政府里尽是好东西，弄不好还有金银珠宝。你看看可以，可不许活叼活抢。三、不到走的时候，谁也不能先走。你一走，他一走，事情就糟了。法不治众，都在，谁都没事。你一溜，留下的免不了着祸。

老顺被安顿到花球的三轮车上。他的脑中嗡嗡响，觉得一切都不像真的。尘土在空中乱飞。太阳白孤孤的，没了炫目的红。人声嘈杂，汇成一晕晕波，裹挟了老顺。是的，裹挟。虽说没人明里裹挟他，但他还是被裹挟了。他实在不想去上访。明摆的，没听说过小腿能拧过大腿的。弄不好，叫人家丢进班房子，祖宗会羞得往供台下跳哩。

车开了。一条条灰龙从轮下腾起，扑向后面车上的人。姑娘媳妇们惊叫着，她们没想到新衣服这么快就被污染得不像样子了。老顺笑了。活该，他骂道。他看不惯这些惊乍乍的女子。你以为干啥去哩？看戏？逛街？……嘿嘿，他望望自己灰楚楚的衣服，上面虽也落了尘土，但不显多难看……落吧。他想，跳到地上打滚都成哩，不就是件破衣服吗？望一眼惊乍乍拍拍打打的年轻人，他得意地笑了。

一进城，老顺就觉得晕。啥都在叫，啥都在动，啥都往自己身上扑。怪事。人像水在街上流。说的，笑的，板着面孔的，都一个样子。模糊。像鬼。……听说鬼脸的标志是没下巴，老顺眼里的行人就没下巴。当然这是回乡后的印象。他多次想看看城里人是不是真没下巴，可一进城，啥都忘了。只剩下晕，那晕一来，整个城市都跳，都叫。

花球开车疯，老想咬前面的车。行人也疯了，骑着自行车，像骑个惊驴，没高没低地颠，成一团疯蚂蚁了。老顺心惊肉跳，不敢前看，遂望两旁，发现行人也在望他们。他们的眼睛睁个瓦坨儿大，如看稀有动物。老顺想了半晌，才明白是车上那旗子一样晃动的麦捆和长龙似的车队吸来游人的目光的。前望，一溜车，麦捆晃。后望，一溜车，麦捆晃。百十辆车都汇合了，阵势够大的。

一进城，车上人都静了，严肃得像在送葬。年轻人停止了说笑打闹。女人们用手绢沾点口水将脸上的尘土揩净，自然也沾尽了清晨涂上的护肤霜，露出了或黑或白的本来面目。她们大都装得一脸严肃，但眼睛却把好奇或是羞涩慌乱完全泄露了出来。老顺想，她们是不是一进城也发晕呢？他曾问过凤香。凤香回答："不晕，只是乏。城里路硬，逛一天，成乏骆驼了。"逛一天？乖乖，她们竟能逛一天？有啥好逛的？屎憋了，连个厕所都找不到……听说有个老农进城，找不到厕所，就在一个角落方便了。城里人过来，老农马上将草帽盖在上面，说是扣了个画眉儿，叫城里人按住，自己去买个笼子。后来，城里人等不及了，就手伸进草帽去抓鸟，却抓了一把屎。沙湾人老喧这种作践城里人的故事。老顺笑了。他不信城里人那么傻，连臭气也闻不出来，会用手去按？不过，那法儿倒不错，省得叫逮住罚款。破草帽儿虽也可惜，但相较于罚款，还是划得来。城里人坏，真该叫抓两把粪呢。

街上的行人都驻足了，都观望这支奇怪的队伍，指指戳戳，交头接耳。显然，他们也知道他们干啥来了。老顺听说前几天南乡人也上访过，差点把市长的车扔到渠里，但听说阵候不大，没有他们这样各家各户全出动的。老顺有些得意。素日进城，他总有点怯。今天不一样。素日他最讨厌警察。一过十字，总有几个警察——老顺的印象中那些人一副面孔——在喝神断鬼地骂农民，像暴躁老子教训调皮儿子。妈的，咋呼啥哩？不就披了身黄皮吗？牛皮啥？老子……老子想睡多久就多久，你能吗？……老子想用山芋喂猪，就喂猪，你能吗？呸，牛啥？老顺笑了。那是些可怜人哪。黄天背个老日头，不容易。冬天冻死，夏天晒死，也可怜。老顺便原谅了他们的咋呼和神气。可今天，那群小子很乖。你们不是不叫机动车辆进城吗？老子们偏进，就进了。你敢挡？挡一下试试，七锤八脚十三点，给你个蒜锤儿踏干姜。嘿，不捶成肉泥才怪呢。不过，路过十字路口时，那警察朝他瞥了一眼，他还是感到脊背一阵发凉，底气一下子溜了个精光。

毕竟，人家带法呀。他嘀咕一声。

市政府大院在东街，很大一个门，一见，老顺心里就憋得慌。也难怪。衙门嘛，不大还叫啥衙门？不像庄户人的门，只进个驴呀啥的，人家进车。那车，在老顺眼里也一个样。老顺不知道这个牌子，那个牌子，只知道两个字，气派。记得，北柱说过：工人农民拼死干，一年挣了三十万。买了一个乌龟壳，里面坐个王八蛋。老顺不知道三十万有多少。他眼里，三千就是个天文数字。三十万？乖乖，想晕脑袋，也想不出究竟咋个多法，怕是有一房子钱吧？老顺想不通用一房子钱买那个车有啥意思。过去，县太爷只乘轿子，几个人抬。现在，得几百万人抬呀。一想，老顺心里就有气了。所以，三轮车冲入大门时，他有种发泄似的快意。

人山人海。看热闹的比上访的多，乱嚷嚷的，成一锅粥了。老顺忽然觉得他们小了，像蚂蚁一样。那是因大楼太高太大的缘故。这楼比大门更气派，呀，了不得。这玩意，远望，也不咋的。一近，人就一下子成了蚂蚁。老顺甚至不敢说话了。但先来的那些人却在嚷嚷，听得白狗叫：“砸，砸他个驴日的。”可也没人敢动手。

一辆辆车子进了大门，一个个人下了车子，东张西望的。显然，他们也没来过这儿，都被这大楼镇了。老顺心里说：“没见过世面吧？嘿，叫你开开眼界。”仿佛是在他的允许下，人们才敢进这个院子的。他笑了。

老顺被人们拥入大厅。他从没见过那么白的墙和那么光亮的地，不由自主地东张西望。许多人也东张西望，仿佛他们是来参观的。白狗咋呼呼喊：“出来！出来！贪官出来！”也没见一个出来。许多人因之而怒了，“日你妈，出来！出来！！”

没人出来。

上了楼，有个很大的房子，门开着。听得花球嘀咕：“这是市政府办公室。”其他房间都关着。人呢，不知溜哪儿去了。

一个胖子正打电话。人们愤怒了。因为他们发现大楼里的人都溜光了。所有的威风都白耍了。白狗将手中的麦捆向胖子砸去，一个，又一个，几个。很快，那人成了草堆。"干啥？干啥？"那人怒目道。"人呢？人呢？为啥溜光了？"白狗问。胖子笑了："今天是星期天。知道不？休息。"

老顺脑中响了一声。吃屎货！吃屎货！他骂大头，有前眼没后眼，冒失鬼。他感到一阵失落和空虚。别人也一定这样，都互相望望，慌乱了。像一个蓄满力量冲锋的战士，却发现对手不知溜哪儿去了。

骗人吧？白狗嘀咕道。就是。花球用指头在日历上指戳一阵。"真是星期天。"他说。

真是废物。也难怪。老顺想，农民谁管啥星期天呢？这星期天啥的，是为别人安排的。农民永远是日出而作，日落而息。哪天都是工作日，哪天都能当星期天。

一阵骚乱之后。白狗说："市长的家在哪里？上他家，看他钻了驴尻子。""就是，就是。"人们嚷。胖子说："就来，就来。才打了电话，就来。"人们于是静了些，等市长。

外面的人往里拥。不一会，偌大个办公室里就挤满人了。新来的仍嚷，仍怒。白狗上了办公桌，把玻璃砖踩碎了。胖子说："下来，下来。又不是你的书房炕，一块玻璃好几十呢。"一听好几十，老顺就说："下来，破坏啥哩？"白狗却抓一把麦秆，来了个天女散花。

2

人们忽又外拥，说是管农业的市长在楼下大厅里。老顺没见过市长是个啥样，曾问大头，大头说："人样。"当然是人样了。循了人流下楼，听见一人在大声训斥："你们干啥？反了是不是？你们懂不懂法？有问题叫乡长来反映，你们来闹啥？回去！回去！"老顺一听这话，心就慌了。真是的，可别叫人家当成反贼来一顿乱枪。却听得白狗吼了："打这个驴日的，他是啥？

啊？”一个人低声嘀咕：“那是副市长。”副市长？老顺心又慌了。人家副市长说这话，怪吓人的。会不会叫警察？白狗却又吼了：“打这个畜生，老子的庄稼都晒了，你管了个啥？啊？”“打！”一厅吼声。“打。”老顺也喊了出来，声音虽不大，但还是喊了出来。就是，老子麦子都晒光了，还要上粮，叫老子们活不？你还咋呼啥哩？就也喊“打”了。

“打”的吼声震天响。后面的往前拥，老顺也往前拥。反正，他又没和副市长对面，挤死，也没他的事。他于是也用力往前挤。大厅乱成一团。人群如浪，忽而拥向这边，忽而拥向那边。

“行了，行了。”头顶有个声音在叫，声嘶力竭，“叫市长说话。”老顺一看，二楼上一人在叫。那人虽已失色，但老顺还是认出他是乡长。“有啥好好说。”乡长又叫，“要出人命呀。”大头叫了：“静下来，静下来。叫他说，叫他说。”

人们于是静了。

副市长一下子失去了威风，虚脱了似的，又是冒汗，又是喘息。旁边的人喊道：“挪开，挪开。叫副市长打电话，和市长商量一下。”“挪开挪开，叫他打。”一个哑嗓子喊。于是，人们让开了一条缝。副市长挤出人群，出了大厅，钻进一辆小车，溜了。

“坏了，叫他跑了。”白狗说。人们于是又怒吼了：“回来，哪里跑？”“你有本事钻了驴尻子。”

“人家喊警察去了。”狗宝说。

人们显出了慌乱。老顺也慌了。他一见大盖帽，脊梁骨就软。他估计别人也这样。因为许多人脸上都出现了慌乱，都在东张西望。有几个甚至出了大厅，似要溜走。老顺怕是怕，但还不想逃走。天塌下有高个子顶，怕啥？再说，不信那警察会来一顿乱枪。就算挨一顿乱枪，又不是他一个人挨。这么多人，这么多人都挨枪，他挨一下又有啥？更何况，不信这世道像那旧社会，动不动就枪呀刀的。他又想到了副市长的窘相，觉得有些过意不去，想，人家市长，也想把工作往好里搞呢，又不想祸国殃民，这样待他，似乎有点不厚道。

“怕啥？怕啥？头掉不过碗大个疤。”大头的声音很大。

“就是。不信警察还能把‘把儿’搬掉，皮捋掉。”

“人家想咬了，就叫他咬一口，老子们的屌多。”

“法不治众。不信他把老子们关进监狱。哪有那么多的监狱。就算进了监狱，还得管老子们吃的。正好，省些粮食。”

“听说劳改农场一星期吃两顿肉，乖乖，神仙日子哩。”

“瘸五爷都吃胖了。蹲了几个月，反倒吃胖了。怕啥？”

于是，人们脸上的慌张消失了。几个老汉咂咂舌，仿佛在品味劳改农场的肉。老顺笑了。真是的。听说劳改农场真一周吃两次肉，不叫人眼热不成咧。在白露前，兔鹰没来时，老顺也馋得要命呢。一想到肉，就一嘴口水。能一个星期吃两回肉，乖乖，还巴望啥呀？

互相打阵气，底气又足了。等！守在洞口，不信等不出个兔子。有这么光亮的地皮儿，躺，睡，都成。又都带了馍，等他个驴死鞍子烂，看他市长们真钻了驴尻子。

正午了。老顺觉得城里的太阳比乡里的暴。乡里有风。太阳暴是暴，风总能带来凉意。这儿，高楼了，大厦了，窝风，大院真变成晒驴湾了。好在那大厅大，加上楼道，盛个百十人没问题。进不了大厅的，便自动去寻找那有荫凉的地方，或坐，或躺，取了馍和水，慢慢地嚼。

乡长苦着脸前颠后晃，给村民们下话。他没能及时压息此事，乌纱帽忽悠忽悠上下飞呢。好可怜！老顺想，当个官，也不容易，平素里牛皮烘烘，吆五喝六的，现在，尿了。哈，你的神气呢？威风呢？看来，他还是怕人抱成团。蚂蚁拱倒太行山。抱成团，啥都不怕咧。可轻易团不起来，像一捧沙，弄点水团成个球，水一干，又散了。没治。总有人尻子松，人家一喝，脊梁骨就塌了。一两个人是顶不住的。没治。小腿拧不过大腿，农民总是农民，天生一个刨土吃的命，没治。

等不来一个执事儿的，人们便骂。你一句，我一句，骂啥的都有。其中最难听的是女人的声音。乡下女人别的不如城里人，可骂起仗来，哪个都是破天门阵的穆桂英。她们各有各的路数，十八般武艺都使出来了，把丈夫公婆那儿受的所有的气都发泄了出来。那阵候，像麻雀窝里捣了一竿子，叽叽喳喳汇成旋风，在政府大院里卷。老顺想，那市长也真不好当，都说众口难调，人有百相，你既要做事，又要叫每个人都满意，是很难的。他又想到了副市长那张冒汗的虚脱似的脸，心里有了一丝抽疼。他虽然不爱见很神气的官儿，但更见不得任何人的难堪相。记得，自己的心，就是在那时软了的。

老顺四下里望，尽是人头，多是一张张沾满灰尘的瘦削的脸。大厅一角里有个台儿，很气派，底层大，上面渐次小，成塔形。顶端有盆花。下面几层想来也是放花的，现在花被端到一个墙角里，花的位置被几位姑娘占了。在这纷乱嚷嚷之中，姑娘们显出少有的逍遥。她们嗑着瓜子，有一句没一句地喧。楼层上尽是麦秆子，尽是人，多抽莫合烟，辛辣的呛味充满大厅。大厅直通二楼，二层栏杆旁也挤满了人，骂的，闹的，东张西望的，因少见面而亲热地喧的，啥人都有。

白狗大声说："受骗了！受骗了！那个驴市长跑了。"

"怕啥，跑了和尚跑不了庙。"一个说。

"就是，看他钻了驴尻子。"

一阵笑，都说："看他钻了驴尻子。"

3

太阳偏西的时候，市长来了。太阳的暴戾减了，心里的气也消了。坐的多了，躺的多了，该骂的啥都骂了，火气也随一句句脏活溜了不少。市长就来了。这次来的是大市长。前一个是副的，这个是真正管事儿的。一听大市长来了，许多人都站了起来。

大市长没坐小车。没坐小车好。那小车实在叫人不舒服。老子们的庄稼都晒了，他还坐小车——谁都会这样想。一想就生气，一生气就骂。不坐小车好。所以，大市长进了大厅，人们还不知道这是市长。

市长很高，但不是那种欺负人的高；很瘦，是那种看起来很舒服的瘦。瘦了好，瘦了说明他不一定大吃大喝；又笑着，那是真正的笑，不像是挤出的，眼睛都笑成鸽粪圈儿了；牙又白，叫人一瞅，很舒服。这年月，很少有人对农民笑了：乡上，水管所，电工……哪个都是横眉冷对千夫指的。习惯了。市长竟笑，对着他们笑。那笑，叫人受宠若惊，叫人不敢相信。于是，老顺心里有种热热的东西在流。

"先向大家道个歉。一来开了个会，来迟了……"

市长是开会来迟，不是逃避了。开会，是天大的事儿呀。不要说迟了，就是不来，似乎也没啥呀。会是啥？是比天还大的事。因了市长的笑，老顺心里很是温暖。他不知道别人咋样，反正他是这样想的。

"二来嘛，我这个市长没当好，叫父老们的庄稼晒了……"

他也知道我们的庄稼晒了？市长竟知道？老顺心里荡起一股热流，知道就好。还说市长没当好？嘿，老顺简直过意不去了。是天不下雨，又不是市长不叫下雨。咋说没当好？成了，能说出这句话就成了。苦也罢，累也罢，能听到这句话就成了。一个庄稼人，叫人家市长说这些话，过意不去呀。老顺听到了人们的议论："这个市长好。""把我们都当人哩。""还笑哩。""不像刚才的那个，真正是个驴，啥市长。"

"刚才的会，就是研究抗旱的，我们也在想办法……"市长说。

老顺越加内疚。人家为我们着想呢，人家研究呢，人家开会呢。人家一个市长，好大的一个官，为我们想办法呢，竟骂了人家，骂得那么难听。老顺就怕听人说好话，而且是这么大个官说的好话。老顺不知道市长究竟有多大，只知道很大。大头都牛皮烘烘的，上天哩。大头见了乡长，却像老鼠见了猫。听说乡长见了市长，也这样。乖乖，乡长是啥？是土皇帝呀，是一方的土皇帝呀。人家这样大个市长，说这么些好话，老顺不过意不去才怪呢。

"有什么问题，大家只管反映……"

当然有问题。老顺有一肚子话要说，可他不愿在这个时候说。有人却发话了，他说出话来直冲冲的："为啥农民的麦子不涨价？水费和化肥死涨价？”“就是，就是。”许多人迎合着吼。市长笑了：“我们向上反映，向上反映。”市长一笑，那人的火就泄了。邻村的一个又说：“我们要浇头沟水。”所谓头沟水，就是在每一轮水中第一个浇。另一个说：“我们也要浇头沟水。”又一个说：“我们也要浇头沟。”静了的人们于是又沸腾了，大厅里一片嘈杂。

“行了，行了。”一个干部模样的人说，“一个一个说，你先来。”他指指一个外村的小伙子。

小伙子说：“我们村没浇过头沟，每回都是末沟。不成！水费一样的交，水库一样的修。为啥每回是末沟？凭啥？是不是我们村的女人不卖尻子？”

市长皱皱眉，随即笑了：“好，好，你的意思是想浇一回头沟水。”他掉头对那个干部说：“记下，记下。叫水管所安排一下。”一语未落，许多人又嚷起来：“我们也要浇头沟。”“我们也要浇头沟。”市长摆摆手说：“都记下，都记下。”市长也从兜里掏出个本儿，写字。

老顺很感动。市长连这个都管了，不感动咋成？水管所那群老虎，不好惹呀。哪像市长？瞧，笑呢，说呢。市长的那口白牙明晃晃的，一道道白光直往老顺心里钻，把心都照亮了。

“我说。”白狗举举手，见市长点头，便说：“我说市长，真该管管那些水老虎了。一下队，烟不好，不抽；酒不好，不喝；吃鸡，光吃鸡皮……”市长的眉毛扬了扬：“真有这事？记下，下去查。查着这个光吃鸡皮的败类，开除！”那干部边写字边点头。市长往本子上画几下，显出非常生气的样子，重重地说：“开除！”

大头说：“我说两句。我这个队长可真不好当。抓计划生育，挨骂的也是我；要水，跑腿的也是我……这个队长真没当头。”

市长显出非常严厉的样子：“你是队长？”“是。”“你是党员？”“是。”“今天来这儿是不是你领导的？”大头望望市长又望望四周的人，不语。白狗答道：“不是他，是我们自愿的。”市长又问大头：“你向我反映过几回问题？”大头的目光躲躲闪闪：“没……有。”

“没有？”市长的语气越加严厉，“下面有问题，你一次都不反映，你称职不称职？啊？！听你的话，是不是你当这个队长很冤枉？啊？！是不是？你回去写个辞职书，交到乡上。另外，”市长向旁边的干部交代道，“你调查一下，他是不是组织者？若是，党内严肃处分。”

老顺的心咚咚跳。这市长，看起来慈眉善目的，可严厉起来吓死人哩。大头面色苍白，浑身冒汗。老顺知道队长油水大，是个苦差，但也是个肥差。市长的话显然把大头镇住了，也该。

“里面还有没有村干部？”市长扫视一下人群，“若有，出来！嫌苦嫌累的，辞职。我现在就批。”大厅顿时坟地似的静。“我把大家的意见汇总一下，看看对不对？”当市长转向老顺们的时候，脸上又堆满了笑：“一是粮价太低，水费和肥料价太高，我们向上面反映；二是有人想浇头沟，我叫水管所公平安排；三是水管所干部作风不好，我们会严肃查处，该撤职的撤职，该开除的开除。”

市长又笑道：“我们对父老乡亲今天的上访，非常感激。下面出了许多问题，我当市长的应该负责任。能解决的，我们尽快解决。但是，”市长严厉地扫了大头一眼，“对个别别有用心的人，尤其是干部，尤其是党员，有问题不反映，群众有意见，不反映，不解决，煽动群众闹事，我们将和公安部门进行调查，该法办的法办，该处理的处理。还有什么问题？”市长连问三遍，没得到任何回答，他又望大头一眼。大头正一把一把抡头上的汗呢。于是，市长笑了，说：“好了，今天就到这里。我还有个会要开，谢谢父老乡亲对我工作的支持和监督。”

人们自动为市长让出一条路。他笑眉笑眼地出去了。

怔了，无一丝声气，许久。大头气急败坏地吼一声：“日他妈，等啥？回！”人们纷纷拾起包儿，乱哄哄挤出大厅。

路上，花球忽然嚷道：“糟了，咋没提少上些公粮的事？”

都说：“操，倒把正事儿忘了。”

第　二　十　一　章

1

灵官决定把憨头的病情告诉父亲，一来，要办后事，终究瞒不过去；二来，他怕消息太突然了，反倒叫父母受不了，不如一点一滴地透露。于是，在老顺最后一次来城里看憨头的那天夜里，灵官把父亲叫到走廊里，还没把话说全，便发现父亲的脸倏地白了，便又说："虽说有些麻烦，不过，医生说，也没啥危险。"

老顺痴痴坐一阵，掏出烟锅，抽了几口，又放进衣袋。目光初似戈壁滩，渐渐有了水，而且越来越多。他不停地擦，泪不停地流，脸上水花闪闪。

"不要紧的。"灵官安慰道。他很怕看父亲流泪，但更怕流泪前的那种痴。"真不要紧。医生说，生命没危险。"

"别骗我了。"老顺抹一把泪，自语似的道，"这个娃子糟蹋了，这个娃子糟蹋了。"他呜呜地哭出声来。

灵官赶紧过去拉掩病房门，说："小心，叫他听见。"

老顺便捂了嘴呜呜。哭一阵，又念叨："这个娃子糟蹋了。"

到这个份儿上，灵官不再解释。只要憨头听不到，由父亲哭去。他在报上看过，流泪对身体有益，能宣泄痛苦，能排除体内有害成分。

老顺渐渐不哭了，眼窝深枯枯的，注视地面。许久，梦呓似的说："你说，这天，咋也不长个眼睛？”

“就是。”

“你们不是唱好人一生平安吗？他咋得这种病？……你妈知道，还活不活了？……可不能叫她知道……能瞒一天是一天。”

“知道。”

老顺叹口气，泪又默默地流了。几个病人家属过来了，瞅一眼老顺，望一下灵官，对视几眼，一声不响地过去了。老顺掏出烟锅，不装烟，捋捋，一下，又一下，空咂几声，又放进衣袋，起身，进了医生值班室，问大夫说：“大夫，你说实话，我儿子有没有救？有救，我拆房子卖地，吃屎喝尿，也要救他。”

侯大夫已记不得老顺指的“儿子”是谁，但看到身旁的灵官，便明白了。他望望灵官。灵官点点头。侯主任便说：“这种病，难说……这个不过……实话说……这种病……人越年轻，得上越恶。也许，会有奇迹出现。”老顺望着侯大夫，语气异常平静：“这么说，医院是没救了？”侯大夫说：“可以这么说。”“那他能活多久？”“难说。也有可能马上大出血……最多几十天。”

最后这句话一下子击光了老顺的平静，他瘫软在椅子上，老泪纵横，放出哭声。

灵官看到医生皱眉头，就捞父亲衣袖，说：“人家办公呢。”老顺抖抖胳膊，哽咽道：“怕啥？还怕啥？我儿子得了这种病，还有啥好怕的？”医生们便不去理他，自顾干自己的事。

哭了好一阵，老顺才恢复平静。他用衣袖擦擦脸，想问大夫什么，张张口，却没有问，起身出了门。灵官发现父亲步履蹒跚，忽然像苍老到九十岁了。

打过止痛针的憨头安静多了，闭着眼。老顺坐在地上的凳上，痴痴望憨头。望一阵，眼泪便不争气地流出。他赶紧用袖头擦了。他强抑着不叫自己的喉部发出哽咽。灵官唯恐憨头睁眼，便撕撕他的衣袖，示意他出去哭。父亲没有出去，好在憨头也没有醒来。

中午时分，猛子和莹儿也进了城，带了老顺最爱吃的烧山芋，但老顺一口也不想吃。猛子喧了一阵村里的事，见灵官不感兴趣就诧异地住了口。灵官示意他出去。二人出了普外科。猛子悄声问："是不是不好的病？"

灵官点点头，长长叹口气："肝癌。"

猛子被一下子击蒙了，他大瞪着眼睛，许久，才说："天的爷爷，有治没有？有治，卖血卖肉，上北京，到美国，花上多少，也要救。"灵官哽咽着摇摇头。

"凭啥？"猛子哭道，"凭啥叫他得这病？又不害人，又不欺人。那群害人鬼倒一个个活得急里冒跳。凭啥叫他得？凭啥？"

"不要告诉妈。"灵官轻声说，"也不要告诉莹儿。"说完，他蹲到台阶上无声地哭。出来进去的人都望哥弟俩。

猛子黑着脸，木了许久。忽地，他抬头望天，声嘶力竭吼一声："老天爷，我日你妈——"

灵官起身，掏出手绢，擦擦脸，又给了猛子。猛子也擦擦脸。两人进了病房。莹儿正给憨头喂罐头。憨头显然不习惯这种亲昵，脸红红的。兄弟们一进来，他说啥也不吃了。莹儿就放下罐头。憨头指指床头柜，说："有苹果。"莹儿取了苹果，洗了，递给猛子。猛子接了，望一阵憨头，鼻子一酸，赶紧咬了一口苹果。

莹儿望望老顺，望望憨头，又望望灵官。显然，她想从他们的脸上看出点什么来。老顺脸上的皱纹和褐色的肤色像大地一样沉静。憨头闭了眼，发出轻微的呻吟。他老在呻吟。呻吟轻微，意味着此刻的疼能够忍受。灵官则露出轻松愉快的笑。莹儿总觉得灵官的笑有点虚假。说不准为什么，但她有这感觉。

她终于从猛子脸上发现了异样。莹儿望他，猛子马上笑了，也许觉得自己笑得不规格，便加大了笑的幅度。这一来，越加成皮笑肉不笑了。他也觉出了这点，赶紧低头啃苹果。

莹儿明白了：他们在瞒着她。憨头的病可能很重。她的心跳得很凶。究竟是什么病？她想知道，又怕知道，便轻轻叹口气。

灵官马上捕捉到莹儿的反应。他瞪了猛子一眼，猛子歉疚地笑了。灵官想，索性告诉莹儿吧，这是迟早的事。与其让她疑神疑鬼，不如告诉她真相。他朝莹儿扬扬下巴。

“究竟是啥病？”一出病房，莹儿便急急地问。

望望莹儿惨白的脸，灵官忽然改变主意：“不要紧。”

“要是瞒我，我会恨你一辈子。天大的事，也要让我知道。”

灵官犹豫片刻，叹口气：“反正……不是个好病。”“啥病？”灵官吞吞吐吐道：“肝硬化……不过不要紧，早期。麻烦是麻烦，不要命。”“真没危险？”“没。不过花些钱。”莹儿叹口气，说：“没危险就好。花多少也成，只要人好。变驴变马地苦，不信还不了债。”

下午，老顺和莹儿回家了。猛子和灵官护理憨头。白天，灵官四处奔跑，一边拿着病理切片到其他医院去复诊，一边去寻找杜冷丁。后者是为出院后准备的。他知道这种病最可怕的不是死亡，而是疼痛。这疼，据说不是人所能忍受的。强痛定根本不起作用，非得杜冷丁。可在这小城里，对杜冷丁控制极严，因为吸毒的人也可以用它过瘾。有时，灵官跑上几天，还找不到一支。

憨头从来没问过自己病情。除了呻吟，他很少说话。他只对灵官说过一件事，就是在他出院时，要穿件新衣服。他的理由是要“精精干干出院”。这时，灵官已偷偷为他准备后事，买了布鞋裤子线衣线裤等，正愁没个理由给他做外套。憨头的要求，正合了他的心事。灵官怀疑他是不是知道了自己的病情，而有意叫他置办寿衣，但憨头的表情又很平静。除了呻吟和病痛引起的面部肌肉的扭动外，几乎看不到别的表情，他很平静。只是在某夜，灵官从梦中醒来，借着院里的灯光，他看到憨头脸上似乎有泪。但憨头很快抹了一下，发出呻吟，说：“去找护士，打一针。”

憨头腹部的包块似乎没有了，因为整个腹部变成了包块。灵官摸过，石头一样硬，敲敲，沉沉的。憨头也常按腹部，面部不显一点异样。他似乎对医生的那个解释深信不疑：“里面刀口发炎，过几天就好。”憨头还用这个理由劝说父亲。大多时候，憨头不说一句话。疾病，仿佛使他成了哲人。

灵官最担心的，是肝癌独有的那令人谈而色变的剧痛。他费尽心机想方设法才找了几支杜冷丁。这几支，仅能维持几个小时。一旦出院，比较容易找到的强痛定最终不起作用的时候——那一天终究要来——这几支杜冷丁无异于杯水车薪。他恐惧这疼痛甚于恐惧死亡。死亡既然不可避免，早一日晚一日没太大的区别，而疼痛——每次想到这，灵官的牙根就酸了。仿佛，那是个看得见的恶魔，伺立在一旁，随时会扑过来把憨头撕成碎片。

最可怕的是，母亲如何承受憨头的惨叫。这是更令灵官担心的。许多时候，最疼的不是病人，而是听这惨叫的亲人。母亲会发疯的，一定会的。母亲一着急，就会在地上转圈子，双手撕着胸膛，还会“老天爷老天爷”地叫。在这个巨大的“天爷爷”面前，母亲显得那样无助可怜。这是灵官最怕看到的镜头。他懊恼极了。

忽然，他想到一个办法：不让憨头回家。实践它有两种方式，一是多住几天医院，一直住到医生预言的大限到来。另一个办法就是在郊区租间房子，叫憨头以治疗为名住下。前一种显然不成，医生已经多次催他们出院。再说，他家也付不起昂贵的住院费。后一种可行，灵官甚至到郊外订了一间房子。哪知，老顺一句话就否定了它：

“不行！不能叫娃子当破头野鬼。”

2

老顺和莹儿回家时，正赶上乡上的催粮队往外抬麻袋。催粮队有几十号人，除了乡上干部，还有派出所、司法所、法庭的人，黑压压一院子。灵官妈哀求着：“我们又不是不交。娃子正住院，顾不上。等他们来了再交，成不成？”胖乡长拨开灵官妈，两个小伙子进了旮旯。

干部说：“不交？由了你们？”

灵官妈大声说：“化肥往死里涨价，咋不见你们管？啊？活叼活抢哩？凭啥？我们又不是不交，说清是儿子住了院，顾不上。等出了院，一颗也少不了你们的。”

“你儿子永远不出院，就永远不交？”胖乡长说。

老顺觉得血直往头上涌。日你妈，老子的儿子都成那样了，你们还这样。老子拼了。他扑上去，一把撕住抬麻袋的小伙子的衣襟。麻袋掉下来，口开了，倒出一堆玉米粒。

“干啥？干啥？妨碍公务，先抓起来！”一个大盖帽气势汹汹走了上来。大头见势不好，上前挡住，劝道：“别生气，别生气。他儿子病了，心情不好。”

老顺大声说：“让开，大头。怕啥？他能把老子囫囵吃上扁拉下。老子也委实不想活了。有本事，你给老子个铁大豆。你们还讲不讲王法？”

“你以为老子不敢给？你不交，老子就抓你。你要啥王法？上了皇粮不怕官，孝敬父母不怕天。天经地义。”

“我们已经仁至义尽了。”副乡长语气和缓些：“你还干啥？不识抬举。”

“你给谁当老子？”一个年轻干部接口道，“老子们是政府，是党。你给党当老子？你给政府当老子？”

“吃人哩，一群人吃人哩。是不是？”老顺带了哭声吼。

“不交？你不交，叫你家破人亡。”大盖帽说。

老顺气急反笑，他捞过一个铁锨：“你叫老子家破人亡？操你的先人。你来呀。你以为老子是兔子？兔子急了还咬人呢。老子怕啥？老子的一个儿子就死了，还有两个哩。你杀去！操你妈，你杀去！老子委实是活够了。”

灵官妈扑了过来：“你说啥？憨头咋了？憨头咋了？”

老顺扔了铁锨，呜呜哭道：“不瞒你了，啥都不瞒了。老天给个啥也得受。憨头是癌症，活不了几天了。”

灵官妈发出一声厉叫，就晕过去了。

干部们你望望我，我望望你。一个说：“走，走，再一家。”于是，一窝蜂往外挤。胖乡长说：“你们也别怪我们，我们也是长心的。我们的日子也不好过。市上天天批评，没法子。”

“就是。”一个年轻干部说，“我们也是人。明知道农民苦，可没法。吃这碗饭，就得管这事。”

老顺哭道："爷爷们，你们把你们的抬走。少不了一颗。饿死也少不了你们的一颗。明天我就上去。放心，少不了。"边说边用力掐老伴的人中。掐了半天，灵官妈才哭出声来。莹儿早扶着墙角，哭成个泪人儿了。

"土匪！你们是土匪！"望着远去的干部，北柱吼一声。

"水浇不上你们哪里去了？化肥买不上你们哪里去了？啊？催粮时就由了你们了？"孟八爷大声说。

老两口坐在院里哭着。老顺的哭声大，像牛吼。灵官妈却只是流泪，边流泪边呆子似的念叨："不是说是肝包虫吗？咋又成那号病了？咋又成那号病了？"念叨许久，才哭出声来。莹儿扑进了小屋，趴在炕上哭得失声断气。

北柱们也被这消息击呆了，木桩似的立在那里，一声接一声地叹气。北柱走上前，拉起趴在地上哭的老顺，说："行了，行了，不要哭坏身子。"孟八爷说："北柱，由他哭，哭一阵舒服些。这世道，这鬼天爷……叫他哭，叫他哭。"说着，自己也带了哭音，抽抽搭搭抹起泪来。北柱媳妇、花球妈和几个女人也哭了。

灵官妈边哭边念叨："叫人活不活了？叫人活不活了？"老顺抹去泪，抽泣着说："老婆子，行了，行了。老天爷给个啥，老子们就受个啥。他能给，老子就能受。"他用衣袖擦擦眼睛，拍拍身上的土，从车棚下拉出骆驼车，取过器皿。

"做啥哩？"孟八爷说。

"不上。"北柱大声说，"不上，头掉不过碗大个疤。麦子市场上涨成个啥价，他们才给一半。活叼活抢哩。"

老顺说："上吧，上吧，叫人家辱臊一顿，划不着。碗里清一些，腰带紧一些，大不了。"

"活不成了……活不成了。"孟八爷说。

"怕啥？"老顺慢慢地说，"能活了活几天。活不成，不活他了。有啥恋的？当不成人了，当鬼总成吧？老婆子，起来。抬。"

北柱招呼白狗："来，我们抬，我们抬。"

灵官妈却站了起来，她用衣袖擦擦脸。她的身子晃了几晃，像要倒下去，但终于站住了。哭声硬生生给她咽下肚去，变成哽咽。眼泪却流着，脸上一片水光。她走上来，一粒粒拣起撒在地上的苞谷粒，装进口袋。

老顺牵过骆驼，套了车。北柱白狗帮老顺把麻袋抬上车。老顺吆了，往粮站去了。灵官妈跟着，走几步，抹一把眼泪，走几步，抹几把眼泪。

3

灵官妈的天塌了。

等她咬牙抬着那个山一样重的斛上完粮时，便没一点儿力气了。瘫在颠簸的车子里，她觉得自己要死了……要死了……死了多好。真想结束这可怕的噩梦……真没力气活了。她哭得失声断气。嗓子很干，头闷，气短，下气不接上气。真接不上倒好，就这样死去，多好。可颠簸真实。车厢的响动真实。骆驼的喷嚏真实。……唯有自己不真实，是一团虚气，一团浓烟，一个凝聚着悲哀和绝望的幽灵。

泪很苦，腌得眼珠发涩。昏昏沉沉。那个亮晕似的太阳落了，可又不是一片漆黑。漆黑多好，死一样的漆黑多好，可偏偏又不是漆黑。是一晕昏黄，像电视《聊斋》中的坟地，像洇了水又存放多年的纸。昏惨惨的颜色，昏惨惨的味道。天塌了，可又没塌。塌了多好，塌了多好。

那个老实得像骆驼的憨头要死了。这个念头是鞭子，时不时，抽她一下，像黑蒙蒙的天空中掠过的闪电。冷不防，又一下。死，原本是个遥远的概念。可它要降临了，要降在这个家里，要降在她心头肉似的儿子身上了。不敢相信。从来不敢相信。憨头一住院，那个模糊而又清晰的不祥的字样就像黄昏中归巢的乌鸦一样直往她心里钻。她极力躲避它，不敢去碰，不敢去望。可它还是来了，来了，那乌黑的翅膀掠着阴风，一下下变大，盖住了自己的天空。

她哭着，失声断气地哭着。那鞭子，一下下抽她的心。老顺的安慰和吆喝很遥远，仿佛来自另一个空间。儿子也很遥远，近的是那条打抽她灵魂的黑色的鞭子。

儿子要死了，才活人，却要死了。她极力躲避这个“死”字，但这“死”字就像水中打捞出的石子，凉凉的，一下下往她心上投……那种病……那种病，儿子竟会得那种病。不是说善有善报，恶有恶报吗？憨头为啥得那种病？为啥？天老爷，为啥？为啥不叫恶人得？为啥不叫那些贪官得？——叫老娘得也成，五十几了，也算活了几天。可儿子，才活人，才活人呀！

“行了，别嚎了。”老顺劝道。

行了？行了？儿子得了那样的病，你叫我行了？她有些恨老顺，觉得他不近人情。可她不说什么，只是哭，哭，哭得天昏地暗。儿子害了那样……那样的病，不叫我哭，算人不？

莫非是父母做了恶事报应到儿子身上吗？人说报应“远在儿女近在身”。真的吗？回顾自己一生，也没有做过啥恶事呀。没做过“套白狼，打闷棍，挖掘户坟”的事呀。虽说杀过几只鸡，可那些屠夫为啥反倒肥头大耳富得流油呢？……再就是干过几件糊涂事……可糊涂事谁没干过？还有清清醒醒明明白白地坑人、骗人、害人的呢，为啥不报应他们？这狗天。

夜深了，老两口仍没睡意。灵官妈哭一阵，痴一阵，自言自语说几句。老顺只是抽烟。该流的泪也流了，心头仍噎巴巴难受。除了怨一阵天，认几声命，他想不出别的言语劝老伴。

一声猪叫。灵官妈想起猪还没喂，又挣扎着爬起身。

夜很黑。和好食，从亮里进了黑地，她成失明的盲人了，扶着墙，挪出庄门，仍辨不清路。好一阵，才渐渐适应，从黑暗中辨出灰影似的一条小路。

风吹来，水泼似的。灵官妈清醒了。方才的一切，夜里的一切，都似梦。憨头真得了那种病吗？她甚至有些不相信了。也许是梦。倒真希望是梦，可她又觉得那一切似乎是实实在在的。老顺的哭叫……一切都像做梦。一切又很实在。这是残酷的实在。多希望这是虚幻，可偏偏却很实在，而且是难以改变的实在。这是命。

真是命吗？灵官妈不甘心。

她不敢想下去。一想这个残酷的结局，天就塌了。这是插在心口的一把刀，碰不得。真不敢想。墙头高的儿子，说得病就得病，而且是那种治不好的病。这狗天，真不长眼。

凉风激醒了灵官妈的大脑，也激醒了她的痛苦。她又被绝望笼罩了。眼泪流了一脸，很凉。哭声也出来了，再也无法抑制。

4

医院停了药。早晨，护士给别的病人都吊了液体，独独没给憨头吊。侯主任告诉灵官，账已结了。灵官阴了脸，什么也没说，走了出来。他告诉憨头，你的刀口已长好。大夫说，能出院了。

刀口确实长得很好，新生的肉像一条红蛇趴在刀口上。憨头似乎相信了这个解释，说："就是。早该出了。再蹲，人都疯了。"为了表示他很想出院，他笑了一下。因为疼痛，他的笑充其量只能算咧嘴。

憨头穿上了新衣服——就是他自己要的那套。他眼窝深陷，颧骨高耸，身上也是皮包骨头。只有那个癌包所在异常地鼓，像塞了个篮球。脸色也格外黄，脸上密密麻麻的斑点更明显了。蓝蓝的新衣，使他的躯干显得"精干"了些，但衬得脸愈加像个病人。

猛子去雇三轮车。灵官去开杜冷丁。护士长曾答应在出院时给他们开两盒。但这次，护士长的语气很冷，理由也很充分：账结了。

灵官异常愤怒。护士长冷笑几声："咋？就算能开，也不开！按规定，这种药只能在医院里打。"

"是吗？祝你长寿。"灵官冷冷说了一句。一出门，眼泪就流了出来。这世道，人都不像人了。咋没有人应该具备的一点同情心呢？憨头的病，对他家来说，是巨大灾难。可在医生眼里，却啥也不是。憨头充其量只是个病例标本和能为他们带来财富的顾客。

仅此而已。

一个巨大的难题倏然降到灵官头上：如何寻找足够的杜冷丁？护士长的失信使这一问题严峻起来。疼痛比死亡更可怕，而对杜冷丁的控制又是空前的严格。

灵官脑中嗡嗡响。抢救憨头的生命已经无望，缓解痛苦就成了灵官唯一能做的事。他喃喃说道："放心吧，好哥哥。我一定要多弄些杜冷丁，叫你少受些疼。"

猛子进了楼道。灵官马上抹去泪。医院逼着出院的事必须瞒着他。猛子是个炒麦子脾气，动不动就噼噼啪啪地爆。而一吵架，真正受伤害的，仍然是憨头。

弟兄们收拾好行李，出了医院。声称结了账的普外科并没将单据转到住院部会计室。会计的话也很冷漠："过几天再来。"

一切都显得冷漠。白墙。表情呆板的人。被虫子吃光了叶子的小树。硬硬的硌得脚死疼的地面……别了，这鬼地方，这充满了死亡和残酷的所在，这充满着恶心的令人发呕的气味的鬼地方。灵官希望今生今世再也不进这个鬼地方。

风吹在脸上。三轮车缓缓滚动。憨头一手抚着肋部，一手抓着栏杆。太阳很灿烂。灵官不知道憨头此刻有什么样的心情。他是镇定呢，还是麻木？但灵官知道，这是憨头最后一次在凉州大街上转了。他的心一阵阵疼。

三轮车在人来车往的世界里缓缓滚动着。一切都在身边喧嚣。汽车刺耳地怪叫。小商贩干巴巴地吆喝。骑摩托的小伙子亲热地招来顾客……一切，离他们很近，又离他们很远，仿佛世界已将他们抛弃。人们都那样快乐，而这个孤独的三轮车上，憨头却被宣判了死刑。

仿佛在梦中。猛子"慢些走，慢些走"的叮嘱仿佛在梦中。憨头被颠簸引起的疼痛扭曲的脸也仿佛在梦中。阳光夸张而模糊。灵官置身于梦的世界里。只有心头的隐痛很清晰，清晰得刻骨铭心。

"我想逛逛文庙。"憨头说，"我还没去过呢。"

逛文庙？灵官认真地望一眼憨头。憨头仍那样子，脸仍被疼痛弄得扭曲而又苍黄。啥意思？逛文庙是啥意思？莫非，他已知道病情。既然知道了，为啥又这样镇定？他为啥不问自己得的究竟是啥病？他望憨头，憨头却不望他，他的视线在街面上，瞳孔是一口深井。他是执迷不悟的贪恋呢，还是超然物外的豁达？看不出。生病和住院，真使他成了哲人。

“那有啥好转的？”猛子说。

“散散心。”憨头淡淡地说，“住了这么多天，心都憋烂了。”

“去就去。”灵官吩咐三轮车去文庙。他为啥要选择文庙呢？大字识不了几个的他竟然选择了文庙。没去过当然是一个理由，但他没去过的地方很多，钟鼓楼，海藏寺……为啥他选择了文庙？莫非，他一直对自己没念好书耿耿于怀？

猛子留在门外看着行李。灵官陪了憨头，进了文庙。文庙是好。只那门口的铜奔马，憨头就看了好一阵。灵官听到他不易察觉的叹气。松柏很青，很绿。憨头望一阵绿色，许久，又进了书画室，在一件件书法绘画作品前驻足。他看得很认真。灵官发现他真是在看，在嚼，有种地道的贪婪，口半张着，仿佛在看马戏一样。

“真像。”他指着一幅清末的人物画喃喃自语。而后，他咽下两片强痛定，又慢慢前行。

又进了一个个文物陈列室。灵官也不向他解释什么，憨头也不问，只是默默地看，认真地看。这里陈列着凉州的历史，但灵官知道在憨头眼里这都是稀罕物品：木人，稀罕。木头车马，稀罕。锈刀，石斧，瓷花瓶，像钢丝床那样的盔甲，布画，佛像……一切都好，都稀罕。在那几个巨大的铜人前，憨头立了许久。灵官怀疑他错将他们当成了佛像而祈祷。

“走吧。”憨头说。

回到家，憨头笑了，是真笑。但这笑像流星。

妈妈从厨房里扑出来，见了憨头，笑了，但眼泪同时也流下来了。“好！好！”她不停地说。不知是说出院好呢，还是说他恢复得好。看到母亲，灵官身子一阵阵发紧：“该如何告诉她真相呢？……可活不成了……”他望望父亲。父亲依旧那样的木然，麻木？绝望？还是认命？……都不像，又都像。父亲更黑了，更瘦了。

“瞧，娃子的体子……”妈妈喃喃着。

进了屋，妈把被子一折二，铺在炕上，又捞过一个被子，靠在墙上。父子们扶憨头上炕。灵官估计妈会问：“好了吗？”但她什么也没问。她只是望着憨头，眼泪泉水似涌，擦都擦不及。

5

憨头出院后的这段日子，在灵官的印象中像噩梦，一切都虚虚幻幻地可怕。那些日子，他没见过太阳。天地间灰蒙蒙的。妈妈老是哭，边干家务边流泪。只有在见到憨头时，她才笑。灵官最怕这笑。妈笑时，泪总在眼眶里打旋，稍不注意就会滚下脸颊。这时，妈便会慌张地抹去泪水，换上一种幅度更大也更难看的笑。好在憨头并不望人。他老是闭着眼，即使睁眼时也是面朝墙。疼极了，他就呻吟几声，灵官就打一支强痛定。然后，憨头就闭了眼，或是望墙。

灵官脑中老在嗡嗡。那嗡嗡繁衍着灰色。一切都是灰影子。绝望和痛苦的微粒弥漫了每一个角落。结局是明显的：死亡。没有任何希望。病人和家人都在等着一件事，那就是死神的降临。

灵官知道憨头的寿命只有几十天，或是几天——要是医生预言的大出血来临的话。一切都失去了意义。一切都会像肥皂泡一样随着死亡的降临而破灭。在生命的河流中，几天、几十天不过一瞬。在历史的长河中，一个人的生命也不过像骤生又骤灭的水泡。在面对死亡这个必然的结局时，几十年或几十天没有太大的区别。憨头被判了死刑，而所有的人被判了死缓，只是这种死缓是不可能再减刑的死缓。如此而已。

灵官想到了憨头与毛旦的那次打斗。要是憨头知道自己的生命不久就会结束的话，他肯定不会动手。在死亡这个永恒的主题面前，一切恩怨都是肥皂泡。要是人能清醒地认识到自己距死亡并不遥远时，他肯定会超然许多，绝不会为一点蝇头小利而争斗，绝不会为过眼云烟般的名利而痴迷。一切都是无常，只有死亡是真实的永恒。

这一感悟使灵官万念俱灰，客观上冲淡了憨头的病带来的许多痛苦。一切都在他眼里变了样子，露出了虚幻、短暂、丑恶的一面。他想到小时候北柱把攥着的手伸到他鼻前要他看花却闻到一股刺鼻的臭味的事。“抓屁。”他想。一切都是抓屁。活着有啥意思？没意思，真没意思。从爹妈的身上，他发现了活人的艰难：小时候，愁吃愁穿，饥一顿饱一顿，长大了愁媳妇，有了媳妇愁儿子，有了儿子愁如何养大，养大后又愁儿媳妇、愁孙子……临完了愁来四块棺板。就这样。生活像缰绳一样牵着你，像魔巾一样召唤你。你追呀，追呀，追呀，一直追到腿一蹬，眼一闭。完了，就这样。记得小时候的一个风天里，一群狗追风里翻飞的被娃儿们吹满了气的猪尿脬，追呀追，追出老远，一咬，啪！烂了，只有一股臊气。人也这样。只是，狗还追到了那块尿脬皮。人呢，啥也没有。

灵官的心木了许多。他想，爹妈会死的，猛子会死的，莹儿也会死的。桌子，会烂。树，会枯。猪最终会变成粪便。粪便会变成庄稼的养分。啥都一样，啥都是假的。

妈妈老了，额头的皱纹隐去了妈妈年轻时的一切。莹儿也会老的，脸上桃花一样的红色不见了。而他自己，也从照片上那个露着小鸡鸡的婴儿长成了大人，正一步步向坟墓迈进。每过一天，就向死亡迈进一步。“天哪，真没意思。”他想。

昏昏沉沉，脑子里尽是死。

除了给憨头打针，就是到处找杜冷丁。这段日子，灵官的喜悦仅仅是找到一支杜冷丁。此外，便是麻木和绝望。

万念俱灰。

一夜，憨头呻吟得很厉害。灵官竟产生了一个可怕的念头：结局既无可更改，就不该再让憨头挨疼了。解除痛苦是对憨头最好的仁慈。更可怕的是，当强痛定不起作用，那几支杜冷丁又用完时，咋办？这简直是个可怕的难题。他找到同学，乞求了一个下午。同学才告诉他，万一到那个地步，一次多注射几支杜冷丁。

灵官不止一次地想，结束这一切吧，结束这可怕的噩梦。为憨头，为父母，为一切人。但随后，他又狠狠地诅咒自己不像个人。

昏昏沉沉，触目皆是灰色。四周，尽是死亡的气息。漫长的噩梦里，身心疲惫不堪。

除了呻吟，和偶尔向母亲解释肋部的鼓起是因为里面的刀口发炎外，憨头只是沉默，他并不知道母亲已知道他的病情。像在医院里一样，他从不与人谈论病情，从不追问什么。据医生说，憨头并不知道自己的病情，因为他“麻”过去了。但灵官老怀疑这点。憨头没有一般癌症病人的那种烦躁、怨天尤人和偶发的歇斯底里。他一直很平静，至少表面看来如此。他连多一句话也没有。没有明显的叹息，没有弦外之音的暗示，没有交代。一切，都显得淡然。

针照例打，用来止痛和“消肿”。明知道消肿是闲扯淡，但还得消。只有两天，灵官以一次性注射消肿药止痛药为理由，取消了徒劳的消炎针剂。憨头发现后声音很大地说：“你们都骗我。”而后，一连几天不说一句话。

钱水一样外流。爹又忍痛卖掉了他心爱的黑骡子。灵官买好了憨头后事用的一些东西：新的内衣，内裤，绒裤，鞋袜等。他把这些交给母亲保管。一见这些本该是老人们用的“寿物”，母亲大哭起来，仿佛她不相信儿子会死，是这些东西提醒了她。而后，她流着泪，把这东西放在最干净最安全的地方。这是她儿子一生中最好的服装，她不想叫任何人玷污。

全家都疲惫不堪。父亲斜靠在墙上就能扯起呼噜。他虚脱了一样萎靡不振。母亲瘦不说，走路像被风吹得乱晃。猛子好一点，但换了个人似的规矩。莹儿没进过书房门。这是母亲特意叮嘱的，因为她已有了喜。母亲怕孕妇会“冲”了自己的儿子。

灵官看出母亲还抱有幻想。

村里人都来看憨头，都带了礼物，两斤白糖和两个罐头。这是憨头生病以来父母最值得欣慰的事。这表明了一点：他们还活下了人。每个人都真诚地安慰母亲。母亲在每个人面前都流泪。她那双泪眼求助似的望别人，一遍又一遍地问："你说，咋办哩？唉——"神态像个手足无措的小女孩。人们无一例外地安慰："不要紧，老天爷长眼睛哩。憨头那样好的人，一定能好，一定能好。"这时，母亲就吁口气，仿佛她得到了老天爷的保证。

对憨头来说，村里人的看望令他不安，仿佛他恨自己不争气，给这么多人添了麻烦。每次来人，他都要挣扎着坐起，斜倚着被子吃力地喘气。鼓起的包块越来越大，已经由右肋侵向心口，侵向左肋，侵向下腹。整个腹部硬得像石头。这成了憨头的私处。每次坐起，他都要用被子或衣服盖住腹部。在憨头艰难的喘息中，谁都待不了几分钟。他们不忍心叫病人受折磨。说几句安慰话，就告辞进了厨房，安慰灵官妈几句，听她不停地哭泣念叨："怎么做哩？"再安慰几句，告辞。

憨头最在乎的似乎是毛旦的探望。他露出了笑。这是很真诚的笑。他笑着招手，叫毛旦过来，拉住他的手，什么也没说。毛旦也憨憨笑着。两人什么也没说。灵官知道他们和解了。这是真正的和解。他看到憨头长吁了一口气，而后，他显得异常地累，闭了眼。一滴泪从他的眼角滚出，滚过脸颊，滚进嘴里。憨头伸出舌头，舔去泪。

这是灵官看到的憨头出院后流出的唯一一滴泪。

6

连日来，灵官妈眼睛发涩，嗓门嘶哑，脑中有群蜜蜂在嗡嗡。周身的精力，像给啥东西吸干了。乏困浸透了每一个毛孔，仿佛稍一松气，身子就会像不装东西的口袋一样瘫软在地。

她不知道"癌"为何物，但知道是"死"的代名词。这个令她躲之不及的贼，时时会蹿入脑中，令她痛不欲生。连不懂医学的她也看出了儿子的衰竭，身体的那层膘份变成了薄皮。骨头外凸，纤毫毕露，包块蛮横地占满了大半个腹部。她不敢想的那个字眼已悄悄地逼近了儿子。

绝望。手足无措的绝望。六神无主的绝望。撕裂胸膛的绝望。

葫芦、西瓜、胡萝卜、西红柿……还叫灵官买了两箱胡萝卜汁——虽说这玩意死贵，一瓶一块多钱，但听花球说《参考消息》上说它治好过癌症。那就买。

听说观音菩萨循声救苦有求必应，她便疯子似的不停地祷告，祈求大慈大悲救苦救难的观音菩萨救救她苦命的憨头，或由她代替儿子去死。她的嘴唇都快磨成老茧了。可儿子仍迅速衰竭，腹内的包块仍迅速膨胀。她黑黑的天空上仍无一线光明。

儿子。这是才活人的儿子。娘心头的肉，娘的命，娘的一切。她求天无路，求地无门。除了流泪哭泣，还是哭泣流泪。心中没有别的，只有悲痛和绝望。家里虽有许多人，但她觉得她孤身一人。孤独地绝望，绝望地孤独。她的所有念叨都是在和自己念叨。别人永远进不了她的心。永远。永远不会有人体会到这事对她的伤害。永远不会有人知道她心头的伤口有多深。她恨老顺，儿子都成这样儿了，他还那样蹲着抽烟，无一点表情。明知道那痴呆比流泪更可怕，她还是希望他哭，捶胸顿足地哭，夫妻俩抱头痛哭。可是没有。……猛子在翻那几本破书。哥哥在身边呻吟，他却翻那几本破书。兄弟之情不如纸吗？

灵官瘦多了。可苦了这孩子。没有他，真不敢想象。可他……却像在……应付。对，应付。她希望他去想法儿，想各种法儿。他没有。他只是打打止痛针……在应付着病，等待着……啊，那个可怕的东西。

灵官妈抹去泪。望望天，天上有云，也有日头。为啥老觉得天灰蒙蒙的？太阳光很羞人，可为啥没觉出啥亮光呢？老天，老天，真这样杀人吗？真“神仙都没救”吗？观音菩萨，观音菩萨，莫非连你也没救吗？老天！他那么年轻。

又觉得不该怨灵官。他不是说要是有一点希望的话他割肉卖血也要救吗？她信。可她实在不忍心望着憨头……死去。花钱，明知道无用。可花了，心里总安稳些。儿子都这样了，省钱干吗？房子卖了，啥都卖了。心甘。

又后悔不该叫憨头娶莹儿，属相不太合。可憨头总不能打光棍呀？再说，神婆不是禳解过了吗？不是在洞房地下埋了七根绣花针吗？不是在新车子进门时车头朝东了吗？不是先进水后进火了吗？不是在新人进庄门时剁过个白公鸡吗？可为啥……为啥……她想起莹儿进门那天，身上正来红。也许那不是个好兆，会冲人的。新媳妇身上本来就有红煞，再加上那东西，不就更厉害吗？

她决定请齐神婆禳解一次。理由是：为啥肝包虫变成了肝癌？说不准一禳解，肝癌又会变成能治好的病。

这成了她溺入苦海之后发现的唯一一根稻草。冲动一阵阵激荡着她。腹内有一团火在滚。这是希望之火，生命之火。等这团希望之火熄灭时，她的生命也该消竭了。剩下的，不过是行尸走肉而已。

听了她的决定，老顺垂了头抽烟。猛子咧着嘴望憨头。憨头不发一语，面望墙，闭了眼，谁也不知其心绪。

灵官却欣然同意。

他已做了该做的一切。在理性上，他已没有了遗憾。他之所以同意，就在于他不想叫母亲有一点点遗憾与追悔。他明知燎鬼呀禳解呀对肝癌的治疗作用究竟有多大，但他还是欣然同意。他为母亲的提议提供了理论根据：“这种事，不可不信，不可全信。宁信其有，不信其无。”

老顺咂嗒了一阵烟锅，冒出一句：“多少钱？”

灵官说：“乱七八糟，一百总够吧？”

老顺唏唏哩哩抽着烟，许久不说一句话。

7

一连忙碌了几天，才备齐了齐神婆叫狗宝写在纸上的用物：

红白黄蓝黑五色纸各三百张、羊肉二斤、白酒二斤、白公鸡一个、百家面、香、三副盘、桃条、黄钱一百张、白钱一百张、七色石头、扎草人替身一个……

齐神婆要给憨头禳解过关，寻个替身。

这是齐神婆轻易不用的法门。禳解对象已在阎君殿上挂了号，不去不行，就得施法送去一个替身，蒙混过关。村里有好几个经这样禳解而痊愈的人。这些人都是灵官妈产生信心的论据。像北柱爹，曾大口大口吐过血的人都禳解好了。在她眼里，吐血要比憨头的病重得多。她一直用这个例子来安慰自己。

太阳好容易完成了一天的滚动下了山洼。夜幕随之降临。村里很静。不知什么缘故，村头打白铁聊天的人绝了迹。充满激情你追我赶的狗们也回了窝。月牙儿很细，像冻僵的蠕虫。一切白茫茫的。村子，田野，山……还有老顺一家的心。

灵官妈打发猛子去请齐神婆。她进了书房，坐在炕沿上望着面墙而卧的憨头。她看到了他那被枕头蹭得乱七八糟的头发和高高挑着肉皮的颧骨，心中溢出了慈母特有的柔情。本来她最疼灵官，但病却使憨头在她心中的位置超越了所有人。现下，憨头成了她的快乐、幸福，甚至生命。“为啥不叫我得这种病呢？”她想。她常常产生幻觉：伸出手，抓出憨头的病，塞进自己胸口。如果可能，她早这样做了，不会有丁点的犹豫。只有母亲，才懂得“儿子”这个词的含义。儿子，我的儿子。她常常这样念叨。最悲痛的时候，抑制不住泪水的时候，她心中不停地念叨的就是这两个字：儿子。仿佛这是解除她痛苦的灵咒。当然，这时“儿子”的含义只是憨头，只是这个她养育了二十几年的被病魔折腾得骨瘦如柴的憨头。

因为憨头的沉默寡言，无怨无争，灵官妈觉得在过去的岁月里亏待了他。在憨头病后，她才发现了这一点。猛子灵官穿最好的，因为要念书。念书是个很大的理由。不念书的憨头只能穿破烂些。猛子灵官吃最好的，理由仍是念书。念书费脑子，得多些营养。憨头从来不争。许多时候，灵官妈已经忽视了憨头。等憨头得上了那个可恶的病，她才发现了这一点。每每想到这，她心里总是一阵阵疼。儿子！儿子！！她愿割了心头的肉来补偿这一切。儿子！儿子！！待你病好的时候——上天是有眼的——我会补偿的。

儿子！儿子！！可疼烂妈的心了。

许多次了，她总是这样看憨头。这很使她痛苦。因为她必须直面儿子的衰竭、痛苦和呻吟。但在痛苦之中，她又品尝着幸福。她贪婪地享受着这份痛苦。一有闲暇，她就坐在炕沿上陪儿子。儿子呻吟，她也抽动嘴角。她用尽全力，替儿子抵御痛苦。她相信，因为她的在场，儿子的痛苦减轻了。她怕她一旦离开，儿子一个人真经受不住痛苦。在她眼里，痛苦是一桶水，两个人抬，要比一个人提轻得多。这样，常常使她也疼出一身冷汗。她乐意这样。这是一种痛苦，更是一种幸福。

憨头要翻身了。她脱鞋，上炕，帮儿子翻过身。她轻轻地揉憨头印着一道道被褥皱折的发红的肌肤，搓儿子的手，朝臀部那可怕的褥疮上吹气。除了心中替儿子挨疼外，这是她最愿意为儿子做的事。她做得格外认真，格外用心。她像做了好事渴望老师表扬的小孩子那样望憨头，希望能从儿子脸上看出一点儿舒服的表情来。可是没有。她的努力充其量只是一杯水。而那癌包带来的巨大痛苦是燃烧的车薪。憨头脸上从没出现过舒服的表情。相反，因为不习惯母亲的这种亲热的抚爱，更产生了给母亲添了麻烦的歉疚。他反倒皱起了眉头。这一来，母亲就不知所措了。

“没问题，齐家干妈说，老天长眼睛呢。你想，北柱爹那么重的病，都禳解好了。”她放了儿子的手说。

憨头不语，闭了眼。他只用呼吸声来回答母亲。这是癌症病人特有的呼吸，仿佛体内有个霸道的东西，迫使他每次呼气都发出短促而吃力的“吭”。这每一声“吭”都牵动着母亲脸上的肌肉。

8

齐神婆来了。母亲像望救星一样望她。她走向憨头。说：“憨头，干妈看你了。”憨头却闭了眼不语。齐神婆摆摆手，坐在沙发上，接过灵官递来的一支烟，问：“准备好了吗？”

“好了。”妈说，“啥都齐了。”

“东西都好找，就是百家面难办些。找一百个人捏一撮也成。再的嘛，容易。”

“整整跑了一百家，跑了三个庄子。”妈说。

“那当然最好。”齐神婆吸口烟，眯了眼望憨头。妈望着她的眼睛，想从里面望来希望和信心。可是神婆又把视线扫向别处。

“把画张取了。”齐神婆指指中堂上的毛主席像，说，“那地方是供先人的。有那位神站着，哪个先人敢去？”

老顺吩咐猛子取了。

齐神婆叫老顺把三百张五色纸分成十份。老顺认真地吃力地数着，显得笨手笨脚。灵官过去，利索地数好纸。

“汤饭打好了吗？”神婆问。

“啥都好了。”灵官妈答。

“那就开始吧。投早不投晚。”齐神婆扔了烟头，吩咐猛子搬来八仙桌，上了盘。每副盘有十五个馒头，占了大半个八仙桌。齐神婆摆香炉、鸡血酒、蜡烛、羊肉祭祀等，然后燃香，点蜡烛，焚表纸，口中念念有词。

神婆的禳解仪式简单，不写牌位，不念祷文，向来是直趋目标。焚香燃表之后，齐神婆上了炕，拿过一叠五色纸，在憨头身上绕来绕去，念叨：“燎利了，燎散了，活人冲了燎利了——”

老顺和灵官妈跟着应声：“燎利了。”

“死人冲了燎散了——”

“燎散了。”

“三魂七魄上身了——”

“上身了。”

“三魂七魄入骨了——”

“入骨了。”

“不干不净燎利了——”

“燎利了。”

“不干不净燎散了——”

“燎散了。”

“肚里的疙瘩燎尽了——”

“燎尽了。”

“身上的毛病燎散了——”

“燎散了。”

“燎着安康了，燎着舒坦了——”

“舒坦了。”

而后，神婆将手中的五色纸，放置一旁，说：“翻个身。”灵官猛子就帮憨头翻身。齐神婆取过另一份五色纸，重复前边的动作，重复前边的话。

灵官妈很熟悉齐神婆燎病的这一套。孩子们有毛病时，她也这样燎过。但她知道，齐神婆的燎不同于寻常的燎。齐神婆有“功”。功是什么，她不知道，但她可以理解为“神”。在一次次拍打在儿子身上的五色纸的哗哗声响中，她看到了希望。她一次次望憨头的脸。憨头没有明显的悲喜，但还是添了一种东西。究竟添了什么？说不清。总之是一种很复杂的东西，但无疑有希望在里面。这是他平时的那种似麻木似平静的神色中没有的东西。她还发现了儿子偶尔掠向齐神婆的目光中所包含的感激。确实是感激。憨头一向信任“齐家干妈”。妈能读懂他目光里的含义。

哗哗的纸声和神婆独有的神神道道的腔调给屋里添了一种诡秘的氛围。蜡烛忽闪忽闪。这是长命灯。在这个仪式完成之前，灯不可熄。五色纸的上下翻飞带动的风每每使蜡烛摇摇欲熄。灵官妈的心也系在了那忽闪忽闪的烛苗上。她指示灵官猛子站在神婆与八仙桌之间挡住风。烛苗的晃动幅度因之小了，她才放下了提悬的心。

齐神婆逐一燎完了那十份五色纸钱，又取过桃条，在憨头身上轻轻抽打，边打边念叨：

手捻真香焚手掌，桃条本是无极根。
一根付与张天师，一根留与长命君，
还有一根不出门，留在人间打鬼神。
一打家亲并外鬼，二打魍魉不正神，
三打三杀血腥鬼，四打索命冤屈魂。
五打五方并五鬼，六打庙里判官神，
七打七杀铁钉钉，八打邪魔化秽尘。
三千铜棍头里打，三千铁棒随后跟，
骨脉打得粉粉碎，白莲台前化灰尘……

齐神婆神神道道唱着，抽着。好一阵，才下了炕，命灵官妈取了憨头的贴身内衣，代替憨头钻过八仙桌，过关，又出门，到院里的草人前念叨一阵，奠了白酒。这是憨头的替身。它的使命是把憨头的灾难和罪恶等带进阴曹地府去了账。齐神婆给它焚烧了许多纸钱，边烧边念叨："烧的不是初一钱，烧的不是十五钱，烧的是憨头的买命钱。一变十，十变百，百变千，千变万，万变无数。"

念毕，又命猛子灵官带了五色纸、黄白钱、百家面捏的白虎、替身等，烧到十字路口。

9

神婆走后不久，憨头闭上了发涩的眼。头部在轰轰，腹部也在轰轰。才打了杜冷丁，腹部的痛变钝了，咬紧牙，能忍受了。思维恍恍惚惚地游荡着。疲惫，极度的疲惫，而又难以入睡。是耗干了精力的清醒，是衰竭的清醒，是清醒的迷糊，是能理性思维却无法摆脱的噩梦。那恍惚，真像梦。但痛那

齐神婆的禳解

么真实，腹部的包块那么真实。一切，都那么真实。

许久了。他觉得这病已经许久了，仿佛很遥远。健康的记忆退出了老远，退到一团团黄色的迷雾之外，像尘封的记忆。那时多好。那时不知道那时多好。健康消失了以后，才知道健康真好。健康是最大的幸福。

一切都远去了。一切。

脑中哗哗地闪过一些远去的镜头，很模糊。那些场景仿佛也乏了，很模糊。他恍恍惚惚辨出了它们：那是他小时候偷摘果子；那是与白狗为一根胡萝卜打架；那是娶媳妇；那是在与毛旦打架……远去了，远去了。一切归于腹部的疼痛。

很累。那是难以形容的累。乏极了，一切都乏。心跳很弱，弱得让他能感到心勉强的挣扎。呼吸是条细线，仿佛处处要断，时时要断，需要小心地用力才能将它抽出。气管里有东西挡着，影响了呼吸正常的进出，发出呲——呲——的声响。

明知道死是悬在头顶的剑，随时会落下，但也顾不上怕它了。只嫌它来得快了些。他还没活明白，就要走了。他想起了道士们常说的那句"来者不知谁是你，去者不知你是谁"。真的。糊糊涂涂，不明不白，就要走了。不甘心，真不甘心。这辈子没活出个人样。白活了。该干的都没干，没来得及。要是知道这么快就要死的话，会咋样？一定有另一种活法。会咋活呢？不知道。但肯定要念书。这辈子，白活了。啥也没干，像苍蝇飞过虚空，没留下一点痕迹。

忽觉得天塌了，地陷了，到处在爆炸。石块重物下雨似的压向他，将他葬埋了。身体是异样地重。呼吸也压扁了。周身每一个毛孔都压着巨石，沉重至极。重。重。重。地在挤。天在压。巨石如雨下落。像梦魇，清醒的梦魇。他异常恐惧，想吼，想叫，想呻吟，但口中发不出一点声息。

不知过了多久，哗——，重物忽然消失了。身心爆炸了，炸出满天的光。满天的碎玻璃反射着阳光，哗哗哗闪。到处是光，到处是水波一样的光。光在流动，在闪烁，在喧嚣，在追逐，在吵闹，像波光粼粼的水面，像无数飞翔的光鸟，乱嚷嚷，闹哄哄，在迸裂，在爆炸，在繁衍，在啸卷……动到极致，亮到极致。

四肢却触电似的酥麻了。周身经络里充满了铁屑。心脏成了强大的磁石。心脏被攒积的碎屑挤压，挤压，终而碎裂，渐成翻飞的萤火虫了。萤火虫翻飞着，嬉戏着，喧闹着，跳着生命的舞蹈，渐渐聚拢，聚拢，终成一盏朗然的灯。

那是生命之灯。灯光幽幽荡荡，柔，亮，虚静，空灵。一切都消失了。天地万物，形体，疼痛，都消融于虚静之中。只有灯在悠晃，晃出一分宁静，晃出一分超然。

忽地，灯熄了。

10

“快！憨头的手凉了。”灵官妈直了声地叫。

老顺们放下手中的碗，跳上炕。憨头的瞳孔已放大。妈“哇”——地哭出了声：“天呀，叫我咋活呀？”老顺推了她一把：“眼泪不要跌到娃子身上。快，取衣服。”

灵官妈却瘫在地上大哭。头一下下撞击地面。闻声进来的凤香拉住灵官妈。

“去取衣服！”老顺吼一声。

“捋下眼皮！捂住。”老顺指示灵官。

灵官捋下憨头的上眼皮，遮住了因散光而显得可怕的瞳孔。他的泪一下子涌了出来。他非常后悔，后悔没给憨头多打杜冷丁，使他少受些痛苦。他总是控制，控制，怕用完。可现在，还剩了十一支。

早知道他这么快离去，他会多打几支，叫他少受些疼。

灵官后悔得要死。

“死”终于降临了。它的降临，使灵官发现自己犯了许多错误：没和憨头多喧，没问他有啥要求，没多陪陪他……如今，“死”把兄弟俩隔开了。他再也见不到憨头了。

他挪开手。那双眼皮永久地合上了。那张脸很平静，很超然。那是放下了尘世一切的超然，是经历了惊涛之后的平静。

灵官的眼睛模糊了。热泪滚下脸颊。

“眼泪不要掉到娃子身上。”老顺说。

灵官抹去泪。听说，死人沾了活人的眼泪就要成精，很可怕。要是真这样，他倒希望憨头成精。无论成精后的憨头多么可怕，还是他哥，还是那个叫“憨头”的哥哥，总比永远见不到他好。

妈取来了为憨头准备的寿衣。这寿衣本是老人专用的。二十几岁死亡自然谈不上“寿”的憨头也用上了它。

这是活人给死人的最后一套礼物。它的特点是新，没用过。憨头就要穿着这套他平时巴望不到的里外一新的寿衣，走向另一个世界。

穿死人衣服需要技巧。猛子抱起了瘫软的憨头。那青紫肿胀凸起的腹部，和突兀嶙峋的骨架形成了鲜明的对比，使憨头更像怪物。老顺抓住他的手脚，将它们依次导入线裤、绒裤、外裤。

妈扑天抢地地哭着，声音嘶哑而绝望。虽说她明知道免不了这个结局，但还是无法接受这残酷。往常，“死”总是降临在别人家，她谈这个字眼时，只带点儿感叹成分。如今，它竟和儿子连在一起。天塌了。她只好泣血捶胸碰头抢地。

人，就是这么可怜。

莹儿也失声断气地哭着。人既已死，也就无所谓冲不冲了。她见了丈夫最后一面。对于她，憨头死得很突然。前一面，他还是活生生的人。此刻，却成了一具尸体。四下里乱哄哄的，尽是哭声，她甚至怀疑自己在做梦。“你去叫车。”老顺对灵官说。

灵官抹把泪，往外走。

原是说好火化的。一是埋个土堆，叫人一见就伤心。二是憨头太年轻。

这种小口，火化了干净，省得作祟。三是省钱，家中已空了。埋葬发丧等仪式没个千儿八百下不来。

“你干啥？”妈扑向灵官，哭喊道，“你干啥？你要是拉走，我死给你看，我死给你看。”

“不拉，不拉。”灵官忙说。

“好好坏坏，你们给挺个棺木子。不挺，我死给你看。”母亲歇斯底里地哭叫。

灵官进了城。远离了喧嚣的家，耳旁清静了许多，但他仍觉得自己在做梦。头很晕，心里乱糟糟的。只是后悔没多注射杜冷丁，叫憨头多挨了疼。街上人很多，但灵官觉得自己很孤零。一团浓雾似的悲哀，把他和这个世界隔离开来。

憨头死了。那个沉默寡言的像骆驼的哥哥死了。想到上学时，为他送面的憨头在校门口不知所措的情景，他落泪了。觉得自己对不住哥哥。

“要是考上学多好。他该多么高兴啊。”

他后悔自己没拼死拼活考个大学，叫憨头高兴高兴。又后悔自己没和他多喧喧。现在晚了，死亡是一道不可逾越的墙。他在这边，哥哥在那边。

他决定私自做主，买个棺材回去。他当然赞同火化。家里已经折腾空了。火化，可以省去许多不必要的花销。再说，灵官眼里，火化和土葬没啥两样。

重要的是如何活着。死了，一死百了。烧也罢，埋也罢，一样。但母亲歇斯底里的嚎哭总在耳旁响着。他不想叫母亲在遗憾中度过余生。他简单算了一下，不发大丧的话，土葬只比火葬多花三百来块。三百块——甚至更多些——买母亲一个心安，值得。

灵官雇车拉着棺材回到家时，憨头已被抬到庄门棚下面。院里人很多。母亲仍在房里嚎哭。听到汽车声，她扑了出来，冲开许多人的阻挡，扑向棚下的憨头。孟八爷们扭住了她。妈凄厉地喊：“谁拉憨头，我死给他看——”灵官拨开人群，走上前说：“妈，不火化。我拉来了寿房。”“别骗我——”

那个沉默寡言
像骆驼一样的
憨头死了.

妈哭叫，“灵官，你拉，我死给你看——”“不拉，不拉。你瞧，棺材在车上。”母亲出了门，望一眼车上的棺材，又哭倒在地。

院里人一见棺材，都有些意外，但谁都没说啥，只是面露不悦。憨头是小口，而且无儿女，没资格挺棺材——妈的理由是莹儿已经怀了娃儿——村里人当然都希望火化。火化了安稳。见灵官拉来了棺材，都有些不知所措了。

老顺却吁了口气：“也好。那老妖，杀死派命哩。一火化，还不把我吃了？”灵官说：“其实，花不了几个钱。火化费骨灰盒啥的，也死贵。算起来，差不多。”

棺材既已买来，村里人也就不好再说啥了。憨头高高的腹部很扎眼。脸上盖的黄纸时时被风卷走，露出那张青桔桔的脸。那张脸很平静，仍带着忍受痛苦的表情，但不很明显，猛一看，倒似在微笑，似在说：“死亡真好。”灵官静立一阵，也觉得死亡真好。至少，对这几个月的憨头来说，死亡真好。“终于解脱了。”他想。但一想从此见不到他了，又异常伤感。他不敢想象，没有憨头的日子，会成啥样子？

为了不使狗猫们伤害憨头的身子，孟八爷领人入殓憨头。汉子们小心地抬着憨头身下铺的毡和褥子，把憨头顺进棺材。妈抹去泪水，哽咽着抱来一床新崭崭的绸被子。这是莹儿陪来的，舍不得盖。老顺想说啥，望望孟八爷，又没有说。

猛子从道爷处带来了一张符，上写：“金梨即竖百邪散，雷公已现鬼神惊。”孟八爷接了，贴到备好的犁头上，再拴一个大白公鸡，放到憨头的棺材后面，防备诈尸。

猛子说：“道爷说，大后天是好日子，也不用备啥，他请两个人吹打一下。买个人情，不收钱。”孟八爷说：“再不备啥，也要糊个鹤儿方和几个花圈。不然，白光光的，不像样子。”

老顺说：“有你哩。你瞭着办吧。我头三不知脑四了。”说罢，再也拧不住身子，顺着墙跪坐到地上。

11

鸡还没叫，灵官妈就醒了。嗓子冒烟，火辣辣疼。眼睛也像布满了松胶似的黏，睁眼视物很费劲。她搜寻嗓子眼睛发生变化的原因时，才记起了昨日的事。

“憨头？”妈打个哆嗦，痛不欲生的感觉又笼罩了她。

下炕，摸鞋，出门。院里灯很亮。她一眼就看到那个大红棺材，胸口马上像压了重物般难受，泪水流下来。憨头……她的憨头，就在那个木匣子里。他死了。她费劲地想起“死了”的真正含义时，心又碎了。

她强迫自己，不望棺材，快步走过院子，进了厨房。忽然，她觉得憨头的眼睛在黑夜里追逐着她，仿佛想说啥。她忍不住回头，又看了一眼那个明灿灿的灯底下的扎眼的物件。她既为儿子——那么年轻的儿子——睡在棺材里难过，又为儿子终于有了寿房而稍稍欣慰了些。她无法接受火葬。一想到要把儿子的肉皮儿放到火上烧，她就受不了。

进了厨房，亮了灯，捅了炉子，看到接好的面又发了。这是为儿子丧事准备的面食。她又挖了生面，开始接面。身子沉重，四肢酸困。憨头的面孔总在眼前闪，闪不了几次，就闪出她的泪来。泪很快迷了眼，流下脸颊，滴到面上。儿子已经死了，啥都没意思了。

真想撞死在那棺材上。

憨头自小懦弱，谁都要欺负。一想这么懦弱的憨头要一个人步入阴间，难保不受一些恶鬼的欺侮。真受不了。真想撞死，为娘的伴你走。

哭声冲破了阻挡，迸泄而出。她搓去手上的面，将那还没揉透的面扔到案板上，坐在灶门上呜咽。她用力抑制，怕惊醒别人，但哭声总不受心的约束。好在嗓门已哑，哭声似在呵气。

哭一阵，胸间的闷憋轻了些。又痴坐一会儿，抹去泪，再去揉尚没有揉好的面。揉一阵，又哭。哭一阵，再揉。

揉好面，又坐在灶火门上发起呆来。脑中出现了与憨头有关的许多事，总令她后悔不已。比如：憨头爱吃煎饼，她没为他摊过几次。早知道儿子这么早要去，就每天为他摊一次。憨头最爱吃西红柿，没叫灵官进城去买，等等。

除了吃的外，憨头最爱手扶拖拉机。那是他的梦想。有了它，可以犁地，打场，搞副业……记得有一次，憨头摸狗宝的机子，叫狗宝数落了一番。憨头说："怕啥？弄坏了，给你赔一个。"狗宝说："你有了手扶子，那我该买飞机了。"

妈叹口气。叫人家小看了。不蒸馒头也要蒸（争）口气呀。早知道娃子去这么早，苦死也要给娃子买一个，大不了挖窟窿借债……叫娃子至死都没争上一口气。

她的心一阵阵揪痛。

"糊一个。"忽然，她的脑中闪了一线光。"对，糊一个，给娃子糊一个。活着没风光一次，叫娃子死了风光去。"

天已大亮，东家们陆续来了。因为丧事不大，不设席，不待客，用不着借桌凳碗碟之类。东家们没多少事，不像发送老人。老人发丧是喜事，东家们可以吆五喝六，喝个红头黛脸。憨头是个小口，猜拳，喝酒，说笑，都不合适。院里显得有些寡淡冷清。

孟八爷是大东。灵官妈向他说了拖拉机的事。孟八爷初时不热情，但听了她的解释后，很是赞同。他叫过北柱和花球，吩咐道："你们糊个手扶拖拉机。"

"没糊过呀。"北柱说。

"学着糊去！找些葵花秆、芨芨、柳条……照猫画虎。"北柱们出去了。孟八爷又找了几个会做纸活的东家做鹤儿方和花圈。鹤儿方是招魂用的，缺少不得。

正吩咐，兰兰来了。据她说，夜里做了一梦，梦到房子塌了。"墙倒亲，树倒邻，房子塌了死自己的人。"这是谁都知道的圆梦术语。清晨起来心里很急，就回娘家来了。

兰兰自小和憨头要好，是憨头把她扛在肩膀上长大的。一进门，兰兰就哭瘫在地。她一哭，又诱出妈的哭声，来帮忙的女人们也哭了。

满院子哭声。

12

抬灵柩的时候，灵官发现了很红的日头。这是连月来少见的日头。丧事完了，乱糟糟也息了，家中清静了。日头爷乘虚而入，进了灵官的心。

红红的太阳照在门口的那棵歪脖儿沙枣树上。扭曲的影儿映在门口。在这个灿烂的天里，憨头要上路了。妈的哭声嘶哑而绝望，最叫灵官心碎。

花圈纸钱在门口燃成一个巨大的火堆。火苗被阳光掠去许多，但那呼呼声依然很大。一片片纸灰，腾向天空，又悠悠忽忽地落下。

人们都忙乱着。东家们准备扛子之类抬灵的东西。道士们准备回家，只留下一个应事的。老顺忙颠颠往憨头用过的杯子里塞馍馍。这个杯子将放到棺材里，作为憨头阳世上的最后一顿食物。

为避免死者“问候”活人而致病，孟八爷抽去了憨头的枕头。妈哭叫着，抱出了憨头的所有衣服，要往棺材里塞。孟八爷接了，叫人剪去金属扣子。因为沙湾的传说是死人碰了金属会成精的。

妈执意要看憨头一面。为了达到这个目的，她抹去泪，努力忍住哭，但眼泪还是忍不住外涌。为了不使她的泪滴到死人身上，使他日后作祟害人，孟八爷坚决地叫东家拉走了她。

北柱把铰了金属扣子的衣物递给老顺。

孟八爷揭开棺材。灵官看到了憨头。他睡着了似的平静，脸黄缥缥的。唯一显示他经受了痛苦的是他的门牙外露，咬着下唇，仍似在忍受痛苦。

孟八爷问老顺要衣物。老顺说：“算了，留下，活人穿吧。塞多少，还不是焐成灰。”孟八爷说：“也好。再说这些纤维也不容易烂掉。听说衣服烂不掉，魂就不能投胎——这也是为憨头好。”就盖好盖子，取过斧子，乒乒几下将盖子钉死。

应事的老道进行起灵前的最后一道仪程，为亡灵念《指路经》：

金乌西坠，玉兔东升，暑往寒来。释迦佛治天治地，李老君炼药烧丹，也没躲过无常。诸葛武侯神机妙算，也没躲过五丈原前。石崇富可敌国，帝王满库金银，也买不下生死二字。……来者不知谁是你，去者不知你是谁……奠上亡灵三杯酒，脱出南柯一梦中。

沧桑感潮水般袭向灵官，震颤着心灵。是的，谁也躲不过无常。憨头早行一步，别人随后就到。长寿百年，也不过瞬息水泡。死者何哀，生者何幸。生生死死，不过如此。一切都会死的，父母，兄弟，姐妹，夫妻，朋友，还有那个红彤彤光芒四射的日头爷。

重要的，是如何活着。

起灵的人忙乱起来。他们都娶了妻，是真正意义上的“男人”。童身娃儿——哪怕他是八十岁的老光棍——也没这资格。他们吆喝着，抬起棺材，放在两个平行横置的条凳上。而后，往上面绑些长长短短的杆子。棺材在棕绳的桎梏下吱吱嘎嘎响着。

妈扑了出来，大张着发不出声音的口，哭得失声断气。几个女人拦挡着，但她还是扑到棺材上，用头乒乒地撞。

遗憾的是没有一种叫“纤”的白布。白布的一头拴在棺材头上，另一头将由孝子来牵引。这是有儿子的亡人才能享受的荣耀。仅仅为了使自己在死后有个拉“纤”的，许多人费尽心机，躲避着计划生育。

毛旦抱着憨头的照片。憨头显得很瘦，这是他病中照的。很瘦的憨头眼里充满渴望。他渴望什么呢？是渴望生命，还是渴望念书？他也许没想到，死亡，会这么快地扑向他。否则，他肯定会有另一种活法。

人们只是惋惜着憨头的早逝。谁能从憨头的眼中读出那无奈的渴望呢？

装了憨头出门的棺材，劈面压来，像疾驰的火车头，也像死亡，仿佛不可阻挡。这情形，灵官永远忘不了。

抬棺材的人吆喝着，喘着粗气，仿佛抬的是泰山。

村人们都涌在憨头必经的大道两侧。他们来送憨头。途经人家的门口都放了一堆火。据说，这是辟邪的，以防孤魂溜进自家屋里。但此刻，却极像是在举行欢送仪式，像电影上悼念战友时朝天发出的枪声。

棺材在烟火缭绕的大道上迅速移动，趋向墓地。溅起的纤尘和烟雾迷茫一气，给人以恍恍惚惚的感觉。灵官尾随其后，仿佛梦游，机械移动。他举着那个纸糊的手扶拖拉机。

以往，灵官也当过观众，目送“别家”的棺材通过大道。于今，轮到“别家”看“他家”了。日后，他又会变成看客，目送围观者中的某一人走向生命的终点。

女人们在抹泪，凤香、花球妈、会兰子……她们的泪水令灵官感动。

毛旦早挖好了墓坑。这个朝天大口将会吞下憨头，把他消化得无影无踪。棺材停在墓坑前。北柱抽了扛子。两条棕绳放在棺材两头。汉子们牵引着绳子将棺材顺进墓穴。孟八爷扯过一条红头绳，这是用来检验棺材是否平直的标绳，据说能辟邪。标绳的使命完成后，人们便扯断了它。每人一小节，系在纽扣上。

“憨头一辈子就算活完了。”北柱感叹一声。

灵官无声地哭着。

憨头死了。老是朝他憨憨地笑的憨头死了。今生，再也见不着他了。灵官不敢想象，没有憨头的人生，会是什么样的人生。一只无形的铁手，一下下攫他的心。

人们一锹锹往墓坑里填土。在场的人轮流着填。这是最后一次为憨头办事。谁都不能出声。干几下，将铁锹扔在地上。另一人接着干。孟八爷提醒灵官，眼泪不能滴在墓土上。灵官就抹去了泪，走过去，拾起北柱扔下的铁锹。他仍梦游一样，机械动作。

他在葬埋着憨头。他经历了一个健壮的生命一步步枯竭终而走向死亡的全过程。他一天也没离开过他。此刻，他又在亲手葬埋他。

他已历经沧桑。

起出的所有的土都填进了那个墓坑。坑还没填满。许多人很奇怪，那样瓷实的土起出后又在坑里填了一个棺材。按理说，应该鼓个高堆才是。可是没有。那墓坑确实没填平。

根据风水理论，这不是吉地。过去有人择地时，先要在地上挖个尺二方的方坑，起土，捻碎，轻轻撒在坑中。一昼夜后，土鼓起，是吉地。土塌下，是凶地。

凶地。憨头葬了凶地。风水匠说，憨头的后人——莹儿肚里的娃儿还要受苦哩。

灵官当然不信。

13

花球的婚事成了憨头死后村里的又一件大事。

那个倔老头终于找上门来了，他女儿腆个大肚子，跟在后面哭哭啼啼。村里人于是知道花球在沙漠里的浪漫，都挤眉弄眼叽叽咕咕，说看不出花球还有这等本事，别人掏票子也不容易拴个母的。瞧人家，送货上门咧。

据“跟踪报道”的毛旦说，老汉很硬手，一进花球家，就说：生米成了熟饭，丫头成了婆娘，老子索性就把丫头给了你，你立马给我结婚，别叫丫头把人丢到娘家门上。花球很不情愿地一支吾，老汉就黑了脸，说要“老羊皮换一张羔子皮”，意思是要和花球拼命。毛旦说，嘿，花球还“死驴不怕狼啃”呢，可那老汉有骨头，有脑髓，像条汉子。他黑了脸，呸一声，拉起姑娘，说，走，不信天下没个讲理的地方。哎哟，花球才一下子蔫了。

村头，毛旦“报道”着，引来一浪高过一浪的笑声。

最笑烂肚子的是关于婚礼的谈判：刚开始，老汉狮子大张口，一万！花球吓得舌头都短了三寸。见花球掏不出，老汉减到八千；花球拧一阵眉头，说成哩，我去城里搞副业，一年挣四千，两年或许能挣够。这一说，老汉大眼张风了。乖乖，两年？外孙子都两岁了。毛旦夸张地笑几声。就减到四千，花球就打算搞一年副业；又减到两千，减到一千……花球搞副业的时间也随之减少。最后，老汉望望姑娘隆起的肚子，黑了脸吼：没头鬼！一锤打个肚儿里疼，就当我白养了，你给老子半月内结婚。毛旦说，孟八爷把孙子花球骂了一顿，说人家养个人不容易，就生发着借了三千块，用红纸包了，给了那老汉。就这，花球媳妇还是村里最便宜的，别的，没个万儿八千下不来。花球爹眼睛笑成个鸽粪圈儿了。花球却阴了个脸，老相了许多。结婚那夜，更是热闹。花球爹宰了猪，宰了羊，割了五十斤牛肉。照例，村里每户去一人吃席。男人们都喝得红头黛脸，按风俗给花球爹墁了个大花脸，在脖子里套了个毛驴拉车时才套的硬布圈，还给他挎了个芨芨编的背篼，由男人们牵了绕场一周。以此宣告：他是个打儿媳妇坏主意的老不正经。

这节目，更引起了搅天的笑声，惊飞了树上搭窝的老鸹。女人们捧着肚子哎哟了三天，连触景生情拧眉头发愁的老顺也张开眉头嘿嘿了两声呢。

那夜，猛子一如既往地参与了闹洞房，憨头的死并没有影响他的这一爱好。他和白狗闹得最凶，都吃了沙湾人爱吃的“鸽子衔财”：由新媳妇嘴含了烟嘴的半边，闹洞房者用嘴去接另半边，两唇相接，香烟不掉，方为合格。接着，新媳妇还必须清晰地叫“姑爷”。“姑爷”前边还必须随闹洞房者的习好而加上定语，变成“爱过我姑爷”、“候过我姑爷”、“我留门姑爷”、“你来吧姑爷”等等，花样繁多，热闹非凡。更出彩的是猛子吃“鸽子衔财”时牙齿不听使唤了，咬得新媳妇连叫了三声“贼男人姑爷”。

因为孟八爷的干预，白狗们平素里必用的更厉害的招数没能用上。味儿虽有点寡淡，但还是引来了一院子的大笑。

花球婚事带来的喜庆味，把憨头的死带给村里人的沉重冲了个精光。

14

只是，灵官却陷入了危机。

亡人不吃饭，家财带一半。憨头一走，家里就明显空荡荡了。啥都失去了它本来的面目，显得灰蒙蒙可怜兮兮了。妈在抽泣，莹儿在抹泪，都压抑着，不使自己放出声来。但这，比嚎啕的哭更叫人窝心。

灵官不相信憨头就这样走了。在屋里时，他老觉得憨头会进门。在门外时，又觉得他会出屋。鸟一叫，他便怀疑是老天派它来送信的，信的内容是："憨头还活着，已经从那个坟堆里爬出来了。"蹲在村南的黄土坡上的时候，他老觉得妈会笑着来叫他，告诉他："你哥活了。"

可总是幻觉。

活的，只是憨头的影子，老在眼前晃呀晃的。

梦倒是常做。

梦里，灵官也知道憨头死了，并诧异他的活着。灵官老是惊喜地扑上去。憨头老是阴沉着脸躲开，脸青青的，不语，不笑，拧个眉头。灵官很伤心。但梦里的憨头毕竟活着。活着就好。哪怕是他捅自己一刀，只要他活着就好。

最怕梦中醒来。因为熟悉的每一样东西都扎眼，都是一个不可触摸的所在，都在提醒着一个令他无法接受的现实。

许多天了，灵官心中一直躲避着那个现实。他拼命不去想它。那是插在心头的黄老刺，哪怕是一次不经意的摩擦，都会引起一阵撕心的剧痛。一想到憨头给他往城里送面时憨憨的笑，一想到他为供他上学去卖苦力，一想到平素里早已忘却而现在时时揪心的许多场景，灵官就像挨了一闷棍。呆怔一阵，他就撕扯头发，并咬牙切齿地诅咒自己。

"我不是人。我是畜生。……不，不如畜生。羊羔儿吃奶双膝跪，黑老鸹能报娘的恩……它们都知恩图报。你，做了些啥？长兄为父，恩重如山。可你……禽兽不如。"

脑袋里塞了过多的羊毛，乱，涨，人像要疯了。嗓中干渴，耳在轰轰。灵官想到睡梦中也阴了脸躲避他的憨头，心一下下抽搐着。他快要窒息了。

"怪不得，他在躲我……怪不得，他阴沉着脸……怪不得，他至死都不多说一句话。他肯定知道了，肯定。秃头上的虱子，明摆着。她的……都出怀了。妈不是不叫她到憨头跟前去吗？不是怕‘冲’了他吗？怪不得……灵官，你这畜生！”

又想起憨头病重时，他和莹儿，竟然在沙洼里……他简直无地自容了。呸！你还笑呢，还爱呢，还唱呢，还……猪狗不如。你自己想想，你是啥东西？你咋有脸活在世上。你咋……咋不去死？

真想拿把刀，像电影上的日本武士那样，剖开腹，取了心，祭祀憨头，再抽出那条忘恩负义的肠子，盘成一个“悔”字……可这样，难道就……就安心了？难道就能人模人样了？瞧，屋里的一切，都在谴责你呢，都在提醒你两个字：“罪恶。”

但心里，最不敢触摸的，还是莹儿。

每一次“浪漫”的记忆，都成噬人的毒虫了，都成“罪恶”的证据了。他很怕她。他不敢望她。他极力地躲避她。

分明，她也在躲他。

每天，她都在小屋里窝着。她总是哭，总是失声断气地哭。……莫非，你也感到了灵魂的折磨？你这罪恶的冤家。

灵官仿佛看到了她的脸。它已黄缥缥憔悴到了极点。那是坐在灵官心头的一块疤。那是他诅咒自己的开关。那是他心灵天空的乌云。

更可怕的是：她已到了大月份。

一个小生命快要出生了。

这更是灵官不敢触摸的惨痛，是剐割灵魂的现实，是躲避不了的残酷，是无法清醒的噩梦，是不能饶恕的罪恶。

是不是真有鬼魂？真希望有。若有，还能见着我苦命的哥哥，向他忏悔，请他饶恕，请他朝自己那颗罪恶的心上捅一刀，让汩汩流淌的血来清洗罪恶。……可那罪恶，真清洗得了吗？

干脆，堕入无间地狱吧！让地狱的毒焰来烧吧，把这罪恶的身子烧成灰，顺风扬个无影无踪。或者，让千万把刀子来剐吧，让千万条毒虫来咬吧，把这罪恶的肉体连同灵魂全都吞噬，让这肮脏的“我”永远消失，不再有一点恶心的渣滓。

但一切，终究是无法挽回了。

生存，已成为一个负担。

总是憋，总是闷，总是一个接一个的寒噤。

寒噤里浮出许多人影，更增加了心的沉重。他们是：引弟、兰兰、五子、瘸五爷、毛旦、白福……还有一些活着的“死人”。他们在一个巨大的磨道里转圈，仿佛梦游似的转了千年。

灵官多想振聋发聩地吼几声呀，但他知道，他连个回音也听不到。要不了多久，他定然也会在连天呵欠的感染下昏昏欲睡了。那时，“罪恶”的他，已习惯了那“罪恶”，成为一个庸碌的细胞。这比血腥的屠刀更可怕。

灵官开始反思：如何度过今后的人生？

村里人于是知道了：憨头的死击垮了灵官。常见他在村南的黄土坡上发痴，眼珠儿木木的，瓷瓷的，不转不闪。走路时，也迷迷瞪瞪像在梦游。

一个血色黄昏里，天刮着旋涡儿风，太阳却猩红刺目。半空里有几块铅似的云，像是往地面沉。灰澄澄的云影子印在荒寂寂的沙丘上。沙丘上有个人，梦一样蹒跚着，脚步儿溅起的尘粒像一层薄薄的细雾，把他遮成了一个隐隐约约恍恍惚惚的影子。这便是灵官。

黄昏的太阳像个大血球，挑在远处的山尖上，赐给灵官一个血淋淋的脊背。沙丘上的人影儿随着落日的下沉不断拉长，渐渐与天边的阴影相连接，水一样漫延开来。渐渐地，暮霭夹着尘雾降下来，如一个大铁锅，把灵官紧紧地扣在黑糊糊的沙漠里面……

听说那夜，沙湾人听到东沙窝里有只野兽或大鸟凄厉地叫了半夜，像是个闷极了的男人在呐喊。

次日，便不见了灵官。

此后，灵官便没了准信。有人说，灵官到了深圳，找他的同学，没找到，就拄个拐棍，在街头求爷爷告奶奶地要饭呢，可怜得很。又有人说，灵官跑了南方，在一个饲养场里打工，偷偷地学养什么的技术。也有人说，灵官在一个博物馆里当勤杂工，边打杂，边跟一个专家学一种文字，那文字名儿好怪，叫什么西夏文……不过，据一个常进沙窝的二道贩子说，前些日子，他去过沙漠腹地的猪肚井，听说有个凉州人死在那儿，尸首扔到沙洼里，叫狐子啃了个一塌糊涂，只剩堆干骨头了。他说他见过那堆骨头，但不知是不是灵官的。

总之，传闻是各式各样的……

老顺却没闲心听人嚼舌了，一大堆事儿等着他呢：一是白露快到了，兔鹰又该下山了，老顺买了一大堆棉线，正忙颠颠结网呢；二来，莹儿生了个胖小子，填充了憨头死后的巨大空虚，也带来了许多琐碎事，把老两口忙了个二眼麻达；三来，他和老伴都相信，灵官是去闯外面的世界了。他们还知道：灵官会回来的——不管走多远，他都会回来。

他的出去，就是为了他的回来。

倒是莹儿叫他们担心，因为昼明夜黑，她总是傻呆呆坐着，总是哼一首沙湾人都会唱的花儿——

杠木的扁担闪折了，
清水呀落了地了。
把我的身子染黑了，
你走了阔敞的路了……

——初稿于1988年农历十月二十日
——二稿于1999年10月7日
——定稿于2000年6月10日
——修订于2016年10月沂山雪漠书院

●雪漠

弟弟·父母及其他（初版跋）

《大漠祭》几易其稿，草字百万，拉拉杂杂，写了十二年。其中甘苦，一言难尽。动笔时，我才二十五岁，完稿时已近四旬。但我终于舒了口气，觉得总算偿还了一笔宿债。今生，即使不再写啥，也死能瞑目了。踏上文坛不久，我就想写写我的农民父老，为他们写一本书。没想到，这个小小的愿望，竟用去了我十二年的黄金时光。

扔下笔后，浓浓的沧桑涌上心头，便想到我苦命的弟弟。本书草稿时，他还是个不甘被贫困吞噬而苦苦挣扎的青年。完稿时，他已被黄土掩埋了八年。

他就是我作品中憨头的生活原型，叫陈开禄。求禄者无禄，善良的愿望总是被现实撞个粉碎。

弟弟的死，很大程度上修正了我的人生观，并改善了我的生存质量。掩埋了弟弟不久，我的卧室里就多了个死人头骨，以充当警枕。它时时向我叫喊："死亡！死亡！"提醒我死亡随时都会像光顾弟弟那样光顾我。所以，我每天给自己打的考勤，是以小时来计算的。我做一些事情，总要算算值不值得浪费我黄金买不来的生命。因此，我才能对西部文化的各个领域做相当的研究，且多能著书立说自成一家。

我的所有偏激，就源于对生命的感悟。对待朋友和亲属，我总是恨铁不成钢。"序"中的文字，代表了我的这一特点。

弟弟的死，也改变了《大漠祭》的后半部。在不少人认为最感人的后半部分中，就融入了弟弟的生命和我的血泪。弟弟与憨头相异的是他没患阳痿，而且相对不安分些。弟弟不甘贫困，绞尽脑汁，东奔西跑，苦苦挣扎，一直挣扎到坟墓里。挣下的，仍是一屁股债。

弟弟在二十七岁那年，患了肝癌。我一直伴他度过了生命的最后岁月，没离开过半步。我亲眼看着他从一个健壮的青年，渐渐衰竭消瘦，步步走进坟墓。我亲手扬起一锨锨黄土，掩埋了他。我经历了一个生命从旺盛到死亡的全部过程。自那后，我的人生中便没了啥执著。一想到所有贪婪的最终归宿不过是坟墓时，还有什么放不下呢？在死亡面前，名利呀啥的真成过眼烟云了。

重要的，应该是如何活着。

而活着的价值，要看是否因了你的“活”，使这个世界相对美好了些。

弟弟的死让我懂得了如何珍惜生命。

最叫我不忍追忆的是：当医院的手术刀插入弟弟腹内时，弟弟竟清醒地惨叫了，像挨刀的猪那样。他后来说当时根本没被麻醉。同室病友说是没按惯例给麻醉师送礼所致。病历的解释是“对麻醉药反应迟钝”。反正，刀子在他的腹部划出了长逾五寸的口子。后来的我，一直不敢想象这一幕，不敢想象那把屠刀，如何刺向我苦命的弟弟。

那个失败的手术除了叫弟弟当了回挨宰的猪外，还留给了我噩梦般的记忆。

我之所以写出这些，仅仅是祈盼不要重演这种可怕。愿天下的医生和其他“偶尔”——因为他终究也会死去——有点儿权的人多少善良一些。

弟弟具有憨头的一切优点。他死得很高贵。据医生说，他并不知道自己的病情。但他一直没问任何人。他没有叹气，没有哭泣，没有问询，没有埋怨，没有失态，甚至没有嘱咐。他面对墙壁，沉默寡言，平静地走向坟墓。我当时真希望世上有鬼魂。哪怕弟弟变成恶鬼，我也会接受他，甚至爱他，但我不能忍受他永远的消失。

我简直不敢想象自己日后如何“熬”过没有弟弟的“残生”。

这些噩梦，后来进了小说中灵官的心。

弟弟留在人间的，除了不满三岁的女儿和才出生两个月的儿子外，还留下了几页日记。他死后，房子、家具、衣物……一切都成了别人的，甚至包括他的妻子。但那几页日记却是他的，上面记载着他心灵的挣扎。这使我忽然感悟到生命的易逝和文章的相对永恒。

为了供我上学，弟弟过早地离开学校，去卖苦力。他的死击垮了我，很长一段岁月，我处在半痴呆状态。我接受不了这个现实。每看到乌鸦啥的，我就当成是弟弟化的，总要像鲁迅《药》中的老女人那样和它对话。那时唯一的快乐在梦中。因为梦中的弟弟活着。虽说他阴沉着脸，不和我说一句话，但我还是盼望常做这样的梦。痛苦的是，这梦也很稀罕，后来竟绝迹了。

我容忍不了自己对他仅有的一次伤害：那是在斗嘴的时候，气头上的我说他不过是卖苦力的。记得当时他怔了，而后嚎啕大哭。这画面成了插在我心头的刀子。直到今天，伤口仍在流血。而他的突然病逝，使我从此没有了向他忏悔的可能。许多个孤独的夜里，我无数次地哭叫："弟弟，宽恕我吧！"但我的心始终没能轻松。

《大漠祭》完稿后，我最希望有三个人能读它。其中一个就是弟弟。而这时，他早成了一堆白骨。

另外两人，便是父母了。他们是我作品中老顺老两口的生活原型。书中的许多事都可从他们的身上找到影子。在最贫穷的日子里，他们供我念了书。妈的话至今仍在我心头响着："吃屎喝尿，也要供娃子念书。"父母饿着肚子，供我上了当时也是省重点中学的武威一中。后来我考了学，从此改变了命运。

父亲很老实，甚至算得上愚昧。他一生中最睿智的一句话就是在我嫌他愚昧后说的。他说："娃子，我当然愚。谁叫我没个好老子供我念书呢？"

我从此无颜再自作聪明。

的确，我之所以走出了愚昧，不过是有个供我读书的好父母而已。愿天下所有嫌父母愚昧的子女都能读懂我父亲的睿智。

遗憾的是，我最希望能读本书的三人却无法令我满愿了：

弟弟想来收不到烧在他墓前的书稿了。

爹妈虽活着，却大字不识一个。

遗憾，只能永远了……

——2000年4月19日写于甘肃武威

●雪漠

用汗水慰藉灵魂（再版代跋）

对于我的一生来说，2008年是一个非常特殊的年份。因为，随着长篇小说《白虎关》(上海文艺出版社）的出版，我写了二十年的“老顺一家”(也有人称为“大漠三部曲”）终于画上了句号。

二十年前的《大漠祭》、《猎原》和《白虎关》还仅仅是一部中篇小说。其意图，就是想写写农民的生活。那时，觉得父母很苦。我小的时候，父母就为一天三两角钱的工分去拼命。他们唯一的盼头是等儿子长大，享些福。后来我长大了，他们却依然苦，更添了愁。按爹妈的说法，“老牛不死，稀屎不断”，“没个卸磨的时候”了。那时，我老埋怨：那些作家们，为啥不写写农民“如何活着”呢？埋怨多了，就想，别人不写，那就我写吧。

对早期的那部小说，我进行了无休止的修改和重写。说不清写了多少遍，梦魇一样，屡废屡写，都失败了。

为了寻找原因，我开始大量读书，探索一些大作家成功的奥秘。最使我惊奇的，是涅克拉索夫：他为何一见到陀斯妥耶夫斯基的《穷人》和托尔斯泰的《童年》，就断言作者将来必成大作家呢？我想，这绝非偶然，其中，定有一种必然的东西。

苦思许久，我终于发现了其中奥秘。一个作家，在执笔之初，甚至执笔之前，就几乎决定了其将来。正如一个青苹果，虽小，却具有了成为大苹果的基因；而山芋，无论如何施肥浇水，成熟的，终究是山芋。作家亦然，其心灵和文学观念，决定了他日后的成就。除非，他进行过脱胎换骨式的灵魂历练。

但正如我在《猎原》后记中所写的那样：“我发现，我没经过一个优秀作家必须经过的灵魂历练和文学修炼，没有洗去灵魂上的污垢，自然也无法体悟生活的本质，更无法感受并描绘强有力的生活。更糟糕的是，我被伪现代派玷污了，染上了浮夸的文风，失去了一个优秀作家应有的质朴。”

我决定重新练笔。

这一过程，我后来称为“大死”。大约有五年时间。这是噩梦般的岁月，苦不堪言。每天凌晨三时，我像被赶往屠宰场的猪一样，龇牙咧嘴，从床上爬起，先是禅修，然后走向书桌，进行单调、乏味的练笔，实践着自己的“悟”。那时的梦中，也在练笔。心灵是沉重不堪又痛苦不堪。身旁没有可探讨的朋友，眼前没有可请教的导师，陪伴自己的，只有须臾也离不开的莫合烟。心头更是漫长的黑暗，看不到一点儿希望。

更糟糕的是，我穷困潦倒，常常没买菜的钱，一家三口，两顺一逆地排列，才能挤在一张单人床上。唯一的奢侈，便是书了。我说服妻子，从口里挤出钱来，用以购书。我明白，只有书，才能使我超越闭塞的环境，不被同化。

苦极了，常给自己打气：就这样殉文学吧。成功了，当个好作家。失败了，活不下去，大不了回老家种地。本是农民的儿子，再当农民，也不赔本。

修行和练笔的同时，我利用在教委工作的机会，跑遍了整个凉州。几年过去，对这块土地的熟悉程度，几乎等同于自己的家了。那时，心中的《大漠祭》们也渐渐长大。

那段岁月不堪回首，我所经历的，确实是一种脱胎换骨式的灵魂历炼。我甚至按苦行僧的一些标准来要求自己，如：过午不食和每日四座、每座三小时的禅修。为了怕饭后过饱影响大脑的正常思维，在很长一段时间，我不吃晚饭。后来，又坚决地戒了与我相依为命的烟。怕的是，作家没当成，先叫烟熏死了。

我将这一阶段称为“大死”。经过了“大死”，才有可能“大活”。没有苦行，便没有彻悟。

终于有一天，我豁然大悟。眼前和心头一片光明。从此，我放下了文学，不再被文学所累，不再有对“成功”的执著。怪的是，反倒文如泉涌了。

三十岁那年，农历十月二十日，是我的生日。那天，我剃光了头发和胡须，躲到了一个偏僻的所在，开始了完全与世隔绝的四年。这时的创作，已进入“大活”阶段。不再有痛苦，不再有寂寞，只有宁静和超然。这时的我，不考虑发表，不考虑成功，只想完成。而这完成，也无丝毫的执著了。我不再写作。我只是在生活。执笔，仅仅是一种生活方式。心中的人物早已活了。我之所为，就是叫“他们”从笔下流出来，而我自己，则“滚出作品”。

后来，人常问：写《大漠祭》们，吃了不少苦吧？我说不苦。真的不苦。若说苦，是写它之前有苦。写时，只有乐。如同一个猴子，苦苦修炼时，无疑是苦的，一旦成“弼马瘟”，就只有乐了。

再后来，连乐也无了，只有宁静。

只是没想到，从《大漠祭》的写作，到《白虎关》的完成，竟用去了我黄金买不来的二十年生命。

——写于2008年5月

●雪漠

《大漠祭》的结构意图（创作谈）

初读完《大漠祭》，会产生一个错觉：文章有许多精彩的章节和不少鲜活的人物，但遗憾的是作品结构松散。

这似乎很矛盾。因为小说很大程度上的意图是塑造人物，人物既已鲜活，为何结构又感觉松散呢？

其原因是：阅读习惯引起了阅读错觉。

以前读《安娜·卡列尼娜》等书，总喜欢读书后的翻译家编的“内容提要”，因为只有结合着它读，我才能走入作品迷宫。它帮我了解了作者的结构意图。我曾对托翁的小说结构进行过剖丝析缕的研究。因为读他的作品，总吃惊于其作品的丰满博大、生活容量的丰富和人物的鲜活。但那时，我总疑惑作者为啥不在作品中加些小标题，以帮助读者了解作品呢？现在，我才明白，他们是怕他们的努力使读者产生阅读误区。

因为一见小标题，读者总会寻找小标题后面的“故事”。

我的《大漠祭》在结构上师承了托尔斯泰和《红楼梦》。我着意选择了以生活纪事为小说线索。它的构架不是故事，而是人物和生活，或者说是整体氛围。翻开每一章，每一节，你很难找到明显的故事。作品所描绘的是一幅幅生活画面。所以，想从每章每节中寻找故事的读者，无疑会失望。

但作品无疑有故事，而且有很多故事：老顺的故事、孟八爷的故事、灵官与莹儿的故事、灵官妈的故事、齐神婆的故事、大头的故事、憨头的故事、猛子的故事、瘸五爷的故事、兰兰的故事，甚至许多老百姓的故事。这无数个故事和生活化为经纬，编织了整部作品中一群老百姓的故事，或说描绘了广阔的社会生活画面。

当然，这一个个故事不是单个的孤立存在。我的小说，花费心血最多的恰恰是结构。因为一个个人物和一个个故事在我创作之初就已活在心中了。如何将他们浑然一体地融化在作品中，的确不是件易事。

我也曾试图用时下小说创作常见的手法，即讲完一个个故事，或者说，用许多个短篇或中篇汇成长篇小说。但我深知，那样一来，就不是严格意义上的长篇小说了。严格意义上的长篇小说不是中短篇的荟萃和拼凑，而是一种中短篇小说无法替代的文学形式，像《红楼梦》，就不能把它分解为“贾宝玉的故事”、“薛宝钗的故事”和其他许多人的故事；《安娜·卡列尼娜》也不能简单地分为“安娜的故事”、“列文的故事”和一个个大小人物的故事。中国当代，虽有许多名之为“长篇”的小说，但那不是严格意义上的长篇小说。长篇小说这种体裁，应该是其他任何一种文学体裁都不能包容、兼并，或是取代的形式。相反，它倒有可能或说应该包容各种文体。

当代中国，严格意义上的好长篇并不多。不少长篇小说搞成了许多个中短篇的拼凑。当然，也不乏一些优秀作品。

时下畅销的有些小说，就不是我所心仪的，甚至一些获茅盾文学奖的作品。我可以读第一遍，但我没法读第二遍。因为我对它的故事和脉络已了如指掌，并因其不耐读而失去了对它的敬畏。没法读第二遍的小说有很多。它们第一次就深深地吸引了我，但读完后就不想再读。

好读但不耐读的小说也许算不上好小说。小说经典至少有一个特点：百读不厌。

这便是单纯以故事取胜的小说最致命的弱点。它们可以成为畅销书，但永远成不了经典。随着故事的完成，小说的使命也相应结束。

这也成了我后来为什么迷上托尔斯泰并花了很多气力进行研究的主要原因。我甚至可以不用任何参考书而写出一部研究托尔斯泰的专著。

托尔斯泰的小说发表之初，遭受非议最多的也恰好是结构。人们无法接受他后来称为“开放式”的结构。

托尔斯泰把小说结构分为“封闭式”和“开放式”两种。福楼拜的《包法利夫人》代表了“封闭式”结构的经典模式。它有严格的故事框架，几乎对每个人的命运都做了详细的完整的交待。故事完了，那些人的一生使命也相应完成。这仅仅是小说的一种。

另一种，是被托翁称为“开放式”的结构。我所认同并努力实践的也是后一种。

这一类小说，不以故事为主要框架。它的每个人物都不是孤立的个体，他只是社会经纬网上的一个坐标点。甚至连小说描写的生活，也只是社会大网中的一小块网，像蜘蛛网的一部分。小说中的每个人物的线可以伸向社会和人生的各个角落。人物也只是网上的蜘蛛。这种小说结构的优势是能最大可能地反映生活，生活容量大。缺点是，不耐心的读者简直读不进去。

中国的《红楼梦》就具有开放式小说的一些特点。所以，在读者中，真正迷上《红楼梦》的不多。有些作家甚至也读不进去。我有好几位当作家的朋友就说他们至今无法读完《红楼梦》。当然，他们也不喜欢托尔斯泰。

我在一篇文章中说过：爱托尔斯泰也需要资格，当自身修炼达不到一个境界时，你绝不会了解他，自然也不会爱上他。他的作品是一座巍峨的城堡，真正攻入，需要实力。我也是勤奋地读书到三十多岁才迷上他的。此前，我硬着头皮也读不进去，也曾经浅薄地否定过托尔斯泰。

读托尔斯泰需要资格。探测一小碟水，火柴棍即可；探测一茶杯水，筷子即可；探测小湖，竹篙可矣；而探测大海，则非得靠全副武装的潜水专家了。

火柴棍够不着大海，并不是大海的过错。有人读不懂鲁迅，又焉能视鲁迅为庸常。

但有个奇怪的现象：不算那些大家级的作家，如林语堂、张爱玲等人，当代作家中，迷了《红楼梦》的作家几乎都很优秀，也许，这不是偶然的。一个作家的习好和禀赋会很大程度地影响他的成就。毕竟，小说是写人的，没有对人超乎常人的近乎病态或特异的体验和感悟，很难有太大的成就。

还有个现象是，我的妻子在上初中时就迷了《红楼梦》，并一直津津有味地读了半生，她说读别的书，没意思。像这样文化程度不高而迷《红楼梦》的也有不少。

这就说明了，读者的性格和习好能在很大程度上影响阅读。有时，它甚至与文化程度并无太大关系，所以，不能生硬地将阅读习好和文化水平挂钩。这是我想强调的。

中国的《红楼梦》和托翁的《安娜·卡列尼娜》一样，采用了开放式结构。它的线索就是贾府的生活。有人甚至说是四大家族的生活。换言之，线索就是家庭纪事。我的《大漠祭》亦然，采用的便是家庭纪事的开放式结构。若是执意要从中找一条主线的话，就是老顺一家的生活，正是以老顺一家人的生活和活动为线索，我才把西部某个时期的某群人的生存状态鲜活地描绘出来，告诉读者和历史：在中国西部，有一群农民，就这样活着。

所以，翻开小说，你很难从哪一章、哪一节中找出个完整的过瘾的故事。但你一旦读完作品，就会发现这部书确实讲了许多故事，并因了这些故事，许多人物也活了。而且，小说给人的感觉和氛围是完整的，并不因开放式结构而给人以支离破碎感。

读开放式结构的作品容易走眼。就像面对一棵大树，容易产生错觉：这片无关紧要的叶子可揪，那个显然多余的小枝可折。你只要有兴趣，可以一直揪下去，或折下去。但到后来，你就会吃惊地发现：那棵树已不能叫树了。因为每一个看似不重要的小枝或小叶均是构成大树的材料，都是它生命的组成部分。高明的剪枝专家，只是剪去它偶显突出损害美观的个别被称为“贼条”的，让大树在整体上显得更美观更匀称。不能为了减少字数做损害整体的删削，因为这同把大树变成小树的性质一样。自然，更不能因为你喜好梅树，而硬生生在白杨树上扭曲出病梅般的曲干。

我早期的一些中短篇，常因为编辑没耐心读完而被退稿。《大漠祭》第一次投稿时，我吸取了教训，在章节前加了小标题，以帮助编辑整体上了解作品内容。但后来，我发现，小标题也损害了阅读小说时应该产生的浑然一体感。因为，小标题会错误地诱导读者，给他们造成错觉：某章某节中，会有个什么故事。结果却发现，几乎每个章节都没有完整的故事。于是，正式发表时，我便删了那些小标题。但若是有人终于能读完作品，就会发现，小说又确实讲了许多故事，也同时写活了许多人。

其实，我的这种开放式结构中几乎没有可有可无的章节，几乎每个人的故事和命运都或明或暗地贯穿始终。

如憨头的病在第一章就出现，他的病或明写或暗写一直写到死去；猛子和双福女人的奸情；灵官与莹儿（他们毕竟有了儿子，这肚里的儿子成了憨头挺棺材的资格）；老顺的兔鹰，从抓到放，其间，或粘毛，或病，或放回山中，或于次年再次下网，亦贯穿始终；孟八爷的打狐子，遭到了大自然的报复，老鼠横行；千年白狐子的传说从第二章开始，时有耳闻，直到引弟之死；兰兰的爱情悲剧在第一章老顺老两口的谈话中就出现，后时有顾及，终而成形；瘸五爷只是在作品中偶尔出现，与五子的病相呼应，终于完成其形象塑造。此外，许多人物都是在生活进展的点点滴滴中完成其性格塑造的，如大头、北柱、毛旦、花球、白狗、双福及其女人、兰兰及其婆婆。而王秃子的命运变化，甚至始于《大漠祭》，爆发于《白虎关》。这类例子很多，“大漠三部曲”就成了一个整体。

就这样，经过精心而自然的构画，我就将烂熟于心的人物和丰富的生活融入了作品，做到了浑然一体。当你读完作品，你马上就会感受到扑面而来的生活和人物。一个个人物、一个个故事，浑然一体地交织成广阔的生活画面，从而反映出了一个时代的某一群人如何活着。

——初稿于2000年8月

——修订于2016年沂山雪漠书院

●雪漠

另一种回响（《大漠祭》番外篇）

大漠的兔儿正肥，
黑鹰心虚地飞。
骆驼刺刺不着骆驼，
绿色是滋养千年的梦……

1

心中，那古老的歌谣又响了，让我想到了家乡，也想到了那个蒙古语叫“天”的腾格里沙漠。秋天来了，起了阵阵凉意。漠黄了，草长了，兔儿正肥，只是不见了那黑鹰，还有老顺一清早扯着嗓子叫儿子们起床的声音。一切，都成遥远的梦了，仿佛仅仅是打个盹儿，世界就变样了。心里注满了沧桑，时不时地就潮水般涌来。醒来的，醒不来的，都已定格在《大漠祭》里了，想想，心也就安了。

是的，三十多年了，回想自己写《大漠祭》时，还是火钻钻的年龄，有着一股子冲劲。那时候，家乡就是自己的世界，自己的世界就是家乡。家乡的一切，都让人依恋，也让人无法割舍。我爱家乡，家乡是我的根，它给了我太多太多的东西。

《大漠祭》是2000年初版的，当年，在雷达老师的推荐下，它登上“中国小说学会2000年中国小说排行榜”。2001年，荣获上海文艺出版社“上海文艺出版总社优秀图书奖”一等奖、上海市新闻出版局“上海市优秀图书一等奖”。2001年10月，又获“第十四届华东地区（六省一市）文艺图书一等奖”。2002年3月，我获得中国作家协会中华文学基金会“第三届冯牧文学奖”。2002年11月，《大漠祭》又获得甘肃省第二届精神文明建设“五个一工程”奖。2003年，《大漠祭》入选《中国文学年鉴》。同年，荣获“2000－2002年度上海长中篇小说优秀作品大奖”，还获得甘肃省委、省政府颁发的第四届“敦煌文艺奖”一等奖、甘肃省宣传部颁发的第二届“甘肃省五个一工程奖”，入围“第五届国家图书奖”，入围“第六届茅盾文学奖”，进入最后一轮终评。

后来，人们谈到雪漠时，首先想到的，就是《大漠祭》。

以是故，这一次中国大百科全书出版社成立“雪漠图书中心”时，我首先将《大漠祭》做为我的小说作品再版，并请了青岛画家张笑颜女士画了插图。张笑颜也是有声书“大漠三部曲”的朗诵者，她把《大漠祭》变成了有声书，十分传神，影响很大。她的插图也是我见过的最好的插图之一，形神俱妙，有经典气象。

《大漠祭》奠定了我在中国文坛的地位。它获得了广泛的认可，至今，已有了五个版本，重印几十次。

2

《大漠祭》是2000年初版的，到今天，十六年过去了，差不多是一代人了。我也年过半百，虽有颗青春的心，胡须却花白了。

有时，在异乡的深夜里，我还经常梦到一边吃蚕豆，一边听母亲讲故事的情景。醒来之后，我也会流泪，因为这样的日子再也回不来了。流逝了的，还有温馨的记忆，童年的梦幻，还有我青春的岁月。岁月在流逝，世界也在流逝，一切都在哗哗地过去，时光在我眼中，已成了过隙的白驹。所以，我在《深夜的蚕豆声》里说：“丝绸之路上的那个西部已经消失了，我记忆中的故乡也消失了。一切，正在成为一种绝响。”

在写《大漠祭》的日子里，我总是感到寂寞。那时，我还没有明白，所有的一切对于我来说，都是未知。我在《大漠祭》中曾写道：“‘家乡’这个词儿，只有在远离它的时候才感到亲切。而真实的它，贫穷，闭塞，更多的时候是一种死寂。纵是在人叫马鸣的时候，灵官感到的仍是一种逼人的死寂。”是的，那种巨大的死寂，独自待着的时候，感觉会更浓，只觉得自己被抛到了世外，成了孤魂。这时候，人需要在沙漠里点燃篝火。篝火虽小，但“没有篝火，沙漠真像死亡之海了。”这是灵官夜宿沙漠的感觉，我心中的《大漠祭》，就是我那时的生命篝火。

年轻时的我，也常进沙漠，和灵官一样，我总想打破那种死寂。一辈子老死在那片土地上，有些不甘心。正因为有了不甘心，所以，才有了灵官后来的出走。而生活中所经历的一切，现在看来，其实都是为出走所做的铺垫和准备。当然，真正出走的前提，是窥破红尘。没窥破之前，还是待在大漠里吧。

多年前，有位东部女子曾对我说，读你的《大漠祭》，感觉你特别爱家乡，爱得令人心碎。我说，是的。确实是这样，我很爱家乡，很爱西部。外面的世界再繁华，再喧嚣，也诱惑不了我，无论飘到哪里，我的心仍系着那片厚土。只是，我走出凉州之后，“家乡”这个词，在我心里，有了更为宽广的外延和意义。

《大漠祭》时，我特别爱家乡，爱故土，那种爱的念想，非常强烈，但到后来，在我明白之后，就发现，我所经之处，皆是家乡，就没有爱与不爱的这种概念了，没有了“二元对立”，我和世界融为了一体，它就是我，我就是它，如水滴融入了大海。

2016年上海书展，我的《深夜蚕豆声》得了销售榜和签售榜两个第一，《空空之外》名列第二，《一个人的西部》和《野狐岭》名列第九第十，成了所谓的上海书展明星。上海电视台采访我时，我就告诉记者，当一个人打破某种局限时，就会发现，你即是个体，也是整体，这时候，你就会超越某个群体。这时候，你会没有分别，大爱无我，大爱无疆，爱已成为生命的本能，如呼吸之于空气，你虽感受不到空气，空气却与你息息相关。无执后的爱也这样。

2009年，我离开家乡，客居岭南。2016年，我定居齐鲁，但觉得自己的根还在西部，只是，我的生命里，又多了岭南文化和齐鲁文化之根。多根齐扎，深入大地，我的文学之树才越加繁茂。当心性的光明像太阳那样朗照之后，我觉得自己有了灵魂的太阳，无论身居何方，都是我的家乡。我到任何一个地方，都能落地生根，都能随风起舞，都能唱出想唱的灵魂之歌。

“故乡三部曲”(《野狐岭》《一个人的西部》《深夜的蚕豆声》)出版之后，有人问我，对于身处城市的人来说，如何理解乡愁？我告诉他，故乡是一个人童年的记忆。故乡不是空间，不是地域，它是一种灵魂的记忆，在生命滋养下的灵魂家园。同时，故乡更是一种创造。因为地理意义上的故乡在一天天地消失，这时候我们可以从艺术中寻找故乡，以安放自己的灵魂。我的“故乡三部曲”就是想来告慰自己的灵魂，或许能够唤醒读者对故乡记忆，因为我们不能没有故乡。

有时候，心中的故乡会更美。它是每个人用心中的美为自己营造的一块净土。它真不真实，不要紧，只要有善和美，就够了。因为有了善和美，所以更真。它永远存在于我们的生命中。所以，在《大漠祭》里，很多人读到的，不仅仅是西部人的生存艰辛，还有浓浓的“故土味”“人情味”，还有他们最原始、最本真的生存状态。这种质朴，未经雕琢，如璞玉一般，造就了大漠人最质朴的生命状态。只不过，这种故乡的味道，随着全球化的浪潮，已渐行渐远，成落日黄昏了。

3

写《大漠祭》的过程，是进行自我重铸的过程。

这段经历，读者可以去看我的自传体散文《一个人的西部》。为了写《大漠祭》，我用去了十二年生命，演绎了一个被徐怀中将军称为“十年磨一剑”的故事。

在《一个人的西部》里，我写了创作《大漠祭》前的一些经历，而对于“成名”后发生的一些事，我写的不多。正如我在书中所写，真正重要的，不是我明白后的故事，而是雪漠如何从改变心入手，进而改变行为，从而重铸灵魂，真正完成自己。尤其是，在这个过程中，他经历了怎样的灵魂历炼。对于读者来说，对于有缘者来说，我明白前的那些经历，是他们更需要的，这会成为一种参照、一种力量，会给追梦者带来一种启迪。就如《无死的金刚心》一样，读懂了琼波浪觉的心路历程，读懂了他灵魂求索的过程，也就明白了一个凡人是如何战胜自己成为圣者的。读懂了它，如果你能照着去做，去寻觅，去历炼，任何人都能成为圣者，都能走出一段不寻常的人生，都能立起一道丰碑。

《大漠祭》里的很多人物，像老顺、灵官妈、灵官、憨头、猛子、兰兰、莹儿、孟八爷、瞎仙、大头、毛旦等，在现实中都能找到他们的生活原型。三十多年前，在那片土地上，他们是那样活着，而三十年后，我发现，其中的很多人仍是那样活着，似乎没有多少本质性的改变。变化的，也就是头发白了，多了一些皱纹，身子骨也不再那么硬朗了，少年成了中年，壮年成了老年。而老了的，有的还活着，有的已死了。那村落，仍会牵动我的心。

我的家乡也开始变化了。村里的孩子一个个长大了，也都飞出去了，向往着外面的世界，而留在村里的，多是孤寡老人和一些年幼的孩子。飞出去的孩子，又将怎样？又有怎样的故事？又该如何活着？一切，都正在发生。

《大漠祭》里那个唱曲儿的瞎仙，大家还记得吗？对，就是我在很多次讲座中提到的那个唱凉州贤孝的贾福山。他也老了，过七旬了。每次回家，我都会到乡下看他。无论走多远，无论离开多久，想到贾福山，就觉得想到了家乡，心里就很欣慰，毕竟，有他在，家乡的味道就在。要是贾福山们走了，家乡是不是会像风一样，消失得无影无踪？难道它仅仅活在我的记忆里？那个曾经完满的故乡，是不是会因为我记忆的消失而消失？

贾福山是《大漠祭》中瞎仙的生活原型。在我的《长烟落日处》里，以及我的很多书中，都写到过他。他是我童年时的启蒙老师，教会了我唱凉州贤孝。当我走出西部，走向很多城市的时候，我也将贤孝带了出来，特别是那首《王哥放羊》，更是博得了众多的喝彩。其实，我所有的小说里，都渗透了贤孝的魂，那是我生命中摆脱不了的气息。

贾福山是我的邻居。在他三十多岁的时候，曾经有个女人很喜欢他，想嫁给他，但那个女人的女儿、女婿不同意，觉得太丢人，这事就没成。这对贾福山的打击非常大，从此之后，他不再论男女之事，孤身一人，生活至今。在我心里，他也是我的亲人。我定居沂山后，想把他接来养老，我让很多人说服他，但他一直不想离开他的屋子。那屋子，也是他的故乡。

现在，贾福山也老了，像我们正在老去的那个乡村。终有一天，他会从世上消失，从世上消失的，还有我的故乡。好在我的《大漠祭》活着，有了它，故乡就死不了。

在我的《大漠祭》《猎原》《白虎关》中，都渗透了三弦子那种非常苍凉的基调。我是在那种旋律中写作的。它带给我心灵的共振，把一种灵魂的挣扎，直接注入我的文字。

时下，这些瞎仙一直是弱势群体，生存很是艰难，唱曲儿已很难谋生了，没人听那种又老又土的贤孝了。很多人根本想不到，正是这贤孝，传承着人类善文化中最精髓的东西，他们是西部文化的“活化石”。只是，这些“活化石”，也将要成为一种故乡的传说了。

我在《大漠祭》初版序言中说：“我的创作意图就是想平平静静告诉人们（包括现在活着的和将来出生的），在某个历史时期，有一群西部农民曾这样活着，曾这样很艰辛、很无奈、很坦然地活着。”是的，他们就是那样活着的。我只是平静地告诉世界，并记录他们那种原汁原味的日常生活。才过去了二十年，那种农耕生活已渐渐远去，开始成为绝响。

每年，我都会回到西部，在那片土地上走一走，看一看，感受一种变化的气息。沉寂的大漠不再沉寂，已开始慢慢苏醒，进入了一个新的时代。只是，这种变化，该朝着什么方向发展，又该在这种变化中守住什么，舍去什么，才是我们最应该思考的。

4

在《大漠祭》里，可以看到，灵官不想这样活。从父亲的身上，他能从这头望到那头，活了一年如活百年，活了百年如没活一样，总在那个“磨道”里转圈，转圈，不管是种田的、放牧的，淘金的，还是天天围着锅台转的，都是如此。这一点，灵官看出来了，《猎原》里的黑羔子，《白虎关》里兰兰，也都看出来了，都能看到自己的未来。包括我，很小的时候，我就在想这个问题，直至开始写《大漠祭》，就不再想了，就想该从这个“磨道”里转出来了。

没考上大学的灵官，不得不回到村里，开始刨土务农的生活。因天生就是个“白肋巴”，干不了农活，所以为了生路，就跟孟八爷去沙漠里学打猎，以此能学到糊口的本事。期间，他对人生、对命运、对未来的所有思考，都是我当年想过的，也成了我为什么要写《大漠祭》的缘由。

我是在贫困中长大的。在很小的时候，我就被丢到一个巨大的麦田里割麦子，被毒太阳晒着，每当那时我就会流鼻血，就会遍身流汗，觉得自己马上就要死去。那时，我就想，我不能这样活着。我的爷爷这样活着，我的父母这样活着，我的弟弟这样活着，我却不想再这样活了。所以，我必须闯出一条路来。

在西部那块土地上，所谓的“前程”，祖祖辈辈的观念就是娶妻养儿，传宗接代。这也无可厚非，千年了，人类繁衍至今，都这样。在家里务农的那段时间，灵官跟老顺抓兔子，随孟八爷去猎狐，陪憨头去看病，目睹了农民为了那“三寸喉咙”而死命挣扎的种种遭遇，包括五子的疯，王秃子的无奈，引弟的死，等等，都如梦魇一般，罩住了村人的心，悲剧总在不停地上演着。仿佛，所有的日子就是这些内容。“命该如此”，这四个字成了很多人对命运最好的解释。命真的就是这样吗？有没有另一种活法？这是灵官发出的叩问和思考。你别小看这一叩问，声音虽小，很弱，但中气十足，力量很大，他的生命开始觉醒了。

先前，灵官最大的梦想是以考学的方式跳出沙窝，但这个梦破灭了。在家安心务农，他不甘心，他不想过早地成为“老顺”，也不想成为“孟八爷”。虽然他顺从父亲的意愿，跟着孟八爷学打猎，但心中却在滋生另一种梦想。

与其说憨头的死击垮了灵官，不如说是憨头的死激活了灵官沉睡的灵魂。在生离死别的巨大痛苦中，他发出了“重要的，是如何活着”的叩问。面对村中那么多活着的“死人”，灵官知道，“他们在一个巨大的磨道里转圈，仿佛梦游似的转了千年。”他不想再这样转下去了，他要从庸碌中醒过来。于是，他放下莹儿，放下家人，放下孩子，放下所有的一切，只身出走了。否则，他就只能成为“老顺”，成为“孟八爷”，成为千千万万个“猛子”，继续在那片土地上生了，死了；死了，生了，继续憋闷着，轮回着。当年的我，就是这样的。灵官经历的，我也经历过。他的叩问，也是我的思考。

就这样，灵官走出了沙窝。

灵官去了哪里，并不重要，重要的，是他有了一颗走出来的心。很多人之所以一辈子留在沙窝，糊涂了生，又糊涂死，就是因为他们没有走出来的勇气。很多人患得患失，总是怕离开土地。对于未来，他们充满了恐惧，他们不想挑战未知。就如一头毛驴，一辈子被拴在木桩上，在一股巨大的惯性中，转来转去，转来转去，即使后来有了摆脱牵绊的机遇和力量，心却死了。心一死，生命就提前结束了。即使还活着，也是一具行尸走肉，只是从一个小混混，熬到老混混，最后死掉而已。

只要有一颗走出的心，前边总会有精彩的世界。

5

写《大漠祭》时，我有一种使命感。但现在看来，如果我没有这种使命感，我可能成不了今天的“雪漠”。那使命感，是我写作的动力。

正因为有了使命感，我才能拒绝很多诱惑。最初的时候，我做的最多的一件事，就是拒绝被凉州人同化。同时，时时升华自己，这个过程，我用了十二年。之后，我又用全部的精力来抵御流行价值对我的同化。有时，我的行为看似偏激，其实是有所坚守。我重新建立了自己的价值体系。

有时，在个人追求和巨大的社会惯性之间，你是无法调和的，结果可能会有两种：一是你被压跨了，最后被社会同化，再也找不到自己；另一种人，也明白这种无奈，但他不认命，而是选中目标，不停地走，一步一步，总有一天，就到目的地了。所以，写《大漠祭》的那时，我是不管世界的，即使在绝望和无奈中，我也要唱出最美的歌。

2006年，我参加上海作家研究生班学习的时候，有位作家就说：雪漠，我们上海作家要是像你这么写作的话，就饿死了。我就告诉他们，那时我时刻准备着被饿死。如果写不出《大漠祭》，我宁愿回到乡下去种地，宁愿饿死殉了文学，也要留下自己想留的东西。

我看过一部电影叫《无影剑》，里面有一句话："我的剑，是用来守护我最宝贵的东西。"所以，有时，为了你的梦想，你得拿起你的"剑"，守住自己的梦想。

6

《大漠祭》出版后，老有人问灵官的命运，其实，他有着无穷的可能性。不同的心，就有不同的未来。要是他愿意，他也可以成为《西夏咒》中的琼，《西夏的苍狼》中的黑歌手，《野狐岭》中的马在波，《一个人的西部》中的雪漠。这不同的命运，都可能存在。心的无穷可能性，构成了世界的多彩和丰富。

《大漠祭》里灵官虽然出走了，但后来的《猎原》《白虎关》《西夏咒》《野狐岭》等，那都是"灵官"的故事。你可以作为一个参照、一面镜子，来反思并设计自己的人生。每个人的人生，都是自己的选择。

灵官的身上，有我曾经的影子，代表了我过去的一段经历，但它更是我的创造。《猎原》和《白虎关》也一样。现在想来，那往事，如风，吹过后，就成记忆了。留下的，也就是这些静静的文字，还在诉说着一颗颗不安的灵魂。

在《大漠祭》中，灵官去寻觅他的"盼头"了。

每个人只要到愿意去寻，总是能寻到他想寻的东西。

念念不忘，必有回响。

感谢中国大百科全书出版社和刘国辉社长，他们让我的作品多了另一种回响。

——2016年9月10日写于沂山雪漠书院